Erwin Strittmatter

Wie der Regen mit dem See redet

Erwin Strittmatter, geb. 1912 in Spremberg, gest. 1994 in Schulzenhof, beendete das Realgymnasium mit 17 Jahren, arbeitete als Bäckergeselle, Kellner, Chauffeur, Tierwärter und Hilfsarbeiter. 1941 wurde er zum Polizei-Reserve-Bataillon 325 eingezogen, das später dem Polizei-Gebirgsjäger-Regiment 18 eingegliedert und 1943 in SS-Polizei-Gebirgsjäger-Regiment 18 umbenannt wurde, ohne Teil der SS zu sein. Bis September 1944 war er Schreiber im Bataillonsstab, danach wurde er zur Film- und Bildstelle der Ordnungspolizei in Berlin-Spandau versetzt. Bei Verlegung der Dienststelle setzte er sich mit gefälschten Papieren nach Böhmen ab. Ab 1945 arbeitete er erneut als Bäcker, war daneben Volkskorrespondent einer Zeitung und seit 1947 Amtsvorsteher in sieben Gemeinden, später Zeitungsredakteur in Senftenberg. Seit 1954 lebte er als freier Schriftsteller in Schulzenhof bei Gransee.

Wichtigste Romane: *Tinko* (1955); *Der Wundertäter I-III* (1957/1973/1980); *Ole Bienkopp* (1963); *Der Laden I-III* (1983/1987/1992); Erzählungen und Kurzprosa. Postum erschienen, hrsg. von Eva Strittmatter: *Vor der Verwandlung* (Aufzeichnungen, 1995); *Geschichten ohne Heimat* (2002); *Kalender ohne Anfang und Ende. Notizen aus Piest'anyi* (2003).

Der Herausgeber: Klaus Walther, geb. 1937, ist promovierter Literaturwissenschaftler und arbeitete viele Jahre als Lektor und Programmleiter. Heute lebt er als Autor, Herausgeber und Kritiker im Erzgebirge.

Jüngste Veröffentlichungen: *Hermann Hesse. Biographie* (2002); *Karl May* (2002); *Bücher sammeln. Kleine Philosophie der Passionen* (2004); *Was soll man lesen?* (2007); *Der schöne Monat Mai. Eine Erinnerung* (2007).

Erwin Strittmatter

Wie der Regen mit dem See redet

Das große Erwin-Strittmatter-Buch

Herausgegeben von Klaus Walther

aufbau taschenbuch

ISBN 978-3-7466-5434-8

Aufbau Taschenbuch ist eine Marke
der Aufbau Verlag GmbH & Co. KG

4. Auflage 2009

Umschlaggestaltung capa, Anke Fesel
unter Verwendung eines Fotos von Carla Brno/bobsairport
Druck und Binden CPI Moravia Books, Pohořelice
Printed in Czech Republic

www.aufbau-verlag.de

Inhalt

Grossvaters Welt

Wie ich meinen Großvater kennenlernte

Ich wurde an einem Mittwoch geboren, an einem Mittwochvormittag um zehn Uhr, falls jemand die Zeit vergleichen möchte. Obwohl der Monat August gewitterfreundlich ist, donnerte es nicht, und die Sonne stand nicht im Zeichen der Jungfrau, und es ging keinesfalls goethisch bei meiner Geburt zu.

Aber ich soll mich sofort so umgesehen haben, als ob ich die Welt schon kennte, behauptete meine Mutter, doch sie verriet es erst, nachdem mein erstes Buch gedruckt war. Und daß ich mich so kenntnisreich umblickte, gleich nachdem ich in die Welt gefahren war, das war nur ein Trick von mir, und ich habe diesen Trick im Leben noch oft benutzen müssen, denn wundern darf man sich nur unauffällig, wenn man nicht haben möchte, daß einen die Schlauberger unter den Zeitgenossen für einen Naiven halten und daß sie einen unter ihre Botmäßigkeit zwingen.

In bezug auf mein Dasein nahmen meine Mutter und ich übrigens verschiedene Standpunkte ein; denn als ich für die Mutter schon da war, wähnte ich mich noch im Niemandsland, und das bewies, daß ich kein Wunderkind war, denn nur Wunderkinder erinnern sich ihrer ersten Lebensminuten, und sie machen Aussagen über die Schürze ihrer Hebamme, und sie verkünden, diese Schürze wäre »weuß gewösen«, und alle Wunderkindgläubigen staunen.

Ach ja, es gibt bis heute keine andere Pforte, um in diese Welt zu schlüpfen, als eine Mutter, aber man arbeitet bereits an anderen Einstiegsmöglichkeiten, wie ich lese, doch wenn der Menschenbrutschrank, an dem man arbeitet, zuerst von Schaftlern in einem Lande erfunden wird, das antihuman regiert wird, so werden dort die Industriellen den Professoren das Brutschrankprinzip abkaufen und entreißen, und sie werden serienmäßig homunculi als billige Arbeitskräfte und zu Kriegszwecken herstellen. Dieser Umstand wird auch die Regierungen anderer Länder zwingen, solche homunculi herzustellen, und wenn ich an die Folgen denk, so möcht ich mit Hašeks Schwejk sagen: »Davor hab ich immer die größte Angst gehabt!«

Aber ich schweife ab. Ich bin nicht sicher, ob man sich das schon am Anfang einer Erzählung erlauben darf, weil nur wenige Leser geneigt sein dürften, mühsam und wie in ein Dickicht in eine Geschichte einzudringen, denn die meisten wollen durch die lieblichen Flötentöne einer Fabel in dieses Dickicht gelockt werden.

Ich wurde also noch von einem Weibe geboren. Meine Mutter war eine liebestüchtige Frau: ein Vierteljahr nach meiner Geburt beschäftigte sie sich bereits damit, einen zweiten Menschen herzustellen, und sie stattete meine Schwester mit Gliedmaßen und komplizierten Organen aus, denn der Mensch braucht allerlei, um hier im sichtbaren Leben mitreden und mitagieren zu können. Meine arme Frau Mutter schwächte sich mit diesen beiden zeitmäßig so hintereinander liegenden Arbeitsleistungen. Ihre Säfte flossen nur noch nach innen, nicht mehr nach außen, und ich blieb ohne Muttersaft. Ich wurde kraftlos, und im Alter von einem halben Jahr wurde mir das *Aufderweltsein* über, und ich bekam, ohne mit dem Rauch von Zigaretten dran zu arbeiten, den keuchenden Husten und eine Entzündung der Lunge und wollte mein Hiersein quittieren.

Und als meine Haut bereits so lappig an den Knochen hing wie das Segeltuch am Drahtgestell einer Lumpenpuppe, griff mein Großvater ein. Er atzte mich auf, und ohne ihn wäre ich gestorben, und daran erinnerte er mich, solange er lebte, und daran erinnerte er mich noch auf seinem Totenbette.

Ich wurde also zweimal geboren. Wenn das auch der Titel eines politischen Schlagers ist, so gibts tatsächlich so etwas wie eine zweite Geburt, eine zweite geistige und eine zweite körperliche. Die meine war damals eine körperliche, und das zweitemal gebar mich mein Großvater, und das mag ein wenig erklären, weshalb mir dieser Mann über die Kindheit hin und länger nahestand.

Es gibt Konstellationen im Erdenleben eines Menschen, die man *Unglück* nennt: Es kann ein Unglück sein, wenn ein Mensch keinen von den beiden Menschen kennenlernt, die ihn in die Welt wiegten. Bei mir war es jedenfalls so, daß ich meinen Zeuger später kennenlernte als den anderen Mitarbeiter an meinem Ich, denn ich wurde in Deutschland geboren, und in Deutschland hatten die

Männer bislang eine Vorliebe dafür, sich jahrelang nach auswärts abkommandieren zu lassen, um Schaden in der Welt zu stiften.

Eines Tages gewahrte ich, daß ich nicht mehr dem unverbindlichen Nichts, dem Nirwana, angehörte, daß ich mich in der Welt der Selbstverpflichtungen befand, daß ich Akteur in einem Lebensfilm war und daß ich Partner hatte, auf die ich mich einstellen mußte. Als mein Großvater mir als Partner in meinem Lebensfilm zu erscheinen begann, wohnten wir in einem Kotten in einem Dorfe an einer Landstraße, und die Landstraße führte nach Schlesien.

Mein Vater befand sich im Kriege. Das war für mich eine Ortschaft hinter Berlin oder dort wo, ein Ort unter den Augen des Kaisers Wilhelm und seiner Gemahlin Auguste Viktoria.

Meine Mutter betrieb im Kotten an der Landstraße eine Nähwerkstatt und einen schmalbrüstigen Kurzwarenladen, denn sie hatte den Geldvermehrungsdrang meines Großvaters geerbt, aber bei der Weitergabe dieses Dranges war den entsprechenden Genen das kühle Rechnertum verlorengegangen.

Die Wohnstube des Kottens an der Landstraße nach Schlesien war die Szenerie, in der ich für mein jetziges Leben erwachte. Als ich aufwachte, sah ich, daß nichts mehr zu ändern war und daß ich bleiben mußte, wo ich war. Für gewisse Umstände in unserem Lande wäre es günstiger gewesen, wenn ich ein paar Monate früher geboren worden wäre, weil mein Vater dann noch Hilfsarbeiter in einer Tuchfabrik gewesen wäre. So aber war mein Vater Soldat, als ich in die Welt eindrang, und Tuchfabrikhilfsarbeiter war nicht sein erlernter Beruf, und ich mußte in die einhundertunddreiundzwanzig Fragebögen, ohne die mein Leben ein Nichts gewesen wäre, in die Spalte *Soziales Herkommen* schreiben: *Sohn eines Bäckers*. Nun ist ein Bäckergeselle oft der einzige Untertan eines Bäckermeisters und einer der Ausgebeutetsten unter den Ausgebeuteten, doch in der proletarischen Hierarchie wird er unter der Kategorie *Handwerker* geführt und politisch minderbewußt eingestuft. Tatsächlich soll bei dieser Menschenkaste hier und dort ein politischer Bewußtseinsmangel anzutreffen sein, aber es fiel mir bis heute schwer, dran zu »glauben«, daß sich auch bei uns, wie dennmals bei den Verdammten in der Bibel, »die *Sünden* der Väter fortpflanzen bis ins dritte und vierte Glied«, aber eine gewisse Frieda Simson, die in Kaderangelegenheiten beschlagen sein will, sagte, als ich ihr zeigte, was ich hier niederschrieb, daß das bereits wieder ein Ausfluß meiner kleinbürgerlichen Abstammung von einem Bäckereiarbeiter wäre. Es bleibt mir nur übrig, mich mit Marx, Engels, Lenin und anderen zu trösten, die in bezug auf ihre Väter noch schlechter dran waren als ich, so schlecht, daß sie von jener Frieda wahrscheinlich nicht in unsere Partei aufgenommen worden wären.

Die Wohnstube im Kotten an der Landstraße nach Schlesien war Schneiderwerkstatt, Kurzwarengeschäft und Kinderspielplatz in einem. Die beiden Geschäftsbereiche waren durch eine dünne Portiere voneinander getrennt. Der Wohn- und der Geschäftsbereich waren nicht besonders gekennzeichnet, und der Kinderspielplatz erstreckte sich über beide Bereiche bis in die kleine Küche hinein, denn wir Kinder waren wie die Hühner, die keine Grundstücksgrenzen anerkennen. Wir scharrten da, und wir scharrten dort, und was für die Hühner Grassamen und Steinchen waren, das waren für uns unsere Erlebnisse, und wir pickten unsere Erlebnisse in der Schneiderwerkstatt oder in der Ladenabteilung der Wohnstube auf.

Der Kurzwarenladen der Mutter war ein halbstaatliches Geschäft, aber es war nicht so lukrativ, wie es heute manche halbstaatlichen Geschäfte sind, denn in das Geschäft meiner Mutter wirkte das Kaiserreich, in einem negativen Sinne, hinein, und von den mageren Stoffballen durfte nur abgeschnitten werden, wenn die Käufer amtlich ausgestellte »Bezugscheine« vorweisen konnten.

Meine Mutter betrieb sowohl die Schneiderwerkstatt als auch den Kurzwarenladen mit Gemüt und Gefühl. Sie nahms mit den kaiserlichen Beziehscheinen nicht allzu genau. »Fräulein, sind Sie noch bezugscheinfrei? ...« So begann ein sogenannter Gassenhauer jener Zeit, und meine lebenslustige Mutter sang diesen Schlager. Sie legte in ihrer Gutmütigkeit hier und da einen halben Meter Stoff zu, und sie verhalf den Kleinkindern der Kundschaft auf diese Weise zu einer Weste oder einer Joppe, aber beim Neueinkauf reichten die vereinnahmten Beziehscheine nicht aus, um die gehabte Menge Stoff zurückzukaufen.

Für mich waren die Stoffballen in den Regalen Kühe. Diese Kühe wurden mit Zetteln gefüttert. Sie wurden mager, wenn man ihnen zuwenig Zettel zu fressen gab, und weil diese Stoffballenkühe mit Zetteln ernährt wurden, enthielten sie von Kriegsmonat zu Kriegsmonat mehr Papier.

Unsere Kinderschürzen waren aus dünnen Papierbindfäden gewebt. Die Papierbindfäden waren mit einer Schicht Dextrin beleimt, und meine neue Schürze war so schön steif wie die Lederschürze des Hufschmiedes von gegenüber, aber im Regen löste sich meine Schürze auf, wie andere Stoffe sich in Salzsäure auflösen.

Und auch das Nähgarn ließ sich von Jahr zu Jahr leichter zerreißen, und seine sich mindernde Qualität täuschte uns vor, daß unsere Kräfte wüchsen, aber im Jahre neunzehnhundertundsiebzehn war das Garn schließlich so leicht zerreißbar, daß man keinen Maikäfer mehr damit fesseln konnte; das Garn war nur noch gesponnener Rauch.

Außer papierdurchschossenen Stoffen und groben Nesselschürzen konnte man im Kurzwarenladen der Mutter Schleifchen zum Aufhübschen von Frauenblusen kaufen. Diese Schleifchen raschelten kalt. Sie stammten aus der Familie der Weißblechbüchsen, während die Herrenschlipse aus der Vorkriegszeit seidig und weich waren, aber sie lagen in ihren Pappschachteln wie in weißen Särgen, denn sie waren überflüssig geworden, weil die Herrenwelt hochgeschlossenes Feldgrau im Leben und im Tode trug.

In der Mitte des Krieges erhielt Mutters Kurzwarenladen keinen Steck- und Sicherheitsnadelnachschub mehr. Es wurde verlautbart, man benötige alles Metall zur Herstellung von Kanonen, und die Kanonen benötige man zum Erschießen der Feinde, und ich hätte gar zu gern gesehen, wie ein mit Sicherheitsnadeln zusammengehaltenes Kanonenrohr das Schießen nach Feinden überstand.

Es gab wenig Männer im Dorf. Die Dorffrauen wußten nicht, weshalb sie noch deutsch-aufrecht und mit hochgestemmtem Busen umhergehen sollten; sollten sie es für die Großväter oder für die Konfirmanden tun? Nein, diese Schande nicht! Deshalb langweilten sich die Korsettersatzstäbchen in den Schubladen des Kurzwarenladens. Wir nahmen sie heraus, und wir bauten auf den

Dielen der Schneiderstube Zäune aus ihnen. Wenn doch eine Frau im Laden erschien und nach Korsettstäbchen verlangte, so wußten wir, daß sie ihre »Rüstung« reparierte und daß sie ihren »Urlauber« erwartete.

Die Annäherung eines Urlaubers aus Frankreich oder Rußland wurde auch an anderen Anzeichen erkennbar, denn meine Mutter wurde beauftragt, für die Heldenfrau aus dem Rock einer verstorbenen Großmutter eine Bluse im Auguste-Viktoria-Look mit Achselstücken, Feinblechverzierungen und roten Paspeln aus dem Friesunterrock einer alten Sorbin anzufertigen. Meine Mutter arbeitete die ganze Nacht hindurch, und die Kundin nahm das Gewand dankbar entgegen, und sie trat aus der Zeit der Liebesdürre in die Zeit der Liebesfülle.

Ach, es geschah oft, daß bereits eine Woche nach dem liebesvollen Urlaub eines Kriegers die Nachricht von seinem »Heldentode auf dem Felde der Ehre« eintraf, und die Kriegerwitwe mußte die rot paspelierte Bluse schwarz einfärben, und die Witwenklagen stiegen gen Himmel.

Mutters Arbeitslohn für die Umarbeitungen von Großmutterröcken zu »Heldenempfangsblusen« stand in keinem Verhältnis zur aufgewendeten Zeit, wenn er nicht in Form von Magerquark oder einigen Eiern einpassierte, und da die Einnahmen aus dem Kurzwarengeschäft auch nur pfennigweis in die diebessichere Ladenkasse tropften, war es für die Mutter nicht leicht, uns ohne Hungerunfälle und gesundheitliches Stolpern durch die Kriegsjahre zu schleppen, zumal wir uns während des Krieges noch um zwei Brüder, sogenannte *Urlauber*, vermehrten.

Und wieder war es der Großvater, der achtgab, daß wir nicht verkümmerten. Bei den »Unterstützungsbesuchen«, die er uns angedeihen ließ, lernte ich ihn kennen, und sein Vorhandensein teilte sich meinem Vorhandensein mit.

Großvater, der ehemalige sorbische Pferdeknecht, hatte sich als Pferdehändler, Herrschafts- und Bierkutscher, Bergarbeiter, Gutsvogt und Fabrikarbeiter erprobt, und er führte um die Zeit, da ich ihn kennenlernte, die Berufsbezeichnung *Handelsmann*, und der Volksmund auf der Lausitzer Heide nannte solche Leute *Rumgeher.*

Solange Großvater auf Erden umherging, suchte er nach einer

ihm gemäßen Tätigkeit, doch er fand sie nicht, wie mir scheint, nein, er fand sie nicht. Er hatte dies und das, was zur Ausstattung eines Dichters gehörte, und es ist schwer bestimmbar, welcher Mangel ihn hinderte, ein Dichter zu werden. Ich meine heute, es waren nicht Bücher, die ihm fehlten, denn es hat Naturdichter wie Suleiman Stalski gegeben, die ohne Bücher lebten und groß wurden. Fehlte Großvater ein Gran Intelligenz? Fehlte ihm der Glaube an sich selber? Schien ihm der Sinn des Lebens darin zu bestehen, anpackbare Dinge zu besitzen und zu vermehren?

Und damals, als Großvater als ein *Rumgeher* umherging, war das keine schlechte Grundlage für das Leben eines Dichters, aber Großvaters Dichtungen bestanden nur aus Gesprächen. Großvater riß die Leute in die Gespräche hinein, um sie kauflustig zu machen, und er handelte vor allem mit Kriegstuchen.

Seine *Tuche* kaufte Großvater bei der Firma Schwetasch und Seidel, Stoffe und Tuche en gros, an der Hammerlache. Das war eine teichartige Ausbuchtung der Spree, hinter der Stadt, denn die Muttereltern wohnten in der Kreisstadt, und sie wohnten dort im ältesten Haus, *An der Mühlen Numero eins*. Die Großmutter betrieb in diesem Hause einen Flaschenbier- und Gemüseladen. Das hatte zur Folge, daß sich Großvater im Herbst zum Pächter einer Apfelbaumallee zwischen den Dörfern Graustein und Schönheide machte und daß er bei den Bauern Gemüse aufkaufte. Er nahm damit den Bauern den Weg in die Stadt ab. Die Bauern wußten das zu schätzen, denn sie hatten ihre Pferde in den Krieg liefern müssen, und die Landgendarmen hatten ihnen die Pneumatiks von den Fahrradfelgen patriotisiert. Man gestattete ihnen, sich als Pneumatikersatz Spiralfedern aus Eisendraht zu kaufen. Die Spiralfedern wurden in die Fahrradfelgen einmontiert, und sie machten das Radfahren zur Qual, und das Geholper erreichte fast die Lärmstärke heutiger Motorräder mit abgesägtem Auspuff.

Großvater machte sich also zum fahrbaren Kauf- und Tauschhaus. Er treckte seinen Handwagen täglich zwanzig und dreißig Kilometer über die Sandwege der Heide. Der Handwagen war mit Obst oder Gemüse beladen, und Großvaters Handelsmannskoffer lagen obenauf, und es war eine Schinderei für Großvater, doch gewiß nicht ohne Gewinn.

Wenn Großvater seinen Handwagen mit einem langgezogenen Brrrrr! auf dem Hofe des Kottens angehalten hatte, küßte er uns. Er zwirbelte sich den aschblonden Schnurrbart und zwinkerte uns zu, und er kramte aus dem Handwagenkasten ein Stückchen Speck oder eine Schinkenscheibe, einen Klecks Butter, ein Töpfchen Magerquark oder ein Kännchen Buttermilch, und er schleuste die Raritäten heimlich in die Küche der Mutter, denn die Vorratsschränke in dieser Küche waren in der Regel so leer, daß sich dort nicht eine Fliege hätte von Krümeln ernähren können.

Sodann führte uns Großvater seine musizierende Taschenuhr vor, und wir durften mit seinem Kompaß spielen. Wenn uns diese »technischen Wunderwerke« zu langweilen begannen und unsere Gier auf Neues wieder emporquoll, so packte uns Großvater, und er ließ uns kopfunter in der niedrigen Bodenstube an der Decke entlanglaufen. Da hatten wir dann den Tisch und die Waschkommode unter uns, und die gewohnte Welt verkehrte sich und verströmte einen neuen Reiz, und damals wuchs die Lust in mir, meinen anerzogenen Standpunkt zur Welt mit einem poetischen Standpunkt auszutauschen.

Wenn die Äpfel an den Alleebäumen reiften, kam Großvater mit einem alten Schafpelz und einem geborgten Fernglas aus der Stadt. Er quartierte sich für Wochen bei uns ein. Wenn Zepter und Krone auf den Bildern in unserem Märchenbuch aus einem bärtigen Mann einen König machten, so machten Schafpelz und Fernglas aus unsrem Großvater einen Apfelwächter, und es war so reizvoll an unserem Muttervater, daß er heute dies und morgen das sein konnte.

Über den knirschenden Grobkies der Landstraße bewegten sich Bauernwagen, Militärfahrzeuge, Fußgänger und Kolonnen von Kriegsgefangenen. Es gab in der notdurchwirkten Kriegszeit viele Menschen, die der Marmelade aus roten Rüben überdrüssig waren und zu Apfeldieben wurden.

Großvater bewachte Tag und Nacht die erpachtete Obsternte. Am Tage half das Fernglas und nachts half der Schafpelz Großvater beim Bewachen seiner gepachteten Ernte, und er wickelte sich in den Pelz, und er legte sich in den Chausseegraben, und er »wartete« auf die Apfeldiebe.

Am Tage durfte ich mit auf die *Apfelwache*. Wenn die Straße frei war, hängte mir Großvater das Fernglas um. Das Fernglas war für mich ein Zauberglas, und ich holte mir mit ihm die fernen Bäume, die Sträucher, die Äpfel, den Kirchturm und die Herbstblumen näher. Wenn ich das Glas absetzte, verschwanden die Blumen und die Äpfel. Sie verschrumpften in der Ferne. Ich drehte das Glas um, und es schrumpften auch der Kirchturm und die Bäume in die Ferne ein, und sie verschwanden in der Unendlichkeit.

Das war wieder ein aufregendes Spiel mit Gesichts- und Standpunkten. Es beschäftigte mich bis in meine Jünglingsjahre hinein, und es beschäftigt mich noch heute, weil ich feststellte, daß viele große Geister, die über die Erde gingen, das Leben vieldimensional an- und überschauten und daß sie das allein mit ihrer Phantasie bewältigten, ohne die vielen Apparaturen, auf die wir Menschen des *Wissenschaftlichen Jahrhunderts* nicht glauben verzichten zu können. Aber eine Weile später erkannte ich, daß all die von uns erfundenen Apparate nichts anderes sind als greifbar gemachte Phantasie, und der Kreis meiner Beobachtungen schloß sich.

Einmal fuhr die Nachzucht des Gutsbesitzers in der Kutsche unter Großvaters gepachteten Apfelbäumen dahin, und die halbwüchsigen Adelssprößlinge schlugen die Goldparmänen und die Reinetten mit Stöcken und Peitschen zu sich in den Kutschkasten. Großvater stellte sich auf die Straße, breitete die Arme aus, trat dem Fuhrwerk entgegen, fiel den Kutschpferden in die Zügel und rief den äpfelkauenden Adelskindern zu: »Bezahlen, oder ich zeig eich an!«

Die Freiherrenkinder durchkramten ihre Taschen. Auch der Kutscher suchte in seiner Livree nach Kleingeld, aber Großvater sagte zum Kutscher: »Dein Geld will ich nicht!« Aber das Geld der Adelskinder kassierte er, und er sammelte die gestohlenen Äpfel ein, und als die Kutsche davongefahren war, sagte Großvater zu mir: »So kummt man zu Gelde!«

Großvater schenkte mir die eingesammelten Geldstücke. Ich dachte an meine Sparkasse daheim. Das war eine blecherne Windmühle mit einem Schlitz zum Einwerfen von Geldstücken. Das Sparen war mir von der Mutter zur Tugend heraufgeredet worden: Du sollst nicht lügen! Du sollst nicht stehlen! Du sollst sparen!

Aber für mich war nur lustig, daß sich die Flügel der blechernen Windmühle drehten, wenn ich ein Geldstück durch das eingeschlitzte Dach steckte.

Es war ein Sonntagvormittag. Wir sahen durch unser Fernrohr, wie sich eine schwarzgemummte Kleinbäuerin näherte. Sie kam vom Gottesdienst. Sie trug ihr Kirchengesangbuch in einem weißen Bündelchen, und sie trug außerdem einen geflochtenen Henkelkorb, und sie pflückte sich Äpfel in den Henkelkorb, denn sie wollte wohl nicht ganz leer aus der Kirche in die Küche zurückkehren.

Wir lagen im Chausseegraben. Die Herbstfliegen umsummten uns, und die Heidelerchen sangen. Die Frau kam näher und näher, und Großvater hielt sie an, und er sagte: »Mir scheint, du hast gestohlen, Frau!« Die Alte sagte mit weinerlicher Stimme: »Lieber, lieber Mann, zeigen Sie mir nicht an. Ich will dem Jungchen ein Talerchen schenken, ja, das will ich, will ich!«

Und sie suchte in der Tiefe ihrer Rocktasche nach ihrem bestickten Geldtäschchen, und sie zog es mit zitternden Händen heraus, und sie weinte, und sie tat mir leid. Ich weigerte mich, den hingereichten Taler anzunehmen, aber das ging gegen die Konsequenz des Großvaters, das ging gegen seinen Starrsinn und seinen Erwerbsgeist. Dieser Starrsinn und dieser Erwerbsgeist zeugten viel Böses in Großvaters und in unserem Leben, aber das wußte ich damals noch nicht; und damals war Großvater für mich noch der unantastbare, der unfehlbare Mann.

Und weil ich den Reuetaler der Alten nicht nahm, tadelte mich der Großvater und sagte: »Du wärscht mir ein Geschäftsmann!« Er strich den Taler selber ein, nahm der Kleinbäuerin die Äpfel ab und sagte: »Nu geh, alte Tschedrauka, wie würde es dir gefallen, wenn ich mir bei euch im Garten Äpfel mausen möchte!« Die Alte nickte, und sie trippelte davon. Die Heidelerchen sangen, und sie ließen ihre weichen Töne auf uns herabkullern, und jeder Baum, auf den sich eine Heidelerche setzte, gehörte ihr.

Und es war an einem anderen Tage (die Kindheit kennt keine Daten), da sah ich durch das verkehrt herum angesetzte Fernrohr einen kleinen Mann um die Chausseekurve schlendern. Der Mann zog mit einem Rechen die Baumzweige herunter, und er pflückte sich die Taschen voll Äpfel.

Ich gab das Fernrohr dem Großvater. Der Großvater sah hindurch. Er fluchte, denn der Apfeldieb war mein anderer Großvater, mein Stiefgroßvater, und der hieß Jurischka, und er wohnte in unserem Dorfe. Die beiden Großväter waren nicht die besten Freunde, und als Großvater Jurischka heran war, sagte Großvater Kulka: »Eine feine, feine Verwandtschaft!«

Die beiden Großväter stritten auf sorbisch. Da sie wütend und verschliffen sprachen, verstand ich wenig, aber das Wort Teufel wurde von beiden mehrmals gebraucht. Dann wandte sich Großvater Jurischka ungewohnt liebevoll an mich, und er sah durchs Fernglas gegen das Dorf Schönheide hin, und Großvater Kulka zog ihm hinterrücks die gestohlenen Äpfel aus den Taschen. Aber dann fragte mich Großvater Jurischka, von wem wir das Fernglas hätten, und ich sagte es ihm arglos. Zwei Tage später wurden wir unser Fernglas los, und das Fernrohr mußte abgeliefert werden, weil alle Fernrohre in den Krieg gehörten, auf daß unsere Helden den Feind besser sähen.

Das war eine der ersten diplomatischen Spannungen in unserer Familie, aber sie schlug zu jener Zeit noch nicht in einen Familienkrieg um, weil ein größerer Krieg über allem hing.

Ich lebte wochenlang bei den Großeltern in der Kreisstadt. Ich würde dort nicht »soviel entbehren wie daheim«, sagte die Mutter. Ich wußte nicht, was ich entbehrte. Was der Mensch nicht kennt, das entbehrt er nicht. Ich kannte kein Weizenbrot und gierte nicht danach, ich kannte keine Schokolade und ich verspürte keinen Appetit auf sie. Ach, es gibt so wenige echte, aber so viele unechte Bedürfnisse, und ich träume davon, daß wir Kommunisten uns eines Tages aufschwingen und den Menschen helfen, die unechten von den echten Bedürfnissen zu scheiden, selbst wenn wir uns dabei wieder einmal ganz und gar »unpopulär« machen sollten.

Auch in mir wurden damals Bedürfnisse geweckt, echte und unechte, denn Großvater nahm mich mit auf *Fettlebe* in die Hoyerswerdaer Sorbei, und dort wohnten seine Verwandten und Altbekannten. Die Bewohner der sorbischen Dörfer kauften ihre Tuche auf *Beziehscheine* gern bei einem *Rumgeher*, mit dem sie auf sorbisch feilschen konnten. Großvater war beredsam, und er war witzig, und er verstand die Schönheit der Frauen zu loben, und er sagte zum Beispiel: »Maika, wenn ich dir so in die Augen seh, tut mir leid, daß ich schon verpaart bin!« Und er verkaufte seine Nesselschürzen.

Ich hörte mit an, wie Großvater warb. Die Abbilder von Orten, Dingen und Handlungen verschwanden in meinen Augen, und ich kleiner Mensch fiel den mütterlichen Frauen in die Augen. Ich wurde hier mit Butterbroten und dort mit Grützwürsten abgefüttert, und ich kam zu den ersten Himbeeren meines Lebens.

Eines Tages nahmen wir Großmutters Rückenkorb mit auf die Hausierertour.

»Was soll dir die Kiepe, Matthes?«

»Warts ab, Lenka, warts ab!«

Wir kamen in ein Dorf, und das hieß Proschim. Auf den Teichen hinter dem Dorfe wimmelten und blühten die Teichrosen. Sie waren die Materialisation der Zartheit.

Großvater zog sich die Schuhe und er zog sich die Strümpfe aus. Er krempelte seine Hosenbeinlinge auf, und er ermunterte auch mich. Wir stiegen ins Wasser, und wir pflückten Seerosen, Seerosen, Seerosen, und wir warfen sie in den Tragkorb.

Das Wasser erreichte die unteren Ränder meiner Hosenbeinlinge, aber Großvater hielt nicht ein. Er pflückte sich bis an den Bauch in den Teich, und ich pflückte mich bis an die Brust in den Teich hinein, und die weißweißen Wasserrosen waren in dieser Stunde für uns die wichtigsten Dinge der Welt.

Die Kiepe war gefüllt. Wir zogen uns am Ufer die Hosen aus. Wir legten sie zum Trocknen in die Sonne, und wir lagerten uns hemdig nahbei ins Schilfgras. Der Großvater sagte: »Großmutter erzählen wir das nicht erst lange!«, und es machte mich stolz, mit dem Großvater ein *Männergeheimnis* zu haben.

Der Teichschlamm duftete, und die Fliegen summten, die Libellen flirrten, und die Wildenten krächzten, die Spiegelkarpfen plantschten, und im Dorfe krähten die Hähne. Alles zusammen verwob sich in mir zu einer Stimmung, und diese Stimmung heißt heute bei mir *Kindheitssommer*. Ich kann mir diese Stimmung zurückholen, wenn ich mich an das Ufer eines Teiches lege und wenn ich das Summen und Flirren, das Krächzen und Plantschen auf mich einwirken lasse wie damals. Und obwohl es andere Duftwellen sind und obwohl es andere Tonwellen sind, die ich wahrnehme, scheint etwas von dem, was ich meine Kindheit nenne, in diesen Wellen aufgehoben zu sein.

Wir brachten unsere Teichrosen heim. Ich verriet nicht, wie wir zu ihnen kamen, doch die Großmutter sagte: »Der Junge hätt dir hinterrücks ersaufen können, du wirst grau und immer dümmer!« Die Großmutter rollte ihren Waschzuber herzu, und sie schleppte Schüsseln herbei, und zuletzt wurden die Wassereimer gefüllt, und die weißen Blüten der Teichrosen erhellten Großmutters dunklen Gemüseladen.

Es kamen einsame Soldatenfrauen. Sie kauften unsere Teichblumen. Sie lächelten, und sie dachten vielleicht an den letzten Sommerspaziergang mit dem Geliebten. Es schickten Fabrikbesitzersgattinnen ihre Hausmädchen und Köchinnen in den Klein-Leute-Laden der Großmutter, und die kauften unsere Teichrosen als extraordinären Zimmerschmuck für ihre *Gnädigen*. Wir hatten eine Kiepe voll Freude in die kriegsgraue Fabrikstadt geschleppt, und der Großvater sagte beim Geklimper der Ladenkasse: »So kummt man zu Gelde!«

Im Frühling wimmelten im seichten Strandwasser unserer Seerosenteiche Stechfischchen umher, und die hießen Stichlinge. Die Stichlingsmännchen hatten bunte Frühlingsbrüste, und sie hingen im Wasser vor den nestbauenden Weibchen, und sie zitterten, und sie warteten darauf, daß die Stichlingsweibchen den Laich ausstießen, und es gingen Wellen komprimierter Lebenslust durch die Leiber der Fische.

Wir sahen den balzenden Stichlingsmännchen zu, aber dann regte sich in Großvater der Lebenserhaltungstrieb, denn es war Krieg, und die Menschen hungerten, und auch wir hungerten. Wir fingen viele, viele liebesdumme Stichlinge, und wir stopften sie in unseren Hamstersack, und wir schleppten sie nach Hause.

Großvater kochte die Fischchen. Er kochte sie so lange, bis sich ihre Stachelflossen auflösten und nur mehr Fischzellen im Kochwasser schwammen. Die Fischzellen machten das Wasser seimig. Nach dem Erkalten entstand aus dem Seim ein Gallert, und wir nannten die unsichtbar gewordenen Stichlinge – Fischsülze. Wir aßen diese Sülze zu Brot, und das Brot war mit Holzmehl gestreckt, und Großvater wischte sich nach der Mahlzeit den Schnurrbart und sagte: »So kummt man zu wase!«

Einige der schönsten Stichlingsmännchen ließ Großvater am Leben. Er setzte sie in ein Goldfischglas, und das Goldfischglas hatte eine barocke Form, und Großvater hatte es auf einer Auktion gekauft.

Großvater stellte das Fischglas auf Großmutters Kommode vor den Spiegel. Die Stichlinge schwammen dort umher und verdoppelten sich im Spiegel. Großvater sagte: »Scheener als Schwetaschens Goldfische!«, und dabei handelte es sich um die Goldfische auf dem Vertiko der Tuchhändlersfrau Schwetasch, und damit ist alles erklärt. Jenes barocke Goldfischglas aber behielt ich als *Andenken*. Es gehört zu jenen *Andenken*, die in unserer Kate bald hier, bald dort im Wege stehen, und es zeugt mit anderen unnützen Dingen, die uns »umstehen«, von meinen nie ganz besiegten Sentimentalitäten.

Die Mutter wollte mich wieder einmal sehen, und Großvater treckte einen Handwagen voll nützlicher Sachen aufs Dorf. Auf der Fuhre saß ich, und aus dem Geratter des Handwagens und aus Großvaters rhythmischen Tritten, aus dem Rauschen der Kiefern und dem Gezirp der Vögel entstanden Melodien, und die Melodien drangen auf mich ein.

Ich kannte damals nur Choräle und Kinderliedchen. Die Choräle holten die überalterten Blasmusiker des Dorfes aus ihrem gebogenen Blech, wenn wieder ein *Held auf dem Felde der Ehre* gefallen war. Meine *Handwagenmusik* war mächtiger als die Choräle, und als ich später Symphonien hörte, überraschten sie mich nicht, und es war nichts Unfaßliches für mich in ihnen, denn ich wußte, daß sie aus dem pfeifenden Wind, aus dem Rauschen der Bäume, dem Säuseln der Gräser, dem Gesumm der Insekten und dem Glucksen des Wassers kommen und daß sie das Weltall durchschweben und daß sie hören kann, wers vermag. Ich hörte sie damals, und ich höre sie heute, aber ich vermag nicht, sie in Form von Punkten aufs Papier zu bringen, und es gelänge mir nicht, sie mit Taktstrichen zu bändigen und zu bannen. Ich versuche sie deshalb mit der knarrenden Wortkunst zwischen Sätzen einzufangen, so gut ich es vermag, und ich bewundere Beethoven, Mozart, Schubert und andere gesegnete Bemeisterer der Musik.

So lustig und von solcher Farbe war mein Leben um die Zeit, da ich meinen Großvater kennenlernte: wir lebten wie auf einem Stern, und wir wurden einander nicht müde. Es gab keine Mißhelligkeiten zwischen uns, weil Großvater mir in überväterlicher Liebe alles erlaubte und vieles nachsah, und alles, was uns entgegenkam, und alles, was wir an Erleben zu packen kriegten, war erregend, und das besonders für mich, denn ich war neu in der Welt, und mein Leben trug noch den Silberhauch eines jungen Baumblattes.

Der Krieg dauerte vier Jahre. Ich hörte die Erwachsenen von Jahr zu Jahr mehr von Mängeln, Hunger, Leid und Sterben reden. Als der Krieg zu Ende ging, hätte man erwarten können, daß die Erde in Krämpfen erbeben oder wenigstens einen Tag lang freudig zittern würde, aber es geschah nichts dergleichen, denn die Nachricht vom Ende des Krieges ging wie ein Gerücht durchs Land, und man hatte dennmals bereits gelernt, Gerüchte mit Vorsicht aufzunehmen.

Viele Menschen freuten sich, weil sie sich noch auf der Erde und in der sichtbaren Welt befanden; die einen freuten sich, weil man sie nicht erschossen hatte, und die anderen freuten sich, weil man sie nicht hatte verhungern lassen. Die patriotisch geblähten Worte kamen eine Weile aus der Mode, und die Kriegs- und die Hungerkunst gerieten in Mißkredit.

Verhungert, zerlumpt und verlaust taumelte mein Vater aus dem Kriege. Man nannte ihn einen *Heimkehrer*, und dieses gesalbte Wort *Heimkehrer*, scheint mir, war der Same für neue nationale Phrasen.

Nun war der Vater da. Ich wurde mit meiner Schwester aus der mütterlichen Schlafkammer quartiert, und wir bezogen die kleine Bodenstube des Kottens, und es hieß, daß der Vater nun immer bei uns bleiben würde.

»Immer, immer, Mutter?«

»Immer, immer!«

Im Gastwirtschaftssaal der Großeltern Jurischka fand ein *Heimkehrerball* statt. Da war es wieder, dieses Samenwort für patriotischen Schwulst! Der Vater stieg in den Bräutigamsanzug. Der schwarze Anzug hing lappig an ihm herunter, und die Mutter überzog sich mit einem blaßblauen Kleid, und sie ging steif hinter ihrem Korsett umher, und sie erschien uns unnahbar und fremd.

Bis zum Tage des *Heimkehrerballes* kannte ich keine Furcht. Man konnte mich in der Dunkelheit in die Nachbarschaft schikken, und ich bestellte, was dort zu bestellen war, aber an jenem Abend drang das Tanzgedudel bis zu uns in die kleine Bodenstube, und ich begann mich zu fürchten. Vielleicht wars, weil die Mutter so fremd getan hatte; vielleicht wars, weil sie in einer geheimen Freude von uns gegangen war; vielleicht wars, weil wir den Ursprung dieser Freude nicht kannten.

Auf unserem Nachttisch stand eine kleine Karbidlampe. Sie stand in einem Wassertopf. Das gasbildende Karbid ging zu Ende. Ich lag neben meiner Schwester im Bett und starrte auf die kleiner werdende Flamme. Ich fürchtete mich, und die Furcht war so neu, und ich rührte mich nicht, und manchmal denk ich, daß heute oder morgen der Tod eine so neue Erfahrung für mich sein würde und daß sie eine ähnliche Erstarrung in mir auslösen würde, eine Erstarrung für Jahrtausende.

Aber auch damals wähnte ich, die kleine Karbidflamme würde verlöschen und mein Leben würde damit verlöschen. Ich entsann mich meiner unerstarrten Stimme und schrie. Meine Schwester erwachte, und ich beschwor sie, die Lampe zu schütteln.

Meine Schwester schüttelte die Karbidlampe, und ich lag selbsthypnotisiert daneben und schrie, und die Flammenmandel der Lampe vergrößerte sich, und es war mir, als hätte mein Leben noch eine Frist erhalten.

Meine Schwester schlief wieder ein, und die Flamme des Lämpchens verkleinerte sich wieder, und ich schrie wieder, und ich weckte meine Schwester, und ich flehte sie an, die Lampe zu schütteln, und sie tat es, und ich schrie trotzdem, schrie und schrie ...

Und die Tür unseres Stübchens öffnete sich, und es war, als ob sie ein Windstrahl getroffen hätte. Meine Mutter stand in der Stube. Ihr Gesicht war zornig, und das zornige Gesicht paßte zu ihrem fremden Kleide. Die Stube war klein, und die Mutter war eine Riesin. Sie packte mich mit der linken Hand, und sie hob mich aus dem Bett, und sie schlug und schlug mich mit der rechten Hand, und die Hand steckte in einem Tüllhandschuh, und ich fühlte die runde Härte des mütterlichen Eheringes auf meinem nackten Gesäß, und meine Stimme erstarrte.

Die Mutter blies die Lampe aus. Sie entfernte sich. Es war, als wäre sie hinter dem Korsett nicht nur steif, sondern auch stumm geworden. Sie schloß die Tür, und sie ging treppab und der *Heimkehrerballmusik* entgegen.

Und als meine Stimme zurückkehrte, rief ich nach meinem Großvater, und der Großvater schien mir in diesem Augenblick der verläßlichste Mensch der Welt zu sein, und ich winselte mich in eine der ersten Verwandlungen meines Lebens hinein.

Großvaters Welt

Großvater wurde neunzig Jahre alt, und ich sah ihn nie mutlos, nie kraftlos. Auf seinem Totenbett prügelte er sich noch mit einem jungen Mann, der ihn zu zeitig beerben und ihm die Uhr wegnehmen wollte. Die Uhr und der Kalender waren Großvaters Navigationsgeräte durchs Leben.

Wenn im Frühling der Kopfsalat im Garten einwuchs und der Wind mit den zartgrünen Blättern spielte, so hieß es bei Großvater: »Vorwärts geht's, der Salat spielt schon mit den Ohren!«

Die Tiere hatten für ihn eine ins Menschliche übersetzte Sprache:

Der Kater vor dem Scheunentor sagte zur Katze auf dem Heuboden: »Katharina, komm mal raus, komm mal raus!«

Der Hengst rief der Stute zu: »Hiiier bin ich, hiiier!«, und die Kohlmeise sang: »Hier sitz ich fein, hier sitz ich fein!«

Die Krähen ermunterten im Winter einander: »Knoche dürr, Knoche dürr. – Klaube ab! Klaube ab!«, und die Schwalbe sang im Sommer am Hausgiebel: »Hosen flicken, Hosen flicken? Kein Zwirrn, kein Zwirrn.«

Der Grünspecht schrie nach Großvaters Auslegung im Frühling: »Weib, Weib, Weib!« und im Herbst: »Strick, Strick, Strick!«

Der Täuber gurrte: »Heb den Rock hoch, heb den Rock hoch!«, und der Goldammerhahn sang im Birkenwipfel: »Wie, wie, wie hab ich dich lieb!«

Manchmal mein ich, Großvater sei ein Dichter gewesen, einer, dem sein hartes Leben nicht Zeit ließ, aufzuschreiben, wie er die Welt sah.

Die Tabakpfeife

Alles, was Großvater im Bauernkalender las, war für ihn *naturreine Wahrheit*. Was in den Zeitungen stand, war teils wahr und teils erlogen. In den Büchern standen erdichtete Geschichten, und etwas ausdichten konnte Großvater sich selber. Er tat es auf dem Kutschbock beim Klappern des Fuhrwerks: »In der Linde, der krummen, hörst du Bienchen und Hummchen summen …«

Wenn wir Großvater beim lauten Versemachen ertappten, machte er: »Simm, simm, simm«, als striche er alles durch, sah uns an und sagte: »Ja, ja, so ist das, so ist das!« – Nach der Meinung der Dorfleute konnte ein Häusler, der Verse machte, nicht ganz richtig im Kopfe sein.

Abends, nur abends, rauchte Großvater seine lange Tabakpfeife. Sie hatte einen Porzellankopf, und der war mit einer Waldlandschaft bemalt: Zwischen giftgrünen Bäumen stand ein röhrender Hirsch, dem viel Atemdampf aus dem Geäse kam.

Die Tabakpfeife war eine Lehrerpfeife, und Großvater war stolz auf sie. Er hatte sie zusammen mit einem hölzernen Lehnsessel auf einer Auktion erstanden. Sie gehörte zum Nachlaß des Lehrers aus Großvaters Heimatdorf Klein-Partwitz; der Lehrer hatte Kopetzki geheißen und war nach Großvaters Meinung der beste Vogelkenner des Sorbenlandes gewesen. »Er konnte dir jeden Vogel nachmachen, er war dir schon selber ein Vogel.« Großvater blies und puffte bläuliche Tabakwölkchen in die Stube. Er rauchte nur Rippentabak; denn der war am billigsten, und er kaufte ihn in der Kreisstadt beim Zigarrenmacher in kleinen Bündeln. Den Tabak schnitten meine Schwester und ich mit Großvaters scharfem Jagdnicker, den wir sonst nicht anrühren durften.

Die *Kaufmannsstreichhölzer* waren für den tiefen Porzellankopf an Großvaters Pfeife zu kurz, und sie waren vor allem *ungesund*, wie Großvater behauptete, deshalb fertigten wir Schwefelhölzchen an, wenn Großmutter bei einer Nachbarin zum Schwatz war. Wir waren dann für längere Zeit sicher, denn Großmutter schwatzte gern und nichts als *Papperepapp*, wie Großvater sagte.

Er schnitt mit seinem Jagdnicker zweifingerlange Hölzchen von einem Kiefernkloben, während auf der glühenden Herdplatte in einer alten Kasserolle Schwefelklumpen flüssig gemacht wurden. Schwefel war *sehr gesund*, wenn man Großvater glauben durfte, und wir glaubten es ihm, weil er selber glaubte, was er sagte. Er biß ein Stück von einem Schwefelklumpen herunter und verzehrte es, und auch wir verzehrten je unser Schwefelstück, ohne die Gesichter zu verziehen.

In einer Alchimistenkuchel kann's nicht schlimmer gestunken haben als in Großvaters Stube, wenn der Schwefel kochte. Wir tauchten die Enden der zugeschnittenen Hölzchen bündelweis in den flüssigen Schwefel, und die Schwefeltropfen erstarrten in der Stubenluft zu gelben Schwefelholzkuppen.

Zum Anzünden der Schwefelhölzer benötigte man ein Herdfeuer oder eine glühende Ofenplatte, deshalb konnte Großvater seine Pfeife nur in der Nähe des Ofens rauchen.

Der geschnittene Rippentabak hing in einem Beutel am Türpfosten. Den Beutel hatte meine Mutter als Kind für Großvater zum Geburtstag aus Flicklappen zusammengenäht und mit bunten Glasperlen bestickt. »Unsere Lene, was hat sie für geschickte Finger!« konnte Großvater sagen, wenn er den Tabakbeutel besah.

Auch wir durften Großvaters Tabakpfeife rauchen, wenn wir Zahnschmerzen hatten. Wir hatten Zahnschmerzen, wenn wir für die Schule die Bücher des *Alten Testaments* auswendig lernen sollten: »Jesaja, Jeremia …«

Großvater achtete darauf, daß wir den Rauch lange genug im Munde behielten, damit der Zahnschmerz ausgeräuchert wurde. Eine solche Zahnbehandlung endete meist mit schwerer Blässe und nachfolgendem Erbrechen des Patienten. Beide Erscheinungen reichten aus, die Schule mit Berechtigung zu schwänzen.

Um die Weihnachtszeit kam alljährlich der neue Kalender. Er enthielt die Daten der Kram-, Vieh- und Pferdemärkte unseres Bezirks, und er brachte die Wettervorhersagen nach dem *Hundertjährigen Kalender*.

Einmal waren wir in der Heuernte, und der Kalender hatte gut Wetter vorausgesagt, doch als wir das Heu schon fast trocken hatten, brach ein Gewitter los und verdarb es. Großvater zog den

Tischkasten auf, packte den Kalender und warf ihn aus dem Fenster hinaus in den Regen: »Was fällt dir ein? Da überführ dir, du Lügensack!«

Großmutter holte den Kalender herein. Er hatte achtzig Pfennig gekostet. Sie entschuldigte den Kalender: »Es kann doch vorkommen, daß eins mal die Unwahrheit sagt.«

»Du vielleicht, ich nicht«, sagte Großvater.

Die Kalendergeschichten las Großvater jahrsüber mehrmals, und manche Partien der Geschichten konnte er auswendig, besonders, wenn sie sich auf Personen aus der Geschichte der von ihm gehaßten Preußen bezogen, oder auf Personen, die einem Mord zum Opfer gefallen waren, oder auf andere, die sich selber umgebracht hatten.

Als sich im Dorf ein heimatloser Fleischergeselle erhängte, zitierte Großvater aus einer Kalendergeschichte: »Er sah kein Land mehr, nur böse Menschenzungen, und er ließ sich von ihnen treiben und suchte die Handwärme seiner Mutter, und die war nicht mehr, und da legte er sich ein Seil aus Hanf um seinen Nacken und schied …«

Im Kalender standen auch Inserate, zwielichtige Bücher wurden angeboten: *Freie Liebe* oder *Ehe in Not* und *Wie lerne ich mich Japanisch selbstverteidigen*, auch *Herren rauchen Bremer Keulen*.

Die Inserate kümmerten Großvater nicht. Er nannte sie: »Schißchen, schißchen.« Aber die *Ratschläge für gesunde und kranke Tage* las Großvater eifrig, obwohl er nie ernstlich krank war. Er hatte sich vorgenommen, sehr alt zu werden, einerseits, um sehen zu können, ob seine Enkel einmal *reiche Männer* werden würden, andererseits, damit Großmutter, die er für leichtsinnig hielt, seinen *Nachlaß* nicht würde verprassen können.

In dem Jahr, von dem ich erzähle, brachte der Kalender eine Abhandlung über die *Schädlichkeit des Tabakrauchens*. Großvater rauchte fortan nicht mehr und stellte seine Tabakpfeife in die Bodenkammer. Uns erzählte er, im Tabak kämen bestimmte Tierchen, sogenannte *Nikotina* vor, die mit dem Rauch in die Lungen und Mägen der Menschen drängen, um sie allmählich zu töten. Großmutter spuckte vor Entsetzen aus.

Ohne Tabakpfeife wurden Großvater die Winterabende lang. Er

lehrte uns das Kartenspielen: *Schafkopp* und *Sechsundsechzig*. Wir wurden abgefeimte Kartenspieler und spielten nicht nur in der Schule, sondern auch in der Kirche während der Predigt hinter der Orgel. So kamen wir unangefochten vom Bußdrang, den uns der Pastor einzuverleiben gedachte, über den Winter.

Was sich nun jahrsüber in der Kalenderredaktion der Stadt Sorau auch abgespielt haben mochte, ob die Firmen, die die Zigarren *Bremer Keule* oder den Tabak *Krauses schwarzer Knaster* als besonderen Lebensgenuß angepriesen hatten, der *Antinikotinkampagne* des Kalendermachers wegen ihre Inserate zurückgezogen oder wenigstens mit deren Zurückziehung gedroht hatten, im neuen Kalender erschien eine vorsichtige Zurücknahme des allzu strengen Gesundheitsratschlages vom Vorjahr. Man dürfe schon ein wenig rauchen, ja, ja, hieß es, vor allem Zigarren und Pfeife, doch sei wichtig, die Pfeife stets sauberzuhalten.

Da holte Großvater seine Tabakpfeife aus der Kammer und rauchte fortan wieder, aber er säuberte die Pfeife täglich mit einem langen Draht in der Regentonne auf dem Hofe, und er trocknete sie tagsüber auf dem Ofen, um sie am Abend rauchen zu können.

Alles kam in die Reihe: Wir schnitten wieder Tabak und stellten zu Großmutters Unfreude Schwefelhölzer her, und Großvater sog mit den feinen Tabakpüffchen winters eine Menge Geschichten aus der Pfeife, die mich noch heute bewegen.

Die Macht des Wortes

Jedes Jahr setzte Großvater vorgezogene Kürbispflanzen in Kompost und zog große gelbe Kürbisse für den Winter. Der Komposthaufen war auf dem Felde. Durch die Felder schlichen zuweilen redliche Menschen, wenn man den Worten der Bibel traun kann: Sie säten nicht, und sie ernteten doch, und deshalb nächtigte Großvater, wenn die Kürbisse reiften, draußen. Er breitete seine blaue Schürze aus, legte sich hin und schlief im Raingras, und da er beim Schlafen schnarchte, waren die Diebe gewarnt.

Eine Weile ging's gut, aber Großmutter war noch eifersüchtig. Sie wollte kein Mannsbild, das nachts »umherzigeunerte«. »Denk an den Winter! Denk an dein Rheuma. Ich reib dich nicht ein, wenn es dich wieder quält. Im Grase liegen – bist doch kein Rehbock!«

Großvater nahm seine Schürze und ging zur Großmutter in die Kammer, doch bevor er das Feld verließ, nahm er sein Messer und ritzte in alle Kürbishäute: »Gestohlen bei Kulka.«

Die Kürbisse wuchsen. Großvaters Schrift wuchs mit. »*Gestohlen bei Kulka.*« Die Diebe umschlichen den Komposthaufen und ließen die Kürbisse, wo sie waren. Großvaters Buchstaben wirkten wie Zauberrunen.

Das Teufelsmesser

Großvaters Tischschublade enthielt merkwürdige Dinge: einen Glasschneider, eine Anreißschnur für Zimmerleute, die mit Ofenruß geschwärzt werden mußte, um mit ihr den Weg der Schrotsäge auf Brettern und Balken vorzuzeichnen; Munition für ein Zündnadelgewehr; ein Tütchen Teufelsdreck, vor dem jede Hexe floh, wenn man ihn anzündete und schwelen ließ, und ein Stück vom Hängestrick eines gewissen Sastupeit, der sein Leben im Schnapsrausch beendete; aber das schaurigste Ding war ein Taschenmesser mit Hirschhornschalen, das nichts weniger als in der Wade eines Teufels gesteckt hatte. Der Teufel war blaß gewesen, jung noch und unerfahren, ein Anfänger in seinem Beruf, und wir kannten ihn fast mit Vornamen aus Großvaters Erzählungen, und mit den Jahren tat er uns leid.

Nach Großvaters Berichten steckte in jedem Wirbelwind, der sommers über die Felder küselte, ein Teufel. Je kleiner der Wirbelwind, desto kleiner der Teufel, der drin saß und Dinge lebendig machte, die sonst still dort lagen, wo sie hingehörten, wie Misthalme, welke Baumblätter, Papierstückchen, verdorrte Blumen und den nötigen Weg- und Feldstaub, natürlich, der die bekannten Trichter und Wirbel abgab, in denen sich der Teufel versteckte.

Ja, wenn es überall so beherzte Männer wie Großvater gegeben hätte, hätte es nirgendwo in der Welt zu Wirbelsturmteufeleien kommen können, bei denen Häuser niedergerissen, Fabrikschornsteine gefällt und Menschen emporgeschleudert wurden.

Alles Niewiederkehrende hatte sich in Großvaters Kindheit und in seiner Jugendzeit und im *Lande* Klein-Partwitz im Kreise Hoyerswerda ereignet; das war Großvaters Heimatdorf.

Großvater macht Mittag beim Heidekornmähen, und er trinkt aus der bauchigen Tonflasche, und wie er in die flimmernden Felder sieht, erblickt er über Schubeinz' Feld einen kleinen Wirbelwind, und der Wirbelwind kommt auf Großvater zu und packt Großvaters Brottuch und hebt es empor, und das Brottuch gehört dem Förster aus Blunow, bei dem Großvater Knecht ist, und

Großvater nimmt sein Taschenmesser, mit dem er vom Brotkanten heruntergeschnitten hat, und er wirft es in den Wirbelwind, und der Wirbelwind pfeift, und die Luft geht ihm aus, und er verschwindet, und am Rain sitzt ein kleiner Teufel, und das Messer, Großvaters Messer, steckt in der Wade des Teufels.

Das Teufelchen ist blaß und hilflos, und es bittet Großvater, er möge es vom Messer befrein, und es ist der unentbehrliche Pferdefuß, in dessen Wade das Messer steckt.

Großvater ist nicht bereit zu tanzen, wie so ein kleiner Teufel pfeift, und er springt hin und schüttelt den kleinen Teufel: »Sieh dir vor und laß die Leite in Ruhe!«

Und der kleine Teufel bittet um Gnade und ist bleich und zittert wie ein Lehrling nach der ersten Zigarette, und Großvater zieht ihm das Messer aus der Wade, und fort ist der Teufel, und Großvaters Brottuch stinkt, und die Förstermagd muß es waschen, dreimal nach Regel und Kunst, und auch dann stinkt es noch, daß man es nicht im Hause behalten kann.

»Ach, der arme Teufel, hatte er am Pferdefuß eine Wade, Großvater?« – »Ssa, ssa«, machte Großvater, und er überhörte die Frage, »ja, so ist das mit dem Deibel!« Großvater zeigte an der Messerklinge, wie tief das Messer in der Wade des Teufels gesteckt hatte, und da war vor allem das Messer, das keinen Zweifel an der Wahrheit der Geschichte zuließ, zumal wir wußten, daß Großvater es seither nie mehr benutzte.

An diese Teufelei muß ich denken, wenn ich in gewissen westlichen Zeitungen etwas über mein Land oder gar über mich lese, und ich finde, daß sich manche Zeitungsschreiber dort der Methode meines sorbischen Großvaters bedienen, Teufelsgeschichten aufzutischen. Was mich wundert, ist, daß es dort Leser gibt, die so naiv und glaubfreudig sind wie wir als Dorfkinder in den Niederlausitzer Wäldern.

Der Pelzmantel

Als junger Mann hatte sich Großvater auf einer Auktion einen alten Pelzmantel gekauft, einen Mantel aus ungeschorenem Schaffell. Im Sommer hing er im Großvaterschrank, und Großmutter band die Ärmel zu und stopfte sie voll Mottenkraut.

Manchmal holten wir uns beim Spielen Großvaters Pelzmantel aus dem Schrank. Wir zogen ihn über, er war uns zu lang; wir konnten nicht gehen, wir standen gebeugt, wir ertranken in Schaffell.

Wir wurden älter, der Pelz wurde älter. Kamen die kalten Tage des Jahres, hieß es: »Alte, flick mir den Pelz!« Großmutter flickte den Pelz. Flicken an Flicken – das war der Pelzüberzug. Wer von uns mit dem Fuhrwerk zur Stadt fuhr, durfte sich Großvaters Pelz anziehen. Wenn Großvater fuhr, schlug er den breiten Pelzkragen hoch. Von hinten sah er aus wie ein Mann ohne Kopf. Großvaters Atem strich über den Pelz hin. Der Pelz bereifte und roch wie die Schafe im Winter.

Großvater prahlte mit seinem Pelz: »Durch den geht kein Gewehrschuß, das sag ich!«

»Na, Großvater, na?«

»Wenn doch bloß mal einer auf mir schießen wollte!«

»Na, Großvater, na?«

»Mit Schrot natürlich.«

Einmal fiel Großvater winters vom hohen Braunkohlenfuder. Wir erschraken. »Hast du dir weh getan?«

»Ja, Schißchen, ich stak doch in meinem Pelz.«

Ich hab ihn noch heute in Verdacht, den Alten, daß er sich vom Fuder stürzte, um ein bißchen mit seinem Pelz zu prahlen.

Großvaters Tod

Großvater wurde neunzig Jahre alt, und mir ist, als hätte ihn nicht das Alter, sondern der Hunger gefällt. Als der zweite große Krieg der deutschen *Übermenschen* endlich zu Ende war, lag Großvater ausgehungert und entkräftet zu Bett und navigierte sich, wie früher durch sein arbeitsreiches Leben, mit der Uhr und mit dem Kalender auf seine Sterbezeit zu. Er sah auf dem Sterbebett nicht zum Fenster hinaus in die vielhundertjährigen Eichen auf dem Dorfanger, weil er auf seine Enkel wartete und die Stubentür im Auge haben wollte, und neben der Stubentür hing die Uhr. Das Zifferblatt und die Zeiger konnte Großvater ohne Brille nicht mehr erkennen, aber da waren die drahtherben Stunden- und Halbstundenschläge, die seine Sterbezeit in kleine Strecken aufteilten. Wenn die Gewichte der Uhr – in Gußeisen nachgeformte Tannenzapfen – tiefer als die Abstellplatte des Küchenschrankes waren, auf der die Brotbüchse stand, so hieß es: »Die Uhr zieh auf, Alte!«

Den Kalender ließ sich Großvater von Zeit zu Zeit aus dem Tischkasten reichen, und auch das geschah im Befehlston. »Den Kalender!« Er sah nach, wie weit es bis zum Frühling war, und er krakeelte, als die Aussaatzeit des Hafers herankam, ohne daß jemand in den Nachkriegswirren Anstalten traf zu säen.

Die kleine Großmutter rackerte sich ab, denn bald hieß es: »Bett aufschütteln!« oder: »Kartoffeln ran!« Und manchmal aß Großvater einen Topf Pellkartoffeln aus, und manchmal aß er nur eine. Die Hauptsache, die Kartoffeln erschienen auf dem Deckbett, wenn er sie verlangte, und er ließ sich einen Knotenstock geben, mit dem er auf die Dielen stampfte, um seinen Befehlen bei Großmutter Nachdruck zu verleihen.

Bevor er bettlägerig wurde, hatte Großvater diesen Knotenstock nie benutzt, denn er war sein Leben lang steil und dabei beweglich, hatte fast volles Haar, das nicht einmal sehr grau war, bis er sich legte. Den Stock hatte Großvater wie manche seiner Sachen auf einer Auktion erworben. Es war ein *Herrenstock* mit einer kleinen Silberplatte am Ende des waagerechten Knaufs. Großvater fühlte wohl, daß er sich lächerlich gemacht hätte, wenn er mit diesem Stock in den Wald und in die Pilze gegangen wäre. Wichtig war, daß er einen so *feinen* Stock zum *Vererben* besaß, vielleicht, daß einer seiner Enkel doch ein *Herr* werden sollte, und wenn das nicht eintreten würde, so sollte der Stock mir, als dem ältesten Enkel, gehören.

Dann kam der junge Mann, der Großvaters Navigationsgerät, die alte Uhr mit den gußeisernen Tannenzapfen, fortnehmen wollte. Es war ein junger Pole, den die Faschisten während des Krieges verschleppt hatten und der sich auf dem Rückweg in sein ausgeraubtes Heimatland befand. Er trat in Großvaters Stube, nahm vom kranken Greis kaum Notiz und suchte nach brauchbaren Gegenständen. Er steckte dies und das in die Taschen, und Großvater ließ es geschehen, aber dann griff der Jüngling nach der Uhr, und niemand weiß, woher Großvater die Kraft nahm, aus dem Bett zu fahren. Er schwang den Stock und ging auf den jungen Menschen los. Vielleicht wurde in diesem Augenblick die Vorstellung des jungen Mannes von Gespenstern zur Wirklichkeit; denn er flüchtete, obwohl er Großvater mit einer Armbewegung hätte umreißen können.

Großvater pochte auf die Dielen, bis Großmutter kam, die sich versteckt hatte, und Großvater prahlte sogar ein wenig: »An die Uhr wollt er, aber Schißchen, die brauch ich!«

Großvater machte sich ans Sterben wie an eine große Arbeit. Er starb wochen- und monatelang, lag Tag und Nacht auf der Lauer und schrie von Zeit zu Zeit: »Hähä, jetzt kommt er. Er will mir holen. Kahler Hund, du! Zeigen werd ich dir!« Großvater schwang den Stock gegen den Unsichtbaren, und die energischen Stockschwünge holten ihn wohl immer wieder ins Leben zurück. Er schrie und ächzte, daß es durchs ganze Haus hallte, und meine Mutter hielt sich nachts die Ohren zu. Tassen und Teller, Kannen und Schüsseln mußten aus der Nähe des Krankenlagers und vor Großvaters Stockhieben in Sicherheit gebracht werden.

Ich kam zu Besuch aus dem Thüringischen, wo ich arbeitete, und hörte schon im Hausflur Großvaters Sterbeflüche. Ich zögerte, zu ihm in die Sterbestube zu steigen. Ich kann leidenden

Tieren, die stumm sind, helfen, kann sie sogar heilen, aber ich versage, wenn ich Menschen körperlich leiden sehe. Eine Lähmung befällt mich, nicht einmal Trostworte kann ich formen und kann nicht ergründen, wo dieses Versagen seinen Sitz hat, und manchmal meine ich, daß es schiere Feigheit ist, die mich da lähmt.

Die kleine geschundene Großmutter kam nur für einen Augenblick zu uns herunter in die Wohnstube, um etwas zu besprechen, da hörten wir oben nach teuflischen Großvaterflüchen ein dumpfes Fallgeräusch. Großvater hatte sich, um Großmutter für ihre Abwesenheit zu strafen, aus dem Bett fallen lassen.

Wir rannten treppauf. Großvater lag auf den Dielen, das Gesicht nach unten, und schrie und verfluchte die Großmutter – ein Totengerippe in blau-weiß gestreiftem Barchenthemd, kein Zoll Fleisch mehr an irgendeinem Glied, lag da, fluchte und fluchte.

Meine Lähmung setzte ein. Ich sah zu, wie mein Bruder den ehemaligen Großvater von den Dielen hob, doch als das Großvatergerippe wieder gebettet war, erkannte es mich: »Ich sterb hier, und du treibst dir rum, und ich hab dir gerettet, wie du kleene warst!«

Und das war wahr: Großvater hatte mich gesund gepflegt, als ich im Säuglingsalter eine Lungenentzündung hatte und die Mutter im Kindbettfieber lag, und er war nicht von meinem Bett gegangen, bis ich, sein erster Enkel, genas.

Nun schüttete Großvater seinen Zorn über mich aus, seine Enttäuschung, und er verkündete, daß ich seinen Knotenstock nicht haben sollte. Was sollte ein Herumtreiber mit einem Knotenstock? Den Knotenstock sollte mein Bruder haben, der schon Neubauer mit zwanzig Morgen Land war und nach Großvaters Vorstellung die meiste Aussicht hatte, ein *Herr* zu werden.

Ich stand da – keine Handbewegung, kein Wort.

Ich mußte wieder weiter, und ich sah Großvater nicht sterben, aber seine Flüche hörte ich Jahr für Jahr, wenn ich dasaß und an die Kindheit dachte, die poetisch war durch Großvater. Und eines Tages begann ich die Geschichten vom Großvater zu schreiben, und jede Geschichte war eine Abbitte für mein Versagen.

Selbstermunterungen: Leben

Der Sinn meines Lebens scheint mir darin zu bestehen, hinter den Sinn meines Lebens zu kommen.

⁂

Ich will auf jeden Tag neugierig sein und den Morgen eines jeden Tages feiern.

⁂

Und ich will danach trachten, daß mein Tagwerk wenigstens um eine Winzigkeit anders ist als das des Vortags.

⁂

Ich sehe auf meine Väter und sage: »Das Leben vergeht!« Ich sehe auf meine Kinder und sage: »Das Leben fängt an.« Ich sehe nach innen und fühle weder Vergehen noch Anfang.

⁂

In der Jugend erwartete ich was vom Leben; jetzt erwarte ich nur noch von mir was, und wenn ich nichts mehr von mir erwarte, werde ich tot sein, selbst, wenn ich noch leben sollte.

⁂

Wortbrüchiger vor mir dazustehen wird mir von Jahr zu Jahr peinlicher.

⁂

Eine Stunde ist eine Stunde, aber wichtig ist, wo ich sie verbringe, ob vor, ob hinter den Kulissen des Lebens.

⁂

Es wäre mir lieb, wenns mir gelänge, immer ein anderer zu sein als der, für den andere mich halten.

⁂

Das Leben ist verwickelt, verknotet; man erkennt nicht, von wannen der Faden kommt.

⁂

Es braucht viele Jahre, bis mir aufgeht, daß das, was ein Aufschreiber mit dem, was er aufschreibt, erreichen will, nicht mit Händen zu greifen sein darf.

Jahre mit Brecht

Der Hut

Wir wollten nach Holland fahren. »An Hut sollten mir uns kaufn«, sagte Brecht, »über die Grenze geht man besser mit Hut.«

Ich hielt das für einen Scherz und lachte; er lächelte.

Wir kamen nach Aachen. »Jetzt wär's also Zeit z'wegn dem Hut«, sagte Brecht, und da erst erspürte ich, daß es ihm ernst war mit dem Hutkauf, und mir fiel jene Stelle aus der *Carrar* ein, in der es um die Arbeitermütze geht, nach der die Reaktion schießt.

Wir gingen einen Hut für ihn kaufen. Der Laden war vollgestopft mit Hüten von »Spießbürgerglocken« bis zu Zylinderhüten. Brecht versuchte es mit einem Sporthut, setzte ihn auf, stellte sich vor den Probierspiegel und starrte mit weit aufgerissenen Augen, als wäre er erstaunt über sich selber. Ich sollte begutachten. Der Sporthut war fipsig, und Brecht hätte ihn nicht mal in seiner Samson-Körner-Zeit tragen können.

Er versuchte es mit einer Art Trachtenhut. Darin sah er aus wie ein gescherter Jager bei Ganghofer. Noch schlimmer. Jetzt probierte er Hüte in den verschiedensten Grautönen. Auch nichts, allenthalben die Krempen zu mager.

Der eifrige Hutverkäufer wollte sich das Geschäft nicht entgehen lassen. Er schickte ins Lager. Jetzt kamen alle Arten von Schlapp- und Künstlerhüten hervor. Brecht probierte und probierte, starrte sich im Spiegel an und forderte mein Urteil. Nichts, nichts, ein Brecht ohne graue Tuchmütze war für mich unmöglich.

»Wenn ich nur den fänd, wie ihn der Valentin mal gehabt hat«, sagte Brecht und probierte unermüdlich wie bei einer Kostümprobe auf dem Theater. Mit Schlapphüten sah er aus wie ein schlechtgetarnter Einbrecher, besonders, wenn er mit starrem Blick in den Spiegel sah.

Er überlegte, ob wir nicht einen anderen Hutladen aufsuchen sollten. Ich riet ab. Mir war, als hätten wir bereits alle Männerhutmodelle der Welt, bis auf ausgesprochene Texashüte, durchprobiert.

Nun, so wollte Brecht, der die Mühe des Hutverkäufers anerkannte, eben einen Schlips kaufen. Alle Schlipse im Laden waren natürlich bunt, wie es die derzeitige Mode vorschrieb. Brecht aber wollte einen grauen Schlips.

Es wurde wieder zum Lager geschickt. Man brachte die altmodischsten Schlipse, über die das Haus verfügte, sogar solche zum Anschnallen waren dabei. Brecht zog einen hellgrauen Schlips aus dem Haufen. »So einer wär schon recht, nur so bunt, wenn er nicht wär!« Die Schlipse, die den Grauton hatten, der Brecht vorschwebte, waren die zum Anschnallen. Da riet ich wieder ab. Schließlich nahm Brecht den dunkelsten Schlips von den hellgrauen.

Der Verkäufer wollte aufseufzen, fing den Seufzer aber ab und hüstelte. Er wollte den Schlips eintüten, doch Brecht kam ihm zuvor, nahm ihn und stopfte ihn in die Jackentasche. Der Verkäufer sah drein, als ob er jemanden Erdbeeren mit dem Messer essen sähe.

Wir kamen an die Grenze. Ein westdeutscher Grenzpolizist prüfte unsere Papiere. Er besah uns von oben nach unten und von unten nach oben: Brecht mit der zerknitterten Litewka und den ausgebeulten Hosen, mich mit der ledernen Motorrad-Rennweste. Dann kam's im Tone eines preußischen Kompaniefeldwebels: »Was, Schriftsteller seid ihr? In dem Aufzug?« Er sah wieder in die Papiere. »Aus der Ostzone natürlich, na, da werd ihr was schreiben.«

Ich ging hoch, verbat mir den Kasernenton. Brecht zitterte vor Empörung, doch er sagte nichts. Man ließ uns passieren, und Brecht sagte, immer noch kopfschüttelnd: »Aber an Hut, wenn wir gehabt hätten ...«

Bal i mal stirb …

»Gott, wenn's einen gibt, ist ein Lächler«, pflegte Brecht zu sagen. »Dieser Kerl lacht den ganzen Tag über seine Schwächen und Dummheiten.«

Es gab Stunden, da war Brecht dem Gott, den er sich ausgedacht hatte, ähnlich. Eines Tages sagte er: »Heute abend treffen wir uns beim Eisler-Hanns!«

Wir saßen zu dritt und sprachen über Eislers Text-Dichtung zu seiner *Faust*-Oper.

»An diesem Faust hat sich schon der Goethe vergriffen, bedenk, Hanns, man verzeiht es dir nicht«, sagte Brecht.

Hanns Eisler wollte nicht einsehen. Brecht behielt leider recht: Eisler bekam's schwer mit seiner *Faust*-Dichtung, die ich für groß halte.

Eisler war an jenem Abend bestürzt über die *Prophezeiungen* seines Freundes Brecht. Brecht sah es ihm an. »Jetzt spiel mir mein Lieblingslied, damit's lustig wird, Hanns!«

Eisler sträubte sich, dann spielte er doch, und Brecht sang mit seiner krähenden Stimme: *»Bal i mal stirb, stirb …«* Das war ein alter Wiener Schmachtfetzen, sacharinsüß in der Melodie, multisentimental im Text. Brecht stieß mich einmal ums andre. »Hör's dir an, hör's dir an, besser als vom Eisler wirst' das dein Leben nimmer hörn. An Kitsch, daß' schon wieder schön is!« Dabei schlug er sich auf die Schenkel und sang krächzend und sang, bis Eisler mit Altstimme nach Art der Bänkelsänger einfiel: *»Bal i mal stirb, stirb, stirb …«*

Manchmal denk ich, wir hätten sie beide noch haben können, wenn sie ihn nicht mit dem Schmachtfetzen gereizt hätten. Vielleicht mag er Kitsch auf den Tod nicht, der Tod.

Die Brecht-Nessel

Es war nachts, nach zwölf Uhr, und wir wurden von der Grenzpolizei zwischen Frankreich und Belgien aufgehalten. Irgendein Ausweispapier war abgelaufen, und wir durften nicht nach Belgien hinein, und eine Verlängerung der Bescheinigung, gegen entsprechende Francs, war erst am nächsten Morgen zu erhalten. In der Nähe der Polizeistation gab's ein Grenzgasthaus, als stünde es für Leute wie uns, denen eine Bescheinigung ausgegangen war, an der Landstraße.

Eine Klingel gab es nicht, und wir pochten, und eine verschlafene Wirtin öffnete uns, und sie schien es gewohnt zu sein, nachts von Leuten herausgeklopft zu werden, denen irgendein Papier abgelaufen war.

Im Flur brannten Notlampen, und im Gastraum herrschte Balzac-Stimmung. Brecht erhielt sogar noch sein obligates *Bettkäsebrot*; allerdings ohne Bier, und er nippte etwas Rotwein zum Brot.

Wir schliefen gut, und am Morgen sahen wir auf die sonnige, sehr plane und etwas karge Grenzlandschaft.

In der Gaststube tafelte uns ein Mädchen das Frühstück auf, und als wir zum Fenster sahen, das nach der Polizeistation und der Grenzstraße hinausging, erhoben wir uns gleichzeitig von den Stühlen, weil das Fenster von eigenartigen Blattpflanzen zugerankt war. Es waren Pflanzen mit dunkelroten Stämmen und hellroten Blättern, und durch die Blätter schien die Morgensonne, und das Fenster sah aus wie ein Butzenfenster aus einer *Faust*-Bühnendekoration.

Brecht betrachtete die eigenartigen Pflanzen sehr eingehend und sagte: »Erstaunlich!« Ich spürte, daß er sich eine solche Pflanze wünschte, und begann in meinem Selbstunterrichts-Französisch das Mädchen um einige Ableger von diesen seltsamen Pflanzen zu bitten. Brecht nickte mir zu, doch er half mir nicht mit seinem Schulfranzösisch. Seine Zunge war auf Augsburgisch eingestellt, und er kam sich lächerlich vor, wenn er sie ausländisch und *geschert* verdrehen sollte. In bezug auf seine Muttersprache war er der größte Chauvinist, den ich kannte, und Holländisch nannte er *verkommenes Deutsch.* Auf einer Schriftstellertagung, bei der die Verhandlungssprache Englisch war, leitete er seinen Diskussionsbeitrag ein: »My English ist baddd, but my German ist better.« Und er sprach Deutsch mit ein wenig Wollust, wie mir schien, und das besonders nach seinen Erlebnissen mit dem *Ausschuß für unamerikanische Umtriebe.*

Ich erhielt also die Ableger von den rotblätterigen Pflanzen, und wir brachten sie, in Zeitungspapier gewickelt, das wir unterwegs von Zeit zu Zeit anfeuchteten, durch Belgien und durch Westdeutschland und schließlich nach Berlin, und als wir uns nach dieser langen Reise trennten, teilten wir uns die Ableger.

Ich weiß nicht, was aus den seinen wurde, und ich sah sie nie auf dem Fensterbrett in der Chausseestraße. Ich pflanzte meine Ableger ein, doch nur einer von ihnen ging an, und eine Zeitlang hatte er nur zwei armselige Blätter. Dann aber wuchs er doch langsam ein und trieb.

Es war eine seltene Art der Buntnessel, die wir uns da in Belgien eingehandelt hatten, und sieben Jahre später sah ich sie in Sotschi am Schwarzen Meer, und dort wuchs sie im Freien in einem Park, Tausende Buntnesseln zur Einfassung von Blumenrabatten.

Meine Buntnessel wuchs also, und wenn ich bei Brecht war, konnte es vorkommen, daß er, wenn sein Blick das Blumenfenster nach dem Hof mit der grauen Friedhofsmauer streifte, plötzlich fragte: »Gibt's eigentlich diese erstaunlich rote Pflanze noch?«

Da mochte er sich wohl unserer gemeinsamen Frankreichfahrt erinnern, die für ihn und sein Theater die erste westeuropäische Triumphfahrt gewesen war. Er wurde in der Comédie Française gefeiert, er, die Weigel und seine Schauspieler. Er hatte den kommunistischen Ideen Theaterröcke angezogen und sie zu den suchenden westeuropäischen Intellektuellen in Marsch gesetzt.

Ich versicherte ihm damals des öfteren, daß es diese *erstaunlich rote Pflanze* noch gäbe, denn ich zog bereits Ableger von ihr und wollte ihn mit einem Butzenfenster überraschen, wie wir es damals auf der französischen Grenzstation gesehen hatten.

Der Tod wartete nicht, bis ich mein Fenster fertig hatte, und er griff sich Brecht, und es war am traurigsten Geburtstag meines Lebens.

Wir aber nennen jene Buntnessel jetzt *Brecht-Nessel*, und ich gebe meinen Freunden von Zeit zu Zeit Ableger von ihr, und als mir in einem Winter, da ich verreist war, meine Zimmerblumen und mit ihnen die Buntnesseln erfroren, holte ich mir Ableger von Freunden, und jetzt, da ich das schreibe, stehen drei große *Brecht-Nesseln* in meinem Blumenfenster.

Kundenerziehung

Die Schriftsteller Berlins veranstalteten den jetzt traditionellen Mai-Buchbasar zum erstenmal. Ich sollte Brecht überreden, daran teilzunehmen. Ich überredete ihn nicht, und er nahm teil.

Die Schriftsteller bildeten Gruppen, und jede Gruppe erhielt einen Lastkraftwagen. Man bot Brecht an, in der Fahrerkabine des Lastwagens Platz zu nehmen. Er lehnte ab, obwohl er solche Bequemlichkeiten liebte, doch er wollte stets einen Bekannten bei sich haben, auf den er zurückgreifen konnte. Allein gelassen, schien er schmal wie ein Kind in der Fremde.

Wir fuhren auf die Vergnügungsplätze. Unsere Bücher wurden ausgeladen, und wir eröffneten einen *fliegenden* Verkaufsstand. Die Rummelplatzbesucher starrten uns an. Es fiel schwer, sie davon zu überzeugen, daß es *modern* sei, zwischen Schiffschaukeln und Drehorgeln Bücher zu kaufen. Unser Anreißer verhieß eventuellen Buchkäufern die Autogramme der Schriftsteller wie Zugabebonbons.

Schließlich entschlossen sich einige Vergnügungsplatzbesucher, mit der Geste des Erbarmens, näher zu treten. Einige mochten Brecht von Zeitungsporträts her kennen und dachten wohl an einen Rummelplatzschwindel, als man ihnen einen Mann in einem immer ein wenig zerknautscht aussehenden Mantel, mit einer etwas fleckigen *Schiebermütze* und einem nicht gerade frischrasierten Gesicht als *echten* Brecht unterschieben wollte. Schließlich probierten sie es mit einem Autogramm, gewissermaßen, um die *Echtheit* zu prüfen.

Ich stand neben Brecht, um ihm gegebenenfalls behilflich sein zu können. Mich kannte niemand, denn ich war *frischgebacken* und hatte soeben meinen ersten Roman mit dem abschreckenden Titel *Ochsenkutscher* herausgebracht. Brecht aber hatte sich in den Kopf gesetzt, mich bekannt zu machen, und wenn jemand ein Autogramm von ihm wünschte, sagte er: »Sie gestatten, daß ich mir zunächst selber ein Buch kaufe.«

Die Leute wollten natürlich sehn, was für ein Buch der zweifelhafte Brecht kaufen würde, und seine *Echtheit* wurde wieder in Frage gestellt, als er ein Buch über Ochsen kaufte. Ich mußte Brecht eine Widmung hineinschreiben, und ich schrieb *In Dankbarkeit* hinein, und die Leute kauften mein Buch trotzdem nicht.

War Brecht jetzt entmutigt? Niemals. – Wir fuhren auf den nächsten Vergnügungsplatz, und wir packten unsere Bücher wieder aus, und Brecht kaufte wieder ein Buch von mir, und ich mußte ihm wieder etwas hineinschreiben, und ich schrieb wieder *In Dankbarkeit* hinein, und die Leute kauften mein Buch trotzdem nicht, aber Brecht ließ nicht nach. Er kaufte an jenem Maitag auf verschiedenen Rummelplätzen wohl an sechs, sieben Bücher von mir und nannte das *Kundenerziehung*, und er betrieb sie mit der gleichen Intensität wie die *Zuschauererziehung* in seinem Theater.

Zum Schluß lächelten wir uns an wie Kinder, deren Versuch, Fische mit der Hand zu fangen, fehlschlug.

Wenn ich heute auf dem Maibasar beim Büchersignieren zum Aufschauen komme, denke ich an Brecht und an unseren ersten Buchbasar, und ich weiß nicht genau, was Früchte trägt, seine *Kundenerziehung* oder die Tatsache, daß er mich eine Weile erzog.

Der Kommissar

Was doch Reporter verschiedener westlicher Zeitungen ihren Lesern zumuten! Nach der Premiere meiner Bauernkomödie *Katzgraben*, die unter Brechts Regie lief, berichtete eine westdeutsche Zeitschrift, die *Der Spiegel* genannt wird, mich gäbe es gar nicht, und mein Name sei ein Pseudonym von Brecht, unter dem er ein *ostdeutsches* Gegenwartsstück auf die Bühne brächte.

Einige Jahre später druckte man in der gleichen Zeitschrift eine Besprechung meines Romans *Der Wundertäter* und verwies auf den Artikel über meine Komödie *Katzgraben* von vor Jahren. Brecht hatte also, wenn man den *Spiegel*-Leuten glaubte, auch diesen Roman geschrieben, aber er lebte damals schon nicht mehr.

Vor einer Schriftstellertagung in Amsterdam besuchten wir mit Brecht dort eine Buchhandlung. Der Buchhändler erkannte Brecht und musterte mich aufdringlich. Er verschwand, kam mit einer Zeitung zurück und bat Brecht, einen bestimmten Artikel zu lesen. In dem Artikel stand, die *ostdeutschen* Behörden hätten Brecht, wider Erwarten, die Ausreise nach Holland gestattet, doch man habe ihm einen Kommissar beigegeben, der als Chauffeur getarnt sei. Der Buchhändler meinte es also *gut* mit Brecht, denn für den getarnten Kommissar hielt er mich, und ich trug eine Lederjacke.

Brecht lachte, als er den Artikel gelesen hatte, und sagte: »Diesmal packen mir sie!«

Die Tagung begann. Brecht saß im Präsidium, und man wußte seine Anwesenheit zu schätzen. Er wurde gefeiert, doch jedesmal, wenn ein Beschluß gefaßt werden mußte, sagte er: »Halt's amal! Ich muß da erst mein' Kommissär befragn gehn!« Er machte einen *großen Gang*, wie man's auf dem Theater nennt, und er kam zu mir und fragte: »Derf ich?«

Die Katze

In den Geschichten vom *Herrn Keuner* gibt's eine Stelle, aus der hervorgeht, daß Herr *Keuner-Brecht* Katzen nicht besonders liebt; einer Katze aber, die sich zur Ruhe hingestreckt habe, zolle auch er den nötigen Respekt vor dieser Arbeit. Herr *Keuner-Brecht* hatte also die Katzen gut beobachtet.

Eines Abends kam ich zu Brecht und sah ein schwarzweißes Kätzchen auf seinem Abendbrottisch. Die Wurst hatte es schon von den Broten gefressen, und jetzt leckte es die Butter ab. »Schau an, Herr Keuner und die Katzen!« sagte ich in der Art, wie wir uns gegenseitig zu frotzeln pflegten. Er sagte oft: »Guhn Abend! Wie geht's dem Pferd?«, und spielte auf meine Pferdenarrheit an. Ich stellte fest, daß er von seinem Arbeitsplatz geflüchtet war, damit sich die Katze dort tummeln konnte. Er wurde verlegen, nahm die Sache sehr ernst und gab Erklärungen ab, wieso man eine Katze, wenn sie sich einmal eingefunden habe, nicht sofort und ohne weiteres abschieben könne, und man müsse dies und das berücksichtigen. Aber die Katze fraß, ungerührt von allen Theorien, Brechts Abendbrot.

Bei späteren Besuchen sah ich die Katze wieder. Sie war noch frecher geworden, und meine Frotzeleien wurden nachdrücklicher, weil es mir, ich gesteh es, Spaß machte, ihn, der sonst so schlagfertig war, immer aufs neue in Verlegenheit zu bringen und in *Katzendiskussionen* zu verwickeln. Und ich spielte auf das *kleine Organon* an, und daß das eine eben die Theorie und ein anderes die Praxis sei und daß man es doch an der *Keuner-Katze* sehen könne.

»Natürlich«, sagte er, »dös möcht auch gräßlich ausschaun, wenn dein Pferd sich auf 'm Abendbrottisch wälzen wollt!«

Selbstermunterungen: Schreiben

Je älter ich wurde, desto mehr reduzierten sich meine Vorstellungen vom Glück. Jetzt gibt es nur noch eine: Schreiben. Nicht schreiben wollen, sondern schreiben müssen.

Es gibt keine Wahl mehr.

*

Ich will nur noch aufschreiben, was ich wirklich sehe, und ich will aufschreiben, was ich wirklich weiß, und ich will aufschreiben, was ich wirklich fühle. Das ist nicht leicht, aber ich hoffe, damit aufzuschreiben, was nur ich aufschreiben kann.

*

Bald ist es soweit, daß mein Glück nur noch aus meiner Arbeit kommt.

*

Ich will mich davor hüten, den Lesern meine Bücher aufzuschwatzen, auch will ich mich davor hüten, etwas in meine Bücher hineinzugeheimnissen. Aber lieb wäre mir, wenn einige Leser, die auf das stoßen, was ich aufschrieb, ganz für sich sagen würden: Das ists, was ich dachte, ohne es ausdrücken zu können; der da hats mir abgenommen.

*

Ein toter Dichter ist manchen Politikern lieber als ein lebender.

*

Sobald ich schreibend in diese Notizhefte krieche, fühle ich mich recht eigentlich wohl. Ich versuche in diesen Heftchen, Kieselsteinchen für Kieselsteinchen, die Welt so aufzubauen, wie sie sich mir darstellt. Es gelingt mir freilich nicht immer.

Mein Mantel aus Pferdeduft

Als ich noch ein Pferderäuber war

Ich will erzählen, wie man ein Pferderäuber wird, aber sollten auch andere Tatsachen die Gelegenheit nutzen und mich zu ihrem Maul machen, so werde ich sie nicht daran hindern.

Ich war zehn Jahre alt, als ich das erste Pferd für die väterliche Kleinlandwirtschaft erhandelte. Das war mein Gesellenstück als Pferdehändler, und die Tatsache ging in die mündliche Familienchronik ein.

Das erhandelte Pferd war ein weitgereistes Tier, eine »importierte« Trakehnerstute, ein Roß aus dem damaligen Lande Ostpreußen also, ein Rassepferd, und auf den Schenkel der Stute war die Stilisierung einer Elchschaufel gebrannt, und die Stute war eine Einmaligkeit unter den Pferden, die bis dahin über unseren Hof gezogen waren.

Ich hatte das hirschrote Tier bei einem Kleinbauern im Nachbardorf entdeckt, und der Kleinbauer hatte die Trakehnerin von einem verkrachten Gutsbesitzer erworben.

Die Stute gehörte dort zur »Konkursmasse«, und sie war billig gewesen, aber der Kleinbauer konnte sie nicht behalten, denn sie war ihm als Einzelpferd zu schwach, deshalb wollte er sie verkaufen, und er wollte sie nicht ohne Gewinst verkaufen. Sie sollte fünfhundert Mark kosten.

Der Preis überstieg unsere Verhältnisse, doch ich beschwor den Vater, die Gelegenheit nicht zu versäumen, ein gutes Pferd zu kaufen, und der Vater gab nach, aber er machte zur Bedingung, das Pferd dürfe nicht mehr als dreihundert Mark kosten.

Ich weiß nicht, ob der hagere Stutenverkäufer sich über mich lustig machte oder ob er meine eingelernte pferdehändlerische Geschicklichkeit bewunderte, jedenfalls handelte er mit mir, doch beim Preis von dreihundertundfünfundsiebzig Mark stockte der Handel.

Ich rannte nach Hause, und ich verständigte den Großvater, und ich tat damit, glaub ich, nichts anderes, als es Botschafter in der großen Politik tun, wenn sie mitten in Verhandlungen in ihre

Heimatländer zurückfliegen, um sich Direktiven für eventuelle Kompromisse zu holen.

Großvater erklärte sich bereit, fünfundsiebzig Mark auf den vom Vater bewilligten Betrag draufzulegen, und er ging mit ins Nachbardorf, aber der krummhagere Bauer sagte, er hätte nur spaßhalber mit mir gehandelt, er könne das Pferd nicht für einen Schinderpreis hergeben. Ich sah den Bauern aus dem Keller meiner kindlichen Enttäuschung an, und der Bauer schien zu spüren, daß er dem Weltgewissen gegenüberstand.

Die Trakehnerstute zog bei uns ein, und sie war fromm. Das Adjektiv »fromm« benutzt der Mensch nur für sich und für Pferde, aber damit die Unterschiede zwischen Mensch und Pferd nicht ganz verwischt werden, bringt es ein Pferd nur zur *Frommheit* und nie zur *Frömmigkeit.* Jawohl, das O mit den zwei Strichelchen am Kopfe behielt sich der Mensch sicherheitshalber vor, aber man kann trotz dieses mückigen Unterschiedes ermessen, wie nahe ihm das Pferd einst gestanden haben muß, als es ihm noch Rakete und Ernährer zugleich war.

Die Stute war also fromm, und das war wichtig für meine Mutter. Sie streichelte das Tier mit ausgerecktem Arm. Die Stute zog den Mistwagen und den Pflug, und das war wichtig für meinen Großvater; er bearbeitete unsere kleinen Äcker mit ihr.

Die Stute ließ sich reiten, ging in der Kutsche und war schön. Das war wichtig für mich. Es lag ein goldener Schimmer über dem hirschroten Fell der Stute. Ihr Haar glänzte, und es ging eine große Schönheit von der Stute aus. Wenn die Stute auch Fohlen bekommen hätte, wäre mein Ruhm als Pferdehändler in der Familie und im Dorfe noch größer gewesen, aber die Stute bekam keine Fohlen mehr, denn man hatte sie zu lange nicht als Zuchtstute benutzt, und sie fohlte nicht mehr.

Mein Vater fuhr mit dem Brotwagen in die Nachbardörfer, und er ließ sich gern mit der Stute und ihren raumgreifenden Gängen und ihrem unermüdlichen Trab sehen, und alles ging gut, und alle waren mit der Stute zufrieden.

Der Sommer kam. Der Sommer ging. Graue Pferdebremsen wurden geboren. Sie nährten sich von Pferdeblut, sie waren ein ganzes Geschlecht, das sich vom Blute der Pferde nährte. Sie zeugten Junge und verschwanden. Die Bäume und die Sträucher zeugten Blätter und verloren sie im Herbst, und wir nannten die Blätter Fallaub. Im Frühjahr erschienen neue Blätter, und auch die alterten im Laufe eines Sommerhalbjahres, und sie erstarrten zu Fallaub und fielen, und alles schien sich zu wiederholen, die Bremsen und die Blätter, doch es waren in jedem Sommer andere Pferdebremsen und andere Baumblätter, denn wir sind grobsinnig und täuschbar.

Auch unsere Stute alterte unter ihrem Goldglanz. Sie wurde anfällig, und eines Tages steckte das Stutenschicksal in der Gestalt eines Immersäufers den Kopf aus dem Fenster des Wirtshauses und rief: »Nicht so stolz, Bäcker, vorm Durst sind wir alle gleich, Bäcker!«, und der Vater konnte diesen Zuruf aus Rücksicht auf seine Kundschaft nicht unbeachtet lassen.

Es war ein eisklarer Märzentag, und es graupelte. Es war ein Tag, an dem es angenehmer war, Grog als Bier zu trinken, und die vom Brotausfahren erhitzte Trakehnerstute stand uneingedeckt im eisverbrämten Ostwind vor der Wirtshaustür.

Die Stute wurde krank. Sie bekam Verschlag, und sie konnte die Hinterbeine nur noch schleppend bewegen. Obwohl ich weiß, daß ein Pferd keine Hinterbeine hat, schreibe ich nicht *Hinterhand*. Ich bitte alle Pferdemänner und alle Mitglieder der Reit- und Pferdezuchtverbände, mir zu verzeihen, denn es sollen mich viele Leser verstehen, aber sie werden mich nicht verstehen, wenn ich im Berufsgruppen-*Latein* schreibe, in der Kastensprache der Jäger zum Beispiel mit ihren *Lauschern, Löffeln* und *Geäsen*.

Ich nehme es den *Grünröcken* nicht übel, wenn sie über mich, den gemeinen Mann, die *Riecher* rümpfen, und ich bitte auch prophylaktisch die Sportler um Entschuldigung, wenn ich ihren Berufsjargon ignoriere, denn es bleibt dabei: ich halte den *Dadaismus* für dekadent.

Der Großvater behauptete, mein Vater wäre schuld an der Krankheit der Stute, er hätte sie zu lange uneingedeckt vor dem Gasthaus stehenlassen. Aber Schuld her, Schuld hin: der Tod sucht Ursache, und Großvater hätte nicht so ausfällig werden sollen, denn »alle sieben Jahre paßt ein Schuh«, heißt es bei uns in der Heide, und darin steckt eine Erfahrung: Nachlässigkeiten und

Versehen, für die du deinen Nachbarn tadelst, als ob du sein Oberrichter wärest, sind schon unterwegs zu dir, und es kann sieben Jahre währen, bis sie dich erreichen, aber sie treffen auch dich, und auch du wirst was vernachlässigen, und auch du wirst etwas versehen.

Großvater rieb die Stute mit Kampferspiritus ein, legte ihr Lehmkompressen auf, und er probierte all seine Pferdeheilkünste durch, doch sie schlugen nicht an. Die Augen unserer Trakehnerstute trübten sich, und der Goldglanz ihres Haares flog mit der Gesundheit davon. Der Tod begann in der Stute einen geheimnisvollen Beschluß des Lebens zu verwirklichen, und er saß bereits im Blute und in den Muskeln der Stute, und er löste die Stute von dorther auf.

Unsere Trakehnerin sollte zum Roßschlächter im Glasmacherort in der Heide gebracht werden, aber wer sollte sie hinführen, wer?

Der Großvater wollte den Galgengang nicht übernehmen. Der Vater hatte keine Zeit. Die Großmutter sollte die Stute nicht wegbringen, denn ein *Schindergang* war keine Weibersache. Es blieb nur einer übrig, und das war ich, und ich war stolz, daß mir Großvater die Mannshärte für den Schindergang zutraute.

Ich schob mir zwei Butterbrote in die Jackentaschen, setzte die Schirmmütze auf und ging zum Stall. Ich nahm dem Großvater den Strick aus der Hand, aber ich vermied es, die Stute anzusehen, und ich sah starr zum geöffneten Hoftor hinaus. Ich verhielt mich, wie sich der Mensch im allgemeinen dem Unglück gegenüber verhält: er sieht ab von ihm, obwohl was zu lernen wäre, wenn er hin- und draufsähe, aber der Mensch schaut lieber in die Zukunft, und er träumt, daß die Zukunft makellos und ohne Unglück sein wird, und dabei leuchtet aus einem Loch am Wege schon die rote Mütze seines nächsten Unglücks, und er hätte dieses Unglück vielleicht umgehen können, wenn er sein letztes Unglück genauer betrachtet hätte.

Auf dem Mühlberg hinter der hölzernen Windmühle straffte sich der Stutenstrick. Ich mußte mich doch umschauen. Die Stute blickte nach dem hellgelben Bäckereigehöft zurück. Es war, als ob sie ahnte, was ihr bevorstand. Wenn ich meinen Großvater gefragt hätte, ob die Stute es ahnte, so hätte er mir geantwortet: »Sie ahnt es!« Aber der Großvater war ein einfältiger Kossät, und seine Antwort wäre anzweifelbar gewesen, doch war auch ein gewisser Thomas Mann einfältig, wenn er behauptete, Transzendenz sei vor allem im Tierischen? Er wird es wohl erfahren haben. Ich stehe nicht an, Dichtern genauso zu traun wie Wissenschaftlern, weil ich erfuhr, daß in jedem echten Wissenschaftler ein Poet und in jedem echten Poeten ein Wissenschaftler steckt, und die echten Wissenschaftler wissen, daß ihre Hypothesen dichterische Ahnungen sind, und die echten Dichter wissen, daß ihre Ahnungen unbewiesene Hypothesen sind, und weder die einen noch die anderen lassen sich von der Mannigfaltigkeit der Erscheinungen verwirren oder halten einander für Kontrahenten.

Als die Stute sich mir zuwandte, wars mir, als rännen Tränen aus ihren getrübten Augen, und da tropfte auch mir das entsprechende Wasser aus den Augen, und der Wind, der die Mühle trieb, wehte meine Männlichkeit davon. Ich verfütterte meinen Reiseproviant an das Tier, denn ich erhoffte mit dieser Gift Verzeihung für meine beabsichtigte Roheit von der Stute zu erlangen, und ich wendete, und ich trieb heimzu, und der Stutenstrick hing durch, und er spannte sich nicht mehr.

Der Großvater trat aus seiner Baukammer. Er sah, was mit mir war, und er atmete tief. Alle Luft über dem Hofe schien in seiner Lunge zu verschwinden, und dann brüllte er: »Der Deibel soll dir holen!« Niemals vorher und nachher hat mich mein Großvater so zornig beschimpft wie dennmals, als ich die Todesstute zurückbrachte. Er explodierte, und seine Worte sprangen wie giftige Splitter umher, und wer mich je in gleicher Weise »explodieren« sah, der halte mir zugute, daß da das Erbteil von meinem sorbischen Muttervater durchbrach. Ich mühe mich, dieses Erbteil zuunterst in der Truhe meiner Charaktererbteile zu halten, aber es gibt immer wieder Anlässe, die es telekinetisch nach oben fahren lassen.

Brecht versuchte mich zu lehren, wie man seinen brausenden Zorn, wie man seine rappeligen Zörner bezwingt und wie man sie in *Theaterkräche* ummünzt, aber je länger ich Brecht kannte und beobachtete, desto gewisser wurde mir, daß auch *ihm* nicht immer gelang, was er mich lehren wollte. Wenn nach einem seiner *Theaterkräche* seine Halsmuskeln zuckten, so hatte sich das Leben nicht von ihm belehren lassen.

Großvater packte den baumelnden Pferdestrick. Er machte sich barhaupt auf den Weg in den Glasmacherort. Er fluchte, und er spie nach allen Seiten aus, und seine Tränen tropften auf den blauen Kutscherschurz.

Wenn man sich eine Stärken- und Längenordnung für Gewissensbisse vorstellt, dann steht auf der obersten Zeile die Qualenmenge, die sich der Umbringer eines Menschen zu machen hat, sofern er diesen Menschen nicht für sein Volk oder Vaterland oder aus politisch unumgänglichen Gründen, wie es des öfteren heißt, umbrachte, denn in diesem Falle verteilen sich die Gewissensbisse auf alle Mitglieder der Gemeinschaft, für die er mordete, und er darf sich fast so fühlen, als wäre er kein Mörder. Auf den unteren Zeilen dieser Liste würden dann die Zeitlängen von Gewissensbissen stehen, die den Vernichtern von Blattläusen und Wasserflöhen abverlangt werden, und die Zeiträume dieser *Bisse* wären kurz, fast nicht mehr registrierbar, und die Gewissensbisse für die Vernichtung von Mikroben würden überhaupt nicht aufgeführt sein, denn an der unteren Grenze seiner Sehkraft scheint die Verantwortung des Menschen für das Leben zu enden, obwohl wir seit langem wissen, daß das ein Irrtum ist, denn der Mensch bekommt es zu spüren, wenn er zum Beispiel gegen Bodenbakterien frevelt und die Erde, aus der er selber herauswuchs, verwüstet, aber wir fahren trotzdem fort, in diesen Dimensionen zu sündigen.

Es wurde nötig, ein neues Pferd anzuschaffen: In den Nachbardörfern wartete die Brotkundschaft, und die Äcker mußten bestellt werden. Wir mußten uns ein Pferd zum Brotausfahren leihen, und wir liehen uns eines in der Nachbarschaft. Die Großmutter mußte als Bittstellerin und ich mußte als Kutscher in die Nachbarschaft gehen. »Pferd und Frau verborgt man nicht, lieber die Frau«, sagten die Heidbauern, aber die Großmutter konnte so herzheiß bitten, daß sie ihren Lebensunterhalt auch hätte als Bettlerin bestreiten können. Wenn wir unser Leihpferd erhalten hatten, faltete Großmutter ihre Hände unter der Schürze, und sie betete zu Gott, er möge dafür einstehn, daß das geliehene Pferd nicht allzuviel Mucken habe und daß es nicht lospreschen möge, bevor man auf dem Brotwagen saß. »Liebes Jechen, sei uns gnädig!«

Es mußte ein neues Pferd heran, und der Vater fuhr mit dem Fahrrad zum Pferdemarkt. Er kam zu spät dort an, denn alle Pferde, die paßrecht für uns gewesen wären, waren schon verhandelt, aber der liebe, liebe Zufall trieb meinem Vater in einer Marktschenke den Gelegenheitsviehhändler Karle Sudler aus dem Nachbarort entgegen: Wenn der Vater und Karle Sudler auch Nachbarn waren, zwischen deren Gehöften nur zwei Quadratkilometer mit Pflaumenbäumen umsäumte Felder lagen, so begrüßten sie sich doch wie Mitglieder einer Expedition, die von verschiedenen Punkten zum Pol aufbrachen, denn der kleine Bauernmensch erzittert in der Fremde, und die beginnt hinter seinem Dorfe, und er ist in der Fremde bereit, sich mit seinem ärgsten Feind zu versöhnen, weil das, was sie im Heimatdorf verfeindete, draußen im Weltenraum gegenstandslos wird.

Karle Sudler war schwarzhaarig, und er hatte glutvolle Dunkelaugen. Man munkelte, seine unbemannte Mutter, eine Hebamme, die straßauf, straßab unterwegs war, um den Bauernkindern ins Leben hinein zu helfen, hätte eines Tages mit einem Zigeuner zusammen im Straßengraben abgerastet.

Karle Sudler war ein *Denksportler*, obwohl diese Sportart damals noch nicht bekannt war, denn die Kreuzworträtsel waren noch nicht erfunden, und wenn sie erfunden gewesen wären, so hätte das dem Sudler-Karle nichts genutzt, denn er las keine Zeitung. Sudler fertigte sich die Denksportaufgaben selber an, doch sie waren nicht so harmlos wie die heutigen, und die meisten ließen sich in der Frage zusammenfassen: Wie verwende ich meine Skrupellosigkeit, um mich an weniger skrupellosen Mitmenschen zu bereichern?

Karle Sudler begrüßte meinen Vater ausgiebig und groß, und er unterbreitete meinem Vater seine Biedermannssorgen. Er verriet meinem Vater unter Brüdern, daß er seit dem Frühmorgen auf ein paar dunkelbraune Kutschpferde aus wäre, daß es sich um eine Stute und einen Wallach im Brandenburger Modell handele und daß ein Tuchfabrikant das Gespann »abstoßen« wolle, um sich jüngere *Prescher* zu kaufen. Karle Sudler hatte den Klepper, der seinen Kutschwagen zu Markte getreckt hatte, bereits verkauft, und er hatte die Fabrikantenpferde schon »mächtig« heruntergehandelt, aber das Geld, das er bei sich führte, reichte nicht, um das Passergespann zu kaufen.

Karle Sudler machte den Vater auf das Kutschgespann lüstern. Er schlug vor, der Vater sollte eines und er würde das andere der Passerpferde kaufen, und an Sonntagen würden sie die Pferde zusammenspannen, und sie würden Hochzeits- und Kutschfahrten unternehmen. »Wir werden fahren, fahren werden wir, daß alles rumpelt«, sagte der Sudler, »und die Pferde werden sich verzinsen, daß unseren Neidern die Augen übergehn!«

Das Pferdegespann war bis auf sechshundert Mark heruntergehandelt, und das war billig für zwei brauchbare Pferde, aber der Sudler-Karle hatte nur zweihundertundfünfzig Mark in der Tasche, jedenfalls in der Tasche, in die er griff, als es ans Bezahlen ging, und mein Vater, dem der Geldmangel seines »Kompagnons« peinlich war, legte wortlos und vornehm dreihundertundfünfzig Mark dazu, und Karle Sudler nickte zustimmend, weil der Vater genau das tat, was Sudler von ihm erhoffte, und weil der Vater es so vornehm und schweigend tat.

Vater und Karle Sudler fuhren im Kutschwagen heim. Das alte Fahrrad des Vaters klapperte hinten im Herrschaftssitz vor sich hin. Sie kehrten unterwegs in den Gasthäusern ein, und sie ließen ihre künftigen Hochzeitsfuhrenpferde bewundern, und der Vater bezahlte die Zechen, weil die Brieftasche vom Karle Sudler – wir wissen ...

Und endlich kamen sie in unserem Dorfwirtshaus an, und dort teilte der Sudler-Karle in der Gegenwart der männlichen Dorfbevölkerung die Pferde auf, und er sagte zum Vater: »Für deinen Brotwagen brauchst du etwas Spritziges«, und er teilte dem Vater die etwas leichtere Stute zu, und die anderen Männer nickten, weil neue Pferde künftige Dorfbewohner waren, die das ganze Dorf in den Nachbardörfern oder in der Stadt repräsentierten.

Nun war die Stute da, und der Wallach war dort. Die Stute war ein gängiges Pferd für unsere Zwecke. Großvater war dem Vater noch immer gram wegen der verlorenen Trakehnerin, aber jetzt konnte er nicht mehr widerstehen, und er sah sich die neue Stute an, und er fand sie fast untadelig, denn »wer da fürchtet Spat und Galle, hat nie ein gutes Pferd im Stalle«.

Es gelüstete Großvater, das ehemalige Kutschpferd bei der Feldarbeit auszuprobieren. Er probierte es aus, und der Stute schienen Ackerwagen, Pflug und Egge nicht unbekannt zu sein, und sie fügte sich schnell in alle Einspännerarbeiten.

Wir teilten einen Laib Ewigkeit in Stunden-, Tages- und Wochenschnitten. Wir verkrümelten viele Minuten und vergeudeten manche Zeit, und wir wähnten für ein Weilchen, unser Leben an allen vier Zipfeln zu halten, aber eines Tages erschien Karle Sudler mit dem Wallach auf unserem Hofe, und das, was mein Vater glaubte profitiert zu haben, als er in den von Sudler vorgefertigten Pferdehandel stieg, mußte nach- und überbezahlt werden.

Karle Sudlers schwarze Blicke fluckten wie Schüsse aus einer Maschinenpistole umher. Er barmte, sein Wallach ginge schlecht als Einspänner, und er wolle zum Beispiel beim Pflügen nicht in der Furche gehen. Der Sudler-Karle könne seine Äcker nicht ordentlich bestellen, und er bat, und er bettelte: »Gebt mir ein Weilchen die Stute und fahrt mir um Jesu willen den Wallach ein!«

Nun nahm Großvater den Wallach in die Lehre. Das war überdrauf. Der Wallach war als Einspänner so anstellig wie die Stute, doch er war fauler, und man mußte ihn ohne Unterlaß treiben, und man mußte die Peitsche unausgesetzt wie zum Schlag erhoben halten, und das war ermüdend für den Kutscher.

Nach drei Wochen trabte ich sonntags mit einer Nachricht über die Felder zum Ausbauernhof der Sudlers: »Onkel Sudler, eire Wallach is jetzt im Pfluge eingefahren, ihr könnt eich ihn wiederholen!« Sudlers Schwarzaugen wichen meinem Blick aus: »Noch bißchen brauch ich die Stute, noch bißchen!«

Wir warteten eine Woche, und der Vater schickte mich wieder zum Sudler. »Noch bißchen, Jungchen, noch bißchen!«

Und wieder einen Sonntag später ging der Vater übers Feld zu den Sudlers, und ich ging mit.

Der Vater hatte auf dem Pferdemarkt fünfzig Mark für den Sudler verauslagt. Er verlangte die fünfzig Mark zurück. Der Sudler-Karle gab die fünfzig Mark nicht zurück, denn er behauptete, er hätte die Pferde auf dem Markte ausgehandelt, und mein Vater hätte keine Arbeit damit gehabt, die fünfzig Mark wären sein Händlerlohn. Er wollte auch die Stute nicht herausgeben, weil die Pferde als Gespann gekauft worden wären, und jetzt stünde eben die Stute beim Sudler und der Wallach bei uns, und vorher hätte die Stute bei uns und der Wallach beim Sudler gestanden, alles wäre in der Ordnung.

Der Vater war in der Stadt Hamburg am Atlantischen Ozean geboren, und er hatte in seiner frühesten Kindheit das Land Amerika gesehen. Er war eine Gentlemannatur, und er war nicht der Mann, der da sagte: Die Stute heraus, oder die Bude wackelt! Das zu sagen wäre auch ungeschickt gewesen, denn wir waren auf dem Sudler-Hofe in der Mindermacht, weil dem Sudler-Karle ein Knecht zur Verfügung stand, und dieser Knecht wurde *Politiker* genannt, und es stand ihm die Sudler-Frau zur Seite, und die hatte ein Mundwerk so grob wie ein Kiessieb, und es stand dem Sudler-Karle die Sudler-Mutter zur Seite, und die war Hebamme für sieben Dörfer. Die Sudler-Mutter hatte zwar kein grobes Maulwerk, aber es stand ihr allzeit ein wissendes Lächeln um den Mund, und ewig dieses wissende Lächeln, und das mußte einer Frau, die an der Pforte des Lebens hantierte, wohl zustehen, und es wollte sichs niemand so recht mit der Sudler-Mutter verderben.

Der Knecht, den man den *Politiker* nannte, wählte bei jeder Reichstagswahl eine andere Partei. Er wählte die gegensätzlichsten Parteien hintereinander; nach den Deutschnationalen die Kommunisten und nach den Sozialdemokraten die Partei eines gewissen Herrn Winter, der sich für die Aufwertung von verfallenen Geldscheinen einsetzte; es kam ganz darauf an, von welcher Partei der war, der dem Politomanen, bevor der »wählte«, eine Flasche Schnaps zuschob.

Man munkelte, der *Politiker* wäre früher Besitzer eines Zeitungsstandes in der Stadt Königsberg gewesen. Er hätte täglich die Zeitungen aller Parteien um und um gelesen, und er hätte sich dabei die gegensätzlichsten politischen Impulsströme einverleibt, und dann hätte es plötzlich in seinem Hirn aufgezischt, und es wären einige seiner Hirnzellen verkohlt.

Mein Großvater hatte nicht den Ehrgeiz, für einen Gentleman

gehalten zu werden. Er war der Meinung, die Stute müßte wieder zu uns, und vom Sudler-Karle sagte er: »Wenn wir den haben, dann werden wir den schon kriegen!«

Ein paar Wochen lang herrschte süßeste Eintracht zwischen meinem Vater und dem Großvater, und wir waren die Nutznießer. Wir lebten unser Leben für kurze Zeit, ohne unsere Familiendiplomatie spielen lassen zu müssen, denn wir brauchten beim Erzählen nicht zu beachten: das darfst du vorm Großvater und jenes vorm Vater nicht sagen!

Es war ein seliger Zustand, wie wir ihn aus den Klassenkampfpausen in der Weihnachtszeit und während der Sommerurlaubswochen in unserem Lande kennen.

Es war ein Mittelherbstabend, und die Sonne war vor dem Untergehen, und Großvater säte den Roggen fürs künftige Jahr. Der Vater säuberte mit einer Kartoffelhacke die Furchen des Pachtackers von Queckenwurzeln, und ich wartete auf das Eineggen der Saat. Ich saß pfeifend auf dem Kornsack, und ich ließ den Wallach am Rain ein wenig Queckengras rupfen.

An unserer Feldgrenze lag eine dichte Kiefernschonung. Sie lag da mitten in den Feldern, und sie war ein Unterschlupf für die Fasanen des Gutsherrn. Als mir die Zeit lang wurde, stöberte ich in der Schonung umher. Hinter der Schonung gab es auch Felder, und auf diesen Feldern wurde auch Roggen gesät. Auf der ganzen Felderweite sah man Männer mit Säetüchern und Säemulden, und die warfen taktmäßig die Arme seitlich aus, und sie beschrieben mit den Armen einen Halbkreis.

Wir lebten in einem Roggenland, und wir säten unsern Roggen vor der Schonung aus, und andere Leute, die ihren Roggen hinter der Schonung säten, waren Karle Sudler, sein *Politiker* und der Sudler-Sohn, der Willi. Der Willi war etwas älter als ich, und er war fast konfirmationsfähig. Der Willi saß auch bei den Kornsäcken am Wagen, langweilte sich und schnitzte an einer Gerte. Ich sah das alles, und ich sah die Stute vor dem Sudler-Wagen, und ich sah, wie sie die Ohren spitzte, als sie mich wahrnahm, denn eigentlich war sie ja unsere Stute. Der Willi aber schälte die Rinde von seiner Gerte, und er nahm mich nicht wahr.

Ich ging zu unserer Säegruppe zurück und erzählte dem Großvater, was ich auf der anderen Seite der Schonung gesehen hatte. Später in schlimmen Zeiten erfuhr ich, daß man einen solchen Beobachtungsgang Spähtruppunternehmen heißt, aber damals wußte ichs nicht. Der Großvater aber sagte: »Heute kriegen wir die!«, und er gab mir Instruktionen. Seine Worte waren für mich so heilig, wie die Worte des Moses den Kindern des Alten Bundes heilig waren. Ich sagte bereits, es war Herbst, die Vögel lebten schon geräuschlos, es war Stille in der Luft, und die Erde war saatbereit und harmlos. Damalen wußte ich noch nicht, daß es ebenso still ist, bevor ein Krieg beginnt, und daß die Krieger jenes Volkes, das ein anderes zu überfallen gedenkt, sich so harmlos verhalten wie Mitglieder einer Sekte von Friedenspredigern.

Ich hatte mich in der Schonung versteckt, und ich hielt den gezäumten Wallach am kurzen Zügel, sonst aber war der Wallach nackt; Großvater hatte ihm das Geschirr abgenommen. Ich spähte zu den Sudler-Säern hinüber, und ich sah, daß der Willi immer noch auf dem Wagen saß. Er kamuschkeite jetzt mit fünf runden Quarzsteinen. Ich kann nicht aufschreiben, wie dieses Spiel auf deutsch heißt, weil ich deutsche Kinder nie kamuschkeien sah. Das Spiel läßt sich allein, zu zweit, auch zu viert oder zu fünft machen. Man sitzt dabei nieder, und man hat fünf Steine vor sich liegen. Man wirft einen Stein in die Luft, und man rafft, solange sich der Stein in der Luft befindet, die übrigen vier Steine von der Erde, um den niederfallenden Stein mit der gleichen Hand aufzufangen. Oder man wirft vier Steine in die Luft und rafft inzwischen einen Stein vom Grasboden – ein Geschicklichkeitsspiel, bei dem es viele Erschwernisse gibt: Man formt zum Beispiel die Hand zur Faust und läßt nur ein kleines Loch in der Faust, und durch dieses Loch muß der fliegende Stein zu den anderen vier aufgerafften Steinen in die Faust schlüpfen, und diese »Figur« heißt *Taubenloch*.

Sicher haben dieses Spiel sorbische Kinder beim Kuhhüten auf der Lausitzer Steinheide erfunden, denn sie verbrachten dort einen Teil ihres Kinderlebens als Brüder und Schwestern der Kühe auf den Triften.

Manchmal meine ich, man sollte dieses Spiel in den Wartezimmern einiger Polikliniken und in den Wartezimmern mancher

Ämter einführen, ja, man sollte dort fünf glatte Quarzsteine auf die Tische legen. Das Spiel würde sich von selber entwickeln, und es würde uns die Geduld nicht mehr von gefüllten Kaffeekannen zerstört werden, wenn sie an uns vorbeigetragen werden, und wir würden durch dieses Spiel unsere Geschicklichkeit verbessern.

Und nun muß ich erwähnen, daß ich mit dem Wallach linker Hand in der Schonung stand, weil sonst nicht zu verstehen ist, wieso glücken konnte, was jetzt geschah: Auf der rechten Seite der Schonung wurde mit eins ein Fasanenhahn laut, und ich wußte, daß dieser Fasanenhahn mein Großvater war, aber der Sudler-Willi kannte die tausend Künste meines Großvaters nicht, und er glaubte an den Fasanenhahn. Er machte sich auf, um eine Fasanenschwanzfeder zu haschen, und er drang rechts in die Schonung ein, und es war niemand mehr am Sudler-Wagen als die Stute. Ich gesellte mich mit dem Wallach zu der Stute, und ich band den Wallach an der hinteren Wagenrunge fest, die Stute aber band ich von der vorderen Wagenrunge los, doch als ich mich zur Schonung aufmachte, gewahrte mich der *Politiker*, und er schlug Alarm. Da kam der Sudler-Karle mit einem eisernen Rechen über das Feld und auf mich zugelaufen, und er hätte wahrscheinlich nicht angestanden, mir die Rechenzinken irgendwo hineinzupassen, wenn mein Großvater nicht aus der Schonung gekommen wäre und die Wut und den Rechen vom Karle auf sich gelenkt hätte. Als Karle Sudler ausholte, um den Großvater zu treffen, schrie der Großvater, daß es weithin und bei den anderen Säern auf den Feldern ringsum zu hören war: »Ich handle in Notwehr! Ich handle in Notwehr!« Er entriß dem stutzenden Sudler den Rechen, und er brach den holzenen Stiel herunter. Er warf den eisernen Zinkenkamm in die Schonung, und er zog dem Sudler mit dem Rechenstiel eins über. Nun aber schrie der Sudler-Karle, und er schrie auch so, daß es die Säer seitab hören konnten, aber er schrie um Hilfe. Die Nachbarn hoben die Köpfe, und da sie zwei sich beschimpfende Kossäten, aber niemand gewahrten, der Hilfe nötig gehabt hätte, senkten sie die Köpfe wieder, um nicht zeugen zu müssen, falls aus der Sache etwas Gerichtliches werden sollte, und sie säten weiter und sorgten sich um das Brot für zu Jahre.

Der Sudler-Karle rief den *Politiker* zu Hilfe, und der *Politiker* wollte erst wissen, ob er für die Hilfeleistung eine Flasche Schnaps bekommen würde. Der Sudler-Karle versprach ihm die Flasche, und der *Politiker* fragte: »Kleine oder große Flasche?« Der Sudler-Karle schrie: »Eine große Flasche!«

Jetzt trat erst einmal mein Vater aus der Schonung, und der *Politiker* bat meinen Vater, später zu bezeugen, daß ihm sein Bauer eine große Flasche Schnaps versprochen hätte. Mein Vater versprach dem *Politiker* die Zeugenschaft, doch er verhinderte gleichzeitig, daß der *Politiker* dem Sudler gegen den Großvater beistand.

Auf dem Saatfelde entwickelte sich eine Prügelei, aber ich kann nichts über sie vermerken, weil ich verhindert war, dran teilzunehmen. Aus dem Saatfeld wurde ein Schlachtfeld – auch das war so wie bei Kriegen zwischen zwei Völkern.

Ich nahm der Stute das Sudler-Geschirr ab, legte es an den Rand der Schonung, legte der Stute unser Geschirr auf, und ich spannte sie ein. Ich fuhr im Galopp nach Hause, und das hatte der Großvater mich nicht geheißen; der Sudler-Willi aber stöberte die ganze Zeit in der Schonung nach dem Fasanenhahn.

Die Sache wurde gerichtlich. Der Sudler strengte einen Prozeß gegen meinen Vater und meinen Großvater an, sie hätten ihm sein gutes Pferd mit Gewalt gegen ein schlechtes vertauscht.

Nun gehört hier etwas her, was ich vielleicht hätte früher erwähnen müssen, nämlich eine Charaktereigenschaft meines Großvaters, doch ich meinte, man soll literarische Figuren nicht schon zu Beginn einer Erzählung mit Fudern von Charaktermerkmalen zudecken, und man soll den Leser nicht langweilen. Man möge mir jedenfalls glauben, daß ich die nachzutragende Charaktereigenschaft meinem Großvater nicht andichte, weil es der Gang der Erzählung erheischt, denn es wäre künstlerisch unfair, wollte ich mich jener Erzähltechnik bedienen, die zur Goethezeit im Schwange war und im *Wilhelm Meister* Höhepunkte erreichte.

Mein Großvater war ein berüchtigter Prozessierer, ein Anstrenger und Bestreiter von Bagatellprozessen, als da waren: Beleidigungs- und Erbschaftsklagen, Grenzstreitigkeiten und Zinseintreibungen.

Mein Vater, dem der Großvater einige Prozesse aufgehalst hatte, behauptete, der Lebensweg des Großvaters wäre mit Prozessen gepflastert gewesen, und das stimmte leider, denn der Großvater hatte als junger Mensch sogar seinem Vater einen Prozeß geliefert. Wirklich, der Großvater prozessierte mit der gleichen Leidenschaft, mit der er Pferde handelte, und es muß ihm einen intellektuellen Genuß verschafft haben, Recht zu erhalten, aber vergeßt nicht, daß er ein Sorbe war, und daß er einem Volke angehörte, dem von seinem Gastgebervolke, den Preußen, freiwillig nicht allzu viele Rechte eingeräumt wurden.

Großvater leitete seine Prozeßabsichten in der Regel mit dem Satze ein: »Wenn ich in die Stadt kumm, muß ich mal bei Magern gehn!«

Mager war ein Rechtsbeistand in der Kreisstadt, ein sogenannter Winkeladvokat. Er war klein, verwelkt und weißhaarig, glich einem frostigen Kiefernzapfen, und man konnte ihm nicht in die Augen sehen, weil sie von dicken Oberlidern verdeckt waren. Für den Großvater war Mager die Inkarnation der Gesetzbuchkenntnis und der Beherrscher aller Haupt- und Winkelzugsparagraphen, denn er hatte ihm schon beim Prozeß gegen den Urgroßvater »beigestanden«.

Und wie Mager noch war, erkläre ich am besten am Verhalten eines Freundes, mit dem ich in der Jugend manche Landschaft durchwanderte. Er wurde Berufssoldat, er wurde Leutnant, und er wollte mir beweisen, daß er keinen Dünkel bekommen hätte. Wir versuchten es noch einmal mit einer gemeinsamen Wanderung, aber die Landschaft war für diesen Leutnant nur noch ein strategisches Gelände, und sobald wir uns einem Hügel näherten, erwog er, wieviel Maschinengewehre und Granatwerfer er hinter ihm in Stellung bringen würde, und Bäume und Bodenwellen waren nichts als Deckungen, und er probierte sie aus und versah sie mit Zensuren: »Sehr gut, sehr gut.«

Der Luftraum über der Erde war für diesen Leutnant ein Raum für Schußbahnen von Gewehrkugeln und Granaten geworden, und es wucherte das Myzel für den *Heldentod* in jenem ehemaligen Freunde, und er starb diesen Tod später am Ilmensee; unter uns gesagt: diesen ganz und gar durchschnittlichen Landsknechtstod.

Und ähnlich wars mit jenem Winkeladvokaten Mager, denn alles, was er ansah, verwandelte sich in Gerichtsprozesse. Seine Mitmenschen existierten nur, damit sie Recht begehrten oder sich gegen das Recht vergingen, und ein Leben ohne Rechtshändel wäre für Mager ein Leben ohne Existenzgrundlage, ein ungerechtes, ein nicht annehmbares Leben gewesen.

Im Vorraum von Magers Büro herrschte eine schweflige Dämmerung, und die wurde von einer gelb verglasten Korridortür produziert, und es hauste dort ein weißer Spitz, und auch der Spitz wirkte gelb in diesem Schwefeldämmer. Er umkreiste Fremde wütend wie eine gereizte Wespe, und manchmal biß er zu, und wenn die Klienten sich beschwerten, redete Mager ihnen ein, das Spitzzwicken wäre eine günstige Vorbedeutung für den Prozeßverlauf.

Abends spazierte Rechtsbeistand Mager mit verkniffenem Munde auf der Dammpromenade am Fluß. Seine welken Wangen waren mit silberhaarigen *Hasenpfoten* bewachsen. Er sah aus wie ein zweihundertmal verkleinerter Schopenhauer. Der Spitz ersparte sich das ewige Anheben eines Hinterbeines, und er trippelte auf drei Beinen von Baum zu Baum. Mager sah die weidenumsäumten Windungen des Flusses nicht, und er hörte weder den Zilpzalp noch das Rotkehlchen singen. Er rief seinen Spitz ab und zu mit knarrender Stimme zur Ordnung, und außer diesem Spitz existierten für Mager weder Menschen noch andere Lebewesen, und über Magers schwarzem Hute tanzten nicht Mücken, sondern ein Schwarm von gekrümmten Paragraphen.

Magers weißer Spitz kannte mich, und er kläffte nicht, wenn ich kam. Unter dem Spiegel der Flurgarderobe hockte ein ausgestopfter schwarzer Spitz, der mich mit seinen Glasaugen bittend ansah. Das war Magers verstorbener Spitz. Er hockte auf den Hinterpfoten und »machte Männchen«, und er hielt mit den Vorderpfoten einen Spucknapf, und in dem Spucknapf befand sich stets sauberer weißer Sand. Wenn ich mit Großvater zu Mager ging, machte ich Mager eine Freude, und ich spie in den vom ausgestopften Hund bereitgehaltenen Napf, und Mager lachte jedesmal darüber. Es war ein knarrendes Lachen, und es ähnelte dem Gesang des Wachtelkönigs. Mager lachte jedesmal wieder, wenn ich in den Spucknapf spie, und es war nicht zu erkennen, ob Mager aus Senilität oder aus Zuvorkommenheit gegen seine Kundschaft lachte. Aber alle Schrulligkeit hat Gründe, und wenn wir die Gründe in jedem Falle kennten, würden wir eher Mitleid mit Schrullenträgern haben und uns weniger über sie belustigen:

Mager war impotent, und die Frau, die er geliebt hatte, hatte ihn verlassen. Er trauerte lange um sie, aber dann nahm er eine zweite Frau, und auch die verließ ihn. Die zweite Frau war begütert, und Mager stand nicht an, sie mit Gewinn für sich hinwegzuprozessieren. Da man seine Liebe verschmähte, mochte sich aus dem jungen Mager mit dem unsichtbaren Gebrechen jener Hagestolz entwickelt haben, den ich kennenlernte, der, um den Ruf der Impotenz zu entkräften, wöchentlich zweimal das Bordell besuchte, denn das Bordell lag in der Straße, in der er wohnte, in der er seine Paragraphenküche betrieb, in der man ihn beobachtete, in der man alles von ihm wußte.

Ich bemerke, daß ich dem Leben des Rechtsbeistandes Mager mehr Platz in der Erzählung einräumte, als ihm zukommt, und ich ließ zu, daß sich ein Mensch, der im Leben einen Stehplatz auf der Galerie hatte, zur *Bühne* drängte. Ich bitte meine Leser um Verzeihung, und ich bitte sie gleichzeitig, zu bedenken: Vielleicht gibt es einige Beziehungen von Aufschreibern zur Wirklichkeit, die von unseren Literaturwissenschaftlern noch nicht erforscht wurden, und vielleicht bin ich vom Leben beauftragt worden, dem kleinen Mager jenes Quentchen Mitgefühl bei seiner Nachwelt zu verschaffen, das ihm von seiner Mitwelt versagt blieb.

Unser Prozeß mit dem Sudler hätte vielleicht mit einer oder zwei Verhandlungen zu Ende sein können, wenn man nach der Aufnahme des Tatbestandes jene Leute angehört hätte, die bezeugen konnten, daß die Stute uns gehörte, aber das tat man nicht, denn es gab in der Kreisstadt drei oder vier Rechtsberater, und die wollten existieren, und sie machten aus einer Prozeßmücke ein Prozeßschwein, und der Advokat, der einen Prozeß mit wenigen Verhandlungen zu Ende brachte, hatte den wenigsten Zuspruch.

Unser Prozeß verschlang eine Menge Vorschußgelder, und meine Mutter bejammerte diese Tatsache, doch sie wurde vom Großvater zurechtgewiesen: »Bis' stille! Ich weeß, was ich weeß, ich war bei Magern!«

Und in der letzten Phase des Prozesses war auch ich auf dem Gericht, doch ich weiß bis heute nicht, wie es Mager gelang, mich in den Gerichtssaal zu schmuggeln, und wie er es erreichte, daß ich gehört wurde; vielleicht erreichte es Mager durch Bestechungen.

Da war die Tür des Gerichtssaales, durch die jahrsüber viele Prozeßgewinner und viele Prozeßverlierer gingen. An dieser Tür hing ein Zettel, und auf dem Zettel waren die Gerichtsverhandlungen des Tages in ihrer Reihenfolge verzeichnet, und es war dort verzeichnet: *Sache Sudler gegen Strittmatter – Pferderaub.*

Ich las es, und ich erschrak: War mein Großvater denn ein Räuber? Gehörten zu einem Räuber nicht Verworfenheit, Kaltblütigkeit, Gewalttätigkeit, Mordlust, ein schwarzer Vollbart, ein scheeles Auge, eine Hinterladerflinte und ein geraubtes Weib? Und mußte ein Räuber nicht mindestens von zwei Gendarmen in die Stadt und vors Gericht gestoßen werden?

Nein, ach nein, Mager bewies, daß Großvater ein rechtschaffener Mann, ein unbescholtener Bewohner unseres Dorfes und kein Pferderäuber wäre, aber dann wies der kleine Mann mit einer großen Geste auf mich und sagte: »Der Pferderäuber? Dort sitzt er! Befragen Sie ihn!«

Ich erbleichte, und ich wartete drauf, festgenommen zu werden, aber der kleine Mager machte eine beruhigende Handbewegung zu mir hin, und der Vorsitzende rief mich, scheinbar widerwillig, nach vorn, und er tat so, als ob er sich damit etwas durch und durch Überflüssiges leistete. Er fragte mich: »Hat dein Großvater dich beauftragt, mit der Stute ins Dorf zu preschen?«

Und ich antwortete: »Man ist alleene Manns genug«, und die Zuhörer belachten meine Antwort, und der Vorsitzende drohte, die Zuhörer aus dem Gerichtssaal entfernen zu lassen. Rechtsbeistand Hundertmark, der Verteidiger des Sudler-Karle, erhob Einspruch gegen die Vernehmung von Unmündigen in einem ordentlichen Gerichtsverfahren, aber irgendwie schien meine Aussage den Ausgang des Verfahrens doch zu beeinflussen, und das hatte Mager zuwege gebracht.

Wir gewannen den Prozeß, und auch ich begann diesen Mager zu schätzen, ja, ich liebte ihn fast, weil er so klug und gesetzeskundig war, aber vor dem ersten Schultag nach den Weihnachtsferien fürchtete ich mich, denn ich erwartete, in der Schule würde man mich nunmehr *Pferderäuber* rufen, aber etwas anderes geschah: Ich wurde für Tage der Held meiner Schulklasse, und alle Schulkameraden wollten mir den Arm um den Nacken legen und mit mir um den Schulhof spazieren. Das war bei uns in der Heideschule ein sichtbarer Ausdruck von Freundschaft, und wenn man dazu den Umstehenden noch versicherte: »Wir sind Freunde! – – – Wir sind Freunde, bääh, bääh, bääh«, so war das der Ausdruck von einer Freundschaft, die heute mit dem Ausdruck »unverbrüchlich« gekennzeichnet wird.

Ich habe nie wieder so viele Freunde gehabt wie dennmals, als meine Mitschüler sich glücklich schätzten, wenn sie mich, den gerichtlich anerkannten Pferderäuber, berühren durften, und damals verwirrte mich das, weil Räuberei uns in der Religionsstunde als ein verwerfliches Tun gekennzeichnet wurde, aber die Gottesstrafe für meine Räuberei war wohl, daß keines der Mädchen seine Arme um meinen Nacken legte, und auch die eine, auf die ich es abgesehen hatte, tat es nicht, nein, sie tat es nicht.

Nun hatten wir unsere Stute wieder, und wir hätten glücklich sein müssen, denn es durchschwebt den Menschen eine Sehnsucht nach Glück, und er denkt, sobald mir jenes Auto, jenes Häuschen im Grünen, jener Garten am Fluß, jener Anzug oder jene Stiefel gehören werden, sobald ich meinen Nachbarn im Wohlstand überholt haben werde, ohne ihn eingeholt zu haben, werde ich glücklich sein, und es wird mir nichts mehr zu wünschen bleiben, und obwohl es tausend und mehr Arten von Glück zu geben scheint, gibt es für das Wort »Glück« keine Mehrzahl, und auch das Leben kümmert sich nicht um undialektische Vorstellungen des Menschen vom Glück. Und das Leben zieht seine Bahn, und es ist im Recht, und es ist unvergänglich, und wir sind in seinem Flusse, und alle Dinge, an die wir unser Herz hängen, sind flüchtig, und ihr Wert wandelt sich, und was uns heute beglückt, kann uns weinen machen, ehe der Hahn dreimal krähte.

Großvater und Vater hatten den Sudler in einem Gerichtsprozeß besiegt, und das war bis dahin kaum jemand gelungen. Großvater und Vater lebten freundlich und friedlich nebeneinander, und wir glaubten, dieser Zustand wäre von Bestand, denn wir wußten nicht, welche Konstellationen sich an jener Stelle, die der Mensch Zukunft nennt, zusammenschoben, doch sie stiegen wie Nebel aus dem scheinbaren Nichts, und sie verdichteten sich, und sie wurden uns als Gegenüberstellung der gerichtlich zurückerworbenen Stute mit einer Lokomotive der *Deutschen Reichsbahn* sichtbar.

Großvater und mein jüngerer Bruder fuhren mit dem Planenwagen zur Bahnstation im Glasmacherort. Sie wollten dort Waren für den Kramladen abholen, und Großvater strängte die Stute einseitig ab. Er band die Fahrzügel um die Wagenrunge, und er stellte meinen Bruder als »doppelte Sicherung« neben die Stute. Aber was hilft dem Menschen, was hilft den klügsten Plankommissionen das sorgfältigste Vorausplanen, wenn plötzlich ein unvorhergesehenes X eine Rolle zu spielen beginnt, das man keinem Computer einfüttern kann? Und das X des Großvaters war, daß er die Maschinenseligkeit meines Bruders unterschätzte.

Es fuhr ein Güterzug in die Station, und meinem Bruder gefiel die Lokomotive: denn die Stute sah er alle Tage, aber eine Lokomotive sah er selten. Er »floh von der Fahne«, und er blieb bei der Lokomotive, bis die anfuhr. Er beobachtete den Kolben und das Gestänge, und der Lokomotivführer befreite den Kessel vom Dampfüberdruck. Der Dampf entwich zischend und knallend, und das Knallen und Zischen und der Anfahrtpfiff der Lokomotive waren eine Nervenprobe für die Stute, und sie bestand die Nervenprobe nicht, nein, sie rannte davon, und sie zog den Planenwagen an einem Strang hinter sich her. Sie ließ sich von nichts und von niemand aufhalten, und hundert Meter hinter der Bahnstation war es der ratternde und scheppernde Planenwagen, der das Tier weiter, immer weiter und heimzu dem schützenden Stalle zutrieb. Der einsträngig gezogene Planenwagen schleuderte raumgreifend umher, und er verfing sich mitten in der Heide an einer am Wegsaum stehenden Birke. Der Birkenstamm klemmte sich zwischen das rechte Vorderrad und seine Achse, und die Deichsel schwang durch diesen Anprall derb aus, und sie durchschlug den Oberschenkel der Stute.

Ein Pferd war durchgegangen. Das war nichts Besonderes damals auf dem Dorfe, und die Dorfleute nahmen es hin, wie sie heute einen Autounfall hinnehmen.

Ein Bergmann fand das aufgelaufene Gespann in der Heide, und er benachrichtigte uns, und die Nachricht lautete: »Eire Stute klebt an eine Birke!«

Ich fuhr mit dem Fahrrad in die Heide, sah die geschwollenen Muskeln der Stute und tastete die Bruchstelle ab. Die Stute stöhnte. Ich wartete nicht, bis der Großvater und der Bruder eintrafen, und ich tat wieder etwas, was mir nicht aufgetragen worden war: Ich raste ins Dorf, und ich telefonierte nach dem Roßschlächter. Man ist alleene Manns genug!

Die Stute wurde verladen, und ich sah, durch meine Tränen hindurch, die Tränen in den Augen des Großvaters, aber das waren wohl keine Mitleidstränen; es waren Zorntränen. Großvater war zornig über sich selber, über seine eigene Unzulänglichkeit. War er nicht eh und je der Mann gewesen, der alles gut bedachte? Das war er, wirklich, das war er, aber das hatte auch seine Selbstgerechtigkeit gesteigert, und seine Selbstgerechtigkeit wuchs bis in die Kronen der Eichen, die vor seinem Stubenfenster standen, aber »alle sieben Jahre paßt ein Schuh ...«.

Wieder mußten wir mit der Großmutter um ein Leihpferd in die Nachbarschaft, und wieder wurde es dringend, auf den Pferdemarkt zu fahren, und wieder glaubten wir, wenn das neue Pferd auf dem Hofe sein würde, käme alles in die Reihe und unser Glück würde vollkommen und unverrückbar sein.

Pferdekauf

Wer ein Pferd kaufen will, braucht seine Absicht nur laut werden zu lassen, selbst, wenn er sie im Traum ausspricht, erreicht sie die rechten Ohren. Mein Vater äußert seine Absicht im Laden. Er ist durchdrungen von der Ehre, für die Knappwaren-Verteilung ausersehen zu sein, und spricht wie ein Schreiber vom Landratsamt: Nun ist uns die Verteilung anheimgegeben, und es sind uns Pferd und Wagen nahegelegt.

Bereits in der Dämmerstunde desselben Tages erscheint der Gelegenheits-Pferdehändler Bleschka und stellt uns ein Pferd auf den Hof. Es ist ein Wallach; sein Leib ist gedunsen wie der einer Fröschin vor dem Laichen; die Anderthalbmeter-Großmutter kann über ihn wegsehen, so groß oder so klein ist er, und er schimmert grau-grün in der Abenddämmerung.

Vater und Bleschka handeln im dämmerigen Hof. Der Mondkahn fährt auf dem Dachfirst entlang. In der Erle am Teichgraben singt noch eine Amsel, und Fledermäuse huschen wie gefilmte Vögel über die blau-graue Abendleinwand. Bleschka, der Schönredner und Herausstreicher, hält den Wallach am Strick, und dem Pferdchen entweichen von unter dem Schweif knallende Gase. Der Wallach erschrickt vor sich selber, springt zur Seite, kommt mit dem Hinterteil an die Regentonne, und dort entweicht ihm wieder Abgas, und es klingt, als ob jemand in einen Kohlenschacht schießt. Mein Bruder Heinjak tauft das Pferdchen: *Tonnenpfürzer*. Die Mutter bittet ihn, es *Tonnenwind* zu nennen.

Vater kauft das Pferdchen. Die Folge: Hafer, Heu und Stroh, ein Pferdegeschirr und ein leichter Wagen, ein Kuhwagen, müssen her. Das alles liefert uns Bleschka nach und nach.

Vater und Mutter werden um *Verteilerwaren* nach Grodk. Sie fahren beim Großvater *An der Mühlen Numero eins* vorbei. Großvater, der alte Pferdekenner, sieht sich das Pferdchen an. Das Mühlenwehr rauscht. Der Großvater mustert.

Na, Vater, was? fragt die Mutter. Der zieht dir nich die Hosen vom Ursch, sagt der Großvater. Der Vater ist beleidigt.

Ein Wunder, daß wir die Mutter gesund wiedersehen! Sie muß den beladenen Kuhwagen dreizehn Kilometer weit aus der Kreisstadt mitschieben, sie, mit ihren nicht sehr ausgezeichneten Beinen und den schmächtigen Handgelenken.

Sie hätt ja könn nebenher gehn und das Pferd peitschen, denn hätt ich kunnt schieben, entschuldigt sich der Vater.

Die Mutter und ein Pferd peitschen? Ein Pferd, das krank, das dämpfig ist? Na, he! Der Wallach schwitzt, seine Flanken gehen wie ein Schmiede-Blasbalg; die gefürchteten Dampfrinnen zeigen sich.

Der Vater wirft die schwerste Last vom Wagen, die Heringstonne. Er rollt sie in den Chausseegraben und deckt sie mit Gras zu. Das Pferd und die Mutter haben es etwas leichter.

Bei halber Nacht kommen die Eltern heim. Der Vater flucht und schwört, den Schönredner Bleschka zu zerreißen. Die Mutter fällt angekleidet ins Bett und schläft ein.

Am nächsten Tag fährt der Vater die Heringstonne holen. Aber die Heringe sind weg. In den Baumkronen hohler Wind. Fünfhundertdreizehn Heringe auf und davon!

Die Verteiler-Kommission erstattet Anzeige gegen Unbekannt, aber die Heringe bleiben verschollen; sie sind, samt Faß, im Lausitzer Heidemeer davongeschwommen.

Bleschka, den der Vater zerreißen will, ist nicht aufzufinden. *Tonnenpfürzer* sieht nach der Stadttour aus wie ein russischer Windhund, aber mir fängt er an zu gefallen. Er ist bequem zu besteigen, ist nicht kräftig genug, mich abzuwerfen. Er trägt mich im Schritt, wohin ich will, und ich laß ihn am Strick auf den Rainen der Gutsfelder grasen, bis der Gutsvogt kommt und uns beide vertreibt.

Meine Liebe zu den Pferden ist so alt wie ich; ich wurde mit ihr geboren. Im Gasthof der *Amerikanischen* in Grauschteen spannten die Pferdehändler aus. Ich mischte mich unter sie. Schon als Dreijährigem war mir ihr Händlerjargon geläufig. Ich stand mit einem Spielzeugschimmel von Kaninchengröße und einer kleinen Peitsche zwischen ihnen, machte mich an einen jovialen Roßschlächter heran und bat ihn, mit mir zu *taussen*, meinen *Ssimmel* gegen seinen kleinen *Sswarzen Walloch*.

Tauschen? fragte der Mann und sah lachend auf mich Zwerg-Pferdehändler hinunter.

Taussen, Kopp uff Kopp? sagte ich, und da hörte ich es zum ersten Male, das Gelächter der *Amerikanischen*, jenes von Hohn gefärbte große, eckige Lachen, das das Gesicht der Großmutter rot und blau färbte, wenn es sich in ihrer Kehle verkantete.

Wenn ich auf meiner Spielzeugkiste am Giebelfenster des Kottens stand, konnte ich ein Stück der Landstraße sehen, die von Grodk ins Schlesische führte, und hatte den Anger vor Augen, auf dem die Dorfstraße und die Landstraße einander begrüßten und einen Grasfleck miteinander zeugten. Ich konnte die Pferde beobachten, die Pferde aus dem Dorf und die Kutschpferde des Herrn von Wühlisch auf Lieskau, die Bauernpferde aus Schöneheede, die Müllerpferde, die Brauerpferde, die Trauerpferde und die Traber der Fleischer aus Muskau und Grodk.

Stiefgroßvater Jurischka fuhr einen alten Grauschimmel, der stets eine Weile lahmte, wenn er eingespannt wurde. Er hatte den Spat, und er hinkte aus dem Hof hinaus und – eben der Spat, und der Großvater ging neben dem Mistwagen her und hinkte aus Mitleid auch. Doch eines Tages wurde es ihm über, und er sagte: Ein Fohlen muß her! Da war der Tod im Großvater noch nicht ausgewachsen; erst zwei Jahre später war er groß genug und paßte dem Alten. Vielleicht war der Fohlenkauf ein Versuch des brummigen Schneider-Gastwirts, sich am Gewese eines Fohlens zu verjüngen, jedenfalls wurde er eines Tages mit meiner Tante Else auf den Pferdemarkt nach Choćebuz.

Ich stand viele, viele Stunden auf meiner Spielzeugkiste und sah die Landstraße hinunter, aber erst auf Mittag des zweiten Tages schälten sich Großvater und die Tante an der Landstraßen-Biegung aus dem Fernendunst, und zwischen ihnen trappelte ein graues eselähnliches Fohlen, und da war kein Halten, und ich rannte hinaus, und ich rannte den Fohlenkäufern entgegen.

Ich hörte nie auf, dem knurrigen Stiefgroßvater dankbar zu sein, weil er erspürte, was in mir vorging. Er überließ mir den Fohlenstrick, und ich durfte das übermüdete Fohlen in den Stall führen.

Das Kaltblüter-Fohlen wurde mein Gefährte. Ich war dabei, als man es mit Kreosot und Petroleum von seinen Läusen befreite; ich redete ihm zu, beruhigte es, als man ihm zum ersten Male die Hufe beschnitt. Ich durfte es striegeln, durfte es kardätschen, bis es so groß war, daß selbst meine gereckten Arme nicht mehr bis auf seinen Widerrist reichten; das Fohlen wuchs rascher als ich, sein Pfleger. Es wurde gegengebunden, und es trabte neben dem alten Grauschimmel aufs Feld, und ich durfte es dort auf dem Rain am Strick weiden lassen. Die Mutter fürchtete, es könnte mir dabei ein Unglück geschehen. Der Muttervater warnte: Wickle den Strick nicht um deine Hand! Der rotschimmelige Esel, sagte er und beleidigte mein Fohlen, könne was inn Kopp kriegen und losgehen und mich mitschleifen.

Seid ihr alle bissel varrickt, der kleene Kerrl und das große Pferrd! schimpfte die Anderthalbmeter-Großmutter. Sie spückelte und hexelte, damit mir nichts geschähe, und alle hatten was gegen mein Fohlen.

Eines Tages, als der Stiefgroßvater mit dem Grauschimmel pflügte, ließ ich mein Fohlen wie stets am Rain grasen, und es setzte beim Weitertreten seinen linken Vorderhuf auf meinen rechten Fuß. Ich unterdrückte den Schmerz. Die scharfen Hornkanten des Hufes drückten sich in den Rist meines Fußes. Sollte ich das Fohlen verklagen? Man würde es mir nie wieder anvertraun. Schließlich verlagerte das Tier für einen Augenblick sein ganzes Gewicht auf meinen Fuß und ging weiter. Der Schmerz steilte an; ich schrie trotzdem nicht. Es gab zwei blutende Einschnitte in meinen Fußrist. Ich bestreute die Wunden mit Sand von einem Maulwurfshügel, das hatte ich meinem Spielkameraden Jurij Sturuk abgeguckt. Niemand erfuhr, wo ich mir den Fuß verletzte. Ich log durch Verschweigen; ich unterlag meiner Pferdeliebe.

Der Pferdehändler Bleschka stellt sich ein. Die tätlichen Verhandlungen finden in der Backstube statt. Zwei unterdrückte Jähzorn-Ausbrüche sind bereits im Vater geschichtet: Der Zorn auf die Tauern, der Zorn auf den Müller, nun der Zorn auf den Pferdehändler, und jetzt platzt der Vater. Er geht geduckt auf den Händler los: Was hast du mir fürn Zossen hergetoan! Er packt den Händler, hebt ihn an, hebt ihn aus und hantiert mit ihm wie ein Steinsetzer mit einer Ramme.

Bezähme dir, Bäcker, tuk dir bezähmen! schreit Bleschka auf seinem *Höhenflug*. Jeder sak, daß der Wallach dämpfig war, warum du nicht?

Ein Hohn! Der Vater hebt Bleschka ein zweites Mal aus. Hör uff, brüllt der Händler, ich bring dir een anderes Pferd! Und er kommt auf die Steinfliesen vor der Fußgrube zu sitzen. Seine Jacke ist mit den mehligen Handabdrücken des Vaters bedeckt. Mich packt das Mitleid. Die Tränen spritzen. Ich halts nicht mehr aus, ich laufe davon.

Als Bleschka mit dem kleinen Wallach am Strick vom Hof geht, bin ich wieder ran. Das Pferdchen sieht sich nach mir um, als wolle es sich beklagen. Ich weiß noch nicht, daß Pferde nicht wie Hunde in Menschengesichtern lesen, und ich nicke dem Wallach Mut zu, und ich weine schon wieder.

Bleschka kommt mit einer Stute zurück; sie ist kräftiger und höher als der Wallach. Wie alt?

Na, wie alt? Das Konfirmanden-Alter hat sie schon hinter sich, heißts bei den Pferdehändlern. Aber gut Pferd, so sagen die Händler auch, ein Pferd mit auswechselbarem Kostüm: Im Winter trägts einen dunkelbraunen Bärenpelz; im Frühjahr lassen wir es scheren und haben einen Grauschimmel. Die alten, stumpfäugigen Dorfweiber, die ein Pferd schon nicht mehr vom anderen unterscheiden können, schlagen die Hände zusammen und hecheln: Seht eich, seht eich, den neien Bäcker, schon wieda hata een neies Pferd!

Der Vater lächelt; er hört es nicht ungern.

Mein Mantel aus Pferdeduft

Die Stute und ihr Hengstfohlen grasten am See. Der Sattel knarrte, und die Steigbügel klingelten leise. Uralte Laute. Uralt auch das Peinigergeschlecht der grauen Bremsen, die sich an den Pferdehälsen festbissen. Zwei Meter im Umkreis roch die Luft nach Pferdeschweiß. Dort stand ich, hatte den Mantel aus Pferderuch umgenommen und mich für die Nasen der Rehe »unsichtbar« gemacht.

Ein Flugzeug pfiff über den Wald hinweg. Das Geräusch des Überschalljägers regte die Frösche an. Sie quakten, als hätten sie einen Engel gesehn.

Eine Krähe stieg aus den Hochkiefern, umkreiste die Bucht, erspähte mich, stieß einen kurzen Quarrlaut aus, steigerte ihre Geschwindigkeit und grenzte wie ein fliegender Feuermelder ihr Nistgebiet mit Warnschreien ein.

Die Frösche verstummten. Nur einer, der instinkt- oder gehörlos war, quakte weiter. Mein Mantel aus Pferdeduft war für nichts mehr gut. Wieder hatte ein Tier der Luft die Tiere im Wasser und auf dem Lande von einer möglichen Gefahr verständigt.

Bierverleger Herm. Worreschk und der verludernde Gutsbesitzer Wedelstedt spielen in einem Dorfwirtshaus siebzehn und vier. Herm. Worreschk gewinnt und gewinnt, und schließlich will er aufhören, aber da schiebt der Gutsbesitzer seinen grünen Strohhut in den Nacken und lallt: Du bllist kein Ehrenmann, du bllist ein Emplorkömmling.

Ganz was Neies! sagt Herm. Worreschk. Mit seiner Bierverlegerei habe es seine Richtigkeit, sagt er. Er war der beste Kutscher seines Chefs, und als der starb, bewarb er, Herm. Worreschk, sich um den Verlegerposten und brachte ein Vierteljahr Probezeit ohne Beanstandungen hinter sich. Wieso Emporkömmling? Er legt Wert darauf, ein Ehrenmann zu sein; und er spielt weiter mit Gutsbesitzer Wedelstedt, und der verspielt seine Taschenuhr und seinen Siegelring, und zuletzt fällt ihm ein Pony ein, das auf seinem Gutshof umhersteht, frißt und mistet und nichts mehr zu tun hat, weil die Kinder erwachsen und außer Haus sind. Herm. Worreschk gewinnt Wedelstedt das Pony ab, auch die Kutsche dazu, und Wedelstedt wird wieder anzüglich: Du bllist ein Raffke, sagt er.

Wenn de nich besoffen wärst, würde ich dir eene kleistern, sagt Herm. Worreschk.

Du Kommunist! sagt Wedelstedt. Herm. Worreschk haut ihm eine Ohrfeige rein, und der Wirt geht dazwischen.

Das Pony des Gutsbesitzers muß von der sonnigen Koppel in den dunklen Bierverleger-Stall. Wedelstedt und Worreschk haben am Schicksal des Ponys gearbeitet, so wie Lehrer Heier und meine Eltern an meinem Schicksal arbeiteten, um mich in Baltins Keller zu bringen.

Frede Worreschk führt mich, bevor ich ihm bei seinen Schularbeiten helfe, in den Pferdestall. Wir müssen an den sechs Hinterteilen der Bierkutscherpferde vorbei, die aufragen wie eine Gebirgskette. In der lichtlosesten Ecke des Stalles steht in einem Verschlag das Pony und wiehert leise vor Heimweh. Frede führt es hinaus auf den Hof. Ich bin ein Pferdemann, ich will es bei Taglicht sehen und mustern. Das Pony ist ein Dunkelschimmel, ist nach meiner Schätzung bei vierzehn oder sechzehn Jahre alt, hat die Größe von unserem ersten Pferd *Tonnenpfürzer*, ist aber etwas gängiger als der. Ich trete dem Pony auf den Kronenrand überm rechten Vorderhuf. Reagiert ein Pferd nicht auf einen solchen Tritt, ist es dummkollerig. Das Pony reagiert. Den Trick hat mir Großvater verraten, damit ich nicht reinfalle wie der Mattsche Heindrich, wenn ich mir mal ein Pferd kaufe. Das Pony beißt nicht und schlägt nicht, hat auch sonst keine Mucken, es ist nur ein bißchen knabberig und verleckert.

Die Scheiß-Katze hat uns noch gefehlt, sagen die Bierkutscher. Sie weigern sich, das Pony zu putzen. Wer es benutzt, solls auch besäubern, sagen sie. Frede ist nicht der Mann, der Ponys putzt. Er sitzt auf dem Futterkasten und trinkt sein Bier. Ich putze das Pony, kratze ihm die Hufe aus, schmiere sein Geschirr und blänkere die Kutsche. Im Pferdeduft ist eine Medizin gegen mein Heimweh verpackt.

Es ist um die Zeit nach den großen Ferien. Die meisten meiner Klassenkameraden waren mit ihren Eltern im Urlaub und kamen gebräunt zurück. Sie tragen ihre Bräune die Dresdener Straße hinauf und hinunter, über die Lange Brücke hinweg und in die Lange Straße hinein, und sie mustern die Mädchen, und die Mädchen mustern sie, und Blicke fliegen hinüber und kommen herüber. Meine Generation wird langsam paarig, aber ich habe keine Zeit zum Promenieren, ich muß mein Pony versorgen.

Sonnabend bleibste moal drinne! sagt Frede Worreschk. Drinne – das heißt, ich soll in der Stadt bleiben. Sonntag machen wa ne Kutschtour, sagt er, und foahrn raus bei eire. (Wenn jemand anders mit mir von meinen Eltern spricht, sagt er: Bei eire zahause. Helf er sich, aber wir reden auf der Heide so!)

Fredes Schwester Emma geht mit auf die Kutschpartie. Sie ist ein Jahr älter als ich, ist blond, grauäugig und hat schon einen hübschen Busen. Wenn ich mit Frede bei den Schularbeiten sitze, stellt sie sich zuweilen hinter meinen Stuhl, und ich fühle ihre kleinen Brüste in meinem Nacken. Es ist mir nicht unangenehm, ich kann das Gefühl, das mich dabei durchzieht, nicht benennen, aber weshalb muß alles einen Namen haben?

Wer Grodk, die Kleinstadt im Spreetal, verläßt, muß sich, ob er nach vorn oder nach hinten oder seitwärts hinaus will, bergan schinden. Da gibt es den Slamener Berg, den Kullerberg, den Kantorfer Berg, Römmlers Berg und schließlich den Georgenberg. Die Georgenbergstraße ist die steilste Straße. Wir müssen sie nehmen und müssen zu Fuß neben der Kutsche her, denn das Pony hat zu kratzen, den Georgenberg mit leerem Kutschwagen zu erklimmen.

Schnaufend und verdrießlich kommt Frede auf dem Georgenberg an. Er greift in den Kutschkasten, zieht eine Flasche Bier heraus, vertilgt sie, wird heiterer und spielt den *Gnädigen Herrn*: Los, Kutscher, fahrn Sie zu! Er will, daß sich auch seine Schwester Emma herrschaftlich und wie eine Dame benimmt, aber die sagt: Leck mir am Ursch! Du bist schont besoffen.

Ich sitze rechts auf dem Kutschbock, wie es mich der Großvater gelehrt hat, halte die Zügel in der linken Hand und zupfe je bald rechts, bald links an ihnen, weil das Pony bald hier, bald dort an den Straßenrand will, um ein bißchen zu weiden. Ich sitze steif und steifer, halte die Peitsche schräg nach links geneigt vor dem Leib, und wenn uns jemand entgegenkommt, recke ich sie zum Gruß auf. Ich fahre nach Schablone, habe den Ehrgeiz, wie ein Kutscher auszusehen, und eben – ich versteife und sehe die Schönheiten am Wegrand nicht. Wie locker bin ich sonst, wenn ich mit dem Fahrrad hier entlangfahre: Ich begrüße jeden Straßenbaum wie einen Bekannten, nicke einer Gold-Ammer im Apfelbaum zu und begucke das Elstern-Nest in einer Birke. Ich höre in einer hohen Kiefer die Brut des Grünspechts girren und kochen, und in den Straßengräben blühen die Blumen. Jede Art hat ihre bestimmte Blühzeit. Meine besonderen Freundinnen sind einige Birken. Mit ihnen rede ich allwöchentlich Zeitchen lang freundlich. Kurzum, da bin ich wer anders, und heute bin ich ein Kutscher und nehme nicht wahr, was mich sonst erfreut, und die Vögel, die Blumen und die Bäume lassen es schweigend geschehen; sie brauchen meine Freundschaft nicht, sie haben an sich selber genug.

Auch die Herrschaften hinter mir im Kutschwagen lümmeln sich nach einer Schablone, die ihnen ihre Eltern übermittelten: Sie tun, als wären sie arg erholungsbedürftig. Frede raucht eine Zigarre nach Muster und spuckt von Zeit zu Zeit in den trockenen Sand des Sommerweges – auch nach Muster. Es kommt kein Gespräch zwischen uns auf. Wir sind Kutscher und Herrschaft, und ein Kutscher redet nur, wenn er gefragt wird.

Mensch, sinn wa noch nich balde doa? fragt Emma endlich, aber da fahren wir schon in Bossdom ein. Häusler und Kossäten öffnen ihre Hoftürchen und begucken uns. Es ist, als ob ein kleiner Zirkus ins Dorf einfährt. Ich sitze gereckt, die Peitsche schräg zum Leib oder zum Gruß aufgesteilt.

Unser Hoftor ist weit geöffnet. Die Anderthalbmeter-Großmutter hat uns schon erspäht, als wir noch bei der *Dicken Linde* waren. Die Tauben flattern auf, der Hund bellt, meine Brüder kommen gerannt, meine Mutter kommt gehinkt; Großvater und Vater stehen unfeindlich nebeneinander wie normale Menschen.

In Großvater flammt die Pferdeleidenschaft auf. Wie oft haben wir in meiner Bossdomer Zeit von einem Pony geschwärmt. Einmal hat mir Großvater eines von einem Zirkus kaufen wollen, aber es war zu teier, zu teier! Mein Gott, mein Gott! schwärmt Großvater jetzt, son kleenes Pferd! Das kinnde ich mir zugoar mit in die Stube nehm. Er schwärmt es zu meinem Vater hin, er hat vergessen, daß er mit dem seit Wochen nicht spricht. Der Vater knurrt etwas zurück, es ist keine Unfreundlichkeit.

Großvater spannt das Pony aus, bringt es in den Stall, reibt ihm die Schweißstellen im Fell mit Heubauschen trocken, tränkt und versorgt es und bleibt im Stall.

Ein schwieriger Sonntag-Nachmittag für mich. Ich muß meine Stadtgäste unterhalten und weiß nicht wie. Sonst sitzen sie an Sonntagnachmittagen mit ihren Eltern in den Kaffeegärten der Kneipen umher, essen gut und trinken gut, damit die Zeche hoch wird, und dann rülpsen sie gut, und gegen Abend fahren sie, wie nach getaner Schwerarbeit, mit den Eltern nach Hause, und über der offenen Bierverlegerkutsche steht ein Baldachin aus Alkoholdunst.

Ich zeige meinen Gästen ein Gewässer, das wir den *Felix-See* nennen. Es ist ein ausgekohlter Tagebau, der sich mit Wasser füllte. Das Wasser hat bunte Ölstreifen. Wir warten seit Jahren drauf, es möge sich klären. Wer soll in die Jauche boaden? fragt Frede Worreschk.

Ich führe meine Gäste zur *Dicken Linde* zurück, damit sie sie einmal anpacken können. Die *Dicke Linde* wirft einen Schatten, wie ihn sonst nur ein kleiner Wald aufzuweisen hat, sie ist ein Pflanzendenkmal. Frede bemängelt: Wieso een Denkmal? Keene Absperrkette drum, keene Toafel dran, nischt wien dicker Boom.

Ich bin froh, als meine Gäste heimverlangen und sich wieder in die Kutsche reinpurrein (hineinsetzen). Frede Worreschk winkt meinen Eltern jovial zu. Fahren wir heimzu, Kutscher! Für mich ist heimzu nicht dortzu und nicht hierzu.

Das Pony trappelt nicht so frisch wie am Morgen, es wird langsamer, bleibt schließlich stehen und will nicht wieder anziehen. Ich steige ab und packe es von vorn beim Zügel, um ihm zu zeigen, daß ich sein Fußgängerschicksal teile. Eine Weile gehts voran, aber dann bleibt das Pony wieder stehen und sieht nach hinten. Ein Pferdemann weiß, was es bedeutet, wenn ein Pferd auf die Last hinter sich schielt. Ich versuche, die Worreschk-Kinder zum Aussteigen zu bewegen. Frede Worreschk ist schon wieder beim Bier. Ich laß ma doch nich von een Pferd befehln, daß ich loofen soll, protestiert er.

Ich schlinge die Zügel am Kutschersitz fest, gehe nach hinten und schiebe. Das Pony erkennt meine Hilfe, geht eine Weile und bleibt dann wieder stehen. Schließlich erreiche ich, daß Emma aussteigt. Frede sagt: Is ja Scheuße, son Pferd. Emma läßt sich herab, mitzuschieben. Von Zeit zu Zeit stößt sie mich mit herausgereckter Hüfte versprechend an. Frede fängt an zu schnarchen.

Es ist dunkel, und es ist kühl, als wir endlich in Grodk sind. Meine Freundschaft mit Frede ist verwundet. Ich helfe ihm nur noch des Ponys wegen bei den Schul-Arbeiten.

Ein Herbsttag. Von den Linden an der Spree lösen sich die Blätter, obwohl kein Wind sie berührte. Frede Worreschk lehnt in der Schulpause an der öden Mauer des Fabrikgebäudes, das unseren Schulhof begrenzt. Er beißt von seiner Klappstulle herunter. Die Klappstulle ist mit rohen Lachsscheiben belegt. Mein Schulbrot ist mit einer Masse bestrichen, die im Baltinschen Haushalt *Schmiere* genannt wird, Margarine und Schmalz mit Zwiebeln gespickt und zusammen ausgelassen. Lachsscheiben sind in meinem Pensionspreis nicht inbegriffen.

Willste was Neies wissen? fragt Frede. Das Pony is verkooft. Ich drehe mich weg, er soll nicht sehen, daß mir die Tränen schießen.

Ich hatte das Pony gern, obwohl es mir nicht gehörte. Wo steht geschrieben, daß man nicht gern haben darf, was man nicht besitzt? Später werde ich wissen, daß es gut ist, sein Herz an nichts zu hängen, weil einem alles, alles fortgenommen werden kann.

Flikka

Monatelang wars mir, als hätte mich nun doch das Alter erreicht, denn es war nichts mehr von dem Bestreben in mir, aufzuschreiben, was mir äußerlich und innerlich geschah. Ein Stein war in das Quelloch des Brunnens gefallen und hatte es versetzt.

Ich war traurig, denn ich hatte gehofft, die Schreiblust würde bis an mein Lebensende in mir sein, aber was ist eine kleine Menschenhoffnung gegen den Willensstrom des Lebens.

Nun aber hocke ich an einem Novembermorgen in meiner Arbeitsstube und muß schreiben, und der Drang, wieder zu schreiben, kommt von Island her.

Im Realienbuch für Berlin und Vororte von 1908 vermelden die preußischen Geographie-Gelehrten, die Bewohner Islands wären Eskimos, trieben Schafzucht und hielten sich auch einige Pferde. Auf den Felshängen wuchere das Isländische Moos und werde von den *Renntieren* abgeweidet ...

Im Realienbuch, Ausgabe 1913, also fünf Jahre später, wird vermeldet, die Isländer seien Normannen, ihre Lieblingsspeise sei das Isländische Moos, sie betrieben *Renntierzucht*, und von Pferden ist nicht mehr die Rede.

Und das mußte ich in der Schule lernen, und diese und andere Mißlehren ließen allmählich meine Skepsis gegen Schulbuchgelehrte und gegen die Unantastbarkeit von Schulbüchern laut werden.

Es waren schließlich die Dichter, von denen ich später etwas Wirkliches über Island, seine Menschen und seine Tiere erfuhr. Von ihnen kriegte ich zu wissen, daß Isländisches Moos kein Fest-Essen für die Isländer, sondern bitteren Tee abgibt, Tee, mit dem mein Großvater glaubte, die unglaublichsten Krankheiten aus sich und aus uns beizen zu können.

Und ich erfuhr, daß die Renntiere (mit Doppel-n), die die Isländer angeblich züchten, Pferde und nicht jene Hirsche sind, deren Zucht eine Sache der Lappländer ist.

Von Dichtern wie Laxness und Fleuron erfuhr ich auch etwas

über das Wesen, über die Härte, die Genügsamkeit und die guten Reiteigenschaften der Islandpferde und daß das Leben der Islandleute über Jahrhunderte ohne die Islandponys nicht möglich gewesen wäre. Kurzum, die Dichter, nicht die Geographen und Zoologen, machten mich, der ich den Pferden verfallen bin, begierig auf die isländischen Ponys und ihre Leistungen, und ich war drauf aus, einmal etwas mit einem Islandpony zu tun zu kriegen.

In meinen Träumen ritt ich im Tölt, in einer Gangart, die manchen Islandponys eigen ist, durch unsere Wälder.

Die ersten Islandponys kamen in den zwanziger Jahren übers Meer nach Deutschland. Es waren so wenige, daß es mir nicht einmal in meiner Farmer- und Tierwärterzeit gelang, eines zu sehen. Erst nach dem großen Kriege wurden mehr Islandponys in die westliche Republik eingeführt, aber Ponys gaben keinen hinreichenden Grund für eine staatliche Erlaubnis her, nach Island zu reisen.

Von Zeit zu Zeit wurden schließlich auch bei uns in Zeitungsinseraten Islandponys angeboten. Ich fuhr hierhin und fuhr dorthin, um sie mir anzusehen, doch die angepriesenen Tiere waren keine Islandponys. Die Schacherer und Kleinhändler erklärten, es wären Ponys im Isländer-Modell, das heißt, es waren Shetlandponys, die man durch das Einkreuzen von Kleinpferden vergrößert und auf einen Meter und dreißig Zentimeter Wideerristhöhe gezüchtet hatte.

Ich winkte ab: Nein, Leute, nehmts mir nicht übel, sagte ich, euer Angebot ist unredlich. Auf Wiedersehen!

Die Schacherer protestierten und beharrten auf *Island-Modell*, und Klugscheußer war das mildeste Schimpfwort, mit dem sie mich befleckten.

In einem Falle lief das Tier, das ich mir ansehen fuhr, auf einer leeren Scheunentenne umher, eine Rappstute mit einer *Laterne*. Bei einem Pferd, das eine *Laterne* trägt, ist die Kopffront von der Stirn hinunter bis zum Maul weiß, und bei einem Rappen wirkt das, als wäre sein Kopf gespalten und als sähe man dem Tier bis in die weiße Seele hinein.

Die Stute war außerdem ein *Garderobenständer*, so nennen Pferdemänner übermagere Pferde, an deren herausgehungerten Hüften man Jacke und Weste aufhängen kann.

Während ich mich mit dem Schacherer über die Stute unterhielt, fraß sie vor meinen *sichtlichen Augen* eine Tageszeitung mit Inseraten- und Kulturteil auf. Von daher gesehen, war die Stute wirklich eine Isländerin, denn denen sagt man nach, daß sie sich in Notzeiten von faulem Seetang und gedörrten Klippfischen ernähren.

Alsdann erfuhr ich durchs Pferdemänner-Telefon, auf der Insel Rügen gäbe es eine wirkliche Islandstute. Ich fuhr auf die Insel. Der Besitzer der Stute wohnte in einer einödigen Gegend. Er empfing mich mißtrauisch, doch mein begeistertes Begehren, die Stute sehen zu dürfen, taute ihn auf. Er führte mich in die Dünen hinter seinem Gehöft, und dort stand die Stute und knabberte Strandhafer-Stengel, eine isländische Schimmelstute.

Ich erkannte ihre Echtheit an der Mähne aus dichten, harten Haaren, die den Hals einseitig nur bis zur Hälfte bedeckte, eine Mähne, die sich nach unten hin nicht verdünnte, eine Mähne, die den Eindruck erweckte, als wäre sie künstlich in ihre Form gebracht.

Die Schimmelstute stand auf dem weißgelben Dünensand vor dem Meeresblau und vor dem Blau des Himmels. Meeresblau und Himmelsblau? Bezieht das Meer sein Blau nicht vom Himmel? Doch, doch, aber die Wellen walken es, und die Stute wirkte vor diesem Hintergrund schöner als schön. Man muß veranschlagen, daß Lebewesen und Dinge, um schön zu sein, auch auf ihre Umgebung angewiesen sind.

Der Sohn des Stutenbesitzers, ein Seemann, hatte das Pony von Island mitgebracht, um seinem pferdenärrischen Vater eine Freude zu machen. Son gooden jung is dat, sagte der Alte. Er trug unterm Kinn eine Schifferkrause, die in ihrer Struktur der Mähne seines Ponys ähnelte.

Wie die Freimaurer und die Mitglieder anderer Geheim- und Gemeinbünde erkennen die Pferdeanbeter einander durch Schwingungen, die wie Sympathie und Antipathie hin und her flitzen. Der alte Fischer gestand, daß das Pony ihm etwas Überdiesieges und ein glatter Luxus sei, und da glaubte ich die Kerbe zu sehen, in die ich meinen Wunsch eintreiben konnte, die Ponystute zu kaufen.

Verkaufen? fragte er. Wie kannst du als Pferdefreund, der du bist, eine solche *Krimmnalität* von mir erwarten? Das Pony war für ihn was Ähnliches wie die Porzellanhunde, die auf den Familienvertikos befahrener Schiffer stehen. Er *ssstehe*, versicherte mir der Alte, tagsüber mehrmals hier in den Dünen und bewundere das Pony, wie ein Galeriebesucher eine Plastik bewundert. Zuweilen verschaffe er sich Haferflocken, denn von nichts komme nichts, auch *keine Schönheit nich*. Das kannst doch verssstehn, sagte er vertraulich.

Und wir redeten und schwärmten. Die Ponystute stand nur zu Anfang bei uns, dann entfernte sie sich so weit, als es ihre klirrende Tüderkette zuließ.

Man konnte ihr ankennen, daß ihr die Einsamkeit lieber war als wir Schwadroneure, die wir nichts zum Knabbern in den Taschen hatten.

Der Alte sah mich von der Seite an und sagte: Seggen wie so: Wenn ick all dot bin, sall niemand as du dat Pony hebben, und du sollst es in deine Bewunderung nehmen! Dabei sah er mich an wie der Vertreter einer Lebensversicherung: Mußt natürlich aufpassen, sagte er, dat du wat länger leben deist as ick!

Und wieder ein Inserat in der Züchterzeitung: Isländerhengst zu verkaufen. Besichtigungsmöglichkeit auf der Hengstkörung in Zerbst.

Der Besitzer, ein langer Kerl, dessen Gesicht Unverschämtheit verstrahlte, fuhr in einem klapprigen Wägelchen aufs Körgelände. Das Pferdchen, der Hengst, ein Scheck, war nicht weniger klapprig als der Wagen, in dessen Scherbäumen das Tier mehr hing als stand. Natürlich war es wieder ein *Island-Modell*, und an Körung war nicht zu denken. Großes Gelächter von den Pferdeleuten auf dem Platz, als der Lange sein Pferdchen vorführte. Mir wars, als ob man auch mich auslachte, und ich machte mich klein und versuchte, mich beim Anblick der ausgezeichneten Shetlandhengste, die vorgeführt wurden, von meiner Leerfahrt nach Zerbst zu erholen.

Einer meiner Lebensgrundsätze lautet: Man muß warten können! Allerdings ist mein Temperament so gelagert, daß es mich zuweilen verführt, gegen diese Lebensregel zu verstoßen, und auch sonst halte ich die Regel nicht immer durch weisen Verzicht ein, sondern weil die Umstände mich dazu zwingen. Man hat seine Schwierigkeiten mit der Weisheit, und nicht selten schauspielern wir sie unseren Mitmenschen vor, und das hinwiederum, um unsere Eitelkeit zu sättigen.

Es ergab sich, daß ich mich von meinem Araberhengst Galba ben Afas verabschieden mußte. Er kam in unseren Stall, als er zwei und ein halbes Jahr alt war. Und wie ich zu ihm kam, ist eine Geschichte, die ich ein anderes Mal erzählen werde. Als Galba drei und ein halbes Jahr alt war, ritt ich ihn ein. Er wurde unter merkwürdigen Umständen, die auch in die Galba-Geschichte gehören, zum Zuchthengst gekört und wurde der Vater schöner Nachkommen.

Nach fünfzehn Jahren waren die zuweilen willkürlichen Auflagen, die einem *privaten* Hengsthalter von der obersten Pferdezuchtleitung gemacht werden, plötzlich für mich nicht mehr zu erfüllen. Da Galba aber aus der in aller Welt berühmten polnischen Zucht arabischer Pferde stammte, erschien es mir wichtig, ihn für die hiesige staatliche Zucht zu erhalten, deshalb wollte ich ihn den Freunden im Zoologischen Garten von Rostock schenken, die bei uns für gute arabische Pferde zuständig sind.

Wir kamen bei den Übergabeverhandlungen auf uns gemeinsam bekannte arabische Pferde zu sprechen, dann auch auf andere Pferderassen, mit eins auch auf Islandponys. Ich erfuhr, daß man im Zoo seit zwei Jahren isländische Pferde züchte, sogar schon Nachzucht von ihnen habe.

In diesem Augenblick, das gestehe ich, und ihr werdet es billigen, verlor meine Absicht, den schönen Galba zu verschenken, etwas von ihrer Selbstlosigkeit. Ich äußerte vorsichtig meinen Wunsch nach einem Islandpony. Gott, wie vorsichtig und dabei zielstrebig ich bin, wenn es um meinen Geburtsfehler, die Pferdebesessenheit, geht.

Der Doktor, der Leiter des Zoos, und sein Zuständiger für die Pferde, auch ein Doktor, sahen sich an, verständigten sich mit Blicken und stellten, indem sie einander zunickten, eine Zusage her. Es bestünde die Möglichkeit, und so weiter. Und so kamen wir zu unserer Islandstute. Sie war ein und ein halbes Jahr alt, und wir nannten sie Flikka.

Sie war ein Rotschimmel: ich durfte sie mir unter drei Ponyfohlen aussuchen. Flikka war sperrig und sparrig, fast unschön, wie Pferdejährlinge so sind. Man muß gelernt haben, hineinzusehen, um zu erkennen, was aus ihnen werden kann, wenn sie aufblühen, und das tun sie erst, wenn sie etwa drei Jahre alt sind.

Ich wußte, wie schwer es mir fallen würde, mich vom arabischen Hengst Galba ben Afas zu trennen. Mit ihm war ich viele Tausende Kilometer durch Wälder und Felder geritten. Er war auf mich und ich auf ihn eingestellt. Er ging mit mir auf schmalen Stegen durchs Moor. Ich redete sanft mit ihm, und er war willig, ich war so etwas wie sein älterer Bruder. Wenn er an einer Maschine, die er für ein Gespenst hielt, zum Beispiel einen Mähdrescher, oder an einem Waldfeuer stutzte und zwei Schritte rückwärts tat, so brauchte ich meine Stimme nur ein wenig zu steigern, und er ging, wenn auch wachsam, an Gespenstern und Rauch vorbei.

Den arabischen Pferden, deren Vorfahren aus den Wüsten Nordafrikas kamen, ist die Wasserscheu eingeboren. Man muß ihr Vertrauen haben, viel Überredungskunst aufwenden, muß in Gummistiefeln vorweg waten, wenn man ihnen nach großen Gewitterregen im Sommer die Ungefährlichkeit der Pfützen erklärt. Ich wollte, daß Galba auch in unsere Seen gehe. Es wäre da ein leichtes gewesen, ihn zu waschen. Ich verbrauchte viele sanfte Worte und Hartbrotbrocken, bis er den ersten Schritt in einen See hinein tat; erst mit der Vorderhand, dann mit der Hinterhand, schließlich der ganze Kerl, die beiden Kerle, denn ich saß auf dem Hengst, er trug mich, und er war im Wasser bis an die Vorderfuß-Wurzel-Gelenke, und soweit ich deuten konnte, schien er an der Kneippkur Gefallen zu finden.

Ich gab ihm die Zügel hin, und er ertastete und fand mit den Hufen, wo der Seegrund fest genug war, sich und mich am Seerand entlang zu tragen. Das Schilf raschelte, und die Steigbügel klangen von seiner Berührung wie Glasglöckchen an Weihnachtsbäumen. Es gab Stellen, da schlug das Schilf über mir zusammen, und wenn es auf den Herbst zuging, schlug es mich mit seinen braunen Kolben. Die Drosselrohrsänger protestierten, und oft zuckten wir beide zusammen, wenn Stockenten vor uns aufflogen. Wolkenbäusche spiegelten sich im Wasser, und das Wasser war blau und wie ein zweiter Himmel, und weiter draußen fuhren Schwäne dahin, und ich verfiel in einen Sommerrausch und hielt die Schwäne, die über die gespiegelten Wolken glitten, für Getier des Himmels, und alle Dinge des Himmels und der Erde waren aus dem gleichen Stoff und unterschieden sich nur in ihrer Dichte voneinander.

Eines Tages kamen wir an eine Bucht; sie war frei von Schilf, und es war weißer Sand, weithin weißer Sand, auf ihrem Grunde zu sehen. Es schien mir die geeignete Stelle zu sein, den Hengst einmal tiefer als bis an die Vorderfuß-Wurzel-Gelenke ins Wasser zu bringen, doch Galba wollte nicht hinein, wollte überhaupt nicht ins Wasser. Mit viel Überredung von meinem Satteltbron herunter und vielen Hartbrotbrocken brachte ich ihn nur so weit, daß seine Hufe vom Seewasser benetzt wurden. Wie gut erinnere ich mich an die schwarzen Streifen, die das helle Hufhorn durchzogen.

Ich hätte es wissen müssen, daß Pferde keinen blanken Eigensinn entwickeln, daß immer Motive aus der Umwelt auf sie einwirken, wenn sie eigensinnig erscheinen.

Wenn Galba zum Beispiel sein Futter nicht anrührte, konnte ich sicher sein, daß Spatzen, diese Mäuse unter den Vögeln, ihre Kotsiegel in den Hafer gesetzt hatten.

Ich hätte es, wie gesagt, wenn nicht wissen, dann ahnen müssen, daß Galbas Weigerung, in die Seebucht mit dem weißen Sand hineinzugehen, nicht grundlos war, aber ich spielte mich so recht als Herr und Mensch auf, als Herrscher über die Natur und die Kreatur. Vielleicht war ich mir selber nicht gut an jenem Spätnachmittag, vielleicht war mir in der Werkstatt bei der Arbeit was fehlgegangen und eben – ich spielte mich auf, brüllte Galba an, und der duckte sich wie ein Mensch, der gescholten wird.

Ja, wenn du so rabiat bist, mein Freund, schien der Hengst zu denken … Pferde können nicht denken, sagt eine Parte von Zeitgenossen; eine andere Parte, besonders die Militärs, sagt: Das Denken überläßt man am besten den Pferden. Galba tat, wozu ich ihn zwang, er unterdrückte seinen Instinkt, tat einige Schritte in die Seebucht hinein, und wir waren beide im Morast verschwunden. Der weiße Sand war *Schminke*, unter ihm wars holl und boll, wie man hierzulande sagt. Ich kam aus dem Sattel und hielt, wie der Hengst, den Kopf mit Mühe aus dem Modder heraus. Galba wendete und hielt aufs Ufer zu. Ich konnte damals noch nicht schwimmen; schwimmen lernte ich erst mit sechzig Jahren zusammen mit meinem jüngsten Sohn – und eben damals konnte ich es noch nicht, und ich kannte das Urzeitgefühl nicht, das man hat, wenn man auf einem stillen Waldsee schwimmt und allein ist wie der erste Mensch; wenn der Fischadler über einem kreist, wenn die Schwäne mit singend schwingenden Flügelschlägen neben einem niedergehen; wenn man die Seewelt aus der Perspektive der Stockenten und Haubentaucher sieht. Nun aber schien mein Aufenthalt auf Erden zu Ende zu gehen, während der Hengst an seinem Weiterleben arbeitete.

Und siehe, bei meiner Fuchtelei im Morast kriegte ich einen Steigbügelriemen zu packen und machte mich zum Nutznießer von Galbas Lebensrettungsversuchen, und ich hielt mich ein wenig abseits, so abseits wie es die Länge des Steigbügelriemens erlaubte, um den schlegelnden Beinen des Hengstes auszuweichen, von denen ich leicht hätte erschlagen werden können, und bald merkte ich, wie die Beine des Hengstes auf festen Seegrund kamen, und ich ließ mich schließlich von ihm an Land und Strand ziehen.

Da standen wir und zitterten beide, und meine Selbstvorwürfe, den Hengst gezwungen zu haben, etwas zu tun, was er nicht hatte tun wollen, zitterten mit, und ich bat den Hengst um Verzeihung, und ob er es nun verstand oder nicht, ich entschuldigte mich, denn so ist der Mensch, und so bin ich: erst herrisch, dann kläglich.

Solche gemeinsamen Erlebnisse am Lebensrand verbinden den Menschen nicht nur mit Mitmenschen, sondern Menschen auch mit Mit-Tieren.

Ich habe euch das Erlebnis mit Galba, es war nicht das einzige, erzählt, damit euch erkennbar wird, wie schwer es mir fiel, mich von diesem Hengst zu trennen.

Das Transportauto mit der Islandstute Flikka kam an. Der Hengst sollte fort. Ich versteckte mich, um nicht in laute Wehmut zu verfallen. Wird der Hengst, wenn du nicht dabei bist, auf den Transporter steigen? wurde ich gefragt.

Er wird, sagte ich. Und Galba stieg ohne Zögern und Stutzen auf den Transporter, weil er den Duft der jungen Islandstute in die Nase kriegte, die zuvor im Kasten gestanden hatte.

Ich fürchtete mich vor meiner wässerigen Wehleidigkeit, die zunimmt, je älter ich werde. Das Leben hat mich in dieser Hinsicht zu einem Scheußer gemacht. Ich verkroch mich in meine Schreib-Arbeit und wühlte mich in sie hinein, bis vom Geräusch des abfahrenden Lastwagens nichts mehr zu hören war, und als ich nach unten in die Gartenkoppel kam, stand dort die Islandjährlingin und wieherte.

Sie antwortete auf Galbas Wiehern, der auf seinem Transporter schon mitten in den Wäldern war, durch die er mich sonst getragen hatte. Ich hörte sein Wiehern schon längst nicht mehr, aber die Stute hörte es und antwortete, und ich empfand die Unzulänglichkeit der menschlichen Sinne in diesem Augenblick als einen Segen, kraulte der Islandstute den Stirnschopf und suchte sie von ihrem Widerwiehern abzulenken.

Die Stute wurde meine Trösterin, immer, wenn ich an meinen verstoßenen Hengst denken mußte, tröstete sie mich. Sie zeigte mir zum Beispiel, wie sie sich, obwohl sie doch hier bei uns und in einem gemäßigten Klima lebte, für einen isländischen Winter zurecht machte. Es war ihr tief eingeboren, sich schon Ende September einen dichten Winterpelz wachsen zu lassen. Alsdann fing sie an, auf ihren Namen zu reagieren. Flikka, Flikka, riefen wir, und einmal erhörte sie uns, und ein anderes Mal erhörte sie uns nicht, und wenn sie unsere Rufe verächtlich, wie es schien, nicht erhörte, war sie wohl damit beschäftigt, mit ihrer Einsamkeit, mit dem Verlust der kleinen Herde, in der sie gelebt hatte, fertig zu werden.

Bis zum Winter hatte Flikka einen dicken Pelz entwickelt und sah aus wie ein kleiner Kaltblüter, ihr wißt, wie jene Bierkutscherpferde, die es früher einmal gab. Ihr Auslauf war die große Gartenkoppel, in der vor Jahren unsere Shetlandponys ihre Winter verbracht hatten, und es gab dort noch den Unterstand dieser Pferdezwerge, den Unterstand mit den Raufen und den Krippen. Flikka suchte diesen Unterstand nur auf, um die Handvoll Körner aufzufressen, die wir ihr in der Dämmerung in die Krippe streuten. Heu und Haferstroh nahm sie lieber in der Koppel vom Erdboden auf statt aus den Raufen unter Dach.

Nach Frost- und Rauhreifnächten sah ich morgens einen Eisbären durch die Koppel trotten, und jetzt kam die Stute schon, wenn ich an den Koppelzaun trat, und forderte die Kleie-Pellets, mit denen ich sie verwöhnt hatte.

Bei pfeifenden Winter-Ostwinden fand ich Flikka niemals im Unterstand, wo unsere Shetländer früher in den Nächten zusammengedrängt gestanden hatten. Flikka lag, wie ein Polarhund, im Schneewirbel und ließ sich einschneien.

So verging der Winter. Und der Frühling kam heran. Flikka wurde zweijährig, und sie schabte sich an Bäumen und Zaunriegeln den Winterpelz herunter, und der Wind nahm die Wollbüschel auf und wehte sie durch die Koppel. Zuerst schleppte unsere Nebelkrähe aus dem Hochwald nebenan solche Flikka-Haarklumpen zu Neste. Diese Haus- und Nebelkrähe ist ihre hundert Jahre alt und hält sich für die eingestammte Bewohnerin unseres Anwesens. Wir sind für sie, meint unsere Dichterin, die Zugereisten und Störenfriede, die sie auch noch zu überleben gedenkt.

Alsdann polsterten die Spatzen und später die Buchfinken ihre Nester mit Flikka-Gewöll aus, und alle Vögel ringsum hatten ihr Gutes von der Isländerin, aber auch die Isländerin hatte ihr Gutes von den Singvögeln, nur das war nicht so *handgreiflich*, weil man nicht abschätzen kann, von wie vielen Mücken, Pferdebremsen und Hirschläusen Flikka dafür im Sommer verschont blieb, von wieviel Geziefer, das die Vögel wegfingen, um Gesang und Jungvögel draus zu machen. Die Vorgänge griffen wunderbar ineinander, ganz ohne unser Zutun und ohne daß die Tiere es bemerkten. Aber wir Menschen, wir Beobachter, wir Beherrscher der Natur, wie wir uns gern nennen, ohne daran zu denken, daß wir selber Natur sind, treiben Zutun und Einmischung, weil wir meinen, wir müßten der Natur unbedingt behilflich sein, und wir rücken an mit unserem Giftgestäub und Giftgesprüh, wir, die kleinen Götter.

Im Juni war Flikkas Fell wieder glatt und glänzte in der Sonne. Der Hufschmied kam, um der Isländerin das Hufhorn zu beschneiden, er fluchte über dessen Härte, aber die war Flikka über Generationen von Islandponys eingeerbt, und auch da hatten wieder, ohne Menschenzutun, zwei Zustände ineinandergegriffen: die Härte des isländischen Lavagesteins hatte die Ponys herausgefordert, harte Hufe zu entwickeln, damit sie zu den Weiden und Matten ins Gebirge klettern konnten.

Trotz der harten Hufe, die ihm zu schaffen machten, sagte der Hufschmied: Die hat sich aber rausgemacht! Beim ersten Ausschneiden, drei Monate zuvor, aber hatte er gesagt: Wat forn Dürrländer ham Se da jekooft? Wo sall dat lang?

Flikka hatte inzwischen eine breite Brust gekriegt; sie war über Winter das geworden, was man hier im Ländlein der Wälder und Seen *stukig* oder *handfest* nennt.

Als sie bei uns einzog, hatte sie einen Meter und zwanzig Zentimeter Widerristhöhe. Damit wir uns verstehen: Der Widerrist ist der kleine Buckel bei den Pferden am unteren Ende des Mähnenkammes. Jetzt im Frühling war Flikka einen Meter und sechsundzwanzig Zentimeter hoch, und wir hofften, daß sie so groß wie Malek Adel werden würde. Malek-Adel hatte seinen Namen aus einer Geschichte des russischen Dichters Turgenjew her. Er war ein Schimmelhengst, den wir dreijährig kauften und einritten. Er war so trittsicher, daß man mit ihm über glatteisige Wege galoppieren konnte; außerdem war er schön, und manche Besucher, die zu uns kamen, hielten ihn für einen zu klein gebliebenen Araberhengst.

Später hat Malek-Adel in Hoppegarten vielen Berliner Kindern das Reiten beibringen helfen, denn zum Reitenlernen gehört außer einem Reitlehrer auch ein eingerittenes feinfühliges Pferd.

Jetzt will ich nach rechts reiten, denkt der Reitlehrling (nach rechts abbrechen, sagen die Reiter), und das Pferd geht schon nach rechts, ohne daß der Reitlehrling, der noch überlegen muß, welchen Schenkeldruck er zum Rechtsabbrechen zu geben hat, diese Hilfe gab.

Wissenschaftler haben herausgekriegt, daß da sogenannte Bioströme mit Hilfe der Nerven (schon wenn man vorausbedenkt, was für eine Bewegung man machen will) ganz, ganz leise Muskelschwingungen auslösen, und die spürt man selber nicht, aber das gut eingerittene Pferd spürt sie. Wissenschaftler, die so etwas rauskriegen und damit gleichzeitig den Schlüssel zu dem Geheimnis der Gedankenübertragung in der Tasche tragen, lasse ich mir gefallen.

Der volle Frühling ist da. Die Feldlerchen sind schon herab von ihren Liebesleitern; die Brutpflege hat sie wieder irdisch gemacht. Unsere Flikka muß allein und allein sein. Das dauert mich. Der Versuch, sie mit der Araberstute Recha und deren Hengstfohlen zusammen auf die Weide gehen zu lassen, glückte nicht. Flikkas Annäherungsversuche an das Fohlen reizten die Araberin, die Isländerin mit Hufen und Zähnen zu bedrohen. Wir gaben Flikka einen jungen Fjordpferd-Wallach, einen Norweger, aus dem Berliner Tierpark bei, schoben ihn in ihre Einsamkeit hinein.

Der löwengelbe Norweger mit dem dunklen Rückenstrich, mit dem Aalstrich, der sich sogar durch die Mähne dieser Pferdeart zieht, war um ein Jahr jünger als Flikka. Er hatte es nicht leicht mit ihr: er, der Flikka die Einsamkeit vertreiben sollte, wurde zunächst von der Isländerin getrieben. Der Wallach zeigte mit Lippenbeben (mit Flemen) Ergebenheit an und wurde von Flikka trotzdem behandelt wie früher ein Handwerkerlehrling im ersten Lehrjahr, und das blieb bis in den Hochsommer so.

Man ist selten dabei, wenn Pferde etwas miteinander bereden. Jedenfalls entdeckte ich eines Morgens, als ich die beiden Nordländer auf ihrer Koppel besuchte, wie sie einander mit den Zähnen das Fell kraulten. *Soziale Hautpflege* nennen die Verhaltensforscher diesen Vorgang. Die Pferde wissen nichts davon und werden auch nie erfahren, daß sie da so etwas Gelehrtes betreiben. Bei ihnen heißt es vielleicht: Juckst du mir – juck ich dir.

Ende September ließ Flikka sich bereits wieder ihren Pelzmantel für den kommenden Winter wachsen. Wir maßen sie (nahmen ihr das Stockmaß ab), stellten sie auf die ebenste Seite unseres Hofes, die Stelle, die unsere Söhne das Scheunenglatt nennen. Flikka war (ohne Selbstbetrug) einen Meter und achtundzwanzig Zentimeter hoch. Die gleiche Höhe hatte ihr Weidegefährte, der Norweger Olafur, erreicht.

Der Oktober hat nach der menschlichen Jahreseinteilung schon Frühherbst zu sein, aber der heurige war ein Sommer-Verwandter.

Er gab an Abenden den Glühwürmern noch Tanzgelegenheiten und ließ den Löwenzahn eine dritte Generation Blüten treiben, und das Gras schob einen dritten Schnitt und war noch ostergrün, und die Stare waren noch nicht zurück von ihrer Abreisekonferenz, die sie alljährlich an der Müritz oder sonstwo abhalten. Flikka und Olafur, die Fohlenknospen, waren zu Jungpferden erblüht. Der dritte Grasschub ermöglichte uns, die herrenlose Wiese hinter dem Friedhof, auf der sonst Bauernkühe weiden, für die Jungpferde einzuzäunen.

Wir sind auf unserem Vorwerk nur zwölf Einwohner und haben doch einen eigenen Friedhof, und der liegt auf einem Hügel. Von meiner Arbeitsstube, im Obergeschoß des Hauses, aus kann ich nach allen vier Himmelsrichtungen sehen.

Ich sitze dort wie ein Feuerwächter, und das ist gewollt; aber in die Wiese, die jetzt Flikka und Olafur beweiden, kann ich nicht einsehen; der Friedhofshügel verwehrt es mir.

Meine beste Arbeitszeit ist morgens von fünf bis sieben Uhr. Da ist es ruhig ringsumher, und ich habs mit dem Zittern der Stille zu tun. Später führe ich Äsop, den Dalmatinerhund, ab und mache gleichzeitig meine Pferdebesuche.

An einem Sonntagmorgen sind alle Hunde unseres Vorwerks aufgeregt, auch Äsop. Von hinterm Friedhof kam ein Pferdewiehern. Es war Flikkas Wiehern. Es flog über das Vorwerk hinweg, und jeder, der es hörte, machte daraus, was er wollte. Für die meisten Einwohner unseres Vorwerks wird es ein Pferdewiehern gewesen sein, das zu einem Sommermorgen gehört wie ein Hahnenschrei. Für mich war das Wiehern wie ein Hilferuf.

Es gibt alte Geschichten, in denen behauptet wird, daß Hunde Gespenster sehen, Erscheinungen, die der Mensch nicht sieht. Ich schließe mich dieser Behauptung an, nur meine ich, daß Hunde wirklich Wesen sehen, und zwar mit der Nase. Sie nehmen mit ihr den erriechbaren Abrieb dieser Wesen wahr, der noch eine Weile auf dem Erdboden bleibt oder in der Luft umhersteht, und aus diesen Tatsachen sind die *Gespenster* gemacht.

Das wehleidige Wiehern Flikkas beunruhigte mich. Ich stieg auf den Friedhofshügel und sah, daß die Elektrokoppel unter mir leer war. Ein Sonntagvormittagsgespenst hatte hinter dem Friedhof gearbeitet und die Pferde in die Wälder getrieben. An der Stelle, wo wir eine niedrige Hecke, einige Jungbirken und Brombeersträucher mit eingezäunt hatten, waren die Koppeldrähte zerrissen. Es mußte ein kräftiges Gespenst gewesen sein, das die Pferde gegen den ihnen widerlichen Elektrostrom hatte anrennen und sie den Draht hatte zerreißen lassen.

Wir gehen auf Pferdesuche, Holger und ich. Wir nehmen die Spuren auf. Die Hufabdrücke der Ponys sehen aus wie die Umrißzeichnungen von Milchbrötchen. Sie liegen vor uns auf dem Weg und unterscheiden sich in der Form wenig voneinander, und doch kann ich erkennen, welche Flikkas und welche Olafurs Hufabdrücke sind. Bei Flikka liegen die Hinterhuf-Abdrücke zwanzig Zentimeter vor den Vorderhuf-Abdrücken. Sie hat einen solchen Vorwärtsdrang, daß die Hinterhandschritte über die Vorhandschritte hinausgreifen. Sie tritt über, sagen die Pferdemänner, sie hat gute Gänge, sagen sie.

Bei Olafur decken sich die Abdrücke der Hinterhand mit denen der Vorderhand; er hat keinen fördernden Schritt, seine Hinterhand hat keinen guten Schub, heißt es.

Aber was mit den Fußabdrücken ohne die dazugehörenden Pferde? Von Zeit zu Zeit verlieren sich die Spuren. Sind die Pferde geflogen? Hat sich hier die Sage vom Dichter-Roß *Pegasus* verwirklicht? Keineswegs. Flikka und Olafur sind eine Weile auf dem Wegrand im Gras oder im Wald gelaufen, denn später stoßen wir auf ihre Spuren wieder im Sandweg. Aber schließlich verlieren sie sich doch ganz. Die Pferde müssen in den Wald hineingerannt sein und müssen ihn durchquert haben. Jenseits des Waldes werden die Spuren wieder auftauchen, vermute ich; es ist nicht meine erste Ponysuche.

Wir holen das Auto und befahren die Waldwege, bis wir wieder auf Ponyspuren stoßen. Jetzt führen sie klar und ohne Abweichungen vorwärts und auf die Asphaltstraße zu, die zur kleinen Stadt hinter den Wäldern führt.

Nur das nicht! denke ich und stelle mir vor, was geschehen kann: Auf dieser Waldchaussee summen, wie Bienen, die zum Stock und wieder ausfahren, an einem Sonntagmorgen die Touristenautos hin und her. Die kleine Stadt hinter den Wäldern wird aus mancherlei Gründen von Touristen durchtrampelt. Es gibt dort ein Schloß, in dem ein preußischer König ein paar seiner Jugendtage verbrachte. Jetzt verbringen in einem Nebengebäude dieses Schlosses Diabetiker ihre Kurtage, und an Sonntagen kommen ihre Angehörigen zu Besuch. Drittens hat ein Dichter, namens Tucholsky, eine Liebesgeschichte geschrieben, die in der kleinen Stadt hinter den Wäldern spielt. Die Geschichte ist anspruchslos, aber sie wird gelesen und gelesen, weil Männchen und Weibchen sich noch immer lieben wie vor sechzig Jahren, als die Geschichte geschrieben wurde. Meinen Sie das Tucholskysche Rheinsberg? wird man von Literaturkennern gefragt, wenn sie hören, daß man dort hinten wohnt. Ein Teil der Autos, die an Sonntagen auf der Waldchaussee entlang brummen, wird also von Poesie-Suche angetrieben. Ihre Insassen hoffen noch ein paar Partikelchen Liebe von dem Paar, das Tucholsky erfand, in der kleinen Stadt aufzustöbern. Ach ja! Ach ja! Und was wird geschehen, wenn unsere Ponys zwischen all diese Autos geraten, deren Betreiber, angetrieben von ihren Erwartungen, auf die kleine Stadt zutreiben?

Zufrieden stellen wir fest, daß die Spuren auf dem Waldweg kurz vor der asphaltierten Straße in eine versteckte Waldwiese hineinführen, und da, und da sehen wir die Ponys hinten, ganz hinten grasen. Wir nehmen die Halfter aus dem Auto und rufen und locken und pürschen uns an, und wir sind so besessen von unserem Wunsch, die Ponys wiederzuhaben, und bemerken nicht, daß es sich um die Ponys eines Bauern handelt, der hinten auf der Wiese arbeitet, und wir werden von Enttäuschung geschüttelt. Unser Eifer hat uns verblendet. Wir hatten nicht bemerkt, daß es sich zuletzt nicht mehr um die Spuren von Flikka und Olafur handelte, die wir verfolgten.

Nun sollten wir wohl warten, bis die Ausreißer von selber heimkommen würden. Auch das habe ich mehrmals erlebt. Wir züchten seit dreißig Jahren Ponys, wir kennen ihr gutes Ortsgedächtnis. Sie umkreisen große Gebiete, grasen zwischendrein und laufen weiter, bis sie auf einen Punkt in der Landschaft stoßen, an dem sie schon einmal gewesen sind, und von dort rennen sie stracks heim. Sie verfahren nach dem Prinzip der Brieftauben, die, wohin man sie auch schickt, in der Regel wieder zu ihrem Schlag zurückfinden. Meist treffen die Ponys bei ihrer umständlichen *Aktion*, ihren Stall wiederzufinden, auf Menschen, in denen Hilfsbereitschaft zugange ist, oder solche, in denen Jäger und Fänger auf der Lauer liegen, und die locken die Pferde an und fangen sie ein.

Am Nachmittag machten wir uns doch wieder auf die Suche. Holger ritt auf der Fjordpferdstute Inka und *bearbeitete* die unwegsame Umgebung. Ich fuhr mit dem Auto und suchte alle Waldwiesen rechts und links der Wege ab, vor allem solche, in denen ich bei früheren Ponysuchen schon Ausreißer gefunden hatte. Aussteigen, einsteigen, fahren, laufen, suchen – so den Nachmittag lang und wieder nach Hause. Dann nochmals zu Fuß mit dem Dalmatiner Äsop in die Torfwiesen. Die Pferde – nirgendwo. Ich habe, wie gesagt, viele erfolgreiche Pferdesuchen hinter mir, und doch überfällt mich immer wieder die Befürchtung, es könnte einmal so sein, daß die Tiere nicht mehr zu finden wären, und hier nun werde ich gewahr, wie sehr mich der Verlust, besonders der von Flikka, aber auch der von Olafur, schmerzen würde. Sie sind für mich schon Persönlichkeiten.

Je länger ich suche, desto stärker werden meine Halluzinationen: Ein Waldschmetterling, der eine buschige Kiefer umkreist, wird (aus der Ferne gesehen) zum Ohr eines hinter dem Busch hervorlugenden Ponys. Aus einem Wiesenstück mit gilbenden Schilfhalmen entsteht für mich der falbe Olafur. Alles, was sich in den Wäldern bewegt, wird zum Teil eines Pferdes. Und immer wieder stelle ich mir vor, wie froh ich sein werde, wenn ich die Pferde finde. Dann wieder suche ich mich in Gleichmut zu üben: Wenn es sein soll, denke ich, wirst du die Tiere trotz aller Bemühungen nicht finden, wenn es aber sein soll, laufen sie dir zu, wenn du eine Weile nicht mehr an sie denkst. Und ich überlasse mich dem Gleichmut: Heute ist alles getan, was getan werden konnte, denke ich und ziehe mich zurück und überlasse das Auffinden der Ponys der Zeit, der Nacht, dem Leben. Ich gehe nach Hause. Die Dämmerung zieht herauf, und da kommt die Nachricht, die Ponys sind in einem Maisfeld in der Nähe des Hauptdorfes gesehen worden, sie sind auf dem Wege zu ihrem Stall. Wir fahren ins Dorf.

Unterwegs kommen uns zwei junge Bauern entgegen. Sie haben die angeleinten Ponys bei sich und berichten, mit welcher List sie sie fingen. Wir danken, und die Ponysuche endet mit Gelächter.

Acht Tage später entdeckt Holger an Flikkas Nasenrücken einen kleinen Schorf. Auf dem Schorf sitzt eine weiße Kuppe. Holger entfernt den Schorf vorsichtig. Die weiße Kuppe bleibt. Sie steckt in der Pferdehaut. Holger zieht sie heraus. Es ist der Eckzahn eines Raubtieres.

Es geht uns auf: Die Ponys sind acht Tage zuvor nicht aus Übermut ausgebrochen, sie wurden angefallen. Ein Raubtier hat Flikka gebissen und verlor dabei den zentimeterlangen Zahn. War das Raubtier tollwütig, oder wehrte es sich nur, als es von den neugierigen Pferden im Gebüsch bedrängt wurde?

Ich verwahre den Zahn. Wir desinfizieren uns die Hände. Wieder einmal langes Abwarten wie damals, als streunende Jungfüchse mit unseren jungen Schnauzern aus einem Futternapf fraßen. Damals ging es gut aus. Die Jungfüchse waren mutterlos und wurden vom Hunger an das Hundefutter getrieben.

Als unser Dalmatiner Assan sich mit einem Fuchs gerauft hatte, mußte er erschossen werden, weil wir auf eine längere Reise gehen sollten und die Quarantänevorschriften nicht erfüllen konnten. Würde ich nun auch Flikka erschießen lassen müssen, weil der abgebrochene Raubtierzahn … Ich mußte nicht verreisen, und die Stute ging munter umher und weidete und kam angetrabt und begrüßte mich wiehernd, wenn ich zur Koppel kam, und ihr Fell glänzte in der Sonne. Wir vermieden es, ihr wie früher Hartbrotbrocken aus der Hand zu geben, für den Fall, daß der Tod in ihr umging und im Pferdespeichel darauf lauerte, auch uns anzugehen. Wir warteten bang, gebe ich zu, und hofften auf einen guten Ausgang.

Fünfzehn Tage vergingen, und unsere Hoffnung steigerte sich zur leisen Gewißheit: Es ist nichts! Was wollt ihr?

Dann jener Morgen, an dem sich Flikka ein wenig unruhiger zu verhalten schien als sonst. Sie nahm die Brotbrocken vom Wiesenboden auf, fraß auch, aber scharrte zwischendrein nervös. Ich deutete ihr Scharren als Mahnung: He, kein Gras mehr! Die Weide war kahl gefressen. Die Pferde mußten umgesetzt werden.

Holger war dabei, ein neues Weidestück einzukoppeln. Der Vormittag war noch nicht halb, da sah er die Isländerin auf dem Waldweg herantraben. Sie war ausgebrochen. Er fing sie ein, doch als er ihr einen Halfter anlegen wollte, warf sie sich hin, stöhnte und schlug um sich. Nach einer Weile beruhigte sie sich, ließ sich aufhalftern, und Holger führte sie in die Elektrokoppel zurück. Aber die Anfälle wiederholten sich. Flikka warf sich hin, atmete in kurzen Stößen und fing an zu schwitzen. Wir holten die Ponys heim und isolierten sie in der Manegenkoppel.

Freund Wolfgang, der Tierarzt, kam. Er vermutete Kolik. Ich ließ ihn nicht an die Stute herangehen. Es wurde nötig, ihm von dem gefundenen Raubtierzahn zu berichten. Flikkas Krampfzustände verlängerten sich, und sie fing an, nach dem Wallach Olafur zu schnappen, doch wenn er sich ihr näherte, schmeichelte sie mit ihm.

Es dämmerte, wir standen am Lattenzaun und beobachteten. Ob ein Tier wirklich Tollwut hatte, läßt sich erst sagen, wenn es tot und sein Hirn untersucht ist. Freund Wolfgang, nicht weniger pferdenärrisch als ich, litt mit und erwog: Und wenn es sich nun doch nur um eine schwere Kolik handelt? Sollte man da nicht versuchen, der Stute durch die Injektion eines entkrampfenden Mittels Erleichterung zu verschaffen?

Wir gingen zu dritt in die Koppel, trugen Handschuhe und pürschten uns an die Stute heran. Wir waren drei von den sieben Schwaben und versuchten den Tollwutteufel zu überlisten, aber Flikka kam mit zurückgelegten Ohren und willens zu schnappen auf uns los, und wir mußten uns zurückziehen.

Wieder standen wir außerhalb der Koppel am Lattenzaun und beobachteten. Mußte die Stute also, ohne daß wir ihr helfen konnten, verenden? Verenden – dieses milde Wort für krepieren. Ach, wäre es doch nur eine schwere Kolik!

Nachts ging ich mehrmals zur Koppel und leuchtete hinein. Ich sägte mit der Taschenlampe einen Lichtkeil in die Neumondfinsternis. Flikka graste. Es hatte den Anschein, als hätte sie doch nur eine Kolik gehabt, und die wäre jetzt vorüber. Aber nach zehn Minuten warf sie sich wieder hin und stöhnte, und sie wälzte sich, aber jetzt wälzte sie sich nicht mehr, wie sich Pferde wälzen, wenn sie ihr Fell pflegen oder Kolik haben, nämlich auf dem Rücken liegend nach rechts und nach links, sondern sie rollte durch die Manege, überschlug sich, rollte und rollte. Das ging so die ganze Nacht: Friedliches Grasen und irres Umherrollen. Immer wieder Wechsel von Hoffnung und Enttäuschung. Die Füße wurden mir schwer, und ich alterte nach jedem Gang zur Koppel.

Am Morgen begann es zu regnen. Ich saß am Küchentisch, konnte nicht essen und sah zur Manegenkoppel hinunter, sah die mit dem Tod kämpfende Flikka bald aufrecht stehen und nach allen Seiten schnappen, als bestünde der nahende Tod aus einem Schwarm andringender Pferdebremsen, bald war sie verschwunden, weil sie am Boden lag und sich über den Rasen wälzte. Das löwenfarbene Fell des Nordlandwallachs leuchtete trotz Regen und Nässe zu mir herüber. Er stand beiseite und sah nieder auf die sich um und um wälzende Weidegefährtin.

Ich weiß, daß es für einen Bewohner des Wissenschaftlichen Jahrhunderts unzulässig ist, menschliche und tierische Gefühle für deckungsgleich zu halten, doch ich, ein Beobachtungssüchtiger, weiß, daß auch Tiere Ahnungen haben. Von Schläulingen werden sie in das Riesenreich der Instinkte verwiesen. Der naive Nordlandwallach, der noch mit einer Pferdekinderstimme wieherte, er ahnte etwas.

Dann erhob sich Flikka nicht mehr. Ich sah nur noch ihren Schweif, mit dem sie das Unsichtbare, das ihr Schmerzen verursachte, peitschte, und dann blieben auch die Schweifbewegungen aus.

Ich ging zur Koppel. Flikka lag im Hufschlag der Manege, die Lippen zurückgezogen, die bräunlichen Zähne bleckend, die Augen lichtgrau lasiert – das Markzeichen des Todes.

Das ist die Geschichte von der allzu kurzen Freude, die mir eine junge Islandstute machte, auf der ich in meinen letzten Lebenstagen durch die Wälder reiten wollte, und von deren tollwütigem Tod, in den sie ihren Weidegefährten mit hineinriß, und das ist das Ereignis, das mich wieder zum Schreiben brachte, das den Stein aus dem Quelloch des Brunnens trieb, von dem ich euch anfangs erzählte.

Selbstermunterungen: Natur

Die Winde beweisen mir, daß Bewegungen, die mich erreichen, von weit, weit her sein können.

*

Als das Wasser Wolke wurde, vergaß es, daß es wieder ins Meer münden würde.

*

Der Sommer geht an, und die Luft ist voll Heidlerchenlaut, aber mir ists bitter, als schwämmen in meinem Blut schon die Geißeltierchen des Todes.

*

Der Regen fällt und mißfällt, aber es ist auch Regen in jeder Blume, die mir gefällt.

*

Alles in der Natur demonstriert mir: Du hast Zeit. Nichts geht zu Ende, nur die Formen wechseln. Ich aber bilde mir ein, nur die Form, in der ich jetzt existiere, sei gültig, und das Leben höre auf, wenn ich die Form wechsele.

*

Die Wiese steht voller Blumen. Die Kühe gehen hinein und sehen nur Futter.

*

Frühlingsanfang. Es liegt dicker Schnee. Ostwind heult. Ist der Frühling in den Blattspitzen der treibenden Schwertlilien, im hellen Gurren der Tauben, im eindringlichen Schilpen der Spatzen, in meiner Hoffung oder im Termin der Kalendermacher?

*

Oft tröstet's mich, auf Bäume zu sehen: Sie wachsen und wachsen, grünen und grünen; trotz schlechtem Wetter, nach strengen Wintern, trotz trockener Sommer und Wassernot. Sie lassen nicht ab und lassen nicht ab …

Wie der Regen mit dem See redet

Gebrochener Stolz

Der Frühling gab tausend Zeichen, bevor er kam. Das Eis schmolz langsam, zu langsam für die Fische, und seine Oberfläche sah aus wie steifer Grießbrei.

Auf dem grießigen Eis saßen Nebelkrähen, stocherten und hackten, und als ich am Seerand erschien, flogen sie zur Seemitte und hackten dort und stocherten weiter.

Umsonst scharrt keine Henne, umsonst hackt keine Krähe. Durchs Fernglas sah ich fünf Krähen an einem Kilo-Karpfen rupfen, andre rupften an Barschen und Schleien.

In der Reihenfolge des Seefrühlings war etwas fehlgegangen: Tagsüber taute es, und die Wärme machte die Fische tummelig, doch das Eis barst nicht, weil's nachts wieder fror.

»Da kamen die lieben Krähen und hackten den munteren Fischlein Luftlöcher ins Eis ...«, so könnte es in einer Tanten-Tiergeschichte heißen. – Die Fische drängten sich an die Krähenluftlöcher, und die Krähen packten die taumeligen Fische. Ich zählte fünfzig, ich zählte sechzig, ich zählte achtzig Krähen und Krähen. Über den Krähen kreiste der Bussard, aber sie vertrieben ihn nicht wie sonst, und der Bussard ließ sich langsam hernieder. Er schlitterte wie ein krummbeiniger Herr in Knickerbockers übers Eis, und die Krähen quarrten ihn an, liefen unter seinem Krummschnabel dahin, unterliefen seinen Schwanz und benahmen sich ungastlich wie reich gewordene Spießer. Der Schnabel des Bussards war nicht zum Eishacken eingerichtet, heißhungrig stocherte er durch die Luft und nahm sich schließlich, was die Krähen ihm ließen, und verschlang es eilig, ein bißchen verschämt, ein *besserer Herr* ohne Holzhackerhände.

Jetzt hackten die Krähen sogar nach ihm, und er duckte sich, und sein Stolz war dahin, und er kroch übers Eis von Bissen zu Bissen.

Die Eiskuh

In der Nacht fiel Frost über Feld und Dorf. Die regenzerweichten Wege erstarrten. Am Morgen standen die Nachtwächtertapfen wie in Gips gegossen auf Wegen und Stegen. Die Fahrradspur des Schlächters verriet: Er war nicht nüchtern, als er nach Haus fuhr.

Der Tag kroch über den Birkenwald. Die Hähne schrien, und die Krähen flogen ins Dorf. Das Leben hüpfte aus Häusern und Häuschen. Die Menschen gingen an ihre Arbeit. Die Viehzuchtbrigade trieb ihre Rinder zum See. Der Brigadier schlug ein Tränkloch ins Eis. Die Rinder reckten die Hälse und soffen. Nur eine Jungkuh ging auf das Eis. Eine Altkuh warnte; erst »bromm«, dann »maauuh! bist du ein Esel, dem es zu wohl geht?«

Die Jungkuh hüpfte und reckte den Schwanz. Sie feuerte aus, es gab einen Knall, das Eis zerbrach, und die Jungkuh versank. Sie zappelte, stampfte. Die Viehpfleger rannten nach Rettungsstrikken. Sie schleppten eine Leiter herzu und legten sich lang und warfen ein Lasso. Sie landeten einen gescheckten Klumpen. Was nun?

»Reibt sie mit Schnaps ein!«

»Zu teuer, der Schnaps!«

Man holte Spiritus aus dem Konsum. Vier Männer rieben die Kuh damit ein. Sie kamen ins Schwitzen. Vier andre Männer lösten sie ab …

Endlich erhob sich die scheintote Kuh und wankte berauscht und berieben zum Stall.

Der Sommer kam. Die Herde zog morgens zur Weide. Am Abend kam sie ins Dorf zurück.

»Da geht die Eiskuh«, sagten die Leute.

Die Eiskuh wich jedem Wässerlein aus. Für sie war jede Pfütze ein See. Sie ging nie mehr zum Saufen ans Ufer. Man mußte ihr Wasser vom Hofbrunnen bringen. Sie wurde ein besonderes Rindvieh. Die Dummheit machte sie auserlesen.

Die Noten der Stieglitze

An warmen Märztagen rekeln sich die Obstbaumknospen und am eifrigsten die an den Klarapfelbäumen. Nach den Gesetzen der Apfelwelt und dem Heißhunger der Dorfjungen haben ihre grüngoldenen Früchte Ende Juli, spätestens Anfang August, reif in den Zweigen zu hängen.

Aber im März steht der Frühling noch auf wackeligen Beinen. Es gibt Tage, an denen er vor den steifen Ostwinden, vor Frösten und Harsch ins Innere der Wälder zurückkriechen muß, und aus ist's mit dem übermütigen Gerekel der Klarapfelknospen. Man kann sehn, wie sie sich den schützenden Zweigen zuducken und auf die Rückkehr von Sonnentagen warten.

Hungerig schwärmen die Stieglitze über den lockeren Märzschnee, wittern den Duft der geduckten Klarapfelknospen, fallen über sie her, picken ihnen die Blütenherzen aus und verschlingen sie. Ein Sack Augustäpfel fliegt mit den Stieglitzen davon.

Heuer allerdings schien's mir, als leibten sich die hungerigen Stieglitze die Knospen wie Halb- und Viertelnoten ein, denn bald nach dem Fressen hörte ich sie singen, und jeder Ton schwebte wie eine Blüte über den Schnee hin.

Der Wendehals

»Der Wendehals ist ein Höhlenbrüter«, kann man in Büchern über Vogelkunde lesen. Diese Behauptung irritierte mich, als ich einen Vogel auf offenem Nest in einer Sauerkirschhecke entdeckte. Er saß fest auf dem Nest, wenn wir unsere Pferde an der Hecke vorbei zur Weide trieben. Ich nutzte die Gelegenheit und verlangsamte meine Schritte, um den Gartengast eingehender betrachten zu können: Es war wirklich der Wendehals.

Man wähnt, die Anpassung der Lebewesen an neue Verhältnisse habe sich in weit hinter uns liegenden Zeiten (etwa nach der Eiszeit oder nach dem Zurückweichen der Gewässer auf der Erde) vollzogen. Der Wendehals belehrte mich, daß diese Anpassung unaufhörlich stattfindet. Da der Mensch seine Obstbäume seit Jahrzehnten pflegt, die alten ausrottet und neue nachpflanzt, gibt es hohle Bäume in Gärten nicht mehr in Überfülle, und da sah sich auch der Wendehals gedrungen, vom *Massiv-* zum *Leichtbau* überzugehen. Eine gekappte Astgabel an einem Sauerkirschbaum genügte ihm als Höhlenersatz.

Da saß er nun und brütete, pflanzte sich fort und hatte nichts dagegen, wenn ich ihn aus fünf Meter Entfernung durch den Feldstecher beobachtete und mich zum Zeugen eines Anpassungsprozesses machte.

Die fliegende Wiese

Rechts und links vom Blumenfenster meiner Arbeitsstube hängen Starenkästen. Im Februar fallen dort die Stare, meine Leibmusikanten, ein. Jeden Frühling ziehn sie in den Kästen ihre Brut auf. Die Nahrung holen sie aus der großen Wiese vor meinem Fenster. Es sind Würmer, Schnecken und Raupen, die sich dort vom Humus und vom Wiesengekräut nähren.

Die Jungstare schlingen, girren und wachsen. Im Herbst fliegen sie mit den Altstaren davon. Ein Häppchen der großen Wiese fliegt von dannen und lebt im Winter, als Star verkleidet, in den Vogesen.

Wie gut hatte jener Alte beobachtet, der sagte: Du liebe Güte, es ist ja alles auf der Welt im Fluß!

Maus und Schicksal

Ein zwei Tage alter Augustvollmond stand über den Buchenwäldern. Eine Waldmaus hastete im Lichtkegel meines Autoscheinwerfers über den Waldweg. Der Weg hatte tief ausgefahrene Geleise, Traktorenschienen, die von üppigen Windhalmen getarnt waren.

Die erste Falle übersprang die Maus mit der Kraft, die ihr die Furcht verlieh, doch in die zweite Rinne rutschte sie hinein, überschlug sich, und ihr weißes Bauchfell leuchtete auf.

Ich trat auf die Bremse und verschaffte der kleinen Nachtjägerin einen Sekundenteil Zeit, sich aus der Rinne herauszuarbeiten und zu retten.

Das Gedröhn des Motors war für die Maus nicht vorhanden; ihre Ohren sind auf Geknispel und feine Töne eingestellt, aber die über das Gras rollenden Blitze der Scheinwerfer waren für das Maustier ein Schicksal. Sicher hatte die Gerettete, die hernach starr im hohen Seggengras saß, bis sich ihr Mausherz beruhigte, einen Glücksaugenblick, und dieser Glücksaugenblick verharmloste ihr den über den Kahlschlag fliegenden Waldkauz zur Fledermaus.

Regentag

Die Wolken hingen wie Wischlappen über den Bäumen; eine große Hand schien sie auszudrücken, und das ausgepreßte Wasser tropfte auf die Birkenblätter. Kleine Tropfen strebten zueinander, vereinigten sich und fielen herab. Das Moos sog sich voll wie ein Schwamm. Eine Wildtaube ließ sich's unter die Flügel regnen. Wir saßen den Sonntag lang unter Tannen, sahn in den Regen und hörten den See mit dem Himmel reden.

Sommerausklang

Nur die Hähne krähten. Sonst war es still. Es war der Geburtstag des Weisen von Weimar, und wieder ging ein Sommer zu Ende. Ich begann eine Geschichte zu schreiben. Ihr Anfang war mir wie ein Same aus fernen Ländern zugeflogen.

Die Geschichte trieb zwei Keimblätter, zwei Tage später zwei Blumenblätter. Nach Tagen setzte sie einen Trieb an. Der Trieb wuchs geil, und ich stutzte ihn. Nun wuchs der Stamm ein paar Tage ins Licht, dann wieder ein Trieb. Ich stutzte auch den; sie sollte nicht nur treiben, sie sollte auch blühn und Früchte ansetzen – meine Geschichte.

Holundersuppe

Die Holunderbeeren sind reif. Blaue Dolden hängen zwischen halberfrorenen Blättern. Wir reiten hinaus und pflücken Holunderdolden. Herb duftet das graue Holunderholz. Der Vollmond geht auf. Sein Licht läßt das Herbstlaub der Birken leuchten. Holunderbeerdolden. Wir füllen die ledernen Satteltaschen.

Wir reiten heim und kochen Holunderbeersuppe. Wir essen die Suppe mit Semmelbröseln. Wärme durchzieht uns. Das Herz schlägt uns schneller. Der Sommer steigt uns noch einmal ins Blut. Er saß in den schwarzen Holunderbeeren.

Gänse und Pirol

Der Sommer geht zu Ende. Die Wiesen begrünen sich nach dem zweiten Grasschnitt ein drittes Mal. Die Gänse putzen sich eifrig im Bach. Wenn sie aus dem Wasser steigen, widerspiegelt sich das schräg stehende Sonnlicht im Weiß ihres gebadeten Gefieders.

Da muß man die Augen schließen, weil man weiß, daß Martini, der Tötungstag der Gänse, nah ist. Alle Vögel schweigen, aber dann singt der Pirol auf der Weide am Bach so frisch wie im Frühling. Er holt die Strophen nach, die er versäumte, weil er später als alle Sommervögel aus seiner heißen Winterheimat kam.

Rehe auf der Wiese

Der Nebel war gefallen, die Gräser waren voll Tau, und der Morgen war schon fertig.

Ein Vogel rief im Strauch, wie wenn zerschnittene Grünbohnen in eine irdene Schüssel fallen: »Schnipp, schnipp!«

Den Warnruf fingen zwei Rehe auf. Sie standen in einer Wiese, hatten die Köpfe gehoben und spielten mit den Lauschern: Ein Bild, das ich hundertmal sah.

Aber kein Morgen und kein lauschendes Reh gleichen dem anderen. Die Gleichmacher sind unsere unzulänglichen Sinne, und wir täuschen uns, wenn wir von zwei Dingen, denen wir Gattungsnamen gaben, glauben, sie seien danach auch im Wesen gleich.

Pilzfieber

Ich ging in den Wald, um über meinen Roman nachzudenken, aber wie aus Versehen nahm ich meinen Rucksack mit; als ob man Denkergebnisse eingesackt nach Hause schleppen könnte! Unter uns gesagt, ich hatte auf dem Luftwege eine Nachricht erhalten: Es mußte Pilze geben, denn aus dem Wald wehte ein leiser Duft von Kraftbrühe und drang durchs geöffnete Fenster bis an meinen Schreibtisch.

Die Nachricht stimmte. Unter den Wegfichten prahlten Schirmpilze, und im Walde standen kastanienbraune Maronen, Steinpilze mit weiß-gelblichen Köpfen und schleimhäutige Butterpilze. Das Sammelfieber packte mich. Ich wurde unzurechnungsfähig, verneigte mich vor jedem Pilz tief, bevor ich ihn in meinen Rucksack steckte.

Als ich die gesammelten Pilze daheim putzte und durch meine Brille besah, verfluchte ich das Pilzfieber, diese Leidenschaft, die mich raffgierig machte. Nicht nur, daß ich den Pilzen gestattet hatte, sich zu Herren meiner Gedanken zu machen, ich hatte auch viele, viele Maden der Pilz- und Trauermücken dorthin geschleppt, wo sie sich wohl fühlten und unangefochten ihr Ungezieferleben fortsetzen konnten: auf den Misthaufen im Garten.

Schneefrühling

Wir teilen den Jahresablauf in Frühling, Sommer, Herbst und Winter. Aber das Leben und die Jahreszeiten sind ein fließender Prozeß, dem man mit Linealstrichen und Rechenkaros nur grob beikommt. Eines hängt mit dem anderen zusammen, eines fließt in das andere.

Menschen, deren Werkstätten die Wälder, die Meere, die Wiesen und die Felder sind, bedienen sich feinerer Jahreseinteilungen: Vor- und Nachfrühling, Mitt- und Altweibersommer, Früh- und Spätherbst.

Der russische Dichter Prischwin entdeckte den Frühling des Lichts, und mir kann man nicht ausreden, daß es einen Schneefrühling gibt. Er beginnt, wenn die Sonne nach den ersten Schneegestöbern des Jahres, weiß vor Ferne, an einem wolkenlosen Himmel steht. Die Schneekristalle in den Wiesen flimmern, und die Bäume tragen Schneeblüten bis in die dünnsten Zweige. Die Vorjahrsstengel von Schafgarbe, Rainfarn und Mädesüß gleißen am Wege; und die Schwerter des Schilfs stecken in weißen Schneescheiden.

In den Tieren erweckt der Schneefrühling voreilige Hoffnungen: Der Grauspecht kreischt, und sein Flug von Baum zu Baum mutet fröhlich an. Die Krähen proben ihr Frühlingsgekrächz, und in den Schonungen klingeln Goldhähnchen und Meisen. Die Wildschweine kommen aus den Dickungen, lassen sich auf ein Wettrennen mit dem trabenden Reiter ein und galoppieren grunzend am Seerand hin, wo das dünne Rand-Eis unter ihren ungestümen Klauen knackt.

Bleßhühner und Haubentaucher sind davongezogen, nur die Wildgänse warten den Schneefrühling in der Nistheimat ab.

Aber eines Nachts schiebt sich die Eisdecke vom Seerand wie die Jalousie eines Rollschrankes über das offene Wasser. Die Wildgänse spannen (ein wenig widerwillig, wie es scheint) ihre Schwingen und erheben sich für die lange Reise in die Winterheimat. Wenn sie davon sind, beginnt mit trockenem Harsch und Frost – der Schneesommer.

Das fliegende Rehkitz

Ach, ach, die Sommerabende! Neun Uhr war vorbei, und immer noch war es wie später Tag; erst um zehn Uhr dunkelte es, und die Bleßhühner schrien, und ein Rehkitz klagte und klagte am Waldrand.

Und als ich zum Hochwald ritt, klagte das Kitz weit drinnen im Walde. War seiner Mutter was zugestoßen? Ich ritt durch Blaubeerkraut und mannshohen Farn. Der Farn war schon feucht, und das Kitz piepte bald nah und bald fern, dann wieder hört ich's auf einer Pflanzung.

Auf der Pflanzung stand eine halbhohe Kiefer. Ich hielt meinen Hengst an; jetzt mußte das Rehkitz sich zeigen. Ich wartete; ungeduldig scharrte der Hengst, kaute auf seiner Trense und schnaubte. Da flog ein schnittiger Vogel auf; er glänzte im Mondschein und flog stumm zum Walde. Ich ritt zur Kiefer – kein Rehkitz dahinter.

Zu Hause durchsuchte ich meine Vogelbücher. Ich suchte den *Rehkitz-Vogel* und fand ihn: Rauhfußkauz heißt er und nistet, las ich, selten in unserer Landschaft. Ich erkannte sein kauziges Liebeslied nicht und sollte doch wissen, daß Lieben und Klagen verwandt sind!

Südwind

Nachts kam der Südwind. Er kam mächtig, und am Morgen verschwanden die Eisblumen, und die Fenster wurden blank. Die Feldsteinmauer im Hofe überzog sich mit leisgrauem Schmelzhauch, und die Steine schimmerten im Blau reifer Pflaumen hindurch. Auch die Stimmen der Spatzen tauten auf. Sie stritten miteinander, und durch das Stimmengeweb aus Gezänk und Gezeter sah der erste Vorfrühlingstag.

Nordwind

Der Nordwind wehte. Schnee fiel sacht wie Federn von krankgeschossenen Vögeln. Die Sträucher froren. In einem Strauche hockte ein Nest. Der Wind blies die Federn heraus.

Die Rehe gingen traurig und krumm durchs Gekräut. Das Gespinst ihrer Spuren lag unter den Bäumen; dort hockte ein hungriger Bussard und gierte nach seinem Zufall.

Die Jäger fuhren im Schlitten zur Pürsch, und der Himmel war rot, die Wolken säumten sich grün, und die Dämmerung kam schnell. Der Mond glich einem Orangenachtel.

Ich trabte dahin und literte Nordwind in meine Lungen. Ich sang mir ein trotziges Liebeslied, ein Liebeslied trotz Nordwind und Frost. Das Lied hob mich an und machte mich mächtig.

Der große Gesang

Es duftete nach Erde, Wald und Wasser. Die Luft, das Gas des Lebens, durchdringt und verläßt uns, bringt und nimmt, erhält uns das Leben.

Auf dem See, den vor Tagen noch eine altersgraue Eisschicht bedeckte, schwimmt und taucht, plätschert und rudert, piept und trillert es. Wie Samen aus fernen Ländern fiel in den vergangenen Nächten das Wassergeflügel vom Himmel und pflanzte sich mit Beinen, die noch halb Flossen, halb Wurzeln sind, in das Wasserfeld.

Bleßhühner fahren hupend umher und machen den See zum Rummel- und Tummelplatz. Das »Kökökök« der Haubentaucher und das sägende »Räb-räb« der Stockenten-Erpel fährt durch die dünnen Zweige der Faulbäume. Die Kraniche posaunen in den Seewiesen, und aus den Uferkiefern fällt das sentimentale Liebesglucksen der Nebelkrähen.

Die Symphonie zum Lobe des Lebens setzte ein, und wenn sie endet, werden sich ihre Sänger verdoppelt, verdreifacht und vervierfacht haben. Die jungen Krähen werden den Altkrähen ähneln, und den jungen Taucherhähnen wird wie ihren Vätern eine Haube wachsen, und doch werden weder die Jungkrähen noch die jungen Taucher ihren Eltern bis auf die letzte Feder und bis in die letzte Phase ihres Verhaltens gleichen, weil alles, was lebt und fortleben will, sich auch hinaufpflanzen muß.

Selbstermunterungen: Welt und Wahrheit

Die Welt ist voller Geheimnisse. Wenn ich älter bin, werde ich sie ergründen.

*

Eine der zersetzenden menschlichen Leidenschaften ist der Selbstbetrug.

*

Die Welt ist mir ein kaltes Haus ohne die gleichmäßige Wärme jenes Ofens, den man Liebe nennt.

*

Die Wahrheit ist lebendig, wenn sich aber Leute ihrer bemächtigen, denen es fremd ist, allumfassend zu denken, versuchen sie, sie mit Kult und Liturgie einzufangen, doch sie läßt sich ebensowenig einfangen wie das Tageslicht.

*

Beim genauen Betrachten der Nähe tun sich mir die Fernen auf, und beim genauen Betrachten der Ferne zeigt sich mir Nahes.

*

Mehr als die großen Vorgänge auf dieser Welt beobachte ich die kleinen, die in ihrer Summe die großen sind. Ich nehme das erste kleine Zittern wahr, und das große Beben überrascht mich nicht.

*

Ich will die Mächtigen, die sich zu Mächtigen machen, nicht mehr fürchten; sie haben ihrerseits Furcht, die man ihnen einjagt, wenn man sie nicht fürchtet.

Ole Bienkopp

Anfang und Ende eines Romans

Die Erde reist durch den Weltenraum. Der Mensch sendet eiserne Tauben aus und harrt ungeduldig ihrer Heimkehr. Er wartet auf ein Ölblatt von Brüdern auf anderen Sternen.

Was ist ein Dorf auf dieser Erde? Es kann eine Spore auf der Schale einer faulenden Kartoffel oder ein Pünktchen Rot an der besonnten Seite eines reifenden Apfels sein.

Der Bauer Ole Bienkopp, dieses große Kind, friert zuweilen. Er sucht Wärme bei seiner Frau. »Was muß ich tun, damit du mich in dein Bett nimmst und wärmst?«

Anngret ist in üppigen Jahren; nicht gerade ein glühendes Eisen, aber sie weiß, was sie will. »Könntest du dir einen Bart wachsen lassen?«

Einen Bart? Was ist ein Bart? Eine Zierde? Ein Versteck? Resthaar vom Affen? Gebüsch in der Gesichtslandschaft, das seichte Stellen oder Untiefen zudeckt?

»Einen Bart?« fragt Ole.

»Einen englischen Bart«, sagt Anngret.

»So einen, wie ihn Sägemüller Ramsch trägt? Niemals!«

»An den hab ich nicht gedacht«, sagt Anngret.

Ole kann den Wunsch seiner Frau nicht übergehn. Er will gewärmt werden. Er läßt sich eine sogenannte Schifferkrause wachsen. Der Schifferbart wird hart.

Anngret verzieht die Nase, wenn Ole ihr damit zu nahe kommt. »Schneid das Gestrüpp an deinem Kinn ab!«

Ole tut es. Er will gewärmt sein.

Die Bienkopps leben wie die Tauben, wenn man bedenkt, daß auch diese Friedensvögel ab und zu zanken, wild girren und mit den Flügeln schlagen.

Anngret ist auf das Ihre bedacht und hat herrische Anwandlungen. Vielleicht verfolgt sie besondere Ziele mit der Vermehrung ihres Wohlstandes?

Ole ist stark, arbeitsfroh und lebenslustig. Er schöpft aus dem vollen, jedoch an gehäuften Schätzen liegt ihm nichts. Was er hat, sollen auch andere haben. Er verborgt Maschinen, Zugvieh, Saatgut und ist nicht ohne Grund Vorsitzender der *Gegenseitigen Bauernhilfe*, im Dorf kurz *Bauernhilfe* genannt.

Die *Bauernhilfe* hält einen Stier für das Dorf. Der Bull ist mächtig und macht seine Sache. Breite Brust, Beine wie Säulen, Hörner wie eine Heugabel und Volldampf in den Adern. Die Kühe sind zufrieden. Die Bauern sind zufrieden. Anngret ist nicht zufrieden. Ja, was will sie denn?

Anngret geht zu Jan Bullert, dem die *Bauernhilfe* den Zuchtstier zur Pflege anvertraute. »Wo steht geschrieben, daß euer Stier auf dem Throne sitzen und sich die Kühe kommen lassen darf?«

Jan Bullert lacht, daß es im Stallgang schallt. »Willst du menschliche Sitten beim Vieh einführen? Soll der Stier nachts durchs Fenster zu deiner Kuh steigen?«

Anngret spuckt wie eine gereizte Katze. »Mach deine Witze mit Leuten, die zu dir passen!« Sie besteht darauf, der Stier der *Bauernhilfe* soll bei Bedarf zu ihr in den Stall gebracht werden. Sie besitzt fünf Herdbuchkühe; sie kann es verlangen.

Jan Bullert denkt nicht daran, mit seinem Stier von Haus zu Haus zu ziehn wie ein Leiermann. Das Geplänkel zwischen ihm und Anngret hängt kichernd in der Luft. Anngret geht verbissen umher.

Wieder kommt einer von Oles Frosttagen. »Was muß ich tun, damit du mich in dein Bett nimmst und wärmst?«

»Wenn du mir meine Arbeit erleichtern und erlauben wolltest, daß ich einen Bullen aufstall ...«

Ein Bull für fünf Kühe? Das ist für Ole eine Freßmaschine mit Hörnern, unausgenutzter Dampfdruck, ein Explosionsherd im Stall. »Es ist doch ein tüchtiger Zuchtbull im Dorf«, sagt er. Anngret antwortet nicht. Sie geht umher, gertenschlank und verführerisch, eine mit Rauhreif überzogene Gerte.

»Allerdings ...«, sagt Ole schließlich ... »Wenn der Stier dir die Arbeit erleichtert ...«

»Ausgezeichnet. Danke!« Anngret hat gewonnen.

Ole wird gewärmt, oder er wärmt sich selber. Wer kann das wissen?

* * *

Das erste Jahr nach dem *Großen Kriege* war für die Dorfleute wie das Jahr Null. Es sah so aus, als begännen alle ihr Leben von vorn. Gerechtigkeit in allen Stücken, bitte; nur keinen Krieg wieder. Anton Dürr, Ole Bienkopp und andere Gerechtigkeitsprediger hatten es leicht.

Altbauer Serno kam gemagert, mit lappiger Haut vom Treck zurück. Er sah jetzt aus wie ein halb geleerter Zweizentnersack und war sich nicht zu schade, eigenbeinig hinterm Pflug mit den zwei geretteten Pferden einherzutrampeln. Sein Leberleiden war verschwunden.

Sägemüller Ramsch arbeitete eigenhändig an der Gattersäge und schnitt Dachlatten zum Ausbessern kriegsbeschädigter Haus- und Stalldächer. Die Dachlatten schenkte er für ein paar Zigaretten her. Allerdings waren Zigaretten um diese Zeit eine wertbeständige Währung.

Mampe-Bitter, der ehemalige Dorfschneider, kehrte saufselig und singend heim. Er hatte nichts verloren; er hatte nichts zu verlieren. Was er brauchte, würde er finden. Die Welt und der Wodka lagen vor ihm.

Nicht zu reden von den fünfzehn Neubauern, die im Jahre Null unter den gleichen Bedingungen in eine neue Zukunft marschierten: Jeder hatte sechs Hektar Land, etwas Wald und etwas Wiese aus den Vorräten des geflüchteten Herrn von Wedelstedt erhalten. Die Dorfstraße war wie eine Startlinie, auf der der Gang in ein neues Glück begann. Die neuen Bauern halfen einander und lebten in Frieden wie ausgebildete Christen. Alles hätte gut gehn können zur Freude der Menschen im Himmel und auf Erden.

Aber welche Hexerei! Ein Jahr später löst sich das gedrängte Feld der Glücksucher auf. Es gibt Fußkranke, Auskenner, Leute, die mit den Ellenbogen nach rechts und nach links, nach vorn und nach hinten stoßen, Leute, die sozusagen auf vier Beinen voran hasten, den Kopf um eine Länge voraus.

Seitdem sind mehr als fünf Jahre vergangen, und mit dem neuen Glück breitete sich neue Ungleichheit aus.

Sophie Bummel treibt ihre magere Kleinkuh auf Bienkopps Hof. Die Kuh ist brünstig, so gut das bei ihren mageren Rippen und Hüften geht. Die Neubäuerin Bummel hofft, den freigebigen Ole anzutreffen, aber der ist nicht daheim. Es ist Oles Frau Anngret, mit der sie reden muß. »Anngret, liebe Anngret, laß deinen Berg von einem Bullen auf mein Kühchen springen!«

Anngret badet sich in den Bittworten wie Kleopatra in der Stutenmilch. Sie denkt dabei merkwürdigerweise an Sägemüller Ramsch, einen studierten Menschen und Herrn.

Weshalb treibt Sophie mit ihrer Kleinkuh nicht zur *Bauernhilfe*, zum staatlich angestellten Bullen? Die Arbeit des Gemeinschaftsbullen muß bar bezahlt werden. Sprunggeld, Sophie hat kein Bargeld im Hause. – Ist sie nicht Bäuerin auf sechs Hektar Land aus der Bodenreform wie Anngret? Das wohl, aber Sophie zählt zu den Fußkranken beim Gang ums Glück. Ihr Mann Franz Bummel hat kleine Leidenschaften, und die fressen Fünfmarkscheine.

Anngret steht auf der Wohnhaustreppe und schaut auf Sophie Bummel und ihre Kleinkuh hinab. »Ist sie gesund, deine Kuh? Hat sie keinen Katarrh unterm Schwanz, keine Tuberkeltierchen im Leib?«

Die abgehetzte Sophie wischt ihrer Kuh mit der Schürze die Augen aus. »Meine Kuh frißt wie ein Raubtier. Wird sie da krank sein?«

Ja, ohne nichts und wieder nichts kann auch Anngret ihren Bullen nicht auf Sophies Kuh springen lassen. Der Stier kostet sein Geld, wurde bar bezahlt und nutzt sich ab. »Wirst du im Frühjahr zwei, drei Tage Möhren bei mir jäten für den Sprung?«

Sophie Bummel verspricht's.

Anngret holt den Stier aus dem Stall. Sie läßt ihn auf die kleine Kuh springen. Man möchte sagen, die Funken stieben. Die magere Kuh bricht fast zusammen. Anngret lacht lüstern. Die abgehetzte Sophie lächelt. Für ein zufriedenes Lachen fehlen ihr zwei Vorderzähne.

* * *

Der Winter weicht noch einmal zurück, als wollte er zu einem Satze ausholen. Die Sonne nimmt alle Alterswärme zusammen.

Die Leute im *Blühenden Feld* sind erregt: Bienkopp ist verschwunden.

Es wird Abend. Bienkopp kommt nicht zur Kate. Die Getreuen treffen sich auf der Geflügelfarm. Weiß Märtke denn nichts? »Sei nicht unklug, verschweig nichts aus Liebe, Kind und Genossin!«

Märtke unterbricht ihre Arbeit nicht. Sie weiß nur das: »Ole tut nichts, was unrecht wäre.«

»Wer spricht davon, aber wenn einem Unrecht getan wird? ...«

Bienkopp steckt bis zu den Hüften in hohen Fischerstiefeln. Versteckt hinter Erlried zwischen Kuhsee und Kalbsee bohrt er sich in die moorige Wiesenerde. Er muß selber Bagger sein. Er schaufelt und scharrt wie ein Erdgeist, ist voller Zorn; doch geduckt und bedrückt ist er nicht. Er ist wie der Urmensch, der sich das Feuer suchte. Man hat ihn beurlaubt. Beurlauben kann ihn nur, wer ihn tötet. Ein altes Lied fällt ihm bei, und er singt es trotzig:

In meines Vaters Garten,
da stand ein Apfelbaum.
Er trug schon rote Äpfel,
da lachte ich erst im Traum.

Die Winde brausten und fielen
vom Gebirge auf das Meer.
Sie wühlten in seinen Zweigen.
Die Äste wuchsen verquer.

Doch eines Nachtens im Maien,
da brach aus dem Apfelbaum,
brach aus der knorren Rinden
Geblüh wie duftender Schaum.

Mein Leben hatt' viele Wege;
weit draußen vom Apfelbaum
doch konnt ich es nicht vergessen,
sein Blusten im Maienflaum.

Er stand nicht mehr an der Pforten,
als ich durch sie ging herein;
doch sah ich, an seinem Stubben
sprangen die Sprösselein.

Siehst du das Grab dort am Wege?
Wird wohl das meine sein.
Es sprießen am grünen Hügel
Schwarzkiefern und weiße Mai'n.

Ein Tag, eine Nacht und wieder ein Tag. Bienkopp kommt nicht zurück. Märtke wird's bang. Mutter Nietnagels Trost erreicht sie nicht mehr. Im Kuhstall empfängt sie Jan Bullert. »Erlöst, kleines Fräulein. Reserve ist vorn!« Bullert hält ihre Hand fest. »Melken ist keine Arbeit für Händchen.«

Märtke erschrickt vor dem lachenden Bullert. Ihr ist nicht zum Scherzen. Nicht leicht zu ertragen, Bullert zwischen dem schwedischen Jungvieh zu sehn. Er tut so, als wäre die Herde für ihn nach Maß gemacht.

Abend. Leiser Frost fällt. Märtke holt ihren Mantel, das Mäntelchen aus der Oberschulzeit. Zitternd geht sie zum Dorf hinaus.

Jetzt sucht sie schon eine Stunde nach Bienkopp. Ab und an hält sie ein und ruft ihren Mann. Keine Antwort. Ein Wilderpel schnarrt auf dem Schwalbenbach. »Ole, ach, Ole!«

Märtke sieht den Kuhsee durchs halbkahle Gebüsch blinken. Dorthin nicht! Wie Anngret aussah, als man sie fand! Zerfließt der Mensch, wenn er stirbt? Es ist wohl so. Nur die Werke bleiben wie Tapfen auf Erden.

Märtke steht vor dem Offenstall. Hier hatte sie ihren großen Sommer. Dreitausend Enten. War das ein Werk?

Märtke muß an Frieda Simson denken. »Der Mensch kann

irren. Das Leben irrt nicht. Die Partei hält sich ans Leben«, hat Bienkopp einmal gesagt. Ist die Simson das Leben?

Karl Krüger beunruhigt Bienkopps Verschwinden mehr, als er nach außen hin zeigt. Er durchsucht unauffällig die Dachböden der Genossenschaftsgebäude, wandert am Abend – so nebenbei – zum Offenstall hinaus und läuft lange um den Kuhsee herum. »Freundchen, du wirst mir doch keine Schande gemacht haben!«

Aber dann bricht die Unruhe aus ihm aus. Er spricht mit den Getreuen. Keine aufsehenerregende Versammlung. Sie sitzen – wie zufällig – auf einem Plattenwagen im Genossenschaftshof. »Wir müssen ihn suchen!«

Emma scheint's lachhaft zu denken, daß sich Bienkopp was antat. »Suchen, den alten Esel? Wenn er von Anton gelernt hat, ist er beim Bezirkssekretär.«

Hermann Weichelt betet: »Vater, wie möchten wir dastehn ohne zweiten Direktor!«

Auf der Straße erhebt sich Geratter und Gedröhn, als führe ein Kanonenpanzer ins Dorf. Die Getreuen auf dem Plattenwagen müssen sich ihre Meinungen zuschrein. »Das Schicksal packt oft die Besten«, schreit Adam Nietnagel.

Emma schreit zurück: »Du bist mir selber ein Schicksal. Dein Kopf ist weiß, doch nicht weise. Wann wirst du Kommunist?«

Draußen wird's still. Durch die Hofpforte tritt Wunschgetreu. Ja, was denn, fährt er in einem Panzer auf Blumenau, dieses schwierige Dorf zwischen Wäldern und Seen, los? Denkt das nicht, Genossen! Wunschgetreu bringt auf einem Auto von Sonderbreite den Bagger. »Wo ist Bienkopp?«

Keine Antwort.

Wunschgetreu lacht trotzdem. Niemand hat ihn je so lachen gesehn. »Jetzt bring ich den Bagger. Wo ist der Bienkopp?«

»Beurlaubt!«

»Wer hat ihn beurlaubt?«

Krüger seufzt müde. »Warst du's nicht, mein Junge?«

Zehn Minuten später sind Wunschgetreu und Krüger im Gemeindebüro. Die Simson empfängt den Kreissekretär mit zusammengesparter Freundlichkeit. Wunschgetreu konnte sie diesmal nicht übersehn. Sie wußte es. Das Kadergespräch kann beginnen.

Wunschgetreu außer Atem: »Was machst du?«

Die Simson schnurrt ihr Gebet: »Vorbereitungsarbeiten zum Werbesonntag gut vorangetrieben ... einige Schwierigkeiten aus dem Wege geräumt ... erster Erfolg zu verzeichnen ... Bullert bereits in Genossenschaft eingetreten ...«

Wunschgetreu haut auf den Schreibtisch. Der Tintenfaßdeckel klirrt. »Was machst du mit Bienkopp?«

Frieda unbeeindruckt: »Beurlaubt.«

»Wie kommst du dazu?«

»Moralisch nicht tragbar.«

»Ich erfahr nichts davon?«

»Es eilte. Genosse Kraushaar war unterrichtet.«

Wunschgetreu zittert. Keine Spur mehr von seinem hartnäckigen Lächeln. Die Simson raucht sich eine Zigarette an. Sie holt einen Fetzen Papier aus dem kleinen Panzerschrank. Anngrets Brief.

Krüger und Wunschgetreu lesen. Ein Zucken um Krügers Mund. »Du kanntest Anngret?«

»Ich kannt sie.«

»Und glaubst dem Geschreibsel? Genossen Bienkopp dagegen ...«

»Weißt du, ob Bienkopp nicht lange wo warm sitzt, ob er noch ein Genosse ist?«

Krüger antwortet nicht. Das ist gelbes Mißtrauen, Rachsucht, Dummheit, wer weiß was ...

Schweigen, langes Schweigen. Die Simson raucht, bläst Qualm aus und raucht. Wer ist schon Krüger? Ein langer pensionsreifer Knochen. Wunschgetreu wird ihre Wachsamkeit nicht übersehn.

Dann aber sagt der Kreissekretär etwas, was sie nie und nimmer erwartet hätte. Er sagt es traurig. »Du hast nichts gelernt ..., aber nichts.«

Die Simson setzt sich. Sie fällt zusammen. Ist sie schuldig, Genossen, oder sind's wir? Wie sagte man doch von Anton Dürr? Er hatte was gegen dressierte Menschen. Sie waren ihm eine traurige Unzierde des Höchsten, was die Erde bis nun hervorbrachte.

Märtke ist jetzt an den Mergelwiesen. Aus dem Dunst hebt sich ein schwarzer Hügel. Frische Erde. Sie duftet nach Moor und Schlamm. Geröchel dringt durch den Wiesennebel. Märtke fröstelt's. Sie fürchtet sich und springt hinüber zum Fischersteig. Jetzt kann sie hinter den Hügel sehn. Dort liegt ein Mensch auf einem Lager aus Schilf. »Ole!«

Märtke will den fiebernden Bienkopp wecken und zupft ihn leise beim Ohr. Der große Mann wirft sich ächzend herum. »Wie traurig, mein Mädchen, mein Haar schimmelt schon.«

Märtke rennt um Hilfe ins Dorf.

Was laufen die Menschen zur Mergelwiese? Kipploren fahren. Fuhrwerke werden beladen. Musik und Bravogeschrei. Bienkopp will hin. Sein Sieg wird gefeiert, aber er kann nicht vom Fleck. Er ist verwurzelt, ein Baum.

Traktoren rumpeln über die Wiesen. Männer streun Mergel. Sauergräser und Binsen verschwinden. Klee sprießt, Luzerne und Honiggras. Mächtige Kühe, gescheckte Hügel, stehn bis zum Euter im hohen Gras.

»Da seht ihr's!« schreit Bienkopp.

Niemand versteht ihn. Seine Stimme ist Sausen und Brausen. Enttäuscht wirft er sich in das Uferschilf.

Bienkopp hat geschaufelt, geschuftet, geschwitzt und gescharrt. Immer wieder drückte das Moor in das Loch. Bienkopps Herz pochte; es war schon mehr ein Getöse. Er machte sich Mut, wenn er müde wurde. Das hält kein Pferd aus, pochte sein Herz.

Aber ich! sagte Bienkopp.

Am zweiten Tag sah Bienkopp das Mergelflöz grau durch die Moorschicht dringen, und er wies sein Herz zurecht: Still doch! Halt dich zusammen, jetzt, kurz vor dem Ziel!

Er legte ein Mergelstück frei; es war so groß wie ein Tisch. Die Zähne klapperten ihm. Das ist die Freude.

Es war schon Nacht. Er schlang einen Kanten Brot hinunter, holte sich Wasser vom See und trank es. Dann raufte er trockenes Schilf vom Seerand, trug eine Bürde zusammen und hatte ein raschelndes Bett.

Er wühlte sich ein und schlief, bis der Nachtfrost ihn packte, da sprang er auf und schürfte und scharrte. Die Sterne standen kalt überm See. Die Erde reiste – ein Stern unter ihnen.

Es war am Abend des dritten Tages, da hatte Bienkopp ein Mergelstück freigelegt, das war so groß wie ein Garten. Sein Vater Paule, sein Großvater Johann, sie hatten sich nicht geirrt: Dort lag der Mergel!

Bienkopp ist zu müde, um noch ins Dorf zu gehn und zu sagen: Jetzt kommt und nehmt!

Die Glieder sind ihm wie Eisengestänge. Seine Zähne rasseln wie Klappern.

Er wühlt sich ins Schilf, und immer noch friert er. Ein Weilchen ruhen, dann wird er gehn. Er holt sich mehr Schilf. Märtke bringt eine Decke. Es wird ihm wärmer ..., aber das phantasiert er schon.

Die Zeit rinnt ihm weg. Gestern, heute und morgen verschmelzen. Er weiß nicht, wie lange er liegt und fiebert. Viele Male geht er im Fiebertraum heim. Er sitzt bei Emma am Katenofen, er sitzt im Zuber, im heißen Wasser.

Dann quält ihn Durst. Jan Bullert bringt Erdbeerwein. Bienkopp trinkt, trinkt und trinkt. Der Durst bleibt. Bienkopps Zunge ist wie gequollenes Leder. Jan Bullert ist wieder der lachende Rotback. Generalschweizer bin ich!

Es schneit. Die Luft ist voll spitzer Nadeln. Bienkopp kann nicht atmen. Die Nadeln dringen ihm in die Lungen. Sein Herz schreit ihn an: Nach Hause! Nach Hause! Im Schädel pocht es. Er muß ersticken. Die Nadeln, die Nadeln!

Jemand rüttelt ihn. Märtke. »Hast du die Lügenwälder durchdrungen, mein Mädchen? Wärme mich, Märtke, was muß ich tun ...« Er ruft seine Märtke mit Namen von Blumen: »Rotklee, Luzerne« und »Honiggras«, aber was er auch sagt, es ist nur ein Rauschen. Er ist ein Baum.

Wunschgetreu sieht ihn an. Sein ewiges Lächeln! Lächle, aber versuch zu verstehn: Die Erde birgt, was sie braucht. Wir kratzen nur oben, sind oberflächlich.

Anngret geht durch die Menge der Mergelschürfer. Ich suche Bienkopp!

Und Bienkopp duckt sich. Sein altes Leben, es sucht nach ihm. Sein altes Leben? Er stößt es zur Seite.

Bienkopp fühlt, wie sein Herz zerspringt. Jetzt atmet sich's leicht. Anngret geht stolz und herrisch vorüber. Sie sieht ihn nicht; er ist ja ein Baum. Der Wind schüttelt ihn. Schmerzen und Ängste fallen ins Gras. Oben ziehn Wolken. Die Erde reist ... Musik weht vom Wald her: Doch eines Nachtens im Maien, / da brach aus dem Apfelbaum, / brach aus der knorren Rinden / Geblüh wie duftender Schaum ...

Wilm Holten fuhr mit Decken voraus. Franz Bummel spannte die arabischen Stuten ein. Krüger sitzt neben ihm auf dem Bock und hält die Laterne. Hinten im Wagen hocken Märtke und Emma.

Sie fahren dicht an das Mergelloch. Dort steht Wilm. Der Wind zaust sein Haar. Er schwitzt und zittert. Die großen Kinderaugen starren auf Märtke.

Der tote Bienkopp liegt auf dem Schilfbett. Seine Augen sind offen. Er hat sie nie vor einer Gefahr verschlossen. Zählt er die Sterne?

Karl Krüger hält seinen alten Hut vor der Brust. »Da liegt er: kein Engel, kein Teufel – ein Mensch.«

»An seinem Eigensinn ist er zugrunde gegangen«, schimpft Emma. »Anton hätte das nicht geduldet.«

Karl Krüger zupft am Schilfbett des toten Genossen. »Eigensinn ohne Eigennutz – dafür gibt's noch kein Wort.«

Märtke steht und steht, als ob sie selber gestorben wäre.

Emma packt ihre Hand. »Schrei doch!«

Märtke schreit nicht.

* * *

Der Morgen zieht herauf. Die Sonne scheint, als sollte es Frühling werden. Sogar die Seen sind wieder getaut. Ein Bagger raupt sich den Wiesen zu.

Eine junge Frau steigt die Anhöhe zur Geflügelfarm hinauf. Sie ist verhärmt. Das Leben hat sie bisher nicht mit Rosen bewirtet. Sie öffnet einen Stall. Eine Entenherde flattert heraus.

Schwingenschläge von vielen Vögeln. Ein großes Brausen. Seewärts fliegen die flugfrohen Vögel, verfinstern die Sonne ein Weilchen und gehn hinterm Walde zu Wasser.

Die Frau sieht der Wolke aus Vögeln nach: ein Zipfelchen Glück, ein Vermächtnis. Ein Lächeln umflackert den Frauenmund, ein windscheues Flämmchen.

Gestern noch trug die Frau einen Zopf. Nun trägt sie das Haar gesteckt und gescheitelt. Der Sonne ist's gleich. Sie läßt das Haar funkeln. Die Erde reist durch den Weltenraum.

Was ist ein Dorf auf dieser Erde? Es kann eine Spore auf der Schale einer faulenden Kartoffel oder ein Pünktchen Rot an der besonnten Seite eines reifenden Apfels sein.

Selbstermunterungen: Kindheit

Ich ging über die Heide meiner Heimat. Dort hingen meine Kindheit und Jugend in Fetzen. Damals war alles dumpf, und ich spürte nicht, was das Leben mit mir wollte. Jetzt ahne ichs. Sollte ich nicht glücklich sein?

*

Einer der Reize meiner frühen Kindheit - ich kannte die Hoffnung so gut wie nicht.

*

Mir ist, als hätt ich in meiner frühen Kindheit einen Ton gehört, meinen Ton. Nun such ich ihn seit fünfzig Jahren, such ihn in Orchesterwerken, in primitiven Spieldosen, im Klang des bewegten Wassers und in den Winden. Ich finde ihn hier und dort, vermischt mit anderen Tönen, aber ich gebe die Hoffnung nicht auf, ihn einmal allein und auf sich gestellt anzutreffen.

*

Das Land meiner Kindheit liegt nicht irgendwo; es liegt in mir; niemand hat es mir genommen, nur der Weg dahin ist schwer zu finden.

*

Menschen, in denen die Erlebnisse ihrer Kindheit noch wach sind, erreicht die Kunst am leichtesten.

*

Ich kanns nicht lassen, mir immer wieder Vergleiche aus der Kindheit heraufzuholen, um sie als kleine Wärmequellen in meinem manchmal kühlen Erwachsenenalltag zu nutzen.

*

Woher kam jener Zustand von Poesie und Schwerelosigkeit in der Kindheit und in der Jugend, der uns so unwiederbringlich erscheint? Ist er nicht zurückholbar? Soll man ihn als endgültig verloren gelten lassen? Kann man ihn wieder herbeilisten, herbeitrotzen?

Geschichten von Leben und Tod

Die blaue Nachtigall

Es geschah, als ich mich aus den Armen einer Geliebten löste, daß ich eine blaue Nachtigall fliegen sah, und ich konnte die blaue Nachtigall nicht vergessen, und ich konnte sie den ganzen Tag nicht vergessen, und mir fiel ein, was man mir über die Nachtigall beigebracht hatte, und danach war sie ein Tier, ein Insektenfresser aus der Gattung der Sperlingsvögel, ein Eierleger, der mit dem Säuger Mensch nichts zu tun hatte.

Aber je länger ich über die Nachtigall nachdachte, desto fragwürdiger und oberflächiger wurde mir, was ich über sie gelernt hatte, und sie erschien mir wie ein singendes Gewächs aus dem Luftraum, und mir schien, daß es von alters her Beziehungen zwischen Kreatur und Kreatur gäbe, die noch ungeklärt sind, weil wir nur das klären, was uns nützlich erscheint.

Aber Unnützlichkeit ist ein Synonym für Unwissenheit. Bis man entdeckte, daß sich aus Lehm Gefäße fertigen ließen, war er nur eine Art gelbkleberiger, gehbehindernder Erde, und der Seetang erschien uns als eine unnütze Verunreinigung des Meerwassers, bis wir ahnten, daß sich einmal die Menschheit würde von ihm ernähren müssen.

Verdankt nicht mancher den Anstoß für den Einschlupf in sein Leben dem Gesang einer Nachtigall? Wenn ich vom Leben rede, so meine ich jenen Zustand, in dem wir einander sichtbar sind, und denkt ihr nun nicht, daß ich Spiritist oder geistergläubig sei, wenn ich sage, daß es ein unsichtbares Leben gibt, denkt an Atome!

Nach den romantisierenden Erzählungen meiner Mutter hat eine Nachtigall in den Buchsbaumhecken am Georgenberg den Anstoß gegeben, daß ich in der Dachkammer eines Kleinstadthauses, hart hinter dem kleinen Fluß, gezeugt wurde.

Diese unzureichende Antwort gebe ich auf die Frage, was eine Nachtigall ist, und ich wünschte, daß es mir besser gelänge zu beantworten, weshalb sie blau war, jene Nachtigall, die da aufflog, als ich mich gestern nacht aus der Umarmung einer Geliebten löste.

Meine Kindheit verbrachte ich auf der Sandheide, und es gab

dort die Nachtigall nicht, doch ich ertappe mich bei einer Ungenauigkeit, wenn ich sage: »nicht«, weil sich dieses »nicht« auf ein kurzes Menschenleben bezieht; denn als die Braunkohle, die wir aus dem Heidesand gruben, noch ein Schachtelhalmdickicht war, hat es dort Tiger und Bären gegeben, und weshalb sollte es dazumalen oder später nicht auch Nachtigallen auf der Heide gegeben haben? Ich schreib also, um genau zu sein: Als *mein* kleines Leben in dieser Heide begann, gab es die Nachtigall dort nur einen Frühling lang, und man hörte sie aus den Wacholdern hinter dem Friedhofshügel singen, und sie sang dort nachts, wenn diese Wacholderbüsche sich darin gefallen, Geistermenschen und Riesen vorzutäuschen.

Die Nachtigall war also um jene Zeit eine Fremde, eine Zugereiste in dem Landstrich, den ich meine Heimat nenne, und sie war dort ein Vogel von wer weiß woher, und die alten Kossäten hatten den Gesang dieses Vogels nie gehört, und wieder heißt das: jene Kossäten, die in jenem Frühling dort lebten, die an ihrem Leben die Zeit und die Welt maßen, denn jede Menschengeneration, die diesen Planeten gerade bevölkert, hält sich für *die*, um die sich der ganze Weltenraum dreht. Der Erdenmensch ist »die Krone der Schöpfung«, hieß es bislang, aber wenn Wissenschaftler und Weltraumfahrer demnächst erfahren werden, daß der Erdenmensch keine *Krone* ist, so werden wir ihnen vielleicht sagen: Also, daß wir von affenähnlichen Tieren abstammen, haben wir euch allmählich abgenommen, aber wenn ihr nun schon wieder höherstehende Affen entdeckt haben wollt als uns Menschen, dann schert euch zu ihnen, marsch, marsch!

Die alten Kossäten traten nachts in die Vorgärten, um ihr Wasser mit einigem Nutzen für die Obstbäume abzuschlagen, und sie hörten die Nachtigall singen, und sie fürchteten sich. Was war das für ein Vogel, der vor Übermut zur Nacht auf dem Friedhof sang, der den Toten die Ruhe nahm, der vielleicht mit seinem Gesang die Lebenden auf den Hof der Toten lockte?

Die Maiabende waren kühl, und der Wind wehte aus den schlesischen Birkenwäldern herüber, und man hörte die Signale der Fördertürme. Man vernahm die Laute der Lebendbegrabenen, die da unter der Erde die Kohlenadern der Heide auskratzten, und es verging viel Zeit von Signal zu Signal, und es lag viel Raum zwischen dem Verschwinden des leeren und dem Auftauchen des gefüllten Kohlenwagens, und dazwischen konnte man das Kichern der schüchternen Quellen am Mühlenberg und die tief hergeholten Töne der Nachtigall hören.

Ich war ein Junge, und ich war zwölf Jahre alt, aber als ich den Gesang des zugereisten Vogels hörte, fühlte ich, als ob mir's aus dem Weltenraum zugeweht worden wäre, was die Liebe ist; nicht die Liebe zur Mutter, nicht die zu den Brüdern, sondern jene Liebe, die etwas mit jeder Zelle des Körpers zu tun hat, denn ich näherte mich dem Zustand, den man mit dem Begriff *Pubertät* abtut. Aber was sind wissenschaftliche Begriffe in solchen Fällen? Wir sagen: »Instinkt«, und wir sagen: »Komplex«, wir sagen: »Sexualität«, und wir bilden uns ein, damit alles erklärt zu haben, und wir sind so selbstsicher dabei wie die Kartenspieler, wenn sie behaupten, ein As zähle elf Augen.

Der Lehrer fragte uns, ob wir den Sprosser gehört hätten.

»Jenen Vogel, der in der Nacht singt?«

»Jenen Vogel!«

»Ja, wir hörten ihn, es war die Nachtigall.«

»Nein, es war nicht die Nachtigall, es war der Sprosser; übrigens hast du dich nachts herumgetrieben, wenn du ihn gehört hast!«

Der Lehrer erklärte uns, weshalb es nicht die Nachtigall, sondern der Sprosser war, den wir nachts gehört hatten, und die Erklärung war umständlich, und sie war unsicher, und nur abgefeimte Vogelkenner vermochten bei gut Glück den Unterschied von Nachtigall und Sprosser am Gesang zu erkennen. Der Lehrer erklärte, der Sprosser wäre vielleicht ein zu groß gewordener Familienangehöriger der Nachtigallen, und man nenne ihn deshalb auch die nordische Nachtigall, und alles wäre wissenschaftlich verbürgt, aber nicht ganz geklärt.

Aber ob Nachtigall, ob Sprosser, ich spürte schon damals, daß nicht wichtig ist, wie etwas benamst wird, sondern ob es mit seinem Dasein große Gefühle in einem auslöst, die einem leben helfen.

Die Zeit verging, und das ist wieder ungenau, denn wir vergehen, und unser Heranwachsen ist der Anfang unseres Vergehens. Ich sage das nicht aus Trauer, nicht aus Wehmut, nicht aus Weltschmerz, nicht aus Lebensmüdigkeit. Ich sage es mit einer mir langsam zuwachsenden Neugier auf das, was kommen wird.

Ich war Handwerksgeselle geworden, und ich trug meinen Gesellenbrief in der Tasche, und der war mir weniger ein Ausweis dafür, daß ich bestimmte Griffe des Bäckerhandwerks beherrschte, als ein Paß, der mir erlaubte, ungestraft Zigaretten zu rauchen, Bier zu trinken und Liebschaften zu beginnen.

Ich wanderte nicht mehr, »ein Sträußchen am Hute, den Stab in der Hand ...«, um nach Arbeit anzuklopfen, sondern ich fuhr, und ich benutzte die in einem Wasserkessel zu Dampfdruck und die in einem Stahlzylinder zu Radumdrehungen verwandelte Kohle aus unserer Heide, um mich zu den Meistern ziehen zu lassen.

Im Gepäckwagen hinter der Lokomotive reiste in einem verschließbaren Korb aus geschälten Weidenruten mein Oberbett. In dem Inserat in der Bäckerzeitung, auf das ich mich meldete, hatte man gefordert, daß ich mein »Oberbett« mitzubringen hätte. Hat man je einen Vogel, eine Nachtigall zum Beispiel, gesehen, der sein Nest mit sich schleppt, hat man je einen Affen gesehen, der seine Laubhütte umherträgt? Nein, das blieb dem Bäckergesellen vorbehalten, einer Spezies des vernunftbegabten Menschen, einem Edelstein aus der Krone der Schöpfung, und den Muscheln und sonstigen Niedertieren, und man darf gespannt sein, wie die Wesen, die im Weltraum zu entdecken uns bevorsteht, es in dieser Hinsicht halten.

Fast wäre der Schnellzug ohne mich an Bord in die Ferne gefahren. Die Ferne, die Ferne ... für meinen Großvater war sie der Nachbarkreis, und für mich war sie Halbsachsen, das heißt, ich vertauschte eine Landschaft, in der man das Personalpronomen »mich« mied wie eine Kränzchenschwester ein Kraftwort, mit einer Landschaft, in der das Personalpronomen »mir« gemieden wurde wie ein Fluch unter Frömmlern.

Ich sprang auf den anfahrenden Schnellzug wie ein Gepard auf einen zur Flucht ansetzenden Bison, und ich fuhr ins Leben hinaus, wie es heißt, als ob ich vorher nicht gelebt hätte, und als ob alle, die ich zurückließ, außerhalb des Lebens gestanden hätten.

Die Situation war filmgerecht, und der junge Mann, der mich in den fahrenden Schnellzug hineinzog, in jene Wohnung für Stunden, war ein Barbiergeselle, einer, der das Leben schon abschmeckte. Er verließ eine Lebensstelle, verließ unsere Kreisstadt, und er reiste in eine »größere Stadt« zu einem »besseren Meister«, und er nannte sich nicht Barbier, und er nannte sich nicht Friseur, er nannte sich Bubikopfschneider, und er war ein begehrter Mann, und er stand hoch in Ansehen bei den Frauen, die ihr Langhaar, damals noch mit Skrupeln, vor ihn auf den Hackklotz legten. Er war eine Art milderer Scharfrichter, ein Sex-Appeal-Schaffender, ein schöpferischer Haarvernichter, und er trug selber einen Bubikopf, und sein Bubikopf war künstlich gewellt, und der Bubikopfträger war vielleicht ein Mittelmensch, nicht Mann, nicht Weib – ein Bubikopfschneider.

Er trug einen safrangelben Ledermantel, und der war aus vielen Trinkgeldern von Damen zusammengesetzt, die der Mittelmensch modernisiert hatte. Der Ledermantel des Bubikopfschneiders erschien mir als das Eleganteste, was die Welt zu bieten hatte, und er wurde für mich zu einem langen, langen Traum, und wer mich heute mit einer safrangelben Lederjacke umhergehen sieht, der halte mir zugute, daß sich die Hinwendung zu einem solchen Kleidungsstück in jenem Augenblick vollzog, da ich auf den Schnellzug sprang, um mich von der Heimat abtreiben zu lassen, in die ich fortan nur noch als Gast zurückkehrte.

Es gab keine Musik bei meiner Landung auf dem Kleinstadtbahnhof in der »Fremde«, und es gab keinen roten Läufer bis zur Kutsche, die mich zum Präsidenten zu bringen hatte, und es wird diesen weichen Läufer niemals in meinem Leben geben, weil mir zum Diplomaten mehr fehlt als der Frack.

Ich war in einem Badeort gelandet – oder war ich gestrandet? Es war ein Eisenmoorbad, und man heilte dort die Kranken mit Moorschlamm, den wir daheim *Dreck* nannten, und da die Damen und die Herren nach solchen Schmutzkuren genasen und umhertollten, dachte ich nicht mehr ganz so abfällig von dem *klugen Mann* daheim im Lande der Sorben, denn dieser *kluge Mann* hatte Krankheiten mit Kuhmist geheilt.

Der Meister war freundlich zu mir, und das hatte seine Gründe, und es stellte sich später heraus, welche Gründe. Die Meisterin war nicht daheim, und auch das hatte seine Gründe, sie war zur Kur. Jawohl, sie war zur Kur in einem anderen Badeort, denn am Platze kannte sie die Ärzte, und die Ärzte kannten sie, und ihre Krankheit war nicht so beschaffen, daß sie im heimischen Badeort, gewissermaßen am heimischen Herd, repariert werden konnte.

Ich wurde also Lebensrätseln gegenübergestellt, aber für mich war damals vieles rätselhaft, und jeder Mensch war für mich eine Einmaligkeit und ein Rätsel. Später stumpften mich verschiedene Lebensereignisse ab, und ich fand alles weniger rätselhaft, und ich glaubte eine Weile, alle Menschen wären gleich, aber heute will mir scheinen, als ob ich in der Jugend mehr recht gehabt hätte und als ob ich, mit einigen Säcken voll Lebenskenntnis ausgerüstet, in die Gefilde der Naivität zurückkehren müßte. *Naivität?* – Muß ich erklären, was das ist, nachdem wir uns bereits über die Willkür und die Relativität der von Menschen geprägten Begriffe einigten?

Im Meisterhaushalt gab es eine sogenannte Haustochter, eine Art Haushaltsschülerin, und die mußte unter dem Kommando der Meisterin von früh bis spät schuften, und die Eltern der Haustochter zahlten den Leuten, die ihre Tochter schuften ließen, monatlich eine Geldsumme, und mit der Geldsumme bezahlten sie den Titel »Haustochter«, weil sie es nicht hätten ertragen können, wenn man ihre Tochter *Dienstmädchen* genannt hätte, nein, lieber lieferten die Erzeuger einer solchen *Haustochter* noch ein Taschengeld überdrauf, damit die Haustochter ihre Kleider und ihr Unterzeug in Ordnung halten konnte.

In der Zeit, da die Meisterin auswärts kurte, war dem Meister die Ausbildung der Haustochter übertragen, und der Meister versäumte nicht, die Tochter des Hauses zu einer Zierde des Mittelstandes auszubilden.

Der Meister, der Lehrling, die Haustochter, das Tellermädchen, die Zugeherfrau, Hausknecht Läppchen und ich – wir hatten eine Bäckerei, eine Konditorei, ein Ladengeschäft, ein Kaffeehaus und eine Ziegenlandwirtschaft zu bewalten, und der Meister holte alles an Arbeitskraft aus uns heraus, was er kriegen konnte, und er tat es nicht schlechter und nicht besser als alle anderen Handwerksmeister des Städtchens, unter denen es als ehrenwert galt, alles aus ihren Leuten herauszuholen, was sie kriegen konnten, und einer, der es nicht getan hätte, wäre von ihnen für unfähig gehalten worden, einen Handwerksbetrieb zu leiten, und wer will, ohne geistige Not, für unfähig gehalten werden?

Mein künstlerisches Gewissen beginnt sich zu regen: Ist das, was ich hier erzähle, wichtig für den Existenznachweis meiner blauen Nachtigall? Oder ists gar nicht mein Gewissen, sind's die bekannten Fragen von bekannten Nützlichkeitsaposteln, die ich im Ohr habe, die Fragen jener besorgten Leute, die Auskunft von mir verlangen, weshalb ich wertvolles Papier, sozusagen reine Devisen, unnütz bekritzele? Was Unnützlichkeit ist, habe ich am Beispiel des Lehms und des Seetangs nachgewiesen, und so darf ich, glaube ich, unangefochten weiter nach der blauen Nachtigall fahnden. Wo wird sie sich hernehmen?

Morgens um vier Uhr stand ich auf, bereitete in der Backstube die Teige vor und schickte den Lehrling den Meister wecken. Wir arbeiteten gemeinsam bis gegen sieben Uhr, und der Meister legte sich wieder schlafen, aber der Lehrling und ich schleppten, was wir produziert hatten, in Kiepen in die Stadt und verteilten es in den Häusern.

Dann arbeiteten wir weiter, arbeiteten über den Mittag hinaus und bis in den Spätnachmittag hinein. Wir fertigten aus pulverisierten Getreidekörnern, Wasser, Salzprisen und jacher Ofenhitze eßbare Gegenstände an, denen nicht mehr anzumerken war, daß sie aus pulverisiertem Getreide, Wasser, Salzprisen und jacher Ofenhitze gemacht waren. Wir färbten Butter rosarot und veilchenblau, blättergrün und steinpilzbraun und formten Frösche, Schwäne, Pilze, Rosen und Ornamente aus der gefärbten Butter und ließen sie auf die Menschen des kleinen Städtchens los, auf Gesunde und Kranke, und die Menschen standen unserer Kunst so aufgeschlossen gegenüber, daß sie die von uns gefertigten Gebilde einfach auffraßen, unsere Rosen zum Beispiel, die wir mit angehaltenem Atem gespritzt, in die wir unseren Feinsinn gelegt und durch die wir unserem Hang zur Schönheit Ausdruck verliehen hatten.

Am Frühabend verwandelte ich mich, und aus dem mehlverstaubten, teigverkleisterten, schokoladebeschmierten Bäcker und

Konditor wurde ein geschniegelter Kellner: Ich trug eine dunkle Hose, in der ich jede Kirche hätte betreten dürfen, und ich trug eine weiße Jacke, mit der man mich in jede Sekte aufgenommen hätte, und ich band mir einen Schleifenschlips unter den Adamsapfel und dressierte meine Haarwellen, an die heute nicht einmal mehr Falten auf meiner Glatze erinnern. Ich spielte zwei verschiedene Rollen, denn ich sah die menschlichen Berufe wie Theaterrollen. Es machte mir Spaß, eine Anzahl von Rollen zu erlernen, und wenn ich sie beherrschte und wenn ich sie eine Weile gespielt hatte, reizten sie mich nicht mehr, und sie wurden mir langweilig, und wenn mich eine Berufsrolle zu langweilen begann, suchte ich nach einer neuen, bis ich den Beruf fand, in dem ich alle Rollen spielen durfte.

Ich bediente also die Gäste im Café und durfte zehn Prozent Aufschlag für Arbeit, Bedientenumsicht und Lauffleiß kassieren, und ich fühlte mich wie ein Artist, der den Tag lang im Stall gearbeitet hatte und der abends im Scheinwerferlicht einem hochverehrlichen Publikum die Tiere (in meinem Falle Frösche und Schwäne aus Buttercreme) vorzuführen hatte und der anschließend mit einem Teller umhergehen und sich sein Trinkgeld kassieren durfte.

Schon in meinen ersten Kellnertagen gewahrte ich, wie Zeit und Schaum miteinander korrespondierten: Je energischer der Zeiger der elektrischen Ladenuhr, die dem Schokoladenschrank als Krone eingearbeitet war, auf die Mitternachtsstunde vorrückte, desto eifriger sorgte der Chef und Meister für die Höhe der Schaumkronen auf den Bieren, die ich servierte.

Bis ein Uhr nachts hatte ich Gäste zu bedienen, und es gab solche, die auch dann noch nicht gehen wollten. Sie hatten getrunken und waren fröhlich, andere wurden ausfällig oder traurig, je, was der Alkohol von ihnen verlangte, und es war eigentlich ihre Privatsache, aber sie wollten auch nach ein Uhr morgens noch nicht gehn, lieber noch eins mit dem Kellner trinken, aber nicht gehn.

Endlich, wenn der letzte Gast gegangen war, räumte ich die Tische ab, und manchmal verweilte auf einem Sessel oder in einer Sofanische noch ein wenig Duft von einer Dame, und er hing da selbstverständlich und dicht wie ein seidenes Tuch im runzelig gewordenen Tabakrauch, und er gaukelte mir ein kleines Versprechen vor, und er erregte mich trotz meiner Müdigkeit.

Ich lieferte die Geldsumme ab, die die Kellnerkasse, die Großmutter des Computers, addiert hatte, und was in meinen Taschen zurückblieb, wenn ich die Summe aufgezählt hatte, das war mein Wechselgeld, waren meine Prozente, und das war mein Trinkgeld. Weshalb eigentlich Trinkgeld, Trinkgeld und niemals Eß- oder Schlafgeld?

Oh, was war ich müde! Und damals glaubte ich, wer nie von früh um vier in einer Backstube und abends und in der Nacht als Kellner arbeitete und wer das nicht an fünf von sieben Wochentagen tat, könnte ermessen, wie müde ich war, aber ich täuschte mich, und ich werde darauf zurückkommen.

Solange abends die Apparate in beiden Kinos der Stadt schnurrten, war der Geschäftsgang träge, und es saßen nur wenige Gäste im Café, zum Beispiel der Sohn eines Gutsbesitzers, und der war Weltkriegsleutnant gewesen, und er machte keinen Hehl draus, daß er auf den nächsten Krieg wartete. Der Weltkriegsleutnant lehnte »Lichtspiele« ab. »Was sind das für Menschen, Kellner«, fragte er, »die über Bilder auf einem rollenden Zelluloidstreifen lachen oder weinen?« Ich wußte es nicht.

»Es sind Menschen, die nicht richtig verpackt sind, kriegsuntaugliches Gelichter.«

Andere Gäste, die zur Zeit der Geschäftsträge im Café saßen, waren Liebespaare; ein durchreisender Kaufmann und eine frauenleidende Badedame zum Beispiel, die sich wie zwei Schmetterlinge auf einer besonnten Margeritenblüte trafen und die Fühler nacheinander ausstreckten; und wenn zwei oder drei Liebespaare im Café saßen, so hatte ich eine besonders ruhige Stunde, weil auch die Liebespaare eine ruhige Stunde benötigten. Es war, als ob solche Paare bei ihrer Zweimannliebe eine Art allgemeiner Menschenliebe mitproduzierten und als ob diese Abfalliebe auf mich überginge. Bis zum Freitag meiner ersten Kellnerwoche hatte ich eine Methode gefunden, nach der ich ein wenig schlafen konnte, wenn Filmgegner und Liebespaare das Café bevölkerten: Ich hakte das Anhängerband der Kellnerjacke in der Küche am Garderobenrechen fest, an dem die Zugeherin und das Tellermädchen ihre Tücher hängen hatten, ja, ich hängte mich in der zugeknöpften Jacke dazu, hängte mich neben den Wischtüchern auf, und diese Methode ließ nicht zu, daß ich umfiel, wenn ich einschlief, und ich schlief sofort ein, und ich schlief fest ein, und manchmal gewahrte ich vor dem Einschlafen, wie meine Knie einknickten, aber ich konnte nicht umfallen, weil ich hing.

Der Nachteil dieser Methode war, daß ich, wenn plötzlich »Kellner« oder »Ober« gerufen wurde, oder wenn mir das mitleidige Tellermädchen einen Schubs gab, weil ich den Ruf der Gäste nicht gehört hatte, nicht frei verfügbar war, weil ich am Garderobenrechen hing, und daß ich den Aufhänger meiner Jacke zerriß, und daß mir das zusätzliche Näharbeit verschaffte, die von der Schlafzeit abging. Für mich war das allemal eine Wiedergeburt: Ich mußte meine Rolle erst wiederfinden, und ich hatte vergessen, wo im Weltraum ich eigentlich hing.

Später ersetzte ich die leinenen Jackenaufhänger durch solche aus feinem, allerdings etwas graufarbenem Chromleder, doch das war in der Zeit, als die Meisterin schon aus der Kur gekommen war, und sie hatte etwas gegen diese Art von Jackenaufhängern, weil sie sich nach einer kleinen Schlaftour nicht wieder in den Jakkenkragen hineinlegten, sondern eigenwillig wie Aufhänger von Räucherwürsten aufrecht standen, und so mußte ich die Methode, meinen fehlenden Nachtschlaf sozusagen in Pfennigbeträgen einzukassieren, aufgeben, weil die Meisterin nicht nur etwas gegen meine chromledernen Jackenaufhänger, sondern auch etwas gegen mich hatte, wie sich herausstellte, und was ihr an mir nicht gefiel, das war mein Blick, aber an meinem Blick war ich schuldlos, denn ich hatte ihn nicht gemacht, mein Vater und meine Mutter hatten ihn mir gemacht, und sie waren wohl auch nur blind handelnde Blickvermittler, wenn sie mich und meinen Blick sozusagen auf den Wink einer Nachtigall hin anfertigten.

Seid nicht ungeduldig, wenn ich meine Schlafgewohnheiten hier vor euch ausbreite; aber sie gehören zur Geschichte, denn von meinem Schlaf hing das Erscheinen der blauen Nachtigall ab, und ich schwör, daß ich das Nützlichkeitsprinzip der Kunst nicht verlasse.

Es wurde Sonnabend, und es wurde Sonnabend in einer Zeit, da ich mich an den Namen der Wochentage durchs Leben hangelte, und ich schätzte den Sonnabend damals so wie heute eine Frühherbstreise in den Kaukasus.

Die Badegäste des Ortes waren Rheumatiker, unterleibskranke oder unausgefüllte Frauen, erlebnishungrige, gutsituierte Handwerker und Gattinnen von mittelbestallten Beamten. Am Sonnabend trafen sich die Kurgäste im Festsaal des Kurhauses, und diese Wiedervereinigung (sie hatten sich am Freitag zum letzten Male gesehen) nannten sie Reunion, und das hörte sich fast so nett an wie heute »mai hoobi«, und um diesen gesellschaftlichen Höhepunkt der Kurwoche nicht zu stören, schlossen wir sonnabends unser Café. Der Meister sagte: »Gehn auch mir auf die *Reunion*! Ich werde Sie dort einführen«, und wir gingen dorthin. Ich wunderte mich, daß der Meister, der die Mittel hatte, wochüber soviel Mehl und Bier und all die Buttercreme- und Agar-Agar-Fruchttorten und uns, seine gemieteten Leute, in Bewegung zu setzen und in Vertretung Gottes, der eigentlich für unsere Ernährung zuständig war, zu versorgen, mit einem mittellosen, von Trinkgeld und Dienerprozenten abhängigen Handwerksgesellen zur Reunion ging, aber er hatte seine Gründe.

Ich vergaß, daß ich mich ausschlafen wollte, daß ich mich ausschlafen mußte; denn der Meister lud mich ein, und ich vergaß den Schlaf.

Auf den Tischen im Kurhaus ging es sehr weiß zu, und vom Musikpodium blinkte es verchromt; man hatte sie soeben neu entdeckt, jene blecherne Lure, die ein gewisser Herr Sax unnützerweise (da haben wir's wieder!) erfunden hatte, denn als er sie erfand, war ihre Zeit noch nicht gekommen, aber jetzt schien ihre Zeit gekommen zu sein, und sie blinkte von allen Bühnen und Musikpodien, und sie fand eine Weile später sogar Aufnahme in den konservativsten und barbarischsten Musikbanden der Welt, den Militärkapellen, denn sie hatte nicht das ordinäre Bedürfnis, mit einem Bein auf der Erde zu stehen wie ein Cello zum Beispiel; sie war wendig, vielverwendungsfähig, ließ mit sich umspringen und war glänzend beim Marschieren zu benutzen.

Ich trug eine kurze Jacke, die dort aufhörte, wo mein Gesäß begann, und die Jacke war schwarz, weil Schwarz Feierlichkeit ausdrückt, was ich nie in meinem Leben begriff und begreifen werde, weil meine sorbischen Mütter sich in weiße Tücher hüllten, wenn sie ernst und feierlich erscheinen wollten.

Das Gesäß und die dürren, ein wenig vom Mehlsackschleppen angekrümmten Bäckerbeine steckten in einer Hose, deren Beinlinge sich über den schwarzen Halbschuhen glockenförmig verbreiterten und so lang waren, daß ich wie eine fußlose Marionette auf dem Parkett stand.

Allen meinen Altersgenossen, die heute die Nasen rümpfen, wenn junge Leute in ähnlich geschnittenen Hosen durch die Straßen steppen, sei das ins Gedächtnis gerufen!

Ich tanzte Charleston wie eine Vogelscheuche im Wind, und auch daran erinnere ich meine gleichaltrigen Genossen mit Augenzwinkern, denn auch wir unterwarfen uns Moden, die vom Westwind ins Land geweht wurden, aber damals waren wir machtlos – und jetzt? Weshalb machen wir keine Moden? Gekrauste Stirnen, erhobene Zeigefinger und der Typ des gnatz-deutschen Oberlehrers haben keine Chancen, Jugendmode zu werden, und damit die Lehrergewerkschaft nicht erzwingen muß, daß diese Geschichte nicht gedruckt wird: Es gibt auch gute Oberlehrer.

Ich tanzte Charleston mit der Haustochter, und als ich dabei einen Blick auf das Meistergesicht warf, fand ich etwas, was man in Gesichtern von Mitmenschen findet, denen ein Zug oder ein Schiff vor der Nase wegfuhr, und ich tanzte fortan nicht mehr mit der Haustochter, von der ich nicht mehr weiß, wie sie hieß, von der ich aber erinnere, daß sie klein und blond und aus Wismar war und klangvoll mecklenburgisch sprach. Im übrigen lullten mich sächsische und halbsächsische Laute ein, und sie erschienen mir damals wie Taubengurren, und die Stimmen von Berliner Kurgästen, die zu hören waren, klangen wie Spechtgeklopf. »Det, det, det, det«, und wenn ich selber sprach, so hörte es sich an wie die Verlautbarungen einer Dohle, die sich zwischen Tauben und Spechten in den Frühlingswald verirrt hatte.

Der Meister spendierte Wein, und das war der teuerste Wein des Hauses, denn der Meister war verpflichtet, »Zeche zu machen«, um seine angezweifelte Zahlungskräftigkeit zu beweisen. Am Montag besuchten dann »die Herrschaften« von der Kurverwaltung unser Café und »fanden sich ab«, und sie tranken bei uns Sekt, und ihre Damen verschlangen Fürst-Pückler-Eis – Portionen von Umfang und Höhe kleiner Granaten. Es gab viele Dinge auf der Welt, und es gibt sie, wie ich höre, in einem anderen Lande noch, die da beweisen helfen müssen, daß ein Mensch zahlungskräftig, kreditwürdig und in der Lage ist, sich seinen Lebensunterhalt von seinen Mitmenschen verdienen zu lassen, als da sind Kleider, Autos, Schmuck, seltenes Gestein und rare Metalle, und wenn gewisse Cliquen eines Tages übereinkämen, daß nunmehr Roßäpfel das Rareste und darum das Edelste auf Erden sind, so würden sie und ihre Damen nicht anstehen, auch diese Afterfrüchte von Vierbeinern in Gold und Platin einfassen zu lassen und sie als Schlipsnadeln, Krawattenknöpfe und Kolliers zu tragen.

Mir war es gleich, was ich auf meine schwelende Müdigkeit goß; denn Birnensaft erschien und erscheint mir bis heute wohlschmeckender als Wein.

Der Tanz im Kurhaussaal wurde von Soloeinlagen unterbrochen, und jene »Künstler«, die sie produzierten, wähnten, daß ihre Soloeinlagen die Hauptsache der Reunion wären, deshalb behandelten sie die Musiker der Kurkapelle wie ihre Diener. Die Solointerpreten waren Rheumatiker, hielten sich zur Kur im Städtchen auf und stellten sich »hochherzigerweise« für die Verschönerung der Reunion zur Verfügung, und die Kurverwaltung gewährte ihnen dafür »hochherzigerweise« freie Sonnabendzeche, und das hatte zur Folge, daß ein Operettist mit platter Nase das obligate Lied des Analphabeten aus dem »Schweinebaron« sang und daß man es ihm glaubte. Ein anderer »Künstler«, in dessen Glatze sich das Licht der Lüster spiegelte, sang eine Partie aus dem »Weißen Pferd«, und die Damen aller Leidensschattierungen verschlangen ihn samt seinem weißen Frack mit den Augen.

Mich ermüdeten diese Darbietungen. Ich begann einzunicken. Der Meister bemerkte es und bestellte Kaffee, und er quälte mich weiter mit seiner Reunion, aber damals fühlte ich mich nicht gequält, denn ich war neugierig auf alles wie ein halbjähriger Hund. Der Mokka-double-double, den der Meister bestellte, verwandelte mich für kurze Zeit in einen Marokkaner, und damit der südliche Impuls, den ich erhielt, mich nicht veranlaßte, wieder mit der

Haustochter zu tanzen, stellte mich der Meister einigen Damen vor. Es waren Damen, die ich schon im Café bedient und von denen ich meine Kellnerprozente eingefordert hatte, aber jetzt war ich kein anonymer Kellner, sondern ein Mensch mit Familiennamen, ein Mann, der mit seinem Meister und dessen Haustochter eine Reunion besuchte, ein Teilnehmer am Kurleben der Stadt.

Vielleicht hätte ich damals nichts dagegen gehabt, ein Mann zu sein, von dem die Leute des Städtchens, die leidenden Frauen und die Mädchen auf den Elbwiesen, mehr Notiz nahmen, als sie es taten, aber das war mit der Anfertigung von Rosen, Fröschen und Schwänen aus Buttercreme nicht zu erreichen. Heute sehne ich mich oft in die Anonymität meines Kellnerdaseins zurück, und das ist natürlich, und das hat was mit Dialektik zu tun, und das ist das Leben.

Unter den Damen der Stadt, die mir vom Meister vorgestellt wurden, befand sich eine, die ich in unserem Café noch nicht gesehen hatte. Sie trug ein langes wasserehrenpreisfarbenes Ballkleid (Chiffon oder Crêpe de Chine). Eine schmale, edel wirkende Nase regierte ihr Gesicht, und die Flügel dieser Nase bebten wie die Flügel eines Schmetterlings an einer besonnten Hausmauer. Wenn die Dame lachte, zeigte sie in der Mitte der oberen Zahnreihe einen Goldzahn, und sie zeigte ihn mehr wie einen Goldring, wie eine Verzierung, weniger wie eine Notwendigkeit. Ich hatte damals etwas für Sommersprossen und Goldzähne übrig, und während sich die Vorliebe für Sommersprossen erhielt, verflüchtigte sich die für Goldzähne. Oh, wenn ich Listen über alles führen würde, was mir einmal sympathisch war, und auch über das, was mir im Laufe des Lebens sympathisch wurde, so würden sie einen Schnellhefter füllen und wissenschaftlich beweisen, daß der Mensch unterderhand und oft, ohne sich selber von diesem Vorgang zu verständigen, ein anderer wird.

Hinter dem Kurhaus lag der Park. In den Eichen, Buchen und Linden dort schliefen während der Reunion die Vögel. Saal und Park verhielten sich zueinander wie kommunizierende Röhren: Aber die Parkröhre lag im Dunkeln, und ihr Inhalt schien mit einer Chemikalie angereichert zu werden, die Frühlingsnacht hieß, denn die Tanzpaare, die aus der dunklen Parkröhre in die beleuchtete Saalröhre zurückkehrten, wiesen psychochemische Veränderungen auf.

Der Park hieß damals Kurpark, und wie er heute heißt, werde ich im Frühling erfragen gehn; noch früher hieß er Schloßpark, und in seiner Jugend war er die Erweiterung eines Gefängnishofes, denn das Schloß war ein Gefängnis gewesen, und in dem Gefängnis hatte eine Königin gesessen. Die Königin hieß Eberhardine, und sie war, wie damals üblich, von ihrem Manne zur Gefängnishaft verurteilt worden. Ihr Mann aber war der starke August aus Dresden, und der war katholisch geworden, um ein paßrechterer polnischer Herrscher sein zu können. Eberhardine aber blieb reformistisch, eine Sozialdemokratin der Gläubigkeit.

Auf dem Podium produzierte sich jetzt ein etwas krummbeiniger »Künstler«, der sich Wangenvokalist nannte und seine schon faltigen Gesichtshälften mit zwei Holzlöffeln bearbeitete, und je nachdem, ob er nun die Wangen aufblies oder sie in mehr oder weniger tiefe Gruben verwandelte, muckerten Töne aus seinem Mund, die man bei gutem Willen als die Töne des Liedchens: »Du, du liegst mir im Herzen« entziffern konnte, und der Wangenvokalist hielt seinen Mund dabei so o-rund wie jene aus Holz geschnitzten Männer im Folklore-Museum in Moskau, die eigentlich Bienenbeuten sind, und die Kurkapelle untermalte dieses Liedchen, das sich der krummbeinige Vokalist aus den Wangen prügelte, und hielt es ein wenig zusammen.

Mein Meister konnte sich nicht genügend über die Möglichkeit wundern, daß man das Fleisch seiner Wangen musikalisieren könne, und er sah in diesem Vokalisten einen hundertprozentigen Kunstschaffenden: »Können Sie von mir denken, was Sie wollen!« Sogleich versuchte er mit dem Teelöffel seine Wangen mit den schwarzen Bartstoppeln zum Klingen zu bringen, aber es gelang ihm nicht, nein, es gelang ihm lediglich, die Haustochter zum Lachen zu bringen, und das war auch nicht wenig wert. Mir schien, als hätte der Meister seine Wangen nur belöffelt, um die Haustochter zum Lachen zu bringen, denn er ließ nichts unversucht, ihre Sympathie zu gewinnen, und er suchte und suchte bei anderen Frauen, was er bei seiner Frau nicht gefunden zu haben schien, man mußte Mitleid mit ihm haben. Ich weiß nicht, weshalb mich das Mitleid mit dem Meister dazu bringt, wieder an Eberhardine zu denken; ich hatte doch mit Königinnen, ob Monarcho-, Himmels-, Bett-, Mode- oder Schönheitsköniginnen, nie etwas im Sinn!

Der starke August aus Dresden ließ durch seine Geheimpolizei verbreiten, die Landeskinder sollten ihre Landesmutter, die sich nicht rekatholisieren lassen wollte, die *Betsäule von Sachsen* nennen. Überdies ließ er das polnische Volk fordern, man solle der reformistischen Eberhardine die Einreisegenehmigung ins katholische Polen verweigern, und als das alles gediehen war, stellte August Eberhardine anheim, sich freiwillig ins Gefängnis zu begeben, damit sie vor dem »Volkszorne« geschützt wäre. Aber die Sache war die: Eberhardine sollte ihrem August und einer gewissen Gräfin von Cosel, auch anderen Damen und Müttern von zweihundertundfünfunddreißig August-Kindern aus den Augen gerückt werden, und um das dem Volke verständlich zu machen, glaubte August alles ins Ideologische transponieren zu müssen.

Eberhardine war gezwungen, die körperlichen Genüsse, die ihr zustanden, durch geistige zu ersetzen, und sie schwärmte für den verstorbenen Übersetzer, Liederdichter und Kirchenreformator Dr. Luther, und sie hing seiner Reformation an und träumte, träumte elbabwärts, träumte von der *Wittenbergisch Nachtigall*. Da war sie also, die Nachtigall, und ich weiß, weshalb ich auf Eberhardine zurückkommen mußte.

Aber jetzt zur Sache, zur Sache! denn l'art pour l'art ist schlimmer als die Cholera!

Hinter dem Kurpark floß die Elbe durch eine Landschaft aus Wiesen, und im Frühling, wenn sie sich wild erinnerte, daß sie einmal ein Urstrom gewesen war, benutzte sie diese Wiesen eine Zeitlang als Brautbett, und wenn der Brautrausch endete und die Elbe ihr Matronenleben wieder aufnahm, ließ sie Schlafgeldtaler in Form von Tümpeln in den Wiesen zurück, und aus diesen Tümpeln klangen die Glockenrufe der Unken.

Ich tanzte stumm mit der Dame, die das lange wasserehrenpreisblaue Ballkleid trug, und ich wußte wohl, daß sich das nicht ziemte, aber ich war zu müde, und außerdem fürchtete ich, daß die Dame etwas hätte sagen können, was meine Vorstellung von ihr zerstört haben würde. Ich weiß bis heute nicht, ob es eine Stärke von mir ist, daß ich mehr in die Menschen, die mir begegnen, hineinlege, als in ihnen ist, oder ob es eine Schwäche von mir ist, nicht geduldig genug nach den großen Zügen bei ihnen zu suchen, die ich vorausahnte.

Es ging ohne Worte bei mir und der Dame und mit dem, was man landläufig Liebe nennt, voran, denn daß das möglich ist, versicherte der plattnasige Operettist mit kiloschweren Worten: »Lippen schweigen ...« und so weiter. Ich spürte jedenfalls, daß die Sympathie, die ich für die Dame empfand, nicht einseitig war und daß die Dame auch mich kreditwürdig in Sachen Liebe fand. Ich brachte sie nach dem Tanz an ihren Platz und verzierte meinen stummen Dank mit der Seidenschleife eines Lächelns. Es war ein echtes Lächeln, denn nach kurzer Kellnerzeit schaffte ich mir ein Ersatzlächeln, ein Zweitlächeln an, um das echte nicht so sehr abzunutzen, ein Kellnerlächeln. Und ich warf dieses Lächeln auch später, als ich kein Kellner mehr war, nicht in den Lumpensack, denn ich benötigte es immer wieder einmal, es wurde von mir verlangt, und obwohl wir unsere Gesellschaft doch revolutionierten, wird es heute noch dann und wann von mir verlangt.

Die Dame im wasserehrenpreisfarbenen Kleide erwiderte jedenfalls mein echtes Lächeln, und ihr Goldzahn leuchtete wie eine kleine Sonne aus ihrem Mund. – Darauf tanzte mein Meister einen Tango mit ihr, aber er tanzte ihn wie einen Marsch-Fox, und er tanzte auch den etwas schief, denn was der Statur des Meisters wirklich gemäß war, war Walzer rechtsherum. Er trug, nein, er zelebrierte auf seiner Oberlippe den Restposten eines Bartes, eine spätere Hitlerfliege, und auch der Marsch-Fox, den er tanzte, entsproß seinem halbmilitärischen Hang. Es war ein Höflichkeitsakt, wenn der Meister mit der Dame im wasserehrenpreisblauen Kleide tanzte; doch er machte sie dadurch zu *meiner* Dame und Gespielin, was mich wiederum zwang, ein wohlerzogener Tanzbodenmensch zu sein und doch wieder mit der Haustochter zu tanzen. Ich stieg wieder aufs Parkett, und ich tanzte Tango mit ihr nach der Schnur, und die Tangophase, in der man seine Partnerin mit einem marionettenhaften Anrucken über die Tanzfläche reißt, schubst oder schleudert, als wäre man ein gebleichter Argentinier, beherrschte ich besonders gut. Ich steigerte diesen Tanzteil zu einem Kraftakt, der die Zuschauer fürchten ließ, ich würde meine Partnerin durch die Wand ins Freie befördern. Aber kurz vor dem Hindernis mäßigte ich den *run*, und ich blieb doch im Saal, bis der Rhythmus forderte, daß mich eine neue Welle packte, die mein Blut wieder argentinisierte. Die Haustochter aus Wismar legte sich, wie man in Fachkreisen zu sagen pflegt, in den Tango hinein, und ich fragte sie, wie sie sich fühle, und sie sagte, sie fühle sich fischfrisch, nur fürchte sie sich ein wenig, und sie sah dabei zum Meister hinüber, und ich tröstete sie und sagte ihr, daß sie nichts zu fürchten habe als sich selber. Damit war sie zufriedengestellt, und sie sagte, sie hätte mich gleich für einen gelehrten Menschen gehalten, und das schmeichelte mir. Ich hatte damals noch Respekt vor Gelehrsamkeit, und jetzt habe ich nicht mehr soviel Respekt vor Gelehrsamkeit, besonders nachdem einer meiner besten Freunde, den ich einmal kannte, Texte aus vierundzwanzig Büchern zitierte und abschrieb und daraus ein fünfundzwanzigstes Buch machte, für das er den Doktortitel erhielt, womit ich außer gegen diesen Freund gegen keinen Doktor sonst etwas gesagt haben will.

Ich arbeitete mich also durch den Reunionsabend. Nicht, daß es mich anekelte, nein, dazu war ich zu jung, aber ich war müde, und ich schlief ein, wenn ich mich setzte, und das war das Übel, denn jedes Vergnügen zerbröckelt, wenn der Körper durch Dienstverweigerungen bekanntgibt, daß man die ihm zustehenden Rechte mißachtet. Aber ich kam trotz meiner Müdigkeit mit der Dame, die mir der Meister als Haustochterersatz zugeschoben hatte, ins Gespräch; denn ich konnte sie nicht drei, vier Male zum Tanzen holen, ohne mich zu verlautbaren. Überdies wurde ich von ihr bei der Damenwahl engagiert, und es kam zwischen uns – fast ohne Worte – zu einer Vereinbarung, einem Abkommen oder einer Demarche, des Inhalts, daß ich die Sicherheit ihres Heimtransportes zu gewährleisten hatte, und ich weiß nicht mehr, ob die Dame mir das nahelegte oder ob ich mich aus Anstandsgefühl, trotz meiner Müdigkeit, dazu verpflichtet fühlte.

Gleich darauf mußte ich, wie man sagt, stehenden Fußes eingeschlafen sein, obwohl ich noch agierte, engagierte, vielleicht sogar tanzte. Als ich zu mir kam oder erwachte, wie man will, lag ich auf einer Bank, fast hätte ich »im Park« dazugeschrieben, doch es fiel mir rechtzeitig ein, daß das der Titel eines Tanzschlagers aus jener Zeit gewesen wäre (»Auf einer kleinen Bank im Park«) und daß ich damit in den Verdacht gekommen wäre, ein Plagiator zu sein. Man kann in dieser Hinsicht merkwürdige Dinge erleben, und kürzlich wurde ich Zeuge, wie ein Referent einen anderen Referenten bezichtigte, er habe einen Satz aus seinem Referat plagiiert, und der Satz hieß: »Ich habe die Probleme, die auf uns zukommen, herausgearbeitet.«

Die Bank stand unter Lindengesträuch in der Nähe des Deiches, und vom Flusse wehte Wasserduft herüber. Als ich meine Augen öffnete, jene Schlitze im Gesicht, die das Vordringen gewisser Lichtschwingungen zum Hirn ermöglichen, war es, ins allgemein Menschliche übersetzt, ringsum dabei, Morgen zu werden, und hinter dem Deich gongten die Unken schon in ihren Tümpeln, und ich hörte über mir in den großen Lindenstrauchblättern jene Töne, die tief aus dem Blut eines Vogels perlten, die Triller der Nachtigall, wie ich sie als Knabe auf der Heide gehört hatte, und ob das damals nun der Sprosser gewesen war oder nicht, hier handelte es sich vielleicht sogar um eine Nachkommin jener Nachtigallen, die schon zur Zeit einer gewissen Exkönigin Eberhardine oder noch früher im Park geheckt hatten. Mag sein, daß mein Blick, als ich nach dieser Nachtigall in den Lindenblättern suchte, erst ein wasserehrenpreisblaues Kleid streifte, denn als ich die Nachtigall erblickte, war sie blau, und ich wunderte mich nicht darüber, denn mein Blick kam von hinter soviel Bergen unbewältigten Schlafes her, daß ich auch nicht erstaunt gewesen wäre, wenn die Dame, die meinen Kopf – schon wer weiß wie lange – in ihren Armen gehalten hatte, sich Nofretete oder die Königin von Saba genannt hätte.

Und als diese Dame nun bemerkte, daß ich erwacht war, beugte sie sich zu mir, und es war kein langer Weg von ihrem zu meinem Mund, und sie ließ mich nicht aus den Armen und beugte sich zu mir …

Es widerstrebt mir, zu beschreiben, was jeder auf seine Weise weiß, oder was jeder, der es nicht weiß, einmal auf seine Weise wissen wird. Ich spare aus und überlasse jedem die Möglichkeit, hinzuzufügen, was nur er weiß.

Eigentlich habe ich mein Versprechen erfüllt, wenn ich hier redlich niederschrieb, weshalb die erste Nachtigall, die ich zu Gesicht bekam, eine blaue Nachtigall war, aber ich spüre bis hierher an meinen Schreibplatz in der Kammer eines Pferdestalles die Unzufriedenheit von Lesern, die an perfekte Geschichten gewöhnt sind, die sich außerdem auf den vielzitierten Revolver berufen dürfen, den Tschechow erwähnt, jenen Revolver, der, wenn er in einer Geschichte an der Wand hängt, auch loszugehen habe. Diesen Lesern sei gesagt, daß mir am fortgeschritteneren Morgen jenes Sonntags nicht vergönnt war, in meinem Bett in der Gesellenkammer, dessen Benutzung mir vom Lohn abgezogen wurde, zu schlafen; denn als ich heimkam, war die Kammer von innen verriegelt, und als ich empört an der Klinke rüttelte, lugte die Haustochter beim Türspalt heraus. Sie war sehr unangezogen und wies drauf hin, daß sie mir bereits beim Tanz angedeutet hätte, sie fürchte sich. Ich konnte nicht verstehen, weshalb sie sich noch immer vor dem Meister fürchtete, obwohl sie jetzt in meiner Kammer und in Sicherheit war. Aber die Sache war die: Sie fürchtete den Meister nicht, sondern die Meisterin, denn der Meister war bei ihr, und sie waren beide in meiner Schlafkammer.

Die Haustochter erklärte mir, daß weder das Tellermädchen noch die Putzfrau oder der Hausknecht und nicht einmal der Lehrling etwas Schlechtes von ihr denken könnten, wenn der Meister im Laufe des Vormittags die Gesellenkammer verlassen würde und so weiter. Sie bot mir ihr Zimmer und ihr Bett an, weil niemand der Meisterin etwas berichten würde, der mich aus dem Zimmer der Haustochter kommen sehen würde, auch und so weiter.

Das Leben tritt uns zuweilen kompliziert entgegen, und hier hatte ich es mit einem Fall zu tun, in dem es verkompliziert wurde, und das war nur ein kleiner hausbackener Schlafzimmerfall; an die großen, überdimensionalen Fälle, die in die Weltdiplomatie hineinreichen, wage ich nicht zu denken.

Ich benutzte das Bett und das Zimmer der Haustochter nicht, sondern machte, trotz aller unvertilgter Müdigkeit, einen Spaziergang in den Park, und daß ich die Bank aufsuchte, auf der ich – wie mir schien – vor Wochen einmal geschlafen hatte, die Bank, auf der mir die blaue Nachtigall erschienen war, bewies, daß ich mich verliebt hatte. Jeder Verliebte glaubt, er könne, wenn er an den Platz zurückkehrt, an dem die Liebe ihn und er die Liebe packte, alles noch einmal und unversehrt wiederhaben, aber er kann es nicht wiederhaben, denn die Welt ist im Fluß, obwohl wir nicht wissen, in welchem.

Natürlich sah auch ich die Nachtigall nicht wieder, weder eine blaue noch eine graue, denn sie schlief auf irgendeinem dämmergrauen Plätzchen aus Blattschatten und ruhte sich von der Balz aus.

Ich sah später Nachtigallen, viele, viele Nachtigallen – in Sotschi am Schwarzen Meer, in Karelien, und dort war es womöglich wieder der Sprosser, und ich sah Nachtigallen auf Naxos und Santorin in der Ägäis, Nachtigallen in Kiew am Dnepr, und ich sah Nachtigallen in einer Mühle bei Wusterhausen an der Dosse und im Nikidskij Sad auf Jalta – viele hundert Nachtigallen, aber alle waren grau gefiedert, keine war blau, und ich war verwundert, daß ich nun, nach so langer, langer Zeit, wieder eine blaue Nachtigall sah, just als ich mich aus den Armen einer Geliebten löste; ich sagte es schon, und daß ich es wieder sage, zeugt von meiner Verwunderung.

Die Sache aber war die: Ich wollte eine Geschichte schreiben, und ich dachte tagelang an nichts als an diese Geschichte. Ich schlief wenig, und wenn ich schlief, so schlief ich schlecht, und zwei Tage schlief ich gar nicht, und alles, weil ich eine Geschichte schreiben *wollte*.

Damals brachte mich ein Meister, ein kleiner Auskenner, dadurch, daß er aus mir, seinem Gesellen, ohne Kosten für sich und sein Geschäft auch noch einen Kellner machte und indem er, wie ich später erfuhr, bei einem Marsch-Fox eine Dame charterte, die mich für längere Zeit im Moorbad halten sollte, in den ausgemergelten Zustand, in dem einem blaue Nachtigallen erscheinen. Wer aber versetzte mich nun, da ich mich ums tägliche Brot nicht mehr zu sorgen hatte, in den Zustand, dem blaue Nachtigallen entfliegen? Wenn es das Unterbewußtsein war, wie ich dem Zuruf von

Gelehrten aus der Psychologenbranche entnehme, so ist dieses Unterbewußtsein der größte Ausbeuter, den ich je kennenlernte, und dazu einer, der es sich leisten kann, auf eine Geschichte zu spucken, die ich schreiben *wollte*, an der ich tagelang arbeitete und über der ich fast zusammenbrach, um zu einer Geschichte zu kommen, die ich schreiben mußte: Die blaue Nachtigall.

Nachsatz:

Für »Jugenderinnerungen eines alten Mannes« oder Memoiren halte ich mich noch zu jung, aber ich versuche seit Jahren einer Sache nachzuspüren, und die Sache ist: Woher kam jener Zustand von Poesie und Schwerelosigkeit in der Kindheit und in der Jugend, der uns so unwiederbringlich erscheint? Ist er nicht zurückholbar? Soll man ihn als endgültig verloren gelten lassen? Kann man ihn wieder herbeilisten, herbeitrotzen?

Die hier vorgezeigten Geschichten (einige liegen noch in der viel zitierten *Schublade*!) sind also Forschungsarbeiten. Zu einem befriedigenden Ergebnis bin ich bei meinen Erkundungen noch nicht gelangt, doch beginnt sich abzuzeichnen, daß jene Zustände der Schwerelosigkeit nur Augenblicke waren, in denen man außerhalb von Aktion und Reaktion stand: Man saß auf dem Handwagen des Großvaters und ließ Musik aus dem Weltenraum auf sich andringen; man lag am Rande eines Seerosenteiches und sog die Geräusche des Sommertages ein ... Es waren nur Augenblicke, aber sie durchstrahlten eine ganze »Zeitumgebung« mit ihrer Innigkeit.

Sollte man nicht, so frage ich mich, solche aktions- und reaktionslosen Augenblicke bewußt und mit dem Effekt von damals in sein Leben einbauen können?

Da ich nicht ablassen will, dieses Geheimnis zu ergründen, wird das hier ein »offenes Büchlein« bleiben, in das ich von Zeit zu Zeit weitere Forschungsberichte aufnehmen möchte.

E. S.

Onkel Phile arbeitete in der Kreisstadt, doch er arbeitete nicht gern, und am liebsten arbeitete er gar nicht. Am Wochenende besuchte er uns und die Großeltern auf dem Lande. Seine Handinnenflächen waren feucht, und seine Fingernägel waren abgenagt, und wir reichten ihm unsere Hände nur widerwillig zum Gruß, und wenn wir vor den feucht-nackten Onkelfingern zurückschreckten, lachte Phile wie ein Unterirdischer.

Onkel Phile war gut beschlagen unter der Nase, und unsere Ohren verschlangen, was er flunkerte und schwadronierte, denn wir glaubten noch, das Leben in der Stadt wäre vornehm und kurzweilig, unser Leben auf dem Lande aber gewöhnlich und langweilig.

Es perlten feine Lügen, und es glucksten grobe Halbwahrheiten aus dem Onkelmund, und bei den grobgewebten Geschichten zwinkerten die Erwachsenen einander zu, aber den Onkel fochts nicht an; es genügte ihm, sich in der Bewunderung der Kinder zu baden, und er ging als Held durch seine Geschichten, besiegte seine Gegner in Maulgefechten und verschoß Schimpfworte und Beteuerungen, weil grobe Worte mögliche Wahrheit und etwas wie Taten vortäuschen.

Es gab Wochenenden, da hatte der Onkel seinen Arbeitslohn bereits am Freitag vertan, er erschien mit leeren Taschen vor den Großeltern und mußte Geschichten erfinden. In den Geschichten mußte der arme Onkel überfallen werden, und er wurde oft überfallen, und die Überfälle waren dramatisch:

Was, mördern willst du mir? frag ich.

Mördern, sagt er.

Mir hinterrücks abmurksen, Kindsarsch?

Vorderrücks ists gefährlich, sagt er.

Leg dein Messer ins Gras, sage ich.

Und er legt sein Messer nicht ins Gras, und ich muß auf ihn los, und ich muß mit den Augen rollen wie ein Löwe, und ich muß auf ihn zutrampen und brüllen: Nimm Abschied! Da läßt er das Messer fallen, und weg ist er und mein Geld auch.

»Das Messer, Onkel Phile, zeig uns das Messer!« Der arme Onkel mußte tiefer in den Lügenwald: Das Messer hätte er verscharrt, unauffindbar, mußte er schwindeln, »denn das möcht was geben, wenn der Gendarm einen mit einem Räubermesser betrifft!«

Der Vater und die Bergarbeiter tranken Bier in unserer Küche, und sie lachten Onkel Phile für seine erzählerischen Unfälle aus, doch die Großmutter verteidigte ihren Liebling Phile, und sie sagte spitz: »Er wird's wohl wissen, wenn er dabei war«, und der Vater und die Bergleute lachten über Großmutters Naivität, und Großmutter spuckte vor ihnen aus. Sie nahm Onkel Phile zum Begrüßungsmahl mit nach oben in die Großelternstube, und Onkel Phile aß schnell, und er aß, obwohl er schnell aß, lange.

Das Gezell des Menschen ist von Leidenschaften und Lastern durchwoben, wie das Gewurzel der Bäume vom Myzelgeflecht der Pilze durchwirkt ist, und kein Mensch wird gefragt, wieviel Leidenschaften und Laster er sich wünscht, bevor er ins sichtbare Leben schlüpft, und der eine Mensch schleppt viele Leidenschaften und Laster, und der andere Mensch schleppt nur je eine Leidenschaft und ein Laster, aber die Mitwelt giert zu erfahren, ob einer mit seinen Leidenschaften und Lastern fertig wird, oder ob sie ihn hinwerfen und wieder in die Erde trampeln.

Onkel Phile war bar aller Leidenschaften, doch er buckelte sich mit drei Haupt- und mehreren Nebenlastern ab, und seine Hauptlaster waren das Lesen, das Rauchen und das Kartenspiel.

Wenn nach dem Essen kein Kartenspiel mit dem Vater und dem Großvater oder mit den beiden Großmüttern in Aussicht stand, setzte sich Onkel Phile unter Dampf, und der Zigarettenqualm schien ihm nicht nur aus dem Mund, sondern auch aus den Jackentaschen und Knopflöchern zu quillen. Onkel Phile las, wie er aß, schnell und viel, und er baute sich eine Welt aus Rauch und Buchstaben, und er verschwand darin, und gleichwie das Essen bei ihm nicht anschlug, so schlug ihm auch das Gelesene nicht an: Er nahm zur Kenntnis, ohne an Kenntnis zuzunehmen.

Zuerst las Onkel Phile die aufgestapelten Nummern des *Bergfrieds*. Der *Bergfried* war eine Familienzeitung, und wer sie hielt, der war versichert, und die Hinterbliebenen des Abonnenten sollten einige hundert Mark ausbezahlt bekommen, »falls der Versicherungsträger das Leben mit Abgang durch Tod verlassen sollte«, stand geschrieben.

Nach dem *Bergfried* nahm Onkel Phile *Vobachs Modenzeitung für das deutsche Haus* her und las auch die, und er entfaltete sogar die Schnittmusterbögen, und er las auf den Schnittmusterbögen die Hinweise für die Anfertigung raffiniert geschnittener Plisseeröcke, denn er mußte alles gelesen haben, was sich lesen ließ, und er verpackte den Inhalt der zwei Zeitschriftenstöße unter seiner Schädeldecke, und die Schädeldecke war mit strubbeligen, stets etwas unsauberen Haaren bewachsen.

Dann griff der Onkel auf mehrmals gelesene Bücher zurück, und das waren die beiden Bände *Praktischer Hausarzt in gesunden und kranken Tagen*. Ich habe in meinem Leben kranke Menschen, aber nie einen kranken Tag gesehen, aber die beiden Bände lagen auf der sauberen Wäsche im Vertiko der Mutter, und man nannte sie Hülsen-Bücher, weil ihr Verfasser Doktor von Hülsen hieß. Doktor von Hülsen unterrichtete den Onkel mit farbigen Klappbildern über das Muskel-, Knochen- und Sexualleben des Menschen, und der Onkel studierte vor allem das Innenleben der Frau, und er hatte im Gegensatz zur Mutter nichts dagegen, wenn wir ihm dabei über die Schulter sahen.

Der Mensch bestehe hauptsächlich aus Hohlräumen, erklärte Herr von Hülsen, und die chemischen Bestandteile des Zweibeiners hätten einen Wert von nur sechs Mark und achtzig Pfennig in Goldwährung.

Diese *Wertschätzung* des Menschen als Ergebnis wissenschaftlicher Forschung wurde zur Zungenmaxime meines Onkels, und er hängte sie hie und da seinen Betrachtungen an, und seine Betrachtungen bestanden aus zusammengelesenen populärwissenschaftlichen Informationen: »Die Mode ist ein Zwang, der auf charakterlich labile Leute ausgeübt wird, und die charakterfesten Leute, die sich der Mode nicht fügen, werden lächerlich gemacht, und alles ist das Werk von Geschäftsleuten. Ja, ja, was ist der Mensch? Hohlraum an Hohlraum, Chemiewert sechs Mark und achtzig, wenn man ihn einschmilzt.«

Wir hörten diese Materialrechnung, und uns fror, und wir ahnten nicht, daß von Hülsens wissenschaftliche Menschenbetrachtung einige Jahre später von vertierten Landsleuten mit dem Einschmelzen von Menschen in Wirklichkeit umgesetzt werden sollte, und wir ahnten nicht, daß Wissenschaftler, die nur auf den schmalen Ausschnitt ihres Wissensgebietes starren und im Menschen nur sehen, was Doktor von Hülsen in ihm sah, zu schlimmeren Sündern gegen das Leben werden können als Unwissende.

Nach den *Hülsen-Büchern* las Onkel Phile das Realienbuch, und das war ein Buch, das uns Kinder durch die Dorfschulzeit begleitete, und für interessierte Leser und weil ich es wie die Bibel jeden Tag in die Schule schleppte, sage ich hier etwas über dieses Buch, und die uninteressierten Leser mögen dort weiterlesen, wo ich meine Angaben beschließe:

Das Realienbuch enthielt einen kurzen Abriß der preußisch-brandenburgischen Geschichte und die Geburts-, Herrschafts- und Todesdaten aller unvermeidlichen Könige und Feldherren, und nach diesem Geschichtsaufriß mußte man annehmen, daß die Germanen nur auf dieser Erde erschienen waren, damit sie den Humus für das echte Preußentum abgeben konnten.

Dem Geschichtsabschnitt schloß sich ein Zoologieabschnitt an, in dem der Igel als ein wichtiges Tier behandelt wurde, wohl, weil wir in der Schulfibel als ersten Buchstaben des Alphabets das I vom Igel lesen lernten, und es folgten einige Angaben über Haustiere, insbesondere über die Kuh als Milchspender und über die Bedeutung des Pferdes als ackerbearbeitendes Tier und als Kriegsroß, und der Zoologieabschnitt schloß mit der Beschreibung des Eichhörnchens, des Affen der preußisch-kurbrandenburgischen Wälder, gewissermaßen als Anschluß an die Weltzoologie.

Der Fläming, der Niederlausitzer Grenzwall und das Glogau-Baruther Urstromtal vereinigten sich im Realienbuch zu etwas Erdkunde, und in der Abteilung Weltkunde erfuhr man, daß die Erde ein Planet, die Sonne ein Fixstern und der Mond ein Nachtleuchter wäre, der sein Licht von der Sonne bezöge.

In der Abteilung Botanik behandelte man, neben der deutschen Eiche, die Kokospalme, die, trotz des Verlustes der Kolonien, immer noch in Deutsch-Südwestafrika wuchs, und wir erfuhren, daß es vor allem das *Palmin* wäre, um das die »bösen Feinde« uns mit dem Versailler Vertrag gebracht hätten, aber man verriet uns auch leichtfertig, daß die Alten Deutschen so gut wie kein Obst gekannt hätten, und daß es ihnen, nachdem die alten Metsäufer sich hätten christianisieren lassen, die Mönche gebracht hätten, woran man die Wichtigkeit der Kirche für die deutsche Obstversorgung erkennen konnte.

Meinem jüngsten Bruder, der die Schule in der Epoche des Zwölfjahrreiches besuchte, wurde jedoch beigebracht, die arischen Germanen hätten weder die welschen Pflaumen noch den römischen Wein nötig gehabt, denn sie hätten längst den Vitaminwert der wilden Waldstachelbeere und der Ribiseln gekannt, und den Weinbau hätten sie in Grüneberg in Schlesien betrieben und in Weißenfels und in Naumburg und in Meißen auch, »ein bißchen sauer zwar, aber gelobt sei, was da hart macht!«.

Und so ließen die lieben Deutschen, die einander so gern *Kulturdünger* oder *Salz der Erde* nennen, alleweil pseudowissenschaftlich mit sich umspringen, und es wird Zeit, daß sie was lernen nach dem Hü und Hott ihrer Geschichte und daß sie beginnen, Pseudo- und Wissenschaft zu unterscheiden.

Von solcher Art war Onkel Philes Wochenend-Notliteratur, in der Stadt aber las er Detektiv-, Wildwest-, Liebes- und Schwulstgeschichten und auch die Werke von Klassikern, denn wie die Bücher im Strom der Tage auf Phile zutrieben, so fischte er sie heraus und benagte ihre Texte mit seinen flinken Blauaugen.

Und er las beim Essen, und er las auf dem Klosett, und wenn ihn der Weg nach irgendwohin langweilte, las er auch im Gehen, und Goethes *Werther* war für ihn eine Liebesgeschichte mit hinausgezerrtem tödlichem Abgang des Liebhabers, und Manzonis *Verlobte* waren für ihn eine andere Liebesgeschichte, in der der Buchschreiber immer etwas zwischen Verlobung und Heirat kommen ließ, damit er das Buch »vollkriegte«.

Der Wissenschaft, die man Orthographie nennt, ging Onkel Phile, obwohl er täglich mit ihr zu tun hatte, energisch aus dem Wege. Er schrieb nur, wenn er in Not war, hauptsächlich, wenn er Geld geborgt haben wollte. Dann bereitete er meine Mutter schon während der Woche in einem Brief auf seinen Anschlag vor:

»Liebes Lehnchen! Das Schicksal hat es gewohlt, mir wieder einmahl mitelos in die Welt sten zu lasen. Ausgeborgt bis auf mein Gemüht, welches mir blieb, von jene, die sich meine Freunde zu nennen belibten und als Strahfe für meine unversiegbare Gutmütlichkeit, trete ich also nackt vor dir hin ...«

Auch in seinen Feldpostbriefen aus dem ersten Weltkrieg an die naive Großmutter waren Onkel Philes Bitten und Forderungen in rührselige Geschichten gekleidet:

»Libe Mutter!!!

Du allein weißt es, wie ich an meine Taschenuhr, Vaters Gabe zum Konfermationsgeschenke, gehangen habe, allein, nun hat mich ein groß Unglück betroffen, und ist mir jene durch die Verirrung eines Granatsplitters in der Westentasche zu Muß geworden, und ich kann mein Got danken, daß der Spliter meine Ur, nicht aber meinem Leibe zu nahe trat. Wenn es dich im Bereiche des möglichen erscheint, so schicke mir umgent einen neuen Zeitmesser, damit ich weiß, welche Stunde es geschlagen hat, wenn ich in das Land hinüber muß, aus dem keiner zurückkehrt ...«

Ach, hätte der Onkel Sitzfleisch gehabt und sich ein wenig mehr um die kapriziöse Dame Orthographie gekümmert! Er hätte eine Art Löschblatt-Literatur aus vorgestanzten Wendungen und Bildern und aus vorgeprägten dramatischen Szenen zustande bringen können, wie jene Schwülstlinge und Journal-Gespielinnen, die in »Morpheus' Armen ruhen«, wenn sie schlafen, denen Berlin, Dresden und Leningrad zu nichtssagend sind, und die deshalb von »Spreeathen«, »Elbflorenz« und der »Newa-Metropole« schreiben. Sie heiraten nicht, sondern »schmieden ihre Ehe«, trinken »Rebensaft« und »edles Naß« bei dieser Gelegenheit und »steuern« nicht auf den Berliner Ausflugsschiffen, sondern mit der »Freizeit-Armada« in den »Honigmond«. Sie machen Angler zu »Petrijüngern« und Reiterinnen zu »Amazonen«, um klassische Bildung vorzutäuschen; sie »gestalten« Siege und Niederlagen, Kinderwagenkissen und Totenkränze, und sie wähnen ihre Beschränktheit »durchgestaltet« zu haben, wenn sie den Zeiß-Laden am Berliner Alexanderplatz das »Mini-Mekka der Fotofreunde« nennen.

Über den Schwulst, der nötig ist, die Sprache in dieser Weise zu verspießern, hätte mein Onkel Phile durchaus verfügt.

Großvater stand den pseudoliterarischen Wendungen des Onkels skeptischer gegenüber: »Die Uhr aus der Westentasche geschossen? Seit wann tragen sie bei den Soldaten Westen?«

»Er wird die Strickjacke meinen, die ich ihm schickte.«

»Was, meine gute Strickjacke?«

»Sie hatte schon ein Loch am Ärmel.«

»Freilich, zwei Ärmellöcher, zweie. Du wirst freilich nicht frieren für mich im Winter.«

Es gab einen Krach, aber eine Ersatzuhr erhielt der Onkel von der Großmutter heimlich doch, womit die Macht auch der schlechtesten Literatur bewiesen wäre.

Verliebt war der Stiefonkel des öfteren, aber zum Heiraten einer »vernünftigen« Frau, wie die Großmutter sich ausdrückte, um damit unfreiwillig zuzugeben, daß der Onkel unvernünftig war, reichte Philes Einkommen nicht, weil er doch seine Arbeitsstellen öfter als seine Taschentücher wechselte, und sobald er an einer Arbeit die Lust verlor, fand er sein »Haar in der Suppe«.

Einmal arbeitete Onkel Phile in einer Tuchfärberei, und er kam mit leichengelbem Gesicht und zitronenfarbenen Händen auf Wochenendbesuch, und wochdrauf kam er um und um blau gefärbt, und wieder eine Woche später erschien er lodengrün in unserer Küche.

Onkel Phile hätte seine verschiedenen Färbungen mit etwas Ausdauer abscheuern können, aber er wusch sich nicht gern, und er liebte es, wie gesagt, wenn wir Kinder ihn bewunderten. Die Großmutter jedoch bejammerte ihn ob seiner ungesunden Arbeit, und dieses Bejammern erleichterte es Phile, die Arbeit in der Färberei aufzugeben, als wir ihn nicht mehr genügend bestaunten, weil wir uns an seine wechselnden Färbungen gewöhnt hatten.

Onkel Phile verdingte sich als Nachtwächter.

»Du wirst gerade was wachen!« sagte der Großvater, der wußte, was wir alle wußten, nämlich, wie furchtsam der Onkel war. Aber Furcht hin, Furcht her, dem Onkel ging's darum, eine Arbeit zu haben, bei der er lesen konnte. Er schloß sich in seiner Wächterbude ein, damit ihn die Tuchdiebe nicht wegschleppen konnten, und er schrieb morgens mit gutem Gewissen in sein Wächterbuch: »Nacht ordnungsgemäß vergangen. Keine Vorkommnisse.«

Und es war nichts Gelogenes an diesem Rapport, denn wenn Onkel Phile lesen und dabei rauchen konnte, verlief seine Nacht ordnungsgemäß, und was sich sonst nachts auf dem Fabrikhofe tat, betrachtete der Onkel nicht als seine Sache. Aber die Oberüberwächter, die auf dem Fabrikgelände verteilten Wächtersteckuhren, diese Embryos unserer Computer, die Onkel Phile ignorierte, rächten sich an ihm, und sie verrieten ihn, und sie brachten ihn um seine heimeligen Lesenächte.

In seiner Nachtlesezeit wohnte Onkel Phile als Schlafbursche in der Familie eines Mühlkutschers, dessen mittelalterliches Häuschen am Ende der Friedrichstraße in der Kreisstadt stand, wo die unteren Fensterkanten der einstöckigen Kleinstadthäuser nicht höher als dreißig Zentimeter über dem Straßenprofil lagen.

Ich ging als Dorfschuljunge, sobald ich mich einmal in der Stadt befand, an diesen Häusern entlang, weil ich gern in die Stuben blickte und den Leuten bei ihren Hantierungen zusah und weil ich glaubte, damit am städtischen Leben, das uns als Kindern so erstrebenswert erschien, teilzuhaben, und gar zu gern wäre ich in die eine oder in die andere Stube eingetreten, und manchmal denk ich, mein Wunsch war in dieser Hinsicht so heftig, daß ich später mehr, als mir lieb war, in solchen Stuben aus und ein ging, und nicht nur, als ich Onkel Phile in einer solchen Behausung besuchte, sondern als ich, selber ein Deklassierter, in den Slums deutscher Städte wohnte.

Die Nachbarin jenes Mühlkutschers, bei dem Onkel Phile einwohnte, war eine Plätterin, und sie war in ihrer Jugendzeit, das heißt, sechs oder sieben Jahre bevor ich sie kennenlernte und bevor sie meine Tante Elli wurde, eine Schönheit, eine etwas zigeunerische Schönheit, gewesen.

Ein vornehmer Herr, wie sie stets betonte, hatte sie »im Rausche der Liebe« geschwängert, und er war dann aus einem durchsichtigen Grunde zum Heiraten unabkömmlich gewesen, und zeither lebte meine spätere Tante allein, wartete und wartete auf die Abkömmlichkeit jenes Herrn und sorgte für ihre Tochter, meine spätere Base.

Die große Stube der Tante war nicht nur Wohn-, Schlafstube und Küche, sondern sie war auch die Wasch- und Plättanstalt. Ein

Schildchen, auf dem die Buchstaben nach allen Seiten auseinanderzufallen drohten, wies am Hauseingang darauf hin, daß man in der Halbkellerwohnung Herren- und Damenwäsche waschen und plätten, auch Fenstergardinen spannen lassen könne.

Als Onkel Phile die Plätterin kennenlernte, kam er nicht mehr regelmäßig zu uns auf Besuch. Seine leere Geldtasche, die er sich sonst hatte heimlich von meiner Mutter oder der Großmutter anmägern lassen, schien jetzt von anderswoher zu frischem Inhalt zu kommen, und Großvater sagte, um die Großmutter zu ärgern, der Onkel lebe jetzt vom »Durchgebrachten«, aber eines Sonnabends erschien Onkel Phile doch wieder und erzählte, erzählte, und dabei zog er ein Zigarettenetui aus der Jackentasche, das auffällig silbern glänzte. Phile entnahm dem Etui umständlich eine Zigarette Marke *Süße Mädels*, eine der billigsten Zigaretten damals, und brachte zum Anzünden des Tabakröllchens ein blinkendes Feuerzeug aus dem Mulm seiner Rocktasche ans abendliche Sonnlicht.

»Was hast du Blinkendes, Onkel Phile?«

»Hat mir Elli geschenkt.«

»Elli?«

»Meine Braut.«

Unsere Phantasie baute an Onkel Philes Braut: Sie konnte nicht anders als ein schönes Mädchen sein, wenn sie den Onkel mit so silbern blinkenden Dingen beschenkte, eine Märchenbraut, eine Art Schneewittchen.

Später erfuhren wir, daß das Zigarettenetui und das Feuerzeug, die so anregend gegleißt und uns inspiriert hatten, jenem »vornehmen Herrn« zugedacht gewesen waren, der damals verhindert war, an seiner Hochzeit mit der Tante teilzunehmen. Tante Elli hatte auf den »Herrn« gewartet und gewartet, und eines Tages war sie müde geworden, und sie hatte die blinkenden Dinge Onkel Phile übergeben.

Wenn man geradewegs auf die Kreisstadt zuging, hatte man dreizehn Kilometer Weg hinter seine Fersen zu bringen, und eines Tages machte sich unsere Großmutter mit dem Tragekorb voll Lebensmitteln und einem Strauß Sommerblumen auf den Weg dorthin, aber sie lief erst fünf Kilometer bis zur Bahnstation, um sich dann von dort aus auf einem Umwege von fünfunddreißig Kilometern zu Onkel Philes Hochzeit zu ruckeln.

»Das fehlte mir!« sagte Großvater, »wer weiß, welche Henne diesen unausgereiften Hahn aufspringen ließ?«

Die Hochzeit, die Hochzeit, was spielt sie doch für eine Rolle im Leben der Menschen! Wird sie nicht wie die Wiederholung einer Geburt behandelt, einer Geburt, nach der der Mensch mit zwei Köpfen, vier Händen und vier Beinen vor seinen Mitmenschen und im Leben erscheint? Und die Eltern des Hochzeiters rufen das Glück an, und sie rufen das Schicksal an, und das ganz besonders am Hochzeitstage; das Glück oder das Schicksal, sie möchten machen, daß die beiden Köpfe, mit denen der Mensch hinfort einhergehen wird, nicht gegeneinanderarbeiten, daß er sich mit seinen vier Händen nicht selber verprügelt und daß die vier Beine nicht voneinander streben, kurz, daß der zweiteilige Mensch funktioniert, sich zusammenhält und daß die jungen Köpfe und Beine, die ihm mit der Zeit dazuwachsen, an ihm ein gutes Beispiel haben möchten.

Kurze Zeit nach der Hochzeit erschien Onkel Phile mit Tante Elli und seinem angeheirateten Töchterchen zur Vorstellung beim Großvater und bei uns, den lieben Verwandten, und das Schneewittchen unserer Kinderphantasie wurde von der Wirklichkeit beschädigt: Tante Elli war klein und neigte zur Dicklichkeit; ihr Gesicht zeigte schon Kummerkerben, und es war welk von Wasch- und Plättdämpfen. Das schwarze Haar der Tante führte ein eigenwilliges Leben, und es entfloh, soviel die Tante es auch zurückstrich, immer wieder dem Haarknoten. Oder führte die Tante zuwenig Haarnadeln zur Befriedung dieses zigeunerisch-üppigen Haares ins Feld? Jedenfalls waren die Tantenwangen beständig von schwarzen Haarsträhnen umwedelt wie von schwarzen Glukkenflügeln, und auch der Gang der Tante, mit den nach innen gerichteten Füßen, glich dem Gang einer eilenden Henne.

Tante Elli sprach vornehm sprembergisch, und sie sprach gern, und sie kannte sich mit den kleinstädtischen Gepflogenheiten und Sitten aus, und beim Besichtigungsspazieren durch das Dorf ermahnte sie den Onkel, der Steine in den Dorfteich warf und sich an unseren Streichen beteiligte: »Phile, hak mir ein und geh ein bißchen onglich!«

»Onglich« war vornehm sprembergisch ausgesprochen und bedeutete »ordentlich«.

Tante Elli war nicht unbelesen, wie der Volksmund sagt, aber sie fand wenig Zeit zum Lesen, und die Liebesgeschichte, die sich zwischen ihr und unserem altbekannten Onkel Phile abgespielt hatte, erzählte sie so: »Wie das so ist: Man ist allein. Man hat seinen *Fehltritt* gehabt, nicht wahr?« (Wir Kinder sahen unsere sympathische Base, den *Fehltritt*, an.) »Man sucht nach einer Gelegenheit, sich zu entsündigen, und man bittet Gott, nicht wahr? Eines Tages erbarmt sich der Herr, und er schickt uns die Gelegenheit.« (Wir sahen unseren Onkel Phile, den von Gott Gesandten, an.) »Er tat mir so leid, ein Mensch ohne Eltern in der Stadt. Er guckt nachmittags, nachdem er sich vom Nachtdienst ausgeschlafen hatte« (mit dem Nachtdienst waren Onkel Philes Nachtwächter-Lesestunden gemeint!), »sehnsüchtig in mein Fenster hinein, nicht wahr? Es ist Sommer, und es ist warm, ihr wißt, und man hat das Fenster geöffnet, man spricht ein bißchen und sieht einander in die Augen, nicht wahr? Ein Wort gibt das andere, aber nie hätt ich ans Heiraten gedacht, doch eines Abends gab ich ihm die Stulle.«

»Was für eine Stulle, Tante Elli?«

»Das Liebesbrot, wie man so sagt, nicht wahr?«

»Da hat man's!« sagte Großvater, »stand er also wie ein Bettelmannsjunge vorm Fenster, weil er sein Geld verjuxt hatte.«

Tante Elli verteidigte Onkel Phile gegen Großvater. Der Onkel hätte nicht gebettelt. Sie hätte dem Onkel die Stulle mit Hackfleisch und Zwiebeln auch nicht durchs Fenster gereicht, denn sie wüßte doch, was sich gehöre, »nicht wahr?« Sie hätte den Onkel zu sich in die Stube geladen. »Eines ergibt das andere, nicht wahr: Er kam wieder, und mit einem Male war die Liebe da.«

Nun wußten wir, wie sich die Liebe ihren Weg über ein Hackfleischbrot mit Zwiebeln bahnt und den Menschen »in Ketten schlägt«, wie sich Tante Elli auszudrücken beliebte.

So kamen wir unversehens zu einer Tante und zu einer Base in der Stadt, und fortan wurde es von Tante Elli nicht günstig vermerkt, wenn wir bei Mutters alter Freundin, mit der sie in der Tuchfabrik zusammengearbeitet hatte, in der Kreisstadt abstiegen und nicht bei unseren Verwandten, wie es sich für einen »onglichen Menschen« gehörte, »nicht wahr?«

Wir Kinder unterschieden zwischen Onkeln und Tanten, die uns seit »immer« gehörten, und jenen, die auf uns stießen, als wir schon fix im Leben umherschwammen, denn bei ihrem *Dazukommen* schien der Zufall obwaltet zu haben. Onkel Phile hätte ja auch ein Mädchen aus unserem Dorfe, eines, das ihm der Großvater besorgt hätte, heiraten können.

Wir säten im Herbst den Roggen, und wir pflanzten im Frühling die Kartoffeln; wir ernteten den Roggen im Sommer, und wir ernteten die Kartoffeln im Herbst, und es standen Jahr um Jahr Kornpuppen auf unseren Feldern, und es standen gefüllte Säcke im Herbst neben den Kartoffelfeuern – auch das – Jahr um Jahr.

Und wenn die Wiesen zum zweiten Male geheut waren, weideten wir die Kuh und ihr jährliches Kalb auf ihnen, und all das langweilte uns nicht, weil es das Leben war, das uns in seinen sich wiederholenden Verwandlungen entgegentrat.

Aber die Dorfschule mit ihrem sich fünf Jahre hintereinander wiederholenden Lehrstoff langweilte uns, weil es sich nicht um Leben, sondern um Abstraktionen vom Leben handelte, und weil es Ekel beim Menschen heraufbeschwört, wenn man ihn immer wieder mit den gleichen Abstraktionen zu füttern versucht. Ich wollte und wollte in die Stadtschule, wollte, obwohl mir das nicht bewußt war, mit neuen Abstraktionen konfrontiert und zu eigenen Gedanken angeregt werden, und ich bat und bettelte um die Erlaubnis, und endlich gaben meine Eltern nach, und ich wurde zu einer von Mutters Kolleginnen aus der Fabrikzeit in Pension gegeben. Mutters alte Kumpanin und ihr Mann waren das Hausmeisterehepaar der Städtischen Mädchenschule, und sie wohnten im Keller dieses Instituts, und mein Bett wurde im Schlafzimmer der Pensionseltern aufgeschlagen.

Tante Elli war beleidigt: »Dachtet ihr, daß jene Kellerwohnung höher als unsere Stube liegt? Es wäre onglicher gewesen, den Jungen bei Verwandten unterzubringen, nicht wahr?«

Richtig, richtig, aber meine Eltern wollten nicht, daß auch ich noch in der Stube von Onkel Phile und Tante Elli hauste, und um die Tante zu versöhnen, machte ich von Zeit zu Zeit Besuche bei meinen Verwandten, vor allem, weil mich das Leben in der Wasch- und Plättanstalt am Ende der Friedrichstraße erregte und reizte, denn zur festen Kundschaft meiner Tante gehörten die Mädchen gewisser Etablissements, und es gab drei Etablissements in der Stadt, und mit der Wäsche dieser Damen gab sich die Tante besondere Mühe, weil sie sauberer sein mußte als die Unterwäsche der Schlafburschen und der »möblierten Herrn«.

Die Freudenmädchen zahlten gut, und sie sahen, wie man sagt, nicht auf den Groschen, und der Kleinbürger sagt mit gerümpfter Nase: »Wie gewonnen, so zerronnen«, und ich wünschte ihnen damals, daß ihnen die Nasen gerümpft stehenblieben, und wenn ichs recht bedenke, wünsch ichs ihnen heute noch.

Auch ich erhielt meinen Groschen Naschgeld von den Freudenmädchen, wenn ich zufällig bei der Tante war, deshalb besuchte ich sie häufiger und häufiger, damit ich dort war, wenn die Freudenmädchen ihre Wäsche abholten, und auf diese Weise lernte ich alle »zugänglichen« Damen der Stadt kennen, und sie kannten mich, und wenn der Onkel sie um Zigaretten oder um Bier anbettelte, so schickten sie mich nach Wein zum Spirituosenhändler Bombel, denn mit Bier wollten sie nichts zu tun haben, und später wurde ich für das Weinholen abgelohnt.

Ich lernte die neuen Freudenmädchen, die zum Monatsanfang in die Stadt kamen, kennen, und ich kannte die, die länger blieben, und ich wußte dies und das von ihren Qualitäten, denn von diesen Qualitäten hing es ab, ob sie länger als einen Monat in ihren Etablissements engagiert blieben, und ich grüßte die, die länger blieben, und ich grüßte die, die neu angekommen waren, wenn ich sie auf der Straße traf, und ich nahm keine Rücksicht auf die Vorurteile und die entsetzten Gesichter meiner Mitschüler. Es geschah sogar oft, daß mich die Mädchen auf der Straße umarmten und daß sie mir die Wangen streichelten und mich abküßten und daß sie mich zu *Windbeuteln mit Schlagsahne* ins Café einluden, und all das war aufregend, und die Freudenmädchen bereiteten mir viel Kopfzerbrechen.

Die Tante dozierte gern, und sie hatte in mir einen lernbegierigen Schüler; wirklich, es schien eine Lehrerin an meiner Tante verlorengegangen zu sein. Aber das Leben läßt nichts aus den Augen, was es sich vornahm, und was ihm mit der einen Generation nicht gelingt, das gelingt ihm mit der nächsten. Vielleicht besteht unsere Freiheit, die wir mit dem Menschsein erhalten, darin, daß wir unsere geistige Entwicklung, denn nur sie zählt, aufs Ganze gesehen, ein wenig zu beschleunigen vermögen. Die Tochter meiner Tante, also meine Base, wurde jedenfalls in unserer Zeit der vielen Möglichkeiten das, was ihre Mutter nicht wurde, eine befähigte Lehrerin.

Das unbezogene Ende des Plättbrettes war um und um versengt, und es hatte hellbraune, dunkelbraune und holzkohlenschwarze Flecke, die von der Häufigkeit und der Länge der Nebenarbeiten zeugten, die meine Tante neben dem Plätten ausführte, denn an diesem Ende des Plättbrettes lag das eiserne Gestell, das die Bolzenplätte aufnahm, wenn sich die Tante vom Plättbrett entfernte. Neben diesem Gestell stand stets eine Tasse von der Größe eines kleinen Nachttopfes, die moorwasserschwarzen Bohnenkaffee enthielt, der mit einer Prise Salz versetzt war.

Die Großmutter hielt der Tante das »schöne Geld« vor, das für »schwarze Lurke«, so nannte Großmutter den Bohnenkaffee, »verplempert« wurde, und die Tante rechtfertigte sich: »Das verstehst du, Mutter, nicht!«, und sie wies zum arbeitsscheuen, lesenden Onkel am Fenster hinüber, »der eine raucht und liest, um sich ein bißchen von der Erde zu heben, und ein anderes trinkt eben Kaffee, nicht wahr?«

»Was müßt ihr euch denn von der Erde wegheben?« fragte die Großmutter. »Das würde sich mir nicht wollen. Da möchte mir schön schwindelig werden«, und sie spuckte wie stets, wenn ihr etwas nicht gefiel, nach allen Seiten aus.

Die Tante erklärte mir die einzelnen Teile des Unterzeugs jener Damen, die zu ihrer Hauptkundschaft gehörten: »Also, das ist ein Korsett, und es ist nur noch bei Damen in Mode, die es nötig haben, ihren Bauch zurückzudrängen, nicht wahr? Und das hier ist ein Korselett, und es ist modern, aber das hier sind nun Höschen, weißt du ja wohl, und hier hinwiederum sind Schlüpfer, das Modernste vom Modernen.«

Sodann führte mir die Tante verschiedene Büstenhaltermodelle und deren diskrete Polsterungen vor und erläuterte: »Am besten, man hat das alles nicht nötig, nicht wahr?« Sie sah an ihrem flachen Schürzenlatz hinunter, und sie trank einen Hieb Kaffee aus dem großen Topf, und sie stöhnte nach dem Trinken genüßlich auf und begann zu singen:

Ach, laß mich einmal schmusen
An deinem Busen.
Da fing sie an zu weinen:
Ich habe keinen.
Und was ich gestern hatte,
Das war von Watte.
Da fing sie an zu schreien:
Kannst du verzeihen?

Auch der Gesang der Tante war dem Schnarren einer wohlgelaunten Henne ähnlich, und sie trippelte am Plättbrett auf und ab, die arme Tante, und es hüpfte ein Kaffeefleck auf das gestärkte Chemisett, das sie unter der Plätte hatte. Sie lief in ihren schlappenden Tuchpantoffeln vom Plättbrett zum Waschfaß, das – stets mit blaugrauer Lauge gefüllt – am Stubenofen stand.

Die Tante versuchte den Kaffeefleck aus dem Chemisett herauszuwaschen, und sie wusch und rieb eine Weile, und sie schlappte mit dem Chemisett zum Fenster, und sie kontrollierte dort, ob der Fleck schon gewichen war, und sie kniff dabei die Augen zusammen, denn sie war kurzsichtig, und schließlich holte sie mich zu Hilfe, und wenn ich entschied: »Es mag gehen!«, nahm sie das Vorhemd des »möblierten Herrn« wieder unter die Plätte und trank wieder einen Hieb Kaffee und vergaß das Chemisett und eilte zum Herd und stach mit einer Gabel in die kochenden Kartoffeln im Ofenröhr. Sie überprüfte den Glühgrad eines Plättbolzens, der im Feuerloch des Stubenofens steckte, und sie überlegte: »Was wollte ich doch gleich?«, und sie entsann sich des Chemisetts, und sie rannte zum Plättbrett und sah den Sengfleck vom Plätteisen auf dem Vorhemd, und sie riß das Eisen herunter, und sie schlug die Hände über dem Kopf zusammen, und sie strich sich die Haarsträhnen, die schwarzen Gluckenflügel, aus dem

Gesicht, nahm wieder einen Hieb aus der Kaffeetasse, und sie steckte das Vorhemd ins Feuerloch.

Ersatz für so ein in Verlust geratenes Chemisett war stets vorhanden, denn es gab genug liegengebliebene Wäsche von *möblierten Herren* oder von Schlafburschen, die über Nacht weitergereist waren und keine Zeit mehr gefunden hatten, sich nach ihren Siebensachen umzusehen.

Onkel Phile, der gerade wieder einmal krankfeierte, saß ungerührt am Fenster und nahm an der Verbrennung des Chemisetts keinen Anteil. Er saß neben der Kommode, rauchte und las und befand sich in anderen Welten. Wenn es im Leseheft aufregend zuging, hielt er sich den Zeigefinger mit dem bis zum Mond abgefressenen Stümpfchen Nagel gekrümmt unter das linke Nasenloch und sog aufgeregt die Luft ein und schnorchelte, und dieses Schnorcheln wiederholte sich in Abständen von etwa einer halben Minute, und es dauerte an, solange die Spannung, die dem Lesestoff des Onkels innewohnte, ausreichte. Und wenn die Geschichte in einem Zwanzigpfennigheft nicht zur Zufriedenheit von Onkel Phile auslief, so warf er es gegen die Wand, oder der in Buchstaben gegossene Detektiv und die Bankräuber klatschten gegen eine Herde Fliegen, die auf dem eingerahmten Großfoto von Tante Elli hockten, das sie noch vor dem *Fehltritt* zeigte. Das Heft fiel herab, fiel auf den Nähmaschinentisch und dort auf einen Stoß gewaschener Gardinen, und auch die zerquetschten Fliegen fielen vom verglasten Bild, fielen als schwarze Samenkörner künftiger Unannehmlichkeiten auf die weiße *Fertigware*.

Onkel Phile blätterte sogleich ein neues Leseheft an, stieß Tabakrauch aus und verschwand in der blauen Wolke, wie dennmals die Pythia, die Kartenlegerin von Delphi, im Rauch brennender Flechten aus den griechischen Bergen verschwand.

Zu jener Zeit geschah in der benachbarten Kreisstadt Cottbus etwas, was die theoretischen Grausamkeiten aus den Leseheften von Onkel Phile übertraf: Ein Mädchen, eine Lyzeumsschülerin, war verschwunden, und es blieb verschwunden, und die Kriminalpolizei forschte und forschte und kam nur sehr allmählich zu einem Ergebnis: Der Hausmeister des Lyzeums hatte das Mädchen »unsittlich berührt«, wie die Stadtanzeiger beider Städte schonend, aber schwulstvoll mitteilten, und er hatte nach der »unsittlichen Berührung« Gewissensbisse bekommen und hatte das Mädchen erdrosselt und die Mädchenleiche in Stücke geschnitten und sie in der Heizanlage der Schule verbrannt.

Die Einwohner beider Städte und Landkreise erschauerten: Ein wohlgelittener städtischer Kleinbeamter war zur Bestie geworden, war ins Tierreich zurückgefallen. Wem konnte man noch trauen? Welche Bevölkerungsschicht konnte man noch, ohne enttäuscht zu werden, zu den Menschen rechnen? Was, wenn plötzlich alle kleinen städtischen Beamten bestialische Züge entwickeln und sich auf friedliche Menschenkinder stürzen würden?

In der deutschnationalen Zeitung, die sich *Der Stahlhelm* betitelte, wurde die Tatsache, daß der Hausmeister der Sozialdemokratischen Partei angehörte, zum billigen Anlaß genommen, die Leser vor der »roten Gefahr« zu warnen, die der Lehre Darwins huldige, der Irrlehre, daß der Mensch vom Affen, also von wilden Tieren, abstamme, und man nahm bei den *Stahlhelmern* die Gelegenheit wahr, alle politisch links eingestellten Bürger zu beschimpfen und zu diskreditieren. In der sozialdemokratischen *Volksstimme* hinwiederum reduzierte man die Bestialität des Hausmeisters auf Furcht vor der Zahlung eventueller Alimente, die sich ein schlecht bezahlter Hausmeister nicht hätte leisten können, und man ließ die Abhandlung des Mordfalles in der Forderung gipfeln, die Stadtverwaltungen sollten den städtischen Unterbeamten gefälligst höhere Gehälter zahlen, bitte.

Meine Pensionsmutter, die Hausmeistersfrau der Mädchenschule, weinte und greinte, und sie rief ihren Mann an, der Georg hieß, den sie aber, kreisstädtisch vornehm, Georig rief: »Georig, wenn du mir mit einem Schulmädchen betrügen würdest, ich wüßte nicht, was ich täte ...«

Mein Pensionsvater wischte sich mit seinem karierten Taschentuch den Schweiß von der Glatze und sagte: »Ach Quatsch!«

Auch in der Plättstube meiner Tante wurde der Lustmord eingehend besprochen. Der Onkel hatte soeben eine Arbeit als Lagerist bei einem Lebensmittelhändler aufgegeben, weil er dort zwischen Kaffeesäcken und Käsekisten weder lesen noch rauchen durfte, und nun saß er daheim, und die Tante hatte ihn mit einem

Eimer Wasser vor den mit Hunderten von spitzen Nägeln gespickten Gardinenspannrahmen gestellt, damit er dort die Gardinen von Zeit zu Zeit mit Wasser besprenge.

Die Tante plättete und trank Schluck bei Schluck aus ihrer großen Kaffeetasse, was für meinen Onkel, den Gardinenwächter, allemal das Signal war, sich eine Zigarette anzubrennen. Die Tante aber plauderte mit mir, dem gelehrigen Neffen, über den Lustmord. »Er hat das Mädchen gebraucht, du weißt, wie das ist, nicht wahr?«

Ich nickte, als ob ich wer weiß welche Erfahrungen im Vergewaltigen von Mädchen hätte aufweisen können.

»Er hat sie gebraucht, und dann packte ihn die Angst, und diese verdüsterte sein Gemüt, und dann hat er sie eben, nicht wahr? ... Du weißt doch, wie so etwas ist!«

Mein Onkel, der Spezialist für theoretische Raub- und Lustmorde, mischte sich ein; denn das war nach seiner Meinung kein Fall für Kleinstadtkriminalisten, kein Fall für Stümper, das war eine Sache für seinen Serien-Detektiv Harald Harst aus »Scoootland Yard«, wie er sagte, weil noch immer nicht ermittelt worden war, womit jener Hausmeister das arme Mädchen im Heizungsraum erdrosselt hatte. Für meinen Onkel Phile, der sich selber für einen von Scotland Yard hielt, war das klar: »Mit ihre eigene Zöppe hat er sie erwürgt. Nichts leichter als das! Was ist der Mensch? Schleim, Hornhaut und Wasser, Hohlraum an Hohlraum – Chemiewert sechs achtzig ...« Onkel Phile legte den gekrümmten Zeigefinger an das linke Nasenloch und schnorchelte, denn hier war Spannung ohne Lesestoff für ihn entstanden, doch die Tante betrachtete ihn kritisch, trank einen großen Schluck von ihrem »Moorwasser« und sagte: »Du spreng mal jetzt die Gardinen, Herr Scoootland Yard, nicht wahr!«

Meine Gedanken wanderten vom Mordfall zu einem sprachlichen Rätsel, denn sprachliche Belange beschäftigten mich, meiner halbsorbischen Herkunft wegen, von Kind an. Hier nun interessierte mich die Doppelbedeutung des Satzes: »Er hat sie gebraucht.« Man brauchte einen Menschen, wenn man in Not war, wußte ich, aber hier verlieh dieses Tätigkeitswort durch die Vorsilbe »ge« dem Satzobjekt Werkzeugcharakter, in diesem Falle den Charakter eines Werkzeugs, das man benutzt und dann fortgeworfen hatte. Ferner fiel mir auf, daß dieses geschlechtliche Gebrauchen nur Männern angelastet wurde und niemals den Frauen. Sollte es nicht auch Frauen geben, die Männer gebrauchten? Wie war das zum Beispiel mit meiner Tante Elli? Sie war älter (ich weiß nicht mehr, um wie viele Jahre) als mein Onkel Phile, und sie war nicht die Schönste mehr, und sie durfte nicht hoffen, daß ein Mann sie mit ihrem *Fehltritt*, den sie immer wieder erwähnte, aus ihrer Wohn-, Koch-, Plätt- und Waschstube herausholen würde, und sie war hinwiederum nicht alt genug, um auf die Liebe ganz und gar verzichten zu können. Hatte sie da nicht, in ihrer Not, den halb verkommenen Onkel Phile mit dem Hackfleischbrot zu sich in die Spinnenhöhle gelockt, um ihn zu gebrauchen?

Vielleicht war es so, aber Tante Elli gebrauchte Onkel Phile nicht wie ein Werkzeug, und wenn, dann pflegte sie dieses Werkzeug, pflegte es im Hinblick auf ihre Nächte, die sonst liebelos, einsam und voller Sehnsucht verronnen wären; denn während sie dem Onkel den Tag lang kein Wort glaubte, während sie tagsüber all seine Handlungen kritisch verfolgte, ihn zurechtwies und ihn zu erziehen versuchte, glaubte sie ihm in der Nacht eine Stunde lang seine Koseworte, all seine Liebeserklärungen, und je pseudoliterarischer sie aus dem fast zahnlosen Munde des Onkels glükkerten, um so glaubhafter erschienen sie der Tante.

Onkel Phile und Tante Elli zeugten zwei Kinder. Der Junge wurde nur ein halbes Jahr alt, doch in den Erzählungen der Tante blieb er am Leben: »Ein Kerlchen wie Sahne und Honig, kann ich nur sagen, und was für hübsche Händchen, nicht wahr?« Das Mädchen blieb am Leben, und es wurde ein lustiges Mädchen, und wenn du wissen willst, wie ein Kanarienvogel pfeift, so macht meine Base es dir vor, und wenn du dich drüber belustigen willst, wie dieser Großsprecher oder jener Tolpatsch im Dorf redet oder geht, so kann sie es dir vorführen. Und wenn du wissen willst, ob sie noch lebt, so sage ich: »Ja, sie lebt noch«, und wenn du mich fragst, wo sie wohnt, so verrate ichs dir nicht, denn ihr Mann ist eifersüchtig. Zwei Kinder ließ die Tante zur Welt kommen, obwohl sie nicht damit rechnen konnte, daß der Onkel je eins würde ernähren können, zwei Kinder ließ die Tante als Zeugen ihrer glücklichen Nachtstunden zur Welt kommen.

Vor dem Arbeitsamt der Kleinstadt marschierte wöchentlich ein Bataillon Männer auf, in deren Handinnenflächen sich die Hornhaut löste, Arbeitslose, die in der Schlange standen und auf jenen Stempel warteten, mit dem ihnen ihr unverschuldetes Nichtstun amtlich bestätigt wurde.

Es mutete wie ein Wunder an, daß mein Onkel in dieser Zeit Arbeit als Austräger von Zeitungen und Zeitschriften erhielt, aber der Grund war der: Es wäre für die Tante ehrenrührig gewesen, ihren Mann als Arbeitslosen in der Schlange der Wartenden stehen zu wissen, und sie, die Besitzerin einer Wasch- und Plättanstalt, verpflichtete sich, für eine ordnungsgemäße Abwicklung der dem Onkel übertragenen Botengeschäfte Sorge zu tragen, sie machte sich, wie man sagt, kautionspflichtig.

Das Zeitungsaustragen bereitete Onkel Phile Vergnügen. Er kam in viele Häuser, und er sah dies und das, und er erfuhr, in welchen Häusern seines Austrägerbereiches »der Haussegen schiefhing«, und er prahlte damit, und er bekam außerdem zu wissen, welche Frauen sich Liebhaber hielten und die Zeit, in der der Mann in der Fabrik und die Kinder in der Schule waren, angenehm verbrachten, und das alles kitzelte die Neugier des Onkels, und er machte hier und er machte dort einen Schwatz und gab dabei seine angelesenen Weisheiten als Sentenzen zum besten, und manche Zeitungsabonnenten hielten ihn für »einen Mann von Bildung«, dem man nicht »an der Wiege gesungen« hätte, daß er einmal Zeitungsausträger werden würde, und der Onkel hatte nichts dagegen, und er tat nichts dagegen, wenn man ihn für das Opfer eines tückischen Schicksals hielt, und er steckte die Zigaretten ein, die man ihm zum Troste gab, und in den Gastwirtschaften, die Onkel Phile mit Zeitungen versorgte, gab es da oder dort einen *Schnitt* aus dem Tropfenauffangglas unter dem Bierhahn, und wenn ein freigebiger Immersäufer vor dem Tresen stand, erhielt der Onkel wohl auch einen *Cottbuser Korn* aus einer Flasche, in die dem Gastwirt der Korken hineingerutscht war, und all das steigerte Onkel Philes Frohlaune und seine Lust am Leben, und in alldem sah Onkel Phile die Bestätigung, daß er hier auf Erden benötigt wurde und daß er ein wohlgelittener Mensch wäre.

Aber Onkel Phile wäre nicht Onkel Phile gewesen, wenn er

nicht versucht hätte, seine Lebensgenüsse zu steigern, denn so anspruchslos er in bezug auf seine Kleidung und seine Körperpflege war, so anspruchsvoll war er in bezug auf das, was er für Lebensgenüsse hielt.

Und der Onkel fand auch als Zeitungsausträger eine Möglichkeit, während der Arbeitszeit zu seinem Rauch- und Lesegenuß zu kommen: Er setzte sich mit der gefüllten Zeitungstasche am Vormittag hinter den Hecken des Kaiser-Wilhelm-Platzes, denn den hatte die Kreisstadt trotz Ebert noch, auf eine Bank, und er las erst einmal selber, was er der Kundschaft auszuhändigen gedachte, denn es ging wider Onkel Philes Natur, die neuesten Mordfälle nicht aus erster Hand zu erfahren, und diese *erste Hand* hieß *Berliner Morgenpost*, und nach der *Morgenpost* war die Sonne gestiegen, und es wurde für Onkel Phile richtig gemütlich auf der Parkbank, und er las andere Erzeugnisse des Ullstein-Verlages: *Die Koralle*, Monatsschrift für Natur und Technik. Onkel Phile las sie bis zum letzten Inserat, das da hieß: »Weshalb lernen Sie nicht Jiu-Jitsu, die Kunst der japanischen Selbstverteidigung? Der stärkste Gegner ein Opfer Ihrer Handkanten! Härten Sie sich nach den Anweisungen unseres original japanischen Lehrers Hukeiti Takajoto!«

Sodann las Onkel Phile die Halbmonatsschrift für Kinder *Der heitere Fridolin*. Die Stiefmütterchen dufteten aus den Blumenrabatten, und die Amseln knispelten in den Fliedersträuchern, und manchmal setzte eine Nachtigall im Baumschatten zu ihrer Strophe an. Onkel Phile hatte es gut. Er befand sich in angehobener Stimmung, und er rauchte, und er las. Wenn zufällig einer seiner Zeitungskunden den vormittäglichen Wilhelmsplatz passierte, so händigte ihm Onkel Phile die Zeitung aus, doch wenn es ein Schankwirt war, händigte ihm Onkel Phile die Zeitung nicht aus, denn es hätte sein können, daß er sich in diesem Falle mit der formlosen Zustellung um ein Schnittglas Tropfbier oder um einen Freischnaps gebracht hätte.

Manchmal wurde es Frühabend, bis Onkel Phile alle Bezieher in den Besitz der *Morgenpost* gebracht hatte, und damit nahm er Zukunftsverhältnisse vorweg, die erst im Jahre 1970 auf einigen Dörfern unserer Republik erreicht wurden.

Die Schatten hatten sich schon gelängt, und Onkel Phile nahm seine Umhängetasche, die er eigentlich abliefern mußte, mit nach Hause. Die Agentur hatte bereits geschlossen, was wollt ihr? Und es zeigte sich, daß auch das Nachhausenehmen der Tasche für Onkel Phile ein Genußzuwachs war, eine Gabe Gottes, der Phile sehr zu lieben schien, weil der Onkel sein Leben wie die Vögel unter dem Himmel und wie die Lilien auf dem Felde verbrachte. In der Tasche (wer hätte das gedacht!) befand sich ausreichend Lesestoff für Onkel Philes Spätabendstunden: die *Gelben Ullsteinbücher*, das Stück für eine Mark: Karl zu Eulenburg, *Die Schicksalslosen*, Vicki Baum, *Menschen im Hotel*, das Erstlingswerk einer typewriterin, die ihren Weg machte. Bücher mit so schneidigen Titeln verkürzten die Abende des Onkels angenehm, doch wenn ihr Inhalt, und besonders ihr Schluß, dem Onkel nicht zusagte, so flogen auch sie, ohne Ansehen ihrer Herkunft, gegen die Stubenwand und bezogen Schrammen und Fliegenflecke, die ihre Verkaufschancen natürlich verminderten.

Von seinem Zeitungsträgerlohn brachte Onkel Phile selten etwas nach Hause, wenn man die Spaßmacherlarven, die er für die ganze Familie zur Fastnacht einkaufte, nicht rechnete, und wenn man von dem Hornhauthobel für die Füße absieht, den ihm ein Ausschreier auf dem Jahrmarkte aufgeschwatzt hatte, auch wenn man von dem Stockschirm nicht redet, den sich Onkel Phile für Herbstregenzeiten angeschafft hatte, die er in diesem Berufe nicht erlebte, denn mit der Zeit schlichen sich weitere Unregelmäßigkeiten in seinem Berufe als Zeitungsverkäufer heran, oder Onkel Phile, der, wie jeder Mensch, ein Kraftzentrum darstellte, zog diese Unregelmäßigkeiten auf sich, oder es geschah beides, dies und das, wie wir einräumen müssen, wenn wir ehrliche Dialektiker sind.

Und es geschah, daß Onkel Phile häufig und häufiger heiterer als der *Heitere Fridolin*, angeschnapst oder angebiert und aus Nas- und Ohrlöchern qualmend, nach Hause kam und dann möglichst sofort mit der Tante ins Bett wollte. Da war's für die glücklose, geplagte Tante so schwer, nein zu sagen, denn sie sah es ja: nicht nur sie hatte den kindlichen Onkel so gern, auch die Gastwirte waren von ihm bezaubert, und sie hatten dieses bärtige Kind wieder mit Freibier traktiert.

Aber die Freigebigkeit der Gastwirte existierte nur in den Erzählungen meines Onkels. Seine erhöhte Beschwingtheit und den potenzierten Liebesdrang verdankte er dem in Bier und Schnäpsen eingeborenen Alkohol, den er mit kassierten Zeitungsgeldern erworben hatte; denn zu des Onkels Obliegenheiten als Zeitungsbote gehörte leider, leider auch das Kassieren der Monatsabonnements.

Die Summe der von Phile infolge *höherer Gewalt* noch nicht einkassierten Zeitungsgelder wuchs an, und es begann in der Agentur aufzufallen, daß auf der Austrägertour des Onkels so viele Zeitungsabonnenten nicht anzutreffen waren.

Eines Tages wurde die Tante in einem »eingeschriebenen Brief« zur Agentur gebeten, und der Quell von Onkel Philes guter Laune und Glückseligkeit wurde verstopft, aber auch die Tante wurde um jene Frühabendfreude gebracht, die einzige, die sie außer dem Kaffee noch hatte. »Nein, ich glaube trotzdem an echte Zuneigung bei ihm, nicht wahr?« erklärte die Tante auf der Agentur, und sie erklärte sich außerdem bereit, das Kassieren der Monatsabonnements zu übernehmen, und sie verpflichtete sich, dafür zu sorgen, daß das Schuldkonto des Onkels getilgt würde.

Das Interesse meines Onkels am Zeitungsaustragen verglühte, und alle Strafpredigten der Tante, auch die der zu Hilfe geholten Großmutter, nutzten nichts, denn der Onkel verlegte sich aufs Kranksein. Das war stets sein Ausweg, wenn man ihn zwingen wollte, eine Tätigkeit länger auszuüben, als er Spaß an ihr hatte. Nun waren es wieder Philes Hände, die nicht wollten, wie sie sollten, und Onkel Phile zeigte sie jedem, der sie sehen wollte: »Seht die Gichtknoten, wie kleine Billardbälle, was?«

Konnte Phile mit solchen Händen für seine Taten garantieren? War es ein Wunder, daß diese Hände etwas so Dünnes wie eine Zeitung nicht von zwei oder drei Exemplaren dieser Gattung unterscheiden konnten?

Der Onkel hatte bei vielen seiner Kunden mehr Zeitungen in die Briefkästen gestopft, als die bestellt hatten und sich wünschten, um das lästige Zeitungsaustragen schneller beenden zu können, denn das Herumziehen mit der Zeitungstasche verdarb ihm die guten Lesevormittage. Mochten die Abonnenten die Zeitungen doch untereinander verteilen und sich einigen!

Die Finger des Onkels wiesen tatsächlich so etwas wie Gichtknoten auf, aber niemand wußte recht, ob diese Knoten neu oder schon Jahre alt waren. Der Onkel wollte sich die Gicht jedenfalls bei seiner Arbeit in der Tuchfärberei geholt haben, und es schien eine Gicht zu sein, die sich nach den Bedürfnissen des Onkels richtete, die sich zum vom Onkel gewünschten Zeitpunkt verschlimmerte und den armen Phile, sobald er es nötig hatte, zum erbarmungswürdigen Krüppel machte.

Die Tante wurde vom Mitleid gepackt, und sie stellte ihr Leben von einem Tag auf den anderen um, und sie hängte sich morgens in der Agentur die Zeitungstasche über die Schulter und rannte wie eine flüchtende Zwerghenne durch die Straßen und treppauf, treppab durch die Häuser. Ich traf sie zuweilen, wenn sie über die Lange Brücke eilte, oder ich traf sie in der Nähe des Postamtes, an dem ich auf meinem Schulwege vorüber mußte. Die bereits angegrauten Gluckenflügel, jene ungehorsamen Haarsträhnen, hingen der Tante bis auf die Schultern, und ihre nach innen gerichteten Füße wurden beim Dahineilen uneins und ließen das gehetzte Weiblein stolpern. »Ach Gott, der Phile«, rief sie mir zu, und ihr Atem ging pfeifend, »der Phile, weißt du, die Zeitungen hat er nicht onglich ausgetragen, nicht wahr?«

Ich schimpfte auf Onkel Phile, benutzte die Ausdrücke, mit denen Großvater ihn belegte: »Satansbraten«, »Schweinehund«, aber Tante Elli verteidigte Phile sofort: »Nein, jetzt hat er die Gicht, alles, was recht ist, nicht wahr?« Und die Tante rannte schon weiter, in der Furcht, daß ihr die Kinder zusammen mit dem Onkel während ihrer Abwesenheit die Stube kopfstellten.

Der Onkel saß also als Kinderwärter daheim, und die Kinder störten ihn beim Lesen am wenigsten, wenn er sie recht lange im Bett hielt und wenn er ihnen das Plätteisen, das Nudelholz, gesteifte Männerkragen und eine Gardine ins Bett reichte, damit sie *Hochzeit* spielen konnten.

Aber schließlich rückte der Hunger gegen die Kinder vor, und sie drohten das Bett mit Bräutigamskragen und Schleier zu verlassen, und sofern sich in der Wohnung ein paar Mark Geld befanden, die die Tante bei ihrer Zerstreutheit vergessen hatte, in den Brustbeutel zu stecken, nahm Onkel Phile sie und trug sie um Windbeutel mit Schlagsahne und Frankfurter Kranz zum Konditor, und er machte mit den Kindern *Fettlebe* und sprach sich selber zu: »Was hat man sonst vom Leben, he? Was ist der Mensch überhaupt? Schleim, Hornhaut und Wasser …«

Im Ofenröhr verkochte indes das Wasser im Kartoffeltopf, und die Pellkartoffeln, die ein Mittagbrot werden sollten, sengten vor sich hin und verkohlten mit der Zeit. Onkel Phile schälte die Kartoffeln niemals. Kartoffelschälen zehrte an seiner Lesezeit, und es brachte die Kinder, erklärte er, um die wertvollen Kartoffelvitamine, die unter der Schale saßen.

Die Tante erledigte ihre Wasch- und Plättarbeit jetzt abends und nachts, und sie trank literweise schwarzen, gesalzten Kaffee dazu, und der Onkel lag im Bett und las und schnorchelte, und wenn er ein Buch ausgelesen hatte, girrte er die Tante an wie ein verliebter Meerschweinchenbock, und die Tante konnte nicht widerstehen, nein, da widerstand sie nicht, und sie legte sich zu Onkel Phile … und sie stand, wenn er eingeschlafen war, wieder auf, wusch und plättete die halbe Nacht und legte die gestärkte und geplättete Ware in Bündeln auf dem Plättbrett zurecht und bezettelte die Bündel: »Für das Fräulein aus dem *Weißen Roß*« oder »Für den Herrn, der über Stoppras wohnt«.

Der Onkel war Warenausgeber im Geschäft seiner Ehefrau, und wenn ihm beim Lesen und Kinderverwahren die *Süßen Mädels* ausgegangen waren, so nahm er Feinschnitt-Tabak her, umhüllte ihn mit den Zetteln von den Wäschepäckchen der Kundschaft und drehte sich Ersatzzigaretten, und wenn die Kunden kamen, ihre Wäsche abzuholen, verwechselte Phile die Wäschestöße, und die Kunden wurden mißlaunig und blieben aus.

Um diese Zeit geschah es, daß die Tante sich beim Zeitungsaustragen an einem morschen Treppengeländer, an dem sie sich festhielt, um nicht über die eigenen Füße in die Tiefe zu stürzen, einen Holzsplitter in die rechte Hand trieb. Sie zog den Splitter daheim mit der Scherenspitze aus dem Handteil unter dem Daumen, den man die Maus nennt, und sie achtete nicht auf die Wunde und hantierte am Abend in der bakterienstarrenden graublauen Waschlauge, die den Wäscheschmutz von mindestens fünfundzwanzig Kunden enthielt, und sie zog sich eine Sepsis zu, eine Blutvergiftung.

Sie rannte am nächsten Morgen trotzdem mit Zeitungen straßauf, straßab, treppauf, treppab, und sie konnte den rechten Arm schon nicht mehr benutzen, und sie verteilte die Zeitungen linkshändig, und sie rannte nach Hause und wusch und plättete mit der linken Hand. Erst am Spätabend legte sie sich zu Bett, und sie verlor die Besinnung, und sie starb neben dem Onkel, der in seinem kindlichen Glauben an seine Unwiderstehlichkeit annahm, die Tante wäre seiner verliebten Blicke wegen ins Bett gekommen.

Der Sarg der Tante stand dort in der Stube, wo sonst die beiden Stühle gestanden hatten, die das Plättbrett auf ihren Lehnen trugen. Die Falten im Tantengesicht waren – wohl durch die Blutvergiftung – verschwunden, die Leichenwäscherin hatte die ewig herunterhängenden Haarsträhnen gebändigt, und die Zwerghennenfüße waren vom Leichenlaken bedeckt. Die Wangen der Tante schimmerten ein wenig rosa, und wie dieser Farbton zustande kam, das wußte nur der Tod, der der Tante, verkleidet als störrischer Holzsplitter, in einem Treppenhause aufgelauert hatte. Und plötzlich sahen wir es, die Schwester und ich: Schneewittchen – die Tante, wie wir sie uns vorgestellt hatten, als wir erste Kunde von ihr aus dem Munde des Onkels erhielten.

An diesem Tage las der Onkel nicht. Er verhielt sich so, wie er es viele, viele Male gelesen haben mochte: Er trauerte, wie sich's gehörte – pseudoliterarisch, und für jeden Beileidsbesucher, der die Stube betrat, schlug er die zu Fäusten geballten nagellosen Finger gegen seine Brust und dann gegen die Stirn, und er heulte auf wie ein verlassener Hund, aber auch dieses Aufheulen war so unecht, wie ich es viele Jahre später bei den Klageweibern am Rande von Tbilissi hörte, und nach den Klageschreien, die er in Fünfergruppen aus der Kehle ließ, schnorchelte Phile wie sonst beim Verzehr spannender Lektüre, und nach dem Schnorcheln kniete er nieder, küßte der Tante die vergiftete Hand, die Stirn, erhob sich, zog eine Packung *Süße Mädels* aus der Jackentasche, öffnete sie, rauchte sich eine Zigarette an und sorgte auf seine Weise für Totenweihrauch, während ich auf den Standardsatz wartete: Was ist der Mensch …, aber der Onkel schien an diesem Tage den Satz vergessen zu haben, ein Zeichen, daß die Trauer wohl doch eine Störung in seinen Hirnzellen ausgelöst hatte, und das war tröstlich nach alldem, was man hatte mit ansehen müssen.

Die Tante aber sah, ein winziges Lächeln in den Mundwinkeln, mit geschlossenen Augen über uns alle hinweg, über die Großmutter, über mich, über den rauchenden Mann, den sie gebraucht hatte, und wenn zu weiter nichts als zu dem Tod, den sie starb.

Hasen über den Zaun

Der Winter zog zeitig ins Vorgebirge. Schnee fiel und war fein wie weißer Wegstaub, und er häufte sich an den trockenen Rainfarnstengeln zu Wehen. Der Ostwind wetzte sich an dem kleinen Holzhaus am Berghang und trieb den Schnee hinten im Garten gegen die Obstbäume.

Es ging auf den Abend zu, und der Alte mit dem weißen Knebelbärtchen sah in den Obstgarten. Hinter ihm saß seine Frau am Ofen und schliß Gänsefedern, und ihre Schulterblätter standen wie Flügelstümpfe in die Dämmerung. Der Alte sog schmatzend an seiner Tabakpfeife und sah dem Gestöber zu. »Ostwind!« murmelte er. »Einwandfreier Ostwind!«

Die Frau erhob sich, blickte flink aus dem Fenster, und ihre Augen tränten ein bißchen. Weiße Federchen wirbelten in der Stube umher, und draußen tummelte sich der Schnee, und der Unterschied zwischen draußen und drinnen wurde von der Ofenwärme bestimmt, von der Ofenwärme. »Möglich, daß es aufhört zur Nacht«, sagte die Alte. Der Mann fuhr gereizt herum. »Aufhören? Bei Ostwind?« Er war ein Streithammel, und je älter er wurde, desto rechthaberischer wurde er. Manchmal behielt er wirklich recht, dann triumphierte er, und wenn er nicht recht behielt, zeterte er über die Zeiten, die so wären, daß man sich auf nichts verlassen könnte. Die Alte kannte das seit sechsundfünfzig Jahren, und es machte ihr keinen Spaß mehr, selber recht zu haben und ihn zu reizen. Sie trug ihren Federkorb behutsam in die Kammer, als säßen schlafende Schmetterlinge drin. In der Kammer legte sie Wetterzeug für den nächsten Tag bereit, denn es konnte sein, daß der Alte wirklich recht behielt.

Der Alte rauchte im Bett noch eine Pfeife, sah in die aufgestocherte Glut des Ofens und lauschte auf das Weben des Windes und auf das Geknipsel des Schnees an den Fenstern.

Im Garten standen dreiundsiebzig Obstbäume, und der Wind wehte die ganze Nacht, und es fiel Schnee die ganze Nacht, und an den Obstbäumen bildeten sich Wächten, und die wuchsen und wuchsen bis zu den Baumkronen hinauf. Auch am Gartenzaun peitschte der geile Wind Schneewehen zusammen, und es sahen nur noch die Spitzen der Zaunlatten aus ihnen heraus. Vom Hunger getriebene Hasen hoppelten durch das Schneetreiben, und es war ihnen ein leichtes, über den verwehten Zaun zu springen und über die Wehen zu laufen und sich in die Kronen der Obstbäume zu setzen. Sie raspelten die Baumrinde herunter, und sie fraßen auch das gefrorene Jungholz der Triebe.

Bevor es Tag wurde, schaufelten die beiden Alten den Hinterausgang und das Fenster des Häuschens, das auf den Garten hinausging, frei. Der Alte war guter Dinge, weil er recht behalten hatte, und sie tranken warmes Wasser, das mit dem Staub gebrannter Gerste versetzt war. Sie kannten ihre Bäume, wie man seine Haustiere kennt, und sie warteten auf das Taglicht, und als genug Licht da war, starrten sie aus dem Fenster und stießen sich an. »Die Goldparmäne am Wassertrog! – Die Gute Luise am hinteren Pförtchen!«

Die Hasen hatten die Kronen von fünf Obstbäumen in einer Nacht zernagt und zerraspelt.

Die beiden Alten krochen in ihr Wetterzeug und schaufelten sich an den ersten Obstbaum heran, schaufelten ihn frei, und als das getan war, schaufelten sie auch den nächsten Obstbaum frei und den nächsten auch. Und als sie soweit waren, sagte die Alte: »Sollten wir nicht lieber einen Graben um den Zaun schaufeln?« Der Alte wollte nichts davon hören, und er hatte recht, denn einen Graben um den Zaun zu schaufeln wäre ihnen in drei Tagen nicht gelungen, zumal es noch schneite und weiter schneite. Außerdem hätte der Graben breiter sein müssen, als ein Hasensprung lang ist. Die Alte hatte den Vorschlag wohl nur gemacht, um eine Verschnaufpause zu haben, und sie erwiderte nichts.

Sie schaufelten weiter, und am halben Vormittag hörte der Wind auf, und es hörte auf zu schneien, und die Alte wagte zu sagen: »Welch ein Glück, trotz der fünf verlorenen Baumkronen, welch ein Glück!«

Aber der Alte wurde zornig und sagte: »Kräh du nicht und wart erst ab!«

Sie türmten neben jeden Obstbaum einen Schneeberg; sie hielten die Abstände von den Schneebergen zu den Obstbäumen so, daß die Hasen, falls sie es hätten versuchen wollen, die Schneeberge nicht beim Abweiden der Baumkronen hätten benutzen können.

Die Alten gönnten sich keine Zeit für ein Mittagsmahl, und sie geizten mit jedem Strählchen Taglicht. Am Nachmittag begann die Alte zu husten, und am Abend trank sie Pfefferminztee. Der Alte saß und aß viel und lange. Ab und zu hielt er beim Kauen inne und lauschte nach draußen, und er war nicht zufrieden, weil er nicht recht behalten hatte, denn es wollte und wollte auch auf Abend kein Wind aufkommen.

Die Alte hatte nicht Hunger, und sie legte sich zu Bett. Sie fror, und ihre Zahnprothese klapperte. Der Alte warf ihr zwei Decken übers Zudeck, und als sie immer noch nicht warm wurde, legte er sich zu ihr und schlief sogleich ein.

Aber in der Nacht wurde er vom heftigen Husten der Frau geweckt. Er machte Licht, und er sah das Pfifferlingsgesicht der Alten an, und er betastete ihre Stirn und fand, daß sie heiß wäre.

Er erhob sich und ging in die Küche, um frischen Pfefferminztee zu kochen, und dabei hörte er, wie der Ostwind draußen wieder zu wehen begann.

Die Alte mochte den Pfefferminztee nicht. Sie hustete, hustete und bat ihn, zu den Nachbarsleuten zu gehn, die dreihundert Meter höher am Hang wohnten und ein Telefon hatten. Sie verlangte nach der Gemeindekrankenschwester. Der Alte, dieser Kampfhahn, war schon wieder auf dem Zaun. Eine Krankenschwester bei Nacht und mitten in Schnee und Winter, das habe es nie gegeben Die Alte, die ihn im Fieber nicht fürchtete, widersprach: Man käme jetzt zu Kranken zu jeder Tages- und Nachtzeit.

Die Antwort des Alten war ein Gelächter, ein Meckern. Aber die Alte begann um sich zu schlagen, und sie bat ihn wimmernd, die Hasen von ihrem Deckbett zu vertreiben.

Der Alte zog sein Wetterzeug an. Er wollte der Frau ein wenig zu Willen sein, weil sie krank war; sie würde ja selber sehen.

Draußen vor den Hügeln und im Gestöber krabbelte der Alte den Weg zum Nachbarhaus an und war klein und gering wie jene schwarzen, stecknadelkopfgroßen Käfer, die es unternehmen, sich durch Mehlberge zu arbeiten. Es brauchte lange, bis er die dreihundert Meter nach oben zurückgelegt und den Nachbarn, der auf der Gemeindeverwaltung arbeitete, herausgeklopft hatte. Und es währte auch geraume Zeit, bis man sich auf der Schwesternstation im Unterdorf meldete. Es wurde gefragt, ob das Kommen bei diesem Wetter unbedingt erforderlich wäre. Das Kommen wäre unbedingt erforderlich, sagte die Frau des Nachbarn und machte es dringlich, es handele sich um eine alte Frau, um ein kleines Lebenslicht.

Als der Alte wieder in seine Stube trat, sah er, daß das kleine Gesicht der Frau gedunsen und rot war. Sie hatte die Bettdecke weggeschleudert, und er hob sie auf und deckte die Alte wieder ein.

Die Blaubeere schlägt das Fieber nieder, fiel ihm ein, und er stieg in den Keller, um ein Glas Blaubeeren zu holen. Im Keller hörte er den Wind nicht wehn, und er fürchtete schon, nicht recht behalten zu können, doch als er mit dem Glas nach oben kam, hörte er den Wind wieder und wurde fast heiter.

Er klopfte mit einem Teelöffel an den kleinen Blaubeerteller, wie man es zu tun pflegt, wenn man Kinder aufs Essen hinlenken will. Die Alte sah ihn irr an. »Ob einer von ihnen am Leben geblieben wäre, wenn sie nicht Zwillinge gewesen wären, Herr Wahrsager?« Die Frau sprach von ihren Söhnen, die im Kriege geblieben waren.

Dem Alten wurde es unheimlich. Die Frau hielt ihn für den Wahrsager, der in der Kreisstadt nach dem Kriege sein Wesen getrieben hatte und dem sie ein halbes Schwein hingeschafft hatten, um etwas über ihre Söhne zu erfahren.

Die Alte wollte die Blaubeeren nicht, und sie stieß mit dem Fuß nach dem Manne, als er sie ihr zu Munde bringen wollte. Er verschüttete die gekochten Blaubeeren auf ihrem Deckbett, und die Alte starrte auf den Blaubeerfleck und fürchtete sich.

Der Alte ging beleidigt in die Küche. Er saß dort und grübelte, und je mehr Zeit verging, desto weniger war er beleidigt, denn er begann recht zu erhalten; die Gemeindeschwester kam nicht.

Als die Alte versuchte, aus dem Bett zu springen, sagte er sich: Es muß etwas geschehn, und er beschloß, sie selber zur Schwesternstation zu bringen, wie er es früher mit den Söhnen getan hatte, als sie noch klein waren.

Er holte das Plättbrett aus der Kammer und suchte dicke Kleider aus dem Schrank, die alte Krimmermantille, das Umschlagetuch und alles, was wärmen konnte. Außerdem nahm er dickes Unterzeug und lange Unterziehhosen von sich und fiel damit über die Frau her.

Die Alte, die in einem lichten Augenblick erkannte, was der Mann vorhatte, ließ sich kleiden und mummen, und als sie wie ein Bündel übereinandergezogener Kleider dalag, schob der Alte sie auf das Plättbrett. Er band sie mit einem Strick ans Brett.

Er holte den Hörnerschlitten aus dem Stall, und er sah, daß die Obstbaumgruben, die er und sein Weib am Tage geschaufelt hatten, wieder zugeweht waren, und er dachte, ich will mich beeilen, denn morgen werde ich zu all der Arbeit allein sein, und ich werde noch vor Tag beginnen müssen, sonst werde ich es nicht schaffen.

Er trug die Alte hinaus auf den Hörnerschlitten und wunderte sich, daß sie so schwer war, aber das machten wohl die vielen Kleider, und es war alles recht so, wie es war.

In der Frostluft begann die Alte zu jammern, und er konnte sich nicht enthalten, ein wenig herauszukehren, daß er recht behalten hatte. »Ich habe dir gesagt, daß sie nicht kommen. Aber ich bringe dich hin. Ich!«

Das Gesicht der Alten verklärte sich. Sie war schon wieder im Wahn, und sie war glücklich darüber, daß der Alte sie endlich zu ihren Söhnen bringen würde.

Er band die Alte mitsamt dem Plättbrett auf dem Schlitten fest und fuhr mit ihr talab. Er brauchte den Schlitten nicht zu bremsen, denn es waren genug Wächten auf dem Wege, die das besorgten. Er stieß den Schlitten durch die Wehen und ächzte und schwitzte dabei, aber mit einem Male bäumte sich die Alte auf dem Plättbrett und schrie: »Bind mich los! Bind mich los!« Der Alte beruhigte sie und versprach ihr, schneller zu fahren, damit sie rasch hinkäme, und die Alte war es zufrieden, rascher zu ihren Söhnen zu kommen.

Doch über einer Weile gab sie sich einen solchen Ruck, daß der Schlitten zu kippen drohte, und sie behauptete, die Söhne kämen auf ihren Panzern, und sie müßte ihnen entgegen und sie begrüßen.

Und der Alte schob und schob den Schlitten und schnaufte, und als er ihn um eine Kurve schob, war's ihm selber so, als hörte er Panzergedröhn, und er dachte: Sie steckt dich an mit ihrem Fieber, sie macht dich verrückt; es ist nichts als dein Blut, dein eigenes Blut, das du rumoren hörst!

Er fuhr mit seinem Schlitten geradewegs auf den Schneepflug zu, und als der Fahrer das rutschende Bündel und den wankenden Mann dahinter sah, hielt er an. Die Schwester, die aus dem Krankenauto stieg, das dem Schneepflug folgte, schimpfte mit dem Alten: »Nein, nein, nein, wir haben doch gesagt, daß wir kommen!«

Dem Alten fehlte der Atem fürs Widerreden, aber er dachte: Man kann sich auf nichts mehr verlassen.

Die Alte war bewußtlos geworden, und als ihr die Schwester den Puls gefühlt hatte, ließ sie sie eilig mitsamt dem Hörnerschlitten von den beiden Fahrern in das Krankenauto schieben.

Der Alte stand am halben Hang und sah die Rücklichter des Krankenwagens im Schneegestöber verglühen. Man hatte ihn stehengelassen und vergessen. Und er hätte auch nicht mitfahren können, wenn er an die Arbeit dachte, die ihm daheim bevorstand.

Er stampfte hangan, und bis er sein Häuschen sah, wurmte es ihn, daß er nicht recht gehabt hatte mit der Gemeindeschwester. Dann aber sah er im Garten wieder die Hasen auf den Baumkronen weiden, und er verscheuchte die Hasen und begann sofort zu schaufeln.

Jetzt stand er der großen Arbeit allein gegenüber. Er hatte es vorausgesagt, und er hatte recht behalten, und das tat ihm gut. Er schaufelte und grub, und er wurde im Schneewind selber zu einem kleinen Schneeberg, zu einem Schneeberg, der manchmal ächzte, der manchmal die Arme hob und die Hasen verscheuchte. Ja, ja, es war schon so: Er mußte es schaffen, denn er hatte recht behalten: er war für die Arbeit allein, und es war gut für ihn, daß er um diese Zeit noch nicht wußte, wie allein er war.

Nebel

Als der Schornsteinfeger den Kamin der Wirtshausküche verlassen hatte, kroch, noch ehe sich die tanzenden Rußflocken gesetzt hatten, Fleischermeister Boll hinein. Der Schornsteinfeger hatte Boll sein Mundtuch angeboten, doch Boll hatte es abgelehnt und hatte sich sein rotgewürfeltes Fleischertaschentuch wie einen Knebel in den Mund gesteckt. Boll kroch in einer grünen Lodenjoppe, unter der er die gestreifte Fleischerjacke trug. Das gehörte zu den Bedingungen. Leichte Wetten reizten Boll nicht. Er hatte die langschäftigen Stiefel ausgezogen, aber die weißen Schafwollsocken hatte er anbehalten; denn der rechte Schafwollsocken mußte ihm helfen. seinen Klumpfuß vor den neugierigen Blicken seiner Saufkumpane zu verstecken.

Als das dicke Hinterteil des Fleischers im Kamin verschwunden war, schloß der Gastwirt die Tür des Einstiegs und rannte mit den anderen nach draußen.

Es war ein träger Spätherbstnachmittag, die Sonne stand schräg, und die Saufbrüder mußten ihre Augen mit den Händen beschatten, um das Ende der Feueresse auf dem Hausdach beobachten zu können. Dort oben mußte Boll erscheinen, wenn er die Wette gewinnen wollte.

Als nach zehn Minuten am Schornsteinrand nur schwarze Rußwolken walmten und immer noch kein Fleischermeister Boll erschien, rannten einige Zechkumpane in die Wirtshausküche zurück und öffneten die Einstiegtür. Ruß wirbelte ihnen in die Gesichter, und sie sahen nichts, aber sie hörten, wie sich Boll in die Höhe schuftete. Da rannten sie wieder hinaus, um das Schauspiel, das sich ihnen auf dem Dache bieten sollte, nicht zu versäumen.

Endlich erschien Boll auf dem Sims der Esse, und das einzige, was noch rein und weiß an ihm war, waren seine Augäpfel, und er rollte sie, setzte sich auf den Rand der Esse, ließ die Füße mit den ehemals weißen Schafwollsocken aufs Dach hinunter baumeln, nahm einen Hieb aus einer Taschenflasche und prahlte auf den

Schornsteinfeger nieder: Endlich habe er erfahren, wie leicht gewisse Leute ihr Geld verdienten und sogar Staatsangestellte würden.

Die Kumpane radauten und ließen Boll hochleben. Vorübergehende Dorfleute blieben stehn und versäumten nicht, sich den Fleischermeister als Kaminfeger anzusehn. Am Abend würden sie daheim in ihren Stuben die sein, die das neueste Kunststück von Boll erzählen konnten.

Boll wohnte drei Dörfer weiter, aber die Leute in seinem Heimatdorf kamen nicht in den Genuß seiner *Kunststücke*, dafür sorgten sein Weib und seine Verwandten. Die Bolls hielten sich für ehrsame Handwerksleute, denn die Dorffleischerei lag bereits in den Händen der dritten Generation. Die vierte Generation, die eigentlich an der Reihe war, befand sich noch in der Gefangenschaft, in die sie beim letzten Krieg geraten war. Alt-Fleischermeister Bernhard Boll hatten seine übereinandergewachsenen Zehen dem Kriege entzogen, und der Klumpfuß war sein Glück.

Boll verschönte sich die Wege durch die mageren Kriegszeiten: Weizen, Wolle, Weiber und Wetten – alles war für Wurst zu haben: Eine Kuh wurde mit Möhren auf den Schanktisch der Gastwirtschaft in Mulmendorf gelockt und gemolken: Ein Schnittglas Milch als Gegenmittel für Alkoholvergiftungen – zehn Mark. Die Wette und die Kasse gewann Boll.

Wettreiten auf einem Eber in der Dorfaue von Ziltendorf. Wer hält's am längsten auf einem Schweinerücken aus? Diese Wette verlor Boll, weil er sich mit seinem Klumpfuß nicht recht klammern konnte.

Wettfliegen von Hähnen, denen man die Köpfe abgehackt hatte. Wer hält einen lebenden Vierpfundaal am längsten mit ausgestrecktem Arm? So und ähnlich sahen die Wetten aus, die Boll erheckte.

Die Kaminwette hatte er jedenfalls gewonnen, obwohl sein Abstieg in die Wirtshausküche mehr ein Rutschen, Rumpeln und Plumpsen gewesen war. Der Schornsteinfeger, der aus Gründen der *Sicherheit* geblieben war, ging beleidigt davon.

Die Saufkumpane zechten noch lange und feierten die glückliche Kaminfahrt Bolls, und als alle schwarz und rußig waren, weil

Boll nicht versäumt hatte, sie im Laufe des Abends brüderlich zu umarmen, wurde man müde. Bell verlangte nach einem Mietauto aus der Kreisstadt. Es wurde telefoniert und gewartet, aber es fuhr kein Auto vor. Der Mietautofahrer wollte mit dem Fleischer nichts mehr zu tun haben, weil ihn Boll vor Wochen dazu mißbraucht hatte, mitten in der Nacht nichts als die lederne Fleischermütze heimzufahren, da ihr Träger sich ermuntert hatte und weitertrinken wollte.

Die Mietdroschke kam also nicht, und Boll beschloß, den Nachtzug der Kleinbahn zu benutzen. Die Geleise der Kleinbahn streiften den Dorfrand, doch es gab keinen Bahnhof an dem Ort, in dem Boll seine Kaminfahrt glücklich hinter sich gebracht hatte. Es gab aber einen unbeschrankten Bahnübergang, den die Züge langsam mit Geklingel und Gepfeife überquerten. An dieser Stelle war es Boll früher schon einige Male gelungen, die Lokomotive mit einem Geldschein in der erhobenen Hand anzuhalten.

Die Zechbrüder zogen die Köpfe ein, als Boll seine Absicht äußerte. Man warnte. Es seien neue Zeiten, nicht mehr gemütlich wie früher, neue Leute, keine verläßlichen Beamten mehr, nur Angestellte bei der Eisenbahn. Einer der Saufkumpane wollte sogar den Lokomotivführer kennen, der den Nachtzug fuhr, einen scharfen Genossen, der sich an Bolls Geldschein nicht kehren würde.

Aber Boll war für Warnungen nicht zu erreichen: Was hieß hier neue Zeiten? Für Geld wäre zu jeder Zeit alles zu haben, sogar Priester- und Pastorenseelen, behauptete er und verzankte sich mit den Kumpanen, nannte sie »Angsthasen« und »Jammerlappen« und war pünktlich und halb betrunken um die elfte Nachtstunde am unbeschrankten Bahnübergang in der Feldmark des Dorfes. Er sah die Lichter der Lokomotive wie Glühwürmer im linden Nebel auftauchen, stand zwischen den Schienen und fuchtelte mit einem Fünfzigmarkschein. Die Glühwürmer wuchsen. Boll wurde unsicher, zog einen zweiten Fünfziger und winkte mit beiden wie ein signalisierender Matrose und schrie: »Boll hier, Fleischermeister Boll, hier!«

Als er die Bremsen knirschen hörte, war er sich seiner Sache und der gewonnenen Wette sicher und prahlte: »Ich hab's euch gesagt, ihr Jammerlappen, Geld regiert ...«, und die Maschine packte ihn wie ein eiserner Hengst und schlug ihn nieder, und das Zugpersonal zog den zertrümmerten Fleischermeister hinter dem dritten Waggon von den Schienen.

Es war ein grauer Novembertag, und die Zechkumpane Bolls hatten sich versteckt, denn es fühlte sich keiner außer Schuld. Und der oder jener berief sich darauf, daß er Boll gewarnt habe, und einer behauptete, Boll habe die Wette von Rechts wegen verloren, denn es wäre gekommen, wie er vorausgesagt hätte: eine Zeit, in der Lokomotivführer Geld ausschlügen wie früher die Pfarrer ein Teufelsgeschenk. Aber andere hielten ihm entgegen, daß der Lokomotivführer doch erwiesenermaßen gebremst hätte, und als einige Zeit vergangen war, wurde immer häufiger davon gesprochen, daß der Nebel am Tode Fleischermeister Bolls schuld gewesen wäre – ganz allgemein – der Nebel.

Es geht kein Gran von uns verloren, auch kein Gran von dem, was wir unser Wesen nennen, aber wir sind ich-verliebt, wir sind auf Sicherheiten aus wie Aktionäre und Krämer.

*

Das möcht schön aussehn, wenn man jeden Menschen unserer Breiten neben den Nahrungsmittelberg und den Getränketeich stellte, die er zeit seines Lebens durch sich hindurch jagte! Und stellte man noch jedem seinen Berg Holz und Kohle hinzu, die er benötigte, um seine Lebensfunktionen während kalter Tage aufrechtzuerhalten, so hätt ein jeder sein eigenes Kleingebirg.

*

Die von Brecht gekennzeichneten *Listen, die Wahrheit zu verbreiten* – muß man sie nicht schon wieder verwenden? Werden die Dichter je ohne sie auskommen? Er hielt für nützlich, diese Listen gegen die politische Reaktion anzuwenden, und wir müssen sie schon wieder gegen Dogmatiker und Dummköpfe anwenden. Politische Reaktionäre, Dogmatiker und Dummköpfe gleichen sich wohl nicht ganz, wie? Oder bilden auch die Dogmatiker und Dummköpfe eine geschlossene Front?

*

Reisen – seinen Standpunkt auf der Erdschwarte auswechseln, sich anderen mineralischen oder chemikalischen Formationen zuwenden, sich von den Äußerungen dieser wechselhaften Formationen beeindrucken lassen. Wenn man lange gereist ist, erkennt man: Alles, was *anders* schien, besteht aus bekannten Grundsubstanzen. Häufung oder Mangel dieser oder jener Grundsubstanz erzeugen die landschaftlichen Varianten.

*

Wenn wir, ohne uns von der Stelle zu rühren, an jedem beliebigen Punkte des Weltenraumes agieren könnten, entstünde doch Zeit. Sie entstünde auch, wenn wir all unsere Vorhaben nicht der Reihe nach, sondern gleichzeitig ausführen könnten, ohne uns vom Platz zu bewegen. Wir dürfen nicht vergessen, daß in uns selber Bewegung ist: die aufblühenden und alternden Zellen, die schwingenden Atome, die Gedankenströme. Raum und Zeit gleich Leben.

*

An Einsamkeit und Langweile hatte ich nie zu leiden. Ich hatte meine Arbeit mit mir, weil ich spürte, daß ich der Welt und der Menschheit wenig genutzt hätte, wenn ich geblieben wäre, wie ich war.

*

Ein Stuhl muß dem Arsch angepaßt sein; im umgekehrten Falle handelt es sich um Mode.

*

Eis, Schnee und Regen oder Wolken, Nebel und Dunst – nichts anderes als Wasserstoff und Sauerstoff, die einige ihrer Möglichkeiten beweisen.

*

Während wir im Winter auf unserer Erdseite frieren, schwitzen die Menschen auf der entgegengesetzten Erdseite und haben Sommer. Wir sind satt, und in Indien hungern unsere Mitmenschen.

Noch vermochten wir die Gegensätze auf der Erde nicht auszugleichen, und schon treibt uns die Furcht vor unseresgleichen auf die Nachbargestirne. Es ist keine andere Furcht als die, die uns bedrängte, da wir bangen mußten, von Nachbarsippen oder Nachbarstämmen überfallen zu werden. Was sich veränderte, sind die räumlichen Entfernungen, die uns von unseren »Bedrohern« trennen, doch die werden durch die Geschwindigkeiten der Geschosse aufgehoben. Der Besitz der Bergkuppe verleiht uns bereits nicht mehr das Gefühl des zeitweiligen Sieges, es muß der Mond, besser ein entfernter liegendes Gestirn sein.

Und das alles läuft unter dem Betrügermantel umher, den wir stolz und großspurig *Fortschritt* nennen.

*

Wie der *Dürrländer* mit Hut, Wintermantel und dicken Schneestiefeln auf die Waage steigt und mit großer Freude seine Gewichtszunahme feststellt, so freuen wir uns über unsere zivilisatorischen Erfolge.

*

Stellt man sich ein Überfernrohr vor, mit dem man Lebensvorgänge auf Nachbargestirnen beobachten kann, die zehn, hundert oder tausend Lichtjahre von der Erde entfernt sind, so würde man als Gegenwart erleben, was sich auf jenen Gestirnen vor zehn, hundert oder tausend Lichtjahren ereignete.

Umgekehrt – würde man auf einem Gestirn, das zehn, hundert oder tausend Lichtjahre von der Erde entfernt ist, mit Hilfe eines nämlichen Fernrohres als Gegenwart erleben können, was sich hier auf Erden vor zehn, hundert oder tausend Lichtjahren ereignete. In zehn, hundert oder tausend Lichtjahren, von heute an gerechnet, würde man, gäbe es ein solches Fernrohr, irgendwo im Weltraum dich und mich sehen, wie wir uns bemühen zu begreifen, woher wir kommen und wohin wir gehen. Für die Wesen, die dann die Erde bewohnen, werden wir als jene Atommassierungen, die man Menschen nennt, schon seit unvorstellbar langen Zeiten nicht mehr existent sein, doch im Weltraum werden wir immer irgendwo sichtbar sein, werden wir ewig sein.

Sobald wir aus diesem Gedankengang das hochentwickelte Fernrohr herausnehmen, wähnen wir unwissenschaftlich vorgegangen zu sein, werden ihn einen Glaubensakt nennen und in den Bereich der Metaphysik verweisen.

*

Für den Bau der Straßen zum Himmel hat man allzeit viel Geist aufgewendet; vor Zeiten auf dem Gebiete der Metaphysik, jetzt auf dem Gebiete der Physik.

Die Straßen auf der Erde wurden und werden (auch bei uns in einem sozialistisch regierten Land) vernachlässigt.

Es steckt ein Zwang in der Menschheit, die Fernen bewohnbar zu machen und die Nähen zu unterschätzen.

Der Einzelne wird für diesen Widersinn geschmäht und diffamiert, aber in der Gesamtheit geben wir uns diesem Zwang hin.

*

Die Dinge und die Verhältnisse, die uns umgeben, machen sich so wichtig, und sie buhlen so um unsere Aufmerksamkeit, und sie sind so darauf aus, unsere Seelenkräfte zu verzehren. Aber wir dürfen es ihnen nicht gestatten, und wir müssen jeden Tag für eine Weile in den Dom der Ewigkeit treten, und wir müssen die aufdringlichen Dinge und Verhältnisse von dort aus auf ihren Platz unter dem Tisch unseres Lebens verweisen.

*

Der Sonne billigt man Wirkungen auf unser Befinden zu, weil auch der dickhäutigste und grobschlächtigste Mensch ihre Wirkung spürt, auch dem Monde wird eine gewisse Einwirkung auf die menschlichen Belange nicht abgesprochen, aber den entfernter liegenden Gestirnen spricht man alle Wirkungen auf uns ab.

Rede ich damit der Astrologie das Wort?

Nein, ich polemisiere gegen die Unfähigkeit unserer *Himmelswissenschaftler*, logische Schlüsse zu ziehen.

*

Denken und tun, tun und denken und nichts erwarten – so will uns das Leben, wenn wir fünfzig Jahre alt sind.

*

Im Kleinkindalter leben wir noch unaufgeregt aus dem Instinkt heraus wie die Tiere. Die Tatsache des Todes schreckt uns nicht. Es gibt kein Vorher und kein Nachher, denn die zerbröckelnde Arbeit des Verstandes hat noch nicht eingesetzt.

*

In seiner sogenannten Jugendzeit ist sich der Mensch der Tatsache, daß er sterben wird, wohl bewußt, aber der Tod schreckt ihn noch nicht so, wie er das in den späteren Lebensjahren tut. Der junge Mensch hat sich dem Verstande noch nicht völlig ausgeliefert. Davon zeugen auch seine sonstigen *unvernünftigen Handlungen*.

*

Deshalb sind wir zuweilen entzückt, wenn wir bei älteren Menschen noch Unvernunft antreffen, und die Redensart: In Wirklichkeit ist er noch ein großer Junge, wenn man von einem Sechzigjährigen spricht, ist eine Auszeichnung.

*

Christa ist tot, und ich mußte meiner Trauer Herr werden, damit die Romanfiguren nichts von ihr spürten; es sind sensible Leute, die fein reagieren.

Was das Hinsterben eines nahen Menschen alles in Frage stellt! Der Song von der Sinnlosigkeit des Lebens klingt verführerisch auf …

*

Es gibt Tage, an denen nichts mit uns zu geschehen scheint; äußerlich nichts und innerlich nichts. Aber das ist ein Irrtum; es sind die Regentage der Seele.

*

Zwei Seiten geschrieben. Die *Flaute* geht nur langsam zurück. Wenn man fühlt, daß man konventionell zu schildern beginnt, lohnt sichs, wie ein Maler zurückzutreten und nach Möglichkeiten zu suchen, den Leser mit einer ungewöhnlichen Sicht auf seine Alltäglichkeiten zu überraschen.

*

Am Morgen befinde ich mich in jener fatalistischen Stimmung: Laß werden, was will! Daraus wird im Laufe des Tages eine Rilke-Stimmung: Man muß warten können! – Aber Rilke hatte nichts mit *Kreissekretären* zu tun.

Ob nun richtig oder nicht richtig – es ist die Stimmung, in der sich Antworten auf Fragen vorbereiten. Und die Antworten scheinen aus dem Weltraum in einen zu strömen wie in ein Vakuum. Kein Wunder, daß die Altvorderen an Intuitionen oder Eingebungen glaubten. Na, wir haben jedenfalls unseren Austauschbegriff, das Unterbewußtsein, und auch damit läßt sichs ganz gut dösen.

*

Wann traten Pflicht und Schwernis in unsere Kindheit? Die Milchkanne, der unberechenbare Gegenstand. Wann würde ich mit ihr losgeschickt werden?

*

Habe ich nicht wie ein Hochstapler gewirkt, als meine Schreiberei noch nicht ausgereift war? (Seewalchen-Salzburg, 1940, als ich, noch niemals gedruckt, behauptete, Dichter zu sein.)

*

Daß man sich bei einer Tätigkeit bereits von der nächsten, die man vorhat, treiben läßt, bringt Unruhe ins Leben. Gelassenheit!

*

Der neue Schreibtisch wird gebracht. Eigentlich sind es zwei Kommoden, und sie haben zusammen zweiunddreißig Schubfächer. Auf die kam es mir an! Über die beiden Kommoden wird eine Platte gelegt, und die ist so groß wie ein Scheunentor. Die Kommoden und die Scheunentorplatte ergeben zusammen einen Riesenschreibtisch. Ich erschrecke, laß mirs aber nicht anmerken und geh an die Arbeit wie immer. So ordne ich die Fuhre Holz am sichersten und schnellsten in meine Stube ein.

*

In meinem Alter nehme ich mir das Recht, nicht mehr am Leben teilzunehmen, sondern es nur noch zu beobachten und Vergleiche mit dem zu ziehen, was ich schon erlebte.

*

Spirituelle Habgier.

*

Ich treffe einen Mann an einer bestimmten Stelle an einem See. Er beeindruckt mich. Er kennt mich. Ich kenne ihn nicht, halte ihn aber für einen Dichterkollegen, der mit mehr Erfahrungen ausgestattet ist als ich. Wir machen uns nicht miteinander bekannt. Ich versuche ihn wieder zu treffen, besuche die Stelle, an der ich ihn traf, immer wieder.

Es ist wie mit dem Mädchen in Priebus. Immer wieder fahre ich nach dort. War sie eine Schauspielerin aus dem Spiel *Der Hungerturm* oder die Tochter eines Pfarrers usw.

*

Einige Seiten *modernen Roman* schreiben (Großstadt), um zu beweisen, daß ich das auch fertigbrächte. Ein Hieb gegen die nachäffenden Pseudo-Intellektuellen.

*

Der Friedhofsgärtner, der SS-Mann, wurde Munitionslagerbewacher, Vorsitzender der Nationalen Front, LPG-Vorsitzender, LPG-Stellmacher, Kuhbrückenbauer, als seine Frau starb, trug er einen Hängerstrick in der Tasche, fing an zu trinken, setzte eine Heiratsanzeige in die Zeitung, heiratete eine Ärztin, eine Adlige, nahm deren Namen an und starb als Adliger.

*

Über das Kleinbürgertum und meine Befürchtungen, für einen solchen gehalten zu werden.

*

Die Wiesen müssen gemulcht werden. Das Vogelleben, das sich mühsam gebildet hat, wird zerstört.

*

GROSSMUTTER F.

Der Tod läßt nicht mit sich spielen. Manche Leute haben ihren eigenen Tod und verfügen über ihn wie über einen (großen) Geldschein, den sie ausgeben, wenn sie Lust haben.

Manche führen ihren Tod (nur mal so) ins Feld, um bei anderen etwas zu erreichen, um andere weiter beherrschen zu können, über die sie die Herrschaft fürchten verlieren zu können.

Oder sie verwandeln ihren Tod (fürs erste) in ein langes Siechtum und beherrschen den, den sie bis dahin beherrscht haben, weiter. Der Beherrschte läßt sich beherrschen, um seinen (so fraglichen) Ruf zu behalten, ein *guter Mensch* zu sein.

*

TOLSTOI

Wenn ich damals, als mir seine christlich-belehrsamen Geschichten widerstanden, gewußt hätte, weshalb das so ist, hätte ich Fehler, die ich als Aufschreiber machte, vermeiden können.

T. wurde ein christlicher Sektierer, als ihm seine literarischen Kunstwerke so viel Verehrer und Jünger eingetragen hatten, daß es dazu kam, ihn in eine Verkünder-Rolle zu drängen. Und er nahm die Rolle an.

Ich fing (umgekehrt) als Sektierer an und versuchte meine Leser mit Erkenntnissen einzudecken, die nicht ich, sondern eitle Politiker gemacht hatten. Es ist stets eine Dummheit, an irgendwelche Lehren zu glauben und sie gegen das lebendige Leben durchsetzen zu wollen.

Der wendische Kito

»Laden«-Geschichten

Ankunft in Bossdom

In Grauschteen, von wo wir herkommen, war alles anders, auch mit dem Kunsthonig war es anders: Jedem Haushalt wurde jede Woche eine Scheibe zugeteilt. Ich war fünf Jahre alt und durfte unsere Scheibe aus dem Dorfladen holen, und ich hielt meinen Daumen dabei so, daß eine Spur von der graugelben Masse an ihm kleben blieb, wenn die Krämerin sie mit dem Spatel auf den Teller klatschte. Den bekleckten Daumen durfte ich ablecken, aber ich durfte ihn unterwegs nicht in die Masse stippen, um mich zu laben. Gott sieht den Sünder, Gott sieht alles, sagte meine Mutter. Sünde und Unsünde hingen von einer Bewegung meines Daumens ab.

Ich versuchte Gott mit meinem Zeigefinger, stippte, leckte und lauschte. Alles blieb ruhig. Der Herr schien über mich kleinen Affen zu lächeln, doch am Nachmittag ließ er ein großes Gewitter auf Grauschteen los, und alle mußten leiden und sich fürchten, weil ich den Zeigefinger in den Kunsthonig gebohrt hatte.

Nun sind wir nach Bossdom gezogen, sind noch keine Stunde hier, und alles ist anders: Ein Junge wird von seiner Mutter Waldchen gerufen. Der Name gefällt mir nicht, in Grauschteen gab es ihn nicht.

Waldchen wirft Pappwürfel gegen die Stalltüren im Bäckereihof; die Pappwürfel platzen, weicher Kunsthonig quillt aus ihnen und kleckt am Holz herunter. Volltreffer! schreit Waldchen.

Was wird Gott dazu sagen?

Meine Großmutter, ein Anderthalbmeter-Mütterchen, ist wie eine Zwergin aus dem Märchen. Sie hat tiefliegende Augen und rote Oberbäckchen, ist gütig und listig und – eben die tiefliegenden Augen. Wenn etwas nicht so geht, wie es gehen soll, stellt sie sich ein und schiebt an. Sie kommt in den Hof und sagt zu dem Jungen, der Waldchen heißt: Was schmeißt du den Honig?

Kann ich! sagt der Junge.

Du vergeidest Gottes Gaben, sagt die Großmutter.

Es ist unser Honig, sagt Waldchen und wirft weiter.

Kinder, sagt die Großmutter listig: Geht auf die Straße, gleich wern se den Möbelwagen ausladen. Gott weiß, ob nicht der große Spiegel zerscherbt ist.

Wir gehn auf die Straße. Waldchen neugierig hinter uns drein. Wir sind noch neu in der Welt. Wir wollen wissen, wie Dinge entstehn; wir wollen wissen, wie Dinge vergehn. Wir wissen noch nicht, daß sich in Scherben und Wassertropfen die Welt spiegelt. Spiegel zerscherbt – sieben Jahre Pech! heißts.

Der Möbelwagen ist ein Haus auf Rädern; sein Dach ist gewölbt, an seiner Vorderseite, hoch über den Pferden, ein Sitz für vier Kutscher. Es sind Männer mit Bauerngesichtern und Lederschürzen, stämmig, gewaltig, krummbeinig, vom Lastentragen erdwärts gedrückt, und alle sind Sorben vom Lande, die in der Kleinstadt nach Glück fischen.

Die Räder des Möbelwagens sind athletisch. Ihre metallenen Reifen rieben sich an den Landstraßensteinen silberig; auch die Steine werden was von der Reibung gehabt haben, aber unsere Augen sind grob, sie sehen die Reibspuren auf den Straßensteinen nicht.

Vor dem Möbelwagen stehen sechs Belgierpferde, sie stehn in zwei Reihen und haben gespaltene Kruppen. Eine Hirschlaus krabbelt durch das Brusthaar eines Braunschimmels. Vielleicht fürchtet sie sich so wie ich, wenn ich durch eine finstere Waldschlucht muß?

Von den Flanken der Pferde steigt Dunst auf. Der Dunst ist wie mit Nadeln versetzt, und die Nadeln sticheln in meiner Nase.

Ammoniak, sagt die Mutter. Was hilfts? Es stichelt.

Die gelösten Zugstränge liegen über den Rücken der Gäule; sie klirren leise, wenn die Tiere atmen, und sie klirren laut, wenn die Pferde sich schütteln. Die Köpfe der Pferde stecken bis zu den Augen in Futterbeuteln, und die Tiere prusten in den Häcksel, um an die Haferkörner zu kommen. Sogleich nässen die Kutscher das Futter, gießen je einen Schwapp Wasser in die Freßsäcke, und Häcksel und Hafer sind nicht mehr zu trennen. Die Steppe, die Pferdeweide von einst, ist auf einen Raum, der in einem Futtersack Platz hat, zusammengedrängt.

Das schreibst du heute, sagt mein Sohn, aber hast dus damals so gesehen?

Ich habe es damals so gesehen, aber ich sagte es nicht; ich fürchtete mich vor dem Ausgelächter.

Einmal bewirtete mich die Vatermutter, von uns die *Amerikanische* genannt, mit Milchsuppe, und ich löffelte die Suppe langsam, weil sie einen Beigeschmack hatte.

Was mäkelst du?

Die Suppe schmeckt mir begierig, sagte ich, und da prasselte das grobe Gelächter der *Amerikanischen* auf mich nieder; und die Urgroßmutter und die Tante und die Magd – sie alle folterten mich mit ihrem Lachen.

Es war so, daß die Suppe nach Maschinen-Öl schmeckte, das aus der Milchzentrifuge getropft war. Und es war so, daß ich im Sommer den Dreschmaschinisten umlungerte, der nach Maschinen-Öl roch und von meinem Quarkbrot abbeißen wollte, und daß mein Stiefgroßvater sagte: Ein begieriger Kerl!

Viele Jahre meines Lebens gingen dahin, bis ich Mut genug beisammen hatte, das Hohngelächter der Dummköpfe und den Spott der Besserwisser für nichts zu achten, bis ich zu sagen und zu schreiben wagte, was ich sah, was ich fühlte, was ich dachte, und nicht, was ich hätte sehen, fühlen und denken sollen.

Die Möbelkutscher luden unseren Hausrat in Grauschteen ein, und sie entzogen ihm den Raum, den er im Kotten um sich gehabt hatte. Sie stellten die Stücke auf- und nebeneinander, preßten die Luft hinfort, die zwischen ihnen hin- und hergegangen war; sie schachtelten Tische und Schränke, Stühle und Bänke in das kleine Haus auf Rädern, und dort jappte das Gemöbel, wie mir schien, nach Luft.

Ich höre die Leute reden, und manche nennen das Haus, in das wir ziehen, eine Wirtschaft, andere nennen es ein Anwesen, aber ich benenne es nicht, weil ich erst hineinkriechen, mich einnisten und erproben muß, welche Spiele drin möglich sind.

Neben dem Haus, in das wir einziehen, stehn sieben Eichen. Die Deitsch-Nationalen reden von *stolzen Eichen*, sagt der Großvater. Er mag die Deutschnationalen nicht, weil er ein Sorbe ist; da mag auch ich sie nicht, die Deutschnationalen.

Wenn was Eigenschaftliches von den Eichen zu sagen ist: Sie sind, wie Eichen sein sollen: Wenn die Luft still ist, stiebt mir ihr beruhigendes Blätterrascheln Tag und Nacht in die Ohren; wenn Wind weht, schwillt das Rascheln zum Rauschen an, und der Sturm treibt das Rauschen zum Gebrüll auf.

Aber jetzt ist Juni, und es ist warm im Himmel und auf Erden, und es säuselt in den Eichenkronen; Kühle und Wärme treiben Tauschhändel miteinander, ziehen die Eichenblätter hinein, und es säuselt.

Unter diesen eichenhaften Eichen lagern am fünfzehnten Juni neunzehnhundertneunzehn Dorfkinder und Dorfleute. Wer von den Feldern hereinkommt, stellt Mistgabel, Harke oder sein Kuhgespann ab, setzt sich ins Gras oder bleibt, ein Auge auf die brummenden Kühe gerichtet, stehen, verfolgt den Einzug der *neuen Leute* und bestaunt den ersten Möbelwagen, dieses in der Stadt geborene rollende Haus, das nun hier in der Sandheide steht und nach der anstrengenden Tour zu dampfen scheint.

Die *neuen Leute*, das sind wir, und wir werden es so lange bleiben, bis unsere Vorgänger, die Tauers, fortziehen, und danach wird man uns die *neuen Bäckersch* nennen, und nach fünf Jahren werden wir die *Bäckersch* sein, doch die *alten Bäckersch* werden wir nie werden, und unseren Familiennamen werden wir nie wiederbekommen, weil wir nie fortziehen. Ich werde im Dorfe bis zu meinem Tode *Bäckersch Esau* heißen und werde unter diesem Namen in einem Kriege, den die lieben Deutschen sich nach fünfzehn Jahren mageren Friedens wieder ranschaffen, sterben und wieder auferstehen.

Ich beleidige drei dicke Pappeln und eine schlanke Esche, wenn ich sie nicht erwähne. Sie stehen seitab zur Feldmark hin, wo der Eichenhügel sich in eine kleine Mulde fallen läßt. Wie konnt ich die Pappeln vergessen! Aus ihrem Knospensekret werde ich später versuchen, Pomade zu gewinnen, weil der Duft des kleberigen Saftes dem der Haarsalbe ähnelt, die sich die Dorfburschen an Festtagen in ihre Tollen schmieren.

Ich setz mich abseits von den Dorfkindern ins struppige Gras, nutznieße den Schatten der Eichen, beobachte meine künftigen Spielgefährten und warte aufs Möbelausladen. Wird unser Küchentisch sich erschrecken, wenn er die vielen fremden Leute sieht? Der Ladentisch wird, denk ich, fromm sein; er ist von Grauschteen her an Leute gewöhnt wie ein Zirkuszebra.

Noch schneiden die Kutscher Würfel von ihren Klappstullen, schieben sie hinter die Zähne, spülen mit Bier nach und lassen ihre Gurgeln hüpfen, aber Zeitchen drauf erheben sie sich ächzend, klopfen sich die Brotkrümel von ihren Lederschürzen und füttern, ohne es zu ahnen, Straßen-Ameisen und Dorfspatzen. Sodann entriegeln sie die Möbelwagentüren, und ich, der ich mit den in Knappluft lebenden Möbeln fühlte, atme auf, und ich kann in den Wagen sehen wie in ein aufgeschlagenes Buch.

Ein kleiner Tisch poltert heraus, überschlägt sich und fällt auf die Dorf-Aue. An ihn habe ich am wenigsten gedacht. Der Muttervater hat ihn in einem Kriegswinter gebastelt und der Mutter zu Weihnachten geschenkt. Das Tischchen stammt aus der Familie der Heringstonnen; sein Fuß ist der gebeizte Boden, seine Platte der Deckel eines ehemaligen Heringsfasses. Boden und Platte sind durch drei Beine aus je fünfzehn leeren Garnrollen verbunden, durch deren Seelen Eisendrähte gezogen sind. Die Beine kreuzen sich in halber Tischhöhe und werden dort von einer blauen Haarschleife zusammengehalten. Die Tischplatte hat die Mutter, damit sie sich vom Tischfuß unterscheidet, mit einer gehäkelten Dreikantspitze versehen. Das Tischchen mit seinen Garnrollen-Beinen sieht aus wie ein Ding aus einem schlechten Traum, doch die Mutter hält es wert, weil es den Händen meines göttlichen Großvaters entsprang wie die Pallas Athene dem Kopfe des Zeus.

Mutters Großvaterverehrung teilte sich dem abscheulichen Tischchen mit. Es wurde hoffärtig, pochte während der Fahrt im Wagen auf sein vornehmes Wesen und kroch über andere Möbel hinweg nach hinten, um beim Öffnen der Türen der frischen Luft und der neuen Umgebung zuerst teilhaft zu sein. Nun liegt es mit verbogenen Gespensterbeinen und heruntergerissener Häkelkante da, und mein Großvater tritt hin und redet mit ihm: Hast du dir die Beene verstaucht auf die holperige Chaussee? sagt er, und er streichelt das Tischchen und biegt ihm die Beine zurecht, und er trägt es als erstes Möbel in unser neues Nest.

Ein Dorfjunge rückt zu mir heran. Das drahtige Gras fietscht, wie er mit seinem Hosenboden drüber hinrutscht. Der Junge hat kurz geschorenes Haar und abstehende Ohren, er lächelt, und seine Sommersprossen hüpfen: Was soll eich die hölzerne Kreizspinne, sag mir!

Eine Kreuzspinne soll unser Ziertisch sein? Wir nennen ihn so, weil Mutter ihn von Anfang an so nannte. Können die Dinge denn dies oder das sein? Sind sie was anderes als ihre Namen? Ganz freilich, denn auch ich bin nicht Esau, wie sie mich nennen. Es sitzt wer in mir, den kennen sie nicht, doch ich sags ihnen nicht; sie lachen mich aus.

Der Junge stößt mich: Schläfst du?

Ich schlaf nicht, sag ich. Wie heißt du, frag ich. Er heißt Hermann Wittling, sagt er. Woher weiß ers? Sie haben es ihm gesagt, sagt er.

Das Vertiko meiner Mutter erscheint, hölzern, braun und auf Hochglanz gestriegelt. Ein Zimmerbewohner von dieser Art wurde in Bossdom bislang nicht gesichtet. In den Guten Stuben der Bauern halten Glasschränke die Hauptpredigt.

Die Dorffrauen erkennen die Nachteile des Vertikos. Aller Klunkerkram, Gläser, Tänzerinnen und Hunde aus Porzellan stünden uneingeschrankt und verletzbar auf ihm.

Die Stobwischerei! Das täte mir scheußern! sagt eine Frau. Sie hat Hüften wie ein gesockelter Ofen. Die Frau heißt Pauline, man nennt sie auch Mannweib.

Meine Mutter erklärt den Dorffrauen die Vorzüge ihres Vertikos, lobt seinen Aufsatz, rühmt seinen Spiegel, weil er verdoppelt, was vor ihm steht, weil er aus wenig- vielhabend macht.

Der große Spiegel wird ausgeladen. Sein Gesicht ist mit grauen Decken verhängt. Wir sehn ihm wie einem Hochseilartisten entgegen, von dem man fürchtet, er könnte stürzen, obgleich man, wenns doch geschehen sollte, schon gern dabei wär. Von unserem Spiegel wünschen wir uns, er möge heil sein, und alles möge so bleiben, doch wärs uns nicht unlieb, wenn er zerscherbt, wenn zu sehn wär, was da wird, wenn es nicht bleibt, wie es ist.

Die Großmutter geht auf den Spiegel zu, bestreicht die Decken und hext ein bißchen. Meine Großtante Lidola ist eine große Hexe; meine Anderthalbmeter-Großmutter hexelt nur für den Hausgebrauch. Sie spuckt dreimal trocken, wispert und streicht, lüftet die Maske des Spiegels, schaut drunter und hexelt wieder. Endlich reißt sie die Decke herunter:

Da ist der Spiegel. Er schaut uns an. Wir sind in ihm, ich und der Junge, der Hermann heißt, die Eichen, die Frauen, die Männer, die Kühe. Er läßt nichts und niemand aus, unser Spiegel, er benachteiligt niemand.

Wenn man freilich zur Seite tritt, kann man sein Bild aus dem Spiegel nehmen. Doch er holt es sich wieder. Der Spiegel hat Macht, Macht über die, die Verlangen spüren, gespiegelt zu sehen, wer sie sind, und wer von uns verlangt nicht danach?

Bewahrt der Spiegel, was je in ihm war? Erinnere nicht auch ich mich an vieles, was ich sah?

Kann sein, sagt der Großvater. Der Spiegel ist Glas, das kummt aus die Erde, auch du bist Erde und wirscht wieder Erde. Von manches wissen wa zuviel, und von zuviel wissen wa zuwenig.

Der Spiegel wird waagerecht durch die Haustür getragen. Dabei hat er Gelegenheit zu vermerken, wie der Himmel über dem Anwesen an diesem Tag aussieht, an diesem Junitag neunzehnhundertneunzehn, und wie er gekantet um die Ecke getragen wird, fängt er noch rasch die Linde ein, die zehn Meter entfernt vom Haus am Dorfstraßenrand steht, die uns noch fünfundzwanzig Jahre lang blühen wird, in der noch fünfundzwanzig Jahre die Bienen zur Blütezeit summen werden, die sich noch fünfundzwanzig Male belauben und entlauben wird, bis sie der Vorbeimarsch von hunderttausend sowjetischen Panzern so erschüttert, daß sie sich langsam, ganz langsam hin und über die Straße legt und das gerade, als meine Mutter zum Fenster hinaussieht und dem letzten Panzer nachschaut, der auf Berlin zu fährt, und wo sie denkt: Nun ist der Krieg wohl zu Ende.

Jetzt hinein mit dem Spiegel ins Haus! Er wird zwischen die Fenster der Guten Stube gestellt, und dort wird er zwanzig und dreißig, ja, fünfzig Jahre stehen, und alle Menschen, die je in dieses Hausnest kommen, werden sich vor ihm bezupfen und betupfen; er wird die Weihnachts-, die Geburtstags- und die Hochzeitsfeiern spiegeln, und ehe die Brautpaare zum Fotografen gehen, werden sie vor ihn hintreten und fragen: Passen wir nicht gut zueinander?

Der Spiegel wird schweigen, wird klüger sein als die Menschen, die sich bei Fragen von Liebesleuten zu einer Antwort gedrungen fühlen.

Der Spiegel wird uns in Fest- und Trauerkleidern wiedergeben, aber niemand wird, soviel ich mich erinnere, als Leiche in ihm sein, auch nicht die Mutter.

Der Küchenschrank wird aus dem Möbelwagen gehoben, die Eimerbank mit dem Stall für die gußeisernen Töpfe, das Tassenregal, die Ofenbank, und dann wird das Kinderklosett aus dem Dunkel gezogen, das Kinderklosett mit dem Rundloch und dem Nachttopf im Kasten.

Die hoabns gut, sagt das Mannweib Pauline, die brauchen im Winter nich uffn Mist!

Zuletzt kommt der Schaukelstuhl, den uns die Vatermutter, die *Amerikanische*, leihweise mitgab. Er reiste siebenmal über den Atlantischen Ozean und ist bis zu den Kufen von Ferne umflimmert. Die Dorfleute streiten um seinetwillen. Die einen meinen, es handele sich um einen Stuhlschlitten, die anderen halten ihn für eine Quarkleiter, auf der man sitzen und warten kann, bis alle Molken aus der eingesackten Dickmilch herausgelaufen sind.

Und das alles ist eire? fragt mich Pauline.

Großmutter hört es und kommt mir zu Hilfe: Wems solls denn sein, wenns nich unse is?

Es hat geheeßen, ihr hoabt nich mal Bettzeig, deckt eich mit eire Hemden zu.

Wer sagt denn sowas?

Schißchen sagt sowas.

Die Anderthalbmeter-Großmutter weiß, wie man erfährt, was man wissen möchte: Kein Bettzeug, sagt sie, ich wär dir verkloagen für die Beleumdung, wenn du nich soagst, wer sowas geredt hat.

Die eene Hälfte wär ich dir soagen, brummelt Pauline, die andere Hälfte mußte dir roaten!

Na? fragt die Großmutter, na?

Eene Frau woars, die mal gebetet hoaben soll: Lieber Gott, schick mir een zweegeschwänzten Mann! Mußte bissel rumhorchen, welche Frau so gebetet hat!

Die Anderthalbmeter-Großmutter spuckt aus. Sie mag Zweideutigkeiten nicht. Die Verleumdung, die von einer mannstollen Frau ausgegangen sein soll, wird für sie ein Fall; wir werden ihr später nicht umsonst den Spitznamen Detektiv Kaschwalla geben. Am Abend hat Kaschwalla heraus, welche Frau uns verleumdete. Die Tauern wars, die Frau unseres Vorgängers. Sie wohnt noch in einer der Stuben im ersten Stock. Ihr Sohn ist Waldchen, der Kunsthonigschmeißer.

Die Tauern heißt Martha. Sie hat die Auszehrung. Ihr blasses Gesicht ist mit Bosheit durchwest, doch ihr Mund ist edel und gleicht einer Möwe, einer blaßrosa Möwe, wie sie Maler in den Himmel hängen, wenn sie Sonnenuntergang am Meer machen. Tauersch Martha möchte alle Männer. Der Tod sitzt in ihr und sorgt sich ums Leben. Die Tauern möchte auch meinen Vater, den schon lange. Sie und mein Vater haben als Jungpaar eine Hochzeit mitgemacht, von da an will Martha unseren Vater, der aber nahm meine Mutter. Tauersch Martha verleumdet das Hauswesen meiner Mutter aus Eifersucht. Das Leben ist verwickelt, verknotet; man erkennt nicht, von wannen der Faden kommt.

Es weht ein Wind von den Eichen herüber. Die Kutscher klappen die Türen zu. Sie sperren das Windchen aus Bossdom mit ein. Sie nehmen das Lüftchen mit in die Stadt. Dort wird es entweichen, wird sich mit Stadtluft mischen, mit dem Gestank, der aus Rinnsteinen steigt, ganz aufgeben aber wird es sich nicht, in Minderheit wird es weiterleben, als Lüftchen, das einmal durch die Blätter unserer Eichen ging, auch wenns unsre Nasen nicht glauben wollen.

Habe ich unsere Eichen gesagt? Bin ich schon heimisch hier?

Die Möbelkutscher schnallen die Futterbeutel ab. Sie nehmen den Pferden die leergegraste Steppe von den Mäulern, und sie strängen die Tiere an, und sie steigen auf den Sitz, und sie spalten die Luft mit den Peitschenriemen, und die Luft fährt knallend wieder zusammen. Der Sechser-Zug zieht an. Der Möbelwagen wendet vor unserem Haus.

Habe ich unser Haus gesagt?

Die Dorfleute packen ihre Arbeitsgeräte, gehen dorfeinwärts und sinnen nach, wie sie uns, die *neuen Leute*, in den Organismus, der ihr Dorf ist, einbeziehen werden.

Die Kinder rennen dem Möbelwagen bis zum Dorfausgang nach. Ich geh nicht mit ihnen, noch nicht. Ich hab meine Arbeit, ich muß anfangen, hier zu wohnen. Wo werden Großmutter und Hanka mein Bett aufstellen?

Hanka kam aus Grauschteen mit uns nach Bossdom. Sie ging das letzte Jahr zur Schule, als meine Mutter sie einlud, Kindermädchen bei uns zu sein. Hanka hat große Augen, mit denen sie sündig rollt, wie ich später weiß. Sie küßte mich gleich, als sie zu uns kam. Mutters Küsse waren zärtlich und samten; Hankas Küsse sind kühl wie frisch gepflückte Kirschen und drängelnd. Ich werde sie, bis ich sterb, nie vergessen, die ersten Küsse einer fremden Frau.

Ich suche Gelegenheit, Hanka zu küssen. Wir spielen *Hasenkuß*, und das Hasengras ist ein weißer Nähfaden. Hanka mümmelt ihn von der einen Seite in ihren frischen Mund, ich von der anderen, und wir brennen in der Mitte in einem Kuß zusammen. Auch meine Schwester spielt mit. Ich will sie nicht als *Gegenhasen*, ich will Hanka.

Hanka und die Großmutter stellen unsere Betten in der Bodenstube auf. Sie probieren, welches Teil zu welchem paßt. Dieses Brett paßt da, das andere dort nicht, und die Großmutter hexelt und spuckt, bis jedes Einlegebrett neben seinem richtigen Nachbarbrett zu liegen kommt, und die Betten werden ein zweites Mal erfunden.

Das andere Gemöbel döst ratlos umher. Am Stubeneingang wartet der Schrank. Von ihm wird abhängen, ob mein Bett künftig in der Nähe des Fensters steht, ob mich Mond und Sonne eifrig bescheinen werden, und ob ich von hoch oben werde auf die fremde Landschaft sehen können, ohne auf einen Baum klettern zu müssen.

Der kleinere Hausrat treibt sich herum, wird aufgefunden und mit einem Ausruf des Unmuts beiseite geschoben. Kehrschaufel und Kehrbesen, Schrubber und Scheuerlappen rutschen verscheucht umher, bis sie ihre Nischen gefunden haben, in denen sie bleiben werden, so lange unser Hauswesen besteht, und das ist bis zum Tode der Mutter. Nicht nur der Mensch stirbt, auch die Anordnung seiner Umdinge stirbt, und es stirbt das, was er zu Lebzeiten, oft widerlich selbstgerecht, *seine Ordnung* nannte.

Lehrer Rumposch

Lehrer Rumposch dehnt sich aus, besonders nach vorn zu. Die Dorfleute fangen an, ihn den *dicken Rumposch* zu nennen. Dicker Rumposch ist nicht nur Lehrer, Schulleiter, Amtsvorsteher, stellvertretender Kantor, Mitglied des Gemeinderates, Dirigent des Gesangvereins, er ist mittlerweile auch Mitglied des Kreistages geworden, er ist eine Dorfmacht. Dicker Rumposch wird in seine Ämter ersaufen, sagt mein Großvater.

Die Rumposch-Familie ist international zusammengesetzt wie die unsere, nur seitenverkehrt: Bei den Rumposch ist er Sorbe, und sie, was die Rumposchen ist, ist, wie gesagt, eine brillenscheue Deutsche, eine Lehrerstochter aus Pardutz bei Choćebuz. Und damit Rumposch das nicht vergißt, hat seine Frau ihre Mutter, die Hauptlehrerswitwe Therese Schulz, geborene Schneeweiß, mit in die Ehe eingebracht. Die Schulzen erinnert Rumposch von Zeit zu Zeit daran, daß die Hauptlehrersfamilie dem bierseligen Junggesellen einen *Goldfisch* beigesellte. Sie schüttelt den Kopf, wenn sich Rumposch ihrer Tochter gegenüber unangemessen benimmt, wenn er zum Beispiel mittags aus der Schulstube geprellt kommt und fragt: Was gibts heute zu fressen? Wenn Rumposch abends lange aus war, schüttelt die Schneeweiß gleich morgens den Kopf.

Ich hab schließlich, verflucht, meine Ämter, sagt Rumposch. Seine Ämter bringen es mit sich, daß die Schulzen immer häufiger schüttelkopfen muß. Rumposch wird wild: Ja, hört denn das Kopfwackeln überhaupt nicht mehr auf!

Nein, hört nicht auf – ein leichter Schlaganfall ist über die geborene Schneeweiß gekommen. Rumposch glaubt es nicht. Das pausenlose Kopfschütteln beziehe sich auf seine Ämterpflege, behauptet er. Er kann es nicht mehr ertragen; er braucht seine Ruhe, wenn er mal daheim ist.

Die Hauptlehrerswitwe Therese Schulz, geborene Schneeweiß, muß aus dem Rumposch-Haus; sie wird beim Nachbarn, dem Kleinbauern und Waldarbeiter Nohkan in der Giebelstube einquartiert, und dort sitzt sie am geöffneten Fenster hinter den

Pelargonien-Stöcken und schaut zu, wie wir in der Sandgrube spielen, und sie schüttelt den Kopf über uns, über Rumposch und alle Welt.

Unseren Unterricht beginnen wir mit einem Kirchenlied: *Geht nur hin und grabt mein Grab* …, danach falten wir die Hände, senken die Augdeckel, sehen auf die zerkerbten Bankpulte und beten: *Unsern Eingang segne Gott, / unsern Ausgang gleichermaßen* … Den Begriff Nachsitzen kennen wir nicht; bei uns heißt das *Drinnebleiben*. Eiren Esau hata heite drinnegelassen, kanns heißen. Otto Nagorkan wandelt deshalb unser Eingangsgebet ab: *Unsern Eingang segne Gott, / unsern Ausgang gleichermaßen, / Rumposch soll gesegnet sein, / tut er uns nich drinnelassen!*

Lehrer Rumposch hat heitere und finstere Tage. An einem heiteren Tag kann man ihn schon im Schulflur rufen hören: Kreizmiesekätzchen! Niemand weiß, was das bedeutet. Vielleicht hat Rumposch das Wort auf dem Seminar vom Lehrermeister gehört. Zur Kirschenzeit kanns vorkommen, daß er sich die Jackett-Taschen voll Kirschen stopft und in die Klasse kommt und fragt: Wer will?

Ich, ich, ich, wird gerufen; fast alle wollen. Rumposch geht auf den Jungen zu, der am lautesten ruft, weist dem die leere Hand vor und sagt: Mein Esel sein. Dann spaziert er weiter durch die Klasse und ruft wieder: Wer will? Ich, ich, ich, heißt es wieder. Rumposch bleibt vor einem Mädchen stehen und gibt ihm eine Kirsche. Willkür! An der Kirschenverteilung können wir erkennen, wen Rumposch gern hat – die Mädchen.

Ich beteilige mich nicht am Ich-Rufen. Rumposch kann sich dreist zu mir hinstellen, mich mit Gesten auffordern, ich rühre mich nicht, ich will keine Kirsche, ich will nicht sein Esel sein.

Wenn Rumposchs Schnurrbart herunterhängt, ein Hühnerschwanz im Regen, hat er nicht nur einen schlimmen, sondern einen schlimm schlimmen Tag. Aufstehn! befiehlt er dann, und wir müssen alle aufstehen. Die Bücher der Bibel! sagt er im Befehlston. Das heißt, wir sollen die Bücher des *Alten* und des *Neuen* Testaments aufsagen, rasch und ohne Umgucken. Die Bücher des Alten Testaments sind in vier Abteilungen zerlegt: Die Geschichtsbücher; die Lehrbücher; die Prophetischen Bücher und die Apokryphischen Bücher. Ich werde von Rumposchen mit den Prophetischen Büchern beauflagt und schnurre sie herunter: Jesaja, Jeremia, Klagelieder Jeremias, Hesekiel, Daniel, Hosea, Joel, Amos, Obadja weiter und so weiter. Um besonders rasch mit den Propheten fertig zu werden, habe ich mir ausgedacht, die Doppelung von Jeremia und Klagelieder Jeremias einzusparen, und ich lasse es mit dem einfachen Jeremia bewenden und gehe sogleich auf Hesekiel, Daniel über, und ich verschaffe Rumposch eine Gelegenheit, seinen Zorn herauszulassen. Komm vor! sagt er drohend, und ich gehe vor. Die vorderste Bank ist der Richtblock. Die Jungen, die in dieser Bank sitzen, müssen zusammenrücken, damit ich, der Schächer, mich über das Pult legen kann. Es ist außerdem bei uns Sitte, daß wir uns die Hosen über dem Gesäß mit eigener Hand strammziehen, und ich tue auch das, um Rumposchen die Arbeit zu erleichtern. Fünfzehn Haselstock-Schläge sind die Taxe beim Versagen in Sachen Altes Testament. Für mich legt Rumposch noch zwei zu, weil ich ihn um die Klagelieder Jeremias betrügen wollte.

Ich versuche nie wieder, die Reihenfolge der Alten Propheten zu rationalisieren. Ihr könnt später in mein Grab hinunterrufen und mich befragen, und ich werde euch die Namen der alten Moosbärte ohne Mangel und Makel heraufrufen. Bisher hat sie mir außer Rumposch niemand wieder abverlangt.

Auf diese Weise lernten wir die christlichen Gebote und die sogenannten Bitten mit ihren Erklärungen von Luther, viele Lieder aus dem Kirchengesangbuch und Gedichte aus dem Lesebuch; jawohl, auch die deutschen Dichter lehrte uns Rumposch mit Hilfe eines Haselstockes lieben.

Manche meiner Mitschüler wurden durch diese Schulmethode hart, und sie jammerten nicht, wenn sie zwanzig Hiebe hinnehmen mußten, und sie wurden hart-urschig, das Hinterteil von Sastupeits Alfredko zum Beispiel wurde so hart wie die Seele unseres Lehrers.

Niemand beschwerte sich über Rumposch. Unsere Väter sangen am Abend unter seiner Leitung, in diesem Falle *Stabführung* genannt: *Drauß ist alles so prächtig, / und es wird mir so wohl, / wenn im Garten bedächtig / ein Sträußele ich hol ...*

Meine Söhne lächeln fein, wenn ich ihnen von meinen Alten Propheten erzähle, aber wenn ich mich erkundige, was sie auswendig zu lernen haben, erfahre ich, daß auch sie mit Lernereien gepeinigt werden, die ihnen das Leben nie abverlangen wird, und ich breche in die *Klagelieder Jeremias* aus.

Je mehr Ämter Rumposch übernimmt, desto häufiger *arbeitet* er nachmittags außer dem Hause, und an manchen seiner unsichtbaren Werkstücke muß er bis in die Nacht hinein arbeiten. Das Leben ist nicht so einfach, wie ihr denkt! Die Rumposchen muß von Monat zu Monat mehr Mühe aufwenden, ihren Herrn Schulleiter morgens zum Aufstehen zu bewegen. Er soll wenigstens in die Schulstube gehen.

Rumposch kommt krank und zerschunden zu uns in die Klasse und befiehlt mit zerkratzter Stimme: Singen!

Wir singen: *Wer weiß, wie nahe mir mein Ende, / hin geht die Zeit, her kommt der Tod ...*

Rumposch hält sich die Ohren zu; unser greller Gesang schmerzt ihn, die Haare tun ihm weh.

Ich habe gesehen, wie ein arbeitsloser Artist im Laden meiner Mutter gegen zwei Semmeln ein dünnes Bierglas, ein sogenanntes Schnittglas, zerpfiff. Der Artist suchte eine Weile pfiffelnd nach dem Ton, den das Glas nicht ertragen konnte, und als er ihn gefunden hatte, pfiff er ihn so scharf heraus, daß das Glas zersprang. Vielleicht fürchtet Rumposch, daß ihm unser Gesang die Schädeldecke sprengt. Er gibt uns ein Zeichen, und wir beten: *Wie fröhlich bin ich aufgewacht, / wie sanft hab ich geschlafen die Nacht ...*

Rumposch besteigt sein *Schulbett*. Das ist die Schreibplatte der vorderen Jungen-Bank, die Schreibplatte der *Richtbank*. Der Lehrer streckt seine Beine aus und lehnt sich mit dem Rücken gegen die Wand, und für uns fängt eine Schulstunde an, die nicht auf dem Stundenplan steht; sie heißt: *Erzählen, was es Neies gibt*. Oben anfangen! befiehlt Rumposch, bevor er die Augen zumacht.

Der Klassenerste und die Klassenerste übernehmen ihr Wächter-Amt vorn bei der Wandtafel.

Tinkes Onkel (wir nennen alle Männer und Frauen im Dorf Onkel und Tante) Tinkes Onkel hat wieder Wasser in die Beene, berichtet Kurte Zampa.

Alter Nagorkan hat sich bei Holzhacken een Fingerglied abehauen, berichtet Michauks Else.

Rumposch schläft. Er hört nichts mehr. Auf den Fensterbrettern lachen die roten Blütenbälle der Geranien, und aus den Sternblüten der Myrthen strömt leiser Speckduft, und wo er auf den Bierdunst trifft, der in groben Wellen von Rumposch ausgeht, weicht er nach oben aus. In der Mitte der Schulstube aber läßt er sich wieder nach unten. Wer eine gute Nase hat, kann eine Weile am Leben des Myrthenduftes teilnehmen.

Der Klassenerste und die Klassenerste sind verpflichtet, jeden, der keine *gescheide Neiigkeet* liefert, an die Wandtafel zu schreiben.

Petkinne hat beim Gartenumgroaben een silbernes Fünfmarksticke gefunden, berichtet Sastupeits Gustav.

Es gibt nicht so viele Dorfneuigkeiten, daß sie für vierzig Schulkinder reichen. Die unplanmäßige Stunde *Erzählen, was es Neies gibt* wirkt befördernd auf unsere Phantasie. Es kommt drauf an, ob die Klassenersten als *Neiigkeet* anerkennen, was wir ersinnen. Nowkas Richard berichtet, sein Großvater habe vor Nächten die *Weiße Frau* an der *Dicken Linde* gesehen. Sastupeits Richard erzählt, in der Karfreitag-Nacht habe Jesus am Dornstrauch auf dem Mühlberg gejammert, weil sie ihm die Dornenkrone aufsetzten. Zwei Lügen, aber die erste liegt jenem Bereiche, das Wahrscheinlichkeit genannt wird, näher. Die *Weiße Frau* ist eine Bossdomer Einwohnerin, Jesus nicht. Sastupeits Richards Name wird an die Tafel geschrieben. Bestrafung nach dem Erwachen von Rumposch. Er erzieht uns im Schlafe zum realistischen Lügen.

Wenn ein Besuch des Schulrates in Aussicht steht, werden Wachen aufgestellt. Die Wachen verstecken sich draußen hinter Bäumen und üben Messerwerfen.

Vom Nachbardorf Gulitzscha kommt eine Chaussee dritter Ordnung. Sie krümmt sich vor Widerwillen, sie will nicht nach Bossdom. Wenn die Schulrats-Kutsche über diese Chaussee hinkt, ruft der Wachtposten: Der Schulrat is schont balde bei Dicke Linde!

Kreizmiesekätzchen! Rumposch springt vom Kathederthron, knöpft seine Lüsterjacke zu, streicht sich über den Schnurrbart und fängt an zu lehren. Er lehrt langsam und laut, damit seine Worte beim geöffneten Fenster hinausfliegen und den Schulrat geneigt stimmen: Wohin begibt sich Christus in jener bewußten Nacht?

Er geht in Seemans Garten, sagt Paule Nagorkan. An normalen Tagen wäre er für diese Antwort verprügelt worden, aber da sich der Schulrat nähert, erklärt ihm Rumposch geduldig, Gethsemane wäre nicht der Name des damaligen Gartenbesitzers.

Ein anderes Mal kommt der Schulrat übermächtig ungelegen. Die Rumposchen fuhr für zwei, drei Tage in ihr Heimatdorf, um sich bei ihrer Schwester auszuklagen. In dieser Zeit verwaltet die kleine Klugens Martha, ihr kennt sie, das Hauswesen und die beiden Lehrerstöchter.

Der Schulrat hat sich nicht vorangemeldet. Er kommt in die Schulstube, und wir spielen dort Haschen und hüpfen über die Bankpulte. Der *Hohe Herr* geht durch die Brandung unseres Lärms und setzt sich ans Katheder, und wir erkennen ihn, und wir werden zu Stoffpuppen mit Sägespänen im Leib.

Euer Lehrer? Wo ist er? fragt der Schulrat.

Keine Antwort. Klugens Martha hat Rumposchen mehrmals geweckt, wahrscheinlich zu leise und nicht stichelig genug. Sie fürchtet Rumposchen; sie ist bei ihm in die Schule gegangen, und sie hat nicht vergessen, wie sie ihm die flachen Hände hinhalten mußte, damit er mit dem Haselstock draufschlagen konnte.

Rumposch hat am Abend zuvor wieder geprüft, ob die Bierbrauereien in Görlitz und Choćebuz noch anständig arbeiten. Klugens Martha kriegt ihn nicht hoch.

Euer Lehrer? Wo ist er? fragt der Schulrat ungeduldig.

Der drimmeit (schlummert) noch, sagt der Klassenerste.

Der Schulrat versteht nicht.

Der tut noch schnarchen, sagt Otto Nagorkan.

Jemand soll Rumposch wecken gehen. Richard, der Bruder von Klugens Martha, muß in die Höhle. Er ist Ziegenfütterer bei Lehrers und kennt sich aus: Der Schulrat, der Schulrat! brällt er im Flur und rennt in Rumposchens Schlafstube. Der Schulrat will wissen, was für eine Stunde wir hätten haben sollen.

Riligionsstunde!

Hausaufgaben?

Ja, rumhorchen, ob sie za Hause bei uns vom *lieben Gott* reden.

Ja, und was reden sie? Der Schulrat zeigt auf den langen Jakubitz.

Gott verdammich, sagt unse Voater.

Der Schulrat beißt sich auf die Unterlippe. Die Mutter? Wie spricht die Mutter von Gott?

Wo ist der gottverfluchte Junge wieder hinnerannt.

Der Alarmruf von Klugens Richard wirkt, als ob ein vierzölliger Nagel von unten durch die Bettmatratze in den Lehrerleib führe. Rumposch liegt, gottlob, angekleidet im Bett, allerdings hängt sein Schlips beim Westenausschnitt heraus, sein Haar ist zerrauft, Hose und Jacke sind zerknittert. Rumposch gleicht einem Handwerksburschen, der im Heuhaufen nächtigte.

Der Schulrat tut, als sähe er den eintretenden Lehrer nicht. Weiter! sagt er und zeigt auf Wilmko Starus. Was sagt man bei euch daheim von Gott?

Gott gib eene Kuh, bloß keen Strick dazu.

Der Schulrat lacht. Rumposch schiebt seinen Schlips in den Westenausschnitt, feuchtet sich die Handflächen mit der Zunge und bringt seine Frisur in Ordnung.

Ah, wen haben wir denn da? fragt der Schulrat. Wir lachen. Der Schulrat geht mit dem Lehrer in den Flur, von dort in die Lehrerwohnung und weiter bis in die Gute Stube, wo das Klavier steht. Wir lauschen. Wir wollen wissen, was für eine Strafe dem Lehrer wird. Vielleicht legt ihn der Schulrat übers Klavier und schmiert ihm zwanzig über. Wir erfahren es nie.

Ob wendsch, ob deitsch, die Obrigkeeten sind sich eenig, sagt Großvater.

Auf der hochen Jungsenschule

Nach Grodk bin ich mehrstenteils geworden, weil mir zu Hause das Gezänk um Geschäfte, Geld und Zinsen das Leben vergällte. Auf die *hoche Jungsenschule* bin ich raufgemacht, weil es geheißen hat, ich kann dort mehr lernen als bei Rumposchen in Bossdom.

Nun wohne ich bis zum Hals unter der Erde in Baltins Kellerwohnung. Die Baltins sind die Freundschaft meiner Mutter und sind die Hausmeisters-Leute von der niederen und der *hochen* Mädchenschule. Sie nennen sich meine Pensions-Eltern. Er heißt Juro, und sie heißt Mina. Seit ich hier bin, ist Heimweh in mir. Es macht mich ganz krumm. Ich bin seit gestern hier.

Daß ich nicht Esau Matt bin, weiß ich, aber die alte Pobloschen, die Mutter von Mina Baltin, hat beim Tabakschleißen geknurrt, ich soll ein nebenhinausgeheckter Sohn von Juro Baltin sein. Das will sich mir nicht.

Freilich weiß man nicht, was alles geschehen ist, ehe man in die Welt der sichtbaren Dinge hinein strampelte. Wenn Juro Baltin mich wirklich seitlich hinausgeheckt hat, muß er meine Mutter in der Tuchfabrik umgarnt und bezwirnt haben, als sie dort zusammen arbeiteten.

Ich beobachte Juro für und für, um zu erluchsen, ob etwas von mir in ihm ist oder umgekehrt. Juro ist ein Mann mit klassischer Frühglatze, und noch ehe die Resthaare an seinem Unterkopf anzeigen können, von welcher Farbe sie sind, läßt er sie sich abrasieren, und ich kann nicht erkennen, ob sie rot sind wie die meinen.

Als Dienstuniform trägt Juro zu einer dunkelgrauen Tuchhose eine blaue Arbeitsjacke. Aus der rechten Jackentasche lugt der Schweif eines karierten Taschentuchs, und in der linken Jackentasche führt ein Putzlappen sein verschmiertes Leben. Juro geht mit schaukelndem Gang durch die Schulräume und wischt sich Staub und Schweiß von der Glatze, aber zuweilen vertut er sich und bringt mit dem Putzlappen Schmieröl auf sein enthaartes Haupt, dann kommt er stinkend zu Tisch und wird von seiner Mina getadelt. Sie nennt ihren Mann nicht Juro, sie ist eine Deutsche, sie sagt: Aba Geo-rig!

Juro ist findig, versteht von allem ein wenig und dreht an allem ein bißchen. In der Turnhalle gastiert eine Wandertierschau. Der Fliegende Hund wird vorgestellt, pteropus vampyrus, auch Kalong genannt, liebe Kinder. Die Erklärung, die er sich jeden Tag anhören muß, langweilt den Fliegenden Hund, er reißt aus, er macht sich selbständig. Juro muß heran, holt einen Regenschirm, spannt ihn auf und täuscht dem Flughund eine kleine Finsternis vor. Der Vampir fliegt in die Finsternis.

Woher weiß Baltin, daß man einem Flughund mit einem aufgespannten Regenschirm kommen muß?

Wir hatten die Biester in Deutsch-Südwest als Wachhunde, sagt Juro.

Der Kalong in Deutsch-Südwest? Gehört er nicht nach Indien? Freilich, für Leute, die alles genau nehmen.

Juros Lebenserfahrungen sind zwitterig, inländisch und ausländisch; die inländischen sind überprüfbar, die ausländischen sind Glaubensangelegenheiten.

Mit Deutsch-Südwest ist, wie ihr wißt, eine der Kolonien in Afrika gemeint, die sich die braven Deutschen einst aneigneten. Nach dem Weltkrieg Numero eins verloren sie die Kolonien bekanntlich, weil ihnen die Heimat einen Dolchstoß versetzte. Deutsch-Südwest, behauptet Juro, wäre zu retten gewesen, wenn sich die Deutschen in Versailles *nich so tumm* angestellt hätten.

Juro war Hottentottenaufseher beim Bau der Eisenbahnlinie nach Windhuk. Jetzt ist er Sozialdemokrat, und Deutsch-Südwest liegt als ein hehrer Lebensabschnitt in seinen Erinnerungen. Deshalb empfindet er sein Nachkriegsleben in Grodk zuweilen als fad und versucht, ein wenig Unordnung hineinzubringen. Er tauscht an einem Regentag den Schirm des Lyzeumsdirektors gegen den vom Rektor der Mädchen-Volksschule aus. Die beiden Schul-Hauptleute sind einander nicht gewogen. Sie begegnen sich mit den vertauschten Schirmen auf der Straße und verdächtigen einander, und einer erträgt das Vergehen des anderen mit knirschender Vornehmheit.

Beim nächsten Regen tauscht Juro die Schirme zurück, und die beiden Schul-Obersten schütteln, wenn sie sich treffen, mit stummer Mißbilligung die Köpfe, wie heutigentags die Autofahrer, wenn einer vom anderen meint, er habe gegen die Straßenverkehrsordnung verstoßen.

Um Juros Nase spielt sich eine Art niederer Gehirntätigkeit ab. Es zuckt dort zu beiden Seiten, wenn er mit jemand spricht, dem er einen Schabernack zu spielen gedenkt.

Er bestreicht die Reckstange in der Turnhalle mit Ofenruß. Fräulein Westerwald, die stramme Turnlehrerin, kommt *zebriert* in die Kellerwohnung und bittet Juro um Hilfe. Juro reinigt beflissen und grinsend die Reckstange mit Sandpapier und kassiert Dank für seine Alfanzerei.

Juro füllt mein Tintenfaß mit Wasser. Ich hole mir ein Tintenfaß aus einem Klassenraum des Lyzeums. Juro muß sich bekennen. Er bekennt, daß ich nicht *so dämlich bin, wie ich aussehe*.

Man versteht, daß die Baltins afrikanisch eingerichtet sind, und daß Tier-Reste, deren Heimat Afrika sein soll, die Wohnung verunzieren.

In der Flur-Garderobe hängen die Kleidungsstücke an Gehörnen von Springböcken, der Schirm-Ständer ist aus gebleichten Kamelknochen; die Haken des Handtuchhalters sind präparierte Krabbenscheren; in der Wohnstube ragen Spießgehörne von Säbel-Antilopen in die Kellerluft; an der Gaslampe über dem Stubentisch baumeln drei ausgeblasene Straußen-Eier; auf der Kommode liegen die gefleckten Gehäuse von Muscheln und die Panzer von Wollhandkrabben.

Mina Baltin weiß nicht, wer ihr Vater war. Sie fragt ihre Mutter, die alte Pobloschen. Die alte Pobloschen sagt: Halts Maul, dein Vater war ein feiner Mann!

Mina fühlt sich verpflichtet, eine feine Frau zu sein. Sie läßt sich Frau Hausmeisterin titulieren, und wer Frau Schuldiener zu ihr sagt, ist ein Prolet. Wenn es Gerechtigkeit gäbte, sagt sie, müßten wir Oberhausmeisters sein, weil wir zwei Institute, die Mädchen-Volksschule und die hoche Mädchenschule, das Lyzeum, bemeistern.

Mina weist mir in der Wohnung den Platz an, an dem ich meine Schularbeiten machen soll. Sie unterweist mich auch anderweitig, zum Beispiel, daß ich nicht die *Berliner Morgenpost*, sondern Klosettpapier nehmen soll. Ich als deine Pensionsmutter, sagt sie, könnte, müßte, dürfte, sollte, hätte ... Zwischen ihr und mir ist Fremde, weil sie mich nur unter der Bedingung in Pension nahm, daß meine Hemdsärmel nach dem Ärmelmuster der Rektorssöhne gekürzt werden, daß von meinen Hosenbeinen je ein Stück abgeschnitten wird, daß ich nicht mehr zwei rechts, zwei links gestrickte Wollstrümpfe tragen darf, daß ich meinen Pony, den Haarklecks über der Stirn, zu einer Frisur mit Scheitel anwachsen lasse, daß ich mit Bitte und Danke *rischer* bei der Hand bin.

Meine Schularbeiten soll ich am Tisch in der Wohnstube machen, aber ich soll nicht Wohnstube, sondern Wohnzimmer sagen, sagt sie.

Auf dem Wohnstubentisch liegt eine dicke Plüschdecke, und auf der Plüschdecke liegt quer von der linken unteren zur rechten oberen Tisch-Ecke eine Häkeldecke.

Es heißt diagonal und Tischläufer, belehrt mich die Baltin.

Ja bitte, sage ich eingeschüchtert.

Läufer und Decke müssen so liegenbleiben, wie sie liegen, sagt die Baltin, weil Lehrer und feine Leute hier aus- und eingehen, die nicht vom Anblick eines nackten Tisches erschreckt werden dürfen. Du bist alt *genung* und kannst sehr wohl Obacht geben, daß beim Schreiben *nischt* auf die Decke kommt.

Ja bitte, sage ich.

Ja danke, muß es heißen, sagt sie.

Ja danke, sage ich.

Mina Baltin hat nur eine Tochter. Einen Jungen hat sie nicht in die Welt gedrückt, deshalb will sie mich so haben, wie ihr Junge hätte sein sollen. Sie will mich umarbeiten. Auch auf der *hochen Schule* werde ich umgearbeitet. Sie sagen, ich wäre jetzt ein Sextaner.

Mina Baltin geht mit mir eine Schülermütze kaufen. Sextanermützen sind dunkelgrün und haben überm unteren Rand eine goldene Borte.

Ich wollte mir die Schülermütze selbsttätig kaufen gehen, aber Mina Baltin wollte mit. Du hast so schont abstehende Ohren, sagt sie, und wenn die Mütze, falls du sie zu groß käufst, noch auf diesen ruht, werden sie so seitlich werden wie Ziegen-Ohren.

Wir gehen zu Mützenhändler Rau, und ich gewahre, daß Mina nicht meiner abstehenden Ohren wegen mit zum Mützenkauf ging. Sie will sich aufspielen. Es handelt sich bei diesem Jungen um meinen Pensionär, sagt sie zum Mützenhändler, und ich als seine Pensionsmutter möchte, daß er in einer anständigen Verfassung herumlöft. Vor fremden Leuten drechselt Mina Baltin ungeheuer an dem, was sie sagt, aber zuweilen entrutschen ihr Worte ins Grodkische, und ihre Sätze sind wie schöne Pferde mit abfallenden Kruppen.

Der Mützenhändler tut uns eine Mütze her. Die ist mir zu dunkelgrün, sagt die Baltin, ich hätte gern eine olivere.

Sehr wohl, gnädige Frau, eine oliv-farbene, sagt Mützenhändler Rau. Er weiß, die Sextanermützen der ganzen Sendung gleichen einander in der Farbe, nur die Kunden gleichen einander nicht. Er weiß auch, daß er die Frau vom Schuldiener Baltin vor sich hat, aber er tituliert sie *gnädige Frau*. Mina schüttelt sich vor Wohligkeit wie ein Sperlingsweibchen nach dem Hahnentritt.

Die nächste Sextanermütze ist der Baltin in der Paspelierung zu glänzig.

Jawohl, gnädige Frau. Mina Baltin scheint für Mützenhändler Rau von Beanstandung zu Beanstandung herrschaftlicher zu werden. Herrschaft und Mäkelei kommen aus einem Ei. Leute, die in Gastwirtschaften das Essen bemäkeln, es zurückschicken und wiederkommen lassen, werden von Kellnern und vom Küchenpersonal gehaßt, aber für *hoche* Herrschaften gehalten.

Die sechste Mütze, die mir Mützenhändler Rau über das schmutzig-rote Haar stülpt, ist Mina Baltin endlich genehm. Sie bezahlt sie aus meinem kleinen Portemonnaie. Mützengeld ist im Pensionspreis nicht inbegriffen.

Nun bist du priviligisiert, sagt Mina Baltin und beklopft mein Mützenschild. Ich kenne das Wort nicht, aber etwas wirds schon bedeuten. Trotzdem weiß ich nicht, ob ich es tue. Die hoche Jungsen-Schule hieß in Grodk früher Realschule, und die *Jungsen*, die auf sie raufgehen, werden bis heute Real-Ochsen genannt. Eine Schülermütze zeigt an, daß der Vater von dem, der sie trägt, einen Sack voll Geld in der Speisekammer hat. Das ist im Falle meines Vaters eingelogen. Ich soll mich nach der Mütze verhalten, sagt

Mina Baltin. In Bossdom lassen sich nur der Gendarm und der Postbote von ihren Mützen ihr Verhalten vorschreiben. Soll ich so steif umhergehen wie diese?

Der dritte Mensch, mit dem ich jetzt in einer Familie zusammen leben muß, ist, wie ich erwähnte, die alte Pobloschen. Ich soll Großmutter zu ihr sagen. Das will sich mir nicht. Den Titel Großmutter darf nach meiner Meinung nur die wirkliche Nachzucht einer alten Frau benutzen. Ich bin keine Nachzucht von der alten Pobloschen.

Die alte Pobloschen wechselt dreimal täglich ihre Frisur, das heißt, ihr Haar tut es von selber. Morgens ist es zu einem Knoten aufgesteckt, um Mittag sind einige Haarsträhnen aus dem Knoten herausgerutscht und bilden eine Windstoßfrisur, und am Abend sieht die Pobloschen aus wie ein Meerweib. Sie sitzt in einem mit Kissen gepolsterten Rohrstuhl in der Küchen-Ecke rechts vom Fenster und leidet an tauben Füßen und aufgerissenen Augen. Hinter den aufgerissenen Augen steht Angst oder Wut, Über-Angst oder Über-Wut. Sie arbeitet wochentags und sonntags. Ihre Arbeit wird Heim-Arbeit genannt. Sie zerreißt getrocknete Tabakblätter, trennt das braune Blattheu vom Stengel. Durch die Baltinsche Küche ziehen Tabakblätter aus fernen Ländern, auf ihnen funkelt feiner Sand, und den ganzen Tag durchzittert ein leises Trenngeräusch die Küchenluft.

Der Keller der Mädchenschule ist so groß wie ihr Grundriß. Wer will, kann sie sich ansehen gehen; sie steht noch. Der größte Teil der Stadt wurde im letzten Krieg von englischen Tieffliegern zertrümmert. Die Engländer hätten es mit ihren Tieffliegern vor allem auf ihre lästigen Konkurrenten, die Grodker Tuchfabrikanten, abgesehen, heißt es. Man soll da nicht so sicher sein; wenn die Deutschen in einem Krieg, den sie anzündelten, Dresche kriegen, lassen sie Legenden aufblühen.

Der große Schulkeller ist durch Wände in Abschnitte unterteilt. Ich rede von dem Abschnitt Hausmeisterwohnung: Zwei Stuben, Küche und das Heizerstübchen, in dem die alte Pobloschen wohnt.

In den Korridor hinter der Hausmeisterwohnung fällt nie ein Strählchen Taglicht. Alles Taglicht wird von den Stuben verbraucht. Im Korridor brennt Tag und Nacht eine verdorrte Gaslampe; er ist eine Zwischenstation; es halten sich dort Dinge auf, die weiterwandern, in die Schule hinein oder zur Schule hinaus. Da steht zum Beispiel eine alte Wandtafel, die nicht ahnt, daß sie in einigen Tagen zu Kleinholz zerhackt werden wird. Da steht ein neuer Kathederstuhl, der noch nicht weiß, daß täglich mehrere Lehrer-Ürsche über ihn hinscheuern werden, und da ist ein Fahnenstiel, der auf ein schwarz-rot-goldenes Tuch wartet, das an ihm befestigt werden und wehen und politische Feierlichkeit verbreiten soll.

Da gibts in diesem Korridor auch einige fixe Dinge: Das Klingelbrett zum Beispiel. Die Klingelknöpfe sind angeordnet wie die Knöpfe an einem Herrenzweireiher. Ein altes Nachtschränkchen lebt ebenfalls für ständig im dunkelsten Korridor der Welt. Es dichtet einen Eimer und einen Nachttopf geruchsicher ab und stellt das Behelfsklosett der Pobloschen dar. Die Alte bewältigt den Anmarschweg zu den allgemeinen Klosetts nicht mehr.

Und schließlich hängt in diesem Korridor das große Schlüsselbrett. An seinen Haken baumeln über hundert Schlüssel und träumen von ihrem Glück. Das Glück eines Schlüssels ist, eine Tür aufzuschließen, und jeder Schlüssel, der aufschließt, bildet sich ein, die Welt um ein paar Quadratmeter Raum vergrößert zu haben. An jedem Schlüssel zittert ein kleines Schild, das schriftlich ausweist, mit welcher Tür man ihn glücklich machen kann.

Rektor Heide holt sich den Schlüssel zum Rektoratszimmer. Er tauscht mit Mina Baltin gespreizte Sätze aus. Kein Lehrer und kein Rektor kann ein Wort mit Mina Baltin reden, das ich nicht höre. Ich sitze in der Wohnstube am Tisch auf meiner Schülermütze. Die Schülermütze habe ich unter der Wasserleitung genäßt; sie soll sich verkrümpeln und nicht so neu aussehen. Ich muß nicht nur alles anhören, was der Rektor und die *hoche* Lehrerschaft mit Mina Baltin bereden, ich will es. Ich will gebildet werden. Je schneller ich gebildet werde, desto *rischer* kommt das Leben heran, das ich nach meiner fertiggestellten Bildung führen werde.

Denken Sie, Frau Baltin, sagt Rektor Heide, sie haben mir wieder zwei Mädchen ins Institut geschleust, die nur Hilfsschulreife besitzen. Jetzt weiß ich, weshalb Mina Baltin von *Instituten* spricht, wenn sie die Mädchenvolksschule und das Lyzeum meint.

Ich kann Ihnen verstehen, sagt Mina Baltin zum Rektor, Mädchen mit Hilfsschulreife drücken auf das Niveau.

Ich versuche auf dem Schulhof die hilfsschulreifen Kleinweiber herauszusuchen. Mein Großvater hat mich gelehrt, im Marktgetümmel Pferde mit Dummkoller herauszufinden, aber hier schiebt Gott meiner Sucherseele einen Riegel vor, er will mir beibringen, daß man Pferde und Weiber nicht vergleichen soll. Ich finde die Hilfsschulmädchen nicht.

Mina hat mir verboten, von einem Keller zu sprechen, wenn ich die Baltinsche Wohnung meine. Wir wohnen im Souterrain, sagt sie. Souterrain? Wer nicht weiß, was das ist und wie tief unten das ist, meint, wer weiß wie hoch wir leben.

Nach dem Kriege wurden im Keller zwei Notschulräume eingerichtet. Man rechnete mit vielen neuen Kindern in der deutschen Welt. Leider waren die meisten neuen Kinder nicht Mädchen, sondern Jungen. Rektor und Lehrer beachteten die Theorie von Stellmacher Schestawitscha in Bossdom nicht, der da behauptete, das Leben weisch, wasch den Deutschen frommt, siegreich wolln wir Frankreich schloagen, Gott stroafe England!

So wurden die Notschulräume, die vollständig eingerichtet waren, zu Ausleihen für Dinge, die in den oberen Schulräumen zum Fehlen kamen. Geh mal rasch runter nach Kreide, hieß es. Oder es hieß, holt mal einen Stuhl von unten, falls der Rektor uns besucht.

Doktor Kümmel zerschlug ein Katheder. Es mußte ein heiles von unten geholt werden. Doktor Kümmel ist Pazifist und Mitglied der Stadtverordneten-Versammlung. Seine Wahl war ein Versehen, heißt es jetzt. Man will ihn wieder raus haben. Pazifisten sind bei Sozialdemokraten, Deutschnationalen, sogar bei Kommunisten unbeliebt. All diese Bünde sind Kampfbünde, und der Kampf braucht Kämpfer. Doktor Kümmel zerschlug das Katheder, als er seinen Mädchen auseinandersetzte, daß nie wieder ein Krieg stattfinden dürfe. War das nicht kämpferisch genug?

Es kommt vor, daß schon am Nachmittag in Mina Baltins Wohnstube ein Damenkränzchen stattfindet. Dann mache ich meine Schularbeiten in einem der Notschulräume. Ich setze mich ans Katheder und spiele Lehrer, ich träume mir ein hübsches Mädchen in eine der Bänke hinein und sage: Diesmal wollen wir es noch hingehen lassen, Elfi, und ich genieße Elfis dankbaren Blick.

Als Rektor Heide nach Grodk kam, hatten sie nicht gleich eine passende Wohnung für ihn, und er mußte eine Weile die Notschulräume als Wohnung benutzen. In jener Zeit wurde dort ein Spülklosett eingebaut. Manchmal gehe ich auf dieses ehemalige Rektoratsklosett. Das ist mein Geheimnis.

Ich heiße Meta

Es ist Sommer, kurz vor der Getreide-Ernte. Ich gehe in die Felder zu den Zetschens hinaus, um zu sehen, wie reif die Kirschen schon sind. Auf dem Kirschbaum sitzt ein fremder Junge, unterm Kirschbaum sammelt ein fremdes Mädchen Kirschen in ein Körbchen. Das Mädchen hat hellblonde Locken, große blaue Augen und erscheint mir hübsch, weil es nicht aus unserer Gegend ist und leicht angesächselt spricht.

Ich heiße Meta, sagt das Mädchen, bist du der Esau?

Der bin ich, sage ich.

Mir sin hier bei Ongeln uff Sommerfrische, kommts vom Kirschenbaum. Der Junge heißt Bernhard, ist zwei Jahre älter als ich und behauptet, er sei der Hauptneffe von Onkel Ernst, ich sei nur angeheiratet.

Das ist mir neu. Ich wußte nicht, daß Onkel Ernst einen Bruder hat. Der Bruder hat wollt Lehrer wern, is aber durchgekracht, erklärt Onkel Ernst. Mit der vergeblichen Lehrerlernerei habe der Bruder sein Erbteil *verpanscht*, doch er bestünde weiterhin auf die Erbschaft, und die Brüder hätten sich darüber verzweit. Der verkrachte Lehrer sei in den Bergbau gegangen und wäre jetzt Gruben-Oberaufseher in der Gegend von Eisleben. Der Zwist zwischen den Brüdern halte an. Da Zetschens keine Kinder haben, behauptet der Gruben-Oberaufseher, müßten seine Kinder einst den Hof von Onkel Ernst erben, deshalb schickt er sie hin und wieder zu den Zetschens in die Sommerfrische.

Die beiden Angereisten halten es in der Feldeinsamkeit nicht lange aus und stellen sich alsbald bei uns in Bossdom ein. Bernhard interessiert sich für die Brotbäckerei; doch nach zwei Tagen wird ihm die zu eintönig, und er wechselt zu den Sastupeits hinüber. Nach einigen Tagen behauptet er, er könne schon die Windmühle fahren. Danach wird er von Onkel Ernst zum Fahren von Erntefudern angefordert. Meta aber läuft Tag für Tag über die Felder zu uns, hockt bei meiner Schwester und noch eifriger bei mir. Sie sitzt bei mir in der Poststelle, begleitet mich auf den Briefträgergängen und bringt Unruhe in mein Sommerleben.

Es kommt ein Regentag, und der Regen versucht sich in allen Gangarten, nässelt, pladdert, kommt als Strichregen und schließlich mit Gepolter als Gewitter. Meta läßt sich vom Regen nicht schrecken, sie macht, wie alle Tage, die Briefträgerrunde mit mir durchs Dorf. Wir trocknen unsere Kleider in der Backstube und sitzen derweil in Unterkleidern auf dem Backofen, um uns durchzuwärmen. Obwohl es auf dem Backofen schummerig ist, sehe ich Metas nackte Arme. Es geht ein mir unbekannter Duft von ihrer glatten Haut aus, vielleicht der Duft von Seife, die aus Eisleben stammt. Ich verspüre Lust, mich Meta zu nähern, doch ich versage es mir. Ich werde unruhig.

Ich fertige die Nachmittagspost ab, Meta hockt bei mir, und es regnet. Hernach spielen wir mit den Geschwistern in unserer Kinder-Schlafstube. Meine Schwester und die beiden Brüder spielen Theater. Meta und ich sind die Zuschauer. Wir sitzen auf dem Bettrand. Die Geschwister werfen uns eine Decke über den Kopf, weil wir nicht sehen sollen, wie sie ihre Vorbereitungen für das Spiel treffen.

(Eingedeckte Zuschauer anstelle eines Bühnenvorhangs – vielleicht ein Hinweis für einige unserer Theater-Regisseure, die fort und fort nach modernen Regie-Einfällen suchen.) Meta und ich fühlen uns unter der Decke herrlich ungesehen. In Romanen heißts zuweilen: *Ihre Lippen berührten sich leise* ... Bei uns sind es die Stirnen. Metas Haarkringel streifen meine Stirn wie die Flügel eines Nachtschmetterlings. Mit eins wird uns die Decke von den Köpfen gezogen, und wir fahren auseinander wie Ameisen, wenn Tageslicht in ihren Bau dringt.

Die Geschwister spielen ein Stück aus dem Bossdomer Leben: August Petruschka kommt stark angetrunken mit einer Katze auf dem Arm aus der Schenke. Es ist eine windige Nacht. Den Wind erzeugt Bruder Tinko. Er liegt hinter seinem Bett und zischt und faucht. August Petruschka will die Katze seinem Enkel mit nach Hause nehmen, aber unterwegs entspringt ihm das Tier, und er sucht und sucht es; er dreht sich um sich selber und weiß zuletzt nicht mehr, wo er ist. Er klopft Leute heraus, damit sie ihm seinen

Standort bestimmen helfen, aber er klopft an die eigene Haustür. Seine Frau Auguste erscheint in der Nachtjacke, nimmt ihn beim Kragen und bringt ihn zu Bett.

Meta und ich lachen ausgiebig und loben die Schauspieler. Wir verstecken unser Geheimnis von unter der Decke durch unseren Beifallseifer und wissen voneinander, daß wir lügen, daß wir täuschen, und bitten die Geschwister um ein neues lustiges Stück.

Der Vorhang fällt, das heißt, Meta und ich hocken unter der Decke. Metas Jungmädchenduft ist wieder da. Unsere Stirnen berühren einander. Vor der Decke beraten die Geschwister und flüstern. Draußen geht der nimmermüde Regen nieder. Unter der Decke entstehen unbekannte Bedrängnisse. Unsere Lippen berühren sich. Kein Kinderkuß mehr, ein Kuß, mit dem wir in eine Lebensgegend vordringen, in der wir noch nicht waren.

Detektiv Kaschwalla kommt und sieht nach dem rechten. Was machen die beeden doa? Sie reißt die Decke hinfort, erkennt unseren Zustand, stemmt die Hände in die Hüften: Sich moal bloß eener an!

Der Regen nimmt nicht ab, gegen Abend wird er noch eifriger. Meta ißt mit uns Abendbrot. Weiß jemand, daß wir uns küßten?

Die Mutter entscheidet: Das Mädel kann bei dem Regen nicht über die Felder! Meta übernachtet bei uns. Sie schläft mit im Bett meiner Schwester. Das Bett der Schwester steht in der Kammer, dem Nebenraum der Kinderstube. In der Kinderstube schlafen Bruder Tinko und Bruder Heinjak in einem Bett, und im anderen Bett, dem Bett von Bruder Heinjak, schlafe ich. Die Türöffnung zur Mädchenkammer ist von einer Portiere verdeckt.

Mir ist heiß. Ich wälze mich schlaflos. Es ist mir wie damals, als man mich gegen Pocken impfte und die Impfstellen sich entzündet hatten. Draußen immer noch Regen und Regen. Ihr kennt sie, jene Sommerregen, die wochenlang ihre Arbeit vergaßen, sich dann aber überstürzen und alles nachholen.

In der Mädchenkammer raschelt es. Es muß Meta sein. Schläfst auch du nicht? flüstere ich. Woher nehme ich den Mut, erzeugt ihn das erwachte Männchen in mir? Es kommt kein Gegengeflüster aus der Kammer, aber die Portiere raschelt.

Wir liegen nebeneinander.

Hörst du den Regen?

Ich höre ihn.

Frierst du?

Ich friere.

Wir rücken zusammen, wir umarmen uns, erwärmen einander, wiederholen den Kuß vom Nachmittag und verlängern ihn. Ich erwäge, mein Hemd auszuziehen. Sie kommt mir zuvor. Instinkt täuscht Erfahrung vor. Wir versuchen einander. Wir versuchen *ES* miteinander, aber wir sind zu jung füreinander. Es endet kläglich. Mir klappern die Zähne, ihr klappern die Zähne, wir frieren, als lägen wir im Schnee. Wir schämen uns voreinander.

Am Morgen geht Meta über die Felder zum Ausbauernhof der Zetschens. Von mir verabschiedet sie sich nicht. Wir sehen uns in diesen Ferien nicht wieder. Wir sehen uns erst wieder, da sind wir je sechzehn Jahre alt.

Das Erlebnis in jener Sommernacht peinigt mich noch nach Wochen. Weshalb hat sich mir dieses unbekannte liebliche Drängen, das mich auf die Cousine hinstieß, nicht erfüllt? Es war alles so glatt an Meta. Fertige Frauen müssen anders sein, vermute ich. Ich beobachte Frauen, die mir gefallen. Ich spüre ihren Duft, ihre Wärme, bin begierig, eine wirkliche, eine fertige Frau zu sehen.

Ich hole heimlich das *Doktorbuch* aus dem Vertiko der Mutter. Ich sehe mir das aufklappbare Modell der nackten Frau an. Es wirkt kalt und konstruiert auf mich, ist wissenschaftlich, ist schamlos, ist ohne Poesie.

In Berlin läuft eine Revue mit dem Titel *Zieh dich aus!* Ich sehe mir die Fotos der Girls in der *Berliner Morgenpost* an, aber was ich sehen will, sehe ich nicht, nicht einmal das kleine Dreieck aus Haaren, über das mich Bücherbote Baer aufklärte.

In Inseraten von Tageszeitungen werden Frauen gefragt: Leiden Sie an Weißfluß? Wir helfen Ihnen, wird versprochen. Worum handelt es sich?

Da ist von korrigierbaren Damenbüsten die Rede, und es werden goldene Perlen empfohlen, die die Mannskraft steigern, und silberne Perlen sollen die Frauen eifriger machen. Alles halb verschlüsselt. Mein geheimer Drang wird nicht gelöscht, er hört nicht auf. Obszöne Tiraden von Mitschülern mißfallen mir. Die

Dorfburschen erzählen Gruselgeschichten. Sie erklären mir, weshalb sie in den Revers ihrer Sonntagsjacken einige Stecknadeln mit sich führen. Wenn sie sich über ein Mädchen hermachen, erzählen sie, und auf dem Mädchen hängen bleiben, wie mans von den Hunden her kennt – ein Stich mit der Nadel ins Hinterteil des Mädchens, und die Befreiung ist da. Sie nennen mir Namen von Orten, an denen *welche zusammengehangen haben*: Von Drieschnitz soll man mußt hoaben een zusammenhängendes Pärchen nach Choćebuz transportieren. Der Doktor hat sie mußt lösen.

In der *Berliner Morgenpost* wird Tag für Tag von einem sogenannten Sittlichkeitsskandal berichtet. Die Beteiligten sind Jugendliche. Ein Gymnasiast wurde erschossen. Die Jugendlichen sagen vor Gericht über sexuelle Vorgänge aus. Die Aussagen werden wörtlich wiedergegeben. Die Grodker Kleinbürger spielen Empörung und delektieren sich an der Verkommenheit von hauptstädtischen Jugendlichen. Der Mörder-Gymnasiast hat eine Schwester; er betrifft seinen Freund mit ihr in einem Liebestechtelmechtel und erschießt ihn aus Eifersucht, weil der Freund ihm untreu wurde. Die beiden Jungen lieben einander. Ich kriege das erste Mal etwas von Männerliebe zu wissen.

In der *Morgenpost* werden die Fotos vom Mörder, vom Ermordeten und von der Lyzeumsschülerin Hildegard S. veröffentlicht. Das Mädchen gefällt mir; auch ich würde mich, trotz seiner Verruchtheit, in es verliebt haben, und meine Zuneigung zu ihr wird von Prozeßbericht zu Prozeßbericht stärker. Dagegen mißfällt mir der ekelig scharfzüngige Richter, der das Mädchen vernimmt. Heute, da wir mehr und mehr zu Maschinenteilen geworden sind, würden wir sagen: Er nahm das Mädchen auseinander. Er preßt der schönen Hildegard Aussagen ab, die sie von Tag zu Tag verruchter erscheinen lassen. Ich hüte mich, über meine Gefühle, über mein Mitleid zu sprechen, weil ich spüre, daß sich mein Begehren dahinter verbirgt. Die Leute meiner Umgebung würden darüber empört sein. Also schweige ich; also lüge ich; also tue ich mitempört über das Leben von jungen Mitmenschen, das nicht nach Norm und Vorschrift verlief.

Ich mache meine Bekanntschaft mit dem Rundfunk in Baltins Kellerwohnung. Juro Baltin war, ähnlich wie mein Onkel Paule Schipka, durch einige Jahre Aufenthalt in Deutsch-Südwest fernen-verseucht, vom Weltengeist durchrüttelt und für ein Leben in der Kleinstadt zu pfefferig geworden. Die Stadt Grodk an der Spree, unterhalb des Georgenberges, verfügt nunmehr über einen Spezial-Rundfunkmechaniker. Juro Baltin ist oft gesehener Gast im Rundfunkladen und läßt sich beraten: Ohne Hoch-Antenne, erfährt er, ist ein Radioapparat nichts Halbes und nichts Ganzes. Die Hoch-Antennen müssen auf Dächern angebracht werden. Sie bestehen aus drei Längsdrähten, die durch Holzspeiler peinlichst auf Abstand gehalten werden, und sie *himpein* (schaukeln) hoch in den Winden wie eine Hängematte, und die Hängematte hängt auf Lauer nach Radiowellen, die von Berlin aus über Land geschickt werden. Schornsteinrauch läßt die Hoch-Antenne unangefochten, doch eine Berührung mit dem Schornstein ist unerwünscht; Stein und Draht, die einander reiben, erzeugen Krächzer im Lautsprecher, behauptet Juro Baltin.

Juros Kolonialistengeist brodelt. Er verläßt am Nachmittag den Dienst und läßt die *Weibsen alleene die Schule kehrn, er geht bissel bei Rundfunkmechaniker Bratzkon gucken*, wie man Antennen baut. Alsbald hat er *den Bogen raus*. Er trifft im Mechanikerladen auf Studienrat Münchdorf, der auf einen Zwei-Röhren-Apparat aus ist. Münchdorf hat einen Kampf mit seiner Frau hinter sich und steht als Besiegter im Radioladen. Bisher war er Selbstversorger wie eine Hausfrau, die ihre Marmelade nicht im Laden kauft, sondern selber kocht, er betrieb mit seinen Töchtern Hausmusik, aber seine Frau hat ewig Sehnsucht nach Wien hin, sie will *a Radio*, sie will Wiener Walzer und Wiener Geplauder hören und wenigstens mit den *Ohrn a wengerl dahoam sein*.

Juro Baltin bietet sich Studienrat Münchdorf als Antennenzieher an. Er sammelt Erfahrungen und entwickelt sich zu einem Antennenzieher-Gesellen, und von da an hält ihn nichts mehr, er hat noch keinen Radio-Apparat, aber er baut eine Antenne für das, in der Zukunft liegende, Gerät. Einen Lautsprecher, der Gerede liefert, gibt es in unserer Kellerwohnung noch nicht, aber Juro redet vom künftigen Lautsprecher und sagt nicht *das* Radio, sondern *der* Radio. Ich muß mir, wenn ich französische Vokabeln lerne, die Ohren zuhalten, damit mir nicht Antennenlitzen und Eier-Isolatoren hineingestopft werden, und meine Empfindlichkeit für die Wörter richtet sich auf etwas Nebenbeiisches: Wer, so frag ich mich, bestimmt bei neuen technischen Dingen, die der Mensch in die Welt setzt, das Geschlecht? Wer bestimmt, daß das Radio sächlich und die Antenne weiblich ist? Wo sitzt das weibliche Geschlechtsteil der Maschine?

Einmal erkundigte sich die Frau Baronin bei meiner Mutter, ob mir der Schulbesuch in Grodk gut bekomme.

Das ja, sagt die Mutter, bloß mit seine Froagerei ists manchmoal, als ob bei am was nich stimmt.

Ich stand am Guckloch der *Versteckten Kamera* und zog mich zurück. Die Meinung meiner Mutter über meinen Geisteszustand machte mich traurig.

Da die Schule für niedere und höhere Töchter eines der höchsten Gebäude der Stadt ist, wird Juro Baltins Hoch-Antenne zwangsläufig die höchste Antenne von Grodk. Das Anlegen dieser Hoch-Antenne verlangt Vorübungen: Juro Baltin nimmt eine mittelgroße Kartoffel und steckt einen Nagel hinein. Am Nagel ist eine lange Schnur befestigt. Kartoffel, Nagel und Schnur versucht Juro, über den hanseatisch ausgefransten Giebel der Mädchenschule zu werfen. Juro übt einige Tage, bis es ihm gelingt. Wer will, kann nach Grodk fahren, sich auf den Hof der Mädchenschule stellen und Juros Leistung von damals würdigen. Wir mußten sie damals sofort bestaunen: Mina, Mina, Esau, Esau! ruft Juro, und wir müssen auf den Hof und uns wundern. Da liegt nun die Kartoffel mit dem Schnur-Ende hinter dem hanseatischen Giebel, und an das andere Ende der Schnur, an das Hof-Ende, befestigt Juro die fertige Antenne und klettert dann auf den Schulboden und dort zur Dachluke hinaus und arbeitet sich rittlings zur Kartoffel. Weshalb so umständlich, werdet ihr fragen? Weshalb nahm Juro die Antenne nicht durch die Bodenluke mit aufs

Dach? Weil es nicht ging, ihr Lieben, der besenstiellangen Speiler wegen nicht, die die Antennendrähte auseinanderzuhalten hatten. Für sie war das Lukenloch zu klein.

Der Rundfunk fängt an, die Stadt zu durchwuchern. Die in Berlin ausgesandten Radiowellen klirren an die Fensterscheiben und jammern um Einlaß und Empfang. Ich werde für eine Zeitlang antennenkrank, gehe umher und mustere die Dächer und kontrolliere, ob die Antennen sach- und fachgemäß angelegt sind. Ich durchleide eine der merkwürdigen Sachkrankheiten meines Lebens. Eine Zeitlang fühlte ich mich gedrungen, die Länge der Hosenbeinlinge an Männeranzügen zu betrachten und in Gedanken zu korrigieren. Die Hosenbeinlinge mußten um diese Zeit, wenn es sich nicht um Arbeitsanzüge handelte, kurz getragen werden, man mußte die bunten Socken und die Halbschuhe sehen können, die in Mode waren. Fast um die gleiche Zeit durchlitt ich die Schlipsknoten-Krankheit. Männer, die etwas auf sich hielten, mußten die Schlipsknoten bis zur Größe einer Über-Erbse zusammenziehen. Dieser Zwang, mich mit Modedummheiten zu beschäftigen, blieb mir mein Leben lang. Zur Zeit beobachte ich, wie junge Männer und solche, die noch jung sein wollen, ihre Hemd- und Rockärmel zum Ellenbogen hochschieben und beständig darüber wachen, daß die Ärmel auch dort oben bleiben, daß ihre Forschheit und Männlichkeit nicht herunterrutscht. Sinn und Zweck solcher Zwänge kann ich nicht erkennen. Sollten sie mir eingeboren worden sein, damit ich dem Zwang frönen kann, davon zu erzählen?

In der Wohnstube der Baltins wird eine Radio-Ecke eingerichtet: Ein Korbtisch und drei Korbstühle. Auf dem Tisch hockt in einem Deckchennest der Zwei-Röhren-Apparat und brütet Musik und Redereien aus. Neben dem Radioapparat liegt eine Anodenbatterie, neben der Anodenbatterie steht ein Akkumulator. Die in der Anodenbatterie gespeicherte Kraft verbraucht sich mit der Zeit, und es muß eine neue Batterie her. Der Akkumulator muß von Zeit zu Zeit aufgeladen werden. Zum Aufladen braucht man einen Gleichrichter. Mit dem direkten Strom aus der Leitung überfrißt sich der Akku, erklärt Juro Baltin. Im Akku muß der Säurestand stimmen, damit er gewillt ist, Elektrostrom zu speichern. Es muß viel beachtet und bezahlt werden, sogar eine Rundfunkzeitung, aus der man erfährt, zu welchen Erlebnissen die Ohren eines Radiobesitzers demnächst kommen werden.

Der Radio-Pioniergeist führt Juro Baltin und Studienrat Münchdorf bis auf einen gewissen Abstand aufeinander zu. Juro glänzt vor Gefälligkeit: Was wern Se sichn Gleichrichter koofen, wenn ich een hoabe, sagt Juro zu Münchdorf, und aus dieser Juro-Gefälligkeit erwächst mir eine neue Pflicht: Neben der Schürgerei von Tabakblättern mit dem Handwagen, dem Einholen von Grützwurst und Windbeuteln im Henkelkörbchen und neben dem Bewässern des Vorgartens im Sommer, neben meiner Küchenhilfstätigkeit bei Kränzchen- und Familienfeierlichkeiten, neben meiner Bewachertätigkeit für Lotte Rapschinski und den Nachhilfestunden, die ich gebe, fällt mir nun auch noch die Pflicht zu, den Akkumulator von Studienrat Münchdorf nach dem Aufladen aus der Mädchenschule auf den Drebkauer Berg zu schleppen. Der gläserne Akkumulator ist in ein Holzgestell eingebaut, mit einem Tragriemen versehen und wiegt bequem seine zwanzig Pfund. In die Baltinsche Kellerwohnung schleppt ihn Studienrat Münchdorf höchsteigen, weil er drauf aus ist, mit Juro Baltin Erfahrungen auszutauschen, Erfahrungen, von denen noch viele gemacht werden müssen.

Studienrat Münchdorf dringt durch den längsten Korridor der Welt zur Baltinschen Kellerwohnung vor. Er steht vor der stets geöffneten Küchentür, sieht, wie in einem Schaukasten, die tabakrupfende Pobloschen und klopft vorsichtig mit dem Fingerknöchel gegen den Türpfosten: Kann ich, bitte, Herrn Baltin sprechen? Die Pobloschen sieht nicht einmal auf; für sie gibt es keinen Herrn Baltin. Ich reiß mich aus den Schularbeiten und flitz in die Küche, stolpere, mache eine Verbeugung und erbiete mich, Juro Baltin holen zu gehen. Den Studienrat lasse ich vor der alten Pobloschen stehen, die stumm Tabakblätter aus aller Welt zerpflückt.

Später werde ich mit der Pobloschen zusammen von Mina Baltin gerüffelt: Wir haben Studienrat Münchdorf umherstehen lassen, ohne ihn einzuladen, es sich im Wohnzimmer bequem zu machen.

Sollte ich Münchdorf in meinen Schularbeiten rumschnüffeln lassen?

Ein feiner Mann macht sowas nicht, sagt Mina, er setzt sich steif und groade hin und wartet. Wann endlich wird sie es erleben, daß der Dorf-Flaps aus mir herausfährt?

Wenn ich tagsdrauf den aufgeladenen Akku in die Wohnung der Münchdorfs auf den Drebkauer Berg schleppe, nennt mich Frau Münchdorf *a guts Bürschel* und verabschiedet mich mit Servus. Aber ich spüre, daß sie heuchelt, und daß sie mich weiter haßt, weil ich damals auf dem Wandertag mit Pferdemist um mich warf, und Münchdorfs Tochter Eva hat keinen Blick für mich, obwohl ich ihr den Strom heranschleppe, damit sie Wiener Walzer und wienerisches Geplauder hören kann. Sie spielt die Unantastbare.

Juro Baltins Zwei-Röhren-Apparat hat nicht die Kraft, durch einen sogenannten Lautsprecher zu verkünden, was er an Radiowellen eingefangen hat. Man muß sich ihm mit Kopfhörern nähern. Haupthörer in der Baltinschen Kellerwohnung ist Juro. Aber wie das so geht, er ist bestrebt, durch einen Mithörer seine Ohrenerlebnisse zu verdoppeln. Es handelt sich dabei weniger um Nächstenliebe als um Zeugenschaft. Juro braucht nicht Augen-, sondern Ohrenzeugen und versucht, sie sich einzufangen. Er liegt mit umgetanem Kopfhörer auf der Chaiselongue, reckt den Arm in die Luft und dirigiert die Musik, die er aus dem Kopfhörer empfängt, und wenn er fürchtet, daß seine Armbewegungen zu stumm sind, fängt er an zu pfeifen, und er pfeift falsch, und wenn seine Mina immer noch nicht aufhorcht, ruft er: Mina, Mina, kumm horchen, sie spieln: *Ja, ich hab es gleich gesagt, / die Wurscht, die schmeckt nach Seefe* …, und gemeint ist damit der Zigeunerchor aus *Troubadour*. Oder Juro singt knödelnd: *Herr Hauptmann, Herr Hauptmann, was ist mit Ihrer Frau, / sie wäscht sich nicht, sie kämmt sich nicht, / rennt rum wie eine Sau?* Und damit ist ein Militärmarsch gemeint.

Aber Mina hat nicht immer Zeit zum Mithören. Da soll gekocht, und da soll gewaschen werden, und Juro verfällt drauf, mich, sogar die alte Pobloschen als Zweithörer zu beschäftigen. Und wirklich, die alte Pobloschen läßt sich herbei, und es huscht ein kleiner Sonnenschein von Lächeln über ihr Gesicht, und sie schleift sich aus ihrem Tabakstuhl an den Wohnstubentisch und vereinnahmt mit der einen Muschel des Hörers und mit einem Ohr die dargebotene Radiomusik, und die zweite Muschel des Hörers ist nach außen gekehrt, und ich muß ganz dicht an die

Alte heranrücken, und ich muß meinen Kopf wie schmeichelnd an den Kopf der Pobloschen halten. Juro schirmt sich gegen den Gasgeruch, der von der Pobloschen ausgeht, durch Zigarettenrauch ab, mir aber färbt dieser Dunst den Hörgenuß, und die meisten Operettenschlager sind mir von diesen Tagen her so, daß sie übel riechen, wenn ich sie höre.

In der ersten Rundfunkzeit gibt es nur einen einzigen Ansager. Er sagt die Symphoniekonzerte an, bestreitet die Kinderstunde, spielt selber Gitarre, singt mit sonorer Stimme dazu und steht mit den Hörern auf du und du. Mir gefällt die Stimme dieses Mannes, sie ist für mich eine Vaterstimme, noch dreister die Stimme eines Schwiegervaters. Der Ansager heißt Alfred Braun, und ich träume davon, er hat eine Tochter in meinem Alter, und die ist so sympathisch wie Lonka Spadi, und der Zufall will, daß wir zusammentreffen und uns zusammentun.

Kurzum, dieser Alfred Braun ist der erste Rundfunk*star*. In der Radiozeitung erscheinen des öfteren Fotos von ihm. Nach neunzehnhundertdreiunddreißig aber werde ich ihn auf einem Gruppenfoto als Mitglied einer Fußballmannschaft sehen. Die Arier haben dieses Foto anfertigen lassen, um vor der Weltöffentlichkeit zu demonstrieren, wie human es in ihren Konzentrationslagern zugeht. Man spielt dort Fußball und wird ein bißchen politisch umerzogen.

Seit ich mit der alten Pobloschen durch das Radiohören verschweißt bin wie ein Paar, das *Backe an Backe* tanzt, begegnet sie mir von Zeit zu Zeit mit einer Art Leutseligkeit, die aber weniger Bestand hat als ein Wölkchen am Himmel. Heite kannste mein Stücke Warme mitfressen, sagt sie zum Beispiel, ich bin nich bei Appetite, und sie legt ihre Abendzuteilung an Bockwurst auf meinen Teller. Zuweilen, wenn ich die Wälle aus Rupftabak abtrage, tut sie mir einen Fünfziger her, aber es ist dabei nicht ein Strählchen Freundlichkeit in ihrem Gesicht, es ist, als ob sie mich mit der Übergabe des Fünfzigers bestrafen würde.

Seit einiger Zeit sitzt unter den Essenholern vor der Volksküche im längsten Korridor der Welt ein Zugänger, ein Mann, der *bessere Tage* gesehen hat, wie es heißt. Sie nennen ihn den *Karrazellmann*. Er trägt einen Festanzug, dessen Stoff schon altersgrün schimmert, ist vorgestoßen, wie es auf der Heide heißt, wenn eins einen Schlips trägt. Der Hemdkragen des Karrazellmannes ist mehr grau als weiß, und der Schlips schillert wie eingefettet. Der Mann sitzt bescheiden zwischen den anderen Essen-Erwartern, doch von Zeit zu Zeit entfährt ihm ein zerfetztes Stück Gesang: *Auch ich war ein Jüngling mit lockigem Haar … Ach, wie so trügerisch sind Frauenherzen …* Die Gesangsfetzen kommen wie Aufschreie aus dem Karrazellmann; seine Stimme ist eine Tenorstimme. Die umsitzenden Essenholer erschrecken und schreien ihn an: Hör uff mit dein Gebrälle! Tschirskes Paule, der Lachkranke, stellt seinen Eimer ab und wälzt sich kichernd auf dem Terrazzo.

Der Karrazellmann zieht über die Dörfer und singt vor den Haustüren, doch er wehrt sich dagegen, ein Bettelmann genannt zu werden. Er liefert Kunst gegen geringe Belohnung, deshalb ist er nicht alle Tage auf der langen Volksküchenbank anzutreffen, er ist unterwegs, um seine Kunst zu verschleudern. Auch in Bossdom ist er gewesen. Meine Mutter hat mir von dem verarmten Sänger erzählt, der so scheene gesungen hat, daß sie ihm hat fünf alte Semmeln in die Taschen schieben müssen.

Haste schont moal den gesehn, uff den se Karrazellmann soagen? fragt mich die alte Pobloschen.

Ich habe ihn gesehen.

Wenn ich ihn wieder sehe, soll ich ihm sagen, er soll sich in die Waschküche reinmachen, die alte Pobloschen hat was mit ihm zu bereden.

Ich schicke den Karrazellmann in die Waschküche, die erste Tür rechts auf dem längsten Korridor der Welt. Er geht in die Waschküche, seine Hände zittern, und auch sein Kopf zittert ein wenig.

Ich verständige die alte Pobloschen. Sie stöhnt sich aus ihrem Tabaknest und schlurft, eingehüllt in ihre Dunstwolke, zur Waschküche. Meine Neugier peinigt mich. Heute weiß ich, daß man von der Neugier nur so lange geplagt wird, bis man gelernt hat, still zu warten. Alle Geheimnisse offenbaren sich, je weniger wir auf sie hingieren.

Ich bezwinge meine Neugier, lerne französische Vokabeln und tauche aus dem Getümmel der französischen Wörter erst auf, als die Pobloschen wieder in ihrem Tabaknest sitzt.

Und nun einen kleinen Zeitsprung zurück: Als Koaliks Erwinko sich seinen Fotoapparat gekauft hatte, betrieb er das Fotografieren feierlich. Er stellte seinen dreigebeinten Apparat in den Sand der Dorfstraße, warf ein schwarzes Tuch über die Apparatur, kroch mit dem Kopf unter das schwarze Tuch und sah sich die Dorfstraße durch den Fotoapparat an. Dann zog er weiter, stellte seinen Apparat wieder auf, sah sich den Dorfteich durch die Kamera von allen Seiten an, fotografierte aber nicht. Er nannte sein Gebaren: Motivsuche und sparte Platten ein. Als Erwinko durch den Apparat in den Dorfteich starrte, kam Töppchen-Tinke heran und fragte: Wern die Frösche ooch uffm Bilde sein? Erwinko Koalik zog seinen Kopf unterm Tuch hervor und sagte barsch: Froag mir sowas nich. Laß mir in Ruhe bei meine Beschäftigungsarbeit!

Puste dir nich uff, ich wullde dir einloaden, sagte Töppchen-Tinke. Es wird Hochzeit bei ihm sein, sagte Tinke, seine Tochter Emma wird heiraten, einen von Schlesien oder da woher, einen mit einem forschen Schnurrbart. Erwinko soll kommen und mit seinem Apparat die Hochzeit abnehmen. Erwinko kroch noch einmal unter sein schwarzes Tuch, kam wieder hervor und sagte zu, und das war der Augenblick, in der Winko zum fotografischen Chronisten für Bossdom und die Dörfer der Umgebung wurde. Von nun an kann keine Hochzeit, keine Konfirmation mehr durch die Dörfer hindurch, ohne von Erwinkos Apparat festgehalten zu werden. Es wird verlangt, und es wird bezahlt. Zur Fastnacht ziehen zum Beispiel die Burschen in Verkleidungen von Haus zu Haus, lassen aufspielen, treiben ihre Unarten und kassieren Geld und Eier. Auch sie wollen, maskiert, wie sie sind, in Gruppen fotografiert werden, obwohl sie sich schon jahrsdrauf streiten, wer wer auf dem Foto ist, weil ihre Gesichter hinter den Larven stecken.

Kannste moal kumm und unsere Großmutter fotografiern, eh se stirbt? Sonst hoam wa nachher goar nischt mehr von se, kann es heißen.

Winko wird der flotteste Doppelverdiener in Bossdom. Freilich kommts vor, daß er eine Platte doppelt belichtet, und daß auf dem Papier eine Großmutter mit Konfirmandinnenkopf erscheint, aber da hat Erwinko die gängige Entschuldigung zur Hand: Is nischt nich geworden aus eire Großmutter. Sie hat nich stille genung gesessen. Die Aufnahme wird wiederholt. Die Leute haben damals noch Zeit, nur dem vielverlangten Fotografen wird die Zeit knapp, deshalb wird er der erste Motorradbesitzer in Bossdom. Mit dem Motorrad kann er schneller über die Dörfer und kann ordentlich was wegfotografieren. Er lädt mich ein, mitzufahren. Ich hocke auf seinem Sozius und halte sein Stativ und die Fotoausrüstung auf dem Schoß, wenn er auf seiner Fünfhundert-Kubikzentimeter-NSU über die bewurzelten Waldfußsteige in die Nachbardörfer knattert. Ich helfe ihm beim Arrangieren von Hochzeitsgruppen-Bildern: Ein Ackerwagen wird quer auf die Dorfstraße geschoben, auf den Ackerwagen wird die hintere Reihe der zu Fotografierenden gestellt, und wenn sie *auf Luke* stehen, können sogar zwei Reihen Hochzeitsgäste auf dem Ackerwagen Platz finden. Vor dem Ackerwagen stehen zwei Reihen Hochzeitsgäste, und vor den Stehenden kniet eine Reihe jüngerer Hochzeitsgäste, zwischen ihnen stehen zwei Stühle, auf denen das Brautpaar steif wie ein Königspaar zu sitzen kommt, und vor den Knienden liegen längelang die Kinder. Auf diese Weise kann man fünfzig bis sechzig Hochzeitsgäste auf einer fotografischen Platte unterbringen.

Wozu brauchtest du solche Kenntnisse, du warst doch kein Fotograf? werden Nützlichkeitsfanatiker fragen. Das ist richtig, sage ich ihnen, aber meine Tätigkeit als Hilfsfotograf auf dem Dorfe kam mir später in der Großstadt, als ich Dichter- und Dramatiker-Geselle beim listigen Augsburger war, zugute, wenn es um die Anordnung von Arrangements auf der Bühne ging.

Erwinko Koaliks Triumph, der erste Motorradfahrer von Bossdom zu sein, ist kurz. Die Zeit der Motorräder spült seine Unikalität hinweg wie eine Welle. Der Erfinder des Abzahlungs-Systems feiert Triumphe. Junge Glashüttenarbeiter und Bergleute, die nachweisen können, daß sie in fester Arbeit stehen, werden von Motorradhändlern in den Kleinstädten verführt, auf Motorräder zu steigen. Die ersten Mitglasmacher, die mit Zweihundert-Kubikzentimeter-Motorrädern ins Dorf rücken, werden von Erwinko Koalik belächelt; gegen seinen NSU-Bernhardiner von fünfhundert Kubik sind die Zweihunderter elende Dorfkläffer. Aber Motorradzeit ist Motorradzeit, bald kommt Klauschkos Karle mit einer Fünfhunderter ins Dorf gedonnert, und wie dennmals die Grammophone, und nach ihnen die Radioapparate, dringen jetzt die Motorräder in Bossdom ein, zuerst in soliden dunklen Farben, dann wie Feuerkröten mit roten Tankbäuchen. Zur Arbeit fahren die Jung-Glasmacher und die Jung-Bergarbeiter weiterhin auf ihren Fahrrädern, aber an den Sonntag-Vormittagen putzen sie ihre Motorräder, tränken sie und fahren zur blanken Lust umher und haben Freude dran, etwas zu besitzen, was sie vorher nicht benötigten, was sie eigentlich auch jetzt nicht benötigen, und sie treiben die Bossdomer Dorfgrenzen nach außen und vermehren den Lärm in der Welt.

Mein Großvater fürchtet wieder einmal, daß ich die Auszehrung kriegen und sterben könnte, ehe ich zum Notar ausgereift bin. Sehta nich, wie der Junge abmoagert? sagt er zu meiner Mutter, wenn er eich abfährt, was habta denn? Großvaterwort, heiliges Wort. Meine Mutter fängt an, nach einigen Tagen die Ansicht des Alten zu teilen. Mein Gott, mein Gott, sagt sie zum Vater, der Junge kommt uns vom Fleesche. Der Vater muß doch sehen, wie fleißig ich daheim mitarbeite, und dann jeden Tag die Trämpelei in die Schule und zurück. Könn wa das noch verantworten? fragt sie.

Und die Leite, was wern die soagen? gibt der Vater zu bedenken.

Mein Gott, die Leite, wie viele haben schont *Töff-Töffs*.

Die Vater-Logik setzt ein: Die Leite koofen sich die *Töff-Töffs* von eegenes Geld, aber wir nehm das Geld von die Leite.

Aber die Mutter ist, wie wir wissen, eine große Überzeugerin. Langsam, langsam redet sie dem Vater die Lust auf ein *Töff-Töff* ein, und eines Abends wird mir eröffnet, Vater kooftn Motorrad.

Die Eltern lassen sich von Erwinko Koalik über Motorräder beraten. Ein Hundertfünfundzwanzig-Kubik-Stock-Motorrad wird von meiner Mutter abgelehnt. Es muß ein Motorrad mit een zweeten Sessel hinten druff sein. Meine Mutter will sich zur Sozia entwickeln und ihre unerreichte Radfahrkunst hinter dem Rücken eines Motorradführers verstecken. Uffn zweeten Sitz, sagt sie, könnte man doch flink mal in die Stadt und was besorgen, und sie hört nicht auf, den Vater zu überzeugen, bis der Vater endlich nickt, und sein Nicken ist wie der Stempel unter dem Motorrad-Kauf-Beschluß.

Ein Sommernachmittag und allenthalben das Gesumm der Bienen, der Mücken, der Fliegen, der Wespen, der Hornissen und das Zirpen der Grillen und Heuschrecken, überall der Sommerlärm der Insekten. Das Gesumm eines Motorrades ist wie ein großes Überdrauf, und wir wissen noch nicht, daß dieses Überdrauf des Motorenlärms uns das feine Summen der Insekten in die Unhörbarkeit drücken wird.

Wir fahren nach Forschte, um ein Motorrad zu kaufen. Der Vater auf dem Soziussitz bei Erwinko Koalik, ich fahre mit der Eisenbahn. Der Vater läßt sich vom Motorradhändler, einem Ingenieur, den Unterschied zwischen einer Dreihunderter- und einer Zweihunderter-DKW-Maschine erklären. Er kriegt zu wissen, daß die Dreihunderter-Maschine einen Kettenantrieb hat und daß die Zweihunderter-Maschine mit einem Riemen angetrieben wird, und der Vater läßt sich über Kolben und Zylinder aufklären und versucht, sachverständig zu tun. Er sagt nicht mehr *Töff-Töff*, drückt auf den Gummiball der Hupe, und die Hupe hupt, und der Vater staunt über seine technischen Fähigkeiten und fragt den Ingenieur, wieviel so ein Maschinchen schafft.

Das Maschinchen schafft Spitze sechzig Kilometer, wird ihm gesagt.

Der Motorradkauf wird abgeschlossen, eine Fahrerlaubnis, damals Führerschein genannt, braucht man für eine Zweihundert-Kubik-Maschine nicht.

Wir fahren in Bossdom ein wie früher, wenn wir ein neues Pferd auf dem Markt gekauft hatten. Erwinko Koalik läßt seine Maschine poltern, und die Bossdomer Kossäten treten vor die Hoftore. Ob sie uns beneiden oder bedauern, wissen wir nicht.

Daheim stehen, auch wie früher, wenn wir mit einem neuen Pferd vom Markte kamen, die Mutter, die Geschwister, die Großeltern und die Nachbarn. Ich muß bis an *Rogenzens Scheine foahrn*, eine Ehrenrunde. Mein Großvater ist zufrieden, die Schwindsucht, die Familiengeißel, wird mich nach seiner Ansicht nicht mehr packen können.

Aber du bist imstande und setzt dir uff son Ding, sagt die Großmutter und spuckt aus.

Ich bin der einzige Bossdomer Jungbursche, der täglich auf seinem Motorrad fährt. Die anderen springen nur sonntags, oder wenn sie es morgens verschlafen haben, auf ihre Maschinen. Selbst Gotthiedel, der jüngste Sohn von Stellmacher Schestawitscha, fährt eine Zweihundert-Kubik-DKW, eine mit rotem Tankbauch.

Der Kaischer hätte dasch nich zugelaschen, sagt der alte Schestawitscha und meint die rote Farbe des Motorradtanks.

Robert Janko, der jetzt Vorstand der Arbeiter-Touristen ist, fürchtet die Zersetzung des Vereins: Die Leite wern bald nich mehr loofen, ihre Beene wern verkümmern.

Erich Nagorkan fürchtet Mitgliederverluste im Arbeiter-Radfahrerverein *Solidarität*. Man bedenkt das auch höheren Ortes, und von dort aus wird der Radfahrerverein umbenannt und heißt jetzt *Arbeiter-Rad- und Kraftfahrerbund Solidarität*. Das Vereinsleben kann sich ungebremst weiterentwickeln, sagt Erich Nagorkan; er schafft Wimpel für seine Motorradfahrer an und veranstaltet Vereinsfahrten. Auf dem Sportplatz werden Motorradreigen gefahren, man fährt kunst, fährt freihändig oder steigt vom Sattel auf den Sozius um, oder der Soziusfahrer setzt sich auf die Schultern des Fahrers, und der läßt zum Schluß den Lenker los, und sie fahren freihändig, und die Kunst wird immer größer und künstlicher. Die Ortsgruppen treten in Wettbewerb miteinander, und es wird eine Zuverlässigkeitsfahrt rund um die Niederlausitz veranstaltet. Da das Geld für das Benzin aus der Vereinskasse bezahlt wird, kann auch ich, der Nichtverdiener, an dieser Fahrt teilnehmen, und ich werde aus einem Grunde, den ich bis heute nicht kenne, sogar Sieger. Es heißt, ich hätte die beste Zeit herausgefahren und hätte die Strecke ohne Pannen bewältigt. Für den Sieg wird mir eine schwarze Holzplatte überschenkt, auf der ein Motorradfahrer aus Metall erkennbar ist, und das Metall sieht aus wie Silber, und das Tempo, mit dem der Motorradfahrer fährt, ist mit silbernen Metall-Linien angedeutet. Dieser Ehrenpreis bleibt im

Elternhause liegen, als ich später in die Welt ziehe, und er wird sogar nach dem zweiten großen Kriege noch aufgefunden. Und als meine Söhne sich anfangen für Motorräder zu begeistern, und ich ihre Begeisterung nicht recht teile, schon weil ihre Frau Mutter in Ängsten ist, wenn sie auf Motorrädern unterwegs sind, fragt mich eines Tages einer meiner Söhne: Und wer gewann damals den ersten Preis in der Zuverlässigkeitsfahrt rund um die Niederlausitz? Mein Bruder hat mich an die Söhne verraten.

Mein Vater, der es beim Kauf des Motorrades ablehnte, sich, wie man heute sagen würde, motorradkundig zu machen, läßt sich jetzt von Erwinko Koalik das Motorradfahren beibringen. Und damit es ohne Blamage abgeht, proben die beiden in der Dämmerstunde auf dem Sportplatz hinter dem Mühlberg, dort steht meinem Vater kein Baum und kein Haus im Wege. Es dauert seine Zeit, bis der Vater Gasgeben und Lenken aufeinander abstimmen kann. Vorerst würgt er, wie man in Fachkreisen sagt, die Maschine ab, weil er fürchtet, der Motor könnte platzen, wenn er zu forsch begast wird. Erwinko Koalik muß ihm gut zureden, damit er die Lehre nicht vorzeitig beendet. Aber eines Abends kommt der Vater vom Mühlberg heruntergefahren und hält vorschriftsmäßig vor dem Laden, ohne die Hauswand als Bremse zu benutzen. Nun ist kein Halten mehr, mein Vater fährt mit dem Motorrad nach Grodk zur Bäckerversammlung. Er kauft sich eine lederne Motorradkappe. Es ist Mode, die Kappe nicht zuzuschnallen, ihre Laschen müssen lose herunterhängen wie die Ohren bei einem Jagdhund. Mein Vater weiß stets, was Mode ist, von heute her müßte ich ihn als *modebewußt* bezeichnen. Er kauft sich außerdem eine Motorradbrille, lederne Stulpenhandschuhe und Ledergamaschen und formt sich zielstrebig zu dem Bild um, das er von einem Motorradfahrer hat.

Der Spott der Mutter rieselt auf ihn herab: Am besten gefallen mir die Lederwoaden, muß ich soagen. Der Vater verteidigt die Ledergamaschen. Wie leicht kann er mit flatternden Hosenbeinen in die Speechen kumm, stürzen und tot werden.

Am nächsten Sonntag fährt der Vater in seiner Ausrüstung von Bossdom über Grodk nach Grauschteen. Von Berlin über Athen nach Paris. Er fährt zunächst im Fünfzig-Kilometer-Tempo durch sein Grauschteen. Die DKW-Maschine kann ein Tempo von sechzig Kilometern in der Stunde erreichen, aber dazu muß man sich ein wenig nach vorn legen, um den Luftwiderstand zu brechen. Zu solchen Kunststücken reicht es bei meinem Vater noch nicht. In Schöneheede kehrt der Vater um und fährt noch einmal im gemäßigten Tempo durch sein Heimatdorf, damit, wer ihn sehen will, ihn auch sehen kann. Er bedenkt nicht, daß die Grauschteener ihn in seiner Verkleidung nicht erkennen, außerdem sind Motorräder auch für Grauschteener nichts Neues mehr. Mein Vater trägt noch ein Bild von seinem Heimatdorf in sich, auf dem die Kuh- und Pferdegespanne, die Fußgänger und die Radfahrer das bestritten, was man den Verkehr nennt. Er denkt an das einzige vierrädrige Auto von Sanitätsrat Tschibold, denkt an das dreirädrige Auto von Tierarzt Zeese und an das Motorrad von Fettviehhändler Säckchen Schur, das angelaufen und dann besprungen werden mußte.

Der Vater hält vor dem Häuschen der amerikanischen Großmutter. Nebenan in der Gastwirtschaft reißt Tante Elise das Fenster auf: Is das unser Heini, oder issa das nich?

Mein Vater sagt: Das bin ich, aber mit *Töff-Töff*.

Die Amerikanische liegt, wie seit Jahren, im Bett, hat die Brille weit vorn auf der Nase, liest das evangelische Sonntagsblättchen und erbaut sich. Mein Vater zieht, um perfekt vor seiner Mutter zu erscheinen, die Motorradbrille von der Stirn auf die Augen nieder, und so tritt er bei ihr ein. Die Amerikanische braucht ein Weilchen, bis sie bemerkt, mit wem sie es zu tun hat. Dann nennt sie den Auftritt des Vaters eine Maskerade und tadelt ihn, weil er schönes Geld für so Gelumpe ausgegeben hat. Denkt er nicht an die Hypothek, die sie auf seinem Anwesen stehen hat? Sie wird bald sterben, sagt sie, und der Vater verplempert das Geld, und sie braucht es. Zum Sterben braucht man keen Geld, sagt der Vater. Die Amerikanische wird wütend. Ihr Lümmel von Sohn soll sich nicht vermaulen, sie braucht das Geld. Tante Magy, Onkel Stefan und Tante Elise haben Recht auf ein Erbteil. Ein Gezänk zwischen Mutter und Sohn tut sich auf, Worte und Sätze gehen aufeinander los und sinken zu Boden, nachdem sie ihre Schuldigkeit getan haben. Mein Vater schiebt die Motorradbrille auf die bekappte Stirn, als ob er damit seinen beleidigenden Worten mehr Freiraum beschaffen würde, er zieht seine Motorradhandschuhe aus, läßt sie beim Reden pendeln und läßt sie sogar auf den Packen gesammelter Sonntagsblätter, der auf dem Tisch der Mutter liegt, niederklatschen. Damit hat er sich versündigt. Die Amerikanische spricht nicht mehr mit ihm, sie hat die Auseinandersetzung mit dem aufsässigen Sohn nach oben zu Gott delegiert.

Der Vater fährt nicht über *Athen* zurück, er fährt querfeldein, fährt über Bleischdorf. Hinter Bleischdorf wird der Feldweg schlechter und immer schlechter, und der Vater will das Motorrad auf den ersten Gang herunterschalten, seine Stulpenhandschuhe hat er auf den Sonntagsblättern bei der Amerikanischen liegenlassen, und er faßt mit der bloßen Hand statt an den Gangschalter an die Zündkerze, kriegt einen elektrischen Schlag und läßt sich zur Seite fallen. Er wartet, bis alles Leben aus dem Motorrad heraus ist, dann schiebt er es in ein Kornfeld, damit es vom Wege aus nicht zu sehen ist. Er reißt sich die Brille von den Augen, rupft sich die Motorradkappe vom Kopf, schnallt die Lederwaden ab, versteckt das *Gelump* hinter einem Strauch, stellt einen Sonntagsspaziergänger aus sich her und läuft über Klein Loije nach Bossdom.

Die Motorradfahrer-Karriere meines Vaters endet fast an der gleichen Stelle, an der einst die Radfahr-Karriere meiner Mutter endete. Es gibt Leute, die nennen so etwas Zufall, und es gibt Leute, die sagen, einen Zufall gibt es nicht, es sind uns nur die gefächerten Hintergründe für einen Fall, den wir Zufall nennen, nicht bekannt. Wir können das jetzt nicht klären. Ich muß am Sonntagnachmittag nach Bleischdorf werden und das Motorrad holen. Sein Lenker ragt wie das Geweih eines verzwergten Hirsches aus dem Roggenfeld.

Nach diesem Unfall wechselt das Motorrad in meine alleinige Regie und geht so gut wie in meinen Besitz über.

Haste in Grauschteen gewullt bisset mit Hankan zwinkern, wirft die Mutter dem Vater vor, hat dir der liebe Gott gestroaft. Seit der Liebschaft des Vaters mit dem Mädchen Hanka ist Grauschteen für die Mutter kein *heemlich*-heiliger Ort mehr, nicht mehr der Ort, in dem sie auf die Heimkehr des Vaters hinwartete, als der noch kriegsgefährdet und rein in ihrer Liebe lag. Was woar ich doamals gutgleebich, seufzt die Mutter, unsereens hätte ooch Gelegenheiten genung gehoabt und hat sich nich druff eingelassen und is reene geblieben.

Was hat das alles mit dem Motorrad zu tun?

Eben!

Andererseits nutzt die Mutter die Motorrad-Niederlage des Vaters aus: Ich soll sie einüben, auf dem Sozius zu sitzen, verlangt sie. Ich spreize die Beine weit, um das Motorrad gut abzustützen, während meine Mutter mit Hilfe von Großvater und der Anderthalbmeter-Großmutter den Sozius besteigt. Der Soziussitz schaukelt und wackelt unterm Gewicht der Mutter. Sie läßt sich herunterhelfen, ich soll erst einmal nachsehen, ob wirklich alle Schrauben fest sind. Die Schrauben sind fest, die Mutter wird ein zweites Mal aufgestiegen. Sie legt die Hände auf meine Schultern, ich fahre an, wir kommen in kleine Fahrt, der Sozius wackelt und zittert, die Mutter schreit: Hör uff, hier is was nich richtig! aber noch ehe ich anhalten kann, rutscht sie vom Sozius. Sie fällt nicht eigentlich hin, aber sie benutzt ihren Unwillen und läßt sich bockig in den Wegsand fallen, und wir müssen froh sein, daß sie nicht für eine Weile tot wird, und damit bleibt der Wunsch der Mutter, eine Sozia zu werden, unerfüllt.

Meine Fahrgäste sind von jetzt ab: Mein Vater, mein Großvater und die Geschwister. Mit dem Vater zu fahren ist für mich eine Anstrengung. In jeder kritischen Situation versucht er abzuspringen. Der siebzigjährige Großvater hingegen ist wendig, legt sich mit in die Kurven, behindert mich nicht, und ich bin, wenn der Treibriemen der Maschine reißt, nicht ohne Hilfe beim Flicken.

Mit dem Motorrad fahre ich in die verlottertste Zeit meines Lebens hinein. Das Treiben und Leben der jungen Leute in Grodk verabscheue ich: Ich gehe nicht auf die sogenannte Rennbahn, auf der die Gymnasiasten, wenn sie ihre Schularbeiten hinter sich haben, promenieren, kalbern und sich paarig machen. Von Ilonka Spadi wird mir berichtet, daß sie mal mit dem und mal mit dem, am häufigsten aber mit dem krausen Gastwirtssohn betroffen wird. Ich bin nicht Mitglied des Kanu-Klubs, gehe nicht zum Tennis-Spielen, nehme nicht an Kremserfahrten teil, und die *hoche Schule* wird für mich was Nebenbeiisches, wie man auf der Heide sagt. Ich nehme am kruden Jugendleben der Dorfburschen teil, beteilige mich an deren derben Streichen. Wir nehmen zum Beispiel einen Ackerwagen auseinander und schaffen ihn nachts auf das Dach eines Bauern, der seine Tochter zu streng hält. Wir beladen den Ackerwagen körbeweis mit Mist, und dort steht er dann auf dem Dache, der Mistwagen. Niemand nimmt uns das übel, die Bauern schimpfen und stellen fest, daß sie es früher nicht anders getrieben haben, und eben, es ist uns schon vergeben, noch ehe wir etwas getan haben.

Ich lege Wert darauf, ein echter Bossdomer Bursche zu sein. Ich fahre wie sie, wenn sich am Sonntag in Bossdom keine Tanzmusik rührt, mit dem Motorrad in die Nachbardörfer. Burschen mit Motorrädern haben Schlag bei die Mädels, heißt es. *Geld macht sinnlich*, behauptete der listige Augsburger. Bei uns machten damals die Motorräder die Mädchen sinnlich. Je stärker das Motorrad, desto begehrter der Bursche. Auch ich bringe nach dem Saalschließen mein Tanzmädchen nach Hause. Sie heißt Liesbeth, und sie sitzt im kurzen Rock hinter mir. Meine Hüften spüren etwas von der Wärme, die ihre Knie ausstrahlen, schließlich umarmt sie mich von hinten. Es könnte sein, daß es mit ihr zu etwas kommt, so reden wir Burschen miteinander, wenn wir unsere Erfahrungen über die Tanzmädchen austauschen. Bei der lohnt es sich, kann es heißen. Aber ich stelle fest, daß ich trotz des Unterrichts, den mir die Zwillinge von Stroade gaben, nicht Liebe machen kann, wie man das heute nennt, ohne daß sie in Gesprächen langsam angewachsen ist. Ich schreibe Liesbeth am Montag einen Liebesbrief. Sie schreibt zurück: Nun will auch ich dir paar Zeilen schreiben. Verzeih die schlechte Schrift. Die Woche ist schönes Wetter bei uns. Nächste Woche wird in Lieskau Musik sein (Musik gleich Tanzvergnügen), ich bitte dir, daß du nach Lieskau hin wirscht, dann könnten wir uns sehn, deine treue Liesbeth. An diesem Brief erstickt die keimende Liebe zu Liesbeth. Ich fahre nach Lieskau, aber ich tanze dort nicht mit ihr, und sie kümmert sich um einen anderen. Das ist so üblich bei der Dorfjugend. Ich tue das übliche.

Meine Lieskauer Sonntags-Sozia heißt Anna. Auch in sie verliebe ich mich leidlich. Noch bevor ich einen schreibe, schreibt sie mir einen Brief: Am Sonntag waren wir per du, hatten uns geküßt, aber jetzt schreibt sie: Seit ich Sie am Sonntag gesehen habe, bin ich von einem Gefühl besessen, daß mir weder Essen noch Trinken zusagt. Ich wandele im siebenten Himmel ... Ein Brief nach Muster aus einem Liebesbriefsteller. Wieder ernüchterts mich wie einen Angetrunkenen, der in den Regen kommt. Für meine Mitburschen sieht es aus, als ob ich ein Mädchenverbraucher wäre, einer, der Mädchen *durchzieht*.

Weshalb sage ich euch das? Die Zeiten sind doch vorbei, vorbei. Es ist wohl mein Drang, euch wissen zu lassen, welche Abwege und Umwege sich mir anboten.

Um diese Zeit kümmerts mich nicht, woher das Geld kommt, das ich verbrauche, das Taschengeld, das Geld fürs Benzin. Es ist *meine* Zeit jugendlicher Gedankenlosigkeit. Sie währt bei mir nicht lang, aber es gibt sie. Das nun schreibe ich vielleicht nur nieder, um mich zu ermahnen, milder gegen meine Söhne zu sein, wenn sie durch die Perioden ihrer Gedankenlosigkeiten hindurchgehen.

Mama, ich muß tanken, sage ich, und die Mutter gibt mir Geld aus der Ladenkasse.

Mama, ich brauch einen neuen Antriebsriemen, sage ich, und die Mutter gibt mir Geld aus der Ladenkasse. Der Vater knurrt, wenn er es hört, aber die Mutter entkräftet seinen Einspruch: Transportiert der Junge nicht wöchentlich frische Hefe aus Grodk? Holt er nich Pücklinge und anderes schnell verderbliches Zeig mit dem Motorrade ran? Meine Mutter gibt mich für das aus, was man heute einen Warenbeweger nennt.

Der alte Nickel

Ich muß noch vom alten Nickel erzählen; sein Wesen und seine Lebensumstände gehören zu den Facetten, die beweisen, daß sich in einem Dorf, wie in einem Wassertropfen, die Welt spiegelt.

Der alte Nickel und seine Frau, die Nickelinne, gehörten zur Bossdomer Kohlengrube *Felix*. Die oberirdischen Grubengebäude, das Maschinenhaus, die Seilbahnstation, das Büro und die Steinbaracke, in der Nickel, der Grubenwächter, hauste, lagen, von Hochwäldern und Schonungen ummummt, weit hinter dem Dorfe, und man stieß auf sie so unverhofft wie auf ein Fasanennest. Die Laute, die von der Grubenanlage ins Dorf drangen, waren uns vertraut. Da gabs ein leises Hämmern von Eisen auf Eisen, wenn aus dem Tiefbau ein gefüllter Kohlenwagen, ein Grubenhunt, nach oben gemeldet wurde. Dann gabs einen etwas lauteren Doppelschlag, wenn über Tage der *Haspler* anzeigte, daß er die motorisierte Seilwinde einschaltete, um einen gefüllten Hunt nach oben und einen leeren Hunt hinunter zu haspeln. Alte Grubenrentner, die nachts nicht mehr schlafen konnten, zählten die Dengelschläge und berichteten am Morgen ihren uninteressierten Jungleuten, wieviel Braunkohle man über Nacht auf *Felix* gefördert hätte. Und dann gabs noch den Ton, der dem Balzlaut der Großen Rohrdommel glich, den Ton der Dampfsirene: Er kennzeichnete den Anfang und das Ende einer der drei Schichten, in denen die Bergleute arbeiteten. Was Bewohnern von anderen Dörfern die Schläge der Kirchturm-Uhr waren, war für uns der Dommelton der Grubensirene.

An stillen Abenden konnte es im Dorfe heißen: Schulzens Maxe singt heite moal wieder hoch und scheene. Schulzens Maxe war Hunte-Abrücker auf *Felix* und sang mit der Stimme eines Countertenors Operettenschlager: *Machen wirs den Schwalben nach* …, aber auch Lieder, die er in französischer Kriegs-Gefangenschaft aufgeschnappt hatte: *Quand tout renaît à l'espérance* …, ein Lied zum Lobe der Normandie, von dem kein Mensch in Paris oder dort wo ahnen konnte, daß es aus den sorbischen Kiefernwäldern in unser Dorf hineinzitterte und Rührung auslöste. Der aber, der den Dommelton herausließ und den Tag für uns in drei Teile teilte, war der alte Grubenwächter Nickel. Er schmierte die Hunte und hielt die Schwebebahn instand. Sie transportierte die rohe Braunkohle in die Brikettfabrik der Grube *Conrad* nach Kölzig. Die Schwebebahn-Trajekte waren für uns Kinder wie zusammen mit den großen Kiefern aus dem Wald gewachsen. Sie gehörten für uns zur Landschaft, zur Heimat, wir ließen sie gelten, wie jede Generation die Umstände und die Landschaft gelten läßt und liebt, in die sie hineingeboren wurde.

Alter Nickel und alte Nickelinne wohnen uff Grube. Das stand in meiner Kindheit so fest wie: Pastor Kockosch wohnt uff Pfarre in Gulitzscha. Einmal in der Woche schappelte die alte Nickelinne, ihren Enkel an der Hand, eine geflochtene Spankiepe auf dem Rücken, ins Dorf. Schon an Hantschiks Börnchen fing sie an zu summen: Nanu kumm ich, nanu kumm ich ..., und die Schätzikinne, die Groadezue, öffnete das Hoftürchen. Bei den Schätzikans machte die Nickelinne halt für eine Plauder-Viertelstunde, und nach dem Schwatz kaufte sie im Laden der Mutter ein. Welche Bongse willste heite, Heinchen?

Keene Bongse, Schakalade will ich!

Der kleine Heini erpreßte die Großmutter mit Fußaufstampfen und zerrigem Geforder. Meiner Mutter mißfiel das. Keinem von uns hätte sie ein solches Gehabe durchgehen lassen, aber hier muckte sie nicht auf, hier handelte es sich um Kundschaft, und an Schokolade war mehr zu verdienen als an Bonbons.

Der alte Nickel kam nur ins Dorf, wenn dort die üblichen Feste gefeiert wurden: Radfahrvereins-, Gesangsvereins- oder Johannisfest. Aus seinem karierten Feiertagsanzug strömte mottenvertreibender Rosmarinduft. In den Westenausschnitt hatte er ein weißes Woll-Vorhemdchen gebunden. Lächelnd zwängte er sich durchs Gewühl. Es schien ihm gleich zu sein, was für ein Fest da gefeiert wurde, er mischte sich aus Üblichkeit ins Getümmel. Da er keinen Alkohol trank, höhnten die angetrunkenen Berg-Arbeiter und nannten ihn einen Blaukreuzer. Der alte Nickel lächelte unbeteiligt weiter, nur wenn ein Kumpel sich, auf ihn gemünzt, an die Stirn tippte oder mit dem Zeigefinger gegen die Schläfe bohrte, wurde er traurig. Leute, deren Ansichten er nicht sklavisch teilte, hielten den Alten für bissel *koppvarrickt*. Wir wissen, daß er zu den drei Männern gehörte, die beim Einmarsch der Russen aus einem Schacht krochen, und daß er vorschlug, alle im Dorfe verbliebenen Betten und Kleidungsstücke *Unter Eechen* auf einen Haufen zu werfen und neu zu verteilen. Die Vorstellung des Alten vom Kommunismus erwies sich, wie wir wissen, als unbrauchbar, der Fehlschlag bestärkte die Bossdomer deshalb, auch andere Ansichten des alten Nickel vom Tisch zu wischen. So die Behauptung, der Erdball sei ein Lebewesen, das sich von Zeit zu Zeit schüttele, wenn die Menschen es allzu sehr zwacken und roh behandeln.

Der Mensch brauche das Geschüttel der Erde nicht, er bringe sich in seinen Kriegen um, behauptete Paule Nagorkan.

Wann und weshalb sich Nickel fernab vom Dorf auf der Grube *Felix* niederließ, wußten nur die Alten. Es wurde *gepischpert*, Nikkel hätte als junger Mann im Gefängnis gesessen und wäre nach seiner Entlassung froh gewesen, daß man ihn für dürren Lohn als Grubenwächter einstellte. Wenn die Alten hörten, daß wir Kinder was von ihrem Geflüster mitgekriegt hatten, untersagten sie uns, darüber zu reden, denn Nickel hatte die *bürgerlichen Ehrenrechte* zurückerhalten.

Dann und wann besuchte der alte Kowalski den alten Wächter. Kowalski wohnte auf der anderen Seite außerhalb des Dorfes auf dem Revier der Grube *Conrad*. Er hauste im Wohnhaus einer aufgelassenen Wassermühle, *Mühlchen* genannt. Der Mühlenbach führte kein Wasser mehr, seit um Bossdom herum die beiden Grubenbetriebe aufgetan wurden. Kowalski lebte mit seiner Tochter zusammen, einer schon weißhaarigen Jungfrau, die sich vornehm umhertrug. Im Kopfe des Alten herrschte ein Durcheinander, mal war er in seiner Kindheit, mal in seiner Zeit als Grubensteiger, und wenn es hier und heutig in ihm zuging, mißfiel ihm, daß es nur noch einen Reichspräsidenten und keinen Kaiser mehr gab. In welcher Abteilung seines Lebens er aber auch verweilte, er war durchgehend hungerig und bettelte um Brot. Mach mir nicht ganzes Schande, zeterte Mariechen, du hast zu Hause viermal ums Brot gegessen. Hunger ist der beste Koch, antwortete Kowalski, ein untersetzter Mann. Sein Haar war lang und lockig und schäumte unter dem roten Rand seiner blauen Steigermütze hervor. Wenn Mariechen zum Einkauf in Mutters Laden kam, ließ sie den Alten draußen auf der Haustürschwelle sitzen. Wir fütterten ihn mit den Resten unserer *Schulschnieten* und forderten ihn auf, etwas zu singen. Er trug seine Liedchen und Reimchen im Sprechgesang vor: Tanze, Püppchen, tanze, / was kosten deine Schuh? / Laß mich immer tanzen, / du gibst mir nichts dazu.

Mariechen kam aus dem Laden, sah uns um ihren Vater geschart, trieb uns auseinander und beschimpfte uns. Herzlose Lausejungsen! Mariechen saß auf einem Stein und kratzte sich das linke Bein, ließ uns Kowalski noch rasch wissen, ehe er mit der Tochter davon mußte.

Manchmal kam Kowalski allein daher, um den alten Nickel auf *Felix* zu besuchen. Dann hängten wir uns an ihn, fütterten ihn, kriegten vom Alten die Fetzen seiner Liedchen zu hören und einige Polkaschritte vorgeführt: Ein Maler mit nem Pinsel ohne Haar, ist das nicht sonderbar …

Später saßen die beiden Alten auf einer ausgedienten Kohlenlore und redeten aneinander vorbei. Im Kopfe des alten Nickel war Klarheit, es war seine Naivität, wenn er dem alten Kowalski erzählte, welche Gedanken ihn heimsuchten. Alles, was du siehst, ist aus Erde gemacht! Ooch du bist aus Erde gemacht, du hältst dir das bloß nicht ofte genung vor Oogen.

Ohne Brille is nuscht zu machen, doa muß man lachen, antwortete Kowalski.

Bööme und Bretter, Eisengestänge, zugoar deine Steigermütze – alles aus Erde, dozierte Nickel weiter.

Tante sitzt uff die Kante, Unkel sitzt im Dunkel, stellt Kowalski fest.

Vergangene Zeiten. Der alte Kowalski lebt nicht mehr, Altvater Nickel lebt noch. Er ist zehn Jahre jünger als mein verstorbener Großvater. Damit der Alte sich an mich erinnert, muß ich ihm erzählen, wie ich früher aussah, daß ich gewellte rote Haare hatte, mit Sommersprossen bepflastert war, als Junge zuweilen die Post austrug, und daß er mir damals den fliegenfressenden Sonnentau hinterm Felix-See im Reuthener Moor gezeigt hat. Da weiß er, wer ich bin, und ist froh, daß ich mir, ohne ihn zu belächeln, anhöre, was ihm ein- und aufgefallen ist. Was verbraucht ist, ist verbraucht. Manches kann neu gemacht und ersetzt werden, Mohrrüben, Kartoffeln und Leinöl, aber Kohle bleibt weg, man kann den Rauch nicht einfangen und wieder Kohle draus machen.

Ich frag ihn, ob er sich so Wahrheiten aus Büchern zusammengelesen hat. Nein, er hat keine Bücher, er hat das in sich, und wenn er stille ist, kommt es zum Vorschein. So sei ihm eingefallen, daß ein Baum nicht wisse, daß er ein Baum ist, er hat nie davon gehört, er rauscht, wenn der Wind durch ihn fährt, aber sonst äußert er sich nicht. Und der alte Nickel erzählt mir mehr so Sachen, die von unsereinem, der flott dahinlebt, übersehen werden.

Aber schließlich muß ich mein Papier aus der Tasche ziehen und ihn amtlich befragen. Er antwortet mir willig.

Er erzählt mir mehr, als ich wissen will. Er stammt aus der Gegend von Goyatz am Schwielochsee, war Fischer und fischte mit seinem Vater zusammen. Der Dorflehrer hatte eine blonde, untersetzte Tochter, sie trug mit achtzehn Jahren das Haar noch zum Zopf geflochten, ihre Lippen so rot wie Klatschmohnblüten, kurzum – blühendes Fleisch. Sie kannten einander von der Schule her, aus ihren kindlichen Neckereien wurde Liebe, und weder der glattrasierte Lehrer-Vater noch der bärtige Fischer-Vater waren dagegen, daß ihre Kinder was miteinander hatten.

Aber dann kamen die Elektrischen ins Dorf, die Monteure, setzten Masten, zogen Drähte, verlegten Hausleitungen und sorgten dafür, daß die Petroleumlampen der Dörfler beiseite gestellt wurden. Unter den Monteuren war ein Teufelskerl, der Ziehharmonika spielen und dazu zittersingen konnte. Eines Abends wäre der Fischer-Vater in die Hütte gekommen und hätte gesagt: Was da am Strande vor sich geht, darf ein Nickel nicht dulden!

Der junge Nickel wäre am Strande auf seine Bertka und den Ziehsack-Spieler getroffen, die sich auf einem umgedrehten Kahn vergnügten. Bis da hatte der junge Nickel nicht gewußt, was für ein jacher Zorn in ihm steckte. Er forderte den Teufels-Elektriker auf, sich davonzumachen, doch der tats nicht, und da hieb Nickel mit einem Ruder auf den Rivalen ein, bis der blutend niedersank, und Bertka lief davon und schrie: Mörder, Mörder!

Das Ende – der Elektriker lag noch zwei Tage im Kreiskrankenhaus, doch er habe mit dem eingeschlagenen Kopf nicht weiterleben können, und Nickel wurde zum Totschläger erklärt, verurteilt und ins Zuchthaus gebracht. Schwere Jahre, in denen er hätte immerzu an die Bertka denken müssen, aber gefragt hätte er nicht nach ihr, wenn der Vater oder die Mutter ihn besuchten. Für ihn stand fest, daß sie sich von ihm, dem *Mörder*, abgewandt hätte.

Nach Jahren, als er entlassen wurde, traf er auf Bertka. Sie hatte keinen anderen genommen. Sie war eine reife Frau, und jetzt war sie es, die sich schuldig fühlte, weil sie mit dem Elektriker nebenhinaus geliebstert hatte, obwohl sie mit Nickel versprochen war. Sie trüge die Schuld, daß der jache Zorn aus Nickel gefahren wäre und ihn zu dem Ruderhieb veranlaßt hätte.

Es fiel Nickel schwer, an die Schuldverwicklung, die ihm Bertka weismachen wollte, zu glauben. Er ging davon und suchte in der Fremde Arbeit, und die Fremde war für ihn Bossdom und die Grube *Felix*, und er schlüpfte dort ein, doch nach einem halben Jahr stand Bertka vor ihm und gestand, daß da ein Kind wäre, eine Tochter von dem Elektriker.

Nickel schickte Bertka fort, doch sie kam wieder und wollte sein, wo Nickel war, verdingte sich als Hausmädchen beim Obersteiger, putzte das Grubenbüro und die Waschkauen der Bergleute.

Nickel war gerührt von ihrer Anhänglichkeit und nahm sie zu sich in seine Steinbaracke.

Ich dachte an die alte Nickelinne, und wie sie ihre Ankunft im Dorf ankündigte: Nanu kumm ich, nanu kumm ich … Das also war Bertka gewesen, das blühende Fleisch. Der Alte erzählte mir freiwillig von ihrem Tod. Sie wollte und wollte nicht mit ihm in den Schacht hinunter, bevor die Russen über die Neiße kamen. Sie versteckte sich in einer Kiefernschonung, und als der alte Nickel aus dem Schacht kam, fand er sie mit über dem Kopf zusammengebundenen Röcken und unten herum nacklicht, tot. Hätte er sie zwingen sollen, mit ihm in den Schacht zu steigen? Es sei nun mal so, habe Nickel herausgefunden: Der Mensch mache sich an die Stelle hin, wo der Tod, sein ganz und gar eigener Tod, auf ihn lauere. Seine Bertka hat nicht mehr leben wolln. Ihr Enkelsohn, das verzogene *Einchen*, der in schwarzer Uniform beim Leibregiment diente, war im Krieg geblieben, er war der Enkel des Elektrikers, der wohl doch Bertkas größere Liebe gewesen war, denn heiraten hat sie sich vom alten Nickel nicht lassen.

Und nun sitzt der alte Nickel allein hier im immer dichter werdenden Kiefernwald. Die Grube wurde vor vielen Jahren geschleift. Es gibt nur ein Momentfoto von dem Augenblick, da der gelbe hohe Schornstein vom Maschinenhaus sich bei der Sprengung neigt. Dieses Foto hat, wie ich sehe, Erwinko Koalik, mein ehemaliger Freund und späterer Feind, gemacht.

Nickel hat sich oft gefragt, weshalb er hier hocken blieb. Die Antwort wuchs aus ihm selber, als er sich betraf, wie er Kiefernpflänzlinge heranschleppte und die hellgelben Sandkippen damit bepflanzte. Das tut er nun seit Jahren, und die alten Bergleute wackeln mit den Köpfen, wenn sie es sehen.

Ich muß an einen Tibetaner namens *Milarepa* denken, der in seiner Jugend, von seiner Mutter aufgehetzt, fünfunddreißig Verwandte ermordete, die auf das Erbe seines Vaters aus waren. Später bereute er, meditierte, ging in die Einsamkeit und wurde der berühmteste Weise, um nicht zu sagen Yogi, Tibets und machte seine Untat tausendfach gut.

Und ich nenne den alten Nickel heute für mich den kleinen Milarepa, weil er die Erde von den Verletzungen heilt, die er und die Bergleute ihr beibrachten.

Schon um die Lebensgeschichte des alten Nickel hat sichs für mich gelohnt, mit den merkwürdigen Fragebögen durch die Dörfer des Amtsbezirks zu ziehen.

Lebens-Zeremonien

Heiratswillige Leute drängen mich von der Rolle des Amtsvorstehers in die Rolle des Standesbeamten. Ein Jungpaar sitzt schüchtern vor dem Amtstisch, das Mädchen auf einem Küchenstuhl, der Jungmann auf einem Stuhl aus dem Gutsherrenhaus, dessen Rohrgeflecht in der durchgesessenen Sitzmitte mit Blumendraht geflickt ist. Beide Stühle stammen vom großen Haufen, den die Bossdomer in der *Stunde des vollkommenen Kommunismusses* errichtet hatten.

Das Gesicht des Mädchens weist auf die Schätzikan-Familie hin. Das Gesicht des jungen Mannes aus Gulitzscha hat die verschwommenen Linien der Mudrak-Familie. Er ist vierundzwanzig und ein halbes Jahr auf Erden, trägt einen eingefärbten Soldatenrock, oben aufgeknöpft, wie bei Marscherleichterung. In die Halsfreiheit hat er den Schaft eines Weiberstrumpfs gebunden. Eine Tretmine verschaffte ihm zwar ein lahmes Bein, einen zu breiten Scheitel, eine Splitterrasur, aber eine frühe Heimkehr. Der umgefärbte Soldatenrock ist mit ihm durch den Splitterregen gegangen, und die ehemaligen Löcher sind jetzt grindige Narben aus schwarzer Wolle. Die Wolle stammt von einem aufgeräufelten Pulswärmer, den der Krieg von seinem Geschwister trennte. Das Sommerkleid des Mädchens ist ein Erbstück, sein Geblüm ist von der Sonne zermürbt.

Der junge Mann nennt mich: Herr Standesbeamter, das Mädchen, wie in Bossdom üblich, Onkel. Am Näschen der Kleinen sind die ersten Linien einer Frauennase zu erkennen. Es is schont was unterwegens, es strampelt schont, Onkel Matt.

Der flache Kasten, in dem die dörflichen Mitteilungen zur Schau gestellt werden, hängt am Spritzenhaus, ist verglast wie ein Frühbeet und mit Maschendraht vor Faustschlägen von solchen Leuten geschützt, denen die ausgehängten Nachkriegsverordnungen nicht gefallen. Wer dieser Tage durch die Drahtmaschen lugt, erfährt, daß Helmut Mudrak aus Gulitzscha und Hertka Schätzikan aus Bossdom einander heiraten wollen. Jeder, der gegen diese Verbindung etwas einzuwenden hat, undsoweiter.

Du wirscht doch nich glooben, daß ich schont moal verheiroat woar, Onkel Matt?

Freilich, als vertrauter Onkel, der ich für sie bin, weiß ich, daß sie keine zweite Ehe eingeht, aber als Beamter, als der ich mich aufzuspielen habe, darf ich es nicht wissen und muß für möglich halten, daß die Kleine bigamiert. Der kleinen Hertka ist noch unbekannt, daß ein Menschenleben mit tausend Zweifeln berannt wird, wenn sich Amtshüter mit ihm befassen.

Einige Wochen später traue ich die beiden, schmeiße sie zusammen, wie es bei uns heißt. Nona will es nicht gefallen, daß ich eine so ernste Sache wie Heiraten in meiner Allroundbekleidung, den verwaschenen Manchester-Knickerbockers und der zwanzigjährigen Windbluse, betun will. Sie versucht, mir eine schwarze Nesselpelerine mit Armschlitzen herzustellen. Der Standesbeamtentalar mißlingt ihr glücklicherweise. Ich denke an den pyramidenförmigen Sack, den sie für den Transport von Kiefernnadeln zusammenschweißte. Es steht mir zwar ein sogenannter Heimkehreranzug zu, aber ich bin noch nicht an der Reihe, ich bin kein Produktionsarbeiter.

Wärschte in die Partei reingemacht, hättste schont lange een, sagt mein Vater.

Seit meiner Konfirmation sind mir Zeremonien widerlich. Jetzt soll ich selber eine inszenieren. Mein innerer Widerstreit drückt sich in einem gelinden Zittern aus. Wenn ich auf die lange Strecke meines Lebens zurücksehe, gab es später noch einmal ein von solchem Widerstreben ausgelöstes Zittern: Ein Schriftstellerkongreß war zu Ende. Man bezeichnete ihn als gelungen und feierte es. Regierende nahmen teil. Der damalige Nationaldichter unseres Ländchens verpflichtete den jungen Autor Matt, sich bei den Regierenden für ihr Wohlwollen zu bedanken.

Weshalb das? Ich sträubte mich zunächst. Das Zittern überfiel mich. Ich bedankte mich dann doch, gehorchte einer Instanz, der ich eine Zeitlang glaubte mehr als mir selber gehorchen zu müssen. Das nebenbei.

Die beiden Heiratswilligen stehen hochzeitlich geschnatzt vor mir. Er in einem Smoking, der Atlas auf den Revers leicht verschlissen. Der Brautmann hat ihn von einem Stehgeiger aus Däben geliehen. Leihgebühr zwei Dreipfundbrote. Sonnabends und sonntags braucht der Musiker den Festanzug selber, deshalb kann in meinem Amtsbezirk nur von Montag bis Freitag geheiratet werden. Am Smoking darf nichts verändert werden. Die Ärmel nach oben umzuschlagen und das helle Futter herzuzeigen wird erst vierzig Jahre später modern und erlaubt sein. Wenn der junge Mudrak seine Arme baumeln läßt, werden ihm die Ärmlinge zu fingerlosen Handschuhen.

Das Brautkleid gehört einer Jungfer aus Klein-Loie. Sie hatte sich im Krieg verlobt und wollte heiraten. In eine ihr vorgeschlagene Ferntrauung willigte sie nicht ein. Der aber, mit dem sie nahgetraut werden wollte, wurde von einer Granate zerschmettert. Als die Jungfer sich beim Einmarsch der Russen im Wald versteckte, war das Brautkleid in ihrem Bündel. Jetzt verzinst es sich. Es ist von einem Weiß, das sacht zu gilben anfängt, oben geschlossen und unten fußbodennah, Leihgebühr ein Halbpfündchen Butter oder ein Hühnchen, gerupft und ausgeschlachtet.

Hinter dem jungen Paar die Trauzeugen. Das übrige Gefolge muß im Hausflur stehenbleiben. Das regelt die Schimangkinne. Es geht um ihre Gute Stube.

Es gibt in Schimangs Weisungsmappe eine Musterrede für Trauungen, gespickt mit amtlichen Stanzen. Ich kann mich nicht entschließen, sie loszulassen. Ich fühle mich als Schriftsteller verpflichtet, poetisch daherzureden: Gebt acht, daß eure Liebe nicht zu früh verwelkt! Laßt sie euch nicht vom Schöllkraut der Eifersucht überwuchern! und mehr so poetische Formulierungen und Methaphern aus Natur und Landschaft. Dabei beobachte ich die Gesichter des Brautpaares und der Trauzeugen, auch die der Mitläufer im Hausflur. Nirgendwo ein beifälliges Nicken, keinerlei Augenfeuchte. Ich komme nicht an, wie es in der Sprache der Entertainer heißt. Ich fang an zu zittern und zu stottern, und Gott weiß, woher mir die Geistesgegenwart kommt, von meiner poetischen Rede abzustehen und in die Anliegen der Kleinbürger einzufahren. Ich rede vom Segen der Ehe, von Glaube, Liebe, Hoffnung und von den hübschen *Kinderchens*, die kommen werden.

Bei den Zuhörern stellen sich die ersten Tränen ein. Sie entsickern den Augen der Brautmutter. Es sind mit Zufriedenheit gefärbte Freudentränen. Man wird dem Enkelchen, das schon nach hiezu auf dem Wege ist, keine Unehelichkeit nachsagen können.

Tage später erfahre ich, daß der erste Teil meiner Rede doch jemand erreicht habe. Eine Umsiedlerin, eine Kunsthandwerkerin, die in Gulitzscha Gurkentöpfe herstellt, verlautbart, der erste Teil der Rede habe ihr besser gefallen als der zweite. Ich bin ihr dankbar und kalkuliere, wie möglich es sein könnte, daß diese Person meinen Roman liest, wenn er fertig und gedruckt sein wird.

Ich habe zwei Menschen so zusammengeschweißt, daß sie nur der Schneidbrenner des Scheidungsrichters voneinander trennen kann, ich, der einstige Fabrik-Arbeiter! Sollte ich mir nicht vorkommen wie ein Hochstapler?

In den nächsten Wochen branden immer mehr und noch jüngere Paare gegen den Ausziehtisch der Schimangkinne. All diese Kinder haben zu zeitig mit dem Feuer gespielt, oder treibt das Leben sie an, Geschöpfe, die im Krieg verlorengingen, durch neue friedfertige Menschen zu ersetzen?

Jedes Mal der Leihsmoking und das geliehene Brautkleid, ich immer noch als Bergsteiger in Zivil. Mein ewiger Halbhunger verführt mich zu einer Finte. Ich erkläre den Bräutlingen, daß ich sie auch daheim trauen würde. Auf diese Weise könnten sie die Leihgebühren für Smoking und Brautkleid sparen. Insgeheim hoffe ich, mit einer kräftigen Hochzeitsmahlzeit abgelohnt zu werden. Die Paare gehen auf meinen Vorschlag ein, doch sie verkleiden sich trotzdem. Es geht ihnen um den langsamen Gang zur Kirche. Es tut ihnen so gut, einmal herausgehoben zu sein und von Neugierigen und Kindern bestaunt zu werden.

An der Hochzeitstafel sitzt mir Pastor Kockosch gegenüber: Daran habe ich nicht gedacht. Er hat mich kürzlich schnöde behandelt, als ich versöhnungsbereit mit den Fragebögen zu ihm kam. Wir übersehen einander. Es bleibt nicht unbemerkt. Die nächsten Heirater fragen mich, ob ich vor oder nach dem Pastor zum Schmaus kommen will. Ich verzichte und bleibe lieber halb hungerig.

Bei einer Reihenuntersuchung wird festgestellt, einige Mädchen und Frauen meines Amtsbezirks seien geschlechtskrank und entzögen sich der regelmäßigen Behandlung.

Es ist, wie es ist, es mangelt an Männern, im Amtsbezirk und auch sonst. Aber die Liebeslust der Mädchen übersteigt siebenunddreißig Grad. Sie müssen sich kümmern. Sie werden auf Tanzmusiken nach Grodk, nach Forschte und Däben.

Gibts dort mehr Männer als in Bossdom?

Das nicht, aber dort nehmen es die Männer, ohne sich groß zu grämen und ohne üble Nachrede fürchten zu müssen, mit mehreren Mädchen auf. Was soll werden? Die Frauen laufen ihnen nach.

Kommt mir nicht mit Moral! War der Krieg moralisch? Einige der Frauen sind bei Vergewaltigungen von Russen angesteckt worden. Es soll nicht drüber geredet werden. Ist das moralisch?

Ich soll die geschlechtskranken Frauen in Grodk vorführen, damit sie behandelt werden. Das will sich mir nicht.

Ich gehe zu Engelbert Weinrich: Habt ihr vergessen, daß ich den Amtsvorsteher nur vertrete und daß ich parteilos bin?

Weinrich scheucht nachdenklich die Fliegen vom Schreibtisch. Auf seiner breiten Nase steht Schweiß. Wir ham erwartet, daß du parteilich wirst.

Nein, ich melde mich ab!

Abmelden kannst du dir nich. Ich verpflichte dir! sagt Weinrich in Herrscherpose.

Bist du der russische Kommandant?

Wir starren einander an wie zwei Schuljungen, die sich Dämlack und Dusseltier titulierten und im Begriff sind, einander beim Schlafittchen zu packen. Weinrich liest die Anweisung vom Gesundheits-Amt: Keinen Tag Zeit verlieren, steht hier. Er fängt an, mir zu schmeicheln. Ich hätte den kranken Schimang bis jetzt ausgezeichnet vertreten, ob er mich nicht bitten könne, das so lange zu machen, bis ein Parteiischer gefunden sei, der sich eigne.

Erst auf der Dorfstraße wird mir bewußt, daß ich mit einem Kopfnicken zusagte. Es ekelte mich an, wie Weinrich sich zum Bitten vergewaltigte.

Ich treffe auf die zierliche Anna, die mich lieb und braun ansieht. Hätte ich ihr widerstanden, wenn sie sich mir zärtlich genähert hätte? Sie steht auf der Liste.

Kleine Anna, weshalb bist du nicht zur Fürsorge gegangen?

Ich hoabe mir geschämt, Onkel Matt.

Mein Mund muß wie ein Strich sein. Ich darf die Lippen nicht grinsend nach oben, nicht verächtlich nach unten ziehn. Ich bin eine Amtsperson. Aber meine Strenge ist nichts als eine dumme Nachahmung.

Derweil zieht ein großer Sommer übers Land, und die Schwalben füttern im Pferdestall ihre zweite Brut, aber in mir ist eine Stimmung, die man heutzutage Depression nennt. Es würde mir gut tun, *Unter Eechen* im Schatten zu liegen.

Der Laden der Matts ist zusammengebrochen. Der Laden, der uns alle, wie mühsam auch immer, durchs Leben treckte. Es drängt sich mir ein Vergleich mit einem zusammengebrochenen Ochsen unseres verarmten Gutsbesitzers von dennmals auf. Ochsenkutscherin war die *Schwarze Hanne*, unsere spätere Dorfhure. Sie prügelte mit *hüe* und *hoite* auf das liegende Tier ein, dessen Hinterteil nur noch von angetrocknetem Kuhmist zusammengehalten zu sein schien. Unter den Stockhieben erhob sich der Ochse noch einmal stöhnend, wankte, fiel wieder und stand nicht mehr auf. Fritzko Lehnigk stach das Tier an Ort und Stelle ab. Das Ochsenblut sickerte in den Wegsand, zwei Bauernpferde schleiften das tote Tier zum kleinen Schlachthaus in Lehnigks Garten.

Nun wird das, was die Mutter bisher *mein Loaden* nannte, geschleift. Ihre Freigebigkeit, ihre Naivität, ihr verquastes Gewinnstreben und ihre abenteuerlichen Kalkulationen erzeugten ein Manko nach dem anderen, und die Unhaltbarkeit steigerte sich mit jedem Monat.

Nischt mehr zu machen! sagt Bruder Heinjak.

Gerichtsverfahren, womöglich Gefängnishaft drohen.

Wie nimmt es die Mutter hin, ist sie schon tot geworden?

Zweemoal schont, sagt der Bruder, aber dasmoal nutzt es nischt. Der Vater räsoniert, holt die Vergangenheit aus dem Kasten. Schon einmal hätte er der Mutter wegen ins Gefängnis sollen, doamoals wegen die Poststelle. Diesmoal mag sich loaßt einsperrn, wer doa will, er nicht.

Die Mutter unterbricht ihren Ohmachtsanfall: Erschtens hoam se dir doamoals nich eingesperrt, und zweetens hast du den Loaden schont immer nich konnt leiden.

Ooch noch nich, sagt der Vater. Er ist Bauer, wenn auch mit

Ach und Krach. Mit dem Laden will er nichts mehr zu tun haben. Die Mutter hat mit ihrer Brotwährung alles überschüssige Getreide, das er erntete, dem Laden geopfert.

Die Rettung: Der Laden muß zu einer Verkaufsstelle der Konsum-Genossenschaft umgeschustert werden. Man kommt beim Landrats-Amt auf ein früheres Angebot zurück: Alles Manko wird getilgt, wird gestrichen. Die Konsumgenossenschaft zahlt Miete und pachtet die Alte Backstube und den Mehlboden dazu. Die Bäckerei wird eingestellt, Backwaren werden von der Konsumbäckerei in Grodk angeliefert. Mein Bruder wird Leiter der Verkaufsstelle.

Die Mutter ist wieder kurz vor dem Totwerden: Nee, wenn man das so hört! jammert sie, könn die doa denn goar nich noachfiehln, daß man selber een Sticke Loaden is?

Bruder Heinjak versucht zu trösten: Er wird Verkaufsstellenleiter sein, wird der Mutter den Laden nicht ganz entfremden. Sie könne bei der Seitentür hereinkommen und nachsehn, wie alles laufe.

Wie ne Fremde durch die Seitentiere? Nee! Und überhaupt wird sie sich nicht dran gewöhnen können, abends nicht mehr Kasse zu machen. Und soll sie jetzt *ganzes* Konsumgebackenes essen? Das ist ihr nicht gesungen geworden. Ihr wert Sprechstunden einführn wie een Dokter, und was wern die Kunden soagen, die sich dran gewöhnt hoam, nach Loadenschluß und ooch moal sonntags einzukoofen?

Ich versuche, mich auf nichts einzulassen, doch nachts beuteln mich Erinnerungen und zerfleddern meinen Schlaf. Ich denke an die reisenden Kaufleute. Jeder brachte für mich, den Dorfschuljungen, einen Schwall städtischen Lebens in den engen Laden. Ich denke an die vielen Geschichten, die die Bier trinkenden Bergarbeiter heranschleppten, an die belehrende Baronin mit der langen schwarzen Ledertasche, an die kurzsichtige Frau des Obersteigers, die sich vor dem Ladentisch hinhockte, um den Gleichstand der Waagenschnäbel zu kontrollieren.

Aber ich muß alles gehen lassen. Hier arbeitet das eigenwillige Leben. Ich kann auch in meinen jetzigen Tagen nicht aufhalten, daß die Konsumverkaufsstelle in dem Dorf geschleift wird, in dem ich aufs Sterben warte. Irgendwo wurde festgestellt, daß sich diese Verkaufsstelle nicht rentiert. Wir müssen es hinnehmen, und wir nehmen immer mehr von dem hin, was wir nicht wünschen. Irgendwann, irgendwo hat die Illusion des äußerlichen Fortschritts die Menschheit ergriffen, und nun schreitet sie über uns hinweg.

Als die Übergabe des Ladens besiegelt ist, wird der Vater milder: Nu kannste endlich, Lenchen, deine kaputten Beene schonen, sagt er.

Sind das deine oder meine Beene? sagt die Mutter trotzig. Sie glaubt noch immer an die Rückkehr meines jüngsten Bruders. Wie wern wir doastehn, wenn Frede zurückkummt, und wir hoam den Loaden weggegeben? Bruder Heinjak hört schon nicht mehr hin. Dem Leiter der Konsumverkaufsstelle steht eine Verkäuferin zur Verfügung, und die scheint ihm zu gefallen.

Mein Vater, der bis dahin den Anschein erweckte, als altere er nicht, sondern verjünge sich mit den Jahren, war doch nicht für die Ewigkeit gemacht; auf einer Besuchsfahrt, zu der ihn einer seiner Enkel einlud, traf ihn der Schlag, und damit wurde er zu einem unerwünschten Besuch, für den niemand die Verantwortung übernehmen wollte.

Von da ab sitzt er halb gelähmt in seinem Lehnstuhl daheim, ich bestalle eine Pflegerin für ihn, und Bruder Heinjak, den es inzwischen in die Stadt verschlagen hat, betreut ihn an den Sonntagen. Trotz allem ist der Alte krägel und unternehmungslustig geblieben. Wenn ich das erschte Moal uffs alte Scheußhaus im Hofe gehen kann, bin ich wieder gesund!

Das Haus aber, in dem der Laden steckt, kränkelt und krümelt. Der Laden wird die Poststelle des Dorfes. Der Briefkasten hängt wieder dort, wo er hing, als ich ein Dorfschuljunge war. Das Hausdach wird undicht, die Schornsteine werden rissig und mürb. Das Auto der Nachkommen ist breiter als die Tür des Pferdestalles, man trümmert sie breit und macht den Stall zur Garage. Das Auto erdrückt die Pferdestall-Träume der Kindheit.

Das alles läßt der Vater geschehen, aber seine Besitzrechte gibt er nicht auf, obwohl er Bruder Heinjak den Hof schon versprochen hat, als der noch ein Junge war. Heinjaks dritte Frau ist dem Vater zuwider. Der Junge ist zu gutmütig, sagt er, ich geb am sein Erbe, und er sieht zu, wie das Weib es versäuft. Ich muß den Vater überreden helfen, daß er den Hof noch rechtzeitig Bruder Heinjak verschreibt.

Der Vater ist müde geworden, und wenn ich ihn unverhofft besuche, schläft er im Lehnsessel. Ich kann lange vor ihm stehen, er fühlt mich nicht, und wenn er endlich aufwacht, staunt er, wie *erwachsen* ich bin, kaum woarschte noch so kleene! Seine Gedanken ordnen sich, und ich muß mich zu ihm beugen, damit er mich umarmen kann. Ich bin nicht mehr der *ungeratene Sohn*, der es zu nischt gebracht hat. Ach, wie scheußlich!

Dann erzählt er mir die *Neiigkeeten* aus dem Dorfe. Er kann selber nicht mehr hinaus, aber er hat seine Zuträger, und er ist ein geschickter Aushorcher wie weiland die Amerikanische, die in ihrer Schenke das Einschenken unterbrach, um den Trinkern die neiesten Neiigkeeten abzuzapfen. Der Vater erzählt vom sogenannten Felix-See, in den du dir moal ersaufen wulldest, jener Tagebaumulde, die sich mit Wasser füllte und zwischen steilen gelben Sandwänden Unergründlichkeit darstellt. Dort, so erzählt der Alte, hätten sich gut verdienende Arbeiter und Funktionäre aus den Städten nahbei kleene Buden hingebaut, die afrikanisch sind und Bunkerlos heißen.

Sie wulln sich doa boaden in die Öljauche. Gnade Gott!

Und jedesmal, wenn ich Bossdom besuche, ist das Elternhaus mehr zerbröckelt, aber das sehe wohl nur ich. Bruder Heinjak tut, was er kann, arbeitet mit Versatzstücken und Kulissen. Die Fußgrube vor dem Back-Ofen wird hinweggezaubert, und der alte Back-Ofen, der mit tausend mal tausend Broten und mit Millionen Semmeln fertig wurde, wird hinter einer Wand versteckt. Die Backstube wird zur Gerümpelkammer, nur die Weizenmehlbeute, auf der wir Semmeln aufwirkten und Kuchenteig zu *Schnecken* formten, nickt mir, wenn sie gerade gerümpelfrei ist, zu: Siehste moal, wie vergänglich alles is.

Und der Vater erzählt mir, wer im Dorfe gestorben ist, und wie sie starben, die da gestorben sind. Schestawitscha ist nicht mehr und mußte ohne Kriegerverein begroaben werden, weil doch eben keene Kriegervereine mehr sein solln. Alten Nickel hoam se erscht gefunden, wo er schont acht Tage tot woar. Das hätte er sich nicht verdient, aber wer sollte ihn finden, ihn in seiner Einsamkeit. Und Paule Nagorkan, der mehr wußte, als daß ein Zentner hundert Pfund hat, wußte ooch keen Roat, als der Tod uff ihn koamte. Ich bin jetzt mit meine eenundneinzig der Ältste in Bossdom. Der Vater sagt es wie ein Sieger, doch bald nach diesem Besuch stirbt auch er im Kreiskrankenhaus an Altersschwäche. Bis zuletzt schwärmt er dem Bruder vor, wie gut es ihm im Krankenhaus geht und daß ihn eine junge hübsche Schwester betreut, die ihm zulacht und die ihn abwäscht, zugoar bis unten und doa hin, wo man es sich nich erwartet. Und er lebt in dem Wahn, daß ich zu ihm unterwegs sei. Und als die Welt nur noch eine Wirrnis für ihn ist, sagt er zum Bruder: Erzählt, was ihr wollt, aber Esau is verunglückt, sonst müßte er schont hier sein. Und daß der Vater nach mir verlangt, wie soll ichs buchen? Solls mich froh machen? Ich schiebe die andrängende Sentimentalität zurück.

Wir sitzen neben dem Sarg in der Leichenhalle und warten auf den Leichredner von der Partei. Aus dem schon geschlossenen Sarg stehen eingeklemmte Papierverzierungen heraus. Ich möchte aufstehen und sie hineinstopfen, damit der Vater nicht in einem unzulänglich verzierten Behältnis dort ankommt, wo wir alle hingehen. Ich weiß nicht, ob der geborene Amerikaner mit seinem allzu schlichten Sarg einverstanden gewesen wäre. Vielleicht doch? Vielleicht hätte er gesagt: Spoart man, spoart, damit was bleibt von dem, was ich eich vererbe!

Der Parteiredner kratzt Krümel für Krümel Ruhm zusammen, von dem er meint, daß er meinem Vater gebührt, daß der zum Beispiel bis kurz vor dem Tode die Eier-Sammelstelle des Dorfes *leitete*. Unter anderem erfahre ich, daß mir der Mattsche Heindrich, wie ihn Großvater nannte, die *Sprichwörter* für meine Romane zuleitete. Diese Nachsage beruht gewiß auf einer Prahlerei des Vaters, aber ich kann nicht aufstehen und kommentieren oder davongehen, ein Begräbnis ist eine *Einmaligkeit im Leben eines Menschen*.

Bei meinem Bossdom-Besuch vor einem Jahr wurde mir das Betreten des Elternhauses durch die tobsüchtige Schwägerin verleidet. Schweig still, mein Herz, nur keine Sentimentalitäten!

Aber auch sonst stieß ich auf Merkwürdigkeiten: Die Felder, die Plantagen rings um Bossdom hat ein Ausländer aufgekauft, man hat sie ihm angeliefert. Er ließ die Obstbäume verschrotten und kassierte Prämien für die Vernichtung. Was haben Äpfel in Bossdom verloren? Man bezieht sie aus Neuseeland. Auch Logik und Vernunft sind Utopien, das solltet ihr einsehen lernen.

Überhaupt blüht im Dorfe der Konkurrenzkampf wieder auf, den ich in der Jugend dort erlebte. Ob ihr es glaubt oder nicht: Die Konsum-Verkaufsstelle, für die man die alten Eichen abholzte, unterlag im Konkurrenzkampf. Wie damals, als wir nach dem Weltkrieg römisch eins nach Bossdom zogen, haben Nachkommen der Sastupeiterei einen Kramladen aufgemacht. Ich weiß nicht, wer es jetzt ist, der sich, wie einst meine Eltern, über diese Konkurrenz ärgert.

Glaubt es oder glaubt es nicht: Das Neue ist das Alte, das nur seine Form ein wenig veränderte, damit man es nicht gleich erkennt. Wieder stehen auf dem Dorf-Anger wie zum Ende der zwanziger Jahre Arbeitslose umher und vertreiben sich die Zeit mit ketzerischen Reden gegen die Selbstherrlichkeit der Politiker, und bald wird man nach dem *starken Mann* rufen, der die Krämer aus dem Tempel treibt und einen Arbeitsdienst für die Arbeitslosen *erfindet* und die Räuber und Diebe von den Straßen fegt. Ich lebe schon zu lang und sehe, wie sich dies und das im gesellschaftlichen Leben mit kleinen Abänderungen wiederholt.

Ich fahre zurück in meine Wahlheimat und schreibe nieder, was ihr hier lest. Es ist Mai, und es blüht alles um mich herum. Der Kuckuck ist da, die Grasmücke singt, seit gestern höre ich den Drosselrohrsänger, ich warte eigentlich nur noch auf den Pirol, aber es ist noch nicht Pfingsten.

Ich gehe auch nachts ein wenig umher, sehe mir den blühenden Himmel an. Stern steht bei Stern, als stünden sie nebeneinander, obwohl einer fünf und ein anderer zehn Lichtjahre von mir entfernt ist. Ich, der hinkende Alte, werde also für einen Beobachter im Kosmos nach fünf oder nach zehn Jahren Gegenwart sein.

Seit ewig versuchen die Menschen auf der Erde reibungslos in Gesellschaft zu leben, aber es gelingt ihnen nicht, doch sie versuchen und versuchen es wieder. Wäre es nicht gut, alles Bedenken beiseite zu schieben und sich dem Kosmos anzuvertrauen?

Ich denke an Edwin Schupank, der mit seinen Tappelbeinen einen imaginären Strich überschreiten wollte, den die Ideologen durchs Land zogen. Ob sie ihm seine breitgetrampelten Schuhe mit ins Feuer gaben? Was für eine Ironie, daß es Leute waren, die aus einem Lande kamen, für dessen Mustergültigkeit er sich verbürgte. Zufall? Zufall leider nicht.

Clara Schupank fällt mir ein, ihr Bekenntnis, das sie mit einem Schwall Zigarettenqualm herausstieß: Unsinnig, für eine Ideologie zu sterben! Als sie mir gegenübersaß, war ich geneigt, ihr zuzustimmen. Hier draußen unterm Sternenhimmel stehe ich davon ab. Wir sind zu voreilig mit unseren Schlüssen. Es ist schwer, die Mitte zu finden. Ists nicht so, daß jeder für das stirbt, was ihn durchs sichtbare Leben trieb? Ahnen wir nicht von Zeit zu Zeit, daß wir unseren Weg zum Tode nicht selber wählen? Glücklich, wer sich dieser Ahnung bewußt bleibt.

Ich stehe am Fuße des Hügels, auf dem sich die Altvorderen unseres Vorwerks einen Friedhof anlegten, einen Friedhof für fünf Familien, alt, sehr alt. Einige Grabsteine hat die Zeit schon zerschmolzen. Ich weiß, daß ich unter einer der großen Tannen, die auf dem Hügel stehen, liegen werde. Ich kenne meinen Grabstein. Er liegt noch im Walde. Ich habe ihn meinen Söhnen gezeigt. Ich weiß, was auf meinem Grabstein stehen wird: Löscht meine Worte aus und seht: der Nebel geht über die Wiesen ... Worte aus dem Werk meiner Gefährtin. Aber nichts ist sicher. Ich weiß, daß in dem Augenblick, an dem ich mich verwandle, mir alles gleichgültig sein wird: Stein und Grab-Inschrift, aber noch kann ich nicht verhehlen, daß es mir angenehm ist, zu wissen, wo ich dereinst liegen werde. Auch das vielleicht – eine Utopie. Zunächst muß ich wohl noch etwas über mein Vorwerk und seine Bewohner schreiben, über das Vorwerk, auf dem ich vierzig Jahre meines Lebens zubrachte. Vorwerk – das Wort ist so schön doppeldeutig.

Dichters Ort

Dichters Ort

Ich bin unter großen Waldwinden, im Sonnengedröhn hoher Sommertage, im ätzenden Feldfrost und bei verschwenderischen Frühlingen aufgewachsen. In meinen Kinderkorb guckten Kühe. Meine ersten Anzüge, die Windeln, waren in die Sprühtröpfchen schnaubender Pferde gehüllt.

Es fügte sich in meinem hartbunten Leben, daß ich mit vierzig Jahren in der modernsten Straße unserer Hauptstadt zu wohnen kam. Unten auf der breiten, zweiteiligen Straße rasselten die Autos, während ich hoch oben im sechsten Stock ein Buch über den schweren Anfang der neuen Bauern nach dem großen Kriege schrieb. Ich wurde inne, daß meine Landsehnsucht in dieses Buch floß.

Ein Schriftsteller kann nicht unausgesetzt schreiben, diskutieren und Kunst genießen. Er muß die unsichtbaren Schränke, aus denen er den Rohstoff für seine Arbeit nimmt, mit neuen Erlebnissen füllen. Bei mir kam das Verlangen nach körperlicher Arbeit hinzu. Ich schleppte Erde von den Bauplätzen in meine Stadtwohnung. Auf dieser Erde siedelte ich eine Menge Zimmerpflanzen an. Ich hielt einen Hund, eine Katze, doch die Sehnsucht nach dem Landleben nahm damit nur zu. Die großartigen Blumen- und Rasenanlagen in unserer Straße söhnten mich nicht aus. Die Stadt wurde mir zu eng. Ich fühlte den Tag kommen, an dem ich nicht mehr würde schreiben können.

Als die Honorare für mein neues Buch eingingen, wähnte ich mich reich und kaufte ein Häuschen in einem abseitigen Dorf zwischen Wäldern und Seen.

Durch diesen Kauf wurde ich arm an geldlichen Mitteln, doch reich an Rohstoff für meine Schriftstellerwerkstatt. Auf dem Dorfe kennt jeder jeden. Die Lebenswege der Menschen liegen vor dir ausgebreitet. Du kannst verfolgen, ob sich deine Nachbarn vor dem, was sie Schicksal nennen, ducken oder ob sie ihr Leben in die Hände nehmen und das Scheingotteskind Schicksal entmachten.

Mein Haus auf dem Lande ist kein Landhaus. Unter uns gesagt: Es ist eine Kate. Kein Mensch im Dorf wollte sie kaufen. In den Lehmwänden dieser Kate heckten die Flöhe. Das Scheunendach war eingebaucht, das Gebälk des Dachstuhls morsch, und die Ziegel waren mürb. In den ersten Nächten, da ich auf dem Heulager schlief, konnte ich durch die Löcher des Scheunendachs siebenhundertundachtundvierzig Sterne zusammenzählen. An die Giebelwand der Scheune war ein anderes Häuschen geklebt, ein Vogelhäuschen. Die einzige Sitzgelegenheit darin hatte ein rundes Loch. In der Stadt ist sie aus Porzellan. Keramik sagt man auch dazu.

Zum Häuschen gehört etwas Land. Das Land ist schlecht. Nicht einmal den Freunden von der Landwirtschaftlichen Produktionsgenossenschaft, denen sonst mancherlei zugemutet wird, verdachte man es, als sie das Land nicht nehmen wollten: Acht Morgen gelber Sand, drei Morgen Moorwiese, ein Morgen Garten.

Die Leute ringsum nennen das Brachland hinter meinem Häuschen – den Kiesberg. Einer meiner Vorgänger hatte den Einfall, diesen Kiesberg fuhrenweise zu verkaufen. Er erntete nichts als Gelächter. So erntete er auf dem Sand wenigstens etwas. Nur gut, daß es mit dem Kiesverkauf nicht klappte, sonst lägen jetzt hinter meinem Häuschen acht Morgen Loch. Ein Berg ist mehr als ein Loch. Für Augen mit Goldrändern gibt's keine Armseligkeit in der Natur. Mein Kiesberg strengt sich im Frühling an wie alles hier ringsum. Im Vorsommer bringt's der Kies sogar zu Blumen. Im Juli stehn auf meiner Brache die schönsten Katzenpfötchen. Sie sind so still und gelb, so katzenweich und so beständig. Wo ein günstiger Wind etwas Mutterboden anwehte, wächst auf meinem Kiesberg die Quecke. Sie ist mir nicht mehr so unsympathisch, seit ich weiß, daß sie imstande ist, Ähren zu tragen. In der Sowjetunion hat man sie mit Weizen gekreuzt. Wer weiß, vielleicht sind alle Unkräuter zur Nützlichkeit zu erziehen, wenn man's richtig anpackt.

Mein Vater und Graf Tolstoi

Im Bäckerladen des Vaters bezahlten Gutsarbeiter das Brot, das sie geholt hatten, am Monatsende, oder sie brachten ihr Deputatkorn und tauschten es für Brot ein. Oft bezahlten sie nicht, weil vielleicht ein Kleid für die Tochter gekauft oder die durchlöcherte Jungenhose des Sohnes ersetzt werden mußte. Dann gingen die Gutsarbeiter einen Monat lang zum Müller und holten dort ihr Brot und ließen es anschreiben, aber auch dort kam der Tag, an dem ihnen der Müller Bezahlung oder Ausgleich abverlangte. Dann mußten sie wieder in den Bäckerladen um Brot. Und sie kamen dorthin wie die Sünder, und wenn es ein Regentag war, an dem sie einen Kartoffelsack als Kapuze und Mantel über ihre Köpfe und Schultern gestülpt hatten, und wenn ihnen meine Mutter das Brot verweigerte, so schien alle Traurigkeit der Welt auf einem Haufen versammelt zu sein. Erst begleichen, sagte die Mutter dann. Meist fing der Abgewiesene an zu flehen. Das Herz der Mutter war gütig, soweit das Herz einer Bäckerin gütig sein durfte. Der Regen tropfte als graue Brühe vom Sackmantel des Flehenden, und die Fliesen des Ladens bedeckten sich mit dunklen Tropfensternen, es war, als weinte der Flehende am ganzen Körper um Brot.

Vielleicht wars ein solcher Regentag und nach einem solchen Erlebnis im Laden, da ich das erste Buch von Tolstoi zu packen bekam und mich damit in eine der Dachkammern des Hauses verkroch. Ich las dort und las, und es trug sich so etwas wie eine Erleuchtung in mir zu, als ich im Nachwort vom Leben Tolstois erfuhr, und wie der auf seine Weise *Begleichung* zu betreiben versuchte.

Am Abend saß ich wie ein Prophet zwischen meinen Geschwistern und erzählte ihnen, mit einem Seitenblick auf die Eltern, daß ich nun wüßte, was *Begleichung* sei, ich erzählte ihnen, wie Tolstoi *Begleichung* betrieben hätte. Aber der Vater, der kleine muskulöse Mann in der mehligen Bäckerschürze mit den Teigresten in den Armhaaren, wies mich zurecht: Was sagst du, ein Graf war er, dieser, wie sagst du, Tolstoi? Ja, der konnte sich so Späße leisten.

Einer seiner Tage

Das Aufstehen

Gegen zehn Uhr ging er zu Bett, um zwölf war er wieder wach, er aß eine Birne, schluckte zehn Hopfenperlen, rauchte sich eine Pfeife an und las dann. Er las sehr lange, wohl bis zwei Uhr morgens.

Er erwachte von den Schritten des Pferdemeisters. Der Schnee quietschte unter diesen Schritten, und er hörte das gummibereifte Rad des Schubkarrens über den splitternden Schnee schleifen.

Das Bett war warm, und das Zimmer war über Nacht sehr ausgekühlt. Er schlief, seiner *Glatze* wegen, stets mit einem bunten Käppchen aus Taschkent. Es war angenehm unter dem Deckbett. Er scheute den Sprung in die kalte Heubodenstube, und er erwog, ob er nicht weiterschlafen sollte, denn er war noch müde. Er hatte um sechs Uhr aufstehen wollen, doch er hatte vergessen, den Wecker zu stellen. Nun war es sechs Uhr dreißig, der Pferdemeister begann seine Arbeit stets um sechs Uhr dreißig. Er hatte so früh aufstehen und arbeiten wollen, schreiben wollen, weil er gehofft hatte, es würde ihm etwas einfallen. Jetzt merkte er, daß ihm nichts einfiel. Er hatte zu wenig Schlaf gehabt, und sein Kopf war taub, und es fiel ihm nichts ein.

Trotzdem stand er auf, doch er stand zu keinem bestimmten Zweck auf, weil ihm doch nichts eingefallen war. Er stand also auf, weil er ja doch aufstehen mußte, ob nun jetzt oder eine Stunde später. Er liebte es nicht, Sonntag damit zu feiern, daß er länger im Bett blieb als an Wochentagen. Er haßte das als ein Laster von *Spießern*. Er würde sich an den Schreibtisch setzen. Es gab da immer zu tun, auch wenn man keine Einfälle hatte. Er benahm sich wie ein Mensch, der mit seinen Tagen wuchern durfte, und er dachte nicht daran, daß der größte Teil seines Lebens schon vergangen war, und daß er es sich nicht leisten konnte, auch nur eine Stunde zu verleben, ohne sie im vollsten Bewußtsein zu verbringen. Er hatte doch eine Aufgabe, oder hatte er die nicht?

Anziehen

Er zog ein langes Unterhemd an und dicke graue Unterhosen dazu. Er zog die grüngrauen Rindslederhosen an, fuhr in die pelzgefütterten langschäftigen Stiefel und zog den grünen Rollkragenpullover drüber. Zwischendrein sah er zum Fenster hinaus, aber der Mond hatte sich hinter dicken Wolken verkrochen. Es war dunkel, und er konnte nicht erkennen, wie kalt es draußen war. Er zog eine schafpelzgefütterte Weste über und setzte die Kosakenpelzmütze auf. Es waren viele Handgriffe nötig, sich in den Zustand zu bringen, daß man nicht Schaden nahm, wenn man das Haus verließ.

Die Stiegen knarrten frostig, als er aus der Heubodenstube stieg. Die Scheiben der Glastür im Flur waren mit einer dicken Frosthaut überzogen. Tags zuvor hatten seine Söhne beim Spiel ihre Handabdrücke in den Frostbelag der Türscheiben hineintauen lassen, aber auch diese Taustellen waren schon wieder mit einer dünnen Frostschicht überzogen. Die Handabdrücke zeigten an, daß Zeit zwischen dem Spiel der Kinder und dem Morgen vergangen war.

Ofenheizen

Er ging in das Bad, denn dort stand der Ofen der Warmwasserheizung. Er stocherte mit dem Feuerhaken die zurückgebliebene Braunkohlenasche durch den Rost, zog den Aschenkasten heraus, räumte das Aschenloch, zündete eine Krume Kohlenanzünder mit dem Streichholz an, legte sie auf den Rost und breitete vorsichtig trockenes Holz drüber.

Er brachte den Aschenkasten auf den Hof in die Aschetonne. Der Schnee brummte unter seinen Pelzstiefeln, aber die Nase verklebte der Frost ihm nicht. Es waren nach seiner Schätzung zehn Grad, und er sah den grauen Morgenstreifen hinter dem Hochwald.

Er brachte den geleerten Aschenkasten zurück, nahm den Viertelkorb und holte trockenes Holz aus dem Stall, und dann holte er mit einem Eimer noch zweimal Briketts. Das Holzfeuer loderte bereits, und er schüttete die Briketts darauf, er hatte den Anstoß für einen Vorgang gegeben, den man Verbrennungsprozeß nennt, jenen Vorgang, der durch Feuer Energien brennbarer Masse freisetzt, Energien, die man Wärme oder Hitze heißt; aber er dachte kein bißchen an diesen chemischen Prozeß. Er hatte eben Feuer gemacht, und er dachte auch nicht daran, daß er diesen Prozeß auslösen mußte, um Energien für seine Arbeit freizusetzen, die er, in einem Zimmer sitzend, verrichtete. Er wollte es warm haben. Er wollte sich wohl fühlen.

Morgenmarsch

Aber noch war das Zimmer kalt, und er fühlte bereits, wie ihm die Kälte unter die Kleider kroch. Er ging in den Pferdestall, begrüßte den Pferdemeister, wechselte ein paar Worte mit ihm und überprüfte den Gesundheitszustand der Pferde. Der Stall war von den Pferdeleibern erwärmt, obwohl die Stallfenster wie Eisblöcke aussahen, die man in die Mauern eingelassen hatte. Er ging hinaus, ging durch die Schneewehen, den Gartenweg hinunter, an den eingeschneit schlafenden Obstbäumen vorbei, auf den Hochwald und den Morgenstreifen zu, der breiter geworden war.

Am Waldrand lag Schnee, und der war bald tief und bald flach, und es gab Stellen, wo der Wind geküselt und dunkles Erdreich freigelegt hatte. Nun konnte er bis auf dreißig Schritt Entfernung die Koppelpfähle erkennen, denn der Himmel war schleiergrau geworden. Ein diesiger Morgen begann. Vom Stampfen durch den Schnee und vom Einatmen der Winterluft wurde ihm wohlig, und er ging langsamer, um nicht ins Schwitzen zu kommen.

Er sah, wohl an siebzig Meter entfernt, in der Genossenschaftskoppel dunkle Flecke. Zuerst dachte er, es seien kleine Kiefern, aber dann schienen sich diese Flecke zu bewegen. Es war vielleicht eine Täuschung. Wenn man dunkle Flecke auf einer weißen Fläche anstarrt, bewegen die sich, dachte er, und du weißt es schon von der Kindheit her. Trotzdem zog er die Lederhandschuhe aus, er konnte es sich jetzt leisten. Er klatschte mit den Lederhandschuhen gegen seine rindlederne Hose, und die dunklen Flecke bewegten sich heftig und verschwanden im Hochwald. Wildschweine. Er lachte, er fühlte sich wohl, und er dachte, jetzt ist dein Blut so gut in Bewegung, daß du es lange Zeit gut und wohlig haben wirst, wenn du am Schreibtisch hockst.

Waschen

Das Wasser im Boiler hatte sich erwärmt. Er ließ das kalte Wasser aus der Rohrstrecke vom Boiler zum Hahn ablaufen und benutzte die Zeit, seinen Oberkörper zu entblößen. Nun kam warmes Wasser aus dem Hahn, er tauchte den Rasierpinsel drein, näßte sich mit dem nassen Pinsel die Wangen, trug Rasierseife auf, verrieb sie zu Schaum, rasierte sich. Er dachte nicht daran, daß er sich mit dem Rasieren der mitteleuropäischen Mode anglich, die von einem Manne forderte, daß er glatt rasiert und unverkommen durch den Tag gehe. Er rasierte sich, weil man sich rasieren muß, und veranschlagte die Tage, die Wochen nicht, die er zeitlebens mit dem Rasieren verbrachte.

Dann seifte er sich den Oberkörper und spülte mit kaltem Wasser nach, frottierte sich. Sodann tat er etwas Überflüssiges und tat es mit Bewußtsein. Er klopfte sich den Kopf, den Hals, den ganzen Oberkörper mit den Fäusten, er tat das, um den Kreislaufstörungen entgegenzuarbeiten, die ihn dann und wann belästigten. Noch etwas tat er mit Bewußtsein. Er cremte sich das Gesicht und bearbeitete das Fettpolster unter seinem Kinn intensiv. Er tat es, um seine Gesichtshaut jung und geschmeidig zu erhalten. Er arbeitete dem äußerlichen Altern bewußt entgegen.

Arbeit

Er setzte sich an den Schreibtisch. Ein Einfall war ihm bei all den vorangegangenen Tätigkeiten nicht gekommen. Sein Gehirnteil, in dem Einfälle produziert wurden, der Teil, in dem Einfälle einfielen, schlief, war taub, hatte eine Störung. Wie störanfällig ist eine Telefonleitung, und um wieviel komplizierter ist ein Hirn als eine Telefon-Apparatur. Er wußte aus Erfahrung, daß man Einfälle nicht herbeizwingen konnte, daß man geduldig, ja, ergeben auf sie warten mußte.

Er schrieb Briefe, beantwortete Briefe, antwortete auf Fragen von Leuten, von denen er die meisten nie gesehen hatte. Er befriedigte Freundeswünsche, verpackte Bücher und machte die Päckchen postfertig. Alles das war nicht seine eigentliche Arbeit, die darin bestand, Erfahrungen zu machen und sie in der ihm gemäßen Weise schriftlich niederzulegen. Das Briefebeantworten war eine Nebenarbeit, die seine eigentliche Arbeit, das Veröffentlichen von Erfahrungen, mit sich brachte.

Diese Nebenarbeit verrichtete er, wenn seine eigentliche Arbeit gut florierte, nur mit Widerwillen, denn es war eine Arbeit, die viel Lebenszeit fraß. Mit weniger Widerwillen verrichtete er diese Arbeit nur, wenn er sich leer und ohne Einfälle fand.

Der Ritt

Er sattelte seine Lieblingsstute und halfterte zwei weitere Stuten auf, zog sich warm an und ritt in die verschneiten, verfrosteten Wälder. Er nahm sich dabei nichts vor, dachte nicht einmal an ein Wegziel. Er saß auf der Stute, deren Rücken ihn angenehm wärmte, ritt im Schritt durch die Schneewehen, ließ das Pferd dann und wann traben und ließ sich durchschütteln.

Jetzt war er nur ein großes Sehen. Er verhielt sich passiv und ließ sich auf keinen Gedanken ein, der nicht von etwas, was er sah, ausgelöst wurde. Manchmal waren seine Erlebnisse (Auseinandersetzungen, Erfahrungen, die er beispielsweise in der Stadt gemacht hatte) recht fürwitzig und versuchten, seine Gedanken zu beherrschen. Er schob sie zurück, er hatte sich beigebracht, wie man das macht. Er hatte Übung darin, wieder in den Zustand des reinen Anschauens zurückzukehren. Das war sein produktivster Zustand, wußte er, ob er dabei sogleich zu Ergebnissen kam oder nicht. Er wußte, daß ihm das rein Angeschaute, ob es nun sofort Gedanken in ihm auslöste oder nicht, doch zur Verfügung stehen würde, und zwar später, wenn er es benötigen würde, und daß es dann als eine Art Eingebung vorhanden sein und auf ihn zukommen würde.

Er ritt durch einen halbwüchsigen Wald, ritt auf einer Schneise, die nicht einmal von Wildspuren durchsteppt war. Alle Kiefernstämme rechts und links der Schneise waren mit herangewehtem

Schnee bedeckt, waren gescheckt, und das Weiß des Schnees überwog auf ihren Stämmen und verlieh ihnen das Leichte und das Lichte und die Freundlichkeit von Birkenstämmen. Er ritt in einer Landschaft, die, wie sie jetzt im Augenblick war, niemand vor ihm gesehen hatte, die auch niemand nach ihm so sehen würde. Etwas Goldenes tat sich ihm auf, und der Begriff Märchen produzierte sich in ihm. Er ritt auf einem Schimmel, und zwei ungesattelte Schimmel folgten ihm.

Er ritt quer über die zugeschneite Landstraße, über die Spuren hinweg, die sich einige Fahrzeuge mühsam auf ihr gebahnt hatten. Ein Gedanke blitzte auf: Mühselig gebahnte Wege, die zum Eigentlichen führen. Er beschloß, einmal aufzuschreiben, was alles er an einem Tage tat, tun mußte, um zum Eigentlichen zu kommen.

Eigentliche Arbeit

Er war wieder daheim, sattelte ab, deckte die Pferde ein, zog sich um, warf wieder Holz und Kohle auf den Heizofen der Warmwasserheizung, um es warm zu haben, dann setzte er sich an den Schreibtisch und schrieb den Einfall auf, den er im Walde hatte. Er behandelte ihn wie einen Befehl.

Bücher

In den Regalen meiner Arbeitsstube stehen viele Bücher. In manche sehe ich hinein, finde, daß sie mir nichts zu sagen haben, klappe sie zu und vergesse sie.

In anderen Büchern finde ich hie und da eine Wahrheit und ab und zu eine Bestätigung eigener Gedanken. Manchmal gefallen mir an ihnen nur der Inhalt einer einzigen Seite oder einige besonders geglückte Formulierungen. Nach Jahren nehme ich sie wieder zur Hand, um das, was mir an ihnen gefiel, zu lesen.

Dann gibt's Bücher, die zunächst wie Fremdlinge in meiner Stube stehen. Aber eines Tages machen sie sich bemerkbar. Bin ich in ihre geistige Nähe gekommen?

Ich schlage sie auf, lese sie in einem Zuge und lese sie nach Wochen schon wieder. Viele von ihnen sind alt und aus vergangenen Zeiten herübergekommen, und doch verjüngen sie mich und sind mir behilflich, meine Zeit zu verstehen. Die verjüngende Kraft, die ihnen innewohnt, heißt Poesie.

Erzählen

Immer wieder versuche ich zu ergründen, ob das Erzählen eine üble Angewohnheit oder eine Krankheit von mir ist, ob mich das Leben, von dem ich ein Teil bin, ausersehen hat, sich durch mein Geplapper selber darzustellen, ob ich beim Erzählen etwas herausfinden oder hervorkehren soll, was beim Dahinleben übersehen werden könnte – das wäre mir der günstigste und liebste Grund.

Jedenfalls erfahre ich mancherlei, was sich ereignete, was die Leute in der Heimat trieben oder wozu sie getrieben wurden, als ich auswärts war.

Bei Fritzko Duschkan stoße ich auf *unreene* Familienverhältnisse, von denen er mir nichts erzählte, als wir uns wiedersahen. Er hat eine zumutbare Frau, fleißig und beredsam, ein Annchen mit flinken Pantoffeln. Aber wie andere Bossdomer Bergleute und Glasmacher belastete er sie mit *Reformland*. Fritzko selber aber rückt daheim nichts vom Fleck. Er ist Schachtmeister! Seine Frau muß den neuzeitlichen Segen, die Äckerlein, bearbeiten und zusehen, wie sie damit fertig wird. Sie kann sich nicht mehr so um Fritzko kümmern wie vor dem Kriege, ihm die Stiefel putzen und das Bett anwärmen. Fritzko stolziert mit scheppperndem Zollstock in der Beintasche seiner Cordhose, ein unausgelasteter Hofhahn, durchs Dorf und in die Schenke.

Der Gastwirt Fritzko Lehnigk, einer der eifrigsten Alkoholvernichter des Dorfes, starb einen schweren Magen-Krebs-Tod. Die Dorfklatschen behaupteten, von *oben her* habe er nichts mehr essen können, die Ärzte hätten ihm ein Loch in den Bauch schneiden müssen, doa gießen se am Süppchen rein, den Schnaps, den er verlangt, am Ende ooch.

Wie konnte Fritzko bei einem solchen Leben existieren? Die Lehnigkinne wurde Witwe. Von ihren tiefliegenden Augen weiß man nie recht, welchen Mann sie bemustern, Blicke aus dunklen Hintergründen, die in meiner Mutter Eifersucht auslösen, allwie Schnupftabak Niesen auslöst.

Duschkans Fritzko fühlte sich von den Blicken aus der Tiefe der Gastwirtin gereizt. Im Dorf wird die Witwe Lehnigks Mamachen genannt. Fritzko läßt seine Frau, von der er im Dorfe erzählt, sie habe kein Verlangen mehr nach ihm, brachliegen. Er macht sich mit Mamachen zusammen.

Das Leben ist zu jeder Zeit und Stunde voller Wunder. Während Fritzko die Nächte bei Mamachen verbringt, blüht sein Annchen daheim nochmal auf. Die Müdigkeit fliegt von ihr wie ein Schmetterling, der sich ein Winkelchen fürs Überwintern sucht. Sie tut sich mit ihrem Schwiegervater Karle zusammen und nimmt keine Rücksicht auf Fritzkos Mutter, die mit im Hause lebt.

In Bossdom fanden also Verschiebungen statt, während ich fort war. Die Menschen ändern die Verhältnisse, und die Verhältnisse ändern die Menschen, wie der Redner sagt. Niemand überprüft es.

Ich für meinen Teil nehme alles so hin, wie ich es vorfinde. Ich mache mich schmal und versuche mich wie die Weisen zu verhalten, die sich hüten, mit ihrem stümperhaften Willen die Welt zu verändern.

WUNDERTÄTER-ZEIT

Geschichten
von Stanislaus Büdner

Stanislaus kommt in Waldwiesen zur Welt, verbraucht vor seiner Geburt teures Winterholz, und sein Vater Gustav verprügelt die Hebamme.

Der Herr der Wälder hob die Hand. »Halt!« Die hagere Hand pendelte zwischen den Baumzweigen wie eine gespenstische Frucht. Der Mann mit dem Handwagen blieb stehn. Furcht duckte ihn, er sah auf das Waldgras vor seinen Füßen. Den blinkenden Tau an den Halmen sah er nicht. Der Kuckucksruf wehte ungehört an seinem Ohr vorüber.

Der Förster verließ sein Fichtenversteck und ging auf den Mann zu. Seine Blicke schienen das Leseholz auf dem Handwagen auseinanderzukratzen. Der Mann war der Glasmacher Gustav Büdner; der Handwagen gehörte ihm und enthielt seine letzte Leseholzfuhre für jenes Jahr.

Der Förster entdeckte unter dem Leseholz einen zersägten Trockenstamm. Nun zog er sein Notizbuch und schrieb etwas hinein. Gustav Büdner starrte auf den langen Nagel am Zeigefinger des Försters. Wozu braucht ein Mensch einen so langen Fingernagel? Braucht er ihn zum Ausräumen seiner Baumelpfeife? – Der Förster ging bis zu einem Baum am Waldrand, bückte sich dort und ritzte mit dem langen Fingernagel ein Kreuz auf den Waldboden. »Hier abladen!«

Es kam ein Strafschein über einen Taler: »… wegen des Versuchs, aus den gräflich Arnimschen Waldungen ein Viertel Klafter Nutzholz zu entwenden … Waldwiesen, 12. July 1909. Der Amtsvorsteher: Duckmann.« – Auf Nimmerwiedersehn, du liebes Talerstück!

Der Straftaler brachte die schmale Haushaltskasse der Büdners in Unordnung. Es konnte keine Erlaubnis zum Blaubeerensammeln von der gräflichen Forstverwaltung gekauft werden. Lena, die Frau, mußte die drei Mark in der Blaubeerzeit mit täglichem Angstschweiß bezahlen. Sie fürchtete den schnüffelnden Forsteleven, und dabei pochten zwei Herzen in ihrem Leibe.

Sollte Gustav Büdner den Taler ohne Zucken und Mucken rollen und das Holz des Trockenstammes, die letzte Fuhre Leseholz liegenlassen, wo sie lag? Nein. Gustav spielte an einem Sonntag mit den Kindern Auto. Jedes Kind schnurrte in einer anderen Tonart. Gustav war der Herr, der die Autos in alle Welt aussandte. Er ließ sie zu einer ganz bestimmten Stelle schnurren, zu der Stelle, an der der Förster mit langem Fingernagel ein Kreuz in die Erde geritzt hatte. Jedes ausgesandte Auto mußte einen Knüppel Leseholz von dort mitbringen. Für die Sägstücke des Trockenstammes stellte Gustav sogar ein Lastauto, ein kräftiges Lastauto aus zwei Kindern, zusammen. Er mußte das den Kindern lange erklären; sie hatten das hochrädrige Auto des Grafen, aber noch kein Lastauto gesehen. Solche Wirrnis um das Winterholz, solche Ungelegenheiten!

Der Mensch Gustav Büdner hing durch eine Reihe lebenskräftiger Väter wie durch eine gute Nabelschnur an der Welt. Sein Vater, Gottlob Büdner, hatte Gustavs Großmutter, die eine Magd war, zu früh zur Kindsfreude hingestoßen. Sie war noch nicht reif für diese Freude, noch nicht bemannt, noch nicht auf Muttersorgen gerichtet gewesen. Deshalb sollte und sollte er nicht sein. Er aber trotzte den giftigen Absuden, die sie trank, dem heißen Rotwein mit Nelken, den Sprüngen vom Melkschemel im Kuhstall und selbst dem kühnen Griff der Abtreibemuhme.

Er kam in diese Welt und ließ sich nicht zurückhalten.

Der Vater des Gottlob Büdner trotzte sein Leben dem preußischen Prügelstock des Grafen Arnim ab. Er entsprang dem Sterbelager, auf das ihn gräfliche Ziemerhiebe geworfen hatten, mit einem Humpelbein.

Der Großvater des Gottlob Büdner entrann den Pocken mit einem narbigen Gesicht, und dessen Vater hinwiederum steuerte sein hartholzenes Lebensboot durch die Pestwogen. Kurzum, die Büdners trotzten Tod und Verderben wie die Unkräuter am Wegrand, deren Lebenskraft der Stunde ihrer Entdeckung und Verwendung zuharrt.

Drei Wochen nach dem Einbringen der letzten Leseholzfuhre hastete Gustav Büdner eines Abends von der Arbeit. Fünf schnelle Schritte, dann ein Sprung! So kam er aus dem Wald in die Feldmark. Der Waldweg war schattig, auf dem Feldweg glitzerte der Sand in der Sonne. Büdner kniff die Augenlider zusammen und sah zu seinem Kartoffelstück hinüber, einem Streifen Sandland, auf dem die Stauden kümmerten. Am Feldrand sollte ein beladener Handwagen stehn. Büdner wollte ihn heimzerren. Es stand kein Handwagen dort. Seine Lena hatte kein Unkraut für die Ziegen gerupft! Im Walde hatte Gustav noch ein dummes Liedchen gepfiffen: »Ein Vogel singt vor Lust und Lieb, doch ist sein Nest erst voll Gepiep, ists mit dem Singen aus ...« Jetzt aber nistete sich der Ärger wie eine schwarze Waldspinne zwischen seinen Gedanken ein.

Da lag das Vorwerk – fünf Häuser stark –, und bei jedem Haus in einem Nest von Bäumen ein kleineres, ein Hausjunges, der Stall. Aus dem Schornstein auf Büdners Hausdach stieg eine zerzauste Qualmwolke. Die Lena verpraßte also das Winterholz, das teure, umständlich erworbene Winterholz! Die schwarze Ärgerspinne übernetzte Gustavs Gedanken ganz und gar. Am liebsten wäre er wie ein Tier auf allen vieren getrabt, um schneller daheim zu sein. Wie oft hatte er Lena anbefohlen, die Futterkartoffeln mit dem Mittagbrot zusammen abzukochen. Wieder hatte sie es unterlassen und kochte nun volldämpfig, um ihre Nachlässigkeit zu verbergen. Oh, die verdammte Nähfummelei! Ach, die verfluchte Lesewut seiner Frau! Er hatte nichts gegen das Nähen. Es mußte sein. Der Mensch konnte nicht mit bläkenden Löchern in seinen Kleidern unter dem hellen Himmel einhergehen. Er hatte auch nichts gegen das Lesen. Das Lesen half zuweilen die zwickenden Nöte vergessen. Er hatte aber gegen Nähen und Lesen etwas, wenn es am Tage geschah. Nähen war eine Ausruhbeschäftigung für den Abend, und den nagenden Nöten konnte man am Tage durch strenge Arbeit entkommen. – Der Zorn lag Gustav wie ein praller Sack im Rücken. Er stolperte auf dem glatten Fußsteig, da rief eine dunkle Kinderstimme: »Brauchst nicht zu sputen; er ist noch nicht da!«

Seine Tochter Elsbeth saß in der Wildfliederhecke. Gustav hielt so plötzlich ein, daß der Rest Gerstenkaffee in der Rucksackflasche gluckste. »Wer ist nicht da?«

»Der Neue.«

»Welcher Neue?«

»Ich hab die Tante Schnappauf holen müssen. Sie wartet mit der Mutter auf den Storch.«

Gustav lief schon wieder. War auf die Weiber Verlaß? Lena hatte auch den Decktag der jungen Ziege nicht aufgeschrieben.

Geschrei und Gekreisch. Gustav fuhr herum wie ein Wetterhahn bei Sturm. Hinter ihm trappelten seine sechs Kinder und schubsten einander; jedes wollte den neuen Jungen zuerst sehn. Herbert plumpste in den Mahlsand und schrie. Paul stolperte über ihn und kreischte. Elsbeth rannte zu Hilfe und barmte. Gustav fuchtelte. »Zurück, zurück zum Flieder! Erst wenn ich pfeife, kommt ihr!«

»Was wirst du pfeifen?«

»Der Jule hat sein Geld verjuxt ...«

Das Hoftor breit auf, die Gartenpforte breit auf.

»Das sieht nach Zwillingen aus. Gott, sei ein Kerl und steh mir bei!« räsonierte Gustav.

Die Viehkartoffeln lagen gekocht im Futtertrog. Aus dem Schornstein qualmte es fort und fort. Man siedete das Badewasser. Gustav raffte rohe Kartoffeln ein. Weshalb sollten nicht auf der gleichen Glut Viehkartoffeln für den nächsten Tag kochen? Den Topf vorn, den Rucksack hinten – so ging Gustav in die Küche und der Geburt eines weiteren Kindes entgegen.

Der Schlüssel knirschte im Schloß. Die Hebamme kam aus der Schlafstube. Sie war dick und rotgesichtig – die Gesundheit selber –, eine Mutter des Lebens. »Ein schöner Junge wieder, Gustav!«

Für Gustav war die Hebamme mit dem Totengräber verwandt. Anderer Leute Leid – ihre Freud. Hebamme und Totengräber arbeiteten auf die Länge des Lebens Hand in Hand; sie holte die Menschen in die vertrackte Welt, jener schaffte sie hinaus. Bezahlen mußten die anwesenden Weltbewohner. – Gustav rückte die Töpfe auf dem Herd zurecht und sah die Zubringerin des Grabgräbers nicht einmal an. »Geh mir los, Windelhexe!«

Die Hebamme plantschte lustig im dampfenden Wasser. »Neun Pfund der Junge diesmal, Gustav!«

Gustav fuhr sich mit einem ausgebrochenen Kamm durch seinen Haarstutz. »Gib zu, daß dich die kleinen Leute nähren!«

Die Hebamme trocknete sich die Hände ab. Ihr Gesicht glich

dem eines Pferdehändlers, der gut verkauft hat. »Jeder Erdenmensch dankt Gott, schenkt der ihm Kinder mit gesunden Gliedern.«

Gustavs Hand zitterte. Der Scheitel in seinem Haarklecks über der Stirn wurde schief. »Gesteh, daß dich die kleinen Leute fröhlich machen!«

Das Gesicht der Hebamme wurde purpurn. »Nein!« Sie warf ihre Instrumente hastig in die Tasche.

»Dann zahlen andre besser, hä?«

»Ich weiß von keinen andren. Halt das Maul!«

»Ich meine die, die schon im zweiten Monat nach dir schicken.«

An der Nasenwurzel der Hebamme erschien ein Zornwulst. Gustav kämmte vor Aufregung sogar sein Bärtchen. »Bekenne, daß du Engel und Menschen aus Weiberleibern holst, je wann man dich bezahlt, früh oder spät.«

Die Hebamme streifte die Ärmel wieder hoch. »Wie meinst du das?«

»Bar auf der Hand ersetzt den Verstand. Von kleinen Leuten wird Verstand verlangt, aus deinen Bündelkindern rechte Menschen herzurichten.«

Die Hebamme packte Gustav. Gustav packte die Hebamme. Sie rangen miteinander, bis an der Hebammenjacke die Knöpfe absprangen. Die dicken Brüste der Wehmutter quollen aus dem Hemdlatz.

»Das schreckt mich nicht!« schrie Gustav und packte das dralle Weib bei den Hüften. Die Wehfrau krallte sich blauwütig in Gustavs frischgesträhltes Haarbüschel. Geächz und stummes Ringen – ein Wassereimer schepperte zu Boden. Das kalte Wasser beschwappte die Kugelwaden der Wehmutter. Sie kreischte: »Dank deinem Gott, daß ich von Amts wegen keine langen Fingernägel nicht haben darf!«

Die Schlafstubentür sprang auf. Lena erschien bei den Raufenden, Lena – zitternd mit wäschebleichem Gesicht. Gustav und die Hebamme flogen wie Kampfhähne auseinander. Die Hebamme fuhr zerzaust in ihre Amtsobliegenheiten. »In dein Bett, Lena! Mit dem da werd ich fertig, zur Leiche dresch ich ihn!«

Lena weinte nicht. Es war keine Träne mehr in ihr. Sie wrang die

Hände; ihre ausgelaugten Lippen zitterten. Gustav packte sie, bevor sie umsank.

Der zerkratzte Mann saß auf dem Bettrand bei der Wöchnerin. »Man wird doch noch die Wahrheit sagen dürfen.«

»Nicht immer.«

»Immer nicht?«

»Die Wahrheit braucht ein gares Feld zum Keimen.«

»Woher nun diese Weisheit wieder, Frau?«

»Aus einem Buch.«

»In Büchern ist das Leben zahnlos.« Gustav streichelte die Hand seines Weibes. Sein Daumen hatte einen Hornbuckel. Das Blasrohr in der Glashütte hatte ihn herausgefordert. »Wie halten wir's jetzt mit der Taufe?«

Lena schloß die Augenlider. Aus ihrem blutleeren Körper kam Musik. Nur für sie. Gustav hockte wie ein Holzklumpen auf der karierten Zieche und dachte. Er konnte nicht denken, ohne zu reden. »Taufe, Taufe ... wozu muß ein Mensch getauft sein, hä? Damit sich andre bei der Feier vollfressen? Ich hab einen gekannt, den hatte kein Pfarrer aus dem Taufstein benäßt. Er hatte nicht mehr zu leiden als unsereiner. Er stand mit mir in der Fabrik und kam aus Polen oder da woher. Man hatte ihn vergessen abzutaufen. Er war sogar von Gott begünstigt und fraß Glas. Sobald er einen sitzen hatte, ernährte er sich spielend. Vorspeise meist ein Schnapsglas, die Hauptmahlzeit ein Bierglas. Die Gaffer zahlten ihm die Gasthauszeche. So sparte er sich manches Mittagessen.«

Lena kam wieder zu sich. Sie schaute ihren Mann an, wie wohl Mütter in aller Welt nach Geburten ihre Männer anschaun: Er war ein Zauberer, ein Wind, der in den Kirschbaum fährt und die staubbedeckten Leiber der Bienen an die Blütenpollen drückt. Ein Wind, der große Veränderungen bewirkt.

Gustav versuchte es noch einmal. »Es gibt ganze Völker, die sind nicht abgetauft. Sie haben keine Kosten.«

Lena versuchte sich aufzurichten. »Wir nehmen reiche Paten!«

»Wenn das gelänge!«

Gustav ging vor die Tür und pfiff: »Der Jule hat sein Geld verjuxt ...« Aus der Wildfliederhecke flatterten die Kinder. Er stampfte mit dem Handwagen zum Kartoffelacker. Für vierzehn Tage mußte er die Arbeit seines Weibes mit vertilgen.

Die Hebamme kam nicht mehr. Das Geburtsgeld trieb der Gemeindediener für sie ein.

Stanislaus erhält den Namen eines Glasfressers. Der Pastor umsorgt seine Seele und versetzt Mutter Lena in Teufelsangst.

Die Büdners berieten den Namen des neuen Jungen. Vater Gustav zählte seine Söhne. Sein Daumen hieß Erich, sein Zeigefinger Paul, Artur der Mittelfinger, der Gold- und der Kleinfinger hießen Willi und Herbert.

»Jetzt brauchen wir einen Stanislaus«, sagte er.

»Ich hätte an einen Bodo gedacht«, sagte Lena.

»Bodo? Ein großer Hund könnte zur Not Bodo heißen.« Gustav schaukelte den vierjährigen Herbert auf dem Schoße.

»Stanislaus heißt kein Mensch in der Welt. Wir brauchen einen Günther. Alle Leute haben schon Günthers.« Elsbeth, die Älteste, stemmte die Hände in die Hüften.

Gustav sprang auf, setzte den Jungen ab und marschierte mit baumelnden Hosenträgern in der Küche hin und her. »Handelt es sich um deinen Jungen? Wie alt bist du überhaupt?«

»Dreizehn.«

»So! Stanislaus, das war ein Glasfresser!«

Lena versuchte es noch einmal mit Bodo. »Er war ein Geigenkünstler.«

»Wo?«

»Im Buch, das mir die Vogtsfrau gab. Er strich dreimal über die Geige, und alle Frauen tanzten.«

Gustav trat sich auf die Hosenträger.

»Und die Männer?«

»Sie haßten ihn.«

»Da hast du's. Bodo geht nicht. Der hier wird Stanislaus heißen und kein Gramm weniger!«

Elsbeth verkroch sich in der Herdecke.

»Sie werden ihn Laus rufen. Stangenlaus werden sie ihn beniemen.«

Gustav starrte auf eine Fliege an der Küchenwand und sagte: »Bloß bis er anfängt, Glas zu fressen!«

Der Standesbeamte schob die Brille hoch. Eine große bläuliche Warze auf seiner Stirn sorgte dafür, daß sie nicht zurückrutschte. »Stanislaus? Ist das nicht ein bißchen zu polnisch?«

Gustav Büdner fuchtelte mit der Mütze. »Stanislaus steht im Kalender!«

»Wär Wilhelm nicht ein Name für dein Kerlchen? Schon seitenlang kein Wilhelm im Register.« Der Standesbeamte putzte die Schreibfeder an der Löschwiege.

Gustav wurde unleidlich. Alle Welt hatte etwas gegen seinen Stanislaus. »Wilhelm kann jeder Popanz heißen. Der meine, der heißt Stanislaus. Du hast ihn nicht gemacht.«

Der Standesbeamte rieb sein wulstiges Ohrläppchen. »Bei den Sozialdemokraten bist du nicht, Büdner, wie?«

»Geh mir mit Spezialkameraden! Ich bin, der ich bin, und Stanislaus wird Stanislaus und ein Glasfresser sein!«

»Und du weißt nicht, wer Wilhelm heißt?«

»Der Name steht nicht im Kalender.«

Der Standesbeamte schrieb widerwillig ins Register: »... ein Kind auf den Namen Stanislaus ...«

Gustavs Gruß blieb unbeachtet, als er ging.

Mit der Taufe sollte gewartet werden. Die Haushaltskasse!

Ein halber Wartemonat war herum, da klopfte der Pastor leise und heilig an Büdners Tür. Gustav hockte mit halb eingeseiftem Rasiergesicht vor dem zerschrundenen Familienspiegel. Der Pastor trampte auf blanken Lederschuhen in die Küche. Eine emaillierte Kindertasse mit dem Bild vom Kaiser Wilhelm rutschte Lena aus der Hand. Die Emaille splitterte. Kaiser Wilhelm hatte keinen Stehbart mehr, aber ein großes Maul. Der Pastor nestelte am Kragen seines schwarzen Rockes. Er steckte den dicken Zeigefinger hinter den weißen Stehkragen und leitete auf diese Weise seiner bebenden Brust etwas Frischluft zu. Auf dem gestärkten Kragen saß sein hochroter Kopf, ein Rotkohlkopf, und darauf ein schwarzer Hut. Der Himmelsgesandte plumpste auf einen Küchenstuhl und mit dem heiligen Gesäß fast in die Waschschüssel. »Der Frie..., der Friede sei mit euch, Gottes Segen auch!«

Gustav fuhr sich mit der Hand über die beseifte Wange und

warf die Rasiersahne zum Fenster hinaus. Lena band ihre Schürze ab, wendete die innere Seite nach außen und band sie wieder um.

»Bist du es, die Lena, die Nähterin auf dem Schloß war?«

»Diese bin ich, Herr Pastor.«

»Daß wir uns so lang nicht sahn, mein Kind.«

»Man hat sein Getu. Sieben Kinder, Herr Pastor.«

»Der Herr segnet euch. Sieben Kinder, sagst du, mein Schaf Lena? Habe ich sie alle oder hat anderswer eins weggetauft? Mich deucht, ich hätte sechs von den deinen, sechs und nicht mehr getauft.«

»Zu dienen, Herr Pastor, das siebente ist noch ein Frischling.«

Der Pastor sah Gustav an. »Wer bist du, mein Sohn?«

»Er ist mein Mann, Herr Pastor.« Lena schob trockenes Holz, zweimal gestohlenes Holz, für ein Kaffeefeuer ins Herdloch.

Der Pastor ließ kein Auge von Gustav. »Mein Sohn, reich mir die Hand!«

Gustav tat, wie ihm befohlen. Der Pfarrer sah auf die am Herd kniende Lena herab. »Ist er ein Heide, dein Mann? Ich sah ihn nie in der Kirche.«

»Ein Heide ist er nicht, Herr Pfarrer.«

»Wie alt ist dein Jüngstes, mein Pfarrkind Lena?«

»Zwei Wochen und einen Tag.«

»Wie wird es heißen?«

»Es wird Stanislaus heißen, Herr Pastor.«

»Stanislaus? Nicht genug, daß es zwei Wochen alt und immer noch ein Heide ist, auch noch Stanislaus?«

»Der Name steht im Kalender.« Gustav sagte es drohend.

»Schäm dich, neunmalgescheite Seele! Stanislaus, ein katholischer Name und so gut wie heidnisch.« Der fromme Mann patschte sich mit den Würstchenfingern das rote Gesicht ab. »Lena, wie lang warst du Nähterin auf dem Schlosse?«

»Sieben Jahre, Herr Pastor.«

»Und weißt nicht, daß die gnädige Frau, die den Christus in der Kirchvorhalle aufbessern und anstreichen ließ, unsere ehrenwerte gnädige Frau, daß sie zu Gottes Lobe weder große noch kleine Heiden zuläßt?« Der Pastor war außer Atem gekommen. Er mußte gegen das Mahlgeräusch von Lenas Kaffeemühle anpredigen. Lena schüttete den Gerstenpuder in einen Topf. »Ich weiß es, Herr Pastor, aber ...«

Der Pastor knipste ein Marienkäferchen von seinem Rock. »Laß mich kein Aber hören, Störrische! Richte dein Kind auf nächsten Sonntag her, daß ich es taufe und mit Gnaden aufnehme in die Familie der Christen. Ich halt mich bereit; so du aber nicht zur festgesetzten Stunde mit deinem Bündelkind am Taufstein erscheinst, wird Gott mich strafen, wenn ich fürder meine segnende Hand über dich und das Kind halte.«

Die letzten Worte sagte der Geistliche schon im Hausflur. Der Geruch des Armenkaffees trieb ihn hinaus. Er ging rückwärts und predigte. Lena begleitete ihn mit gesenktem Kopf. Gustav gab dem frommen Mann kein Geleit. Er nahm den Schürhaken und hieb auf die Herdringe. Diese Heiligkeit war widerlicher als Soff!

Lena rannte noch am gleichen Tage in die Blaubeeren. Mühsam füllte sie ein Eimerchen mit raren Augustbeeren für den Taufkuchen. Der Zorn des Himmels sollte sie nicht treffen. Sie dachte an schlimmes Weibergeschwätz: Einem zu spät getauften Kinde sei auf dem Schenkel ein Mausfell gewachsen. Es hatte schon begonnen, ein Tier zu werden. Einen anderen Spättäufling habe der Teufel mit einem Pferdefuß bebürdet. Ein dritter Taufsäumling sei gar lebenslang ein Bettnässer geblieben. Das heilige Wasser, das ihn zu spät erreicht habe, sei fort und fort als unreines Hexenwasser von ihm gewichen.

Stanislaus erhält reiche Patinnen, wird abgetauft, erstickt und wieder ins Leben gerufen.

Patinnen wurden: die Frau des Gutsvogtes, deren Blusen Lena, die Nähterin, noch immer weiten mußte; die Frau des Dorfkrämers, die anschrieb, wenn Büdners Wochenlohn nicht reichte; die Frau des Bauern Schulte, der ab und an sein Pferd für kleine Leute herlieh. Patin sollte auch die Frau des Dorfschusters werden. Gustav dachte an Gratissohlen für die Winterschuhe. Lena war dagegen. »Die Schustersche ist katholisch. So etwas laß ich nicht an meinen Jungen!« Sie schlug die Frau des Försters vor. Gustav schüttelte sich wie ein Hund im Regen. Er dachte an den langen Fingernagel des Försters. Man einigte sich auf die Frau des Lehrers: eine Beamtenfrau.

Es wurden ein Blaubeerkuchen und ein Zuckerkuchen gebacken. Gustav schlachtete drei Kaninchen. Vier Wochen fehlten ihnen an der Mast. Die Eile des Pastors! Gustav brachte die zerlegten Kaninchen in die kleine Speisekammer und sog mit geblähten Nüstern den Kuchenduft ein. Lena stand, die Schürze schützend ausgebreitet, vor den gebräunten Fladen. Ihre Brüste strämmten den Blusenkattun. »Du Kater sollst nicht an den Kuchen!«

Gustav setzte eine Theorie in die Welt: »Wir haben Stachelbeerwein die Fülle. Laß die Paten davon trinken. Wer viel trinkt, der viel singt. Wer singt, aber kann nicht kauen.« Lena nahm sein Schlachtmesser und schnitt ihm ein Stück Blaubeerkuchen herunter. Gustavs Kiefer knackten. In der rechten Hand hielt er das Kuchenstück, mit der Linken streichelte er die Frau, und er drückte seinen Blaubeermund gegen ihre pralle Brust. Lena schüttelte sich, da legte Gustav das Kuchenstück beiseite und umschlang sein Weib mit beiden Armen. »Ich hätt fast Lust, dir noch ein Kind zu machen.« Lena juchzte auf.

Die Kinder kamen vom Hof getrappelt. Gustav griff nach seinem Blaubeerkuchen. Er schmatzte wie ein Igel. Den Rest starrten ihm die Kinder aus der Hand.

Sonntag. Tauftag. Die Klaräpfel im Garten färbten sich gelblich. Die Futtersaat grünte auf den Schäläckern. Die Hühner flogen aus dem Schlupfloch, auf Büdners Hof wurde es lebendig. Als der Hahn auf dem Torweg den Tauftag einkrähte, rasselte Lena schon mit den Herdringen, und Gustav verschnitt sich mit der großen Schneiderschere den Schnurrbart. Sorgsam schnipperte er sich die überständigen Haare aus den Naslöchern. In der Schlafstube rekelten sich die Kinder. Auf der Stalltür zwitscherten die Schwalben.

Acht Uhr, und die erste Patenfrau kam. Es war die Frau des Gutsvogtes. Lena sollte ihr die Festbluse weiten. Das Dickweib zog die Bluse aus. Sein Schweißgeruch vermischte sich mit dem Kochdunst. Gustav betrachtete die wabbeligen Oberarme des fremden Weibes. Begehren glomm in ihm auf. Lena sah seinen Gierblick. »Du kannst die Kinder anziehn und betun!«

Gehorsam schlurfte Gustav in zerlappten Tuchpantoffeln davon. Bei der Tür drehte er sich noch einmal um. Solche Arme aber auch! Er konnte sich nicht satt sehn. Die Vogtsfrau näselte, sie war so dick und traurig. »Was wird er denn schon sehn, wenn ich so sitze: ein bißchen mehr Fleisch als bei Ihnen. Mein Mann hats nicht ungern.« Sie legte die weißen Wabbelarme auf den Küchentisch. »Hättet ihr ein Krümchen zu essen für mich? Ich bin nüchtern von daheim weg.«

Lena kam aus der Speisekammer mit zwei Stückchen Zuckerkuchen. Ihr Gesicht war blaß. Die Vogtsfrau schob ein Kuchenstück bis zur Hälfte in den breiten Mund. »Ist Ihnen nicht gut, Frau Büdner?«

»Das sind so Nachwehn.« Lena schlüpfte auf den Flur, dort rief sie leise nach dem Mann. Gustav erschien mit einem Bündel Kinderhemden.

»Nur noch ein Rest vom Zuckerkuchen.« Lena taumelte.

»Was Zuckerkuchen?«

»Weg.«

»Die Katze!«

»Mit einem Messer?«

»Nun denkst du, ich?«

»Gustav!«

»Nie und nimmer.«

Die Kinder schrien durcheinander, eines beschuldigte das

andere. Gustav warf das Hemdbündel auf die Dielen. »Kein Wort mehr, wir sind so genug blamiert!«

Die Alten standen in der Speisekammer und betrachteten den gezehntelten Kuchen. »Er wird nicht hin und her reichen!« Sie kamen überein, Elsbeth nach dem kirchlichen Taufakt um Plinsenmehl und Zucker auszuschicken. Den Kindern keinen Kuchenkrümel mehr! Gustav wollte Plinsen für sie backen. Beim Dorfkrämer konnte das Plinsenmehl nicht geholt werden. Die Frau war Patin! Also sollte Elsbeth nach Schleifmühle rennen. Nach der Taufe, mit dem Eingebinde, versteht sich.

In der Küche leckte die Vogtsfrau die Kuchenkrümel vom Teller. »Plagt Sie der Hunger auch so? Ich wäre imstande, den ganzen Kuchen zu vertilgen.«

»Herrliches Wetter«, sagte Lena.

Die Frau des Lehrers kam. Sie trug ein strenges Gesicht durch die Welt und war Besitzerin eines verkniffenen Mundes. Ihre Schotennase schleppte einen Kneifer. Gustav brachte sie in die ausgeräumte Stube und schenkte ihr Stachelbeerwein ein.

»Bitte, nicht auf nüchternen Magen.« Die strenge Dame wehrte sich. »Ich ging ungesättigt von daheim.«

»Man vergißt oft das Wichtigste«, sagte Gustav.

Die Kinder kamen und begrüßten die Lehrerdame mit eindressierten Dienern und Knicksen.

Die Frau des Krämers tappte heran, eine magere Frau. In ihrem blassen Gesicht klebte ein süßes Lächeln; eine chronische Krankheit, die sie sich im Verkehr mit der Kundschaft zugezogen hatte. Gustav überfiel auch sie mit Stachelbeerwein. Die Krämersfrau nippte. Der Wein war sauer und kratzig. Die Krämersfrau lächelte. Sie schüttelte sich innerlich.

Poltern im Flur. Die Frau des Bauern Schulte war eingetroffen. »Stachelbeerwein? Du bist verrückt, Gustav!«

Die Frau des Gutsvogtes kratzte sich in der Küche die nackten Arme. »Die Leute sagen, sie hälts mit dem Knecht. Sie schläft im Pferdestall bei ihm!«

In der Taufstube rümpfte die Lehrersfrau die Nase. Ihr Kneifer stieß an die Augenbrauen. »Eine drastische Person, die Schulte!«

Die Krämersfrau lächelte.

Glockentöne kullerten über den Hügel. Im Bachtale glitzerten die Wiesen. Grummetschober standen als graue Kleckse darin. Die Schwalben fuhren zwischen Baumwipfeln und Blauhimmel dahin. Im Taufhause bündelte Lena den Täufling. Elsbeth rannte nach Kuchen für die Vogtsfrau. Sie rannte gern.

Die Bäuerin Schulte packte das Taufbündel und wischte sich am Steckkissen die Nase. Wie am Abflußrohr der Dorfpumpe hing an ihrer pockigen Nase stets ein kleines Wartetröpfchen. Lena brachte vier Stauden Phlox als Schmuck und Abzeichen für die Paten.

Bis die Taufgesellschaft aus der Kirche kam, trippelten Gustav und Lena wie Meerschweinchen im Hause umher. Sie empfingen die zurückkehrenden Paten vor der Haustür.

»Der Pastor hat ihn Stanislausus abgetauft.« Elsbeth triumphierte. Stanislausus schrie, daß das Steckkissen wackelte. Gustav schenkte ein. »Ein Glas vor der Haustür, alte Sitte, auf die Gesundheit des Kindes!« Die Bäuerin Schulte trank ihr Glas wie ein Mannsbild auf einen Hieb leer. »Simm, simm, der putzt den Rachen.« Sie ächzte wie ein Saufaus.

Die Lehrerdame nahm das Glas mit zwei Fingern und schüttelte sich im voraus. Die Schulte gab ihr einen Puff. »Trink, trink nur, Lehrersche, dann gehts auf dem Herzhäuschen wie geschmiert!«

Die Lehrersfrau trank mäkelig wie eine Ziege. Die Frau des Krämers lächelte beim Trinken. Die Vogtsfrau klagte über Hunger und schlürfte den Wein wie ein Kalb. Die Paten gingen in die Stube. Gustav war wieder heran. »Ein Glas vor dem Hinsetzen, alte Sitte, auf die Milch der Wöchnerin!«

»Mir gleich zwei!« schrie die Schulte. »Zwei Brüste – zwei Schoppen.« Sie kippte den kratzigen Wein Hieb bei Hieb hinunter. Die anderen Frauen tranken mit Widerstreben.

Lena windelte den Täufling um. Gustav hütete in der Küche den Braten. Gleich mußte sich herausstellen, wie hoch das Eingebinde der Paten war. Die Küchentür flog auf. Die Bäuerin Schulte zog Gustav am Hosenträger. »Eingebunden habe ich nichts, Nachbar.«

Gustav trampelte aufgeregt hin und her. Die Schulte betrachtete ihn. »Das macht der Wein. Er fährt dir in die Blase!« Die Schulte teilte mit, daß Gustav sich statt des Eingebindes heuer dreimal ein Schultesches Pferd für die Feldarbeit ausborgen dürfe. Gustav stopfte sich eine Kaninchenleber in den Mund und verschluckte mit ihr seine Enttäuschung. Die zweite Kaninchenleber grapschte sich die Schulte. »Oh, Susanna, wie ist das Leben doch so schön …«, sang sie.

Lena kam mit einem Bausch Windeln. Gustav riß die Augen auf. »Wieviel?«

»Fünf Mark.«

»Sie werden unterwegs vom Geld verloren haben. Die verrückte Schulte hat mit dem Steckkissen geschlenkert.«

Die großen Kinder wurden ausgeschickt, den Weg abzusuchen. Elsbeth wand sich vor Hunger.

»Geh, geh, geh, sonst sucht wer anders das Geld aus dem Wegstaub!«

»Wenn die Störchin hungrig ist, frißt sie grüne Frösche …«, sang die Schulte in der Taufstube. Gustav rannte mit der Weinflasche zu den Patinnen. »Vor der Taufmahlzeit ein Glas, alte Sitte, auf das Wachstum des Kindes!« Nur die Schulte überwand sich und trank.

Noch waren die Kinder nicht von der Patengeldsuche zurück, da wußten Gustav und Lena, daß kein Pfennig verlorengegangen war. »Eingebunden habe ich nichts«, flüsterte die Vogtsfrau. »Mein Mann schickt euch nach dem Dreschen ein Säckchen Hühnerfutter. Geld ist so unpersönlich.«

»Sie werden sich wundern, daß wir nichts einbanden«, sagte die Frau des Krämers und lächelte. »Man kann nicht so, wie man möchte. Ihre Schulden haben wir gestrichen. Jetzt ist reiner Tisch.«

»Ich habe leider nur fünf Mark einbinden können«, mäuselte die Frau des Lehrers und schwankte ein wenig. »Wie das so ist – kurz vor dem Monatsersten!«

Elsbeth rannte mit fünf Mark Patengeld nach Schleifmühle um Plinsenmehl, Zucker und etwas Schnaps für den enttäuschten, ach, so enttäuschten Gustav.

Am Spätnachmittag knisterten die Plinsen im Tiegel. Gustav versuchte, die Hungermäuler der Kinder zu stopfen. Jedesmal, wenn er eine goldgelbe Plinsenscheibe auskippte, zerrissen sie die Kinder in sechs Teile und schlangen. In der Taufstube sang die Schulte Schnadahüpfeln. Sie pochte dazu mit den Fäusten auf den Tisch. Die Kaffeetassen klirrten.

Ham Kuchen gegessen, die Schnauze ist blau,
jetzt ist er wohl alle, man weiß nicht genau.
Holladrio, holladrihochhochhoch …

Lena schnitt den letzten Blaubeerkuchen auf. Es dunkelte. In der Küche knisterten immer noch Plinsenscheiben. Der Öldunst durchzog die Räume des kleinen Hauses. Es kamen zwei Männer: Der Dorfkrämer und der Lehrer holten ihre Frauen ab.

»Das hat noch gefehlt!«

»Immer ruhig wie ein Belgierpferd!« Gustav überflog seinen Weinbestand und sah den Rest in seiner Schnapsflasche an.

Der Lehrer war ein hagerer Mann. Wo die Wölbungen der Wangen hingehörten, waren Mulden in seinem Gesicht. Wenn er staunte, blies er diese Mulden auf. »Sie entschuldigen den – wie soll man sagen – Überfall. Es ist … meine Frau ängstigt sich bei Nacht im Walde. Ich habe darüber nachgelesen: Angst ist eine Sache der Nerven … der Nerven, ja, wenn dann noch ein gewisses Gefühl der Be…«

Die Schulte schnitt ihm das Wort ab. »Komm rein, Schulmeister, und friß was!«

Der Dorfkrämer schaute Dinge und Menschen an, als ob er beständig auszurechnen hätte, was sie kosten könnten, wenn er sie kaufen müßte. Sein Gesicht war ein Feld von Pickeln und Pusteln, es erinnerte an Erde am Frühlingsmorgen mit den Bohrhäufchen der Regenwürmer. »Hätt ich gewußt, daß der Lehrer geht, wär ich daheim geblieben. Ein Mann genügt für das bißchen Weiberangst.«

Die Schulte schob ihm ein Glas Stachelbeerwein zu. »Sauf eins mit mir, Krämer! Deine Alte verträgt nichts.« Sie begann wieder zu singen:

Hat der Mensch den Soff erfaßt,
sauft er aus dem Jauchefaß …

In der Küche buk jetzt Elsbeth die Plinsen. Sie buk sie nicht so dünn wie der Vater. Die Kinder schlangen und rülpsten. Der Lehrer hatte nach einem Wein zwei Schnäpse getrunken und wurde schwermütig. »Am besten, man geht in die Kolonien. Dort hat man – wie soll man sagen – Aussichten. Hier kommt man nicht vorwärts.«

Seine Frau schüttelte sich. »Ich laß mich nicht von den Wilden kochen!«

Die Bäuerin Schulte packte die Lehrersfrau. »Dich fressen sie nicht, du hast nichts auf den Rippen, Lehrersche. Komm, tanz ein Stückchen!« Die Schulte schob die Widerwillige durch die Stube und sang:

Puppchen, du bist mein Augenstern,
Puppchen, hab dich zum Fressen gern …

Die Fledermäuse huschten um die Hausecken. In der Küche sirrten die Fliegen und letzten sich an Plinsenresten.

Die kleinen Kinder hockten sich in den Herdwinkel und schliefen ein.

In der Taufstube rückte der Krämer zum Lehrer. »Haben Sie sich überlegt, was das kostet?«

»Wie meinen?«

»Was das kostet – die Überfahrt in die Kolonien schon. Nachher brauchen Sie einen weißen Helm und ein Mückennetz.«

Dem Lehrer traten Tränen in die Augen, große Schuljungentränen. »Ich habe gelesen, die Neger sollen verrückt nach deutschen Schulmännern sein. Der Deutsche hat etwas an sich – wie soll man sagen –, etwas Unwiderstehliches …«

Ein Schrei durchgrellte das Haus. »Der Junge, der Juuunge!« Lena stürzte mit dem Säugling ins Taufzimmer. Die Gesellschaft erstarrte, als sollte sie fotografiert werden. Die Katze hatte sich auf den Jungen gelegt. Alle Gäste betasteten das schweißnasse Köpfchen des Kindes. Die Schulte entriß Lena das Steckkissen. Sie zog den krampfstarren Säugling heraus, packte ihn bei den Beinen und schlenkerte ihn kopfunter. Lange, lange kein Laut – dann ein leises, leises Quäken. Die Schulte drehte das Kind um und schüttelte es, daß die kleinen Glieder flogen. »Das Leben, das Leben kommt wieder!«

Das Gequäk des Säuglings wurde zum Geschrei. Die Schulte hielt das nackte Kind mit ausgestreckten Armen und tanzte mit ihm durch die Stube.

Puppchen, du bist mein Augenstern ...

Der Lehrer stieß den Krämer an. »Ich habe darüber nachgelesen: Das Leben protestiert, wenn die Dinge auf dem Kopfe stehn.«

Der Krämer knispelte an seinen Pusteln. »Die Unkosten mit der Taufe, wenn das Ding nun aus und alle gemacht hätte!« Gustav schwankte mit ausgebreiteten Armen auf den wimmernden Täufling zu, küßte ihn auf den Nabel, ging zu den Männern und schenkte den Rest aus der Schnapsflasche in die Gläser. »Ihr kennt den Stanislaus noch nicht; ein Glasfresser wird er!«

Der Frühling kam. Die Finken hämmerten in den krüppligen Stadtlindenbäumen, als ob sie kleine Ambosse bei sich hätten: »Pink, pink, pinkpink!« Das feine Finkengehämmer durchdrang den Autolärm auf den Straßen und versah alle Geräusche der rauschenden Stadt mit einem feingetönten Goldrand. In der Backstube surrte die Teigmaschine, und der Fink streute auch dahinein seine goldenen Tonkörner. »Pink, pink, pinkpink, backt fröhliches Frühlingsbrot, ihr weißen Bäckergespenster!«

Zur frommen Bäckerei des neuen Meisters gehörte ein großer Garten. Stanislaus war der einzige Lehrling, der nicht murrte, wenn er in diesem Garten arbeiten sollte. Während die anderen Teigstücke bepatschten und die Glasuren des Konditorfürsten abschmeckten, hatte er nachmittags sein Getu mit der Erde. Wenn er von der Grabearbeit aufschaute, konnte er die Leute betrachten, die die Gartenstraße hinter den vornehmeren Stadthäusern entlangwandelten.

Da kam täglich eine Frau mit einem Hund. Der Hund hatte kurze Beine, die von langen schwarzen Haaren überwuchert waren. Es sah aus, als ob ein Kehrbesen, der den Stiel verloren hatte, von einem Uhrwerk getrieben, auf der Gasse dahinrutschte. Die Frau führte lange Gespräche mit diesem Hund. »Ei, ei, ei, mein Hundel, fein gassi, gassi gehn!« Der Kehrbesenhund kümmerte sich nicht um die Plaudereien der Frau. Er schnüffelte die Zaunlatten ab und hob hier und da ein Hinterbein. »Ei, ei, ei, Hundel viele feine Spurchen suchen!«

Den Hund regte auch dieser Zuspruch nicht auf. Er entdeckte den Gruß eines anderen Hundes – und tat seinen Gruß hinzu. Stanislaus besah sich den putzigen Hund und fiepte wie eine läufige Hündin. Der schwarze Handfegerhund lauschte. Er stellte sich auf die Hinterpfoten und versuchte, durch die Zaunlatten zu schlüpfen. »Was hat mein Duterle, was hat er?« fragte die Frau.

Der Hund antwortete nicht, fiepte aber und kratzte an den Zaunlatten. Die Frau trat an den Zaun. »Guten Tag.«

»Guten Tag!« Stanislaus griff sich an die Bäckermütze.

»Sie müssen ein guter Mensch sein.«

Das war Musik in Stanislaus' Ohren, trotzdem hob er zweifelnd die Schultern.

»Sie können es für wahr nehmen. Mein Hundel will nur zu guten Menschen. Sie könnten ihm wohl nicht die Freude bereiten und seine Nase ein wenig kraulen?«

»Wie Sie wollen.« Stanislaus steckte seinen erdbekrusteten Zeigefinger durch einen Zaunritz und kratzte dem Hund die Nase. Der Hund schabte sich wollüstig mit dem Hinterbein den Bauch.

»Schönen Dank und auf Wiedersehn!« Die Frau ging weiter. Der Hund wackelte nach einer Weile hinterdrein.

Es gingen nicht nur verschrobene Menschen die Gartenstraße entlang. Eines Nachmittags kam ein dürres Mädchen den Weg herunter. Es war blaß und vornehm wie Mädchen, die Stanislaus abgemalt gefunden hatte. Wenn er es recht betrachtete, hatte dieses Mädchen Ähnlichkeit mit der Dame, die auf seinem Hypnosebuch von einem Inder und Meister der geheimen Kräfte in den Schlaf versetzt wurde. Ganz besonders gefiel Stanislaus an dem Mädchen ein schwarzes Samtband. Dieses Band teilte das straff nach hinten gekämmte Haar des blassen Kindes in zwei Teile. Es führte wie eine samtne Brücke über den weißen Schneegraben des Haarscheitels. Das Mädchen schien die Blumen hinter den Lattenzäunen zu betrachten. Den Bäckerlehrling Stanislaus sah es nicht. Er war wohl in den taubenblauen Augen dieser Zarten ein grabender weißer Maulwurf und weiter nichts auf der Welt. Weiß der Teufel, Stanislaus wünschte sich, von dem Mädchen gesehen zu werden. Das Mädchen aber ging weiter, und Stanislaus blieb zurück, ungesehen wie die Luft, die um die Kirschbäume strich.

Schon am nächsten Nachmittag kam das Mädchen wieder. Stanislaus schlug mit dem Spaten auf einen Stein. Das Samtbandmädchen sah nicht auf. Er räusperte sich. Das Mädchen sah nicht auf. Zuletzt summte er ein Lied. Es fiel ihm nichts anderes ein als ein Kirchenlied:

Breit aus die Flügel beide,
O Jesu, meine Freude,
Und führ dein Küchlein aus ...

Das Mädchen nahm die Wimpern hoch, als wären sie seidene Fransenröcke, aber es schickte seine Blicke in die Baumkronen. So ging das schmale Kind vorüber. Es ließ Stanislaus mit ein wenig Aufregung im Herzen zurück.

Der warme Frühlingstag hatte eine füllige Nacht zur Schwester. Es knispelte in den Lindenkronen vor Stanislaus' Kammerfenster. Die sonst dunklen Laternenpfähle waren von mildem Licht überrieselt. Sie sahen aus, als sollten sie jede Minute Knospen treiben. Zwei Autos schienen sich zuzublinzeln. Die Katzen mauzten ihre Grüße von Dach zu Dach und reckten die Schwänze. Unten auf der Straße jauchzte ein Mädchen: »Juhuuu, Juhuuu!«

Stanislaus zwängte seinen Struppkopf zum engen Kammerfenster hinaus. Durch die milde Nachtluft kam ein Neck geflogen. Er brachte Stanislaus dazu, auf diesen Lockruf zu antworten: »Juhuuu, gleich komm ich!«

Stanislaus konnte die Straße nicht sehn. Von unten kam der Rückruf: »Ich wart schon so lange.«

Stanislaus zog verschreckt den Kopf zurück und quetschte sich die Ohren. Er lauschte. Der Neck flüsterte: »Kann nicht jeder in die Nacht rufen, was er will? Der Himmel gehört allen, die Stille hat niemand für sich gekauft.«

Und wieder kam die Mädchenstimme von unten: »Juhuuu, juhuuu!«

»Das ist dein Samtbandmädchen«, flüsterte der Neck.

Auf der Straße stand ein Mädchen, bald eine Frau. Stanislaus schlurfte pantoffelt, wie er war, bis an die Straßenecke und machte sich am Briefkasten zu schaffen. Er gewahrte, daß das Mädchen ihn beobachtete. Da steckte er seine Bäckermütze durch den Briefkastenschlitz, um nicht umsonst wie ein Ungescheiter an diesen Kasten gegangen zu sein. Im zweiten Stock des Briefkastenhauses wurde ein Fenster aufgerissen. Die Stimme eines jungen Mannes fragte: »Ruft hier jemand?«

»Und wie lange schon.«

»Du riefst vor dem falschen Haus.«

Stanislaus schlich barhäuptig in seine Kammer. Er hatte dem Neck sein Ohr geliehn und andere Menschen gehänselt! Hatte er nicht selber genug Hänseleien erdulden müssen, als er noch der Wundertäter, der Hintergesichtige, in Waldwiesen gewesen war? Er wollte etwas Vernünftiges tun und den Neck endgültig vertreiben. Er flickte seine Backstubenhose, nähte eifrig, machte kleine, feine Stiche. Er stopfte seine Hose so, als ob ihm die Mutter Lena dabei über die Schulter sähe. Es war aber der Neck, der ihm zusah. »Bist du nicht Meister der geheimen Kräfte?«

»Ein Lehrling bin ich und ein Rüpel.«

»Hast du nicht Sophie gezwungen zu tun, was du wolltest? Sang sie nicht? Tanzte sie nicht?«

Stanislaus fuchtelte mit der Nadel. »Sei du jetzt still! Die Kräfte sind für Eigennutz nicht zugelassen.«

»Eigennutz?« Oh, wie schmeichlerisch konnte der Neck reden! »Brauchst du keine Schwester, einsam wie du bist?«

So rang Stanislaus mit dem Neck, stopfte seine Hose und unterlag.

Als das bleiche Mädchen zwei Tage später um die Wildfliederhecke bog, stand Stanislaus aufrecht wie ein Pfahl im Garten und ließ die Ströme seiner geheimen Kräfte fließen. Er hatte sich eine Formel ausgedacht. Er wollte dieses Wesen zwingen, ihn zu sehn und anzuschaun. Er stand auf dem Grabeland, stampfte vor Anstrengung und Aufregung die lockere Erde fest, starrte auf das Mädchen und flüsterte: »Schau her, du samtner Engel, ich bin kein Bäckerbengel!«

Das Mädchen erwartete wohl ein Räuspern oder ein frommes Lied. Der steif verharrende Stanislaus schien es zu beirren. Es schlug die Augen auf und sah dem lauernden Jungen voll ins Gesicht. Stanislaus genoß diesen kurzen, blauen Blick wie ein Streicheln. Das Mädchen errötete und stolperte. Stanislaus barst fast vor Freude über die Macht seiner geheimen Kräfte.

Es folgten drei Tage, an denen das Mädchen, ohne aufzublicken, vorüberging. Stanislaus glaubte gesehen zu haben, daß das blasse

Wesen trotzdem ertötete. Was hatte er davon? Waren seine Geheimkräfte in der warmen Backstube vertrocknet? Strafte ihn das Nirwana, weil er eigennützig gehandelt hatte? Da warf Stanislaus seine weiße Bäckerschürze über den Zaun auf die Gartenstraße. Sie lag dort wie ein davongeflattertes Wäschestück. Konnte das Mädchen sie übersehen? – Er wurde in die Backstube gerufen. Verflucht, jetzt würde der oder jener seine Schürze finden, und er war sie los.

Nach einer Stunde kam er in den Garten zurück. Die Schürze hing an einer Zaunlatte. Stanislaus schnupperte an der Schürze. Es konnte sein, daß der Duft von zwei weißen Fingern daran zu merken war. Die Schürze roch nach muffigem Mehl und Sauerteig.

Am Abend schrieb Stanislaus einen Brief. Den Brief adressierte er an sich selber. Der Absender war ein gewisser Herr Nirwana aus Indien. Stanislaus beklebte den Brief mit Rabattmarken aus dem Laden, machte einige Tintenkleckse auf die Marken und zerknitterte den Umschlag ein wenig.

Am nächsten Tage stand ein hilfloser Stanislaus am Lattenzaun, als das Mädchen um die Wildfliederhecke schwebte. Dieser Stanislaus kraulte sich den Kopf und machte unzulängliche Versuche, über den Zaun zu steigen. Das Mädchen war heran.

»Könnten Sie vielleicht so gut sein, und könnten Sie mir diesen Brief da ... der Wind blies ihn mir aus dem Schürzenlatz.«

Kein Lüftchen rührte sich. Im gefüllten Blauflieder summten die Bienen. Das Mädchen bückte sich. Sein Gesicht war über und über rot, als es Stanislaus den Brief über den Lattenzaun reichte.

»Es ist sozusagen ein wertvoller und weitgereister Brief. Von Indien mit Schiff und Flugzeug, ein Brief der Großindischen Elefantenpost.«

»Bitte!« Das Mädchen knickste leise.

Stanislaus sah mitten hinein in die taubenblauen Augen. Er war verwirrt, betrunken. Er schien zu schweben und zu unmöglichen Dingen fähig zu sein. Er trat zur Fliederhecke und brach dort einen Zweig ab, drei blaue Dolden. Er reichte sie dem verlegenen Mädchen. »Ich danke Ihnen unendlich. Dieser Brief ist von genormter Wichtigkeit für mein Leben. Sie haben sozusagen für Sekunden mein Glück in Ihren weißen Händen gehalten.«

Jetzt war es heraus. Das Mädchen nahm den Fliederzweig. »Danke!« Es rannte fast davon.

Stanislaus war so verwirrt, daß er den Brief öffnete und las, was er sich selber geschrieben hatte. Er hatte eine Stelle aus einem Zeitungsartikel abgeschrieben: »Man beläßt der Mutter in der Regel nicht mehr als sechs Junge. Weibliche Kaninchen haben nur sechs Zitzen. Die Jungen werden nackt geboren und liegen im weichen Gewölle, das das Muttertier sich von der Bauchseite rauft. Der Rammler muß dem Wurf unbedingt ferngehalten werden. Erstens, weil er das Muttertier sofort wieder belegen würde usw.«

Solch eine frohe Botschaft hatte Stanislaus nun aus Indien erhalten.

Stanislaus wird ein Bote des Himmels und kommt mit einer bleichen Heiligen ins Gespräch.

Trübe Tage. Stanislaus konnte im Garten schaufeln, schuften und graben – das Mädchen kam nicht mehr. Er hatte es mit seinem verfluchten indischen Brief vertrieben. Wie konnte er diese Botschaft auch gerade aus einem Zigeunerland, wie Indien, kommen lassen? Sicher fürchtete sich das Mädchen vor einem, der es mit Zigeunern zu tun hatte!

Ein Kriegsinvalide kam an den Gartenzaun. »Hast du deine Bäckerschürze gefunden? Ich hängte sie hier auf die Zaunlatten.«

Eine neue Enttäuschung!

Die Frau mit dem Besenhund kam wieder vorüber. Stanislaus fiepte nicht, er sah nicht auf. Er hatte keine Lust, diesen Schoßhund zu kraulen. Der Hund aber wollte und wollte in den Garten. Da trat auch die Frau an den Zaun. »Verzeihung, Sie könnten wohl nicht jeden Morgen fünf Brötchen zu uns bringen?«

»Das könnte ich.«

»Es handelt sich um das Pfarrhaus.«

Stanislaus verneigte sich.

»Fünf braune Brötchen, nicht allzu braun, aber immerhin etwas brauner als Durchschnittsbrötchen. Zwei davon für meinen Mann könnten vielleicht noch etwas schärfer sein als die etwas braunen. Sie wissen.«

Stanislaus wunderte sich nicht über den sonderbaren Auftrag. Er hatte mehr solcher Kunden, die den gebackenen Semmelteig mit den Augen aßen. Er gab die Bestellung im Laden auf. »Es handelt sich um den Pfarrer«, fügte er hinzu.

»Um den Pfarrer?« Die Meisterin machte demütige Augen. Da stand ein Lehrling, dieser hergelaufene Stanislaus, vor ihr und brachte frohe Botschaft, einen Wink des Himmels. »Hat es dir das Hausmädchen gesagt?«

»Die Frau. Ich bin mit ihr bekannt.«

Die Augen des Meisterweibes ruhten verzückt auf Stanislaus' bemehlten Wimpern. Hier hatte der Wind einen Segen ins Haus geweht!

Am Abend erkundigte sich die Meisterin genauer: »Bist du schon lange mit der Frau Pfarrer bekannt, oder wie ist es?«

»Schon ganz schön lange.«

»Ist sie mit deinen Eltern bekannt oder was?«

»Nein, sie ist mit mir bekannt.«

Weiter war aus Stanislaus nichts herauszuholen. Er hatte an andere Dinge zu denken. Da war dieses Mädchen, das er mit einem Brief aus Indien auf Nimmerwiedersehen verscheucht hatte!

Neben Gottes Thron sitzt ein kleiner Teufel. Er ist der Hofnarr des heiligen Herrn in den Wolken. Es ist langweilig für den Erbauer und Erhalter der Welt, Jahrtausend um Jahrtausend zu sitzen und auf die Entwicklung der Menschen zu warten. »Treib ein wenig Unwesen«, sagte der Herr zum Teufelchen, »sonst frißt mich die Langweile!«

Das Teufelchen kobolzt los. Es läßt eine Birke auf einem Weidenkopf wachsen oder fertigt Kälber mit zwei bis drei Köpfen an, damit die Schaubudenbesitzer ihr Auskommen haben. Gott, der Herr, sieht sich diese kleinen Teufeleien seines Hofnarren an und schmunzelt. Ihm selber mißlingt, wie allen Weisen und Besserwissern, jeder Scherz, aber schließlich will auch er nicht immer nur umhergehen und sich als großer Erfinder der Schneckenhäuser und Löschwiegen von der Engelschar gelobpreist sehen. Das Hofnarren-Teufelchen weiß, wie es Abwechslung in das starre Leben Gottvaters bringt. Es durchbricht die Gesetze, in die sich der alte Weise selber gesperrt hat. Die Menschen nennen die kleinen Teufeleien des göttlichen Hofnarren »Zufall«. Manchmal verfluchen sie diesen Zufall, manchmal loben sie ihn, wie Menschen so sind. – Stanislaus, den seine geheimen Kräfte verlassen zu haben schienen, empfing von dem kleinen Teufel Zufall Beglückung für einige Zeit:

Er brachte am nächsten Morgen die Brötchen ins Pfarrhaus. Langsam und kirchlich ging er durch die Diele des frommen Hauses. Dort hingen Kreuze in verschiedener Größe. An die Kreuze waren Männer in verschiedener Länge genagelt. Der gekreuzigte Jesus daheim in der Dorfkirche hatte Stanislaus früher nachdenklich gestimmt. Hier traten die Jesusse nun in Massen auf und beeindruckten ihn weniger. Dazu winselte und bellte der Besenhund in der Pfarrküche. Er witterte wohl seinen Freund. Die Haushälterin stieß die Küchentür auf. Ihr Gesicht war rot und glänzte wie ein gespecktes Osterei. Der Hund sprang an Stanislaus hoch. Aus einer Seitentür kam die Frau Pfarrer im Morgenrock. »Guten Morgen.« Sie nahm die Brötchen einzeln aus der Tüte, untersuchte sie auf ihre Beschaffenheit und prüfte ihre Knusprigkeit mit Daumen und Zeigefinger. Zwei der Brötchen schienen ihr zu mißfallen. Es waren die Brötchen, die dem Herrn Pfarrer zugedacht waren. »Wenn Sie sie morgen noch ein wenig brauner bringen könnten!«

»Das kann ich.« Stanislaus tätschelte den Hund. Eine andere Tür tat sich auf. Der Herr Pfarrer steckte den Kopf durch den Spalt. Er sah den fremden Bäcker in der Diele, neigte den kahlen Kopf, hob ihn wieder, sah seine Frau vorwurfsvoll an und sagte: »Ich bin bei der Predigt.«

Der Pfarrkopf verschwand. Die Tür klappte. Eine andere Tür tat sich auf. Diese Diele mit den vielen Gekreuzigten war wie ein kleiner Familienmarktplatz. Stanislaus begann zu zittern. Aus dem Türspalt kam ein Kopf, der mit einem schwarzen Samtband umwunden war. Mit einem Band, das wie eine samtne Brücke über einen weißen Scheitelgraben gelegt war. »Was ist los, Mama?«

Eine Antwort war nicht mehr nötig. Das Mädchen sah Stanislaus, errötete und verschwand in den heiligen Räumen.

Das war für Stanislaus nun schwerer als zwei Pfund. Eine Weile kam er sich vor wie ein Sünder. Er hatte sich gewissermaßen mit einer Tochter Gottes geneckt, und die Strafe konnte nach den Lehrer-Gerberschen Religionslehren nicht ausbleiben. Er hatte sich gegen eine Heilige vergangen.

Als Stanislaus bis zum Abend nichts geschehen war, als ihm weder ein Finger in der Teigpresse abgequetscht noch ein elektrischer Blitz aus der Knetmaschine strafend in den Körper gefahren war, wurde er wieder sicherer. »Weshalb soll sie eine Heilige sein?« fragte er. »Hat die Frau Pfarrer sie von Gott oder von ihrem Manne empfangen?« Da war also wieder der Neck.

»Laß mich sein!« antwortete Stanislaus. »Der Pfarrer geht in Gottes Häusern ein und aus!«

»Kommst du aus der Hölle?« fragte der Neck.

»Nein, aber du vielleicht«, schrie Stanislaus.

Da lachte der Neck, und sein Lachen war wie der brausende Frühlingswind.

> Bin dies nicht, bin das nicht;
> Nicht Himmel, nicht Hölle.
> Bin Kind und bin Jugend;
> Bin Unschuld der Quelle.

Dieses Liedchen verließ Stanislaus nicht. Er sprang aus dem Bett und tanzte sogar danach. Sein ausgewachsenes Hemd bedeckte ihn kaum. Oh, wie zierlich verstand Stanislaus seine dürren, etwas angekrümmten Bäckerbeine zu setzen und sie im Takte seines eigenen Gesanges zu schwingen!

Als Stanislaus am nächsten Morgen seine Brötchen in die Pfarrhausdiele brachte, kniete das bleiche Mädchen auf einem Stuhl. Es sah starr zum Fenster hinaus. Stanislaus ging auf Zehenspitzen, um es nicht beim Beten zu stören. Das Mädchen betete nicht. Es fuhr herum und nickte Stanislaus zu. Freudiger Schreck! Das Mädchen lächelte. Stanislaus sah, daß es einen schönen Mund hatte; breite glänzende Lippen, weich und gewölbt, rot wie die Farbe eines Inletts, eines Dauneninletts.

»Mama, da ist jemand!« sagte das Mädchen.

Die Frau des Pfarrers erschien. »Unser Freund«, sagte sie und nickte vornehm zur Tochter hinüber. »Ein Freund von Elias, Marlen. Ein guter Mensch. Elias weiß das.«

Das Mädchen nickte. Es errötete. Die Frau Pfarrer prüfte die Brötchen. Bis auf eines waren sie zur Zufriedenheit ausgefallen. Das Mädchen packte jetzt Bücher aus einem Regal auf das Fensterbrett. Stanislaus sah die weißen, kleinen Hände. Diese Engelshände! Das Mädchen schien sein Starren zu fühlen. Es errötete wieder und packte die Bücher vom Fensterbrett in das Regal zurück.

Den ganzen weiteren Semmelweg hüpfte Stanislaus über das grobe Kleinstadtpflaster und summte kleine Liedchen. Die Brötchen in seinem Armkorb hüpften mit und hatten eine lustige

Stunde, bevor sie gegessen wurden. Das Samtbandmädchen hatte ihn begrüßt. Das große Gespräch hatte begonnen!

Jeden Morgen, wenn Stanislaus vom Geräusch der dürren Weckerschelle wach wurde, tastete er den kommenden Tag sogleich nach kleinen Freuden ab. Die kleinen Tagesfreuden erleichterten ihm das Aufstehen und waren wie kleine Speckstücke in einem Haufen mageren Kartoffelbreis. Sie hatten für Stanislaus mehr Kraft als Pflichten, Befehle oder Beschimpfungen. Von jenem Morgen an, da ihn die Pfarrerstochter begrüßt hatte, war für Stanislaus' kleine Tagesfreuden gesorgt.

Vierzehn Tage traf er sich mit seinem Mädchen in der Diele der Gekreuzigten. Vierzehn Tage kam das Mädchen nachmittags durch die Gartenstraße und brachte sein Lehrlingsherz zum Hüpfen. Die leise Liebe wuchs, aber außer der scheuen Begrüßung am Morgen wechselten sie nicht ein Wort; nur Blicke – wie honigbeladene Bienen so schwer – summten zwischen ihnen hin und her.

Der Meister und die Meisterin behandelten Stanislaus sanft wie einen Hausengel. Jeder Bäckermeister hatte seinen Kundenkreis: Einer hielt es mit den Gastwirten. Als Gegenleistung mußte er mehr Bier trinken, als ihm lieb war. Ein anderer hielt es mit den Fleischern. Er mußte seinen Lehrlingen mehr Wurst vorsetzen, als ihm recht war. Stanislaus' Meister hielt es mit den Frommen … Die Meisterin verfehlte nicht, die Laufkunden darauf hinzuweisen, daß der Herr Pfarrer jetzt zu ihrer festen Kundschaft gehörte. Von Zeit zu Zeit rief sie aus dem Laden in die Backstube: »Sind die Brötchen für Pfarrers beiseite gelegt?«

Stanislaus war der gesegnete Junge, der diese Geschäftsverbindung zustande gebracht hatte.

»Bist du richtig satt, Junge, oder willst du noch ein Wurstbrot?«

»Ich bin satt.«

»Haben der Frau Pfarrer die heutigen Brötchen gefallen?«

»Sie haben ihr gefallen.«

»Ist die Frau Pfarrer schon wach, wenn du erscheinst, oder geruht sie, noch zu ruhen?«

»Sie geruht, wach zu sein, und drückt die Brötchen ab.«

»Ist es sehr heilig im Pfarrhause?«

»Ganz schön heilig.«

Die Augen der Meisterin ruhten mit Wohlgefallen auf Stanislaus' bemehlten Ohren. Solch ein Junge ging nun im Pfarrhause aus und ein. »Lasset uns beten!« befahl sie.

Die beiden Hausmädchen falteten die Hände. Die Meisterin wachte darüber, daß sich auch die drei Lehrlinge dazu bequemten. Alle schauten auf ihre Schöße. Die Meisterin murmelte ein Gebet. Das Abendbrot war beendet.

»Woran denkst du, wenn sie betet?« fragte August Balko, der älteste Lehrling, seinen Kollegen Otto Prape.

»Ich denke, wie sie es machen, wenn im Kino ein Zug entgleist, und ob sie wirklich dabei ein paar Kerle zerquetschen lassen.«

»Ich denke: Hat Gott eine Kontrollkasse, ein Büro, wo die Gebete notiert werden?«

Stanislaus wurde nicht befragt. Er galt für fromm. Er las in allerlei Büchern und war nicht ganz normal.

Wirklich, Stanislaus war um diese Zeit nicht ganz normal. In ihm brannte und brannte es. Wenn er schlief, war es vielleicht nur ein Kerzenstummel mit einer Flammennadel; fuhr jedoch der Windstoß eines Traumes in dieses Flämmlein, so entstand ein Großfeuer; und ein Feuer wie in einem Backofen blieb es den ganzen Tag.

Er hatte mehr als einmal versucht, seine bleiche Heilige an den Nachmittagen zum Reden zu veranlassen. »Sprich mich an, ich dürste nach dir, sprich mich an!«

Das Mädchen bog um die Wildfliederhecke. Es kam den Weg herunter. Stanislaus zog seine Bäckermütze vom Kopf und grüßte. »Sprich mich an, ich dürste nach dir, sprich mich an!«

Das Mädchen nickte stumm, schickte einen sanften taubenblauen Blick zu Stanislaus, und die große Begegnung war vorüber.

Im kleinen Hypnosebüchlein war zu lesen, wie man den Kontakt mit einem Menschen zu suchen hatte, den man für sich einzunehmen gedachte. Man mußte sich bei Sonnenschein auf eine Wiese legen, an nichts denken, sich mit der Unendlichkeit vermählen und seinen körperlichen Leib ausziehen wie einen alten Schuh. Der seelische Leib mußte ausfahren und auf dem Äther segeln; man mußte ihn zu dem Menschen schicken, den man zu gewinnen trachtete.

Stanislaus stand keine Wiese mit Sonnenschein für sein Vorhaben zur Verfügung. Er legte sich auf dem Mehlboden quer über die Mehlsäcke und achtete darauf, daß sie nicht gerade gewöhnliches Roggenmehl, sondern hochprozentig ausgemahlenes Weizenmehl, Marke »Blütenfein«, enthielten. Auf dieser Mehlwiese kämpfte Stanislaus um die Trennung seiner Leiber. Er bemühte sich, an nichts zu denken. Das hatte seine Schwierigkeit. Er konnte zum Beispiel den Gedanken nicht loswerden, daß er hier lag und die Asche noch nicht aus dem Feuerloch des Backofens gerafft hatte. Er ging, raffte die Asche aus, legte sich wieder und arbeitete an der Trennung seiner Leiber. Jetzt konnte er deutlich fühlen, wie sein Unterleib aus den Hosen zu rutschen begann. Nach einer Weile stellte er fest, daß sein Hosenträger gerissen war. Er flickte ihn mit einer Sackschnur. Dieser irdische Leib war ein zähes Anhängsel! Endlich, endlich brachte er ihn durch die strenge Sammlung seiner Kräfte dazu, auf den Mehlsäcken zurückzubleiben. Er fühlte, wie sein seelischer Leib über den Bäckereischornstein schwebte. Eine Lohe Ruß fuhr heraus und beschmutzte ihn. Da flog er zum Flusse und wusch sich. Leider fand er in den seelischen Gefilden keine Seife. Er peitschte seinen seelischen Leib halbgewaschen weiter und drängte ihn in das Pfarrhaus. Das Mädchen saß in der Diele und blätterte in einem Buch. Stanislaus sah eine Weile aus der Höhe der Gekreuzigten hinunter, fuhr dann hernieder und legte seine Hand auf die schmale Mädchenschulter. Das Mädchen schaute ihn an.

»Tu deine Pflicht!« bat Stanislaus' seelischer Leib.

Das Mädchen verstand sofort. Es umarmte und küßte ihn. Stanislaus erinnerte sich der Küsse seiner Mutter. Er erinnerte sich sehr dünn auch der Küsse seiner Schwester. Die Küsse des bleichen Pfarrermädchens waren süßer, viel süßer.

Stanislaus erwachte von einem Gepolter in der Backstube. Auf dem Mehlboden war es dunkel geworden. Sein irdischer Leib hatte ihm einen neuen Streich gespielt: Ein ganz gewöhnlicher Lehrlings-Traum hatte ihn genarrt. Er rannte in die Backstube und fuhr mit entblößten Armen in den Sauerteig. Der Konditor Fürst spritzte rote Buttercremerosen auf eine Hochzeitstorte und pfiff: »Ausgerechnet Bananen, Bananen verlangt sie von mir ...«

Stanislaus versuchte, sein Glück mit weltlichen Mitteln herbeizuzwingen: Er kam am nächsten Morgen in die Pfarrhausdiele. Das Mädchen wartete. Sie tauschten ihren Gruß. Stanislaus war von seinen vielen Wünschen und Hoffnungen entkräftet. Seine Verzweiflung sah aus wie Mut. »Sie lesen nun und lesen jeden Tag. Am Ende werden Sie klüger und immer klüger; unsereiner aber wird dümmer, immer dümmer«, sagte er. Stille. Die Spatzen raschelten in den Weinreben vor dem Fenster. Eine kleine Kuckucksuhr neben einem Gekreuzigten tickte.

»Lesen Sie auch Bücher?« fragte das Mädchen. Die große Unterhaltung begann.

»Wenn ich Bücher finde, lese ich, ja«, antwortete er.

»Finden? Wo finden Sie Bücher?«

»Einmal fand ich eins unter einem Dach. Es war ein Geheimbuch, und es ist mir nicht erlaubt, darüber zu sprechen.«

Das Mädchen schüttelte sich. »Sind Sie auf das Dach geklettert, um das Geheimbuch zu finden?«

»Ich hatte dort oben zu tun.«

»War es ein hohes Dach? Das Dach eines Kirchturms?«

»Es war mehr das Dach eines Tempels.«

Das Mädchen schwieg. Es hatte wohl noch nie einen Tempel gesehn. Auch Stanislaus kannte keinen Tempel. Er mußte seine eitle Lüge zuscharren wie die Katze den Unrat. »Jetzt habe ich schon lange kein Buch gefunden.«

Das Mädchen rutschte vom Fensterbrett. Es gab Stanislaus ein schwarz eingebundenes Buch. Die Hand der weißen Heiligen streifte Stanislaus' Daumen. Nun stand dieses verehrte Wesen ganz dicht bei ihm. Ein Duft von Wildrosen umgab es; ein Dufthauch, wie ihn der Sommerwind zuweilen über die Felder trägt. Stanislaus griff ungeschickt nach der Hand des Mädchens. »Danke!«

»Nichts zur Ursach!« Wieder dieser halbe Knicks.

Die Köchin kam. Sie überprüfte die Brötchen. Es war nichts zu beanstanden.

»Meine Mama ist ein wenig unpäßlich«, erklärte das Mädchen.

Stanislaus legte das Buch behutsam in den Semmelkorb und sagte mitfühlend: »Ja, ja, der Mensch ist anfällig. Die Masern gehen jetzt um.«

Das Mädchen lachte. Die Köchin lachte. Stanislaus konnte nicht mit steifem Gesicht dabeistehn. Auch er lachte. »Hahaa, ich sah aus wie ein geschecktes Pferd, als ich die Masern hatte.«

Draußen, vor der Kirche, dachte Stanislaus an die weiche Hand des Mädchens. Einmal hatte er daheim eine Jungschwalbe aus dem Nest genommen. Sie war so weich gewesen, so warm wie diese Mädchenhand. Nun duftete seine Hand, wie ihm schien, noch ein wenig nach Wildrosen. In seiner Handfläche fand er einen winzigen Dufthauch des verehrten Wesens aufgehoben.

Stanislaus war eine große Gnade widerfahren. Verzückt stieg er in die Fußgrube, um den Backofen zum Abbacken des Brotes einzufeuern. Er gewahrte nicht, daß der Meister in die Grube starrte. »Hast du deine rechte Hand auf Rente gesetzt? Gott der Herr sieht alles!«

Stanislaus erschrak. Er fuhr mit der rechten Hand, die nach Wildrosen duftete, in den Kohlenhaufen; mit der Linken fuhr er sich über die Augen, als ob er dort ein Spinnengeweb wegwischen müßte. In der Fußgrube stand ein schwarznasiger Stanislaus.

Stanislaus wird fromm und eines Engels ansichtig.

Die Wochen vergingen. Die Mühlkutscher fuderten Mehl auf den Bäckereihof. Fuhren von Wasser wurden in der Backstube unter das Mehl gemischt, Fuhren von Kohlen im Backofen verfeuert. Die Bäckerlehrlinge schleppten Fuhren von Gebäck in die Häuser der Kunden. Auch der neue Kunde, der Herr Pfarrer, hatte schon eine Handwagenladung röscher Brötchen in seinem heiligen Munde verschwinden lassen. Dafür hatte Stanislaus nicht gerade eine Fuhre, aber immerhin einen Armvoll Bücher aus dem Pfarrhause in sich hineingestopft. Es waren fromme Bücher. Man hörte die Engel mit den Flügeln rascheln, wenn man darin las. Da war ein Buch über die Kindheit des Knaben Jesu. Stanislaus las es mit Eifer. In der Schulbibel gabs dergleichen nicht. Dieser Jesus war schon in seiner Kindheit, wie man so sagt, nicht der Dümmste gewesen. Da war die Geschichte vom Garten des armen Weibes. Es war ein dürftiger, ein magerer Garten. Er trug wenig Frucht, und die Weinstöcke darin kamen nicht zum Blühen. Das änderte sich, als der junge Jesus eines Tages im Garten des armen Weibes spielte. Das Weib jagte ihn hinaus. Die Frau konnte nicht wissen, daß sie es mit dem Sohn des heiligen Gottes persönlich zu tun hatte, mit dem Messias und alles miteinander. Stanislaus' Phantasie fand Nahrung. »Scher dich aus dem Garten, du Lümmel, und zertrampel mir nicht die Radieschen!« So oder ähnlich mußte das alte Weib den kleinen Herrn Jesus aus seinen Kulturen getrieben haben. Der kleine Sohn Gottes aber hob seine Hand und ging segnend von dannen. Drei Tage – und im Garten des alten Weibes blühte und wuchs alles zum besten. Das Weib lobte Jahve und suchte nach dem gesegneten Knäblein.

Stanislaus las in diesem Buch wie früher in seinem Heftchen über »Die Kunst der Hypnose«. Es kam ihm darauf an, zu erfahren, wie solche Wunder zu vollbringen wären. Sollte sich der kleine Herr Jesus Kunstdünger in die Hosentaschen gestopft haben?

Das Mädchen Marlen erwartete Stanislaus nach wie vor jeden

Morgen. Sie flüsterten miteinander, um die Köchin nicht sofort herbeizulocken.

»Hier ist nun das Buch vom Leben des kleinen Jesus zurück.«

»Hat es Ihnen gefallen?«

»Es steht nicht drin, wie man solche Wunder macht.«

»Oh, derlei Wunder dürften uns Irdischen kaum gelingen.«

Stanislaus war anderer Meinung, doch er wollte das gläubige Mädchen nicht betrüben.

»Hat Sie das Buch über die Rangordnung der Engel nicht interessiert?«

»Man kommt kaum mit Engeln zusammen.«

Das Mädchen hob die Hand. Die Hand war zart wie ein Kohlweißling. »Dieses Buch ist eine Vorbereitung für den Himmel. Man weiß sofort, welcher Engel für dies und das zuständig ist, wenn man dort oben ankommt.«

Stanislaus wiegte den Kopf. Er wurde mutig. »Ich für meinen Teil habe hierherum so gut wie nie einen Engel gesehn. Einen, ja, das will ich nicht verschweigen.«

»Sie sind gesegnet. Trug er lange oder kurze Flügel? Wie sah er aus?«

»Er sah fast so aus wie Sie.«

Die blasse Marlen ertötete, so gut es gehen wollte, und Stanislaus wurde ganz und gar verwirrt. Er sagte sehr laut und schnell: »Dieser Engel sind Sie!« Er warf das Beutelchen mit den Pfarrersbrötchen aus dem Korb und rannte zur Tür.

Es zeigte sich, daß nichts verdorben war. Die Pastorentochter Marlen hatte nichts dagegen, der einzige Engel zu sein, den Stanislaus bis nun gesehen hatte. »Wir müssen hier flüstern und flüstern bei allen frommen Dingen, die wir uns zu sagen haben. Wie Diebe unterhalten wir uns, finden Sie nicht?« fragte sie am nächsten Morgen.

Stanislaus nickte.

»Welchen Gottesdienst besuchen Sie am Sonntag, den um neun oder den um elf Uhr?«

»Ich habe keine Zeit«, sagte Stanislaus. »Der Meister kocht die Eiscreme. Der Konditor schläft. Ich muß die Eismaschine drehn. Bis der Meister aus der Kirche kommt, muß das Eis fertig sein.«

»Das ist barbarisch. Sie werden vom Gottesdienst ausgeschlossen wie die Tiere.«

»Manchmal denke ich, die Eismaschine ist ein Leierkasten, ich dreh sie und singe fromme Lieder: Mach End, o Herr, mach Ende mit aller unser Not ...«

»Grausam!« Marlen wurde nachdenklich. Die Köchin erschien, die Brötchen abzuprüfen.

Der Sonntag kam. Stanislaus holte Roheis aus der Brauerei und klopfte es für die Eismaschine in kleine Stücke. Der Meister tappte zu ihm in den Keller. »Zieh dich an! Scher dich in die Kirche!«

Stanislaus nahm seinen Konfirmationsanzug aus dem Schrank. Er fand an diesem, seinem besten Anzug, mancherlei auszusetzen. Herr des Himmels! Die Ärmel zu kurz, die Hosenbeinlinge zu kurz. Er stellte die Hosenträger auf tief; trotzdem erreichten die Hosenbeinlinge den oberen Rand der hohen Schuhe nicht. Und die Jackenärmel so kurz und kümmerlich!

»Es wäre nicht nötig gewesen, den Pfarrersleuten zu erzählen, daß du während des Gottesdienstes die Eismaschine drehst!« Die Meisterin setzte ihren Kirchhut mit den schwarzen Kirschen auf. »Wir sind sozusagen deine Eltern. Du kannst uns bitten, wenn du das Bedürfnis hast, mit dem Herrn zu reden.«

Stanislaus zerrte an seinen Ärmeln.

»Was stehst du noch? Renn zu deinesgleichen. Marsch in die Kirche!« Der lange Meister kniete sich hin. Die dürrkleine Frau zog ihm den schwarzen Schnallenschlips fest. An diesem Sonntag mußte August Balko, der älteste Lehrling, die Eismaschine drehn. Er tat es nur den einen Sonntag, dann wurde auch er fromm und wollte in die Kirche. Der Meister geriet in Bedrängnis. Er beschloß, einen unfrommen Lehrling einzustellen. Die Menschheit mußte frisches Speiseeis haben, wenn sie aus der Kirche kam.

Stanislaus ging in die Kirche. Er stand eine Weile vor der Betbank und hielt seine blaue Schiffermütze vor den Mund. Duft von Mottenpulver fuhr aus den Kleidern eines Weibleins vor ihm auf. Die Glocken hämmerten. Ihre Klöppel drehten sich in den metallenen Gelenken. Das Drehgeräusch der Klöppel mischte sich wie ein Stöhnen unter das Geläut.

Da war Marlen! Sie saß zu Füßen ihres Herrn Vaters unter der Kanzel. Sie hob ein weißes Tüchlein vom Gesangbuch. Sollte das ein Wink und ein Gruß für Stanislaus sein?

Der Pastor predigte von der Ausgießung des Heiligen Geistes, vom Pfingstwunder. Stanislaus mußte an die beiden knusprigen Brötchen denken, die dieser fromme Mann jeden Morgen aß. Es war vielleicht nicht schlecht, ein Bäcker zu sein, wenn sich die Brötchen in einem Menschen in so heilige Worte verwandelten. Das war nicht allenthalben der Fall: Der fromme Fleischer Heuchelmann aß sechs Brötchen, dick mit Butter bestrichen, und verdrosch gleich nach dem Frühstück seinen Lehrling als Morgengruß mit einem Kälberstrick. Der fromme Gastwirt Mischer aß drei Brötchen mit Leberwurst, damit ihm der Morgenschnaps nichts anhaben konnte. In solchen Menschen wurde die Kunst des Bäckers zuBöstaten umgewandelt.

Der Pastor streckte die Arme weit in das Kirchenschiff. Er streute den Segen wie aus einem Mehlsack über die Gläubigen. Die Sündigen aber saßen geduckt und ließen des Segens Mehl auf sich herniederstieben.

Stanislaus sah zu Marlen hinüber. Sie saß schön und blaß in der harten Kirchenbank. Ihr Mund leuchtete wie eine Mohnblume am Feldrain. Sie nahm sich schön und klug zwischen den Gläubigen aus und wußte es einzurichten, daß sie am Schluß des Gottesdienstes auf Stanislaus stieß. »Guten Morgen und Gottes Segen.«

»Morgen«, sagte Stanislaus.

Sie drückte rasch seine Hand. »Ich habe durchgesetzt, daß Sie sonntags vor dem Herrn erscheinen können.«

»Dank, vielen Dank!«

Niemand kümmerte sich um die jungen Leute. Jeder hatte mit sich zu tun. Stanislaus, Meister und Sattler Burte unterhielten sich über den schlechten Geschäftsgang. »Die Arbeiter werden von Tag zu Tag gottloser. Der Herr straft sie mit Arbeitslosigkeit.«

Fleischer Heuchelmann bestellte Böttcher Bulang zum Nachmittagsskat. »Bring Pinke mit! Wir spieln um die Ganzen!«

Stanislaus' Meisterin und die Frau des Gärtners ließen sich über die neuen Hutmoden aus. »Ich will niemand nennen, aber die Gewisse trägt einen Kochtopf von Hut.«

Stanislaus tat es wohl, sich im Gedränge an Marlen zu drücken. Auf diese Weise streichelten sie einander, ohne die Hände zu benutzen: Ich bin da, fühlst du es? Ich fühle es. Spür doch, wie ich dich mag! – Marlen sah sich um. »Ich hatte damit gerechnet, Sie bei mir sitzen zu sehn. Ich hielt einen Platz frei, bis Sie kamen.«

»Dank, vielen Dank«, stammelte Stanislaus.

Sie gingen langsam. Der kurze Weg von der Kirche zum Pfarrhaus mußte ausgenutzt und gut eingeteilt werden. Oh, Marlen war nicht umsonst die kluge Tochter eines Pfarrers!

Die Meisterin hatte Stanislaus während seines Dienstes am Herrn gut beobachtet. »Hat die Tochter des Herrn Pastors dich ins Gespräch gezogen, oder hast du sie belästigt, wie ist es?«

»Ich habe sie nicht belästigt.«

»Hat sie etwas über unsere Brötchen verlauten lassen? Wovon sprach sie?«

»Sie sprach von der Ausgießung des Heiligen Geistes.«

Die Meisterin musterte Stanislaus wie ein Papagei den Käfer in seinem Käfig. Sie faltete die Hände. »Lasset uns beten!«

Tage und Wochen vergingen. Stanislaus' Frömmigkeit nahm zu. Er und Marlen saßen in der Kirche jetzt nebeneinander. Wenn ihre Kirchbank gut besetzt war, konnten sie einander fühlen. Sie waren nur noch durch die dünne Schicht der Kleider voneinander getrennt, wie zwei Kastanien in der Fruchthülle durch die weiße Seidenhaut. Und die Worte des Pastors wiegten diese heranreifenden Menschenfrüchte wie der Wind. Nun hatte Marlen auch einen Bleistift mitgebracht und schrieb damit Anfragen für Stanislaus auf den Rand einer Spruchkarte. »Sah der Engel, den Sie sahen, wirklich und wahrhaftig so aus wie ich?«

»Wirklich und wahrhaftig«, schrieb Stanislaus. So füllte ihre Frömmigkeit sie aus, und sie verstanden es einzurichten, daß sie die Kirche erst mit den letzten Besuchern verließen, um die Zeit ihres Beisammenseins zu verlängern.

»Es ist vielleicht nicht ganz fromm, wenn wir nicht auf den Herrn Pastor hinhören«, sagte Stanislaus in einem Anflug von Bedenken.

Marlen sog an ihrer Unterlippe wie an einer süßen Frucht. »Sie müssen bedenken, daß es sich um meinen Vater handelt. Vielleicht sollt ichs nicht sagen, aber ich sah einmal, wie er in der Nase bohrte, als er seine Predigt vorbereitete. Er fühlte sich allein und unbeobachtet; mich schalt er, wenn ich meiner Nase nur nah kam. ›Gott sieht alles‹, sagt er.«

An solche Möglichkeiten hatte Stanislaus nie gedacht.

Der Engel führt Stanislaus in den Stadtwald und heisst ihn mehrere Wunder vollbringen.

Bald genügten Stanislaus und Marlen die Kirchgänge nicht mehr. Die Zeit der kurzen Heimgänge reichte nicht, um alles zu sagen, was zu sagen war.

»Sie gehn wohl nie in den Stadtwald?« fragte Marlen.

»Es ist kein richtiger Wald. Zeitungspapier, Büchsen und alte Kochtöpfe, keine Füchse, keine Hasen.«

»Wie verbringen Sie die Sonntagnachmittage?«

»Ich lese in den Büchern, die Sie mir geben, und denke nach.«

»Woran denken Sie?«

»Ich denke an den kleinen Jesus. Manchmal denke ich auch an Sie.«

»Manchmal?«

»Ich denke manchmal fast immer an Sie.«

Marlen zupfte eine Kartäusernelke, die zwischen den Latten des Pfarrgartens hervorlugte. »Es gibt im Stadtwald dunkle Stellen, Dickichte. Man möchte hinein, weil es so lauschig ist, aber man fürchtet sich«, sagte sie.

»Als ich noch ein Junge war, hat man bei uns den Förster in einem Dickicht gefunden – ermordet«, sagte Stanislaus.

Marlen schüttelte sich. »Die Menschen sind gottlos und roh.«

Stanislaus fand die sich schüttelnde Marlen noch schöner. »Einmal entdeckte ich zwei tote Hunde in einem Sack auf dem Wasser. Ich fischte sie aus dem Waldteich. Der Gastwirt hatte sie ertränkt. Sie hatten einen Säufer gebissen, der stets hohe Zeche bei ihm gemacht hatte.«

»Mit Ihnen würde ich mich auch im dicksten Dickicht nicht fürchten«, sagte Marlen, und sie hatte diesen Satz in einem Jungmädchenroman gelesen. So war sie nun: gebildet und belesen bis in die Haarspitzen hinein.

Stanislaus konnte nicht zulassen, daß die Pfarrerstochter Marlen allein in den Stadtwald ging und sich dort womöglich krank fürchtete. »Ich bin entschlossen«, sagte er, »ich werde weder Blechbüchsen noch Scherben im Stadtwald sehn. Die bunten Tassenscherben werden mir Blumen und die Blechbüchsen werden mir Briefkästen der Elfen sein.«

»Und was werde ich sein?« wollte Marlen wissen.

»Sie werden nicht mehr und nicht weniger als die Schmetterlingskönigin sein.«

Es war ein warmer Sonntagnachmittag. Gottlob, daß es so schwül war! Stanislaus konnte auf seine kurzärmelige Konfirmationsjacke verzichten. Außerdem war es unter den jungen Leuten Mode geworden, nur in Hose und Hemd einherzugehn. Stanislaus besah bekümmert seine verschwitzten Hosenträger. Er konnte sie unmöglich umtun. Er nahm den Riemen, der über Otto Prapes Bett hing, und schlang ihn um die Hosen. Diesen Riemen benutzte Otto, um sich am Abend, wenn er ins Bett stieg, die Beine zusammenzuschnallen. Er wollte kein krummbeiniger Bäcker werden. Mit dem Riemen sah Stanislaus fast modern aus, wenn er davon absah, daß die jungen Leute sonst Oberhemden mit angenähtem Kragen trugen. Ein solches Oberhemd hatte er freilich nicht. Ein sauberes Makohemd, die Halsecken nach innen geschlagen, war vielleicht kaum von einem Oberhemd zu unterscheiden.

Stanislaus ging in den Stadtwald. Am Rande begegnete er einer Schar junger Mädchen. Sie gingen eingehakt und sangen. Als sie Stanislaus sahen, wurde ihr Gesang dünn und dünner, bis er in ein Kichern umschlug. Stanislaus ging würdig und weise vorüber. Die Mädchen sahen sich um, kicherten aufs neue und prusteten. Da bog Stanislaus in den Wald ab und mied die öffentlichen Wege. Er fand sich auch ohne diese Gänsewege durch das spärliche Gebüsch.

Er überraschte Marlen hinter einer kleinen Anhöhe. Sie hörte ihn in seinen weichen Turnschuhen nicht. Sie rieb sich die bleichen Wangen mit einem Tüchlein und betrachtete sie dann in einem Handspiegel. Als Stanislaus vor ihr stand, stopfte sie ihr Tuch in ein Täschchen. Sie erhob sich, ohne ihn anzusehn. »Ich hab hier ein wenig gesessen und über die Allmacht Gottes nachgedacht. Man spürt sie in jedem Grashalm. Das Gras wächst nach oben, alles wächst nach oben.«

»Nicht direkt alles«, sagte Stanislaus. »Wir hatten daheim Mohrrüben, bis zu drei Pfund schwer, und sie wuchsen nach unten.«

Da aber hätte jemand anders als der verliebte Stanislaus sehen können, was in Marlen, dieser zartblassen Hühnerfeder, steckte. Sie fand es ungehörig, wie dieser Bäckerjunge an der Allmacht Gottes zu zweifeln wagte, schaute ihn zornig an, und die feinen Blauäderchen an ihren Schläfen schwollen. »Ist Ihnen so warm, daß Sie sich erlauben dürfen, nur im Unterhemd spazierenzugehn?«

Stanislaus antwortete nicht sofort. Er zupfte an seinem Hosenbund, der immer wieder aus Otto Prapes Riemen zu rutschen drohte. »Ich habe kein andres Hemd, und ich kann auch gut so gehn, wohin ich will.« Er ging, ohne sich um Marlen zu kümmern, weiter in den Wald hinein. Marlen blieb stehen, bis er hinter einer Gebüschgruppe verschwand. Sie konnte nur noch ab und an dieses strittige Hemd durch die Zweige schimmern sehn. »Stanislaus, Stanislaus!« Das erstemal rief sie seinen Namen. »Warten Sie, um Gottes willen, Stanislaus!« Es lag ein Zittern in Marlens Stimme, und das rührte Stanislaus an. Er ging langsamer. Da rannte sie zu ihm. »Macht es Ihnen nichts aus, mich stehenzulassen wie eine Fremde?«

»Ich kann nicht verlangen, daß Sie mit einem Menschen, der nur ein Unterhemd hat, über Gott und hohe Dinge reden.«

Sie faßte ihn bei der Hand. »Es fiel mir ein, daß es sich vielleicht um das Hemd des Glücklichen handelt.«

Da sah er sie an und lachte.

Sie dachte nicht mehr daran, ihm ihre Hand zu entziehn. Der Wald wurde heimeliger. Sie mußten schon in der Nähe von Dörfern sein. Hahnenschreie und Eimergeklapper drangen zu ihnen. Sie sprachen nicht mehr. Stanislaus zog Marlen mit sich wie eine kleine Schwester. Sie stießen auf ein dichtes Erlengebüsch. Baumwipfel schlugen eine Luftbrücke über einen Bach. Stanislaus setzte sich an den Bachrand. Da setzte sich auch Marlen. »Oh, wohin Sie mich noch führen!« Und das war wieder aus einem Roman.

Schweigen. Die Meisen zirpten. Eine Wildente plärrte. Die goldgelben Augen eines Frosches starrten durch den grünen Schleier der Wasserpest. Wasserläufer schlitterten ruckweis über den glucksenden Bach. Marlen seufzte. Stanislaus sah sie von der Seite an. Sie war noch feiner und blasser als sonst. Da seufzte auch er. Mükken ließen sich auf seinem Handrücken nieder. In ihren Hinterleibern schimmerte ersogenes Blut. Marlen scheuchte die gefräßigen Insekten hinweg. Er winkte großmütig ab. »Lassen Sie das!«

»Sind Sie so stark?«

Stanislaus zog eine Stecknadel aus dem Hosensaum. Er trieb sich die Nadel in den Unterarm. Nur der Nadelkopf saß noch wie ein blinkendes Schweißtröpfchen über der Haut.

»Weshalb tun Sie das?« Marlen verzog ihr Gesicht vor Mitschmerz.

»Es gibt Menschen, die haben kein Hemd, wie es Mode ist, aber Kräfte, die mehr wert sind als alle Oberhemden der Welt.« Stanislaus zog die Nadel langsam aus dem Unterarm. Befriedigt stellte er fest, daß nicht ein Tröpfchen Blut aus der Einstichstelle quoll. Seine Übungen nach den Weisungen des Hypnosebüchleins zeitigten neue Erfolge.

»Verzeihen Sie das mit dem Hemd! Tausendmal Verzeihung! Ich bin so böse.« Marlen griff zärtlich nach Stanislaus' Arm. Sie gewahrte das rote Pünktchen der Einstichstelle und legte ihre Lippen wie zwei Mohnblumenblätter drauf. Stanislaus durchzitterte es. »Sie liebenswerter Mensch sitzen hier und wissen nicht, wie böse ich sein kann«, barmte Marlen. »Mein Vater sagt: ›Marlen, weshalb ziehst du in letzter Zeit dein helles Kleid, dieses ausgeschnittene Kleid, an, wenn du unter der Kanzel sitzt? Bitte, zieh das dunkle, geschlossene Kleid an! Du bist die Tochter eines Pastors.‹ Das sagt mein Vater, und die Boshaftigkeit steht in mir auf. Sie übernetzt mein Herz. ›Gut‹, sage ich zu meinem Vater, ›dich stört mein helles Kleid, aber mich störte, als du einmal den Talar über das Nachthemd zogst. Du hattest es verschlafen. Die ganze Zeit saß ich da und hatte nichts von deiner Predigt, weil ich an das Nachthemd unterm Talar denken mußte.‹ Sehen Sie, so beleidigte ich meinen Vater. Ich bat ihn noch den gleichen Tag, mir zu verzeihen. Er verzieh mir. So bin ich. Ich bete zu Gott, er möge mich nicht fallenlassen. Er erhört mich nicht. Nun ließ er zu, daß ich Sie beleidigte. Ich bin vom Bössein durchwuchert.«

Stanislaus hielt einen Binsenhalm in das rinnende Bachwasser.

»Des Menschen Wege sind in Dunkelheit gehüllt. Vielleicht hat ein Mann wie Gott nicht Zeit, sich alle Tage um kleine Sachen zu kümmern. Er muß aufpassen und spekulieren, daß die Sterne nicht aufeinanderknallen. Er ist vielleicht darauf angewiesen, daß wir uns selber ein bißchen mit unseren Sünden herumplagen und ihm behilflich sind. Letzten Endes hat er uns Hände und Beine angefertigt. Rennt doch und tut doch! Schafft den Unrat eurer Sünde selber weg!« Weiter kam Stanislaus mit seinen großartigen Gedanken über Gott und seine Einrichtungen nicht. Sein Mund wurde ihm zugedrückt, nicht von Gott – von Marlen. Sie tat es mit ihren Daunenlippen. Der Wildrosenduft umfächelte Stanislaus, und er hatte nichts dagegen. Er wurde gewahr, daß man seine Sünden nicht nur mit Händen und Füßen gutmachen konnte. Auch er nutzte die Gelegenheit, seine Schroffheit zur zarten Marlen zu glätten. Er holte sich ihren Mund wieder, als der sich anschickte, schmetterlingsleise von seinen Lippen zu flattern.

Es dämmerte schon, als sie sich erhoben. Marlen begann zu frösteln. »Duuu!« sagte sie, und ihre kleinen Zähne schepperten. »Eigentlich wollte ich nur Gott helfen, meine Bosheit auszutreiben.«

»Sie ist, glaube ich, gestrichen«, sagte Stanislaus und starrte ins Wasser.

Sie gingen, einander wärmend, zum Waldrand. Marlen wurde still und stiller. Stanislaus wollte sie aufmuntern und sagte: »Die Sünde ist gelöscht. Deine und meine.« Er war froh, seine Stimme unversehrt im dämmrigen Walde zu hören.

»Gelöscht, aber eine neue, große ist hinzugekommen. Eine Sünde zeugt die andre. Wir sind wohl auf ewig verdammt«, sagte Marlen zitternd.

»Was hast du, Marlen?«

»Das Kind. Es wird ein Kind kommen. Ich werde alle Welt anlügen müssen, daß ich kein Kind bekomme, aber dann wird es eintreffen und wird meine Lüge vor aller Welt aufdecken.«

»Wie, welches Kind?«

»Wir haben uns geküßt. Wir lieben uns. Immer wenn Menschen sich küssen und lieben, kommt ein Kind. Ich weiß es: Wir hatten zwei Köchinnen. Wir stellten extra fromme ein, aber als die Liebe über sie kam, waren sie verloren. Meine Mama entließ sie.«

Daran hatte nun freilich auch Stanislaus nicht gedacht. Es konnte nett werden, wenn Marlen eines Tages mit ihrem Kind in der Backstube erschien: Er schlägt vielleicht gerade Sahne, und das Kind will von der Sahne lecken. »Dich kann deine Mama nicht entlassen. Du hast keinen Lehrvertrag wie ich«, sagte er.

»Aber mein Vater wird das Kind nicht taufen. Er ist der Großvater. Ich habe nie gehört, daß ein Großvater seinen Enkel taufte.«

Sie schwiegen wieder, gingen, fröstelten und zitterten.

»Es ist nicht bewiesen, daß du ein Kind bekommst«, sagte Stanislaus vor der Stadt.

»Nein?« Marlen strich sich über den Leib. Sie glaubte nicht ohne weiteres an diesen Trost. Stanislaus mußte seine ganze Weisheit zu Rate ziehen: »Ein Kind kommt, glaube ich, nur, wenn man sich nackend in einem Bett küßt.«

»Bist du sicher?«

»Ich weiß es fast ganz genau von meiner Schwester. Ein Brausefabrikant, Limonade sagt man auch dazu, der Sohn davon küßte sie im Bett. Ich hörte es, als meine Eltern über dieses Unglück sprachen.«

Marlen bekam ein kinderkleines, ein sehr, sehr einfältiges Gesicht. »Wir werden uns erst im Bett küssen, wenn wir verheiratet sind, versprichst du mir das?«

»Das wollen wir.« Stanislaus sagte es wie ein Mann.

Marlen kuschelte sich an diesen Mann. Sie hatte nichts mehr gegen sein Makohemd.

Stanislaus wird von der Menschheit verkannt und bereitet sich auf das Kreuzopfer vor.

In Stanislaus war die Hachel einer kleinen Unruhe hängengeblieben. Allzu genau wußte er nicht, wie Kinder entstanden. Am Ende war doch nicht immer ein Bett dazu nötig; zudem war es vorgekommen, daß Frauen Kinder vom Heiligen Geist erhielten. Sogar ein heiliges Buch wie die Bibel berichtete darüber. Marlen war fromm, die Tochter eines Pastors und, wenn man von ihren kleinen Sünden absah, beim Heiligen Geist vielleicht nicht schlecht angeschrieben. Stanislaus konnte, ohne es zu wollen, ein heiliger Josef werden. Der heilige Stanislaus! Das klang fast biblisch und war nicht von der Hand zu weisen.

Stanislaus ging große Umwege, um am späten Abend in der Lehrlingskammer das Gespräch auf die Entstehung von Kindern zu lenken. Er übte, angefeuert vom Erfolg bei Marlen, ein wenig mit der Stecknadel am Unterarm.

»Sieh, er zerspießt sich und jammert nicht!« Otto Prape sprang vor Neugier nackt, wie er drin lag, aus dem Bett.

»Das ist eine meiner geringsten Künste«, sagte Stanislaus.

Seine Mitlehrlinge bekamen staunrunde Augen. »Wie bekommst du das zuwege?«

»Sagt mir, wann Mädchen Kinder kriegen, und ich will es euch erklären.«

»Hast du mit der frommen Ziege ein Kind angefertigt?«

»Ich werde euch die Stecknadelkunst nicht erklären.«

»Kriegst du ein Kind mit dieser frommen Turteltaube?« verbesserte August Balko.

Nichts leichter für Otto und August, als zu erklären, wie die kleinen Menschen in die Frauen hineinschlüpfen und später in die Welt fahren. Ihre Erklärungen wichen jedoch voneinander ab. Schließlich rühmte August sich, er habe schon zwei oder mehr Kinder gemacht, sie seien aber aus irgendeinem Grunde nicht angekommen. Stanislaus seufzte auf. An all diese verrückten Sachen hatte er nicht einmal gedacht, als er mit Marlen am verschwiegenen Wassergraben im Walde lag.

Marlen konnte also ruhig schlafen? Nein, sie konnte es nicht. Sie war allein in ihrer Mädchenkammer und hatte niemand, von dem sie sich hätte aufklären und trösten lassen können.

Als Otto und August schliefen, schrieb Stanislaus einen Brief: »Fürchte nichts, holde Geliebte. Ich habe in gelehrten Schriften geblättert. Kinder kommen nur, wenn ein Mädchen geil ist. Du aber bist fromm und liebst Gott, Deinen Herrn. Auch mich hat der Herr in seiner Hut. Er hat mich beschützt, und ich habe mir nicht die Hosen ausgezogen, wie es Vorschrift ist, wenn Kinder kommen sollen. Schlafe still, Du Gerechte in Gottes Namen, amen. Es schmeckt bei mir immer noch nach Deinen Küssen. Danke. Dein Stanislaus Büdner und Freund.«

Stanislaus ging am Morgen fröhlich pfeifend ins Pfarrhaus. Keine Marlen in der Diele. Die Köchin nahm ihm die Brötchen ab. Er durchwühlte seinen Brötchenkorb und packte die Säckchen um. Er wollte Zeit gewinnen.« Prüfen Sie die Ware ordentlich!« ermunterte er die Köchin.

Die Köchin hatte keine Zeit. Sie eilte in die Küche. »Schon gut, Herr Bäcker.«

Auch am nächsten Tag keine Spur von Marlen. Saß sie in ihrer Kammer und grämte sich? Stanislaus legte seinen Brief in ein Buch. »Vielleicht könnten Sie dieses Buch ... ich habe es gelesen ... und bitte an das Fräulein zurück. Es hat mir sehr gut gefallen und danke.« Stanislaus stotterte.

Die Pfarrköchin legte das Buch auf das Fensterbrett. »Das gnädige Fräulein ist krank. Es ist zart und anfällig.«

»Dank, schönen Dank«, sagte Stanislaus und war froh, daß nichts Schlimmeres vorlag.

Am anderen Morgen fand er das Pfarrhaus verschlossen. Er ging in den Hof und klopfte ans Küchenfenster. Niemand öffnete. Betrübt legte er das Beutelchen mit den Pfarrbrötchen in seinen Korb zurück.

»Hast du vergessen, die Brötchen bei Pfarrers abzuliefern, oder sind Pfarrers verreist?« fragte die Meisterin lauernd.

»Sie sind krank und alle miteinander angesteckt.«

Im Pfarrhaus war alles wohlauf. Sogar Marlen fühlte sich wieder besser. Sie hatte mit der Köchin über ihr Sonntagserlebnis gesprochen und summte leise Liedchen. Hatte sie Stanislaus' Brief gelesen? Nein. Der Herr Pfarrer hatte ihn gelesen. Er summte nicht.

Der halbe Vormittag verging, da kam die Frau Pfarrer höchsteigen in den Laden. Sie und die Meisterin zogen sich ins Wohnzimmer zurück. Die Meisterin war stolz auf den hohen Besuch. Das Mädchen brachte Torte und Schlagsahne. Die Torte wurde nicht gegessen, die Schlagsahne nicht angerührt. Die Pastorsfrau bebte vor Empörung! Das Bäckerhaus beherbergte einen Verführer, jawohl! Der Verführer war Stanislaus. Ein minderwertiger Mensch, der unzüchtige Briefe an eine Pfarrerstochter schrieb. Stanislaus' Brief wanderte aus der Handtasche der Frau Pfarrer in die zitternde Hand der Frau Meisterin. Der Meister wurde vom Backofen geholt; auch er las den berühmten Brief von Stanislaus. Die falschen Zähne der Pfarrersfrau klapperten ein wenig, als sie sagte: »Wir, ich und mein Mann, wünschen natürlich nicht, weiterhin mit Brötchen aus unkeuscher Hand bedacht zu werden.«

»Es wird verhindert werden, liebste, beste Frau Pfarrer. Es stehen uns auch anständige Lehrlinge zur Verfügung. Das übrige müssen wir Gott dem Herrn überlassen.« Die Meisterin sah mit Heuchelaugen auf das große Gemälde im Wohnzimmer. Es stellte die Flucht der Heiligen Familie nach Ägypten dar. Josef, der Zimmermann, leuchtete ihr mit seinem Heiligenschein voran und bahnte ihr den Weg. Josefs Krummstab zeigte auf ein Kärtchen, das der Meister in den Bildrahmen gesteckt hatte: »Heinrich Meyer und Söhne. Sanitäre und Klosettanlagen in allen Teilen Deutschlands.« Die Meisterin sah dankbar auf dieses Bild. Es hätte schlimmer kommen können. Die Pfarrersfamilie hatte die Brötchen nicht ganz und gar abbestellt.

Die Frau Pfarrer erhob sich. Sie reichte niemand die Hand. Sie ging mit einem Seitenblick auf Torte und Schlagsahne.

Stanislaus wurde ins Wohnzimmer gerufen. Meister und Meisterin schrien auf ihn ein: »Bauernlümmel! Hurer! Verführer! Nicht einen Tag länger! Das ist der Dank. Hungern, bis dir die Geilheit aus dem Blute schwindet!« Ein Gewitter von Schimpfreden. Der Meister brüllte das Schlußwort: »Wenn wir nicht fromm und heilig wären, sollte dein Ursch nicht mehr in die Hose passen, so wollt ich dich gerben. Aus! Raus!«

Stanislaus wurde in den Kohlenkeller geschickt. Ein Mensch seiner Art gehörte in die Unterwelt. Drei Jahre hatte sich niemand gefunden, der die Brikettkrümel aus dem Schutt sammeln und schließlich den Schutt an das Tageslicht schaffen wollte. Für Stanislaus, diesen sündigen Menschen, war das die rechte Arbeit, um ein wenig von seiner schweren Sündenschuld vor Gott und den Menschen abzutragen.

Otto und August hatten hin und her einen Fetzen des großen Kraches vernommen. Sie kamen abwechselnd in den Keller. Einer brachte ein Stück Couvertüre, der andere einen Schürzenlatz voll Pfirsiche.

»Hast du sie richtig vergewaltigt, oder hat sie mitgemacht?« August sah nur das Weiße der Augäpfel in Stanislaus' Rußgesicht. »Konnte sie schon küssen, oder kannte sie nur das Vaterunser?«

»Ich antworte dir kein bißchen«, sagte Stanislaus.

»Es muß langweilig sein mit so einer Frommen. Sie betet am Ende vor jedem Kuß. Nun hast du dich mit ihr abgegeben und hast die Scherereien.«

Stanislaus kratzte im Kohlenschutt. Die schwarzen Wolken vertrieben August und Otto.

Stanislaus aß Pfirsiche und Schokolade. Er war schwarz vom Kohlenruß wie ein Kaminfeger. Eine süße Traurigkeit breitete sich in seinem Herzen aus. Er hätte diesen Brief nicht schreiben sollen. Der Herr Pfarrer war also neugierig wie seine Kirchenweiber. Er hatte den Brief gelesen. Zum Schluß würde er am kommenden Sonntag noch über einen gewissen Bäckerlehrling predigen und ihn den Bruder des Teufels nennen. Stanislaus spiegelte sich im blinden Fenster des Kohlenkellers. Er sah wahrhaftig aus wie ein Bruder des Teufels. Traurig setzte er sich auf den Kohlenhaufen. Er mußte schwere Sünden und Verfehlungen auf sich geladen haben! Wenn er an den Inhalt der Bücher dachte, die er sich von Marlen ausgeliehen hatte, so gab es für Sünder nur einen Weg: den Weg der Reue und Buße. Er hatte von Heiligen gelesen, die vor ihrer Bekehrung ein liederliches Leben geführt hatten. Sie büßten, bereuten und wurden später Heilige, vor denen alle Welt den Hut zog.

Er beschloß, ein Heiliger zu werden. Ein Heiliger begnügte sich nicht mit einer Stecknadel im Unterarm. Er mußte gewaltigere Dinge an sich geschehen lassen. Stanislaus suchte sich Nägel und scheuerte sie mit Sandpapier blank. In Marlens Büchern war nicht verzeichnet gewesen, ob die Nägel, mit denen man Heilige an ein Kreuz schlug, rostig sein durften oder nicht. Stanislaus wollte es zunächst der Sicherheit halber mit blanken Nägeln versuchen. Otto und August konnten ihn an einem der nächsten Tage nachts auf dem Kirchplatz an ein Kreuz nageln. Er würde seine Sünde auf sich nehmen.

»Herr Pfarrer, vor ihrem Fenster hängt ein Gekreuzigter!« würde die Pfarrmagd am nächsten Morgen schrein. Der Pfarrer würde auf den Kirchplatz eilen. Ein Gekreuzigter in seinem Kirchspiel! Die Frau Pfarrer und Marlen würden kommen.

»Um Gottes willen, Marlen, hängt dort nicht der Freund von Elias? Und was trägt er auf dem Kopf? Eine Krone aus Dornen?«

»Es ist so, Mama«, würde Marlen sagen, weinen, niederknien und ihm die Füße küssen. Stanislaus wusch sich die Füße unter der Pumpe.

»Ja, ja, er ist es, Mama«, würde Marlen beteuern, »und ich liebe ihn, Mama, du hast wohl nichts dagegen, wenn ich ihm seine Wunden ein wenig mit Nivea-Creme bestreiche.«

Otto und August nagelten zwei Backbretter übereinander. Sie konnten den Abend und die Generalprobe für die Kreuzigung kaum erwarten. Diesem Stanislaus, der Stecknadeln ohne Zögern in seinen Armen verschwinden ließ, war alles zuzutraun.

Es war mitten in der Nacht, als Stanislaus Otto und August weckte. Sie brummten verschlafen und wälzten sich. War die Nacht schon herum? Sie maulten. Sollten sie sich schon wieder in den Teig stürzen? Stanislaus gab das Stichwort: »Kreuzigung!« Da sprangen sie hurtig aus den Betten. Stanislaus hatte sich sein Bäckerhemd um die Lenden geschlungen, um wie ein Heiliger auszusehen. Die Dornenkrone stammte von einem Brombeerstrauch aus dem Stadtwald. August schüttelte sich. Die Flamme der Kerze warf die Umrisse des Dulders Stanislaus vergrößert gegen die gekalkte Wand.

Stanislaus war bleich. Sein Gesicht schien mit Kaiser-Auszugsmehl gepudert zu sein. Er wies stumm auf den Hammer und die polierten Nägel. Dann stellte er sich vor das Backbrettkreuz, breitete die Arme aus und sagte leise: »Bitte!«

Es zeigte sich, daß weder Otto noch August roh genug waren, einen Übeltäter oder Heiligen ohne Bedenken an ein Kreuz zu nageln. Otto stieß August, und August stieß Otto. Beiden gebrach es an Mut. »Wenn du wenigstens eine Zange mitgebracht hättest! Am Ende schreist und jammerst du, wir aber stehen machtlos da und sind die Dummen.«

»Ich werde nicht einmal zirpen.«

Otto und August konnten sich trotzdem nicht entschließen. Die Mitternachtsstunde hatte ihren Lehrlingsmut zerfressen. Stanislaus war gezwungen, sich zum Anreiz selber einen der Nägel durch den Unterarm zu bohren. Siehe da, er schrie nicht, und es floß kein Blut. Stanislaus hatte es in der Kunst der Autosuggestion zu etwas gebracht! Die beiden Helden der Backstube aber versagten. August fürchtete Krawall und Krach. Er riß Otto mit in die Brachen seiner Bedenken. »Es kann uns wie Mord ausgelegt werden. Wir stehen vor Gericht und werden unschuldig zum Tode verurteilt.« August zwinkerte in die Kerzenflamme. Otto starrte auf den Nagel in Stanislaus' Unterarm, und da entsetzte er sich so, daß er ein gurgelndes Geräusch ausstieß. Er fuhr mit dem Kopf unter sein Deckbett, wie es ängstliche Menschen bei Gewitter tun.

Wehe, o wehe, Stanislaus stand bereit, zu beweisen, daß er die Liebe einer Pfarrerstochter verdiente, und die Welt nahm sein Opfer nicht an. Ein gewisser Herr Jesus schien es immerhin mit Menschen zu tun gehabt zu haben, die Wort hielten. Enttäuscht zog Stanislaus den Nagel aus dem Unterarm, löschte das Licht und legte sich.

Er erwachte gegen Morgen. Ihn fröstelte, und er zog sich das Hemd an, wie es sich gehörte. Er fühlte Stiche im Kopf und gewahrte, daß er mit dem Brombeerdornenkranz geschlafen hatte. Er setzte ihn ab, und sogleich fiel ihm ein, daß die Welt ihm keine Gelegenheit bot, sein Kreuzopfer darzubringen.

Stanislaus wird verschachert. Der Heilige Geist der Dichtkunst beginnt aus ihm zu sprechen, und seine Leidenszeit beginnt.

Stanislaus wurde von seinem frommen Meister in der Innung ausgeboten: »Wer übernimmt einen schwererziehbaren Lehrling zum Auslernen?«

Es gab einen Meister in der Stadt, der es mit jedem Lehrling aufnahm. Er hatte die Eigenschaften eines Pferdekauplers, der jeden Schläger und Aufsetzer marktfähig macht und mit Gewinn verkauft. »Welche Mucken hat dieser Krüppel von Lehrling?«

»Er starrt die Töchter deiner vornehmsten Kundschaft an, bis sie ihm zu Willen sind.«

»Bei mir wird ihm das Starren vergehen.«

»Er ist mit dem Teufel im Bunde und ein Schüler der Schwarzen Kunst.«

»Wir wollen ihm den Teufel austreiben und ihm die weiße Kunst des Sackausstäubens beibringen!«

Der Hochsommer hatte sich unbemerkt in die Stadt geschlichen. Straßenstaub lagerte auf den Lindenblättern und machte diese kleinen Lungen der Bäume matt. Die Dünste der Kleinstadt mischten sich. Nur nach großem Regen wars, als sei das Land ein Weilchen mit seinen guten Gerüchen hereingekommen.

Stanislaus trauerte. Viel war ihm fehlgegangen. Die Zeit, da er bei den frommen Bäckersleuten wie ein segenbringender Hausengel ein und aus gegangen war, schien ihm wie ein Märchen. Er träumte davon. Was half es? Der Engel war gefallen, war ein Luzifer geworden. Er überdachte den Inhalt der Bücher, die er von Marlen erhalten hatte. Nirgendwo stand, daß Küsse, genommen von einem Mädchen, verschenkt an eine Schöne, in den Abgrund führten. Es war dort nur von Hurerei die Rede. War es Hurerei, was er mit Marlen am kleinen Bach im Stadtwald getrieben hatte?

Und Marlen? Schickte sie Stanislaus den geringsten Trost? Nein, von Marlen war weit und breit nichts zu hören. Saß auch sie vereinsamt in ihrem Zimmer, bereute und büßte sie alles, was geschehen war? Er lauerte der Pfarrköchin auf, aber auch sie schien wie vom Erdboden verschwunden zu sein.

Stanislaus ging zerknirscht in seiner neuen Lehrstelle umher und versuchte, durch allerlei kleine Guttaten an anderen Menschen seine Lebenslokomotive wieder auf ein blankeres Gleis zu bringen: Er schlüpfte morgens als erster in die Backstube. Von den anderen Lehrlingen erntete er dafür nur Hohn: »Neue Ruten pfeifen gut. Seht diesen Urschlecker!«

Er nahm die Brotscheiben mit der geringsten Wurst vom Lehrlingsteller, und die anderen sagten unter sich: »So dumm möcht ich sein!« Er schleppte für die Haustochter Ludmilla Wasser in die Küche, und die anderen sagten: »Er ist verknallt in diese Brillenschlange.«

Der Bauch des neuen Meisters quoll über den Bund der karierten Bäckerhose. Er hing dort wie ein Stück Semmelteig, das von der Beute zu fallen drohte. Sein Gesicht war blaurot, der geschorene Kopf mit Furchen durchzogen. Es waren Säbelfurchen. Der Meister war ein alter Soldat, ein Vizefeldwebel. Er wäre glatt Hauptmann geworden, so behauptete er, leider habe der Krieg nicht lange genug gedauert. Irgendwelche feigen Matrosen hätten ihn abgebrochen. Matrosen waren ihm seitdem ein Greuel. Er hielt sogar Kinder, die Matrosenkragen trugen, auf der Straße an und beschimpfte ihre Väter.

Vier Lehrlinge huschten morgens in die Backstube. Hermann, der älteste Lehrling, ließ sie vor der Beute antreten und stellte sich selber, Hände an der Hosennaht, etwas abseits. Der Meister kam verschlafen in die Backstube. Hermann meldete: »Vier Lehrlinge zur Arbeit angetreten, keine Krankheitsfälle, sämtliche Nähte gebürstet!«

»Rührt euch!« kommandierte der Meister. Er kniff ein Auge zu. »Weshalb hat der Neue den Scheitel rechts?«

»Ich hab einen Wirbel, einen Wirbel links.«

»Nimm die Knochen zusammen, wenn du mit mir sprichst!«

»Ja«, sagte Stanislaus leise.

»›Zu Befehl, Meister!‹ heißt das. Glotz nicht! Stillgestanden! Wegtreten, marsch, marsch!«

Die Lehrlinge stürzten sich in die verschiedenen Teige. Stanislaus ließ sich bis zu den Oberarmmuskeln in den Vollsauer für das Brot fallen. Der Meister ging von Beute zu Beute und kommandierte das Teigmachen. »Tiefer, du Holzkopf? Mehr Mehl, Hundesohn! Mischen, mischen, schneller, du Hurenbastard. Wie stehst du da, Lausigel? Ist das die Grundstellung beim Sauermachen?«

Die Meisterin war weder fromm noch militärisch. Der Meister hatte sie, seinen Stahlhelm, seinen Tornister, seinen Soldatenmantel und ein altes kurzschwänziges Offizierspferd aus dem Kriege mitgebracht. Sie war Aufseherin einer Damenkneipe in Danzig gewesen und rauchte Zigaretten aus einer langen Bernsteinspitze. Sie trug Ohrgehänge, die sie von Zeit zu Zeit auswechselte, und es gab solche, die ihr bis auf die Schultern reichten. Frau Kluntsch hatte einen anschmiegsamen Charakter und war gut zu allen Männern, die ihr gefielen. Die meisten gefielen ihr. Der Meister hatte nach dem Kriege ein Café eröffnet. Frau Kluntsch war die Meisterin dieses Cafés und zeigte sich dort in großer Abendtoilette. Sie setzte sich an die Tische der Herren und trank mit ihnen ein wenig. Wenn die Herren gut verzehrten, trank sie mit ihnen um die Wette. »Eine Flasche spendierst du doch noch, Dickerchen, wie?«

Der liebe Gast wollte sichergehn. Er griff unter dem Tischchen nach den strammen Schenkeln der Meisterin. Die Meisterin rührte sich nicht. Er bestellte die gewünschte Flasche. Der Meister brachte sie persönlich. »Ich glaube, Sie gehen ein wenig zu weit, lieber Herr. Wenn sich das wiederholt, müßte ich Sie auf Infanteriesäbel fordern. Sie sollten wissen, daß es sich bei dieser Dame um meine Frau handelt, bitte sehr!«

Dem Gast, einem Reisenden in Schuhwichse, traten die Augen aus dem Kopf. Er war nicht in das Café gegangen, um sich mit Säbeln zerhacken zu lassen. Er wollte sich seinen Abend ein wenig verspaßen. Nun sah der Meister so drohend drein, und die Säbelfurchen auf seinem Kahlkopfe begannen zu glühen. Der Gast lud ihn flugs zu einem Versöhnungsschnaps ein. Die Welt wurde wieder in ihre Fugen gehoben.

Die Geschäfte gingen gut. »Gott schütze das ehrbare Handwerk!« Mit einem Ausrufezeichen, gewissermaßen als Befehl an den lieben Gott, hing ein Spruch in Brandmalerei im Laden neben dem eingerahmten Meisterbrief des ehemaligen Vizefeldwebels.

Daneben hingen andere Dokumente und heilige Schriften unter Glas. Da war zum Beispiel das Dankschreiben eines Generalfeldmarschalls von Mackensen für eine Sendung Speckkuchen. Der Meister hatte seinem General, dem er nicht mehr als Vizefeldwebel dienen konnte, einen Beweis seiner untertänigen Treue geschickt. Und der Generalfeldmarschall hatte geantwortet. Jeder Kunde, der ein Auge für die nationale Sache mit sich herumtrug, konnte es sehen und bewundern. Es war mit der eigenen Hand des Generalfeldmarschalls geschrieben, und der Namenszug trug den gleichen Schnörkel wie einst auf den Armeebefehlen. Hier war es nun nicht die Aufforderung zur Vernichtung von Feinden aller Art, sondern der Dank für einen verzehrten Speckkuchen. Der Meister hatte soeben einen Bittbrief an den Generalfeldmarschall abgesandt, denn er trug sich mit dem hohen Gedanken, seinen Speckkuchen zu einer Spezialität zu machen: »Generalfeldmarschall-von-Mackensen-Speckkuchen«.

Meister Kluntsch sah in schlaflosen Nächten bereits ein langes Firmenschild an der Front seines vergrößerten Hauses: »Spezialfabrik für original Generalfeldmarschall-von-Mackensen-Speckkuchen mit elektrischem Antrieb. Einziger vom Generalfeldmarschall von Mackensen persönlich privilegierter Betrieb der Welt.« Und nahbei sollte eine hohe Esse rauchen und den leckeren Speckdunst in der Gegend verbreiten.

Obwohl der Meister in seinem Bittbrief dem General eine wöchentliche Sendung Speckkuchen für das Überlassen seines ehrenwerten Namens in Aussicht gestellt hatte, war die Antwort noch nicht eingetroffen. Vielleicht ließ sich der General erst die Militärstammrolle eines gewissen Vizefeldwebels Kluntsch kommen. Er konnte schließlich seinen Namen nicht für jeden schlappen Zivilisten hergeben. Vielleicht war der General auch zur Zeit unabkömmlich und arbeitete einen Generalstabsplan für die endgültige Vernichtung der Franzosen aus.

Stanislaus fiel es schwer, sich an die militärische Ordnung in der neuen Backstube zu gewöhnen. Der Meister nannte ihn Schütze Kaczmarek, auch Mündungsschoner. Die anderen Lehrlinge riefen Stanislaus ebenso. Nur Karl machte eine Ausnahme. Er gehörte einem Wanderverein an und knirschte ab und zu: »Die sozialdemokratische Jugend wird diesen Kriegshengsten noch zeigen, wo der Hafer blüht!«

Damit war Stanislaus in seinem Kummer nicht geholfen.

Es kam ein Brief für Stanislaus, und es war der erste Brief, den er in seinem Leben erhielt, wenn er davon absah, daß er sich einmal selber einen geschrieben hatte. Die Haustochter, die im Laden bediente, zog diesen Brief aus dem Latz ihrer gestärkten Schürze und übergab ihn Stanislaus heimlich. »Da hat wohl deine Liebste geschrieben?«

»Ich habe keine Liebste mehr. Sie ist mir verboten worden.«

»So etwas läßt sich nicht verbieten. Ich könnt fast wetten, daß der Brief aus dieser Richtung kommt. Laß dich nicht vom Meister erwischen in drei Engels Namen, sonst macht er Strafexerzieren mit dir.«

Der Brief wanderte von einem Schürzenlatz in den anderen. Stanislaus rannte mit ihm auf den einzigen Ort, der in diesem Hause Ruhe versprach. Der Brief trug keinen Absender. Stanislaus zitterte, als er ihn aufriß. Hier schrieb nun wirklich Marlen mit blasser Tinte und dünnen, ach, so lieben Schriftzeichen: »Fürchte nichts, Stanislaus und Geliebter! Gott der Herr macht die Liebe drückend und schwer für solche, die er liebt. Ich war ein bißchen krank. Es war kühl am Bach. Ich hatte Mandelentzündung. Wäre ich doch nie krank geworden, dann hätte mein Vater nie und nimmer Deinen Brief lesen können! Nun weiß ich nicht, was Du mir Liebes geschrieben hast.

Wie Du ersiehst, bin ich nicht mehr daheim. Man hat mich in ein Heim getan. Pensionat – sagt man. Ich soll die Liebe vergessen und es streng haben. Ich habe es streng. Diesen Brief schreibe ich an einem Ort, den ich nicht nennen mag. Das bringt die Liebe zuwege.

Sei getrost und schreibe mir, aber ohne Absender. Meine kleinen Augen laufen mir über. Ich kann nicht mehr. Gott wird uns schützen. Vielleicht bekomme ich doch ein Kind, dann müssen sie mich hier herauslassen, weil es hier kein Kinderheim gibt. Dann eile ich zu Dir. Du bist meine erste richtige Liebe. Gott ist weise, er wird es richten.

Schreib den Absender von unserer Köchin hinten drauf. Es ist keine Sünde.

Ich küsse Dich unendlich viele tausend Male und bin Deine Dich immerwährend liebende, bis in den Tod liebende Marlen!« Es folgten viele kleine Tintenkreise. Darunter stand: »Überall da habe ich drauf geküßt. Küsse auch Du darauf!«

Stanislaus hatte während des Lesens den Atem angehalten. Aus dem Brief stieg leiser Wildrosenduft. Dicke Schmeißfliegen summten am kleinen Fenster des Abtritts. Ein Bummern an der Tür ließ Stanislaus erschreckt auffahren. »Mach dich raus, Lümmel! Schläfst überm eigenen Dreck?«

Stanislaus duckte sich wie vor der Stimme des Jüngsten Gerichts. Zum Herzloch des Häuschens kam ein Schuß Wasser herein. »Da hast du zum Nachspüln!«

So saß nun Stanislaus, naß wie ein neugebornes Kalb, und Marlens Brief in seiner Hand war welk wie ein altes Rosenblatt. Die dünnen Schriftzüge verschwammen wie die Schrift des Engels in den Wolken.

Am Abend dieses Tages erlebte Stanislaus etwas Sonderbares. Er lag auf seinem harten Bett in der Dachkammer. Diese Kammer wurde von den Lehrlingen der Sonderstall genannt. Hier hatten die neuangekommenen Lehrlinge zu liegen, bis sie sich an die Zucht des Meisters Kluntsch gewöhnten. Die vier Pfosten des Bettes waren mit rohen Dachlatten verlängert und reichten fast bis an die Decke der niedrigen Kammer. Zwischen den Pfosten war Packpapier gespannt. Das hatte Stanislaus' Vorgänger der Wanzen wegen getan. Diese Blutsauger ließen sich von der Decke herabfallen. Sie fielen auf das Packpapier: Penk, penk! Man war gewarnt und konnte ihnen zu Leibe rücken, solange man noch wach lag.

Draußen regnete es leise, und der Wind zerrte an den Dachziegeln. Stanislaus lag unruhig unter dem Wanzenbaldachin. Ihn kümmerten die stinkenden Insekten nicht. Er hatte den Wildrosenduft aus Marlens Brief. Viele, viele Male hatte er den Brief gelesen. Nun suchte er nach einer würdigen Antwort. Er war unzufrieden mit sich, denn es wollte ihm nicht gelingen, die Worte so zierlich und geschickt zu setzen wie dieses von Gott bevorzugte Wesen Marlen.

Er schloß die Augen, lauschte auf den Regenfall, und da wars ihm, als vernähme er leise Musik: Süssisingdudu, süssisingdödö. Er wollte aufstehn, ans Fenster gehn und nach der Musik schaue. Als er sich erhob, war die Musik verschwunden. Er legte sich wieder zurück und lauschte. Die Musik kam wieder: Süssisingdudu. Nun erhob er sich nicht wieder. Es war keine Musik, die von draußen kam; sie kam aus tief innen. Ein Quell schien in ihm aufgebrochen zu sein. Mit der Musik kamen Worte. Die Worte, nach denen er zuvor gesucht hatte, waren da. Er schlug die Augen auf und suchte in der Kammer nach einem Boten der Schmetterlingskönigin. Es war kein Bote da. Er lächelte, lächelte seiner Kindheit nach.

Vor der Verwandlung

Wilhelminele und Ernstle

Aus dem Nordfenster meiner Arbeitsstube sehe ich auf ein Haus, das von den An- und Umbauten seiner verschiedenen Bewohner verkrüppelt wurde. In diesem Haus waren wir in den vierzig Jahren, die wir hier wohnen, ein einziges Mal. Wir verabschiedeten uns damals in der großen Stube von einer Frau, die unsere Abschiedsworte nicht mehr hörte. Ja, so ist das, sagt einer unserer Nachbarn nach jedem zweiten Satz.

Damals hatte das verkrüppelte Haus noch einen Vorgarten, und die Grenze zum Waldweg war mit Fliederbäumen markiert, und wenn die blühten, arbeiteten unsere Bienen und orgelten darin und holten sich, was sie brauchten.

Als wir das Wilhelminele das erste Mal sahen, wohnte sie noch im Dorf und war die Frau des Dorfbürgermeisters. Ihr Mann war in Amtsgeschäften außerhalb. Sie empfing uns mit einem Sichelgesicht voll übertriebener Freundlichkeit. Ich war für sie der Herr Nobelpreisträger, und Eva war mein Töchterle. Das mit Väterle und Töchterle korrigierten wir nicht. Ich war alt, und Eva war jung, und verheiratet waren wir nicht. Aber das mit dem Nobelpreis ließen wir nicht auf uns sitzen. Es war der Nationalpreis dritter Klasse, mit dem mich die Oberen unseres Ländchens ausgestattet hatten. Ich nahm ihn nur zu gern an, denn ich war noch auf Ehren aus und lüstern, jene Leute, hauptsächlich in meinem Heimatdorf, ins Unrecht zu setzen, die da gesagt hatten: aus dem wird nie was. Außerdem war Brecht für mich der Nachkriegsmustermensch, einer, der sich aus meiner damaligen Sicht stets und überall richtig verhielt. Er gehörte zu den ersten Künstlern, die diesen Nationalpreis in unserem blutjungen Ländchen angesteckt kriegten, natürlich nicht reibungslos, versteht sich. Sie wollten ihm den Preis zweiter Klasse geben, aber er machte den Ost-Emigranten, die den West-Emigranten nicht wohlgesonnen waren, klar, wie politisch unklug sie handeln würden, wenn sie ihn, der nach manchen Erwägungen sich schließlich entschlossen hatte, im Ostland zu wohnen, als zweitklassig einstufen würden.

Und siehe, die Ost-Emigranten zeigten sich einsichtig und gaben ihm den Nationalpreis erster Klasse. Er trug ihn bei allerlei Gelegenheiten so öffentlich wie kein anderer. Als wir einmal aufs Land fuhren, um mit Genossenschaftsbauern zu reden, sah man an seiner grauen Litewka nicht nur die Ordensspange, es baumelte auch der goldene Nationaltaler im Winde. Kann sein, daß die Helene, die Weigel, ein bissel dazugeholfen hatte, aber ein Foto von damals dokumentiert es. Also so etwas hatte ich nun auch, aber zu einer Zeit, da Ernst Busch schon von einer Massenorganisation der Nationalpreisträger sprach. Bei den Landleuten hier schien ich jedoch mit meinem Preis im Range eines Ministers zu stehen. Aber davon später.

Zunächst noch ein bissel was vom Wilhelminele. Sie war eine schwäbische Bürgermeisterstochter mit *Fehltritt*. Doch jetzt war sie in Partei und Bürgermeistersfrau. Ihr Fehltritt war bissele wie ausgewetzt. Leider waren ihre Eltern im Schwarzwald nun schon tot und konnten es nicht zu wisse kriege, daß ihr Wilhelminele nunmehrig selber Schultheißin war und daß ihr Fehltritt, der Albert, den sie geheurat hätt, so arg gefehlt nicht war. Und zu uns sagte sie, wenn ihr ämoal nach Waldbach kommt, fragt nach der Watzmerstroaß, das ist die Stroaß, wo nach meim Vater benannt ist, dem Schultheiß Watzmer, und i bin sei Tochter. Wir mußten ihr wieder und wieder versprechen, in Waldbach nach der Watzmerstroaß zu fragen.

Wir gingen zum Feuerwehrball ins Hauptdorf und feierten unseren Einkauf, ließen was springen, kratzten uns ein. Man plazierte uns zu den Bürgermeistersleuten, zum Wilhelminele und Albert, dem Fehltritt. Albert wirkte leicht gedunsen und roch nach Zwiebeln. Sein Haar war strohgelb. Er färbte es mit dem Sud von Zwiebelschalen. Es war modern gekämmt, Scheitel oberhalb der Schläfe, alles Haar überm Scheitel auf die Brache des Mittelkopfes geschmissen. Er machte Eva Komplimente, duzte sie und nannte sie Genossin, aber Eva war keine Genossin, damals noch nicht, nein.

Ich wartete alle Walzer ab, die die Dorfkapelle spielte, denn Walzer linksherum will sich mir bis heute nicht, und endlich spielten sie einen degenerierten Tango, und ich forderte das Wilhelminele auf, und als ich sie umfaßte, erschrak ich, weil in ihren Kleidern schon fast nichts mehr drin war, und ich schob sie, wie man eine, die nur noch schlecht zugange ist, durch den Straßenverkehr einer Großstadt schiebt.

Hin und wieder gibts einen Tag, an dem es mir gelingt, mich leben zu lassen. Der Wille, literarisch noch was zu tun und es der Umwelt vorzuweisen, schläft. Ich bin mir gewiß, daß es nur die Wünsche der Leser und der Verleger sind, die ich glaube erfüllen zu müssen. Freilich steht dahinter meine Eitelkeit. Eine sanfte Gier treibt mich, dann und wann noch Bewunderung einzuheimsen. Seht an, hör ichs flüstern, er holt noch mit seinen achtzig Jahren was aus sich heraus. An manchen Tagen trägt mein Schreibdrang eine andere Maske: ich wähne, der Umwelt etwas vorzuenthalten, was nur ich sehe, was nur aus meinem individuellen Gesichtswinkel erblickbar ist, was für andere erst erkennbar wird, wenn ich es aufgeschrieben habe. Erst wenn auch dieser Trieb schweigt, mich nicht piesackt, gibts einen Tag, an dem ich mich leben lasse, an dem mir per Intuition zugeraunt wird: Alles, alles wird sich von selber ergeben, all dein Gewille und Gewolle ist nutzlos. Das ist dann ein Tag, an dem mich das Leben trägt. Aber sollte das bei dem Haufen Leben, der hinter mir liegt, und nach dem, was ich erfuhr und aus meinen Erlebnissen kelterte, nicht immer so sein?

In diesem Bereich hat der Wille nicht mitzureden. In diesen Gefilden wirkt die innere Stille, sie ist willentlich nicht herzustellen.

An einem solchen Tag freu ich mich, daß ich bin, und ich brauche nichts als dieses reine Sein zu spüren. Und wenn ich zwei solcher Tage hintereinander habe, wähne ich, der Himmel sei auf mich gefallen oder ich bin ohne Billett in ihn hineingerutscht. Aber noch etwas: Diese Freude am bloßen Sein macht, daß die Grenzen zwischen Leben und Tod verschwinden und die Gewißheit da ist: Du wirst fort und fort sein, in welcher Form auch immer.

Das Wilhelminele, Gott ja, es trug Schuhe, manchmal flache, manchmal solche mit Absätzen, aber es kam mir immer so vor, als wäre sie in ihren Schuhen nicht zu Hause, als hätten die Schuhe sie überfallen oder als würde es sich um Zufallsbekanntschaften handeln oder als hätte das Wilhelminele Füße, die für keinerlei Schuhe eingerichtet waren. Wir trafen uns mal hier, mal dort, das Wilhelminele und ich, wir redeten über den Bua, Wilhelmineles Sohn, von dem noch die Rede sein wird. Oder wir redeten, und das tat das Wilhelminele allein, wie anders jetzt alles ist und kein bißle mehr so wie jemals zu ihrer Zeit in Waldbach, wo das Wilhelminele als wohlbehütetes Schultheißentöchterle einherging, von der Mutter ermahnt, vom Vater bewacht, und daß die Frühlinge dennemals viel schöner gewesen wären als heute und hier. Meistens aber sprachen wir über Gott, und das Wilhelminele hätt so gern gehört, daß ich über ihn, den ich gar nicht kannte, etwas ausgesagt hätt. Es vertraute mir, das Wilhelminele, es hielt mich für lauter, weil ich Bücher schrieb, es wüßte, daß jetzt kein Jahrzehnt wär, über Gott zu sprechen, Gott wäre sozusagen vom Staate her verboten, besonders für sie und ihren Fehltritt Albert, weil sie doch beide in Partei wärn, sie vielleicht so mehr mit nur einem Bein, aber immerhin. Sie müsse verschwiege mit Gott umgehn, damit man ihrem Fehltritt, dem Albert, das Schultheißenamt nicht nähme. Ich verbesserte sie, ich sagte, es heiße hier in unserer Gegend nicht Schultheiß, sondern, wenns hoch kommt, Bürgermeister und amtlich eigentlich Vorsitzender des Rates der Gemeinde.

Aber es war so, als hätt ich es dem Winde gesagt. Das Wilhelminele war sogleich wieder bei ihrem Herrgöttle. Es gäbe ihn nicht, mußte ich ihr sagen. Er habe alle Ansprüche verloren, besonders für Leute, die einen Fragebogen ausgefüllt hätten, um in Partei hineinzuwerden, und eine Art Eid abgelegt hätten, nur zu glauben, was ihnen Parteifunktionäre, nicht irgendwelche himmlischen Wesen offenbaren.

Aber man müßt ja nicht grad vom Herrgott reden, man könnte ihn ja anderswie benimen, Himmelsschultheiß zum Beispiel, empfahl das Wilhelminele.

Als ich sie das nächste Mal traf, ging sie schwankend in ihren Schuhn, die sie nicht anerkannten, bergaufwärts durch den kleinen Auenwald zum Hauptdorf hin. Dort grünt es besonders früh im Jahr. Und das Wilhelminele verriet mir, daß sie sich einen noch neueren Namen für den Herrn aller Herren ausgedacht hätte, man müßte ihn Sternenwächter nennen, denn das sei wissenschaftlich erwiesen, daß er seine Herrschaft nicht nur auf Erden ausübe. Ich sagte nichts dazu, obwohl mir der poetische Name, den das Wilhelminele erfunden hatte, gefiel. Immer wieder, wenn wir uns trafen, mußte ich mich ihr hinhalten und zuhören, sie mußte herausgespitzt haben, daß ich als Schriftsteller besonders aufs Hinhören aus war und daß mich ihr Suchen nach dem, was die Welt im Innersten zusammenhält, neugierig machte. Ach, sie war schlau, sogar ein wenig listig, die Wilhelmine, und es schien Berechnung drin zu liegen, daß sie mit ihrem Schuhwerk nicht Frieden schloß, da wirkte sie unbeholfener. Sie rechnete damit, daß man ihr diese und jene Marotte, die vorteilig für sie war, nachsah und entschuldigte. Solang wie ich dich jetzt kenn, sagte sie, merk i, daß du weißt, daß hinter allem ein gewisses Eppes steckt, was nur die Leut leugnen, die nicht hinter die Dinge gucke könn. Alles, was geschieht, ist, auf die Läng gesehn, gut.

Ich wollte wissen, inwiefern der letzte, der große, Krieg gut gewesen wäre. Ihr Beweis war merkwürdig. Sie verzählte mir bissele was aus ihrem Lebe: Es habe damit begonnen, daß die Hitlerschen ihren Fehltritt Albert, der als kleiner Beamter im Kommunalen Dienst in Berlin arbeitete, beiseite gestellt habe, weil er dem Hitler nicht beizeiten zugejubelt hätt. Da habe ihr Albert einen kleinen Laden gemietet und mit Zeitungen und Schreibwaren gehandelt. In den Krieg habe man ihn nicht geholt, weil er alles, was sich oberhalb seiner Augenhöhe befand, doppelt und manchmal dreifach gesehen habe. Sie aber hätte Zeitungen ausgetragen. Als die Kriegs-Not anwuchs, habe sie Tag für Tag eine Dame getroffen, die habe einen weißen Spitz vor sich her laufen gehabt. Auf den Spitz hin hätten sie die Männer angeredet, vor allem Urlauber, die von der Front kamen, in Berlin pausierten und auf ein bißchen Vergnügen aus gewesen wären. Die Dame hätte sich für Olivenöl, französische Zigaretten, Cognac und holländische Würste mit den Urlaubern beschäftigt und habe sie ausgeraubt, bevor sie zu ihren Familien fuhren.

Ja gut, aber was habe das mit dem Eppes zu tun, von dessen Existenz mich die Wilhelmin überzeugen wollte? Gleich wirst staune, sagte sie. Als sie und ihr Albert nach dem Krieg hier aufs Dorf gekommen wären, hätte selbige Dame angefrorene Kartoffeln von den Feldern und halbfaule Äpfel aus den Straßengräben geklaubt, und es wäre auf Ehre und Gewissen die Dame gewesen, die in Berlin mit dem weißen Spitz promeniert wär, und sie habe in dem Haus gewohnt, das nun mein Haus war.

Und das Eppes, was habe es damit zu tun?

Das Eppes sorge für Gerechtigkeit im Leben, denn jene Dame, die in Berlin, als die Bomben fielen, ihren weißen Spitz mit Persil gewaschen hätte und für die das Wilhelminele nicht vorhanden gewesen wäre, habe sich hier beim Albert die Lebensmittelkarten abholen müssen, und sie habe den Albert gewarnt, er solle aufpasse, daß die Dame ihn nicht verführe und dann Sonderzuteilungen von ihm verlange.

Es muß gesagt sein, daß die Leute, die das Wilhelminele mir beschrieb, tatsächlich bis zu ihrer Rückwanderung nach Berlin in unserem Hause gewohnt hatten. Der Mann war im Kriege Kompaniefeldwebel im rückwärtigen Dienst gewesen und gab sich hier als Heilpraktiker und Wunderdoktor aus. Und wirklich, da war in unserem Haus eine Kammer, und von der Kammer führte eine Falltür in einen versteckten Keller. Das wäre das Labor des Wunderdoktors gewesen. Dort habe ein Zentner Futterkalk gestanden, und der Wunderdoktor und seine Frau, die hätten nachts aus weißem Papier Pulverpäckchen gemacht und mit einem Druckkasten draufgedruckt, gegen welche Krankheiten die Pülverchen, deren Inhalte aus dem Kalksack geschöpft waren, helfen sollten, gegen Rheuma, gegen Gicht, gegen saures Magenstoßen, gegen Kopfschmerzen, gegen süchtiges Urinausscheiden, gegen Durchfall und Verstopfung und eben gegen Krankheiten, die den Leuten zu schaffen machten, und der Wunderdoktor erfand noch einige Krankheiten hinzu wie Lungenwürmer, die sonst nur in Schafen zu Hause sind. Aber in jedem Falle handelte es sich bei jedem Pulver um den gleichen Futterkalk, mit gemahlenen Heilkräutern verschiedener Art versetzt.

Außerdem züchtete das Gaunerpaar auf dem Gehöft, das wir jetzt bewohnten, Riesenschnauzer-Hunde. Sie waren begehrt. Noch in der Zeit, in der wir schon hier lebten, gingen kriegsvertriebene Ostpreußen und Bukowinadeutsche, die man hier in den Wäldern zugesiedelt hatte, in Horden mit Hunden und Spießen auf die Jagd nach Wildschweinen, und der Wunderdoktor ließ sich die Junghunde, die er lieferte, mit Anteilen an der Beute bezahlen.

Ich würde nicht so sicher von diesen Begebnissen reden und lieber veranschlagen, daß man mir, den man für einen Großstädter hielt, Halbmärchen auftischte, wenn ich nicht bei der Gartenarbeit Wildschweinköpfe mit Hauern und andere Skeletteile von Schweinen gefunden hätte, und ich finde sie noch heute, und die Nachbarn sagen, alles noch von den Honoraren des Wunderdoktors. Eines Tages aber hätten die richtigen Doktors die Pülverle des Wunderdoktors untersuchen lassen, erzählte das Wilhelminele, es sei eine Haussuchung angeordnet worden, und man habe unter der Falltür den Sack mit dem Futterkalk und den Druckkasten gefunden.

Die Frau hat alles verkauft, als sie den Mann einsperrten, und wäre wieder nach Berlin hin, aber um mit einem weißen Spitz auf Männerfang zu gehen, dazu wäre sie jetzt wohl zu alt gewesen.

Das Wilhelminele sieht mich triumphierend an, ihre Bäckchen glühn, und sie meint, wie eine blindgläubige Sektiererin, mich vom Wirken des Eppes, des großen Gerechtigkeitsverwalters, überzeugt zu haben. Ich bezweifelte, daß sich eine Himmelsmacht um Undämchen und Gauner kümmere. Das Wilhelminele ging gegen meine Zweifel an: Und doch gibts Eppes, wirst es noch erfahren, sagte es und stellte neue Beweise in Aussicht.

Zunächst etwas unter uns: Die Kammer mit der Falltür und dem Keller darunter gibt es noch. Die erste Zeit, als wir hier waren, kannte ich keine Stelle in der Kate, an der ich mich besser verstecken konnte als dort. Wenn ein Auto durch unser Wiesental schlich, dem man an seiner schwarzen Farbe ansah, daß es ein Funktionärsauto war, verschwand ich unter der Falltür. Die Berliner kamen meist, um mich für irgend etwas einzuspannen, einen Aufruf zu unterschreiben, an einer Resolution mitzuwirken oder irgendwohin zu fahren, um dort anwesend zu sein. Der Keller hat mir zu ungestörter Schreibzeit verholfen und zuweilen verhindert, daß ich politische Dummheiten unterstützte. Das nebenbei. Die kleine Kammer aber schützte mich vor dem Hauslärm. Ich saß auf dem Rand meines Klappbettes, hatte mir aus rohen Brettern ein Schreibtischchen zusammengeschlagen und unterlief den Hauslärm mit Schreibmaschinengeklapper. Das Maschinentischchen existiert noch. Es wird von Eva bewacht. Eines Tages sollte es unter die Äxte kommen, wie es hier heißt, doch Eva sah es rechtzeitig und entriß es den jungen Männern. Mich rührte das, ich hätte den Tischchen-Totschlag nicht verhindert, um nicht in den Verdacht der Über-Nostalgie oder der Selbstbeweihräucherung zu kommen.

Die Abneigung scheint Brecht mir eingepflanzt zu haben. Als ich von meiner ersten Moskaureise zurückkam und ihm erzählte, daß im Gorki-Museum aufbewahrt wird, was nach dessen Tode noch greifbar war, und daß da alles in Vitrinen hinter Glas stünde und daß in einer solchen Vitrine einer seiner Anzüge hinge wie im Verkaufsstand eines Kaufhauses und daß dieser Anzug Ärmlinge mit Löchern hätte, die mit einer groben Nadel gestopft wären, sagte Brecht: Das ist ja grrräßlich, und er verpflichtete mich, nach seinem Tode alles, was ich packen und greifen könnte, am Schiffbauerdamm übers Geländer in die Spree zu schmeißen. Ich kam zu spät, um mein Versprechen einzulösen. Ob er noch andere beauftragt hat, weiß ich nicht. Wo seine Litewken und Mützen geblieben sind, ist mir nicht bekannt. Ein Fahrer soll sich eine seiner Mützen angeeignet haben, aber der Fahrer ist tot, die Mütze gewiß mit Sperrmüll zusammen davongeführt. Zu mir kam durch die Vermittlung einer seiner Lieblingsschauspielerinnen ein Kugelschreiber, den sie ihm während einer Probe aus der Joppentasche gezogen hatte. Ich habe ihn nicht herangegiert. Ein wertvolleres Andenken fand ich in einem Moskauer Antiquariat. Es war als Kriegsbeute nach Rußland gegangen. Es ist der *Baal*, die erste gedruckte Fassung, mit handschriftlichen Eintragungen und Verbesserungen von Brecht selber.

Und noch etwas: In der Kammer über dem Keller mit der Falltür schrieb ich auf dem roh gezimmerten Schreibmaschinentisch den ersten Band meines *Wundertäters*. Ich dachte, ich schwörs euch, nicht an das Kellerlabor des Wunderdoktors, als ich dort schrieb, und ich weiß auch nicht, welche Schwingungen da mitgespielt haben. Jedenfalls rutschte ein wundertätiges Kind in meine Schreiberei hinein, und das war der Held und der Wundertäter selber, der die Menschen zwar nicht mit Futterkalk, sondern vorübergehend mit psychischen Kräften heilte, von deren Existenz er nichts wußte.

* * *

Es wär noch etwas über das Haus zu sagen, in das sie einzog, bevor sie unsere Nachbarin wurde. Als wir hierher kamen, lebte ein Mann mit seiner Familie in diesem Nachbarhaus. Er hatte sich nach dem Kriege mit einem Ehrentitel versehen, nannte sich *Opfer des Faschismus*, hatte im Konzentrationslager gesessen und wurde deshalb zur Aussöhnung Leiter des Arbeitsamtes in einer unserer Kleinstädte hier. Bald aber wurde durch etwas, das wir uns angewöhnt haben Zufall zu nennen, bekannt, daß er nicht aus politischen Gründen im Konzentrationslager gesessen hatte, sondern weil er ein Dieb war. Nun war ein Konzentrationslager nicht der angemessene Ort für Diebe, andererseits war die bevorzugte Bewirtung mit der Stelle eines Amtsleiters nicht angemessen für Diebe. Kurzum, er wurde entlassen und, wie er behauptete, für die unangemessene Wiedergutmachung, die er sich hatte geschehen lassen, wieder ins Gefängnis eingestellt, und als er dort die Strafe abgebüßt hatte, die man ihm auferlegte, zog er in unser Nachbarhaus, das leer stand, richtiger gesagt, er wohnte schon darin, als wir ankamen. Alsbald erfuhr ich seine Geschichte. Er aber erzählte mir, daß die Regierung, von der er von Anfang an nicht viel gehalten hätte, ihn, der bei den Hitlerschen im Konzentrationslager gesessen hätte, dafür bestraft hätte, stellen Sie sich das mal vor.

Er arbeitete im Wald und machte sich bei seinen Kollegen durch übergroße Tüchtigkeit unbeliebt, und im Dorf wähnte man, daß man ihn im Gefängnis gebessert habe, und auch ich glaubte damals noch an die charakterliche Grundlagenverbesserung von Menschen.

Es ist zum Beispiel unmöglich, einen Aufschneider auf Dauer dazu zu erziehen, daß er, was er erzählt, sachlich und ohne Übertreibungen erzählt, wie es unmöglich ist, einem, dem das Lügen eigen ist, es abzuerziehen. Man kann ihm nur helfen, wenn man ihm zugesteht, er habe eine übersteigerte Phantasie. Mich zum Beispiel hätte man und hat man auch nie vom Schreiben abgehalten, obwohl mir das Schreiben jahrelang nicht einen Pfennig einbrachte. Ich schrieb, ich arbeitete in allerlei Berufen, um mich am Leben zu erhalten, aber jede Lücke, die sich mir auftat, nicht für meinen Lebensunterhalt sorgen zu müssen, nutzte ich zum Schreiben aus. Ähnlich wars mit dem kleinen Mann, der mit klappernden Augen geboren zu sein schien und der nun mein Nachbar war. Er konnte und konnte sich mit den Eigentumsverhältnissen, unter denen die Menschen in seiner Umgebung lebten, nicht abfinden, hatte kein Empfinden dafür, er war mit diesem Mangel in die Welt gekommen und wurde ihn nicht los. Wenn er auf der Dorfstraße etwas sah, was den Eindruck von Herrenlosigkeit machte, das Fahrrad eines Betrunkenen zum Beispiel, der in der Nähe seinen Rausch ausschlief, oder eine Milchkanne, die ein Bauer vergessen hatte von der allgemeinen Milchrampe zu holen, waren es Fundgegenstände für ihn, und er nannte sie so. Ich fuhr zum Beispiel mit dem Pferdefuhrwerk bergan, dabei fiel mir ein Misthaken vom Wagen. Auf dem Feld bemerkte ich sogleich den Verlust. Ich ging zurück und suchte auf dem Wege vom Misthaufen zum Hof, nichts, nichts. Da fiel mir ein, daß der Nachbar schon so viele Dinge gefunden hatte, ich hin zu ihm, Misthaken, sagte er, gucken Sie hinter die Tür, da steht er, ich habe ihn gefunden. Er fand mit Blaubeeren gefüllte Eimer im Wald, wenn Pflückerinnen etwas abseits ihren zweiten Eimer vollpflückten, und seine Unklarheiten über Besitzverhältnisse steigerten sich, wurden immer mehr zu dem, was man kriminell nennt, und als er dabei angelangt war, Holzklafter zu verkaufen, die der Forstverwaltung gehörten, wars soweit, daß er wieder seinen Wohnort wechseln mußte, und das Haus blieb eine Weile leer. Doch die verwirrten Vorstellungen schienen in die Wände gedrungen zu sein. Das Wilhelminele hatte, als sie dort wohnte, gegen diese verwirrten Vorstellungen zu kämpfen. Sie tat es redlich, aber es gelang ihr nicht.

Das nächste Beispiel, mit dem sie mich überzeugen wollte, daß es Eppes gibt, was ihr im Leben schon des öfteren helfend beigestanden hätte, war die Sach mit ihren Eltern. Albert, ihr Fehltritt, wäre damals zur Erholung aus Berlin nach Waldbach gekommen, und er wär so modern angezoge gewesen wie kein Waldbacher Bursch sonst, und sie habe sich ausgezeichnet gefunden, daß gerade er auf sie ein Aug und immer wieder ein Aug geworfen hätte. Manchmal hätt auch sie ein Aug auf den Albert geworfen, wenn ers nicht gesehn hätt, und dann nur so lang, wie es ihre gute Erziehung gestattet hätte. Aber grad das hätt den Albert gereizt, und er wär hinter ihr hergewesen, bis es angefangen hätt, an ernst Gered in Waldbach über sie zu gebe. Und als es auch im nächsten Urlaub nicht aufgehört hätt, da hätts ihr Herr Vater, der Stadtschultheiß, nicht mehr geduldet, und er hätt sie fernweg in Pension gegebe, um sie dort aufzuspare für einen Mann, den er sich für sie wünschte.

Das Ende vom Lied, der Albert habe sie gesucht und gefunde, und sie habe den Albert auch sehr gemocht, es soll hier nicht verkannt sein, und der Albert habe sie gegen den Willen des Vaters heiraten wollen und habe auch gewußt wie, und er wäre mit ihr nach England, denk bloß emal, und sie hätten sich dort von dem Schmied, den ja jeder kenne, trauen lassen, und das sei so heimlich und so feierlich gewese. Der Schmied hätt eben das Recht als einziger in der Welt gehabt, junge Leut, die sich mitnander verbinden wolltn, zu verheiraten, nicht einmal denken, daß es sich um einen rußigen Schmied gehandelt habe, er hätt schon längst keine Pferd mehr beschlage, der Mann sei mit weißem Vorhemd in der Schmied umhergegangen und konnt dem Andrang der heiratslustigen Leute aus aller Welt nicht Herr werden.

So jedenfalls erzählte es mir das Wilhelminele. Ob es so gewesen ist, oder ob sie alles nur mit den Augen einer jungen Braut gesehn hat, weiß ich nicht. Jedenfalls muß ihr Trieb zum Albert hin so stark gewesen sein, daß sie von Stund an nicht mehr nach Waldbach zu ihren Eltern zurückkehrte. Und diese Geschichte war eine von denen, mit denen mir das Wilhelminele beibringen wollte, daß es Eppes gäbe, eine Macht, die die Kraft habe, die Uhren auf der Welt falsch gehen zu lassen und die Kindsliebe zu den Eltern zu löschen.

Natürlich habe ich das Wilhelminele befragt, ob das Eppes, das sie zum Verlassen ihrer Eltern gezwungen hätte, etwas Guts aus ihrem Leben hätte wachsen lassen, und sie sagte es mir auch.

* * *

Ich benutz die Wartezeit, bis das Buch hergestellt ist, um noch bißle vom Wilhelminele zu babble. Ich fragte sie, die damals noch Dorfschultheißin hier bei uns war, in meiner direkten Art, die mir zuweilen nachgesagt wird, ob es sich denn gelohnt hätt, das Heiraten in einem fremden Land, in einer Schmiede, der Bruch mit den Eltern, mit dem Bruder. Wenn man Waldbach sagt, hört man einen Gebirgsbach rauschen, sieht man beim Drandenken auf nasses Gestein und sieht Forellen bachan schwimmen. Wäre da Berlin mit seinen Droschken und seinen Stadtbahnen und dem Gezisch und dem Gehämmer in den Fabriken, jene Stadt, in die sie ihrem Albert gefolgt wäre, nicht gräuslich bis abscheulich für sie gewesen? Auf das muß das Wilhelminele schon mancher angesprochen haben, denn sie konnte schon mit einer Art Klassentheorie aufwarten. Es wäre die höchste Zeit gewesen, daß sie aus der gepolsterten Schatull, die ihr Elternhaus gewesen wäre, herausgekommen sei. Wenn sie daheimgeblieben wär, dann wäre sie dem wirklichen Leben überhaupt nicht begegnet, behauptete sie. Daheim umsorgt von Hausangestellten und hernach eine Verheiratung, alles perfekt und mit Hausmädchen, so daß sie niemals zu wissen gekriegt hätt, wann ihre Kartoffele gargekocht wärn.

Der Albert wäre rot gewesen, alle kleineren Magistratsbeamten seien in der Regel rot gewesen, nicht Thälmann-rot, aber Ebert-rot. Eine Zeitlang habe das Wilhelminele aufgehört mit Bibellesen, und sie habe gelesen, was Engels, der Friedensfreund von Marx Karl, über die Familie geschrieben habe. Da sei ihr so manches eingegangen, aber es seien ihr auch hin und wieder Zweifel gekommen, und dann habe sie wieder in der Bibel gelesen, denn das gewisse Eppes habe sich immer wieder bei ihr gemeldet. Das war besonders, als ihr Bua sich in die Welt gedrängt hätte, als die Geburt so schwer war und als ihr die Hebamme sagte, er könne so schwer hinaus, weil er einen allzu großen Kopf hätte. Das Wilhelminele habe sich an das Eppes gewendet und seit langem wieder einmal gebetet, der Bua möchte keinen Wasserkopf mitbringen.

Er brachte zwar einen Dickkopf, aber keinen Wasserkopf. Wie viele Dickköpfe gibts nicht unter der Menschheit. Und als er heranwuchs, der Bua, geriet das Wilhelminele doch hin und wieder in Zweifel über den Kopf, den sie da herausgeboren hatte, und sie wandte sich wieder an das Eppes, es möchte den Kopf verkleinern, wenns ginge. Das Eppes muß wohl drauf gehört haben. Als der Bua in die Schule kam, lernte er das Lesen und das Rechnen nicht schlechter als seine Mitschüler.

Ach, das Wilhelminele, es gehörte nunmehr zu den kleinen Leuten, denen in der Kindheit eine Philosophie oder Ideologie, Religion genannt, mitgegeben wurde. Sie verstehen in der Kindheit noch nicht, aber sie lernen, wie man sich verhalten und was man machen muß, um für einen Religiösen gehalten zu werden. Später, wenn sie glauben, die Religion verstanden zu haben, legen sie die ganze Welt nach den Lehrsätzen aus, die ihnen mitgegeben wurden, und sie sind zufrieden, wenn sie das Weltgeschehn auf Aussprüche zurückführen können, die sie in der Bibel vorfanden. Bei den Arbeitern, den kleinen Beamten und Kleinintelligenzlern kam und kommt in unseren Zeiten eine Lehre mit ihren Lehrsätzen ins Gerede, in der aufgezeigt wird, wie man sein Recht als Minderbemittelter gegen die Reichen durchsetzt, und nun halten sie diese Lehrsätze für unumstößlich, und ihre Priester und Funktionäre strafen und verdammen sie, wenn sie den Lehren anderer Propheten folgen, die ihnen ein anders eingefärbtes Himmelreich versprechen. Ach, ach, ach, und sie alle ahnen nicht, daß sie das, was sie draußenherum suchen, in sich haben, ohne es zu benutzen. Sie werden hin und her gerissen zwischen dem Glauben und den Lehren, in die ihre Angehörigen sie hineinschubsten, jenen Glauben und jene Lehren, die ihnen ein inneres Wohlergehen in Aussicht stellten, und den Glauben und Lehren, auf die sie später trafen, in denen ihnen ein äußeres Wohlergehen versprochen wird. So auch unser Wilhelminele, die gleich nach dem Krieg mit ihrem Albert zusammen, da es teils notwendig und teils Mode wurde, im ärmeren Teile Deutschlands der kommunistischen Lehre zu folgen, in Partei hineingeworde ist. Sie wars sogar, die ihren Albert bedrängte, er möge nicht so lang säumen mit dem Parteieintritt wie dennmals, da er zu lange ein Ebert-Roter blieb, als die Hitlersozialisten alle Ämter und Bürostellen besetzten und ihren etwas schläfrigen Albert hinausdrängten. Sie ahnte nicht, das gute Wilhelminele, daß sie durch ihr emsiges Betreiben es fürder mit einem seelischen Spaltleben zu tun kriegen würde. Der Glaube an das gewisse Eppes, das nach ihrem Dafürhalten in allem steckte, was die Welt bewegte, wich nicht von ihr, drängte sie immer wieder, nach Beweisen zu suchen, und sie suchte auch nach Beweisen in der Bibel, die sie zwischen ihren sauberen Bettlaken im Wäscheschrank aufbewahrte.

Es hatte sich im Nachbarhause etwas begeben, von dem ich erst erzählen muß, damit man erkennt, wie wichtig es war, daß das Wilhelminele nach einer Erklärung in der Bibel suchte.

Der Nachbar hat eine schöne, dunkelhaarige Frau mit braunen Augen, lachlustig, unangreifbar gut gelaunt, fleißig auf den Feldern und im Hause. Sie war die Frau, die der Bauer geheirat hätt, die Mutter des Bauern sich aber gewünscht hatte. Die Jungfrau hatte vorher bei einem Bauern gedient, wie man das nannte, und es fiel ihr nicht schwer, sich dem Reglement der eigensinnigen Schwiegermutter unterzuordnen und alles so zu handhaben, wie es der zu Rechten war. Man hörte selten böse Worte über den Hofzaun schwappen. Ein Knabe wurde geboren, du Jemine, halb der Vater, halb die schöne junge Mutter. Das Lebensleid träufelte ihnen zunächst die Großmutter ein. Sie war dürr, die Großmutter, und ging gekrümmt. Ihr Gesicht war hager wie die Schar eines Häufelpfluges. Als Gehstütze benutzte sie Gartengeräte. Sonntags, wenn sie über den Hügel ins Dorf zur Kirche ging, stützte sie sich auf einen polierten Gehstock. Wer sie nicht kannte, bedauerte sie: mußte dieser gekrümmte Mensch noch im Garten krebsen? Ja, sie mußte, der Feldgarten war ihr Reich, und die junge Frau durfte nur unter ihrer Aufsicht dort schaffen. Manchmal, wenn sie bergan zur Kirche ging, richtete sie sich halbwegs auf und sah ins Wiesental zurück. Vielleicht war sie so in dieses Wiesental verliebt wie ich. Ich verdächtigte sie, sie nähme sich an den Wochentagen keine Zeit, sich auf ihre geliebte Umwelt einzulassen. Sie blieb, um Zeit zu sparen, gleich gebückt, denn die meisten ihrer Arbeiten krochen auf der Erde umher. Ob ich mehr als zehn Sätze mit ihr gesprochen habe? Bei unserer ersten Begegnung sagte sie: Sie sind der neue Mann hier, der alles uffschreibt, und sie sprach die Hoffnung aus, ich möge mehr Sitzfleesch haben als mein Vorgänger, nicht der Wunderdoktor, sondern der kleine Gendarm wars, den sie meinte, und von dem wird wohl auch noch die Rede sein müssen. Ein andres Mal holte mich die Großmutter Rüster vormittags von der Arbeit weg. Ich schrieb grade die Geschichte von Gustav Büdner, der seine Kinder zu einem Lastauto zusammenstellte, um sie im Spiel gestohlenes Holz heranschleppen zu lassen. Bei den Rüsters war niemand daheim, und eine Kuh kalbte. Ich sollte mit Emil zusammen, von dem noch die Rede sein wird, beim Kalben helfen, es wäre weiter nichts zu tun, als tüchtig zu ziehen. Sie bat nicht, und sie entschuldigte sich nicht, die Großmutter. Ein Kalb zu ziehen gehört zu den selbstverständlichsten Nachbarschaftshilfen. Daheim auf der Heide hieß der Vorgang *eene Kuh uffheben*. Willste nich mal bei uns kumm uffheben, die braun-weiße Kuh kalbt.

Eppes liegt in der glücklichsten Familie auf Lauer, pflegte das Wilhelminele zu sagen. Wenn man es abwartet, kriegt man es auch zu wissen. Bei den Rüsters war es der Magenkrebs, der irgendwo im Keller versteckt saß und eines Tages die junge fröhliche Frau ansprang. Aber es ging rasch, und noch ehe sich die Leute in der Nachbarschaft einig darüber waren, weshalb die Fröhlichkeit aus ihrem Gesicht verschwunden und wie herausgezogen war, hieß es, die Frau sei im Krankenhaus. Die Leute schickten ihre zerdroschenen Trost- und Genesungswünsche mit dem Mann, wenn er seine Frau besuchte, und einige Tage später stand der Mann weinend vor unserer Tür. Er habe gehört, daß ich nach Berlin führe, ob ich ihn mitnähme, seine Frau sei zuletzt dorthin überführt worden, nun sei sie gestorben, und er müsse dies und das regeln. Es ist schon so eine Sache, muß ich euch sagen, mit einem weinenden Mann neben sich zwei Stunden im Auto zu fahren. Ich zog es vor, ihn nicht mit Trost zu belästigen. Jeder Tröstende bildet sich ein, daß er tröstet, dabei dringt er nicht bis dorthin, wo das Weh des Weinenden seine Wurzeln hat. Bin ich dabeigewesen, als jene junge Frau zu dem Mann sagte, der jetzt weint und weint, ich war eine Waise, aber bei dir bin ich zu Hause, und so soll es bleiben?

Hätte der Mann nicht wieder geheiratet, seinen Sohn hätte die hagere Großmutter gehudelt, aber auf dem Lande bestimmen die Tiere, die Wiesen und die Felder, ob sich ein Mann eine bezahlte Wirtschafterin nimmt oder ein zweites Mal heiratet. Der Mann wartete seine Trauerzeit ab. Sie hat bei Landleuten ihre vorgeschriebene Länge, obwohl sie nirgendwo schriftlich festgelegt ist. Halt alte Gebräuche: du hast geweint, nicht wenig geweint, nun zeig, daß deine Tränen nicht verlogen waren, das hat man den Trauernden abverlangt, und man hat die Trauerstrecke festgelegt, und die war oftmals länger als die Trauergeneigtheit des Hinterbliebenen. Einer Frau, der der Mann starb, sieht das Geweibsel eines Dorfes noch heute nicht nach, wenn sie nicht wenigstens ein Jahr lang eine schwarze Kleiderschürze trägt, sonst wird sie beredet, und es verträgt nicht eine jede, beredet zu werden, und so werden bis heute von der Dorfgemeinschaft leichte Lügen und kleine Heucheleien gezüchtet.

Der Mann, von dem ich rede, hager und arbeitsam, haushälterisch, ein wenig mißtrauisch und geizig, ging behutsam und umsichtig vor bei der Wahl seines zweiten Weibes. Man erzählt, ich verbürge mich nicht dafür, daß er in der Umgebung nach Witwen aus war, und daß er diese oder jene, die ihm anempfohlen war oder die ihm ein wenig absichtlich über den Weg lief, zuerst an einem Sonntag gegen Abend und daß es niemand in der Nachbarschaft gewahr wurde, seiner Mutter vorführte. Sie hat ihm die erste Frau gesucht, sie sollte ihm die zweite suchen, das war er ihr schuldig. Ich weiß nicht, wie viele solcher Frauen durch die Musterung der Mutter fielen. Dann aber schien dem Mann gar eine entgegengelaufen zu sein, die seine schon halb schlafende Männlichkeit weckte, eine Vertriebene von hinter der Warthe, eine ehemalige Bäuerin, der Mann im Kriege gefallen, sie war noch ansehnlich und beredsam, eine, die außer ihren hausfraulichen und landwirtschaftlichen Fähigkeiten dem Manne noch versprechende Blicke zukommen ließ, aber der man nicht ansah, auch die hagere Großmutter nicht, daß das sogenannte Frauenrecht sie schon leise gestreift hatte. Sie hatte inzwischen im Walde gearbeitet, war dort Anführerin, sogenannte Brigadierin, geworden, war, vorsichtig ausgedrückt, *anpolitisiert*. Bei der Witwenprüfung eckte sie jedenfalls nicht an. Sie erkannte die Arbeiten, die umherstanden und umherlagen, griff sie, erledigte sie, tat sogar Übergriffe auf die Arbeiten, von denen die hagere Großmutter behauptete, sie gehörten ihr und nur ihr. Na gut.

Der Mann horchte inzwischen in der Umgebung, in der die Ausgesuchte bisher gelebt hatte, leise die Leute aus, wie hielt sies mit den Kerlen, wie trieb sie es? Nun, sie hatte es getrieben, wie Weibsleute und Witwen es treiben, in denen noch Frauenfeuer zugange ist, mal bei Gelegenheit und so, aber ich habe nichts gesagt, Nachbar. Außerdem wäre die Auswuselei zu beheben, wenn sie in feste Hand käme, so sage ich, Nachbar. Seiner Mutter sagte der Bauer nicht, daß er außer an den hauswirtschaftlichen Tugenden, die die Gesuchte einbrachte, auch leibliches Gefallen an ihr fand. Aber gerade das war, wie sich herausstellte, der Punkt, der Punkt, der Punkt. Friede und Segen und Stille auf dem kleinen Bauernhof, die neue Frau pflegte das Grab ihrer Vorgängerin, da könnt ihr sehen, kein Neid, keine Eifersucht, aber langsam, langsam erwachte die alte Brigadierin in der Nachfolgfrau, und sie prellte durchaus nicht immer mehr zurück, wenn sie in die Bereiche der Großmutter geriet, auch wenn die sich das energisch verbat. Vielleicht wollte die neue Frau ausproben, wie weit die Bettgemeinschaft reichte, wenn die Alte sich über Eigenmächtigkeiten der Ersatzschwiegertochter beim Sohn beschwerte, weil sie zum Beispiel die Einnahmen für Milch und Eier entgegennahm. Da drin hat sie nicht rumzuwühlen, sagte die Großmutter zum Sohn. Ja, hat sie denn das Geld nicht ins Deckelglas im Küchenschrank gesteckt, wos hingehört? fragte der Sohn. Das wars eben, am Deckelglas hatte die Frau nichts zu suchen. Ums Deckelglas herum gehörten nur die hornhäutigen Finger der Alten.

Dann kamen andere Übergriffe der Zweitschwiegertochter in Betracht, die schwerwiegender als Eier- und Milchgeld von Unrechtmäßigkeit zeugten: das Anrichten des Sonntagsbratens, das Ausmessen der Milch, das Entleeren der Hühnernester und dies und das und dies und das. Nicht einsehbar für den Bauern, weshalb die Alte der jungen Frau, die da arbeitete von früh bis spät, so etwas wie leises Mißtrauen entgegenbrachte. Aber Eifersucht war in der Alten herangewachsen. Wollte die Alte ausproben, ob der

Sohn ihr Sohn war wie eh und je oder ob er von ihr ab- und seinem zweiten Weibe zustand? Der Sohn versuchte die Alte zu überzeugen, daß es nur gut für sie und ihre alten Glieder wäre, wenn wieder eine junge Kraft ihr Getu habe und ihr so manche Mühe abnähme, aber nein, aber nein, die Alte wollte wissen, gehörte der Sohn noch ganz und gar ihr oder der Zugezogenen?

Familienkräche stiegen auf und wurden für die Nachbarschaft hörbar, und eines Abends im Mai, als der Kuckuck bis in die Dunkelheit hinein rief und die Nachtschwalbe am Bach schnurrte und sich hin und wieder ein Hecht beim Hochsprung seinen Buckel vom Mondlicht beglänzen ließ, wollte es die Alte genau wissen. Als die jungen Leute sich spät zum Abendbrot setzten, fehlte die Großmutter. Man wartete wie sonst ehrerbietig auf ihr Erscheinen, doch sie kam und kam nicht, und man fing an sie zu suchen, fragte in der Nachbarschaft nach ihr, ging in den Hochwald, in die Schonungen, rief Mutter, Mutter.

Man fand sie bei halber Nacht in einer flachen Bucht des Baches, wo die Rehe trinken. Sie lag bäuchlings im Wasser, und das Wasser, das noch Seegeruch auf sich trug, rann über sie hin. Am Bachrand standen die Holzpantinen. Auf den Pantinen lagen die langen schwarzen Strümpfe zusammengerollt. Kein Mensch weiß, ob sie wirklich vorhatte, sich zu ertränken, vielleicht wars ihr nur darauf angekommen, recht lange auszubleiben und ihre Leute, vor allem den Sohn, zu ängstigen und sie zu veranlassen, nach ihr zu suchen. Vielleicht wollte sie dort im flachen Wasser stehend gefunden werden, vielleicht wollte sie, daß man ihr wenigstens die Absicht unterstellte, daß sie sich ertränken wölle. Dann aber scheint ihr Herz auf das maikalte Wasser reagiert zu haben. Sie war hier geboren, sie kannte Bach und See von Kind an, aber sie hatte wie viele der alten Landleute nie im See gebadet. Das wars, was es war, und es wurde ein Märchen draus geschneidert, die Großmutter habe sich die Krampfaderfüße kühlen wollen. Die Kühle des Bachwassers sei ihr ins Herz gekrochen, habe es angehalten, und sie sei bäuchlings in die Bucht gefallen. Von wegen, sie habe sich nicht mit der neuen Schwiegertochter vertragen, redet so was nicht, sonst müssen wir euch belangen.

Inzwischen sind nicht nur ganze Blumenbeete, sondern ganze

Blumenfelder über das Grab der hageren Großmutter mit dem Hakenpfluggesicht gezogen. Jeden Winter war es mit Fichtenzweigen bedeckt, damit den überwinternden Grabpflanzen nichts geschähe. Und ich habe die Geschichte erzählt, um anzudeuten, welche Vorfälle in unserem Ort zwischen den Gehölzen dem Wilhelminele helfen sollten, zu beweisen, daß allenthalben ein Eppes im Spiele wäre.

* * *

Reden wir wieder e bißle vom Wilhelminele. Wenns zu anderen und besonders zu mir von dem Eppes redete, das mit allem, was auf der Welt existiere, verbunden sei und das hie und da im Leben zutage trete und dann sichtbar und beweisbar würde, so war damit glatt Gott gemeint. Und zu sich selber redete das Wilhelminele auch von Gott und nur von Gott. Dieses Eppes, es war für sie nur eine Art Hilfskonstruktion, ähnlich wie Freie Marktwirtschaft. Für sie war insgeheim Gott noch jener Übermensch im Himmel, den die alten Pastoren und Volksschullehrer gebaut hatten. Das Wilhelminele ahnte, daß mir nicht verborgen geblieben war, was sie meinte, wenn sie vom Eppes sprach. Dieses Eppes, es half ihr auch ein wenig verbergen, daß sie bei ihrem Kirchenaustritt und Parteieintritt das Herrgottle nicht aufgegeben hatte. Und wenn der oder der Genosse oder Nichtgenosse von schwierigen Situationen in seinem Leben berichtete und etwa sagte, mir war so, als ob mir jemand still ins Ohr geschrieen hätte, ich möge vom Wagen springen, als mein Pferd durchging, und ich bin gesprungen, und ich lebe, wie du siehst, dann konnte das Wilhelminele auf die Anwesenheit des Eppes verweisen, das es geben mußte und gab, ohne vom alten Gott zu reden, der schon der Kirchensteuern wegen nicht mehr sehr hoch im Ansehen stand.

Es war kurze Zeit nachdem die hagere Großmutter im flachen Wasser des Baches ertrank oder vom Herzschlag gefällt tot um ins flache Wasser fiel. Dem Wilhelminele ließen die Umstände keine Ruhe. Inwieweit war jenes Eppes bei diesem Tode im Spiele gewesen? Heiße Maitage rösteten schon die Blüten des weißen Flieders, doch die Spiersträucher blühten noch über und über, nicht fürs Wilhelminele übrigens. Sie saß über der Bibel und suchte aus ihr zu erfahren, was sie nicht wußte. Eines war klar, der Tod eines jeden Menschen stand eine Armlänge seitab von ihm, links oder rechts, wie es gebraucht wurde. Der Tod an sich wiederum befand sich in der Hand von dem, was sie Eppes nannte. Nirgendwo stand geschrieben, daß man das Eppes verzürne, wenn man Nekkerei mit seinem Diener, dem Tod, trieb. Oder vielleicht doch? Sie blätterte, suchte und fand nirgendwo eine Stelle, in der die Neckerei mit dem Tod versagt wurde. Aber die hagere Großmutter, die hat es wohl zu weit getrieben, hat gedenkt wie ein Kind, das möcht ich erleben, hat sie gedenkt, wenn ich dann tot bin, wie mein Sohn bereuen wird, daß er mirs Gehorsam entzogen hat.

Es klopft bei der Wohnstubentür. Herein, sagts Wilhelminele, denkt nicht an die Bibel in ihrem Schoß, und herein kommt der Kreissekretär von der Partei. Ich such deinen Mann, sagt er zum Wilhelminele, aber hier ist er wohl auch nicht, die Sekretärin auf dem Büro hätte gemeint, er sei zu Hause. In dem gleichen Atemzug sagt der Sekretär zum Wilhelminele: es geht aber nicht, daß du als die Genossin und Frau des Bürgermeisters hier hockst und in der Bibel liest, statt dich um die Ortsgruppe des Demokratischen Frauenbundes zu kümmern. Dem Wilhelminele ist die Spuck weggeblieben, so hat sie mirs jedenfalls erzählt. Sie sei nie gewieft gewesen und habe auch diesmal keine Antwort gefunden, die sie hätte erlösen können. Aber da stand er nun, der Kreissekretär, das Haar scharf gescheitelt, die Gesichtszüge vom Machtwillen verschmiert, ausgebeulte Hosenbeinlinge, grünes Jägerhemd und Selbstbinder in vermanschtem Rot. Es wären schreckliche Minuten gewesen, wie er so dastand, hat mirs Wilhelminele erzählt. Langsam wären sie ins Rechten und Reden gekommen, das mit Wilhelmineles Bibellesen könne dazu führen, daß man ihren Albert wegtun müsse als Bürgermeister. Der Parteisekretär ließ dem Wilhelminele die Wahl, ob er ihr Bibellesen vor die Ortsparteigruppe bringen solle oder ob er ihr unter vier Augen eine parteigefällige Aufgabe zuweisen solle. Wilhelminele bat um die Zuweisung der parteigefälligen Aufgabe, nur den Albert nicht aus dem Amte weisen, nein, nein. Der Parteisekretär ruckte an seinem verspeckten Schlips, der Parteisekretär wurde amtlich. Man erkennt das an einem Menschen. Seine Poren schließen sich.

Er verpflichtete das Wilhelminele, zwei neue Mitglieder für die Parteiortsgruppe zu werben. Die Strafe müsse in diesem Falle hart sein. Binnen drei Tagen Vollzugsmeldung hier an Ort und Stelle, er käme in drei Tagen wieder. Er streicht das Dankgeflüster des Weibleins Wilhelminele ein. Es ist das mindeste, was er erwarten kann. Er geht grußlos.

Drei Tage gehts Wilhelminele umher und ist beschäftigt mit dem Parteiauftrag. Der Flieder verblüht, und die Löwenzahnblüten am Wegrand sind befiederte Bällchen geworden. Sie warten auf einen Wind, der sie von ihren Samen befreit. Der Wind, der Wind, der ist ihr Kopulent. Die Dinge der Welt sind verschiedenartig eingerichtet. Der Albert erfährt vom Wilhelminele nicht, daß der Kreissekretär da war. Das Wilhelminele geht in Gedanken die Dorfbewohner durch, die sie kennt. Soll sie die ledige Konsumverkäuferin beschwätzen, eine Hergeflohene aus Schlesien? Sie wird nicht wollen, sie wird keinerlei Vorteil haben, wenn sie in Partei ist. Die Leut gehn so und so zu ihr kaufen. Soll sie die Frau des Försters hereinbitten, sie ist eine Unsanfte, mit ihrem Mann aus einer Randgegend Rußlands nach hier verschlagen, aus einer Randgegend der Sowjetunion, verbessert sich Wilhelminele, obwohl sie den Begriff Rußland nur in Gedanken benutzt hat. Aber auch die Förstersche wird keinerlei Vorteil sehen. Ihr Mann ist schon in Partei, das ist Sicherheit genug für die Familie.

Am zweiten Tag kommt dem Wilhelminele die Erleuchtung, und mir wird bewußt, daß ich bisher nur kurz erwähnte, das Wilhelminele hat einen Sohn, den sie den Bua nennt, und er hälts mit einer, die er haben möcht. Das Wilhelminele ist dagegen, daß er sie nimmt. Sie ist etwas kleinverständig. Man hat sie sterilisiert. Eine Schande, daß die Nazis bei manchen Menschen das Kinderkriegen medizinisch unterbanden, hats im Parteilehrjahr geheißen. Das Wilhelminele hat sichs angehört, hat auch gestöhnt wie die anderen, aber für sich hats gedacht, bißl werdns wohl auch gewußt haben bei den Nazis, was sie machen. Für Wilhelmineles Generve und Getu zahlt sichs jetzt jedenfalls aus, daß die Lies, so heißt das Mädchen, in das ihr Bua sich vernarrt hat, kinderlos bleiben muß, denn sie hat die beiden im Haus, auch das ist bisher unerwähnt geblieben, im Haus die beiden, und es fehlte, daß sie, die Wilhelmine, noch Kinder schaukeln soll! Aber lassen wir das jetzt, bis es an der Reihe ist, es zahlt sich manchmal aus, nicht gleich mit einem Atem herauszufahren, was alles zu erzählen ist. Jedenfalls hat das Wilhelminele Last mit den beiden, weshalb sollen die beiden nicht einmal eine Last von ihr nehmen?

Drei Tage später kommt der Kreissekretär. Das Wilhelminele meldet vorsichtig, es habe zwei neue Mitglieder geworben, vorerst aber möchte es vom Kreissekretär wissen, ob sie dem, so wie sie sind, recht seien.

Wie sie sind? Beide bei dreißig Jahren, so herum. Der Bua arbeitet frei.

Freischaffend, fragt der Kreissekretär. Die Lies sei sogar bißl Mitglied in der Bauerngemeinschaft und arbeite dort. Der Bua habe eine gute Schulbildung, drei Jahre Berliner Gymnasium, dann Privatschul, schreibe flott und lese flott, sei zu allem zu gebrauchen, habe aber e bißle wenig Ausdauer. Die würde er schon kriegen, meint der Kreisparteisekretär, wenn er erst in Partei sei. Aber nun die Lies, die stammle beim Lesen, und schreiben könne sie gar nicht. Der Kreisparteisekretär sagt, das tue weiter nichts zur Sache, die Hauptsache wäre das Proletarische, alles andere ließe sich lernen. Das Wilhelminele spricht noch ein klein wenig dawider, nein, proletarisch sei die Lies nicht, sie wohne ja bei ihnen im Hause, und sie, das Wilhelminele, wache schon darüber, daß die Lies nicht proletarisch wird. Gut, der Kreisparteisekretär ruckt wieder an seinem fleckigen Schlips, die Strafe fürs Bibellesen sei damit gelöscht. Das interne Verfahren bleibt nun unter uns, sagt der Sekretär, und das Wilhelminele ist bißle stolz, daß sie ein gelöschtes internes Verfahren mit dem ersten Kreissekretär verbindet.

Ganz für sich hat das Wilhelminele noch lange mit dem Vorgang zu tun. Eine Weile kommts ihr vor, als hätte sie den Bua, ihr eigen Fleisch und Blut, und das Mädel, von dem er nicht abzubringen war, an die Partei verkauft. Mit der Zeit seien ihre Selbstvorwürfe aber sachter geworden. Ich seh nicht, wie das Eppes da gewirkt hat, sagte ich zum Wilhelminele, als sie mir das von den verkauften Kindern erzählte. Oh, das Eppes sei sehr bald sichtbar geworden. Es sei eine Eigenschaft von ihm, zuweilen auf Umwegen zu wirken. Man müsse ihm mit Demut und Langmut begegnen, stehe in der Bibel. Und wie sich das Eppes in diesem Falle gezeigt habe, wölle sie mir bei unserer nächsten Begegnung verzähle.

* * *

Nun wieder bißle was vom Wilhelminele. Da war ihr Bua, den sie auf den Namen Ernst hat taufen lassen. Ich habe schon erwähnt, daß sie ihren Ernst als Wiedergutmachung fürs heimliche Bibellesen, mitsamt seiner Geliebten, der Partei vermacht hatte. Bei seiner Geburt machte er Mutter Wilhelmine zu schaffen. Er brachte einen zu dikken Kopf mit auf die Welt, sagen wir mild und abgeschwächt, einen kleinen runden Wasserkopf, davon abgesehen, daß niemand wagte, in Wilhelmineles Gegenwart so verletzend über den Kopf ihres Sohnes zu reden. Ihr fiel nicht ein, in der Größe von Ernstens Kopf einen Mangel zu sehen. Das war so in der Watzmer-Linie: vom Vater her ein großer Kopf gab Anlaß zu Hoffnungen im Leben auf dieser Welt, besonders, wenns Wilhelminele bedachte, daß ein solcher Kopf ihrem Herrn Bruder zum Amt eines Staatssekretärs verholfen hatte. Der Herr Bruder hatte zwar mit dem Wilhelminele gebrochen, seitdem sie sich mit diesem Unterbeamten Albert Obentraut zusammengetan hatte, und das gegen den Willen der Familie und das in einer unkirchlichen Schmiede in England. Aber selbst wenn ein Bruder sich von einem losgesagt hat, er konnte nichts dagegen haben, wenn das Wilhelminele beim Aufsagen ihrer Herkunft nicht nur den Vater, den Schultheiß, sondern auch den Bruder, den Staatssekretär, aufzählte. Sie war deshalb zuversichtlich, daß die Welt für ihren Sohn mit dem Watzmer-Kopf ein entsprechendes Amt bereithielt, deshalb schickte sie ihn mit viel Nachhilfe und Nachdruck drei Jahre lang zu einer Berliner Knabenvolksschule. Dann schulte sie ihn im Gymnasium ein. Das war bei den Watzmers so üblich, und auch ihr Herr Bruder war durch ein Realgymnasium gegangen. Ein Zeitchen lang konnte sie dem Bua auch auf dem Gymnasium behilflich sein mit ihrer Lyzeumsbildung. Aber dann wars aus. Sie mußte für ihn eine Nachhilfe anmieten, und als auch mit Hilfe der Nachhilfe die Sonne bei ihrem Bua nicht aufging, schickte sie ihn in eine Privatschule. Sie konntens sich mit Mühe leisten, denn Albert war inzwischen Bürovorsteher geworden.

Er war Wilhelmineles Werk, der Bua, war ihr Kleinod, sie päppelte und päppelte ihn, machte ihn zum Freßsack und Muttersöhnchen. Wie hätte er im Gymnasium etwas lernen sollen? Wenn seine Mitschüler sich über ihn lustig machten, ihn neckten und verschüchterten, verstanden die Lehrer es nicht, ihn vor Hohn und Spott zu schützen, selbst wenn er gezwungen war, sein Pausenbrot auf dem Abtritt zu essen, und wenn die Mitschüler ihm sogar dort noch zotige Worte durchs Schlüsselloch schickten und von seinem mit Lachsscheiben belegten Brot behaupteten, er esse Scheiben von einem Ertrunkenen, den man kürzlich in der Nähe der Schule aus der Spree gezogen hätte. So ischt das, sagte das Wilhelminele, als sie mir das erzählte. Bis auf den heutigen Tag kriegt der Bua Bläschen um den Mund herum, wenn er eine Lachsscheib sieht. Man sollte es nicht meinen, was alles man in einer empfindsamen Seele hervorrufen kann.

Mir kommen Bedenken, ob ich euch nicht zu lang und zu ausführlich über den wundersamen Sohn vom Wilhelminele erzähle. Ich habe oft von Menschen erzählt, die etwas in ihrer Welt, und wenn sie noch so klein war, bewegten. Hier nun reizt es mich, von einem Menschen zu erzählen, der nach mittelmäßiger Meinung nichts, aber auch nichts in seiner Welt bewegte. Das kann freilich ein Irrtum von mir sein, denn je älter ich werde, desto sicherer bin ich, daß man nicht unbedingt mit Worten und Taten irgend etwas in der Welt bewegt. Wir werden noch drauf zu sprechen kommen.

Es ging nicht lange gut mit Wilhelmineles Ernst in der Privatschule, denn das Ernstle fing an, sie zu schwänzen, und kam bis in den späten Nachmittag nicht wieder, man mußte ihn suchen. Das Wilhelminele sah sich gezwungen, ihn jeden Morgen in der Privatschule abzuliefern und nach der Schule wieder abzuholen.

Und es ging auch sonst nicht gut, denn nun griff der Hitler in das Leben von Wilhelmineles Fehltritt Albert und damit auch in das Leben der Familie Obentraut ein. Albert, der getreu seinen kleinen Sozialdemokratismus gepflegt, alle Beiträge gezahlt und an den Versammlungen des Ortsvereins teilgenommen hatte, war überhaupt nicht mehr zu gebrauchen. Woher sollte er wissen, wie ein Büro nationalsozialistisch geleitet werden muß? Er wurde entlassen, wie es in Deutschland oder gar in aller Welt immer in solchen Fällen geschieht. Die neuen Machthaber brauchten Posten und Funktionen für ihre Gefolgsleute, und wie es immer ist, bis auf den heutigen Tag, alles, was vorher war, wurde für Scheuße erklärt, war kriminell und mußte geahndet werden. Jedenfalls wurde Albert entlassen. Aus wars mit der Privatschule. Albert mußte seine Pfennige zusammenkratzen und eröffnete in Berlin einen Zeitungskiosk. Dort verkaufte er Zeitungen und Zeitschriften, deren Inhalt seinen Ansichten entgegenstand. Aber die Zeitungsverleger nahmen es nicht so genau mit der politischen Einstellung ihrer Zeitungsverkäufer, Hauptsache, sie machten gute Umsätze, und auch das ist wie gehabt und immer. Das Wilhelminele machte seinem Albert Vorwürfe, weil er nicht früh genug erkannt hatte, daß er sich hätte auf Hitler umstellen müssen. Ihr ging es vor allem darum, daß nun die Privatschule fürs Ernstle nicht mehr zu bezahlen war. Papi war dafür, der Junge sollte eine kaufmännische Ausbildung haben, ja, das sollte er, und den Anfang seiner Lehre sollte er bei ihnen im Zeitungskiosk absolvieren.

Wieder sah es so aus, als ob nun alles gut werden würde. Das Ernstle ging, den Kiosk des Vaters als Absprungbrett, den *Völkischen Beobachter* über dem Unterarm, in Vaters Nähe auf dem Bürgersteig auf und ab und verkaufte Zeitungen und entwickelte dabei sogar Ausdauer. Es sah so aus, als habe man für ihn das Rechte getroffen. Aber die Sache war die, Ernstle hatte angefangen zu rauchen, und er begann sogleich mit Zigarren. Ne Pferdenatur, der Junge. Ernstle konnte die Leute, die er als Zeitungskunden ins Auge gefaßt hatte, verfolgen und förmlich anbetteln, und wenn sie sich in ein Straßencafé setzten, setzte er sich zu ihnen. Und wenn sie den *Völkischen Beobachter* nicht kaufen wollten, bettelte er um eine Zigarre.

Schließlich kam es vor, daß das Geld, das er dem Vater an den Kiosk brachte, nicht mit der Anzahl der Zeitungsexemplare übereinstimmte, die er mitgenommen hatte. Ernstle hatte die Summe um den Preis einer Portion Eis mit Sahne verkürzt. Eine Bockwurst mußte schließlich auch sein, denn der Vormittag war lang. Aber Albert war nicht einverstanden, so gings nicht. Es ging auch nicht, daß Albert umherstieg und die Zeitungen verkaufte und daß das Ernstle den Kiosk besorgte. Bald hatten lose Mädchen herausgefunden, mit wem sie es im Zeitungskiosk zu tun hatten, und sie lümmelten da herum und ließen sich von Ernstle mit bunten Zeitungen, mit Modezeitungen, bewirten, oder er schickte sie aus, Zigarren zu kaufen, und sie kamen nicht wieder. Die Zeitungsstöße hatten abgenommen, aber das Geld in der Kasse hatte sich kaum vermehrt, wenn Albert wiederkam. Nein, das Ernschtle mußte in eine strengere Lehre.

So verbrauchte das Ernstle fünf oder sechs Lehrstellen. Stets hatte er was gegen Meister und Gesellen auszusetzen. Für die Hitlerjugend war er nicht verwendbar. Seine Abstammung war zwar untadelig, aber der dicke Kopf, der dicke Kopf. Da war eben schon jenes Eppes im Spiel, von dem das Wilhelminele überzeugt war, und so schleppten sie ihren Ernstle mit bis in die Bombennächte hinein, bis es in Berlin nicht mehr auszuhalten war.

Ernstle fiel durch jede Musterung als Militär hindurch, und wenn er nicht mit einem so dumpf brütenden Angesichte dahergekommen wäre, hätte man ihn für eine Art Schwejk halten können. Er machte Kniebeugen, ohne daß die Ärzte ihn aufgefordert hatten, er kroch auf allen vieren durch das Musterungslokal. Man schüttelte ihn, weil man ihn im Verdacht hatte, er halte die Musterungskommission zum besten, niemand wußte, ob er das nicht auch wirklich tat. Nachdem man ihn geschüttelt hatte, schüttelte er sich eigenständig weiter und weiter und klapperte mit den Zähnen, bis man ihn laufen ließ.

Man nahm das Ernstle also nicht in die Soldatenlehre. Soldat war schon gar kein Beruf, in den er hineinpaßte, also blieb er der Bua seiner Frau Mutter, ihr Augäpfele, ihr Beipack. Sie warf sich wie eine Heldin dazwischen, wenn sie die geringsten Anzeichen ausdeutete, daß man ihren Ernstle zu den Arbeitsscheuen schlug und versuchte, ihn einzulagern, und sie war es, die hinausdrängte aus Berlin. Die Obentrauts zogen zeitig in diese Gegend, als vom Evakuieren und von Evakuierten noch nicht die Rede war. Sie ließen sich in einem Marktflecken hier in der Nähe nieder, und Vater Albert fand Beschäftigung als Gemeindeschreiber, und die Kenntnisse des ehemaligen Bürovorstehers fanden ihre stille Würdigung.

Und Ernstle? Er fand in dieser Zeit die erste Beschäftigung, die seinem Naturell entsprach. Er bildete sich autodidaktisch zu einem erfolgreichen Hamsterer aus, und er hatte dabei Erfolg. Kein Mensch, selbst das Wilhelminele nicht, konnte sich erklären, wieso. Und was man ihm gab, gab man ihm ohne Gegenleistungen, obwohl die Bauern um diese Zeit nicht zimperlich waren und den Hamsterern Bettwäsche, Tischwäsche, Ohr- und Eheringe, nobles Geschirr und dergleichen nahmen gegen geringe Mengen Naturalien, Schweinebrägen und anderes minderes Zeug.

Es wird erzählt, französische Nonnen gingen mit dressierten Schweinen in die Wälder auf Trüffelsuche. Nicht, daß ich Ernstle mit einem trüffelsuchenden Schwein vergleiche, aber er hatte eine Nase für leise Bauernhochzeiten, die zu dieser Zeit stattfanden, für Kindstaufen, und er fand heraus, wo ein Bauernsohn von der Front auf Urlaub gekommen war. Er spürte heraus, psychologisch heraus, muß man schon sagen, wo Gebefreudigkeit zu erwarten war, und er brachte manchen Bissen heim, der auch seinen Vater Albert für ihn einnahm. Und aus jeder solchen Anerkennung kamen fürs Wilhelminele kleine Glücksaugenblicke, weil der Albert seit längerer Zeit durchblicken ließ, daß der Watzmer-Kopf auf dem Rumpfe seines Sohnes bisher nicht viel hereingebracht hatte.

Das, was ich bis dahin vom Ernstle erzählte, weiß ich von den häufigen Unterhaltungen mit dem Wilhelminele, und jetzt kommt die Zeit, da ich Ernstle von Angesicht zu Augesicht kennenlernte.

* * *

Also zur Sache: Ernstle, der Sohn vom Wilhelminele und dem immer etwas schläfrigen Albert, kam mir auf der Dorfstraße entgegen. Er war wohlbeleibt, wenn nicht schon ein bißchen fett, trug einen Arbeitsanzug von unbestimmbarer Farbe, hatte Lippen, auf denen eine kleine Sinnlichkeit umhertanzte, und zwischen diesen Lippen die ewige Zigarre, die manchmal brannte, manchmal tot, aber immer belutscht war. Ich grüßte und nickte Ernstle ein wenig zu. Ich war neu für das Dorf und seine Vorwerke, ich war bestrebt, mich bei den Dorfbewohnern beliebt zu machen. Ich weiß, wie lange das dauert und daß es mancher nie geschafft hat. Meine Kindheit als Sohn eines Dorfladenbesitzers sprang hervor, wozu, sagt? Ich war doch nicht drauf angewiesen, daß die Dorfleute zu mir kaufen kamen. Aber so tief sind die elterlichen Hinweise in einen eingeschnitten, und dort sitzen sie, ewig und lebenslang vorhanden, wie die Narben der Pockenschutzimpfung am Oberarm. Es war tödlich, unfreundlich zu den Dorfleuten zu sein, selbst wenn sie vorübergehend nicht bei uns, sondern im Nachbardorf kauften. Wenn uns die Leite schneiden, wirste missen hungern und in geflickte Hosen betteln gehn. Die Mutter drohte und hatte nur eine kleine Ausnahme in ihre Drohung eingebaut. Leite, die bei uns ne lange Latte hoam und ewich nich bezoahln, brauchste nich grade freindlich grießen, soagste gar nischt oder machstn Bogen um se. Dieses mir in der Kindheit eingesetzte Freundlichsein zu den Leuten setzte selbsttätig ein, als ich Ernstle in dem Dorfe traf, in dem ich zehn Morgen Sand und Moorwiese, eine klapprige Kate und eine bucklige Scheune mit einem drangeklebten Scheußhäuschen erworben hatte, in dem Dorf, in dem ich heimisch werden wollte. Ich weiß nicht, diese Rechenvorgänge spielen sich in einem vielleicht so heimlich und unsichtbar ab wie in einem Computer. Vielleicht hieß es drinnen in mir, ganz leise und ohne in mein Bewußtsein zu dringen, grieß die Leite und sei freindlich, vielleicht koofen se deine Bücher.

Bei Ernstle hatte ich keinerlei Erfolg. Er sah starr geradeaus, erwiderte meinen Gruß nicht, beachtete mich nicht, sah so überernst, wie ich es von Verrückten und Fanatikern her kenne. Aber ich wagte als Dorfneuling nicht, meine physiognomischen Kenntnisse nach vorn zu lassen. Denn es gab in dieser Zeit noch eine zweite Ursache für ein solches Verhalten. Es konnte der mit übertriebener Wachsamkeit ausgestattete Ortsparteisekretär sein, dem es geraten schien, sich nicht auf einen Ortsfremden einzulassen, nicht einmal auf einen Widergruß. Ich konnte mirs nicht verkneifen, mich umzudrehen und ihm nachzusehen, aber dieser Mann tat nicht dergleichen, er ging starr geradeaus, ging wie auf ein fernes Ziel zu, und die Zigarre schien ihm als Richtungsweiser zu dienen.

Dieser Mann kam am Sonntagnachmittag mit einem Schnellhefter unterm Arm, Zigarre unter Dampf, klopfte mit voller Faust gegen die Tür unseres Katenwohnzimmerchens, rammte sich den

Kopf am niedrigen Türrahmen, der mich mit einmeterachtundsiebzig lichter Weite gerade noch, ohne mein Gehirn zu erschüttern, in die Stube ließ. Der Mann stieß sich jedenfalls kräftig. Es klackte, die Zigarre wackelte, aber er ließ keinerlei Schmerz erkennen. Der Kopf schien gepanzert zu sein. Er grüßte und sagte: Schönen Gruß von meinen Eltern, ich bin der Sohn davon. Wir sahen uns an, ohne ihn merken zu lassen, daß wir stutzten. Wer sind Ihre Eltern, bitte? Der Bürgermeister und meine Mutter.

Der Mann klappte seinen Schnellhefter auf. Er sammelte Geld für die Überschwemmungsgeschädigten. In irgendeinem südeuropäischen Land hatte es eine Überschwemmung gegeben. Wir boten dem Manne Platz an, aber er setzte sich nicht. Wir suchten nach Geld, wir trugen uns in seine Liste ein. Er erfand die zwanzigste Verstümmelung unseres Familiennamens, ließ uns gegenzeichnen, steckte das Geld ein und ging, nicht, ohne ein zweites Mal gegen den oberen Türrahmenrand zu rammeln. Wir entschuldigten uns, meine Frau bedauerte ihn. Er schien das alles nicht zu brauchen. Das also war Ernstle, der Sohn vom Wilhelminele. Sie hatte uns noch nichts von ihm erzählt, von ihrem Kummerkind, das nicht und nicht erwachsen werden wollte. Und solche Besuche vom Ernstle mit einer Sammelliste am Sonntagnachmittag hatten wir noch oft. Und als wir mit dem Wilhelminele drauf zu sprechen kamen, erklärte sie uns, ihr Ernstle bekleide zur Zeit das Amt eines Gemeindeboten bei seinem Väterle. Es ist doch gelungen, und besser hätts nicht gehen könne, Ernstle wäre daheim, und man hätte ihn bei der Hand.

Wir vermuteten dies und das. Wir versuchten, uns das Verhältnis vom Wilhelminele zum Sohn Ernstle klarzumachen. Mit unseren Vermutungen blieben wir weit hinter der Wirklichkeit zurück, wie wir später feststellten.

* * *

Von Großvater hatte Onkel Phile seinen *Klaps* jedenfalls nicht. Er hatte ihn von Müllersch August. Es muß ne Art krumme Vererbung geben, sagte er. So jedenfalls sprach Großvater von der Launenhaftigkeit der Gene und war damit den Entdeckungen der heutigen Zeit nahe. Und manchmal denk ich, der Fortschritt, von dem geredet wird, liege in der neuen Beniemung alter intuitiv erkannter Vorgänge.

So auch mein Wilhelminele. Sie wußte einen ganzen Packen Vorzüge aufzublättern, wenn jemand Hirnstörungen bei ihrem Ernstle vermutete. Ich mußte eine solche Vermutung nicht aussprechen. Als das Wilhelminele und ich uns etwas näher kannten, fragte sie mich, ob ich ihren Ernstle nicht ab und zu beschäftigen könne. Sein Dienst als Gemeindebote reiche nicht aus, Ernstle so zu beschäftigen, wie sie, Wilhelminele, es sich wünschte. Weischt, er is e bißle wunderlich von Zeit zu Zeit, weihte sie mich ein, bißle ängschtlich auch, aber ein guter, guter Mensch, wenn er genug Zigarre und zu rauche hat. Ich müßte ihm nichts zahle für seine Arbeit bei mir, könnte sie mit Zigarren vergüten, allerdings, mit dem Pferd dürfte ich ihn nicht arbeiten lassen, vor Pferden und Hunden fürchte er sich.

Ach, eine männliche Hilfskraft dann und wann hätt ich schon gern gehabt. Weil ich damals noch oft in die Hauptstadt mußte, wärs mir lieb gewesen, wenn die Gartenarbeit trotz meiner Abwesenheit vom Fleck gekommen wäre. Die Heuzeit kam heran, ich hatte vor, das Gras auf Reutern abzutrocknen. Damit hatte ich als Landarbeiter in Thüringen gute Erfahrungen gemacht. Der Förster wies mir eine Schonung an, aus der ich Stangenholz für die Reuter holen durfte, eine Arbeit für Ernstle. Ich zeichnete in der Schonung die dünnen Kiefern an, die Ernstle absägen und heraus auf den Weg schaffen sollte. Zuvor mußte er hereinkommen und mit uns essen. Dann ging ich zum Schreiben in meine Kammer.

Gleich nach elf Uhr stellte sich Ernstle zum Mittagessen ein.

Noch bissel früh, Ernstle.

Nein, genau Mittag. Woher er das wüßte, ohne Uhr.

Er habe einen Finger naßgemacht und auf die Sonne gehalten, habe bis zwölf gezählt, und der Finger wäre trocken gewesen. Ja, ja, man lernt viel im Leben. Es gab Suppe aus grünen Bohnen. Ernstle ließ sich seinen Teller dreimal vollkellen, bat um eine Zigarre, machte sichs bequem und rauchte. Mit der brennenden Zigarre im Wald wird man bestraft, erklärte er unserer Christa. Ja, man lernt viel im Leben.

Am Nachmittag wollte ich mir ansehen, was Ernstle geschafft hatte. Am Wegrand lagen drei gefällte Bäumchen. Aus der Schonung kam das Gestöhn von Ernstle. Ich ging nach ihm sehen. Er mühte sich ab, eine gefällte Jungkiefer quer zu den Schonungsreihen aus dem Wäldchen zu schieben. Manchmal kam der Bäumling von selber in eine Schieflage, dann glückte es, und Ernstle kam ein Stück weiter mit ihm. Hast du das gesehn, dachte ich, und immer dachte ich, die Schildbürgerstreiche hätte sich jemand mühevoll erdacht. Die Waldarbeiter hatten Feierabend, schoben ihre Fahrräder durch den Sand, sahen Ernstle in der Schonung, stießen einander an, sieh mal an, der Bua arbeitet. Der Bua, so wurde Ernstle daheim vom Wilhelminele genannt. Aber es kommt alles unter die Leute, da ist kein Ritz zu schmal. Der Bua arbeitet. Ich horchte auf, ich stutzte und wurde neugierig auf das, was mir Ernstle noch bieten würde. Das Arbeitsergebnis von Ernstle waren an diesem Tage fünf abgesägte Jungkiefern die traurig am Wegrand lagen, und einige andere Jungkiefern, im Bestand, deren Rinden Ernstle mit seinem merkwürdigen Holztransport verletzt hatte und die still ihre honigartigen Harztränen weinten, als der Mond aufging.

Am nächsten Tag kam Ernstle nicht zur Arbeit. Dafür kam das Wilhelminele und erkundigte sich, ob etwas geschehen sei. Leider nicht, es sei so gut wie gar nichts geschehen, sagte ich. Als ich mich leise über die ungenügende Arbeitsleistung vom Ernstle beklagte, blätterte das Wilhelminele in dem Block der bereitliegenden Entschuldigungen. Ich hätte Ernstle wohl am falschen Ende an die Arbeit gesetzt. Mit Holzarbeiten wäre er ganz und gar nicht vertraut. Und wo war Ernstle? Er saß zu Hause, die Zigarre im Mund, und studierte. Dazu muß man wissen, daß in jener Zeit der Drang bestand, sich wissenschaftlich auszudrücken, selbst eine Zeitung las man nicht, man studierte sie. Und Ernstle studierte die gesammelten Reden Stalins. Er hatte sie jedenfalls vor sich liegen, las, bewegte die Lippen, die Zigarre wackelte, und Zigarrenqualm hüllte die gedruckten Reden Stalins ein. Das Wilhelminele wußte auch daraus eine Tugend vom Ernstle zu filtern. Weischt, er ist von allen Mitgliedern der Ortsgruppe stets am beschte im Parteilehrjahr vorbereitet. Wenn er sich mit seinem Stalin beschäftige, sei er nicht aus den Büchern zu kriegen. Ich möge es dem Ernstle, besonders ihr, nicht verübeln und Ernstle wieder heranholen und vielleicht im Garten beschäftigen. Ich tat so und ließ Ernstle am nächsten Tag die Erdbeeren im Garten behacken. Er tats nicht ungeschickt, wußte das Unkraut von den Erdbeerpflanzen zu unterscheiden. Eine halbe Stunde lang stieg blauer Rauch vom Erdbeerfeld auf, wenn ich aus meiner Arbeitsstube nach Ernstle sah. Aber dann wurde mit voller Faust an meine Stubentür geklopft, Klopfzeichen Marke Ernstle, ihm sei so merkwürdig im Kopf. Das müßten wohl Kopfschmerzen sein, ob ich wohl eine Zigarre für ihn übrig hätte. Ich ließ ihn eine schmerzstillende Tablette schlukken, gab ihm eine Zigarre und wies ihn an, die erst anzubrennen, wenn die Kopfschmerzen verflogen wären.

Schon nach fünf Minuten stieg wieder blauer Zigarrenrauch aus dem Erdbeerbeet, und mit dem Rauch, den die Zigarre von sich gegeben hatte, verschwand auch Ernstle um die zehnte Vormittagsstunde.

Am Abend ging ich nach ihm sehen. Natürlich wußte das Wilhelminele ihn zu entschuldigen. Diese Kopfschmerzen, schon seit seiner Schülerzeit plage sich der arme Junge damit. Manchmal seien die Kopfschmerzen so schlimm, daß sie für sie, die da außen stände, sichtbar wären. Ernstles Kopf röte und vergrößre sich. Besonders, wenn Ernstle genügend Freibier getrunken hätte, ergänzte Albert, der an diesem Abend daheim war. Wie kannscht so über den Bua rede, wies ihn Wilhelminele zurecht.

Damals wars gefährlich, Stalins Reden zu betadeln, so gefährlich, wie in der Zeit, die wir vorher hatten, etwas Abträgliches gegen die Hitlerbibel *Mein Kampf* zu sagen. Könnte es nicht sein, daß Stalins zukunftbezogene Reden und die Wirklichkeit, in der Ernstle lebt, ihn verwirrten und die Kopfschmerzen herbeiführten, sagte ich vorsichtig, sehr vorsichtig. An diese Möglichkeit hatte auch das Wilhelminele schon gedacht, und sie hätte die Absicht gehabt, Ernstle eine andere Lektüre zu unterschieben. Es stehen da im Regal fünf Bücher, von einem Manne geschrieben, der freilich schon älter wäre als der Genosse Stalin. Zur Vorsorge habe sie jedoch erst selber ein wenig drin gelesen, und sie habe lauter dunkle Gedanken darinnen gefunden. Ich wurde neugierig. Ob ich diese Bücher sehen dürfe? Ich durfte. Der Mann, um den es sich handelte, war Schopenhauer, und die fünf Bücher waren die *Großherzog-Wilhelm-Ernst-Ausgabe*, auf Dünndruckpapier vom *Insel Verlag* gedruckt. Ich hatte Schopenhauer schon in meiner Fabrikarbeiterzeit gelesen. Billige Reclam-Bände. Meine erste Frau hatte sie in einem Antiquariat zu Kinogeld umgeformt. Lüstern blätterte ich in der Insel-Dünndruckausgabe. Wer konnte wissen, wie sie sich in die Obentrautsche Wohnung verirrt hatte? Nach dem Weltkrieg römisch zwei waren viele Dinge als Tauschobjekte unterwegs. Wer hätte herausfinden wollen, in die Bibliothek welches Gutsbesitzers oder Schloßherrn die Schopenhauerbände gehörten.

Das Wilhelminele bat mich, es doch noch einmal mit ihrem Ernstle zu versuchen, er habe ja nicht alle Tage Kopfschmerzen. Wenn ich Lust hätte, könnte ich die fünf Schopenhauerbände mitnehmen und behalten. Mitnehmen und behalten ja, aber nicht unentgeltlich. Ich zahlte dem Wilhelminele einige Tage später hundert Mark, weiß ich, und das war ein rechter Segen für ihre magere Haushaltskasse. Und so war es eigentlich Schopenhauer, der mich willig machte, es noch einmal mit Ernstle zu versuchen. Aber auch aus diesem von Schopenhauer abgesegneten Arbeitsverhältnis wurde nichts. Ich nagelte die Heureuter zusammen. Ernstle sollte mir zuarbeiten, sollte die Stangen nach Maß zurechtschneiden. Eine Weile gings gut, aber eben nur eine Weile, dann stimmten die Maße der Stangen nicht mehr, und ich sah, wie Ernstle, wenn die Länge der Stange nicht ausreichte, den Zollstock weiterschob, bis das Stangensoll erreicht war. Es kam zu keiner Zusammenarbeit mit Ernstle. Das Wilhelminele bedauerte es zeit ihres Lebens und verstieg sich zu allerlei gewagten Behauptungen, wie zum Beispiel, der einzige Mensch, den ihr Ernstle wirklich respektiere, sei ich. Und eine andere Behauptung lautete, daß, wenn ihr Ernstle mit einer solchen Frau wie meiner Eva verheiratet sein könnte, er mit seiner geistigen Veranlagung und Hinwendung zu den Büchern auch was Ähnliches geworden wäre wie ich.

Ach ja, ach ja, der Ernstle, ohne daß eine der Behauptungen seines Mütterleins zutraf, meldete er sich von Zeit zu Zeit, solang das Wilhelminele noch lebte, bei mir. Einmal sagte er, ich habe es mir überlegt und bin ein anderer Mensch geworden, Genosse

Strittmatter. Oder er sagte, ich habe mir grundlegend verbessert, und wenn ichs nicht glauben würde, könnte ich ja sein Mütterlein fragen. Nun, wir werden noch hören, in welcher Weise Ernstle sein Leben verbesserte.

* * *

Ich schlage vor, wir sehen wieder einmal nach Ernstle, und wie es mit ihm weiterging damals. Und bei Ernstle kam ein Zentimeter Leibesumfang zum andern. Er ging umher wie eine Groschensemmel, wenn er seinen Hosenbund schloß. Er war feist und wurde bockslüstern, und er fing an zu streunen. Er fuhr mit dem Geld, das er für die Hochwassergeschädigten von Bangladesch gesammelt hatte, vom Nachbardorf aus in die übernächste Kreisstadt. Ich wunderte mich, daß es Wilhelminele ertrug, wenn er ein oder zwei Nächte nicht heimkam, aber es war nicht das erste Mal. Wilhelminele hatte sich daran gewöhnt. Aber als es wirklich das erste Mal war, als Albert noch mächtiger Bürgermeister im Dorf war, ordnete er eine Art Treibjagd nach Ernstle an. Das Wilhelminele hatte gebarmt, gewiß habe sich der Bua verlaufe, sei am Ende in einen Sumpf hineingestampft und versunke. Als der Bua nach zwei Tagen wieder da war, hätt das Wilhelminele, wenn es gekonnt hätte, am liebsten die Glocken läuten lassen. Aber es gibt selten etwas, was ein anderer aus dem Dorf nicht beobachtet hätte. Aber der Beobachter verlangt Verschwiegenheit von denen, denen ers erzählt, und der, dem es erzählt wurde, verlangt Verschwiegenheit von allen, denen ers weitererzählt, und wie ein Ölfleck im Wasser breitet sich das aus, was man ein Gerücht nennt. In den Zeitungen schreibt man: Gerüchten zufolge hat der oder der ... hier in den Wäldern heißt es: der oder der soll wohl das und das gemacht haben.

Ernstle soll wohl in der Fontanestadt etwas getan haben, was nichts mit Fontane zu tun hat. Er soll wohl das Haus einer Dirne erschnüffelt haben, und er soll wohl dort für einige Mark von den Geldern für Überschwemmungsgeschädigte in Rumänien sich haben lieben lassen. Wers seinen Nachbarn erzählte, tat es mit Augenzwinkern, dem Wilhelminele erzählte man es ohne Augenzwinkern. Es war die Kassiererin vom Demokratischen Frauenverband. Sie trug eine Perücke, aber sonst wäre sie gut zu leide, so das Wilhelminele. Sie klärte die Perückenfrau auf, nein, sie dürfe das nicht glaube, die Partei hätte die Dirnerei im Oschte ein für allemal verbote, außerdem könne sie sich nicht denke, daß ihr Bua, der so fleißig die Bücher von Stalin läse, etwas täte, was die Partei verboten hätte. Mit ihrem Ernstle sprach sie nicht darüber, nein, sie hatte nie über so Ding mit ihm gesprochen. Er war ihr Bua und blieb ihr Bua. Sie konnte sich nicht vorstellen, daß der nun mehr als reif war und daß den, wie es menschlich ist, Gelüste zwackten.

Und Ernstle ging weiter, geschützt von seinem Mütterle, umher, die Luft aus den Wäldern strich über ihn hin, und er atmete sie ein, die terpentingesättigte Luft, und sie tat ihm wohl, und er gedieh. Er besorgte weiterhin die Botengänge für sein Väterlein, den Bürgermeister, und bezog ein kurzes Gehalt als Gemeindediener. Er stellte sich pünktlich in den Häusern ein, in denen Schlachtfest, Geburtstage oder gar Hochzeiten abgehalten wurden. Er nahm an allen Festessen, die im Dorfe stattfanden, teil, er saß auf der Haustreppe oder auf einer Bank im Hofe, wie die Dorfarmen auf den Gemälden von Breughel, und er hatte einen Holzschieber auf dem Schoß, hatte ein bißchen was von jeder Speise des Festmahls und ließ es sich gutgehn. Das Wilhelminele hielt diese Art, sich zu beköstigen, für unstandesgemäß, während das Väterle Albert der Ansicht war, man muß nehmen, was einem geboten wird.

Der Bauernverlag suchte nach Leuten, die seinen nächstjährigen Kalender bei den Landleuten vertreiben sollten. Des wär was fürs Ernstle, sagte sich das Wilhelminele, als sie das Inserat las. Sie riet dem Ernstle, sich zu melden. Und Ernstle meldete sich. Er hatte eine Handschrift, müßt ihr wissen, die mit der Kaufmannsschrift verschwistert zu sein schien, die hatte er. Sie war übriggeblieben von den vielen Versuchen, das Ernstle zu schulen. Ernstles Schriftfertigkeit bezog sich auch auf das Schreiben von Zahlen und auf das Rechnen. Als ich auf Anraten vom Wilhelminele einige Versuche machte, ihn bei mir zu beschäftigen, schickte er mir je eine Rechnung, berechnete den ortsüblichen Stundenlohn, schrieb nun auch meinen Namen richtig, mit dem gelehrte Leute ihre Schwierigkeiten haben, und vor dem Endbetrag der

Rechnung schrieb er wie alte Kaufleute: Summa. Und an den Bauernverlag schrieb er gewiß ... und bin ich in der Lage, Ihren Kalender zu Ihrer vollaufen Zufriedenheit zu vertreiben.

Der Probekalender wurde geschickt, Ernstle las ihn und fand, daß er nicht gegen das Gedankengut der Partei verstieß. Im Sonntagsanzug, ein laubfroschgrünes Hemd unter der Jacke und mit einer schwarzen Aktentasche ging Ernstle auf Tour. Unser Vorwerk und unser Dorf ließ er links liegen. Für uns wäre logisch gewesen, im Dorf und im Vorwerk zu werben, aber Ernstle blieb eben ein Antilogiker.

Von Ernstles Fähigkeit, Leute, von denen er etwas wollte, beharrlich zu belagern, haben wir schon gesprochen. Diese Fähigkeit kam jetzt beim Kalendervertrieb *zum Tragen*, wie sich die Politiker um diese Zeit ausdrückten. Man weiß ja, daß es da Moden gibt, und jetzt, da ich das schreibe, ist bei den Politikern die Wendung *ich gehe davon aus* besonders beliebt.

Ernstle machte seine Runden in den Nachbardörfern. Es war Frühherbst, aber der Sommer schickte wie einen Abschiedsgruß hin und her einen warmen Tag hinein. Unser Ernstle ließ sichs gutsein, er durchschlief, wenn es sein mußte, einen halben Tag im durchwärmten Heidekraut.

Er stieß auf drei Arten von Kunden. Es gab Bauern, die durchblätterten den Probekalender und sagten, es wäre wohl noch ziemlich zeitig im Jahr, aber ganz ohne Kalender ginge es nicht, und Ernstle schrieb ihre Namen in seine Liste, und die Bauern zeichneten gegen und bestätigten mit ihrem Namenszug ihre Bestellung. Das war einfach. Alsdann gabs Bauern, die absolut nicht bereit waren, in einer Jahreszeit, in der es noch kaum Herbstnebel gab, schon einen Kalender für das nächste Jahr zu bestellen. Aber Ernstle ließ sich nicht abweisen. Er blieb sitzen, die Leute beachteten ihn nicht mehr, Ernstle sah zu, wie sich die Stubenfliegen an den Fensterscheiben paarten, die letzte Gelegenheit für sie, dafür zu sorgen, daß ihre Art auch im nächsten Jahr die Futterküchen durchsummte. Da fing Ernstle wieder an zu werben, in dem Kalender gäbe es auch eine Begattungstabelle. Mit einem Rutsch des Zeigefingers könnten die Bauern ermitteln, wann eine Kuh kalben würde, wenn sie sie heute zu einem Bullen brächten.

Trächtigkeitskalender, sagten die Bauern herablassend. Das wäre wohl das mindeste, was sie von einem Bauernkalender verlangen könnten. Wieder eine lange Pause. Ernstle sieht zu, wie die Bäuerin den Abendbrottisch deckt, und sagt nach einer Weile: ein Brot habt ihr, ihr backt wohl noch selber. Keine Antwort. Und Ernstle geht nicht. Nach einer Weile: in seinem Kalender wäre nicht nur vermerkt, wann morgens die Sonne aufginge, sondern auch, wann sie abends unterginge. Ist nicht möglich, sagt die Tochter des Hauses und fängt an, sich über Ernstle lustig zu machen. Aber Ernstle geht nicht. Die Bauern fangen an zu essen.

Meine Eltern laden ein, wenn jemand zu Besuch kommt, sagt Ernstle. Da scheint es den Bauern peinlich zu werden, und die Hausfrau schiebt Ernstle einen Teller hin. Er möge mithalten, aber ein Kalender werde nicht bestellt. Macht nichts, Ernstle ist diese Weise, sich vom Kalendervertrieb zu ernähren, auch recht.

Und es gibt Bauern, die lauern schon auf den Kalender. Sie wollen ihn unbedingt haben. Sie sammeln die Hefte. Und Ernstle, der keineswegs Psychologie studiert hat, erkennt seine Möglichkeit. Er läßt den Bauern seinen Namen in die Bestelliste schreiben und empfiehlt ihm, den Kalender auch gleich zu bezahlen. Vorausbezahlende Kalenderbesteller würde der Verlag bevorzugt beliefern, keine Nachnahmespesen und so, Porto sowieso gratis. Ein rechter Schlingel, dieser Ernstle. Hie und da erpreßt er sich auf seine Weise sogar ein Nachtlager. Er führt seine Angst vor Hunden ins Treffen, um ans Mitleid der Bäuerin zu rühren. Und das ist schon wieder wahr, Hunde sind für Ernstle, was für andere Menschen Tiger und Löwen sind. Wenn ihm auf dem Nachhauseweg ein streunender Hund entgegenkommt, macht Ernstle große Umwege, durchquert Wälder und Gebüsche und verlängert seinen Heimweg um Stunden, und das Wilhelminele bebt daheim und kann nicht schlafen. Es hadert vorsichtig mit dem Eppes, das dem Bua zwar das Kalendervertreiben hat zukommen lassen, aber daß ein bißle Unzuverlässigkeit auch dabei war. Ach, es ahnt nicht, das Wilhelminele, was das Eppes wird noch alles auf sie zukommen lassen, und es hört im Nachtgewand zum Fenster hinaus, und draußen rauscht der hohe Wald. Vielleicht ist das Eppes auch in diesem Rauschen, weiß mans? Das Wilhelminele weiß es nicht.

Für sie wohnt das Eppes im Bibelbuch. Sie schlägt es auf und liest darin, bis der Bua mitten in der Nacht heimkommt.

* * *

Sehen wir nach Ernstle, den es einmal gab. Sehen wir in den Pappkarton hinein, in dem ich das Gewesene aufbewahre. Auch dünne Nichtheiten nehmen mit der Zeit Raum ein und füllen Behälter, obwohl die vergangenen Nichtheiten im Leben eines Kerls, der mit der Weisheit liebäugelt, nichts mehr zu suchen haben. Man könnte aber auch diesen Nichtheiten vorwerfen: was habt ihr euch auf ein Leben wie das meine eingelassen, ihr hättet ja, ohne euch mir in den Weg zu stellen, mich mein Lebenspensum herunterreißen lassen können.

Ich hatte eine Zeitlang Ernstle nicht gesehen. Ich fragte das Wilhelminele nach ihm. Du hast das Ernstle nicht gesehn, röchelte sie voll Freude über die Nachfrage, nein, ich hab ihn nicht gesehn.

Nun, das gibts ja, man sieht emmes eine ganze Zeit nicht, und dann sieht man es doch wieder. Wenn ich nur an meine halbgroße Scher denk. Eines Tages war sie nicht an dem Platz, an dem sie es sich sonst wohlsein ließ. Es war, als wäre sie von einem Engel gestohlen worden, der seinen langen weißen Rock verkürzen wollt. Nach drei Wochen ist die Scher doch wieder da. Sie liegt in ihrem Bett im Nähmaschinenkäschtele zwischen Woll und Garn und Sternzwirn.

Wie zierlich sie log, diese Wilhelmine! Und ich bestärke sie noch bei ihrer Lügnerei, wie man das so aus Takt macht. Ja, ja, sage ich, so erging es mir mit meinem Feinschreibstift. Ich suchte und suchte ihn, dabei hockte er in einer Tasche meines Sonntagsrocks und wartete auf eine Erleuchtung von mir.

Aber auf ewig konnte das Wilhelminele ihren Bua nicht verrede. Die Dorfbewohner stellten den wirklichen Vorgang Wahrheitchen bei Wahrheitchen zusammen. Es ging auf Weihnachten zu. Das Wilhelminele stattete Ernstle mit einer für ihn hohen Geldsumme aus. Er sollte in Rheinsberg einkaufen für die Weihnachtstage und bis für die Tage nach Silvester hin. Eine Pelzmütz fürs Väterle, eine Mütz mit Ohrenklappen für Ernstle selber, gepolsterte Pantöffle für das Wilhelminele, Zigarren fürs Väterle, nicht ganz so teure Zigarren fürs Ernstle, ein Stück Ochsenfleisch, ein Butterpaket, Rosinen fürs Christstollenbacken, was man halt so braucht fürs Christfest.

Es hatte weiß geschneit, jede Kreatur hinterließ Spuren auf dem Weg. Ernstle vertarnte seine Spur. Er trat in die Hufabdrücke der Kaltblutpferde von der Genossenschaft. Und das tat er, um nicht nach Rheinsberg, sondern nach Neuruppin zu gehen. Nach dorthin zog es ihn immer wieder, wie es einen streunenden Hund in ein bestimmtes Dorf zieht, in dem er eine ewig heiße Hündin erschnuppert.

Die Alten warteten auf seine Rückkehr. Er kam den ersten und den zweiten Tag nicht, er kam sogar Weihnachten nicht, und das Wilhelminele sah sich gezwungen, eine kleine Schwindelei zu erbrüten. Sie erzählte den Dorfleuten, Ernstle sei auf eine größere Reise gegangen. Er sei zu seinen Verwandten nach Waldbach gefahren. Waldbach, Sie wissen schon, wo mein Vater Schultheiß gewesen ist. Diese Lügen vom Wilhelminele warens wohl, die nie eine rechte Einigkeit von Wilhelminele mit dem Übermenschen, den sie Gott nannte, zuwege brachten. Zudem mußte sie noch darauf achten, daß Albert sich in seiner nuschligen Art nicht vertat, den Leuten erzählte, daß Ernstle ihn um die heurigen Weihnachtszigarren gebracht hätte oder so etwas. Nein, es hatte es nicht leicht, das Wilhelminele, ihren Sohn Ernstle sauber durchs Leben zu dirigieren.

Aber dann kamen Nachrichten von Dorfbewohnern, die Ernstle da und dort in Neuruppin gesehen haben wollten. Das Wilhelminele lief umher wie eine weiße Maus im Laufrad.

Für Albert war sein Sohn Ernstle so etwas wie Wilhelmineles Kater geworden, mal war er da, und es flossen Koseworte über ihn hin, mal war er weg, und um Wilhelminele herum zitterte die Bängnis, so wie das Flimmern über den Dachziegeln im Sommer. Nur gut, daß die Nachrichten, die die Dörfler über Ernstle aus Neuruppin brachten, so widerspruchsvoll waren. Ernstle, hieß es, sei getroffen worden, als er mit einer dürren Dame über den Paradeplatz in Neuruppin ging. Er sei vorn gegangen, die Dame ein Stück hinter ihm, aber sie hätten trotzdem miteinander geredet und damit zum Ausdruck gebracht, daß sie zusammengehörten. Natürlich sprachen die Berichter nicht von einer Dame, sondern von einem Weibsstücke. Zeitchen später hieß es, Ernstle sei Zuhälter in einem Bordell, da kriegte Wilhelminele Oberwasser. Kannst sehn, wie die Leute lüge, sagte sie zu mir, in allen Zeitungen und Verlautbarungen stünde es, daß Bordelle und Zuhälterei in unserm Ländle ausgerottet seien, selbst wenn der Pieck so etwas zulasse würde, der Stalin würde es nicht dulde. Böse Zungen untergrüben die Moral ihres Ernstle.

Ich bin auf dem Kleinbahnhof im Nachbardorf K. Es gibt ihn heute noch, obwohl er verkümmert ist. Einen Bahnhof braucht die *Bevölkerung* dort, wo einmal einer war, nicht mehr. Ich fürchte, daß die Menschen aus solchen Tatsachen vergehende Zeit und den Fortschritt herstellen. Sofern man überhaupt noch mal in diese Kleinbahn steigt, sagt man zum Schaffner: halten Sie dort, wo einmal der Bahnhof von K. war, dort will ich aussteigen. Wenn der Schaffner meine Bitte vergißt, schleift mich der Zug bis zu seiner Endstation Rheinsberg. Ich will mich gar nicht von den Partikeln, die dort noch von Tucholsky umherschwirren, durchdringen lassen, aber ich rede jetzt von dem Bahnhof in K., als der noch benutzbar und mit einem Güterschuppen ausgestattet war. Ich fuhr dorthin mit meinem Ponygespann, um Fracht abzuholen, eine Häckselmaschine, ein Erbgeschenk von Evchens Großmutter. Bis zu diesem Tage hatte ich den Häcksel für meine Pferde mit der Axt hergestellt. Die Maschine war bereits verladen, da kam der Personenzug von Dierberg her, ich mußte meinen Ponyhengst fest, sehr fest halten, er war nicht gut auf die Lokomotive zu sprechen. Mit ihr hatte er vor einem Jahr einen Wettlauf gemacht, den hatte er verloren.

Ich sehe ein Hinterteil sich aus einem Personenwagen schieben, ich glaube das Hinterteil zu kennen, weil es auf eine besondere Art wackelt.

Ich habe mich nicht geirrt, der Hinterteilbesitzer ist Ernstle. Er hebt ein Wandschränkchen aus dem Waggon. Die Tür des Schränkchens ist mit Schnitzereien verziert, ein Affe tippt sich an die Schläfe und zeigt einem Esel den Vogel. Eine magere Weibsperson steigt aus, ebenfalls rückwärts. Sie trägt etwas Flaches vor sich her. Das Flache ist mit einem schmutzigen Badetuch umwickelt. Es kann ein Blechkuchen, ein Waschbrett oder die Platte eines kleinen Tisches sein. Ernstle erspäht mich und teilt mir, ohne mich groß zu begrüßen, mit, daß er ein neues Leben anfängt. Er hätte jetzt Liese, die aufpaßt, daß er ein anständiger Mensch bleibe. Liese ist eine Dreißigerin mit einem blassen knochigen Gesicht und tiefliegenden Augen, ist ein bißchen sehr rippig, wie es im Pferdehandel heißt. Sie ist uneins mit ihrer oberen Zahnprothese. Wenn sie ein paar Worte gesprochen hat, muß sie der Prothese mit ihrer Zunge entgegentreten, muß sie zurechtweisen und ihr zeigen, wo sie hingehört. Ob sie mit mir mitfahren können. Sie können. Die magere Liese muß erst nachsehen, ob heil blieb, was sie geschleppt brachte. Es ist ein Spiegel, ein Wandspiegel, die Spiegelfläche an einigen Stellen schon etwas wolkig. Liese betrachtet sich ein Weilchen im Spiegel, lächelt sich zu und zupft an ihrem schlecht verschnittenen aschgrauen Haar.

Unterwegs erfahre ich, daß es sich um ein wertvolles Schränkchen handelt, das Ernstle auf dem Schoß hält. Es enthält das Testament und ist die Erbschaft von Lieses Mutter.

Ist sie denn gestorben? Um Gottes willen, sie lebe noch, und so lang sie lebe, dürfen Liese und Ernstle das Schränkchen nicht öffnen, das hätten sie der Mutter versprochen.

Um diese Zeit sind das Wilhelminele und Albert schon unsere Nachbarn in Schulzenhof. Am Abend ist das Wilhelminele bei uns. Was sagscht jetscht, fragt sie mich. Ists eppes Gutes, oder ischts eppes Schlechtes. Das Wilhelminele enthebt mich der Antwort. Ich mein, es könnt eppes Gutes sein. Der Jung hätte an dieser Sach einen Halt, Kinder könnten keine komme.

Woher weißt du es, Wilhelminele.

Die Lies ist sterilisiert, denk mol. Sie wisse, daß man das von Partei aus verdammen müsse, was die Hitlerschen mit so Mensche gemacht hätten, die Lies wär ganz normal, antworte auf jede Frage, sei gut erzoge und vermaule sich nicht. Nur daß sie ebend nicht lese kann, nein, man müsse es verdamme, was die Hitlerschen da gemacht habe. Aber so sehr sie es von Partei aus verdamme, von ihr aus gesehn, habe ihr das gewisse Eppes doch eine

Lebenserleichterung zugespielt. Stell dir vor, ich müßt mit meine Jahr nochmals mit Kindleschaukeln anfangen.

Und was sagt Albert zu seiner Schwiegertochter?

Albert ist im Dorfe als Tatschler bekannt. Er betätschelt und betatschelt die Frauen, besonders die jüngeren. Manche Frauen lassen es hingehen, sie wollen sichs nicht mit dem Bürgermeister verderben, aber wenn Albert zu eifrig wird, schlagen sie ihm auf die Finger. Man weiß das im Dorf, nur das Wilhelminele weiß es nicht, oder es hat nicht die rechte Brille für so Sach. Albert hat auch die Lies schon in einem stillen Winkel betatschelt. Man muß seiner Schwiegertochter freundlich entgegenkommen.

Und was sagt Albert zu seiner Schwiegertochter?

Ein bißle zu eckig wär sie ihm. Sie müßt ründer werden. Der Erbschrank von der Schwiegermutter wär ihm nicht übel.

So begann Ernstles neues Leben. Das Väterle brachte ihn wieder bei seiner Nachfolgerin als Gemeindebote unter, er sammelte wieder Spenden für die Hochwassergeschädigten in Bangladesch oder für die Erdbebengeschädigten auf dem Balkan. Stellt euch vor, sagt er zu den Bauern, ihr seid auswärts, und inzwischen tut sich die Erde auf, euer Haus fällt hinein, ihr kommt nach Hause und wißt nicht, wo ihr schlafen sollt. Ernstles Phantasie ist zwar plump, aber rege. Die Leute werfen ihm etwas Kleingeld in die Sammelbüchse. Wenn sie nichts geben, wissen sie, sie müssen Ernstle zu Mittag beköstigen. Er geht nicht davon, die Beköstigung ist teurer, sie werfen ihm lieber zwei Groschen in die Büchse.

Die Lies fand ihr Auskommen als weibliches Mitglied der Feldbaubrigade bei der Bauerngenossenschaft. Alsbald erzählten die Frauen, die die Klatsch- und Tratschmaschine bedienten, wie Ernstle und Lies aufeinandergeraten wären. Nachrichten aus der Klatsch- und Tratschzone mit abschwächenden Worten: soll woll ... danach soll wohl Lieses Mutter *eigentlich* ein kleines Bordell für russische Besatzer unterhalten haben, zwei, drei leichte Mädchen, die sie angelockt haben soll, haben bei ihr für mittlere Dienstgrade bereitgestanden, und wenn Not an Weibern war, soll wohl Liese ein bißchen ausgeholfen haben. Die Klatschweiber sagten natürlich nicht Bordell, sondern benutzten das andere Wort dafür, das landläufigere.

In diesem Bordellchen soll sich wohl eines Tages auch Ernstle, den der Instinkt eines schnüffelnden Hundes leitet, eingefunden haben. Und wie überall, wo man ihm mit Güte entgegentrat, ganz gleich, ob es eine gespielte oder echte Güte war, fühlte sich Ernstle daheim und zu Hause. Lieses Mutter, die sich mit Menschen und Welt auskannte, soll ihn wohl haben umsonst lassen, so die Frauen, so traf Ernstle auf Liese, und die Mutter soll wohl Ernstle nach dem Beischlaf nicht hinausgesetzt haben, sie sollen ihn wohl als Hausmann dabehalten haben. Ein Rüsslein, das nicht artig genug war, rückte sich zurecht, wenn Ernstle mit brennender Zigarre und seinem steifen Blick erschien, ganz und gar eine Respektsperson, die sogar mich damals zu falschen Schlüssen verleitet hatte, als ich Ernstle das erste Mal auf der Dorfstraße traf. Ein oder zwei Mal soll wohl die Volkspolizei in der Wohnung von Lieses Mutter erschienen sein. Es heißt, ihr bedient hier Männer.

Wenn ihr das so nennt, weil mein Genosse Schwiegersohn dann und wann hier übernachtet, sagte Lieses Mutter. Sie war eine Auskennerin, das könnt ihr glauben. Sie winkte Ernstle heran, und Ernstle trat so auf, wie ich ihn schilderte. Ernstles Parteiabzeichen bewies den Volkspolizisten, daß es in der Wohnung der Mutter Konetzke legal zuging. Aber etwas später soll wohl die russische Militärpolizei aufgetaucht sein. Auch sie stieß in ein leeres Nest. Aber Mutter Konetzke wurde von der Furcht gepackt, *abgeholt* zu werden, und da soll sie wohl aufgehört haben, leichte Mädchen mit brünstigen Russen zu verkuppeln, und Schwiegersohn Ernstle, der sich außerhalb des Bettes nicht gar zu eilig bewegte, wurde der alten Konetzke zum Aufsack, und der Scheinrespekt, den Ernstle für naive Seelen ausstreute, fand keine Verwendung mehr.

Natürlich hinterbrachte man dem Wilhelminele diesen und jenen Teil der Geschichte, aber das brave Weib schüttelte den Kopf so heftig, als ob es Ohrenzwang hätte, es berief sich auf Stalin und die Partei und blieb dabei, was verbote sei, das gäbe es nicht.

Anhang

Biographische Zeittafel

1912 Erwin Strittmatter wird am 14. August in Spremberg geboren.
1919 Die Familie zieht nach Bohsdorf.
1924 Strittmatter besucht das Realgymnasium in Spremberg.
1929 Nach einer Auseinandersetzung mit einem Lehrer verläßt er die Schule.
1930 Strittmatter beginnt eine Bäckerlehre, die er 1932 mit der Gesellenprüfung beendet.
In den kommenden Jahren arbeitet er in verschiedenen Berufen, ist Zuchtleiter auf einer Angora-Farm, Pferdepfleger, Hilfsarbeiter.
1937 Erste Ehe (bis 1944); zwei Söhne.
1941 Strittmatter wird zum Polizei-Reserve-Bataillon 325 eingezogen; Einsätze in Jugoslawien, Finnland, Griechenland mit dem Polizei-Gebirgsjäger-Regiment 18, das ab 1943 den Titel »SS-Polizei-Gebirgsjäger-Regiment 18« trägt, ohne dadurch Teil der SS zu werden. Bis September 1944 ist Strittmatter Bataillonsschreiber, danach wird er zur Film- und Bildstelle der Ordnungspolizei Berlin-Spandau versetzt. Bei der Verlegung der Dienststelle flüchtet er mit gefälschten Papieren nach Böhmen, wo er sich bis zum Einmarsch der Amerikaner versteckt hält.
1945 Mit einem Zivilistentransport gelangt Strittmatter im Juni nach Saalfeld (Thüringen), Arbeit auf einem Obstgut, ab November wieder in Bohsdorf als Bäckergeselle beim Vater.
1946 Zweite Ehe (bis 1954); zwei Söhne.
Strittmatter beginnt mit der Arbeit an seinem ersten Roman *Ochsenkutscher*.
1947 Amtsvorsteher und Standesbeamter für sieben Gemeinden in Bohsdorf. Im Dezember Lokalredakteur der »Märkischen Volksstimme« in Senftenberg.
1951 Der Roman *Ochsenkutscher* erscheint.
1952 Bekanntschaft mit Bertolt Brecht; Arbeit am Stück *Katzgraben*.
Strittmatter verläßt Spremberg und wohnt zunächst in der Försterei Schmalenberg bei Erkner, dann in wechselnden Unterkünften in Berlin. Er lernt Eva Braun kennen, seine spätere dritte Frau.
1953 Premiere von *Katzgraben* im Berliner Ensemble.
Eine Mauer fällt. Erzählungen.
Nationalpreis 3. Klasse für *Katzgraben*.
1954 Strittmatter kauft ein Vorwerk in Schulzenhof bei Gransee. Hier lebt er mit Eva Strittmatter (Heirat 1956) bis zu seinem Tode. In dieser Ehe werden drei Söhne geboren.
Der Roman *Tinko* erscheint.
1955 Nationalpreis 3. Klasse für *Tinko*.
1956 Strittmatter wird stellvertretender Vorsitzender des Schriftstellerverbandes der DDR. Später bis 1976 dessen Vizepräsident.

1957 Der erste Band des Romans *Der Wundertäter* erscheint.

1959 *Pony Pedro* erscheint im Kinderbuchverlag. Wahl zum Ersten Sekretär des Schriftstellerverbandes der DDR. In dieser Funktion bis Juni 1960.

1960 Das Schauspiel *Die Holländerbraut* hat im Deutschen Theater unter der Regie von Benno Besson Premiere. Lessingpreis.

1963 Der Roman *Ole Bienkopp* erscheint und löst heftige Debatten aus.

1964 Nationalpreis 3. Klasse für dieses Buch.

1966 *Schulzenhofer Kramkalender*.
Fontane-Preis.

1969 *Ein Dienstag im September. 16 Romane im Stenogramm*.

1971 *¾ hundert Kleingeschichten*.

1972 *Die blaue Nachtigall oder Der Anfang von etwas*.

1973 Der zweite Band des Romans *Der Wundertäter* erscheint.

1977 *Meine Freundin Tina Babe. Drei Nachtigall-Geschichten*.

1980 Der dritte Band des Romans *Der Wundertäter* löst wiederum heftige Diskussionen vor und nach dem Erscheinen aus.

1981 *Selbstermunterungen*.

1982 *Wahre Geschichten aller Ard(t). Aus Tagebüchern*.

1983 Es erscheint der erste Teil der Roman-Trilogie *Der Laden*.

1984 Zum zweiten Mal (nach 1976) Nationalpreis 1. Klasse für das Gesamtwerk.

1985 *Grüner Juni. Eine Nachtigall-Geschichte*.

1987 *Der Laden*, zweiter Teil, erscheint.
Island-Reise.

1990 *Die Lage in den Lüften. Aus Tagebüchern* – Notizen zu den Zensurvorgängen um den dritten Band des »Wundertäters«.

1992 *Der Laden*, dritter Teil, erscheint.

1994 Am 31. Januar stirbt Erwin Strittmatter in Schulzenhof.

1995 Das nachgelassene Fragment *Vor der Verwandlung. Aufzeichnungen* erscheint, herausgegeben von Eva Strittmatter.

Nachwort

Zwischen zwei Dörfern liegt die Welt. Bohsdorf in der Lausitz und Schulzenhof im Märkischen sind die geographischen Koordinaten dieses Lebens. Und die Zeit: Fast ein Jahrhundert hat Erwin Strittmatter erlebt – und beschrieben. In diesem Raum, in dieser Zeit siedeln seine Geschichten und Romane. Hier sind die poetischen Provinzen dieses Schriftstellers. »Je älter ich wurde, desto mehr reduzierten sich meine Vorstellungen vom Glück. Jetzt gibt es nur noch eine: Schreiben. Nicht schreiben wollen, sondern schreiben müssen. Es gibt keine Wahl mehr.« Was er für sein Alter benennt, war die Erfahrung seines ganzen Lebens. Lange bevor das erste Buch publiziert wurde, hat er mit dem Schreiben begonnen: Erste Entwürfe für Romane und Geschichten entanden schon früh.

Seit gut einem halben Jahrhundert erscheinen dann seine Bücher. Was wir aus Biographie und Werk erfahren, ist Lebensgeschichte und Zeitgeschichte. Ein deutsches Schriftstellerleben im 20. Jahrhundert. Mit diesem Land, seiner Geschichte, seinen Hoffnungen und Katastrophen, mit diesem Jahrhundert ist sein Werk auf ganz originäre Weise verbunden.

Erwin Strittmatter, geboren am 14. August 1912 in Spremberg, gestorben am 31. Januar 1994 in Schulzenhof, hat die eigenen Lebenssituationen immer aufs neue befragt: »Der Sinn meines Lebens scheint mir darin zu bestehen, hinter den Sinn meines Lebens zu kommen.« Diese Sentenz war eine Maxime für das ganze Leben. Seine Biographie hat ihren Beginn am Anfang des vorigen Jahrhunderts. In einem Lausitzer Dorf beginnt seine Existenz: eine Geschichte unter kleinen Leuten. Der mütterliche Laden als Mittelpunkt dieser Welt, die immer auch tangiert wird von der großen Welt. Und eben in den »Laden«-Romanen, die mittlerweile einem großen Publikum auch durch eine schöne, poetische Verfilmung vertraut wurden, erzählt er verwandelt seine Geschichte. Schulzeit bei Lehrer Rumposch, die alltäglichen Querelen im großen Familienclan, der Weg auf die »hoche Jungsenschule« nach Grodk, das in der Wirklichkeit Spremberg heißt, Freundschaft und erste Liebe, Bäckerlehre und »hartbunte« Wanderjahre. Verknüpft eben mit den Ereignissen dieses Jahrhunderts, Krieg, Nachkrieg in den zwanziger Jahren, Nazizeit und wiederum Krieg, Befreiung und Aufbruch. Strittmatter ist ein Meister der erzählerischen Episode: Wenn er beispielsweise im »Laden« von der Einführung des Radios erzählt, dann berichtet er das tatsächliche Geschehen, und miterzählt wird ein ganzes Stück Zeitgeschichte. Vor der »Laden«-Trilogie hatte Strittmatter bereits eine andere umfängliche Romanfolge geschrieben, die drei Bände des »Wundertäters«, in denen er schon einmal den Weg eines Menschen durch seine Zeit verfolgte. Auch dort ist der autobiographische Hintergrund unverkennbar. Stanislaus Büdner, der Held dieser Bücher, der »Wundertäter«, ist das Alter ego des Autors, das durch Wirklichkeit und Kunstwelten geht. Eine pädagogische Provinz wird durchschritten im Gespräch mit dem merkwürdigen Geschöpf, dem Meisterfaun. Dieses phantasievolle Buch mit seinen versteckten und direkten Anspielungen auf die realen Kunstverhältnisse der DDR erregte das Mißfallen der Mächtigen. In seinen Tagebuchaufzeichnungen hat Erwin Strittmatter die traurige Komödie vom langen Weg der Drucklegung des dritten Bandes dieser Romangeschichte festgehalten und später in dem Band »Die Lage in den Lüften« öffentlich gemacht. Schon der Roman »Ole Bienkopp« hatte zu aufregenden Debatten geführt. Da war einerseits das zustimmende Votum vieler Leser, und andererseits gab es die ideologischen Barrieren, die das kritische Bild, das Strittmatter von der Realität gab, nicht zulassen wollten. Der Tod von Ole Bienkopp: Er versinkt wohl in den Mergelfeldern seiner Ungeduld und auch in den Sümpfen einer realsozialistischen Bürokratie. Die Namen solcher Protagonisten wie Frieda Simson und Genosse Wunschgetreu gingen aus der Literatur in den alltäglichen Sprachgebrauch ein.

»Ole Bienkopp« ist mittlerweile wohl das international erfolgreichste Buch Strittmatters geworden. Von Indien bis Frankreich hat es Leser gefunden, wie die Bücher dieses Autors mittlerweile in fast vierzig Sprachen übersetzt sind.

Erwin Strittmatter, der in den Veränderungen nach 1945 im Osten Deutschlands zum Schriftsteller wurde, hat seine »Gesellenjahre« bei Brecht absolviert. Eine Glücksstunde, wie man später im Werk sehen wird. Aber die Mitwirkung des Autors Strittmatter in Organisationen und Funktionen, die wie auch das Werk zunächst mit Beifall und Auszeichnungen belohnt wurde, erwies sich schließlich als eine schwere Bürde, eine zwiespältige Erfahrung. Er hatte lange an die Möglichkeit der Veränderung, an die Kraft der Vernunft geglaubt, aber je älter er wurde, um so stärker wurde sein Mißtrauen, um so problematischer waren seine Erlebnisse. »Ich war ein Glaubender in Sachen Politik geworden und ein Unsicherer, ein Ungesicherter in Sachen Kunst, und ich mußte erst wieder einer werden, der sich seiner Vergangenheit nicht schämt, sondern sich wundert, sich über alles im Leben wundert.« So steht es in seiner Erzählung »Grüner Juni«, und vielleicht begann damit auch ein neuer Abschnitt in seinem literarischen Schaffen.

In Erzählungen und in den »Laden«-Romanen gewann Erwin Strittmatter weitere Souveränität als Autor. Der Kalte Krieg brachte mancherlei Scharmützel auf literarischem Gebiet: Schlägst du meinen Autor, schlag ich deinen Autor, hieß die Devise jener Fehden. Bereits zugesagte Ausgaben seiner Bücher in der Bundesrepublik wurden aus fadenscheinigen Gründen nicht realisiert. Und Groß-Kritiker Reich-Ranicki glaubte Strittmatter zum Heimat-Dichter degradieren zu müsen, dessen »intellektuelle Dürftigkeit« nicht zu übersehen sei. Aber da hatte wohl der Kritiker nur seine politischen Vorurteile auf ein Buch projiziert. Wer die Eingangspassage zu »Ole Bienkopp« liest, wird schnell erkennen, daß hier kein naiver Erzähler von Heimat und Provinz am Werk ist. »Die Erde reist durch den Weltraum …«, so beginnt das Buch. Und dieser Anfang korrespondiert mit Arnold Zweigs Anfangssätzen aus dem »Streit um den Sergeanten Grischa« und verweist damit auf Literatur- und Kunsterfahrung des Autors, der mit vielen Büchern aus Vergangenheit und Gegenwart ebenso vertraut lebte, wie sie in seine Bücher als Reflexion eingehen. Literatur kommt ja immer auch aus Literatur. Aber in Strittmatters Geschichten existiert nicht nur eine bunte Menschenwelt. Schon in früher Kindheit lebt er mit der Natur, dem Getier: »Ich bin unter großen Waldwinden, im Sonnengedröhn hoher Sommertage, im ätzenden Feldfrost und bei verschwenderischen Frühlingen aufgewachsen. In meinen Kinderkorb guckten Kühe. Meine ersten Anzüge, die Windeln, waren in die Sprühtröpfchen schnaubender Pferde gehüllt.« Und als er sich in der Mark Brandenburg ein altes Vorwerk kaufte, Schulzenhof, kann er seine Naturliebe, die Tage eines Bauern, Pferdezüchters und Schreibers leben. Seine Geschichten, seine Romane sind nicht denkbar ohne solche Erfahrung, ohne das Wissen darum, wie der Regen mit dem See redet. Ein Mantel aus Pferduft umhüllt nicht nur das Buch für Kinder und Erwachsene »Pony Pedro« oder die Geschichte von Flikka, sondern manche Episode seiner Romane. Hier lebte er also, in den dörflichen Jahresläufen in vertrauter, spannungsreicher Gemeinschaft mit der Dichterin Eva Strittmatter, die in den drei Bänden der »Briefe aus Schulzenhof« Auskünfte gibt über Leben und Schreiben, Familie und Welt. Wer die Texte unseres Buches gelesen hat, wird ein Stück dieser Strittmatter-Welt entdecken, und er wird, wie schon viele seiner Leser, die Bücher zur Hand nehmen, die solche Erzählung fortsetzen. So besuchen wir ihn in diesen Geschichten in seiner Arbeitsstube, an Dichters Ort, und erfahren die merkwürdigen Verläufe von Menschenleben und Zeitgeschichte. Humor und Melancholie, Ironie und Nachdenklichkeit: es sind die Ingredienzien seiner Prosa.

Was mit dem »Ochsenkutscher« begann, seinem literarischen Debüt, endet mit einem Text, der Fragment blieb. Zwischen Frühling und Spätherbst 1993 arbeitete Erwin Strittmatter an dem Text »Vor der Verwandlung«, den er nicht mehr vollenden konnte. Eva Strittmatter ergänzte ihn nach dem gesprochenen Wort aus der Kassette im Diktiergerät, wie er es sich vor seinem Tode gewünscht hatte. Der Band erschien 1995. In diesen Aufzeichnungen, die von mancherlei Ereignissen seiner letzten Lebenszeit berichten, findet sich auch eine Geschichte, auf die er schon am Schluß seiner »Laden«-Romane verwiesen hat, die Geschichte von Wilhelminele, der Nachbarin aus frühen Schulzenhofer Tagen, und ihrem Sohn Ernst und dem »Eppes« zwischen Himmel und Erde, der das Menschenleben lenkt. Ein »Roman im Stenogramm«, und wenn da scheinbar nur eine Familiengeschichte reflektiert wird, so finden sich in ihr noch einmal die Verläufe des Jahrhunderts, die das Leben der Menschen mitbestimmt haben. Es ist eine schöne, unnachahmliche Strittmatter-Geschichte, die uns als Vermächtnis überkommen ist. So können seine Leser in dieser Geschichte und in dem ganzen Lebenswerk dem Erzähler folgen, der nach einer alten mongolischen Redewendung lebte: »Wir wollen uns setzen und erzählen, was wert ist, erzählt zu werden.«

Klaus Walther

Quellennachweis

Die Texte dieses Bandes sind folgenden Bänden von Erwin Strittmatter entnommen:

(1) ¾hundert Kleingeschichten. Aufbau-Verlag, Berlin und Weimar 1971
(2) Selbstermunterungen. Aufbau-Verlag, Berlin und Weimar 1981
(3) Wahre Geschichten aller Ard(t). Aus Tagebüchern. Aufbau-Verlag, Berlin und Weimar 1982
(4) Schulzenhofer Kramkalender. Aufbau-Verlag, Berlin und Weimar 1989
(5) Die Nachtigall-Geschichten. Aufbau-Verlag, Berlin und Weimar 1989
(6) Flikka. Eine Geschichte. Aufbau-Verlag, Berlin und Weimar 1992
(7) Vor der Verwandlung. Aufzeichnungen. Aufbau-Verlag, Berlin 1995
(8) Ole Bienkopp. Roman. Aufbau Taschenbuch Verlag, Berlin 1998
(9a) Der Laden. Roman. Erster Teil
(9b) Der Laden. Roman. Zweiter Teil
(9c) Der Laden. Roman. Dritter Teil. Teile 1–3 Aufbau Taschenbuch Verlag, Berlin 1998
(10) Der Wundertäter. Roman. Erster Teil. Aufbau Taschenbuch Verlag, Berlin 1999
(11) Pony Pedro. Aufbau Taschenbuch Verlag, Berlin 1999
(12) Ein Dienstag im September. 16 Romane im Stenogramm. Aufbau Taschenbuch Verlag, Berlin 2001

Die Aphorismen, alle unveröffentlicht, stellte freundlicherweise Frau Eva Strittmatter aus dem Erwin-Strittmatter-Archiv, Schulzenhof, zur Verfügung.

Nachweis der einzelnen Texte

Großvaters Welt
Wie ich meinen Großvater kennenlernte: 5
Großvaters Welt: 4
Die Tabakpfeife: 4
Die Macht des Wortes: 4
Das Teufelsmesser: 4
Der Pelzmantel: 4
Großvaters Tod: 4

Selbstermunterungen
Leben/Schreiben/Natur/ Welt und Wahrheit/Kindheit 2

Jahre mit Brecht
Der Hut: 4
Bal i mal stirb: 4
Die Brecht-Nessel: 4
Kundenerziehung: 4
Der Kommissar: 4
Die Katze: 4

Mein Mantel aus Pferdeduft
Als ich noch ein Pferderäuber war: 5
Pferdekauf: 9a (Auszug, Überschrift vom Heraugeber)
Mein Mantel aus Pferdeduft: 1
Kutschpartie: 9b (Auszug, Überschrift vom Herausgeber)
Flikka: 6

Wie der Regen mit dem See redet
Gebrochener Stolz: 4
Die Eiskuh: 4
Die Noten der Stieglitze: 1
Der Wendehals: 1
Die fliegende Wiese: 4
Maus und Schicksal: 1
Regentag: 4
Sommerausklang: 4
Holundersuppe: 4
Gänse und Pirol: 1
Rehe auf der Wiese: 1
Pilzfieber: 1
Schneefrühling: 1
Das fliegende Rehkitz: 4
Südwind: 4
Nordwind: 4
Der große Gesang: 1

Ole Bienkopp
Anfang und Ende eines Romans (Auszug): 8

Geschichten von Leben und Tod
Die blaue Nachtigall: 5
Schneewittchen: 5
Hasen über den Zaun: 12
Nebel: 12

Der wendische Kito – »Laden«-Geschichten
(Auszüge, sämtliche Überschriften vom Herausgeber)
Ankunft in Bossdom: 9a
Lehrer Rumposch: 9a
Auf der hochen Jungsenschule: 9b
Ich heiße Meta: 9b
Rundfunk-Abenteuer: 9b
Fotografieren und Motorradzeit: 9b
Der alte Nickel: 9c
Lebens-Zeremonien: 9c
Ende des Ladens: 9c
Tod des Vaters: 9c

Dichters Ort
Dichters Ort: 11
Mein Vater und Graf Tolstoi: 3
Einer seiner Tage: 3
Bücher: 1
Erzählen: 9c (Auszug, Überschrift vom Herausgeber)

Wundertäter-Zeit
Geschichten von Stanislaus Büdner(Auszüge): 10

Vor der Verwandlung
Wilhelminele und Ernstle (Auszüge): 7

»Erwin Strittmatter war der geborene Erzähler« N.Z.Z.

Die blaue Nachtigall oder Der Anfang von etwas
Diese vier Erinnerungen, zu einem Zyklus verbunden, sind Lebensbericht und literarische Erfindung zugleich, biographische Geschichten mit hintergründigem Witz und Humor. Erwin Strittmatter erzählt von seinem lesehungrigen Onkel Phile, davon, wie er seinen Großvater kennenlernte, von Pferdehandel und Pferderaub und schließlich von der blauen Nachtigall.
112 Seiten. AtV 5401

Grüner Juni
Eine Nachtigall-Geschichte
Esau Matt, der Ich-Erzähler aus der »Laden«-Trilogie, berichtet von seinen Erlebnissen fernab vom Familien-Laden: von seiner Odyssee durch karelischen Urwald, Ägäisches Meer und böhmische Kartoffelfelder, bis er heimkommt ins thüringische Grottenstadt, wo Frau Amanda im Begriff ist, eine Amerikanerin zu werden.
135 Seiten. AtV 5433

3/4hundert Kleingeschichten
Diese Kleingeschichten laden ein zum Blättern und Verweilen, zum Nachdenken und Wiederlesen. Ihre anregende Wirkung entsteht aus Lebenskenntnis, Naturverbundenheit und Entdeckungsfreude, aus Witz, Humor und einem tiefen Gefühl für Landschaft und Leute der Mark.
141 Seiten. AtV 5418

Geschichten ohne Heimat
Der Band mit Texten aus dem Nachlaß Erwin Strittmatters bietet eine dichte Sammlung unterschiedlicher Genres: von der »Kalendergeschichte« über Short stories bis zur intensiven Erzählung.
»Kleine Texte und doch die ganze Strittmatter-Welt: Pferde, Kiefern, Frostnächte, violette Himmel, Maiglöckchenhügel – und der ganz normale Wahnsinn namens Mensch.« DER SPIEGEL
Herausgegeben von Eva Strittmatter. Mit 8 Faksimiles. 239 Seiten. AtV 5436

Wie der Regen mit dem See redet
Das große Erwin-Strittmatter-Buch
Das Strittmatter-Lese-Buch zeigt den großen Epiker in seiner einmaligen Mischung aus Poesie, Philosophie, Weisheit und Humor. Die Auswahl aus dem Gesamtwerk zum Selberlesen und Weiterverschenken folgt Strittmatters Leben von der Kindheit über die Kriegs- und Nachkriegszeit bis zum Leben in Schulzenhof.
Hrsg. von Klaus Walther. 425 Seiten. AtV 5434

Mehr unter www.aufbau-verlagsgruppe.de oder bei Ihrem Buchhändler

aufbau taschenbuch
AUFBAU VERLAGSGRUPPE